ues et littéraires

vres clés en 6e

Le Coran
VIIe s.

Marie de France,
Fables
1167-1189

Roman de Renart
1170-1250

1500

MOYEN ÂGE

Charlemagne sacré Empereur

Règne de Louis IX (dit Saint-Louis)

Fabliaux
(Estula, Les Perdrix...)
XIIIe s.

XVIe SIÈCLE

Règne de François Ier

algré lui

1600

Règne de Henri IV

Raymond Queneau,
L'Instant fatal
1948

Ernest Hemingway,
Le Vieil Homme et la Mer
1952

2000

XXe SIÈCLE

Première Guerre mondiale

Seconde Guerre mondiale

Communauté économique européenne

Pierre Mac Orlan,
Les Clients du Bon Chien Jaune
1946

Jacques Prévert,
Paroles
1946

Joseph Kessel,
Le Lion
1958

J.-M. G. Le Clézio,
Mondo et autres histoires
1978

Gudule,
Après vous, M. de La Fontaine... Contrefables
1995

Les ressources du manuel interactif enrichi

LECTURES D'IMAGES ANIMÉES POUR L'HISTOIRE DES ARTS

▶ Des animations pour comprendre **pas à pas**, et de façon **interactive**, tous les types d'**images artistiques**.

Fresque et vase antiques, enluminure du Moyen Âge, gravure, tableaux, vignette de bande dessinée, illustration d'album jeunesse...

VIDÉOS : THÉÂTRE, CINÉMA, DOCUMENTAIRES

▶ **Cinéma et télévision** : *Odysseus, Le Petit Poucet, La Prophétie des grenouilles, La Belle et la Bête, Pirates*...

▶ **Théâtre :** *Le Bourgeois gentilhomme, Le Médecin malgré lui, Ulysse nuit gravement à la santé*

▶ **Documentaires :** « Un dieu, trois religions » (*C'est pas sorcier !*), Autour du mot « monstre », *L'Odyssée sauvage* (N. Vanier)...

TEXTES ÉCHOS

▶ Des **textes intégraux** et des **extraits** en écho à ceux du manuel pour prolonger le **plaisir de lecture.**

• ***Textes intégraux*** « Le Chat botté », « Les Fées », « Le Petit Poucet », « Riquet à la houppe » (Ch. Perrault) ; « L'ogre et la fée » (V. Hugo) ; *La Belle et la Bête* (J.-M. Leprince de Beaumont)...
• ***Extraits*** *Métamorphoses*, « Apollon et Daphné », « Lycaon » (Ovide) ; *Vingt mille lieues sous les mers* (J. Verne) ; *Crin blanc* (R. Guillot)...

QUIZ INTERACTIFS

▶ Des **quiz de révision** pour chaque chapitre.

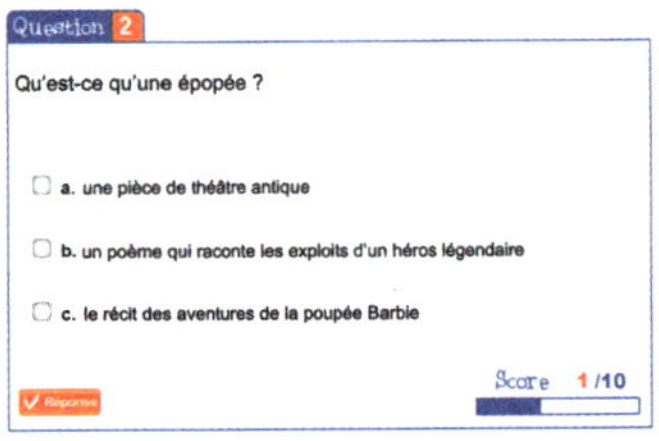

DES OUTILS POUR VIDÉOPROJETER ET PERSONNALISER

• Zoom et affichage plein écran de chaque document
• Une navigation facilitée : sommaire interactif, recherche par mots-clés, marque-pages
• Une personnalisation possible grâce aux annotations et au comparateur de documents
• Un outil de création de cours à partir de documents personnels et de ceux du manuel
• Un micro pour enregistrer des séquences audio

NOUVEAUX PROGRAMMES 2016

COLIBRIS

Français 6e

LIVRE UNIQUE

Ouvrage réalisé sous la direction de
Béatrice Beltrando

Marion Arnaud
Agrégée de lettres classiques,
professeur de français à Colombes (92)

Béatrice Beltrando
Agrégée de lettres modernes,
professeur de français à Arpajon (91)

Jeanne Beltrando
Certifiée de lettres modernes,
professeur de français à Arpajon (91)

Adeline Chave
Agrégée de lettres modernes,
professeur de français au Raincy (93)

Mathilde Ferrier
Certifiée de lettres modernes,
professeur de français à Paris (75)

Thomas Potier
Certifié de lettres modernes,
professeur de français à Grigny (91)

Hatier

RESSOURCES DU MANUEL INTERACTIF

À chaque pictogramme correspond une ressource multimédia de votre manuel interactif.

- Texte lu
- Texte écho / Texte intégral
- Image animée
- Vidéo
- Quiz de révision

ÉDITION : Laurence Péchiné-Gautré, Virginie Gaudin, avec la collaboration de Florence de Boissieu et Caroline Rolland
CORRECTIONS : Graziella Vinh
CONCEPTION GRAPHIQUE : Favre & Lhaïk
MISE EN PAGES : Isabelle Vacher, Nadine Aymard, Dominique Grelier, Sophie Duclos
ICONOGRAPHIE : Nadine Gudimard
ILLUSTRATIONS : Alban Marilleau (p. 27, 28) ; Martin Maniez (p. 140, 143) ; Jean-Yves Grall (garde arrière)
FRISE (garde avant) et SCHÉMA (p. 36) : Vincent Landrin
CARTE (p. 104) : Domino

ISBN : 978-2-218-98929-2

Bienvenue dans COLIBRIS

Entrez dans votre nouveau manuel pour y découvrir...

... Des lectures riches et stimulantes

- Un **choix de lectures** faisant la part belle aux **textes fondateurs de notre culture**.
- Sept **groupements de textes** et quatre **œuvres intégrales** qui **s'inscrivent** dans les **questionnements** définis par le nouveau programme, ou qui les **croisent.**
- Des **questionnaires de lecture revisités** privilégiant l'**échange** et les **activités** pour comprendre le texte et entrer progressivement dans l'analyse.
- Des **lectures accompagnées** proposant des activités étayées autour de la **lecture cursive** d'une œuvre pour la jeunesse ou d'œuvres patrimoniales.
- Des pages **histoire des arts** pour apprendre à lire l'image et renforcer la construction d'une **culture commune**.

... Des activités diversifiées pour développer méthodiquement l'expression écrite et orale

- Des **activités d'expression** orale et écrite qui **jalonnent tout le manuel**, afin qu'à chaque occasion les élèves **pratiquent** et **progressent** : débats, jeux de rôle, sujets d'écriture courte...
- Associés à chaque chapitre de lecture, des **ateliers langue et lecture** pour **enrichir** le vocabulaire, travailler la langue **au service** de la lecture et de l'écriture.
- Des **ateliers d'expression écrite** méthodiques dans tous les chapitres et des **ateliers d'expression orale** pour apprendre à jouer une scène de théâtre, dire un texte à plusieurs...

... Des leçons d'étude de la langue visuelles et des activités progressives

- De nombreuses **fiches** pour construire **une progression logique** et **efficace**, en partant du niveau de l'élève pour l'amener aux exigences de fin de cycle.
- Des **activités de découverte** pour **observer** et **manipuler** les faits de langue.
- Des **bilans** pour **réinvestir** les notions.
- Des **leçons visuelles** assorties d'un **résumé rédigé** pour bien **mémoriser**.
- Des **activités graduées** distinguant la **construction** de la notion et sa **consolidation**.
- Des **exercices d'écriture** et **de réécriture**, des **dictées préparées** pour **prolonger** les activités.

... Des outils d'aide et de différenciation pour faire progresser tous les élèves

- Des fiches d'**accompagnement personnalisé** pour **construire** et **consolider des compétences** autour d'activités de français.
- De nombreux **encadrés de méthode** pour aider les élèves à **développer** leurs compétences et les **réinvestir**.
- Des **activités numériques** pour varier les pratiques et **favoriser l'autonomie**.
- Des **exercices de langue** et des **ateliers d'écriture** gradués pour que **chacun progresse à son rythme**.

... Un manuel numérique enrichi de nombreuses ressources

- Des **vidéos** pour aborder le cinéma et le théâtre, des **lectures d'images animées** pour enrichir méthodiquement la culture artistique des élèves, des **textes lus** par un comédien, des **textes écho** pour prolonger l'étude d'un thème : toutes les ressources du manuel numérique vous accompagneront dans la diversification de vos pratiques.

Les auteurs

Sommaire

1 Atelier de rentrée

GENRE : conte merveilleux • THÈMES : monstre, ruse

2 Gare à l'ogre !

Quels sont les caractéristiques et le rôle de l'ogre dans les contes ?

GENRE : conte merveilleux • THÈME : monstre

3 *La Belle et la Bête*, de Mme Leprince de Beaumont

Comment le personnage de la Bête évolue-t-il au fil du conte ?

DOSSIER LECTURE SUIVIE

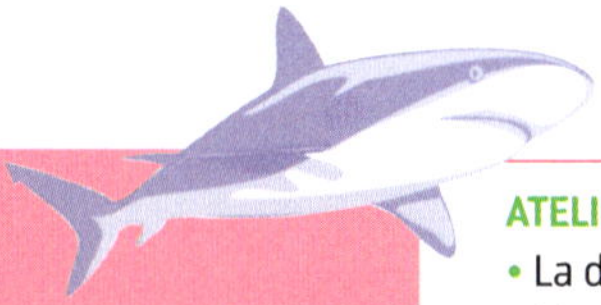

GENRE : roman • THÈME : aventure

7 *Les Clients du Bon Chien Jaune,* de Pierre Mac Orlan

Comment les aventures d'un jeune pirate tiennent-elles le lecteur en haleine ?

DOSSIER LECTURE SUIVIE

GENRE : mythe • THÈME : récit de création

8 Raconter les origines

À quelles grandes questions des hommes les récits de création répondent-ils ?

GENRE : poésie • THÈME : création poétique

9 La poésie au rythme de la nature

Comment la poésie célèbre-t-elle les beautés du monde ?

GENRE : fable • THÈMES : ruse, mensonge

10 Rusé renard

Quelles ruses le renard invente-t-il pour triompher dans les fables ?

GENRE : théâtre • THÈMES : ruse, mensonge

11 *Le Médecin malgré lui*, de Molière

Quelles ruses les personnages de comédie emploient-ils pour s'opposer aux plus forts ?

DOSSIER LECTURE SUIVIE

CONNAISSANCES, COMPÉTENCES, CULTURE : méthodes et activités

Étude de la langue

CONJUGAISON

VOCABULAIRE

OUTILS ET MÉTHODES

1 Atelier de rentrée

Lire un récit

Repères

XXe siècle

Récit

Un vieil homme propose à Mondo de lui apprendre à lire.

L'homme avait pris dans son sac de plage un vieux canif à manche rouge et il avait commencé à graver les signes des lettres sur des galets bien plats. En même temps, il parlait à Mondo de tout ce qu'il y a dans les lettres, de tout ce qu'on peut y voir quand on les regarde et quand on les écoute. Il parlait de A qui est comme une grande mouche avec ses ailes repliées en arrière ; de B qui est drôle, avec ses deux ventres, de C et D qui sont comme la lune, en croissant et à moitié pleine, et O qui est la lune tout entière dans le ciel noir. Le H est haut, c'est une échelle pour monter aux arbres et sur le toit des maisons ; E et F, qui ressemblent à un râteau et à une pelle, et G, un gros homme assis dans un fauteuil ; I danse sur la pointe de ses pieds, avec sa petite tête qui se détache à chaque bond, pendant que J se balance ; mais K est cassé comme un vieillard, R marche à grandes enjambées comme un soldat, et Y est debout, les bras en l'air et crie : au secours ! L est un arbre au bord de la rivière, M est une montagne ; N est pour les noms, et les gens saluent de la main, P dort sur une patte et Q est assis sur sa queue ; S, c'est toujours un serpent, Z toujours un éclair ; T est beau, c'est comme le mât d'un bateau, U est comme un vase. V, W, ce sont des oiseaux, des vols d'oiseaux ; X est une croix pour se souvenir.

Avec la pointe de son canif, le vieil homme traçait les signes sur les galets et les disposait devant Mondo.

Jean-Marie Gustave Le Clézio, « Mondo » dans *Mondo et autres histoires* © Gallimard (1978).

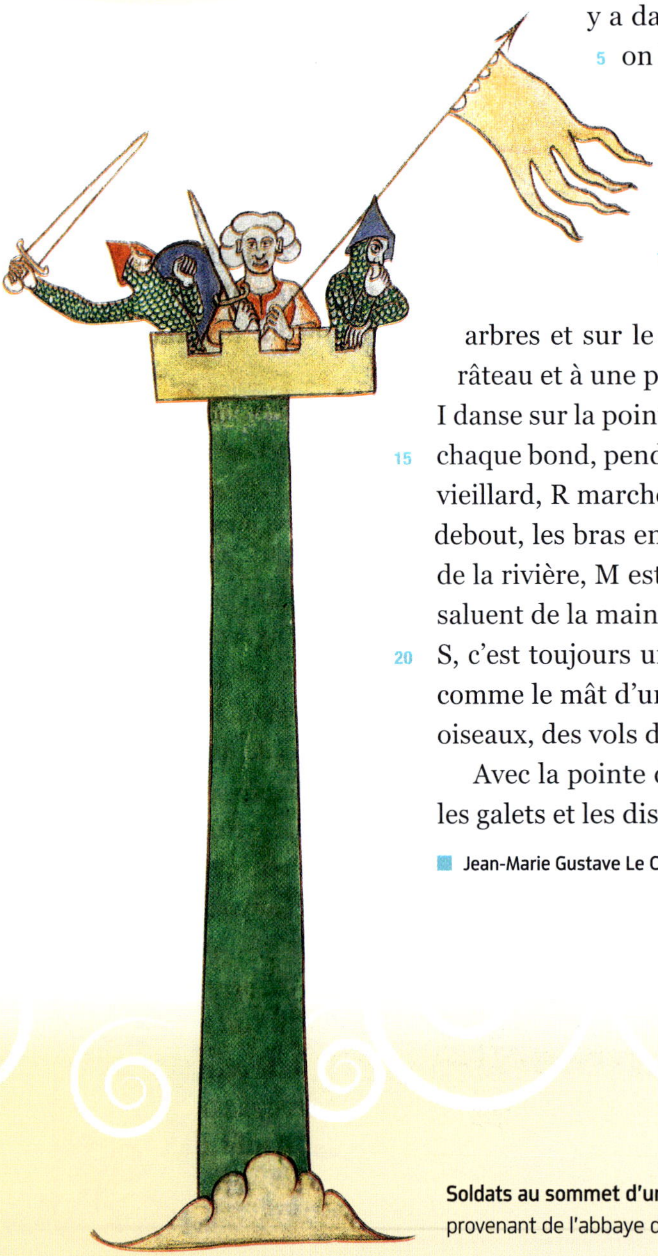

Soldats au sommet d'une tour, lettre I, manuscrit du XIIe siècle provenant de l'abbaye de Citeaux (France).

Atelier autour des lettres

LECTURE

1 a. Quel personnage enseigne son savoir ? Est-il jeune ou âgé ?
b. Quel personnage apprend ? Qu'apprend-il ?

2 Le texte parle-t-il de toutes les lettres de l'alphabet ? Sont-elles nommées dans l'ordre ? Complétez la phrase suivante pour répondre :
Le personnage décrit ...... consonnes et ...... voyelles.

3 Comment les lettres sont-elles décrites ? Citez au moins trois exemples dans le texte.

4 Complétez à l'aide des mots suivants : *personnages – récit – histoire.*
Ce .... raconte l'........... de deux .... : Mondo et un vieil homme. Ce dernier apprend à Mondo à lire.

GRAMMAIRE

Le verbe et sa conjugaison

5 a. Relevez un verbe du premier groupe et un verbe du troisième groupe.
b. Il n'y a pas de verbe du deuxième groupe. Proposez-en un.

6 a. *Avec la pointe de son canif, le vieil homme traçait les signes sur les galets* (l. 23-24) : repérez le verbe conjugué et dites à quel temps il est conjugué.
b. Quel verbe est très fréquemment employé dans la description des lettres ? À quel temps est-il conjugué ?

7 *Il parlait à Mondo* (l. 3). Réécrivez la phrase :
– en modifiant le temps du verbe ;
– en modifiant la personne ;
– en modifiant le temps et la personne.
À chaque fois, entourez le radical du verbe (la partie qui ne change pas).

VOCABULAIRE

8 a. Situez le mot *canif* (l. 1) dans l'ordre alphabétique parmi les mots suivants : *caméra – caniche – caniveau – cannibale.*
b. Recherchez le mot *canif* dans le dictionnaire. Donnez un synonyme.

ORTHOGRAPHE

9 Choisissez la bonne orthographe.

« Tu **va / vas** écrire, toi aussi », **disait / disais** le vieil homme. Il lui donnait **son / sont** canif **est / et** Mondo restait longtemps à graver les dessins des lettres sur les **galet / galets** de la plage. Puis il les **mettait / m'était** à côté, pour voir quels **nom / noms** cela faisait. Il y avait toujours beaucoup de O et de I parce que c'était **eu / eux** qu'il préférait.

D'après J.-M. G. Le Clézio, « Mondo » dans *Mondo et autres histoires* © Gallimard (1978).

PRÉSENTER LES LETTRES DE SON PRÉNOM

Présentez-vous : épelez votre prénom. Comme le vieil homme, décrivez chacune des lettres en expliquant ce qu'elle évoque par sa forme.

DÉBATTRE

Pensez-vous qu'il est important de savoir lire ? Pourquoi ? Expliquez votre opinion à la classe. Pensez à donner des exemples.

Justin Grégoire, papier découpé « Crocodile ».

Lire un poème

Repères

XXe et XXIe siècles

Poésie

« Bien placés bien choisis... »

Bien placés bien choisis
quelques mots font une poésie
les mots il suffit qu'on les aime
pour écrire un poème
on sait pas toujours ce qu'on dit
lorsque naît la poésie
faut ensuite rechercher le thème
pour intituler le poème
mais d'autres fois on pleure on rit
en écrivant la poésie
ça a toujours kékchose d'extrême
un poème

Raymond Queneau, « Bien placés bien choisis », dans *L'Instant fatal* © Gallimard.

Bel oiseau du paradis
ton vol est si doux
ton plumage est si coloré il me tarde de
pouvoir te toucher
je contemple tes ailes
magnifiques
elles me rendent
mélancolique
oiseau du bonheur
ami immuable des fleurs
Oeil
baptisé dans le nectar divin
de la
nature
tu es suspendu
sur le
ciel

Guillaume Hess, *Calligramme* (2013), paru dans *L'Épître* (revue littéraire ayant pour but d'encourager l'écriture : www.lepitre.ch).

LE CALLIGRAMME

- Quelle difficulté rencontrez-vous pour lire le calligramme ?
- Quel lien voyez-vous entre le sujet du poème et sa mise en page ?
- Appréciez-vous cette disposition du poème ?

Atelier autour des mots

LECTURE

1 Pourquoi pouvez-vous dire que ce texte est un poème ?

2 D'après le poème, comment écrit-on de la poésie ?

3 D'après vos souvenirs de poésie, sur quels thèmes écrit-on des poèmes ?

4 Selon le poète, quelles émotions provoque la poésie ? Citez le texte.

5 Relevez les mots qui riment avec *poème* et *poésie*.

6 À l'aide des mots suivants, composez une phrase pour expliquer ce qu'est un poème.
jeu sur les sons et les mots – court – texte – émotions – provoque

GRAMMAIRE

Les classes de mots

7 Relevez les noms communs du poème et classez-les dans le tableau.

	Féminin	Masculin
Singulier	....	....
Pluriel	....	....

8 Repérez un pronom personnel : que remplace-t-il ?

9 Relevez un déterminant : quel nom détermine-t-il ?

10 Relevez trois mots invariables.

VOCABULAIRE

11 *kékchose* (v. 11) : ce mot existe-t-il ? Par quels autres mots peut-on le remplacer ?

12 **a.** Relevez un synonyme de *poème*.
b. Ces deux mots sont-ils de la même famille ?

13 Relevez deux antonymes (mots de sens contraire).

ORTHOGRAPHE

14 Recopiez les phrases suivantes et entourez toutes les marques d'accord. Expliquez ces accords.
1. Quelques mots bien placés et bien choisis font une poésie.
2. Nous pleurons et nous rions en lisant les poésies écrites par de grands poètes.
3. Les poésies sont émouvantes.

RÉDIGER LA RECETTE D'UN POÈME

En vous aidant du poème de Queneau, proposez une recette permettant d'écrire un poème.

Consignes

- Faites une liste des ingrédients (ex. : *des mots bien choisis*).
- Composez le champ lexical de la cuisine avec des verbes d'action (ex. : *mélanger*).
- Présentez votre poème comme une recette de cuisine : une liste d'ingrédients, puis de courts paragraphes avec des verbes à l'impératif.

JOUER AVEC LES RIMES

Trouvez le maximum de rimes avec les mots suivants.
jouer – écrire – voyage – expression – nature – incroyable – plume – artiste

Lire une scène de théâtre

Repères

XVIIe siècle

Théâtre

Mise en scène de Benjamin Lazar

Maître de philosophie, Monsieur Jourdain

Monsieur Jourdain. – [...] Je voudrais donc lui mettre dans un billet : *Belle Marquise, vos beaux yeux me font mourir d'amour* ; mais je voudrais que cela fût mis d'une manière galante ; que cela fût tourné gentiment.

Maître de philosophie. – Mettre que les feux de ses yeux réduisent votre cœur en cendres ; que vous souffrez nuit et jour pour elle les violences d'un...

Monsieur Jourdain. – Non, non, non, je ne veux point tout cela ; je ne veux que ce que je vous ai dit : *Belle Marquise, vos beaux yeux me font mourir d'amour.*

Maître de philosophie. – Il faut bien étendre un peu la chose.

Monsieur Jourdain. – Non, vous dis-je, je ne veux que ces seules paroles-là dans le billet ; mais tournées à la mode, bien arrangées comme il faut. Je vous prie de me dire un peu, pour voir, les diverses manières dont on les peut mettre.

Maître de philosophie. – On les peut mettre premièrement comme vous avez dit : *Belle Marquise, vos beaux yeux me font mourir d'amour.* Ou bien : *D'amour mourir me font, belle Marquise, vos beaux yeux.* Ou bien : *Vos yeux beaux d'amour me font, belle Marquise, mourir.* Ou bien : *Mourir vos beaux yeux, belle Marquise, d'amour me font.* Ou bien : *Me font vos yeux beaux mourir, belle Marquise, d'amour.*

Monsieur Jourdain. – Mais de toutes ces façons-là, laquelle est la meilleure ?

Maître de philosophie. – Celle que vous avez dite : *Belle Marquise, vos beaux yeux me font mourir d'amour.*

Monsieur Jourdain. – Cependant je n'ai point étudié, et j'ai fait cela tout du premier coup. Je vous remercie de tout mon cœur, et vous prie de venir demain de bonne heure.

Molière, *Le Bourgeois gentilhomme* (1670), acte II, scène 4.

***Le Bourgeois gentilhomme*, mise en scène de Denis Podalydès**, avec Pascal Rénéric (Monsieur Jourdain) et Francis Leplay (le Maître de philosophie), théâtre des Bouffes du Nord (Paris, 2012).

Atelier autour des phrases

LECTURE

1 À quel genre cet extrait appartient-il ? Justifiez votre réponse.

2 M. Jourdain a-t-il l'air intelligent ? Aidez-vous de l'image pour répondre.

3 Selon vous, le Maître de philosophie a-t-il aidé M. Jourdain ? Expliquez.

4 La scène vous a-t-elle fait rire ? Pourquoi ?

5 Complétez les phrases à l'aide des mots suivants :
spectacle – dialogues – comédie.

a. Le théâtre raconte une action par l'intermédiaire des .... entre les personnages.

b. Le théâtre est un .... joué sur scène par des acteurs.

c. Une .... est une pièce de théâtre qui fait rire le spectateur.

GRAMMAIRE

La construction de la phrase

6 **a.** D'après vous, quelle est la meilleure manière de rédiger le message à la marquise ?
b. Une autre manière pourrait-elle convenir, parmi celles que le Maître de philosophie propose ? Pourquoi ?

7 **a.** Remettez ces éléments dans l'ordre afin de composer quatre phrases correctes.
mon cousin – un – lit – livre – la voisine – à
b. Donnez la fonction de chaque élément des quatre phrases.
c. Qu'avez-vous dû ajouter pour que les quatre phrases soient correctes à l'écrit ?

ORTHOGRAPHE

8 Recopiez la phrase *Belle Marquise, vos beaux yeux me font mourir d'amour* (l. 2) :
a. en remplaçant *yeux* par *bouche*, puis par *boucles* ;
b. en mettant la phrase au futur, puis au passé.

VOCABULAIRE

9 Choisissez le sens du mot *billet* (l. 1) dans le texte, parmi les définitions suivantes :
titre de transport – papier imprimé donnant une entrée – petit article de journal – lettre très courte – monnaie en papier.

10 Donnez deux autres mots de la famille de *galante* (l. 3).

11 *Vos beaux yeux me font mourir d'amour* (l. 2) : M. Jourdain meurt-il vraiment ? Comment expliquez-vous l'utilisation de ce verbe ?

ÉCRIRE UNE SCÈNE COMIQUE

Imaginez que M. Jourdain a finalement choisi la formule : *D'amour mourir me font, belle Marquise, vos beaux yeux*. Racontez la scène où M. Jourdain donne ce billet à la marquise qui le lit et réagit.

Consignes

- Vous écrirez une scène avec au moins cinq répliques qui commenceront par le nom du personnage : M. Jourdain, la marquise.
- Vous montrerez la surprise de la marquise et imaginerez la réaction de M. Jourdain.

JOUER UNE SCÈNE COMIQUE

Par groupes de deux, jouez la scène en lisant les répliques. Exercez-vous à lire de façon fluide.

Consignes

- Répartissez-vous les deux personnages.
- Réfléchissez à la façon dont vous allez interpréter votre personnage : votre M. Jourdain est-il idiot ou émerveillé comme un petit enfant ? Votre Maître de philosophie se moque-t-il de son élève ou essaie-t-il de conserver sa patience tant bien que mal ?

2 Gare à l'ogre !

Quels sont les caractéristiques et le rôle de l'ogre dans les contes ?

Doc. 1 Illustration de **Gustaf Tenggren** (1896-1970) pour les *Contes des fées* de Madame d'Aulnoy.

Doc. 2 **Alain Ayroles et Bruno Maïorana,** ***Garulfo***, tome 4 « L'Ogre aux yeux de cristal »

Reconnaissez-vous ces personnages monstrueux ?

- Dans quel type de récits les rencontre-t-on ?
- En vous aidant des documents 1, 2 et 3, dites quelles sont leurs caractéristiques.

Doc. 3 Illustration de **Gustave Doré** (1862) pour « Le Petit Poucet » de Charles Perrault, gravure colorisée.

Image animée

Quelles émotions ces personnages provoquent-ils ?

- Quelle émotion ressentez-vous face à ces images (docs. 1, 2 et 3) ?
- Vous rappelez-vous de scènes de contes qui vous ont effrayé(e) dans votre enfance ? Comment ces contes se terminent-ils ?
- Connaissez-vous des ogres différents (gentils, amusants…) ?

Découvrez, dans ce chapitre, les monstres qui peuplent les contes !

Repères culturels

Le personnage de l'ogre

Le mot *ogre* vient certainement du latin *orcus* qui signifie « enfer » ou « divinité des enfers ». L'ogre apparaît comme un monstre mangeur d'enfants dans les **contes de Perrault au XVIIe siècle**. Mais, bien avant le XVIIe siècle, les **mythes** et les **légendes** présentent de nombreuses créatures qui, parce qu'elles sont **géantes** ou **dévorent des humains**, sont les **ancêtres** des ogres de nos contes.

Les origines mythologiques de l'ogre

Cronos est un des premiers dieux de la mythologie grecque. Fils d'Ouranos et de Gaïa, il se révolte contre son père. Ouranos lui prédit que ses enfants, à leur tour, se révolteront contre lui, alors Cronos décide de les dévorer ! Zeus, caché par sa mère, parvient à échapper à ce **père dévoreur d'enfants** et se révolte effectivement contre lui.

Le Minotaure est un **monstre au corps d'homme et à la tête de taureau**. Enfermé dans son labyrinthe, il exige qu'on lui sacrifie chaque année sept jeunes garçons et sept jeunes filles. Il est vaincu par **Thésée**.

Minotaure (vers 515 av. J.-C.), vase à figures noires (détail).

Tête du cyclope Polyphème (IIe siècle av. J.-C.), sculpture en marbre, Museum of Fine Arts (Boston, États-Unis).

Les Cyclopes, fils de Poséidon, sont des **géants sauvages à l'œil unique** qui dévorent les hommes. Le plus célèbre est **Polyphème**. Il mange les compagnons d'Ulysse dans l'*Odyssée* d'Homère (→ p. 90-91).

● Quelle(s) caractéristique(s) l'ogre des contes a-t-il empruntée(s) à chacun de ses terribles ancêtres ? Recopiez et complétez le tableau.

	Géant	Dévore des êtres humains
Cronos		
Polyphème		
Minotaure		

Les ogres du monde entier

En Allemagne et en Autriche

Krampus est un monstre des Alpes qui dévore les enfants qu'il enlève. Dans la tradition, on l'utilise pour faire peur aux enfants désobéissants. Il figure sur de nombreuses cartes postales pendant la période des fêtes de fin d'année.

Carte postale d'Autriche de 1910.

Soga Shohaku (1730-1781), ***Doji dans un arbre et démon bleu***, encre sur papier.

Au Japon

Oni est un ogre du folklore traditionnel japonais. Dans le célèbre conte *Issun Bôshi*, il avale le héros, un tout petit garçon armé d'une aiguille en guise d'épée. Le minuscule guerrier le pique alors de l'intérieur. Oni le recrache et s'enfuit, faisant du garçon un héros.

- Observez ces monstres appartenant à des cultures très différentes et comparez-les aux ogres représentés p. 16-17. Qu'ont-ils en commun ? Quelles sont leurs différences ?
- Imaginez à votre tour un monstre dévoreur d'enfants. Donnez-lui un nom terrible et décrivez-le en quelques lignes.

À retenir : L'ogre est un monstre issu de créatures mythologiques. Il apparaît au XVIIe siècle dans les contes de Perrault (« Le Petit Poucet » → p. 20, « Le Chat botté » → p. 24). Il peuple les contes et légendes du monde entier (« Le Chêne de l'ogre » → p. 26).

L'arrivée du petit Poucet chez l'Ogre

Conte intégral

Repères

XVIIe siècle

Conte

• Le **conte** est un court récit issu de la **tradition orale**. Il met en scène un héros et des personnages souvent **merveilleux** (des fées, des sorcières, des ogres…). Il est généralement porteur d'une **leçon**.

C'est la nuit. Le petit Poucet et ses six frères sont perdus dans la forêt. Loin, par-delà le bois, ils aperçoivent la lumière d'une chandelle…

Ils arrivèrent enfin à la maison où était cette chandelle, non sans bien des frayeurs, car souvent ils la perdaient de vue, ce qui leur arrivait toutes les fois qu'ils descendaient dans quelques fonds. Ils heurtèrent à la porte, et une bonne femme vint leur ouvrir. Elle leur demanda ce qu'ils voulaient ; le petit Poucet lui dit qu'ils étaient de pauvres enfants qui s'étaient perdus dans la forêt, et qui demandaient à coucher par charité. Cette femme les voyant tous si jolis se mit à pleurer, et leur dit :

« Hélas ! mes pauvres enfants, où êtes-vous venus ? Savez-vous bien que c'est ici la maison d'un Ogre qui mange les petits enfants ?

– Hélas ! Madame, lui répondit le petit Poucet, qui tremblait de toute sa force aussi bien que ses frères, que ferons-nous ? Il est bien sûr que les loups de la forêt ne manqueront pas de nous manger cette nuit, si vous ne voulez pas nous retirer chez vous. Et cela étant, nous aimons mieux que ce soit Monsieur qui nous mange ; peut-être qu'il aura pitié de nous, si vous voulez bien l'en prier. »

La femme de l'Ogre qui crut qu'elle pourrait les cacher à son mari jusqu'au lendemain matin, les laissa entrer et les mena se chauffer auprès d'un bon feu ; car il y avait un mouton tout entier à la broche pour le souper de l'Ogre.

Comme ils commençaient à se chauffer, ils entendirent heurter trois ou quatre grands coups à la porte : c'était l'Ogre qui revenait. Aussitôt sa femme les fit cacher sous le lit et alla ouvrir la porte. L'Ogre demanda d'abord si le

Illustration d'**Henri Thiriet** (début du XXe siècle) pour « Le Petit Poucet » de Charles Perrault, lithographie en couleur, collection particulière.

Le Petit Poucet (O. Dahan, 2001)

souper était prêt, et si on avait tiré du vin, et aussitôt se mit à table. Le mouton était encore tout sanglant, mais il ne lui en sembla que meilleur. Il fleurait à droite et à gauche, disant qu'il sentait la chair fraîche.

« Il faut, lui dit sa femme, que ce soit ce veau que je viens d'habiller que vous sentez.

– Je sens la chair fraîche, te dis-je encore une fois, reprit l'Ogre, en regardant sa femme de travers, et il y a ici quelque chose que je n'entends pas[1]. »

1. **Je n'entends pas :** ici le mot *entendre* a le sens de *comprendre*.

Charles Perrault, « Le Petit Poucet », dans *Les Contes de ma mère l'Oye* (1697).

Découvrir un personnage effrayant

Notions : motif de l'ogre – expression de la peur

Échanger

Connaissez-vous le début de ce célèbre conte ? À plusieurs, racontez les événements qui précèdent l'arrivée du petit Poucet et de ses frères chez l'Ogre.

Comprendre

1. Où les enfants sont-ils ? Que cherchent-ils ?

2. Comment la femme de l'Ogre réagit-elle lorsque les enfants frappent à sa porte ?

3. Pourquoi les enfants préfèrent-ils dormir chez l'Ogre que rester dehors ?

Approfondir

4. Où la maison de l'Ogre se trouve-t-elle ? Citez d'autres contes dans lesquels ce lieu abrite des créatures dangereuses ou surnaturelles.

5. Reproduisez et complétez ce schéma :

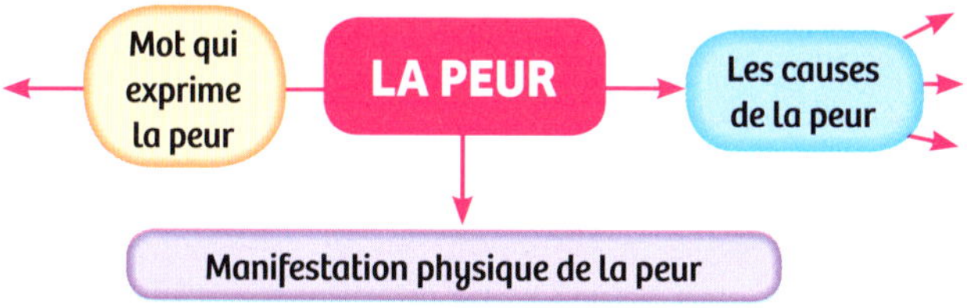

6. Relevez le champ lexical de la nourriture et du repas. Quelle est la principale préoccupation de l'Ogre ?

7. Comment l'Ogre se rend-il compte de la présence des enfants ? Quel sens (ouïe, goût, odorat, toucher, vue) est particulièrement développé chez lui ? À quel type d'être vivant vous fait-il penser ?

Faire le bilan

Rédigez le bilan en répondant par une phrase à chaque question.

- Dans le conte traditionnel, qui est l'ogre ?
- Où vit-il ?
- Quel sentiment provoque-t-il chez le héros ? Et chez le lecteur ?

Vocabulaire en contexte

- Quel est le sens de ***charité*** (l. 6) et ***pitié*** (l. 16) ? Aidez-vous au besoin du dictionnaire, puis faites une phrase avec chacun des mots.
- Remplacez le verbe ***fleurait*** (l. 32) par un verbe de même sens.
- Le mot ***chair*** (l. 32), qui désigne ici la partie comestible des animaux, a de nombreux homonymes. Trouvez-en plusieurs et expliquez-les.

EXPRIMER LA PEUR

L'Ogre a repéré les sept garçons cachés sous le lit. Il approche. Les enfants sont terrifiés. Racontez la scène dans un court récit de cinq lignes.

Consignes

- Pour préparer votre récit, refaites la carte mentale de la peur :
  – indiquez la nouvelle cause de la peur ;
  – trouvez trois mots qui expriment la peur ;
  – trouvez deux mots ou expressions qui évoquent les manifestations physiques de la peur.
- Utilisez ces mots dans votre récit.

Les tanières des sorcières-ogresses

Texte 1

Hänsel et Gretel sont frère et sœur. Ils ont été abandonnés dans la forêt…

Repères

XIXe siècle

Conte

• Dans les contes d'Europe du Nord et de l'Est, les sorcières sont souvent des ogresses.

Ils se remirent à marcher, mais ne firent que s'enfoncer toujours plus profondément dans la forêt, et si personne ne venait bientôt à leur secours, ils allaient mourir de faim. Quand il fut midi, ils virent un beau petit oiseau blanc, d'un blanc immaculé[1], qui était perché sur une branche et qui chantait si joliment qu'ils s'arrêtèrent pour l'écouter. Et quand il eut fini de chanter, il battit des ailes et s'envola devant eux, et les enfants le suivirent jusqu'à ce qu'ils arrivent à une petite maisonnette sur le toit de laquelle l'oiseau se percha. En s'approchant, ils virent que la maisonnette était faite de pain et qu'elle avait un toit de gâteau ; quant aux fenêtres, elles étaient faites de sucre clair. « Attaquons et faisons un bon repas ! Je vais manger un morceau de toit, et toi, Gretel, tu peux manger un bout de la fenêtre, elle est sucrée. » Il leva le bras et cassa un petit morceau de toit pour le goûter, quant à Gretel, elle s'approcha des vitres et entreprit de les grignoter. […] Hänsel, qui trouvait le toit fort à son goût, en arracha un grand morceau, quant à Gretel, elle démonta une vitre ronde tout entière, s'assit par terre et s'en donna à cœur joie. La porte s'ouvrit soudain et une femme vieille comme Mathusalem[2], qui s'appuyait sur une canne, sortit de la maisonnette à pas de loup.

Jacob et Wilhelm Grimm, « Hänsel et Gretel » dans *Contes pour les enfants et la maison* (1812), traduit de l'allemand par Natacha Rimasson-Fertin © Corti (2009).

1. **Immaculé :** sans tache.
2. **Mathusalem :** personnage biblique qui vécut très vieux.

Étudier le lieu du conte

Notions : description – merveilleux

Échanger

Pourquoi, à votre avis, le conteur prend-il le temps de décrire la maison des sorcières-ogresses ?

Comprendre

1. Complétez le tableau.

	Parties de la maison	Matières et objets utilisés
Hänsel et Gretel	• Murs • …………………	• en pain • en ………………
Vassilissa	• ………………… • …………………	• en ……………… • en ………………

2. Quel champ lexical est utilisé pour décrire la maison dans le texte 1 ? Et dans le texte 2 ?

Approfondir

3. Dans les deux textes, quels indices montrent que les maisons se trouvent au cœur de la forêt ?

4. Repérez, dans le texte 2, tous les compléments de phrase qui indiquent le lieu. Pourquoi sont-ils nombreux, selon vous ?

5. Comparez les deux maisons. Selon vous, quel effet produisent-elles sur celui qui les découvre ?

6. Ces maisons vous paraissent-elles merveilleuses ? Justifiez votre réponse.

Repère : Un **lieu merveilleux** est un lieu où apparaissent des éléments qu'on ne rencontre pas dans le monde réel.

Repères

XIXe siècle

Conte

Texte 2 Vassilissa a été envoyée par sa belle-mère chez la Baba-Yaga, sorcière-ogresse traditionnelle des contes russes. Cette dernière habite au cœur d'une forêt.

Vassilissa marcha toute la nuit et toute la journée suivante, et elle n'arriva que le deuxième soir à la clairière où se trouvait la chaumière de la Baba-Yaga ; autour de la chaumière, il y avait une palissade[1] construite d'ossements humains, et, sur la palissade, se trouvaient des crânes humains avec leurs yeux ; sur la porte, au lieu de crochet, il y avait des tibias[2] humains ; au lieu de verrou, des os de bras ; au lieu de serrure, des mâchoires aux dents pointues.

Alexandre Afanassiev, « Vassilissa-la-très-belle » dans *Contes populaires russes* (XIXe siècle), traduit du russe, présenté et annoté par Lise Gruel-Apert © IMAGO (2014-2016).

1. **Palissade :** clôture faite normalement de planches.
2. **Tibias :** os de la jambe.

Illustration de **James Schultz** (2007) pour « Vassilissa-la-très-belle » d'Alexandre Afanassiev.

7. a. Quel est le rôle de l'oiseau dans le conte d'« Hänsel et Gretel » ? Aide-t-il les enfants ?

b. Pourquoi peut-on dire que les enfants sont tombés dans le piège de l'ogresse ?

Faire le bilan

Complétez le bilan avec les mots qui conviennent.

Ces deux maisons sont des lieux merveilleux car .... L'une d'elles constitue un .... pour attirer ...., et l'autre est décorée avec .... des victimes de l'ogresse.

DÉCRIRE LA MAISON D'UN OGRE

Voici une courte description de la maison de l'ogre dans le conte « Finette Cendron » de Madame d'Aulnoy : ***Je découvre une grande maison, si belle, si belle que je ne saurais assez le dire ; les murs en sont d'émeraudes et de rubis, le toit de diamants : elle est toute couverte de sonnettes d'or.***

Poursuivez-la en y ajoutant trois phrases de description.

La bêtise de l'ogre

Conte intégral

Texte écho
V. Hugo,
« L'Ogre et la fée »

Repères

XVIIe siècle

Conte

• **Charles Perrault** est un écrivain du XVIIe siècle. Dans *Les Contes de ma mère l'Oye*, il met par écrit des récits issus de la **tradition orale**. C'est dans ces contes qu'apparaît la **figure de l'ogre** telle que vous la connaissez.

Un jeune homme pauvre ne reçoit pour héritage de son père qu'un chat. Mais ce chat est malin et va faire sa fortune. Dans ce passage, il envisage de s'emparer du château et des richesses de l'ogre.

Le maître Chat arriva enfin dans un beau Château dont le Maître était un Ogre, le plus riche qu'on ait jamais vu, car toutes les terres par où le Roi avait passé étaient de la dépendance de ce Château. Le Chat, qui eut soin de s'informer qui était cet Ogre, et ce qu'il savait faire, demanda à lui parler disant qu'il n'avait pas voulu passer si près de son Château, sans avoir l'honneur de lui faire la révérence.

L'Ogre le reçut aussi civilement[1] que le peut un Ogre, et le fit reposer.

« On m'a assuré, dit le Chat, que vous aviez le don de vous changer en toute sorte d'Animaux, que vous pouviez par exemple, vous transformer en Lion, en Éléphant ?

– Cela est vrai, répondit l'Ogre brusquement, et pour vous le montrer, vous m'allez voir devenir Lion. » Le Chat fut si effrayé de voir un Lion devant lui, qu'il gagna aussitôt les gouttières, non sans peine et sans péril, à cause de ses bottes qui ne valaient rien pour marcher sur les tuiles. Quelque temps après, le Chat, ayant vu que l'Ogre avait quitté sa première forme, descendit, et avoua qu'il avait eu bien peur.

« On m'a assuré encore, dit le Chat, mais je ne saurais le croire, que vous aviez aussi le pouvoir de prendre la forme des plus petits Animaux, par exemple, de vous changer en un Rat, en une Souris ; je vous avoue que je tiens cela tout à fait impossible.

– Impossible ? reprit l'Ogre, vous allez voir », et en même temps il se changea en une Souris, qui se mit à courir sur le plancher. Le Chat ne l'eut pas plus tôt aperçue qu'il se jeta dessus, et la mangea.

Charles Perrault, « Le Chat botté », dans *Les Contes de ma mère l'Oye* (1697).

1. **Civilement :** poliment.

Vocabulaire en contexte

- Relevez les verbes ou les expressions qui signifient « changer de forme ».
- Par quel synonyme pourriez-vous remplacer le mot ***péril*** (l. 13) ?

Histoire des arts

Étudier une illustration de conte

a. Combien de scènes du texte sont représentées ? Par quel moyen l'illustrateur les différencie-t-il ?
b. Observez la taille de l'Ogre et la taille du Chat dans chacune des scènes. Comment le dessinateur montre-t-il le changement du rapport de force ?
c. Quelle image de l'Ogre est donnée ? Observez son expression.
d. Quels éléments montrent que le Chat est un personnage rusé ?
e. Quelle émotion l'image suscite-t-elle (le rire, la peur...) ?

Étudier le récit d'une ruse

Notions : étapes du récit – merveilleux

Échanger

Choisissez un adjectif pour qualifier le Chat botté et un adjectif pour qualifier l'Ogre. Justifiez votre choix en racontant des passages du texte.

Comprendre

1. Que sait-on au sujet de l'Ogre ? Le Chat botté a-t-il ces mêmes informations ? Citez un passage du texte qui le prouve.

2. a. Combien d'étapes la ruse du Chat botté comporte-t-elle ? Relevez le complément de phrase qui montre le passage d'une étape à l'autre.

b. Écrivez une phrase pour résumer chaque étape.

Approfondir

3. Ce passage du conte est-il merveilleux ? Justifiez votre réponse.

4. a. Quand l'Ogre se transforme en lion, quelle est la réaction du Chat ? À votre avis, est-ce une réaction sincère ?

b. Pourquoi, selon vous, le Chat ne demande-t-il pas à l'Ogre de se transformer tout de suite en souris ?

5. Dans les dernières paroles du Chat botté, quels sont les mots qui poussent l'Ogre à agir ?

6. Comparez la longueur des paroles prononcées par le Chat et par l'Ogre. Que pouvez-vous dire au sujet de leur caractère ?

Faire le bilan

Complétez le bilan avec les mots qui conviennent.

Ce récit .... la ruse du .... pour vaincre l'............... . Ce récit est merveilleux car l'Ogre a le pouvoir de se .... La ruse comporte plusieurs .... qui permettent au chat de tromper son adversaire. À travers le récit et le dialogue, on observe l'............... du Chat botté et la .... de l'Ogre qui se laisse prendre au piège.

Illustration de **Félix Lorioux** (1927).

JEU DE RÔLE

Jouez la scène à deux en remplaçant le personnage du Chat botté par un autre héros de conte.

Consignes

- Piochez un personnage dans cette liste : le vilain petit canard, le loup, un bûcheron, un âne.
- Réécrivez les dialogues en les adaptant au personnage choisi. Comme dans le conte, l'ogre se transformera deux fois à la demande de votre personnage et finira par être vaincu.
- N'oubliez pas de faire ressortir la malice de votre personnage et la bêtise de l'ogre.

Texte intégral

« Le Chêne de l'ogre »

Texte lu

Partie 1

Dans ce conte kabyle, nous retrouvons des éléments présents dans de célèbres contes de Charles Perrault ou de Jacob et Wilhelm Grimm.

Repères

XXe siècle

Conte

- Le conte est une forme de **littérature orale** très ancienne, c'est pourquoi il est présent dans **toutes les civilisations**.
- Des histoires et des personnages très ressemblants apparaissent parfois dans les contes traditionnels de pays différents.

Que mon conte soit beau et se déroule comme un long fil.

L'on raconte qu'aux temps anciens, il était un pauvre vieux qui s'entêtait à vivre et à attendre la mort tout seul dans sa masure[1]. Il habitait en dehors du village. Et jamais il n'entrait ni ne sortait, car il était paralysé. On lui avait traîné son lit près de la porte, et cette porte, il en tirait la targette[2] à l'aide d'un fil. Or ce vieux avait une petite fille, à peine au sortir de l'enfance, qui lui apportait tous les jours son déjeuner et son dîner. Aïcha venait de l'autre bout du village, envoyée par ses parents qui ne pouvaient eux-mêmes prendre soin du vieillard.

La fillette, portant une galette et un plat de couscous, chantonnait à peine arrivée :

– Ouvre-moi la porte, ô mon père Inoubba, ô mon père Inoubba !

Et le grand-père répondait :

– Fais sonner tes petits bracelets, ô Aïcha ma fille !

La fillette heurtait l'un contre l'autre ses bracelets et il tirait la targette. Aïcha entrait, balayait la masure, aérait le lit. Puis elle servait au vieillard son repas, lui versait à boire. Après s'être longuement attardée près de lui, elle s'en retournait, le laissant calme et sur le point de s'endormir. La petite fille racontait chaque jour à ses parents comment elle avait veillé sur son grand-père et ce qu'elle lui avait dit pour le distraire. L'aïeul aimait beaucoup à la voir venir.

Mais un jour, l'ogre aperçut l'enfant. Il la suivit en cachette jusqu'à la masure et l'entendit chantonner :

– Ouvre-moi la porte, ô mon père Inoubba, ô mon père Inoubba !

Il entendit le vieillard répondre :

– Fais sonner tes petits bracelets, ô Aïcha ma fille !

L'Ogre se dit : J'ai compris. Demain je reviendrai, je répéterai les mots de la petite fille, il m'ouvrira et je le mangerai !

Le lendemain, peu avant que n'arrive la fillette, l'Ogre se présenta devant la masure et dit de sa grosse voix :

– Ouvre-moi la porte, ô mon père Inoubba, ô mon Inoubba !

– Sauve-toi, maudit ! lui répondit le vieux. Crois-tu que je ne te reconnaisse pas ?

L'Ogre revint à plusieurs reprises mais le vieillard, chaque fois, devinait qui il était. L'ogre s'en alla finalement trouver le sorcier.

– Voici, lui dit-il, il y a un vieil impotent[3] qui habite hors du village. Il ne veut pas m'ouvrir parce que ma grosse voix me trahit. Indique-moi le moyen d'avoir une voix aussi fine, aussi claire que celle de sa petite fille.

1. **Masure :** maison misérable.
2. **Targette :** loquet pour fermer une porte.
3. **Impotent :** personne qui a du mal à se déplacer.

Comprendre (partie 1)

- Quels éléments montrent que ce texte est un conte ?
- Qui sont les deux personnages principaux du conte ? Pour chacun d'eux, dites quel objectif il poursuit.
- De quelle manière Aïcha signale-t-elle son arrivée à son grand-père ?
- Quelle suite imaginez-vous ?

Le sorcier répondit :

– Va, enduis-toi la gorge de miel et allonge-toi par terre au soleil, la bouche grande ouverte. Des fourmis y entreront et racleront ta gorge. Mais ce n'est pas en un jour que ta voix s'éclaircira et s'affinera !

L'ogre fit ce que lui recommandait le sorcier : il acheta du miel, s'en remplit la gorge et alla s'étendre au soleil, la bouche ouverte. Une armée de fourmis entra dans sa gorge.

Au bout de deux jours, l'ogre se rendit à la masure et chanta :

– Ouvre-moi la porte, ô mon père Inoubba, ô mon Inoubba !

Mais le vieillard le reconnut encore.

– Éloigne-toi, maudit ! lui cria-t-il. Je sais qui tu es.

L'ogre s'en retourna chez lui.

Partie 2

Il mangea encore et encore du miel. Il s'étendit de longues heures au soleil. Il laissa des légions de fourmis aller et venir dans sa gorge. Le quatrième jour, sa voix fut aussi fine claire que celle de la fillette. L'ogre se rendit alors chez le vieillard et chantonna devant sa masure :

– Ouvre-moi la porte, ô mon père Inoubba, ô mon Inoubba !

– Fais sonner tes petits bracelets, ô Aïcha ma fille ! répondit l'aïeul.

L'Ogre s'était muni d'une chaîne : il la fit tinter. La porte s'ouvrit. L'Ogre entra et dévora le pauvre vieux. Et puis il revêtit ses habits, prit sa place et attendit la petite fille pour la dévorer aussi.

Elle vint. Mais elle remarqua, dès qu'elle fut devant la masure, que du sang coulait sous la porte. Elle se dit : « Qu'est-il arrivé à mon grand-père ? » Elle verrouilla la porte de l'extérieur et chantonna :

– Ouvre-moi la porte, ô mon père Inoubba, ô mon père Inoubba !

L'Ogre répondit de sa voix fine et claire :

– Fais sonner tes petits bracelets, ô Aïcha ma fille !

La fillette qui ne reconnut pas dans cette voix celle de son grand-père, posa sur le chemin la galette et le plat de couscous qu'elle tenait, et courut au village alerter ses parents.

– L'Ogre a mangé mon grand-père, leur annonça-t-elle en pleurant. J'ai fermé sur lui la porte. Et maintenant qu'allons-nous faire ?

Comprendre (partie 2)

- De quelle manière l'Ogre essaie-t-il d'imiter Aïcha ?
- À quel indice Aïcha découvre-t-elle la présence de l'Ogre ? Que fait-elle alors ?

Le père fit crier la nouvelle sur la place publique. Alors chaque famille offrit un fagot[1] et des hommes accoururent de tous côtés pour porter ces fagots jusqu'à la masure et y mettre le feu. L'ogre essaya vainement de fuir. Il pesa de toute sa force sur la porte qui résista. C'est ainsi qu'il brûla.

L'année suivante, à l'endroit même où l'Ogre fut brûlé, un chêne s'élança. On l'appela le « Chêne de l'ogre ». Depuis, on le montre aux passants.

Mon conte est comme un ruisseau, je l'ai conté à des Seigneurs.

Taos Amrouche, « Le Chêne de l'ogre » dans *Le grain magique* © La Découverte, www.editionsladecouverte.fr, www.collectionreperes.com.

1. **Fagot :** petites branches liées entre elles.

Étudier un conte intégral

Notions : schéma narratif – fonction des personnages

Échanger

Quels contes traditionnels ce conte kabyle vous rappelle-t-il ? Quelles différences repérez-vous par rapport à ces contes ?

Approfondir

1. a. Par quelles formules le conte débute-t-il et se termine-t-il ? À qui s'adressent-elles ?

b. À quoi le conte est-il comparé ?

2. Reproduisez et complétez le schéma de construction du conte traditionnel.

3. a. Quels mots montrent la violence de l'Ogre ? Et sa bêtise ?

b. Quel personnage joue le rôle de l'Ogre dans la ou les version(s) de ce conte que vous connaissez ?

Faire le bilan

Complétez le bilan avec les mots qui conviennent.

Ce conte kabyle ressemble dans sa structure au célèbre conte du ....
Son originalité est d'abord d'introduire le personnage de l'ogre à la place du ....
Elle est aussi dans le personnage d'.....................,
petite fille .... qui met un terme aux horribles agissements de l'ogre.

Situation initiale .... → **Élément déclencheur de l'action** Un ogre repère Aïcha portant une galette et un plat de couscous à son grand-père. → **Actions des personnages** .... → **Résolution du problème** .... → **Situation finale** ....

Vocabulaire en contexte

- Repérez les emplois du mot ***voix*** dans le texte. Citez trois homonymes de *voix*.
- Relevez des verbes appartenant au champ lexical de la voix.

RACONTER À PLUSIEURS

Exercez-vous à raconter ce texte.

Consignes

- Par groupes de cinq, répartissez-vous les passages du conte en vous aidant du schéma en cinq étapes (question 2).
- N'apprenez pas les passages par cœur mais sachez les raconter en mettant le ton, en ménageant des pauses et des accélérations, en jouant avec votre auditoire !

Des ogres surprenants

Repères

XVIIe siècle

Conte

• **Madame d'Aulnoy** (1650-1705), comme Charles Perrault, développe au XVIIe siècle le genre du conte merveilleux en s'inspirant des récits oraux.

Il était une fois un roi et une reine, auxquels il ne manquait rien pour être heureux que d'avoir des enfants. La reine était déjà vieille ; elle n'en espérait plus, quand elle devint grosse, et qu'elle mit au monde la plus belle petite fille qu'on ait jamais vue. La joie fut extrême dans la maison royale. Chacun s'empressa de chercher un nom à la princesse, qui exprimât ce qu'on sentait pour elle. Enfin on l'appela Aimée. [...] Un jour que pour divertir la nourrice, on l'avait menée sur la mer, par le plus beau temps de l'été, il survint tout d'un coup une si épouvantable tempête, qu'il fut impossible de la descendre à terre ; et comme elle était dans un petit vaisseau qui ne servait qu'à se promener le long du rivage, il fut bientôt brisé en pièces. La nourrice et tous les matelots périrent. La petite princesse, qui dormait dans son berceau, demeura flottante sur l'eau, et enfin la mer la jeta dans un pays assez agréable, mais qui n'était presque plus habité, depuis que l'ogre Ravagio et sa femme Tourmentine y étaient venus demeurer ; ils mangeaient tout le monde. Les ogres sont de terribles gens ; quand une fois ils ont croqué de la chair fraîche (c'est ainsi qu'ils appellent les hommes), ils ne sauraient presque plus manger autre chose ; et Tourmentine trouvait toujours le secret d'en faire venir quelqu'un, car elle était demi-Fée.

Elle sentit d'une lieue la pauvre petite princesse ; elle accourut sur le rivage pour la chercher avant que Ravagio l'eût trouvée. Ils étaient aussi goulus[1] l'un que l'autre, et jamais il n'y eut de plus hideuses figures, avec leur œil louche, placé au milieu du front, leur bouche grande comme un four, leur nez large et plat, leurs longues oreilles d'âne, leurs cheveux hérissés, et leur bosse devant et derrière.

Cependant, lorsqu'elle vit Aimée dans son riche berceau, enveloppée de langes de brocard[2] d'or, qui jouait avec ses menottes, dont les joues étaient semblables à des roses blanches mêlées d'incarnat[3], et sa petite bouche vermeille[4] et riante, demi-ouverte, qui semblait sourire à ce vilain monstre qui venait pour la dévorer, Tourmentine, touchée d'une pitié dont elle n'avait jamais été capable, résolut de la nourrir, et si elle avait à la manger, de ne la pas manger si-tôt.

[...] « Tiens, Ravagio, dit-elle à son mari, voici de la char-frache, bien grassette, bien douillette, mais par mon chef tu n'en croqueras que d'une dent ; c'est une belle petite fille ; je veux la nourrir, nous la marierons avec notre ogrelet, ils feront des ogrichons d'une figure extraordinaire ; cela nous réjouira dans notre vieillesse. [...] » Voilà donc Ravagio, Tourmentine et l'ogrelet à caresser Aimée d'une manière si humaine, que c'était une espèce de miracle.

Mme d'Aulnoy (1650-1705), *L'Oranger et l'Abeille.*

1. **Goulus :** gourmands, gloutons.
2. **Brocard :** riche tissu.
3. **Incarnat :** désigne une nuance de rouge.
4. **Vermeille :** désigne une nuance de rouge.

Odilon Redon, *Le Cyclope* (vers 1914), huile sur toile (64 x 51 cm), musée Kröller-Müller (Otterlo, Pays Bas).

Découvrir un conte d'ogre original

Notions : étapes du récit – portrait – oppositions

Échanger

Ces ogres vous surprennent-ils ? Pourquoi ?

Comprendre

1. a. Quelles étapes du conte avez-vous lues ? Justifiez votre réponse.

b. Résumez chaque étape en une phrase.

Approfondir

2. a. Complétez le tableau avec les éléments qui décrivent physiquement les personnages.

Aimée	Ravagio et Tourmentine
....	....

Que constatez-vous ?

b. Quels mots reconnaissez-vous dans les noms propres Aimée, Ravagio et Tourmentine ?

3. Quelles expressions montrent que les ogres sont habituellement violents ?

4. a. Repérez la phrase qui explique pourquoi Tourmentine ne dévore pas la fillette. La phrase est-elle brève ou longue ? Pourquoi ?

b. Grâce à quel argument Tourmentine convainc-t-elle Ravagio d'épargner, lui aussi, Aimée ?

Faire le bilan

Expliquez en quelques phrases pourquoi ce début de conte est original.

Vocabulaire en contexte

- Reformulez la phrase l. 20 à l. 24 en remplaçant l'adjectif ***hideuses*** par un adjectif de même sens.
- Relevez deux mots de la famille d'***ogre***. Les avez-vous déjà entendus ?

ÉCRIRE LA SUITE D'UN CONTE

Écrivez la suite immédiate de ce conte en quelques phrases. Vous commencerez votre récit par l'expression *Mais la pauvre enfant...*

L'Enfant Océan
de Jean-Claude Mourlevat

DÉCOUVRIR
LE ROMAN

- Le texte de la quatrième de couverture est-il un résumé ? À quoi sert-il ?
- Qu'apprcncz vous sur les personnages ?
- Comprenez-vous mieux le titre du roman ?
- Quelles autres informations sont données dans cette quatrième de couverture ?

À lire, à voir…

Jean-François Chabas, *Le Père Tire-Bras*
(Thierry Magnier, collection « Romans jeunesse », 2002)
Caché au fond de la rivière, le Père Tire-Bras dévore les enfants qui s'aventurent à sa portée. Tout le monde le sait. Olivier, lui, n'y croit pas, et pourtant…

Fabienne Morel, Gilles Bizouerne, Émilie Harel, *Trois Histoires du Petit Poucet racontées dans le monde*
(Syros, 2009)
Trois versions du Petit Poucet : celle de Perrault, une version polonaise et une version américaine.

LIRE
LE ROMAN

Vérifiez que vous avez bien compris le livre au fur et à mesure de votre lecture.

Première partie, chapitres I à IV

- Le narrateur est-il toujours le même personnage ?
- Qui est le héros ? Quelle décision prend-il, faisant ainsi débuter l'histoire ?
- L'histoire vous paraît-elle réaliste ou merveilleuse ?

Première partie, chapitres V à XV

- Qui guide les enfants dans leur voyage ? Où les mène-t-il ? De quelle manière ?
- Que nous apprend le mari de l'assistante sociale dans le dernier chapitre ?

Deuxième partie, chapitres I à X

- Les personnages qui rencontrent les enfants leur apportent-ils de l'aide ?
- Quels différents moyens de transport les frères utilisent-ils durant leur fuite ?

Deuxième partie, chapitres XI à la fin

- Que fait M. Faivre ? Qui permet finalement aux enfants d'être sauvés ?
- Quel mensonge Yann avoue-t-il à ses frères ?
- Sait-on ce que Yann devient à la fin du livre ?

PARTAGER
SA LECTURE

Prenez la parole pour présenter un des personnages à la classe.

Le roman est une **réécriture moderne du « Petit Poucet »** de Charles Perrault.

- **Choisissez** un personnage ou un groupe de personnages dans la liste suivante : Yann Doutreleau, les six autres frères, les parents Doutreleau, M. Faivre et sa famille.
- **Présentez** le ou les personnage(s) choisi(s).
- **Dites** à quel(s) personnage(s) du conte de Perrault il(s) vous fait (ou font) penser.
- **Exposez** les ressemblances et les différences entre les personnages de C. Perrault et de J.-C. Mourlevat.

MÉTHODE

Pour **présenter un personnage**, vous devez :

- faire son **portrait physique** et son **portrait moral** à partir des éléments fournis par le texte ;
- expliquer ses **relations avec les autres personnages** de l'histoire ;
- expliquer son **rôle dans l'histoire**.

Prenez la plume pour ajouter une page au roman.

Faites parler Corniaud, le chien des Doutreleau. Il voit rentrer les six frères, assiste aux retrouvailles avec leurs parents… mais il manque le petit dernier !

Votre récit fera une quinzaine de lignes. Vous commencerez ainsi : *Récit de Corniaud, 10 ans, chien des Doutreleau.*

Christian Lehman, *Taxi et le bunyip*
(L'École des loisirs, collection « Mouche », 1995)
Taxi, un jeune kangourou, est livré à lui-même : sa mère a été piégée par des chasseurs. Sa rencontre avec le bunyip, monstre légendaire australien, va changer le cours des choses.

Alain Ayroles et Bruno Maïorana, *Garulfo*, tome 4 « L'Ogre aux yeux de cristal »
(Delcourt, 2004)
Une parodie de contes célèbres en bande dessinée.

Le merveilleux

LECTURE

Un récit merveilleux est un récit qui présente des éléments surnaturels : personnages, lieux, objets…

1 **a.** Dans la description suivante, quelles particularités de l'ogre le rendent merveilleux ?

b. Quelles autres caractéristiques le rapprochent de l'être humain ?

> L'ogre était six fois plus haut que sa femme ; quand il parlait, la maison tremblait, et quand il toussait, il semblait des éclats de tonnerre ; il n'avait qu'un grand vilain œil, ses cheveux étaient tout hérissés, il s'appuyait sur une bûche dont il avait fait une canne ; il avait dans sa main un panier couvert ; il en tira quinze petits enfants qu'il avait volés par les chemins, et qu'il avala comme quinze œufs frais.
>
> Madame d'Aulnoy, « Finette Cendron » (1698).

2 La forêt des contes est souvent un lieu merveilleux, car elle est peuplée d'êtres surnaturels. Citez quelques-unes de ces créatures surnaturelles.

3 **a.** Recopiez le passage qui montre que les bottes décrites sont merveilleuses.

> Le Petit Poucet, s'étant approché de l'Ogre, lui tira doucement ses bottes, et les mit aussitôt. Les bottes étaient fort grandes et fort larges ; mais, comme elles étaient fées, elles avaient le don de s'agrandir et de se rapetisser selon la jambe de celui qui les chaussait ; de sorte qu'elles se trouvèrent aussi justes à ses pieds et à ses jambes que si elles eussent été faites pour lui.
>
> Charles Perrault, « Le Petit Poucet » (1697).

b. Connaissez-vous d'autres célèbres objets merveilleux présents dans les contes ?

4 Classez ces personnages de conte selon qu'ils sont merveilleux ou non.

un pauvre bûcheron – une ogresse – une licorne – une vieille femme – un dragon – un sorcier – une princesse – le roi – un lutin – le loup

VOCABULAIRE

Les mots français ont parfois plusieurs sens : on dit qu'ils sont polysémiques.

5 **a.** Dans les phrases suivantes, dites si le mot *merveilleux* a son sens courant de « magnifique » ou son sens littéraire de « contenant des éléments surnaturels ».

1. Les ogres, les fées et les sorcières peuplent les contes merveilleux.
2. Ce pique-nique dans la forêt était une très bonne idée : j'ai passé une journée merveilleuse !
3. La baguette magique de la fée marraine est un objet merveilleux.

b. Proposez à votre tour une phrase pour chacun des sens du mot *merveilleux*.

CONJUGAISON

Les verbes exprimant les actions principales du conte sont conjugués au passé simple. → p. 321-322

6 Repérez les verbes conjugués au présent puis conjuguez-les au passé simple.

1. D'un coup de baguette magique, la fée transforme le prince en crapaud.
2. L'ogre les attrape tous dans sa large main et les enferme dans son garde-manger.
3. La vieille lui tend une pomme empoisonnée.
4. Il chausse les bottes de sept lieues et s'enfuit d'un bond loin de la forêt.

L'expression de la peur

LECTURE

Dans les contes merveilleux, les monstres et les lieux terrifiants constituent des épreuves que le héros doit surmonter.

7 Dans le texte suivant, relevez les éléments qui provoquent la peur et les mots ou expressions qui expriment la peur. Classez-les en deux colonnes.

> La nuit vint, et il s'éleva un grand vent, qui leur faisait des peurs épouvantables. Ils croyaient n'entendre de tous côtés que des hurlements de Loups qui venaient à eux pour les manger. Ils n'osaient presque se parler ni tourner la tête. Il survint une grosse pluie qui les perça jusqu'aux os ; ils glissaient à chaque pas et tombaient dans la boue, d'où ils se relevaient tout crottés, ne sachant que faire de leurs mains.
>
> Charles Perrault, « Le Petit Poucet » (1697).

VOCABULAIRE

On appelle « famille de mots » l'ensemble des mots construits sur un même mot de base. Par exemple, *forestier*, *déforestation* sont des mots de la famille de *forêt*. → p. 330

8 Trouvez le maximum de mots de la famille des mots suivants qui évoquent la peur.

peur – crainte – terreur – épouvante – effroi

Les manifestations physiques de la peur sont souvent traduites par des expressions toutes faites.

9 **a.** Complétez ces expressions qui évoquent les manifestations physiques de la peur.

avoir la …… de poule – trembler comme une …… – avoir les …… qui se hérissent – avoir les …… dressés sur la tête – entendre son …… cogner dans sa poitrine – avoir des sueurs …… – être …… de peur – sentir son cœur battre la …… – sentir ses …… se dérober – claquer des ……

b. Composez deux phrases en employant chaque fois une de ces expressions. En connaissez-vous d'autres ?

10 Écrivez la suite de ce texte en utilisant des mots ou des expressions découverts dans les exercices précédents.

> À peine eut-il prononcé ces paroles que deux gros chats noirs, d'un bond formidable, sautèrent vers lui et s'installèrent de part et d'autre du garçon en le regardant d'un air sauvage avec leurs yeux de braise.
>
> Jacob et Wilhelm Grimm, « Histoire de celui qui s'en alla apprendre la peur » (1812), traduit de l'allemand par Natacha Rimasson-Fertin © Corti (2009).

GRAMMAIRE

Une phrase complète comprend un groupe sujet et un groupe verbal (verbe + complément essentiel).

11 **a.** À l'aide des groupes nominaux et des verbes proposés, fabriquez le maximum de phrases complètes.

Ex. : *Les ogres épouvantent la princesse.*

Groupes nominaux : les ogres – les enfants – la princesse – le craquement des branches – les hurlements du vent

Verbes : terrifier – effrayer – épouvanter

b. Améliorez vos phrases en ajoutant des compléments de phrase (de temps et de lieu) : *dans les bois sombres, à la nuit tombée…*

CONJUGAISON

La conjugaison des verbes dépend du groupe auquel ils appartiennent. Identifier le groupe permet de trouver un modèle de conjugaison.

12 **a.** Dites à quel groupe appartient chaque verbe.

b. En vous aidant des tableaux de conjugaison (p. 350-353), conjuguez les verbes au temps de l'indicatif demandé et à la personne indiquée.

frémir (imparfait ; il) – frissonner (passé simple ; je) – grelotter (imparfait ; ils) – tressaillir (passé simple ; elles) – sursauter (imparfait ; tu) – s'affoler (passé simple ; ils) – blêmir (imparfait ; je) – pâlir (imparfait ; vous)

Les personnages du conte

LECTURE

Dans les contes, le héros est facilement identifiable. Les personnages secondaires ont un rôle bien défini par rapport à lui : certains personnages lui viennent en aide et d'autres s'opposent à lui.

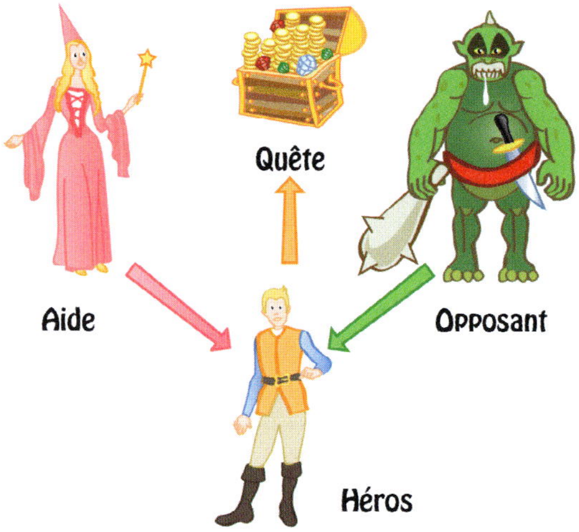

13 **a.** Parmi cette liste de personnages appartenant au conte traditionnel, dites ceux qui aident le héros et ceux qui s'opposent à lui.

l'ogre – la fée – la sorcière – la marraine – le loup – les sept nains – la belle-mère

b. Choisissez un personnage et expliquez son rôle dans un conte que vous connaissez.

14 **a.** Dans les deux extraits, dites si le personnage souligné représente une aide ou un opposant pour le héros.

b. Justifiez votre réponse en relevant des indices.

1. La bonne femme, ayant bu, lui dit : Vous êtes si belle, si bonne, et si honnête, que je ne puis m'empêcher de vous faire un don.

Charles Perrault, « Les Fées » (1697).

2. Mais la gentillesse de la vieille était feinte, car c'était une méchante sorcière qui guettait les petits enfants et n'avait bâti sa maisonnette de pain que pour les attirer.

Jacob et Wilhelm Grimm, « Hänsel et Gretel » (1812), traduit de l'allemand par Natacha Rimasson-Fertin © Corti (2009).

VOCABULAIRE

Pour caractériser un personnage, le vocabulaire utilisé doit être précis.

15 **a.** Classez ces adjectifs en deux listes : ceux qui caractérisent un personnage positif qui aide le héros et ceux qui caractérisent un personnage négatif qui s'oppose à lui.

douce – cruel – féroce – aimable – bonne – affreux – bienveillante – horrible – repoussant

b. Ajoutez trois adjectifs à chaque liste.

GRAMMAIRE

L'adjectif permet de préciser un nom en lui attribuant une qualité. Il s'accorde en genre et en nombre avec ce nom. → p. 285

16 **a.** Constituez des groupes nominaux à l'aide des noms proposés. Vous leur associerez un adjectif de l'exercice précédent. Attention aux accords !

une vieille – deux lutins – des sorciers – un ogre et une ogresse – douze fées

b. Choisissez un des personnages ainsi créé et présentez-le en quelques lignes.

CONJUGAISON

Les contes traditionnels sont écrits au passé. Pour décrire un personnage, on utilise l'imparfait. → p. 317

17 Complétez le texte avec les verbes proposés et conjuguez-les à l'imparfait.

avoir – descendre – être – avoir – ressembler – sortir – avoir – couvrir

Il ...... au milieu du front un seul œil rouge et ardent comme un charbon allumé ; les dents de devant qu'il ...... fort longues et fort aiguës, lui ...... de la bouche, qui n'...... pas moins fendue que celle d'un cheval ; et la lèvre inférieure lui ...... sur la poitrine. Ses oreilles ...... à celles d'un éléphant, et lui ...... les épaules. Il ...... les ongles crochus et longs comme les griffes des plus grands oiseaux.

« Troisième voyage de Sindbad le marin », dans *Les Mille et une nuits*.

Atelier expression écrite

* 1 Faire le portrait d'un ogre

S'inspirer d'un texte modèle

En vous aidant de l'extrait, faites le portrait de l'ogre du « Petit Poucet » en une dizaine de lignes. Votre texte sera rédigé à l'imparfait.

> Texte modèle
>
> *Dans « Le Petit Poucet », Charles Perrault ne décrit pas l'ogre mais il décrit ses filles :*
>
> Ces petites Ogresses avaient toutes le teint fort beau, parce qu'elles mangeaient de la chair fraîche comme leur père ; mais elles avaient de petits yeux gris et tout ronds, le nez crochu et une fort grande bouche avec de longues dents fort aiguës.
>
> Charles Perrault, « Le Petit Poucet » (1697).

JE PRÉPARE LE SUJET

- **Repérez** les caractéristiques des filles de l'ogre : vous pourrez les réutiliser.
- **Imaginez** des comparaisons pour évoquer la taille de l'ogre : *un ogre haut comme…*
- **Trouvez** cinq adjectifs qui évoquent la laideur ou l'effroi.

** 2 Décrire la tanière d'un ogre

Écrire à partir d'une recherche de vocabulaire

À vous d'imaginer une maison pour piéger les enfants ! Elle sera entièrement construite en bonbons et friandises. Vous rédigerez une description d'une quinzaine de lignes. Vous pourrez commencer ainsi : *Le chemin s'ouvrait sur une clairière. Au centre, sur une pelouse de…*

JE PRÉPARE LE SUJET

Pour composer votre maison, complétez le tableau :

La pelouse, les massifs	*copeaux de chocolat, buissons de fruits confits*
Les murs	....
Le toit, les tuiles, la cheminée	....
Les fenêtres, la porte	....

** 3 Évoquer la peur

Écrire avec une contrainte de vocabulaire

Un garçon et sa sœur sont perdus dans la forêt. Ils progressent sur un chemin effrayant et atteignent une horrible chaumière. C'est un ogre qui l'habite.
Racontez leur traversée de la forêt et leur découverte de la maison de l'ogre. Vous utiliserez obligatoirement les mots ou expressions suivants, dans l'ordre que vous souhaitez.

> Mots à employer : affreux – branches – trembler comme une feuille – difficilement – à chaque pas – obscurité – craquements – murmures inquiétants – peur affreuse – faible lueur – horrifier – découvrir – ossements – crânes

JE PRÉPARE LE SUJET

- **Répartissez** les mots en deux listes : ceux que vous emploierez pour décrire la progression des enfants dans la forêt et ceux qui serviront à la description de la maison de l'ogre.
- **Complétez** les deux listes avec des mots de votre choix : mots du vocabulaire de la forêt, du vocabulaire de la peur ou du vocabulaire de la maison.

MÉTHODE

Travailler son brouillon

1. Rédigez votre brouillon à partir de votre feuille de préparation.

2. Travaillez votre brouillon :

> Relisez à haute voix pour « entendre » les phrases et les corriger. Vérifiez que vous avez bien employé des **majuscules** et des **points**.

> Améliorez vos phrases en **variant votre vocabulaire** afin que votre texte soit précis.

> Relisez une dernière fois en veillant à l'**orthographe**, notamment à l'accord entre le sujet et le verbe et entre l'adjectif et le nom.

3. Recopiez au propre.

Jouer une scène de théâtre

Dans cette version théâtrale moderne, le petit Poucet a épousé la plus jeune fille de l'ogre, Marie-Léonie, miraculeusement sauvée par sa mère, Madame Logre. Leur couple ne va pas très fort et ils se rendent chez une conseillère conjugale, Suzanne Zonzon. Ils lui racontent l'histoire de leur rencontre : Madame Logre a caché les sept garçons sous le saloir à viande…

Poucet. – Madame Logre a crié en tapant dans ses mains : « Vite ! À table à table mes petites Logresses ! »

Marie-Léonie. – On a eu aussi du gruau et des abats de cailles avec des gésiers frits.

Poucet. – Et puis Logre est rentré.

Marie-Léonie. – Il a ôté son ciré – il pleuvait –, enlevé ses pinces à vélo, il a reniflé deux fois très très fort.

Poucet. – Je n'ai pas pu m'empêcher de glisser un œil pour essayer de l'entrevoir, mais ce n'est pas lui que j'ai vu…

Marie-Léonie. – L'entendre renifler si fort ça m'a fait si peur que j'en ai fait tomber ma cuillère. C'est en me penchant pour la ramasser que…

Poucet. – Nos regards se sont croisés.

Silence.

Marie-Léonie. – Aussitôt je me suis mise à saliver très fort en ayant très peur que monsieur papa découvre les deux petits yeux sous le saloir.

Poucet. – Moi je lui ai juste fait un petit coucou comme ça.

Il cligne de l'œil.

Marie-Léonie. – Madame maman ne respirait plus, elle serrait la louche sur sa poitrine. Monsieur Papa l'a regardée puis a reniflé très doucement et très longtemps comme s'il voulait vider tout l'air de la maison dans ses poumons. Puis il nous a reniflées toutes les sept une par une. J'avais très peur. D'un doigt il a essuyé la salive qui dégoulinait de son menton, puis il a dit comme ça…

Poucet. (imitant très sobrement Logre) – « Ça sent la chair fraîche. »

Marie-Léonie. – Maman a crié « Non non non ! ».

Poucet. (toujours imitant Logre) – « Si si si ! »

Jean-Claude Grumberg, *Mange ta main* © Actes Sud / théâtre de Sartrouville – CDN (2006).

Atelier expression orale

Travail en équipe

MÉTHODE

Pour jouer une scène de théâtre

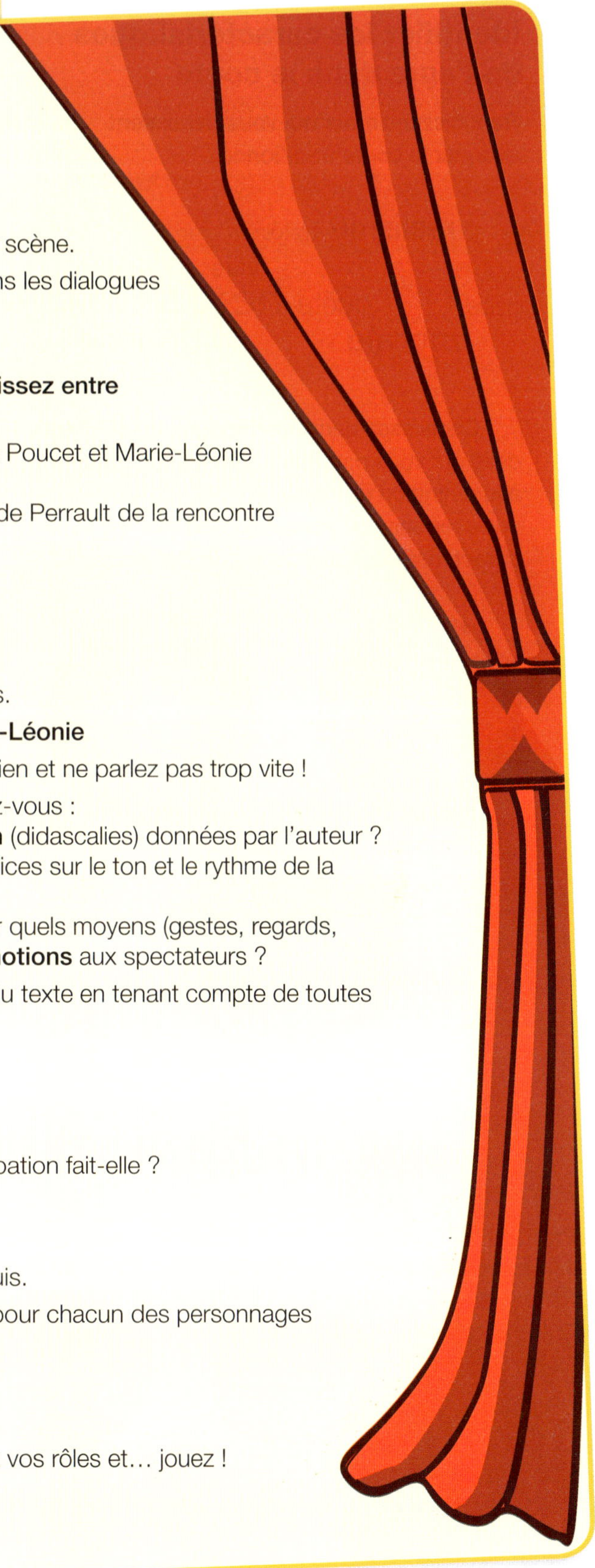

Comprendre la scène

Les personnages

1. Faites la liste des personnages présents sur scène.

2. Faites la liste des personnages évoqués dans les dialogues mais absents de la scène de théâtre.

L'action

Que se passe-t-il dans cette scène ? Choisissez entre les deux propositions.

– Nous assistons au récit de la rencontre entre Poucet et Marie-Léonie dans la maison des Logre.
– Nous assistons à la célèbre scène du conte de Perrault de la rencontre entre Poucet et l'ogre.

Préparer la mise en scène

Construire les personnages

Par groupes de trois, répartissez-vous les rôles.

• **Pour les personnages de Poucet et Marie-Léonie**

1. Lisez une première fois la scène. Articulez bien et ne parlez pas trop vite !

2. Pour chacune de leurs répliques, demandez-vous :
– y a-t-il des **indications de gestes ou de ton** (didascalies) données par l'auteur ?
– la **ponctuation** du texte donne-t-elle des indices sur le ton et le rythme de la réplique ?
– que ressentent Poucet et Marie-Léonie ? Par quels moyens (gestes, regards, ton…) pouvez-vous faire comprendre leurs **émotions** aux spectateurs ?

3. Refaites maintenant deux ou trois lectures du texte en tenant compte de toutes vos observations.

• **Pour le personnage de Suzanne Zonzon**

Demandez-vous :
– dans quelle direction regarde-t-elle ?
– quels gestes d'approbation ou de désapprobation fait-elle ?
– quels petits bruits peut-elle émettre ?…

Préparer le décor

1. Quel décor imaginez-vous ? Faites un croquis.

2. Quel(s) accessoire(s) pourriez-vous prévoir pour chacun des personnages présents sur scène ?

Jouer la scène

Vous êtes prêts à monter sur scène. Apprenez vos rôles et… jouez !

BILAN

Je construis le bilan

Identifier les caractéristiques de l'ogre dans le conte

1 Recopiez les mots qui vous paraissent évoquer le conte traditionnel.

réalisme histoire merveilleux ville théâtre poésie récit quête héros morale scénario court long

2 Choisissez parmi ces images du chapitre celle qui vous paraît le mieux correspondre à la définition de l'ogre. À l'oral, justifiez votre réponse en vous appuyant sur les caractéristiques physiques du personnage.

Comprendre la fonction de l'ogre dans les contes

3 Complétez le schéma suivant à partir du conte « Le Chêne de l'ogre » (p. 26 à 29).

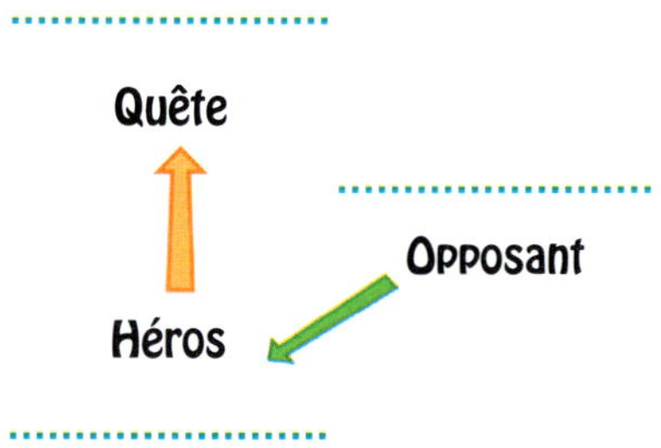

4 Échangez vos impressions.

a. Parmi les ogres du chapitre, lequel vous a le plus effrayé(e) ? Pourquoi ?

b. De quel héros avez-vous préféré la victoire sur l'ogre ?

Reconnaître un personnage merveilleux

5 Proposez votre définition du merveilleux puis citez :

a. un personnage merveilleux ;

b. un lieu merveilleux ;

c. un objet merveilleux.

6 Complétez la carte mentale ci-dessous à l'aide des textes du chapitre.

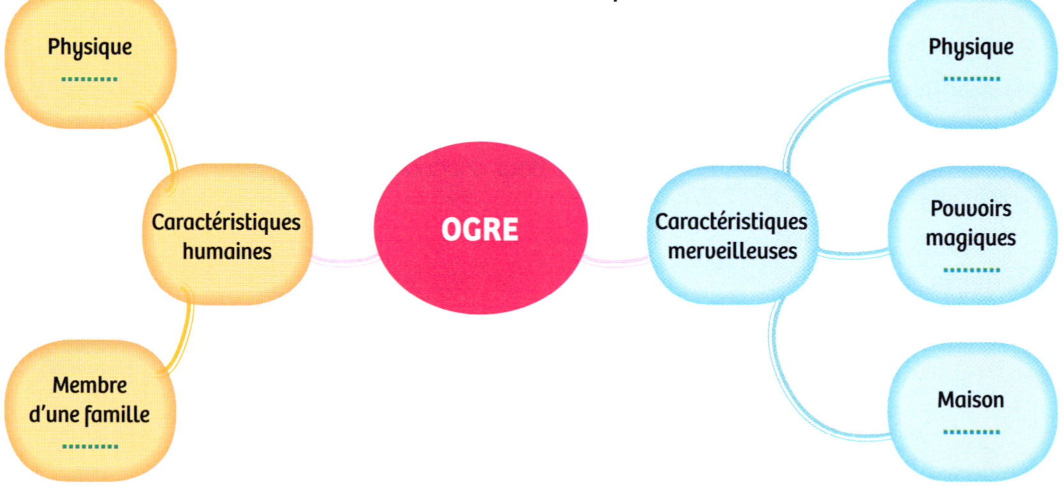

Quiz de révision

Je retiens

L'ogre dans les contes

Les caractéristiques de l'ogre

- L'ogre est un personnage **monstrueux** qui **dévore** les enfants.
- Tout en gardant des **traits humains**, il est souvent géant et peut n'avoir qu'un seul œil au milieu du front.
- Certaines caractéristiques le rapprochent de l'**animal** : des dents aiguisées et un odorat très développé. Comme un **prédateur**, il sent « la chair fraîche ».

L'ogre : un personnage merveilleux

- Tout comme la fée ou la sorcière, l'ogre est un personnage **merveilleux** : il n'appartient pas au monde réel et possède des caractéristiques surnaturelles. Ainsi, dans « Le Chat botté », l'ogre est doté de pouvoirs magiques et a la capacité de se métamorphoser.
- L'ogre des contes habite souvent **au fond de la forêt**, lieu sombre et mystérieux d'où surgit le merveilleux. Sa maison peut, elle aussi, avoir un caractère merveilleux : dans « Hänsel et Gretel », les murs et les fenêtres sont faits en pain et sucre, autant de pièges pour attirer les enfants dans la gueule de l'ogresse.

La fonction de l'ogre dans le conte

- Le caractère prédateur et l'apparence physique de l'ogre provoquent la **terreur** chez le héros du conte comme chez le lecteur.
- Le personnage de l'ogre a donc pour fonction de **s'opposer au héros** (c'est un **opposant**). Dans le but que le héros poursuit (la **quête**), l'ogre représente une **épreuve qu'il doit surmonter**.
- Le héros doit dépasser l'effroi que l'ogre lui inspire et le **vaincre par la ruse**. Il fait appel à son intelligence pour gagner face à plus fort que lui.
- Si l'ogre lui-même met parfois des ruses en place, elles ne fonctionnent jamais complètement car l'ogre est un **personnage cruel mais aussi stupide**.
- C'est cette **bêtise du personnage** et l'**intelligence du héros** qui permettent au lecteur de **rire** dans les contes et pas seulement de frissonner.
- Certains contes, enfin, choisissent de **jouer avec l'image cruelle** de l'ogre. Ainsi, Madame d'Aulnoy fait-elle de Ravagio et de Tourmentine deux ogres qui, émus par la petite princesse, décident de l'adopter plutôt que de la manger.

Mon carnet de mots

Retenez les mots importants du chapitre.

- **Dévorer** : manger avidement.
- **Effroi, terreur** : peur intense.
- **Héros** : personnage central du conte, poursuivant une quête.
- **Merveilleux** : qui contient des éléments surnaturels.
- **Opposant** : personnage qui s'oppose au héros.

La citation de l'ogre

« Je sens la chair fraîche ! »
(L'Ogre dans « Le Petit Poucet », p. 20)

ÉVALUATION

Pour réussir l'évaluation, je dois connaître :

- les caractéristiques de l'ogre ;
- le merveilleux ;
- le vocabulaire de la peur ;
- l'accord sujet-verbe.

Gustave Staal, *Les trois princesses sont poursuivies par l'ogresse* d'après le conte « Finette Cendron » de Madame d'Aulnoy, gravure (vers 1860), mise en couleur par Kharbine Tapabor.

Finette chez les ogres

Fleur-d'Amour, Belle-de-Nuit et Finette sont trois princesses que leurs parents, un roi et une reine ruinés, ont décidé de perdre. Égarées et effrayées par la nuit, les trois sœurs aperçoivent un château et se croient sauvées...

Quand elles furent à la porte du château, elles frappèrent : aussitôt une vieille femme épouvantable leur vint ouvrir, elle n'avait qu'un œil au milieu du front, mais il était plus grand que cinq ou six autres, le nez plat, le teint noir et la bouche si horrible, qu'elle faisait peur ; elle avait quinze pieds[1] de haut et trente de tour.

« Ô malheureuses ! qui vous amène ici ? leur dit-elle. Ignorez-vous que c'est le château de l'ogre, et qu'à peine pouvez-vous suffire pour son déjeuner ; mais je suis meilleure que mon mari ; entrez, je ne vous mangerai pas tout d'un coup, vous aurez la consolation de vivre deux ou trois jours davantage. »

Quand elles entendirent l'ogresse parler ainsi, elles s'enfuirent, croyant se pouvoir sauver, mais une seule de ses enjambées en valait cinquante des leurs ; elle courut après et les reprit, les unes par les cheveux, les autres par la peau du cou ; et les mettant sous son bras, elle les jeta toutes trois dans la cave qui était pleine de crapauds et de couleuvres, et l'on ne marchait que sur les os de ceux qu'ils avaient mangés.

Comme elle voulait croquer sur-le-champ Finette, elle fut quérir du vinaigre, de l'huile et du sel pour la manger en salade ; mais elle entendit venir l'ogre, et trouvant que les princesses avaient la peau blanche et délicate, elle résolut de les manger toute seule, et les mit promptement sous une grande cuve où elles ne voyaient que par un trou.

Madame d'Aulnoy, « Finette Cendron », dans *Contes nouveaux* (1698).

1. **Pied :** mesure de longueur ancienne (0,3248m).

Lire et analyser un texte

1. Relevez les mots et expressions qui décrivent l'ogresse. Cette description correspond-elle aux ogres du conte traditionnel ?
2. Relevez les mots et expressions qui montrent qu'elle est effrayante.
3. Quelle réaction les trois jeunes filles ont-elles ?
4. Quels éléments rendent le château terrifiant ?
5. Peut-on dire que le conte est merveilleux ? Pourquoi ?
6. Quel personnage attend-on de voir surgir dans le conte ? Citez le texte.

Lire et analyser une image

8. Recopiez la phrase du texte qui correspond à l'illustration.
9. L'ogresse de l'image correspond-elle au portrait du texte ?
10. À quoi voit-on la frayeur des jeunes princesses ?

Maîtriser la langue

7. Recopiez les phrases suivantes en accordant les verbes au passé simple et à l'imparfait. Pour cela, repérez d'abord le sujet en le soulignant.

Les trois princesses ne retrouvai...... plus leur chemin.
Finette aperçu...... un château.
Elles ne savai...... pas qu'il s'agissai...... de la maison d'un ogre.
Dans le château, habitai...... l'ogre et l'ogresse.

Écrire

11. Sujet : Comment Finette va-t-elle se sortir de cette situation désespérée ? Vous imaginerez sa ruse dans un récit d'une quinzaine de lignes environ.

Consignes
- Employez le vocabulaire de la peur.
- Insérez dans votre récit ces deux phrases extraites du conte : *Ce four était aussi grand qu'une écurie, car l'ogre et l'ogresse mangeaient plus de pain que deux armées.*
La princesse y fit un feu effroyable.

SOCLE	COMPÉTENCES ÉVALUÉES	Questions
Lire	**> Comprendre et interpréter un texte littéraire** • Identification des personnages, de leurs actions, de leurs relations • Identification du genre et de ses enjeux (conte)	 Q. 1 à 4, 6 Q. 5
Langue	**> Prendre en compte les normes de l'écrit** • Accord sujet-verbe	Q. 7
Culture littéraire et artistique	**> Comprendre et interpréter une image** • Mise en relation de textes et d'images	Q. 8 à 10
Écrire	**> Produire des écrits variés** • Production d'une suite de texte • Mobilisation des connaissances : étude de la langue et lexique	Q. 11

DOSSIER LECTURE SUIVIE

3 La Belle et la Bête

de Jeanne-Marie Leprince de Beaumont

Conte intégral

Comment le personnage de la Bête évolue-t-il au fil du conte ?

Doc. 1 Illustration d'**Angela Barrett** pour « La Belle et la Bête » de Max Eilenberg © Gründ (2007).

Quelle histoire imaginez-vous à partir de ces personnages ?

- Qu'apprend-on sur les personnages du conte grâce à leur nom ?
- Observez les images (docs. 1, 2 et 3). La Bête paraît-elle dangereuse ? Quels sentiments la Belle semble-t-elle ressentir à l'égard de la Bête ?

Doc. 2 ***La Belle et La Bête*, film de Jean Cocteau (1946)** avec Josette Day et Jean Marais.

Doc. 3 Illustration de **Lucienne Doyeux** pour « La Belle et la Bête ».

Selon vous, qu'est-ce qu'un monstre ?

- Proposez votre définition du monstre.
- Dans ces images (docs. 1, 2 et 3), qu'est-ce qui rattache le personnage de la Bête à l'animal et qu'est-ce qui le rattache à l'humain (physique, attitude, expression…) ?
- Quel personnage de la Bête préférez-vous ? Pourquoi ?

Découvrez l'histoire de la Belle et la Bête, deux personnages que tout oppose !

Le portrait de la Belle

Repères

XVIIIe siècle

Conte

Texte lu

Textes écho
Ch. Perrault,
« Les Fées »
et « Riquet
à la houppe »

Illustration d'**Angela Barrett** pour « La Belle et la Bête » de Max Eilenberg © Gründ (2007).

Il y avait une fois un marchand qui était extrêmement riche. Il avait six enfants, trois garçons et trois filles ; et, comme ce marchand était un homme d'esprit, il n'épargna rien pour l'éducation de ses enfants[1], et leur donna toutes sortes de maîtres. Ses filles étaient très belles ; mais la cadette, surtout, se faisait admirer, et on ne l'appelait, quand elle était petite, que la *Belle-Enfant* ; en sorte que le nom lui en resta ; ce qui donna beaucoup de jalousie à ses sœurs. Cette cadette, qui était plus belle que ses sœurs, était aussi meilleure qu'elles. Les deux aînées avaient beaucoup d'orgueil, parce qu'elles étaient riches ; elles faisaient les dames, et ne voulaient pas recevoir les visites des autres filles de marchands ; il leur fallait des gens de qualité pour leur compagnie. Elles allaient tous les jours au bal, à la comédie, à la promenade, et se moquaient de leur cadette, qui employait la plus grande partie du temps à lire de bons livres. Comme on savait que ces filles étaient fort riches, plusieurs gros marchands les demandèrent en mariage ; mais les deux aînées répondirent qu'elles ne se marieraient jamais, à moins qu'elles ne trouvassent un duc, ou tout au moins un comte. La Belle (vous savez déjà que c'était le nom de la plus jeune), la Belle, dis-je, remercia bien honnêtement ceux qui voulaient l'épouser ; mais elle leur dit qu'elle était trop jeune, et qu'elle souhaitait de tenir compagnie à son père pendant

1. **Il n'épargna rien pour l'éducation de ses enfants :** il dépensa sans compter pour l'éducation de ses enfants.

quelques années. Tout d'un coup le marchand perdit son bien, et il ne lui resta qu'une petite maison de campagne, bien loin de la ville. Il dit en pleurant à ses enfants qu'il fallait aller dans cette maison, et qu'en travaillant comme des paysans, ils y pourraient vivre. Ses deux filles aînées répondirent qu'elles ne voulaient pas quitter la ville, et qu'il y avait plusieurs jeunes gens qui seraient trop heureux de les épouser [...]. La pauvre Belle avait été bien affligée d'abord de perdre sa fortune ; mais elle s'était dit à elle-même : « Quand je pleurerais beaucoup, mes larmes ne me rendront pas mon bien ; il faut tâcher d'être heureuse sans fortune. »

(À suivre...)

Découvrir les personnages du conte

Notions : situation initiale – portrait physique et moral des personnages

Échanger

D'après vous, la Belle ressemble-t-elle à une héroïne de conte ? Pourquoi ?

Analyser

1. Combien de personnages sont présentés de manière détaillée ? Relevez les mots qui les désignent.

2. a. Complétez le tableau.

	La Belle	Les deux sœurs
Physique	....	....
Caractère	....	....
Occupations	....	....
Réaction face aux demandes en mariage	....	....

b. Qu'en déduisez-vous ? Les trois sœurs se ressemblent-elles ?

3. Quelle est l'attitude de la Belle face à la pauvreté ? Citez la phrase qui l'exprime. Qu'en pensez-vous ?

Faire le bilan

Ce passage contient-il les éléments de la situation initiale ?

Répondez en quelques lignes en vous aidant de la définition ci-dessous.

Repère : La **situation initiale** correspond au début du conte. On y présente les personnages principaux et leur situation au début de l'histoire.

Vocabulaire en contexte

- Choisissez, parmi les mots suivants, un synonyme du mot ***orgueil*** (l. 8) : *fierté – richesse – enthousiasme*.
- Reformulez la phrase (l. 25 à 28) en remplaçant le mot ***affligée*** par un mot de même sens.

FAIRE LE PORTRAIT DE LA BELLE

Imaginez le portrait physique de la Belle en cinq à dix lignes.

Consigne

Vous emploierez au moins cinq adjectifs dans la liste suivante : *gracieux – fin – souple – délicat – charmant – ravissant – magnifique – admirable – rare – subtil.*

Rencontre avec un monstre

Une bonne nouvelle arrive : les affaires du père de la Belle reprennent et il doit partir en voyage chercher des marchandises. Les sœurs de la Belle lui réclament de coûteux cadeaux tandis que la Belle lui demande une simple rose. Malheureusement, le marchand se trouve de nouveau ruiné. Sur le chemin du retour, il se perd dans la forêt. Il trouve finalement refuge pour la nuit dans un château, où il est accueilli par un hôte aussi mystérieux qu'invisible. Le lendemain il s'apprête à repartir…

Le bon homme, après avoir pris son chocolat, sortit pour aller chercher son cheval ; et, comme il passait sous un berceau de roses, il se souvint que la Belle lui en avait demandé, et cueillit une branche où il y en avait plusieurs. Au même instant, il entendit un grand bruit, et vit venir à lui une bête si horrible, qu'il fut tout près de s'évanouir.

« Vous êtes bien ingrat[1], lui dit la bête, d'une voix terrible ; je vous ai sauvé la vie en vous recevant dans mon château, et, pour ma peine, vous me volez mes roses que j'aime mieux que toutes choses au monde ! Il faut mourir pour réparer cette faute : je ne vous donne qu'un quart d'heure pour demander pardon à Dieu. »

Le marchand se jeta à genoux, et dit à la bête, en joignant les mains :

« Monseigneur, pardonnez-moi ; je ne croyais pas vous offenser en cueillant une rose pour une de mes filles qui m'en avait demandé.

– Je ne m'appelle point Monseigneur, répondit le monstre, mais la Bête. Je n'aime point les compliments, moi, je veux qu'on dise ce qu'on pense ; ainsi, ne croyez pas me toucher par vos flatteries ; mais vous m'avez dit que vous aviez des filles ; je veux vous pardonner à condition qu'une de vos filles vienne volontairement pour mourir à votre place. Ne m'objectez rien ; partez, et si vos filles refusent de mourir pour vous, jurez que vous reviendrez dans trois mois. »

1. **Ingrat :** qui ne témoigne pas la reconnaissance qu'on attend.

Illustration d'**Edmond Dulac** pour *La Belle au bois dormant et autres contes de jadis* © éditions d'Art Piazza (1910).

Le bon homme n'avait pas le dessein de sacrifier une de ses filles à ce vilain monstre, mais il dit en lui-même : « Du moins j'aurai le plaisir de les embrasser encore une fois. » Il jura donc de revenir, et la Bête lui dit qu'il pouvait partir quand il voudrait.

« Mais je ne veux pas que tu t'en ailles les mains vides : retourne dans la chambre où tu as couché, tu y trouveras un grand coffre vide ; tu peux y mettre tout ce qu'il te plaira, je le ferai porter chez toi. »

En même temps la Bête se retira, et le bon homme dit en lui-même : « S'il faut que je meure, j'aurai la consolation de laisser du pain à mes pauvres enfants. »

(À suivre...)

Étudier l'apparition de la Bête

Notions : élément déclencheur – caractérisation des personnages

Échanger

Quel(s) sentiment(s) ce passage provoque-t-il chez le lecteur ?

Analyser

1. Relevez tous les mots qui décrivent la Bête. Connaît-on son apparence ?

2. Quelle est la réaction du marchand à la vue de la Bête ? Citez le texte.

3. a. Que reproche la Bête au marchand ? Que lui impose-t-elle comme punition ?

b. Relevez trois ordres donnés par la Bête. À quel temps et à quel mode les verbes sont-ils conjugués ? → p. 316

c. En quoi cet épisode peut-il constituer l'**élément déclencheur** du conte ?

Repère : Dans un conte, un événement (rencontre, départ, action interdite…) vient faire débuter l'action. C'est l'**élément déclencheur**.

4. a. Relevez les actions et les paroles de la Bête qui montrent qu'elle n'est pas seulement féroce.

b. Quelles qualités possède-t-elle ?

Faire le bilan

Rédigez le bilan en répondant à ces questions.

- Que sait-on sur la Bête à la fin de cet extrait ?
- Quelles questions l'élément déclencheur du conte suscite-t-il chez le lecteur ?

Vocabulaire en contexte

- Que signifie le mot ***berceau*** habituellement ? Comment comprenez-vous l'expression *berceau de roses* (l. 2) ?
- Reformulez avec vos propres mots l'ordre de la Bête *Ne m'objectez rien* (l. 21-22).

FAIRE LE PORTRAIT DE LA BÊTE

Proposez votre propre vision de la Bête.

Consignes

Pour préparer votre portrait, demandez-vous :

- quel animal utiliserez-vous pour construire votre personnage ?
- quels éléments rattacheront votre personnage à un homme et lesquels le rattacheront à un animal ?
- à quoi ressembleront son visage, son corps, ses vêtements… ?

La Bête apprivoisée

La Belle et la Bête (J. Cocteau, 1946)

La Belle accepte le sacrifice demandé par la Bête et se rend au château. La Bête l'accueille comme une reine et la Belle apprend à découvrir son hôte monstrueux.

Le soir, comme elle allait se mettre à table, elle entendit le bruit que faisait la Bête, et ne put s'empêcher de frémir.

« La Belle, lui dit ce monstre, voulez-vous bien que je vous voie souper ?

– Vous êtes le maître, répondit la Belle en tremblant.

– Non, répondit la Bête, il n'y a ici de maîtresse que vous. Vous n'avez qu'à me dire de m'en aller si je vous ennuie ; je sortirai tout de suite. Dites-moi, n'est-ce pas que vous me trouvez bien laid ?

– Cela est vrai, dit la Belle, car je ne sais pas mentir ; mais je crois que vous êtes fort bon.

– Vous avez raison, dit le monstre, mais, outre que je suis laid, je n'ai point d'esprit : je sais bien que je ne suis qu'une bête.

– On n'est pas bête, reprit la Belle, quand on croit n'avoir point d'esprit. Un sot n'a jamais su cela.

– Mangez donc, la Belle, lui dit le monstre, et tâchez de ne point vous ennuyer dans votre maison, car tout ceci est à vous ; et j'aurais du chagrin si vous n'étiez pas contente.

– Vous avez bien de la bonté, dit la Belle. Je vous avoue que je suis contente de votre cœur ; quand j'y pense, vous ne me paraissez pas si laid.

– Oh ! dame oui, répondit la Bête, j'ai le cœur bon, mais je suis un monstre.

– Il y a bien des hommes qui sont plus monstres que vous, dit la Belle, et je vous aime mieux avec votre figure que ceux qui, avec la figure d'homme, cachent un cœur faux, corrompu, ingrat.

– Si j'avais de l'esprit, reprit la Bête, je vous ferais un grand compliment pour vous remercier ; mais tout ce que je puis vous dire, c'est que je vous suis bien obligé[1]. »

La Belle soupa de bon appétit. Elle n'avait presque plus peur du monstre.

(À suivre…)

1. **Obligé :** reconnaissant.

Lithographie en couleur de **Walter Crane** pour « La Belle et la Bête » (vers 1900), bibliothèque des Arts décoratifs (Paris).

Photomontage d'une affiche promotionnelle pour le film ***La Belle et la Bête*** **de Christophe Gans (2014)** avec Léa Seydoux et Vincent Cassel.

Étudier une scène centrale du récit

Notions : évolution des personnages – dialogue dans le récit

Échanger

Ce passage change-t-il votre regard sur la Bête ? Pourquoi ?

Analyser

1. Comparez la première et la dernière phrase du texte : quelle évolution observez-vous chez la Belle ?

2. Quelles qualités découvre-t-on chez la Bête ? Pour répondre, classez dans le tableau les mots et expressions qui la décrivent.

	Portrait physique de la Bête	Portrait moral de la Bête
Selon la Belle	....	....
Selon la Bête elle-même	....	....

3. a. Le passage est-il composé en majorité de récit ou de dialogue ? Justifiez votre réponse en observant les signes de ponctuation.

b. Quel est l'effet de ce choix sur le lecteur ?

4. Quelle **épreuve** la Belle surmonte-t-elle dans cette scène ?

Repère : Dans le conte, l'élément déclencheur entraîne des **actions**. Le héros, qui poursuit une quête, est confronté à des **épreuves** ou des obstacles.

Faire le bilan

Complétez le bilan à l'aide des mots suivants :
laide – évolue – apprécier – généreuse – dialogue – effrayée.

Dans ce passage, l'image de la Bête .... En effet, grâce au .... avec la Belle, nous comprenons que si la Bête est .... physiquement, elle est .... La Belle, qui était .... par la Bête au début du texte, commence à l'..................... à la fin du texte.

Vocabulaire en contexte

- Donnez le sens du mot ***bête*** quand il s'agit d'un nom. Quel est le sens du mot quand il est adjectif ?
- Le mot ***cœur*** (l. 18) est-il employé au sens propre ou au sens figuré ? Que signifie le mot dans ce cas ?

JEU DE RÔLE

Par groupes de deux, jouez le dialogue.

Consignes

- Recopiez les paroles prononcées par votre personnage.
- Imaginez la position de votre personnage (c'est le dîner), ses gestes, le ton qu'il emploie, ses silences.

La fin du sortilège

La Belle et la Bête (C. Gans, 2014)

La Bête autorise la Belle à rendre visite à sa famille à condition qu'elle revienne au château au bout de huit jours. Les sœurs de la Belle, qui sont jalouses, la retiennent tant qu'elles peuvent pour qu'elle ne respecte pas ce délai. C'est alors qu'une vision de la Bête mourante rappelle à la Belle sa promesse et la pousse à regagner le château.

Illustration de **David Sala** pour « La Belle et la Bête » © Casterman (2014).

Image animée

Elle s'habilla magnifiquement pour lui plaire, et s'ennuya à mourir toute la journée, en attendant neuf heures du soir ; mais l'horloge eut beau sonner, la Bête ne parut point. La Belle alors craignait d'avoir causé sa mort. Elle courut tout le palais en jetant de grands cris ; elle était au désespoir. Après avoir cherché partout, elle se souvint de son rêve, et courut dans le jardin vers le canal, où elle l'avait vue en dormant. Elle trouva la pauvre Bête étendue sans connaissance, et elle crut qu'elle était morte. Elle se jeta sur son corps, sans avoir horreur de sa figure ; et, sentant que son cœur battait encore, elle prit de l'eau dans le canal et lui en jeta sur la tête. La Bête ouvrit les yeux, et dit à la Belle :

« Vous avez oublié votre promesse ; le chagrin de vous avoir perdue m'a fait résoudre à me laisser mourir de faim ; mais je meurs content, puisque j'ai le plaisir de vous recevoir encore une fois.

– Non, ma chère Bête, vous ne mourrez point, lui dit la Belle ; vous vivrez pour devenir mon époux ; dès ce moment je vous donne ma main, et je jure que je ne serai qu'à vous. Hélas ! je croyais n'avoir que de l'amitié pour vous, mais la douleur que je sens me fait voir que je ne pourrais vivre sans vous voir. »

À peine la Belle eut-elle prononcé ces paroles qu'elle vit le château brillant de lumière ; les feux d'artifices, la musique, tout lui annonçait une fête ; mais toutes ces beautés n'arrêtèrent point sa vue : elle se retourna vers sa chère Bête, dont le danger la faisait frémir. Quelle fut sa surprise ! la Bête avait disparu, et elle ne vit plus à ses pieds qu'un prince plus beau que l'amour, qui

Textes écho
Ovide, *Métamorphoses* (Apollon et Daphné, Lycaon)

la remerciait d'avoir fini son enchantement. Quoique ce prince méritât toute son attention, elle ne put s'empêcher de lui demander où était la Bête.

« Vous la voyez à vos pieds, lui dit le prince. Une méchante fée m'avait condamné à rester sous cette figure jusqu'à ce qu'une belle fille consentît à m'épouser, et il m'était défendu de faire paraître mon esprit. Ainsi, il n'y avait que vous dans le monde assez bonne pour vous laisser toucher de la bonté de mon caractère ; et, en vous offrant ma couronne, je ne puis m'acquitter des obligations que je vous ai. »

Jeanne-Marie Leprince de Beaumont, « La Belle et la Bête », dans *Le Magasin des enfants* (1757).

Étudier la transformation de la Bête

Notions : éléments de résolution – merveilleux

Échanger

Êtes-vous surpris par cet épisode final du conte ou vous rappelle-t-il d'autres contes ? Lesquels ?

Analyser

1. a. Repérez les trois étapes du récit et racontez-les.
b. Donnez un titre à chaque étape.

2. Relevez la phrase qui montre que les sentiments de la Belle ont évolué depuis sa première rencontre avec la Bête. Comment appelleriez-vous ce nouveau sentiment ?

3. Citez tous les éléments montrant que ce passage est merveilleux.

4. Assiste-t-on aux différentes étapes de la métamorphose de la Bête ? Justifiez votre réponse.

5. À quelle condition la Bête pouvait-elle retrouver sa forme de prince ?

6. Que deviennent, selon vous, la Belle et la Bête à la toute fin du conte ? D'après vous, qu'arrive-t-il aux sœurs de la Belle ?

Faire le bilan

Complétez ce schéma pour montrer les transformations qui ont lieu dans cette scène.

Éléments de résolution
- Amitié de la Belle pour la Bête → ....
- Laideur de la Bête → ....

Repère : L'**élément de résolution** vient apporter une solution aux épreuves auxquelles le héros est confronté. Il précède la **situation finale**, situation des personnages à la toute fin du conte.

Vocabulaire en contexte

• Donnez plusieurs mots appartenant à la famille d'***enchantement*** (l. 23), puis précisez le sens du mot dans le texte.

RACONTER LA MÉTAMORPHOSE DE LA BÊTE

Rédigez un texte d'une dizaine de lignes pour raconter la transformation de la Bête en prince.

Consignes

• Vous utiliserez les verbes suivants : *disparaître – rétrécir – s'effacer – se rétracter – apparaître – devenir.*
• Vous pourrez vous inspirer des images du film de Jean Cocteau ci-contre.

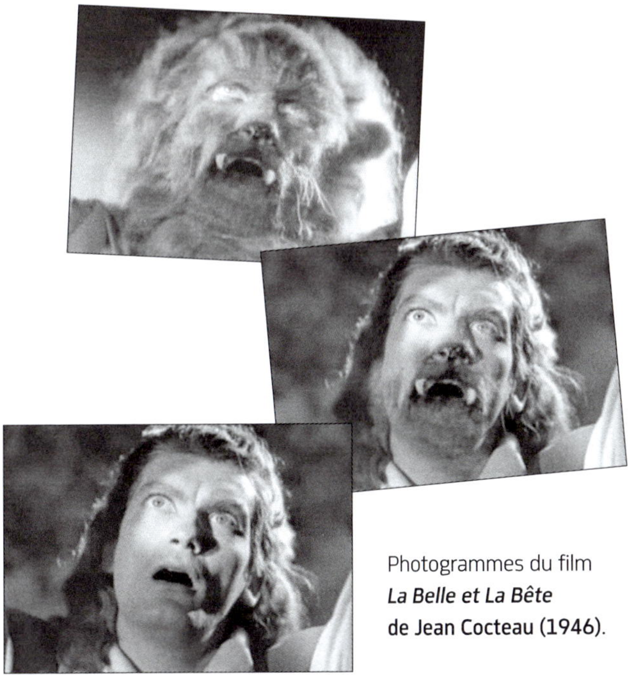

Photogrammes du film *La Belle et La Bête* de Jean Cocteau (1946).

Les oppositions dans le conte

La Belle et La Bête, film de Jean Cocteau (1946) avec Josette Day et Jean Marais.

HISTOIRE DES ARTS

Dans une image, les oppositions peuvent être mises en valeur par la composition, c'est-à-dire la disposition des éléments et la place qu'ils occupent dans l'espace.

1 Observez l'image.

1. Quelle est la technique utilisée : dessin, peinture, photographie, collage ?
2. Quels personnages sont représentés ?
3. Comment l'image oppose-t-elle les deux personnages ? Observez :
– les caractéristiques des personnages ;
– la composition de l'image.
4. Par quel moyen l'image suggère-t-elle que les personnages pourront se rapprocher malgré leurs différences ?
5. Faites le portrait de la Bête selon Cocteau. Vous utiliserez les mots suivants :
Noms : tête – front – regard – bouche – canines
Adjectifs : léonin (qui rappelle le lion) – triste – mélancolique – doux

VOCABULAIRE

On appelle « synonymes » des mots de sens identique ou voisin et « antonymes » des mots de sens contraire. → p. 336

2 Lisez cet article de dictionnaire.

> **Vertu** n. f. (lat. *virtus, virtutis*)
> **1.** Disposition à faire le bien.
> **2.** Qualité particulière.
> **Syn.** Qualité. **Ant.** Défaut, vice.

1. D'après l'article de dictionnaire, quels sont les mots qui expriment le contraire de *vertu* ?
2. Peut-on dire de la Belle qu'elle a de la *vertu* ? Et de la Bête ?

3 a. Retrouvez dans cette liste de défauts et de qualités les couples d'antonymes. Aidez-vous au besoin du dictionnaire.

bêtise – orgueil – avarice – bonté – méchanceté – générosité – humilité – intelligence

b. Trouvez l'adjectif correspondant à chaque nom.

4 a. Trouvez trois synonymes des adjectifs *beau* et *laid*.

b. Classez-les par ordre d'intensité.

5 Utilisez les mots des exercices 3 et 4 pour écrire deux portraits :

– le portrait de Débonnaire, un héros de conte aussi vertueux que laid ;
– le portrait de Peste, une princesse très belle, mais sans vertu.
Chacun de vos portraits comptera deux phrases.

Atelier expression écrite

* 1 Inventer la situation initiale d'un conte

Écrire un texte à partir de personnages opposés

Imaginez la situation initiale d'un conte qui présente des personnages opposés (deux sœurs, deux frères...). Votre texte débutera par une formule du type *Il était une fois* et comptera une dizaine de lignes.

JE PRÉPARE LE SUJET

- **Trouvez** des noms à vos personnages, imaginez le lieu où ils habitent...
- **Complétez ce tableau** pour construire les oppositions entre vos personnages.

	Portrait physique	Portrait moral
Personnage 1	....	....
Personnage 2	....	....

** 2 Écrire une lettre

Insérer une lettre dans le conte

La Belle est arrivée au château de la Bête. Elle écrit à son père pour le rassurer : la Bête n'est pas si cruelle. Elle n'a pas l'intention de la tuer mais la traite, au contraire, comme une reine. En vous appuyant sur le conte que vous avez lu, rédigez cette lettre. Elle fera une quinzaine de lignes.

JE PRÉPARE LE SUJET

- **Faites la liste** de toutes les nouvelles que la Belle doit donner à son père.
- **Respectez la présentation** de la lettre : indications de lieu et date, adresse au destinataire, formule finale, signature.

*** 3 Inventer un conte court

Écrire un nouveau conte à partir du conte

« Une méchante fée m'avait condamné à rester sous cette figure jusqu'à ce qu'une belle fille consentît à m'épouser, et il m'était défendu de faire paraître mon esprit » dit le prince à la Belle. Dans un court conte, imaginez quel acte a pu commettre le prince pour être puni de cette manière.

JE PRÉPARE LE SUJET

- **Imaginez** les personnages de votre conte : le prince, la fée...
- **Faites le schéma narratif** de votre conte. Préparez les différentes étapes pour arriver à la situation finale de la punition du prince.

MÉTHODE

Soigner la mise en page d'un devoir

1. **Sautez des lignes** pour faciliter la lecture et la correction.
2. **Soignez votre écriture**, évitez les ratures et les mots tassés en fin de ligne.
3. **Aérez** votre texte en faisant des paragraphes à chaque étape de votre récit.
4. **Faites un alinéa**, c'est-à-dire un retrait de deux carreaux, au début de chaque paragraphe.

À lire, à voir...

Philip Pullman, *J'étais un rat !*

(Gallimard, collection « Folio Junior », 2008)

Un petit garçon affirme avoir été un rat et avoir subi une métamorphose. On découvrira dans ce roman fantastique les traces d'un célèbre conte de fées...

***La Belle et la Bête*, film de Christophe Gans**

(2014) avec Léa Seydoux et Vincent Cassel

Une récente adaptation cinématographique du conte.

BILAN

Je construis le bilan

Comprendre la structure du conte

1 Complétez le schéma narratif de *La Belle et la Bête*.

Situation initiale
....

→ **Éléments déclencheurs**
- ruine du marchand
- voyage
- arrivée au château de la Bête
- ....

→ **Actions des personnages**
- sacrifice de la Belle
- ....
- retour de la Belle chez elle
- oubli de la promesse faite à la Bête
- agonie de la Bête

→ **Éléments de résolution**
- ....
- ....

→ **Situation finale**
- mariage de la Belle et du prince
- punition des sœurs de la Belle

2 Résumez le conte de *La Belle et la Bête*.

Résumez le conte à partir du schéma narratif ci-dessus : rédigez une phrase pour chaque élément relevé dans le schéma.

Identifier les oppositions des personnages

3 Reliez chaque personnage aux qualités ou défauts qui le caractérisent.

a. La Belle •
b. Les sœurs de la Belle •
c. La Bête •
d. Le prince •

• orgueil
• laideur
• bonté
• esprit
• bêtise
• beauté

4 Complétez les phrases avec les adjectifs issus des noms de l'activité 3.

a. La Belle ressemble à ses sœurs car elle est .... comme elles.
b. La Belle s'oppose à ses sœurs car elle est .... alors qu'elles sont ....
c. La Bête s'oppose à la Belle car elle est ....
d. La Bête ressemble à la Belle car elle est ....

Comprendre la visée morale du conte

5 @ Faites des recherches sur Jeanne-Marie Leprince de Beaumont, l'auteur du conte de *La Belle et la Bête*.

a. À quelle époque a-t-elle vécu ? Quel métier a-t-elle exercé ? Pourquoi ce métier l'a-t-il amenée à écrire des contes ?
b. Quelle fonction donnait-elle aux contes qu'elle écrivait ?

6 À partir de l'extrait ci-dessous, formulez la morale du conte.

Voici les paroles prononcées à la fin du conte par la fée qui avait transformé le prince en bête :

« Belle, lui dit cette dame, qui était une grande fée, venez recevoir la récompense de votre bon choix : vous avez préféré la vertu à la beauté et à l'esprit, vous méritez de trouver toutes ces qualités réunies en une même personne. Vous allez devenir une grande reine : j'espère que le trône ne détruira pas vos vertus. »

Quiz de révision

BILAN

Je retiens

Le conte de *La Belle et la Bête*

La structure du conte

Les contes de fées suivent une **structure toujours identique**. Cette structure est décrite par le **schéma narratif**.

Situation initiale	→	Élément déclencheur	→	Actions des personnages	→	Élément de résolution	→	Situation finale
Situation (heureuse ou malheureuse) des personnages au début du conte		Événement qui déclenche l'action du conte (rencontre, départ...)		Actions entreprises par le héros (quête, épreuves à surmonter...)		Événement qui apporte une solution au problème		Situation (heureuse ou malheureuse) des personnages à la fin du conte

Les oppositions des personnages

Le conte repose sur l'opposition des personnages. La Belle s'oppose à la Bête par son physique. Elle est **belle** alors qu'il est **repoussant** et **effrayant**. Par ailleurs, la Belle, qui est **bonne** et **généreuse**, s'oppose à ses sœurs qui sont **orgueilleuses** et **égoïstes**.

Ces oppositions évoluent au fil du conte. La Belle et la Bête se rapprochent car ils **partagent la même bonté**. Puis, lorsque la Bête est délivrée du sortilège, les deux personnages finissent par devenir **identiques** : ils sont **tous deux beaux et vertueux**.

Entre la Belle et ses sœurs, en revanche, l'opposition demeure. Elle est mise en valeur à la fin du conte : **la Belle est récompensée** – elle épouse un prince qui a toutes les qualités et devient reine – alors que **ses sœurs sont punies** et transformées en statues.

La morale du conte

Le conte de fées délivre une **leçon**, une **morale**. Souvent, elle n'est pas exprimée et il faut la déduire de l'histoire.

Le conte de *La Belle et la Bête* a ainsi été écrit par Jeanne-Marie Leprince de Beaumont dans un **but éducatif**. Il montre qu'il ne faut pas se laisser tromper par les apparences. Il engage aussi les enfants à être bons avec ceux qui sont différents : c'est le sens qu'il faut donner à la récompense finale de la Belle.

SOCLE	COMPÉTENCES TRAVAILLÉES	Pages
Lire	> **Comprendre et interpréter un texte littéraire** • Identification du genre, de ses enjeux (conte), de ses caractéristiques	p. 46-53
Écrire	> **Produire des écrits variés** • Production d'un portrait, d'un conte, d'une lettre	p. 47, p. 49, p. 55
Oral	> **Manifester sa compréhension d'un texte** • Mise en scène d'un dialogue	p. 51
Langue	> **Acquérir le sens et la structure des mots** (synonymes et antonymes)	p. 54
Culture littéraire et artistique	> **Comprendre et interpréter une image**	p. 54

4

Monstres et héros mythologiques

Pourquoi les héros affrontent-ils des monstres dans les récits antiques ?

Doc. 1 Francisco de Zurbarán, *Lutte d'Hercule contre l'Hydre de Lerne* (environ 1634), huile sur toile (133 x 167 cm), musée du Prado (Madrid, Espagne).

Reconnaissez-vous ces monstres ?

- Comment ces monstres se nomment-ils (docs. 1, 2 et 3) ?
- Pour vous, qu'y a-t-il de monstrueux chez ces créatures ? À partir de votre réponse, dites quelles sont les caractéristiques d'un monstre.

Doc. 2 **Gustave Moreau, *Œdipe et le Sphinx* (1864)**, huile sur toile (2,06 x 1,05 m), The Metropolitan Museum of Art (New York, États-Unis).

Que ressentez-vous face à ces personnages ?

- Quels sentiments ces monstres (docs. 1, 2 et 3) vous inspirent-ils ?
- À quel type de personnages les monstres sont-ils associés (docs. 1 et 2) ? Ces personnages semblent-ils effrayés ? De quelle qualité font-ils preuve ?

Doc. 3 **Tête de Méduse**, mosaïque du IIIe siècle, art romain, musée archéologique d'El Jem (Tunisie).

Découvrez comment les héros des mythes grecs affrontent d'effroyables monstres !

Repères culturels

Monstres et mythologie

Le mot *monstre*

Qu'est-ce qu'un mythe ?

Les mythes (*mythos* en grec) sont des **récits légendaires** qui évoquent les premiers temps du monde. Les mythes grecs racontent l'**origine du monde**, les combats menés par les **dieux** pour dominer l'univers, la naissance des **monstres** et des **héros**…

Les mythes font intervenir des êtres et des objets **merveilleux**, dotés d'une **grande force** ou de **pouvoirs surnaturels**.

Le centaure Chiron et Achille enfant, fresque provenant de la basilique d'Herculanum, art romain, musée archéologique national (Naples, Italie).

Transmis oralement dans un premier temps, les mythes ont été repris et modifiés de nombreuses fois avant d'être fixés par écrit.

Aujourd'hui, ils nous sont connus grâce à de **longs poèmes** écrits **en grec** ou **en latin** par Hésiode, Homère ou Ovide.

Depuis l'Antiquité, ces **récits fondateurs** ont inspiré de nombreuses œuvres littéraires et artistiques. Le romancier américain Nathaniel Hawthorne, au XIXe siècle, en a adapté quelques-uns pour les enfants (→ p. 64-65). La **littérature de jeunesse** et le **cinéma** ont repris également les mythes antiques pour créer de nouvelles histoires.

***Percy Jackson : Le voleur de foudre*, film de Chris Columbus (2010)** avec Pierce Brosnan (détail).

Qu'est-ce qu'un monstre mythologique ?

Créatures imaginaires, les monstres sont souvent **hybrides** : leur corps est un mélange de parties empruntées à diverses espèces animales ou à l'espèce humaine. D'autres monstres sont une **déformation** d'une seule espèce animale (par exemple, un serpent avec plusieurs têtes).

Les monstres se distinguent par leur **force** et leurs **dimensions extraordinaires** ; certains sont dotés de **pouvoirs surnaturels**, comme celui de cracher du feu.

Décor architectural avec chevaux ailés (pégases) (45-79 ap. J.-C.), peinture murale, art romain, musée archéologique national (Naples, Italie).

Les premiers monstres sont, dans la mythologie grecque, les descendants de Gaïa (la Terre) et de Pontos (la Mer). Gaïa et Pontos sont des divinités qui sont apparues dès les premiers temps du monde, une époque marquée par la **violence** et le **désordre**.

Les monstres représentent la **démesure**, l'**excès**, l'absence de règles dans la nature. Ils constituent un **danger pour les dieux**, qui cherchent à transformer le ***chaos*** (le désordre) en ***cosmos*** (un monde organisé et harmonieux).

Les héros aident les dieux à **organiser le monde**. Ils sont chargés de tuer les monstres ou de les réduire à l'impuissance. Ils ont donc une **mission civilisatrice**.

Les héros sont des personnages de **naissance royale** ou des **demi-dieux** : l'un de leurs deux parents, ou l'un de leurs ancêtres, est un dieu ou une déesse.

Les combats sont racontés dans des **récits épiques**, qui **exagèrent** les caractéristiques du héros et du monstre pour susciter l'**admiration** ou la **peur**.

Héraclès et l'Hydre de Lerne (540-530 av. J.-C.), amphore, musée du Louvre (Paris).

- Décrivez les créatures représentées. Pourquoi peut-on dire que ce sont des monstres ?
- Faites des recherches sur Pégase, l'Hydre de Lerne et Chiron.
- Quel rôle Pégase et Chiron ont-ils joué auprès des héros ? Pourquoi sont-ils différents de l'Hydre de Lerne ?

Typhon

Repères

ANTIQUITÉ

Mythe

• **Hésiode** est un poète grec qui vécut au VIIIe siècle avant J.-C. Dans la ***Théogonie*** (du grec *théo*, « le dieu », et *gonia*, « la naissance »), il raconte les **débuts du monde selon la mythologie grecque** : l'apparition du Ciel, de la Terre, des Titans, des dieux et des premiers monstres.

Zeus a enfermé les Titans, des géants nés de la Terre, dans le Tartare (une partie des Enfers où vont les criminels). Mais la Terre donne naissance à un autre monstre dangereux…

Lorsque Zeus eut chassé du ciel les Titans, la vaste Terre engendra Typhon, le dernier de ses enfants.

Les vigoureuses mains de ce dieu puissant travaillaient sans relâche et ses pieds étaient infatigables. Sur ses épaules se dressaient les cent têtes d'un horrible dragon, et chacune dardait une langue noire ; et de ses yeux, qui éclairaient ces monstrueuses têtes, jaillissait une flamme étincelante, par-dessous les sourcils. Toutes ces têtes, hideuses à voir, proféraient[1] mille sons indicibles et quelquefois si aigus que les dieux même pouvaient les entendre : tantôt la mugissante voix d'un taureau sauvage et indompté, tantôt le rugissement d'un lion farouche, et souvent – ô prodige ! – les aboiements d'un chien ou des clameurs[2] perçantes dont retentissaient les hautes montagnes. […]

Zeus, rassemblant toutes ses forces, s'arma de sa foudre, de ses éclairs et de son tonnerre étincelant, s'élança du haut de l'Olympe sur Typhon, le frappa et réduisit en poudre les énormes têtes de ce monstre effrayant qui, vaincu par ses coups redoublés, tomba mutilé, et dans sa chute fit retentir la Terre immense.

Hésiode, *Théogonie* (VIIIe siècle av. J.-C.), traduit du grec ancien par Anne Bignan.

1. **Proféraient :** produisaient, faisaient entendre.
2. **Clameurs :** cris.

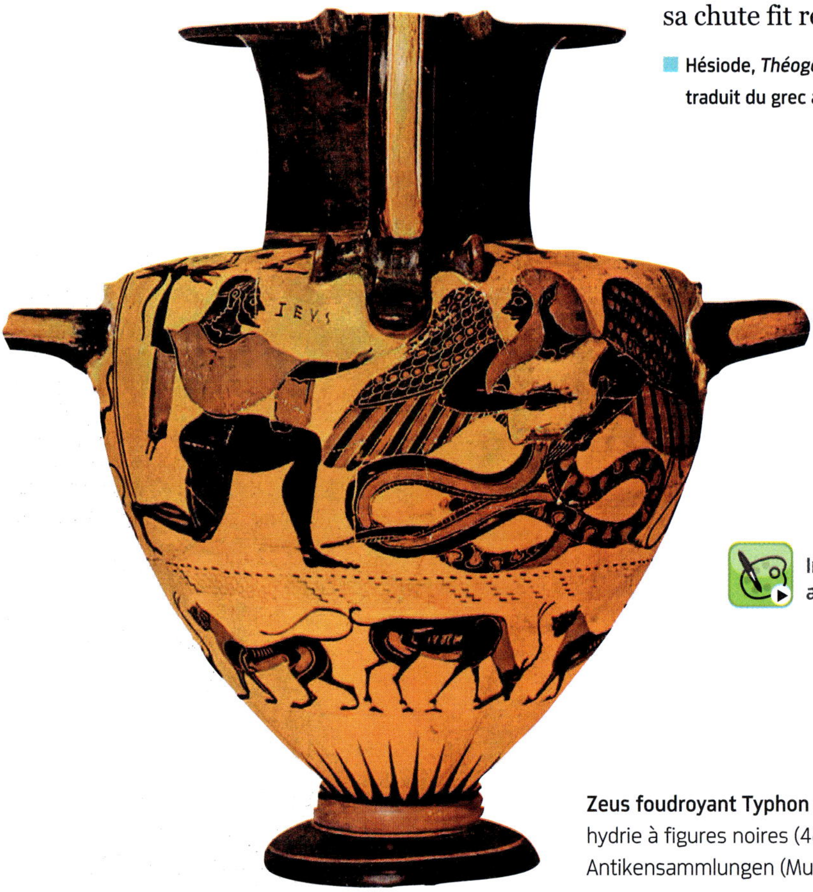

Image animée

Zeus foudroyant Typhon (540-530 av. J.-C.), hydrie à figures noires (46 cm), Staatliche Antikensammlungen (Munich, Allemagne).

Découvrir une créature monstrueuse

Notions : description – temps du récit

Échanger

Proposez deux adjectifs pour décrire Typhon.

Comprendre

1. Combien de têtes Typhon possède-t-il ? Combien de sons produit-il ?

2. Les caractéristiques de Typhon sont empruntées à plusieurs créatures : lesquelles ?

3. Qui a vaincu Typhon ? Grâce à quelles armes ?

Approfondir

4. a. Complétez le tableau avec les adjectifs qui décrivent le monstre.

Mains	....
Pieds	....
Dragon	....
Langue	....
Têtes	.... /............................ / .... (3 adjectifs)
(Voix d'un) taureau	.... et .... (2 adjectifs)
(Rugissement d'un) lion	....
Monstre	....

b. Parvenez-vous facilement à imaginer le monstre et les sons qu'il produit ? Justifiez votre réponse.

c. Quel(s) sentiment(s) cette description vous inspire-t-elle ?

5. a. À quel temps les verbes du deuxième paragraphe sont-ils conjugués ? Pourquoi ce temps est-il employé ici ?

b. Dans le troisième paragraphe, quel temps est employé pour exprimer les actions de Zeus ?

Faire le bilan

Complétez le bilan à l'aide des mots suivants :
adjectifs – horreur – champ lexical – description – hybride – imparfait.

Hésiode fait la .... d'un terrible monstre, Typhon, en employant des verbes à l'.............. .
Ce monstre est un être ...., qui possède les caractéristiques de plusieurs créatures à la fois.
De nombreux .... donnent des précisions sur son apparence. Le .... du son permet de décrire son cri. Tous ces détails inspirent au lecteur un sentiment d'.............. .

Histoire des arts

Étudier un vase antique

a. Quelle est la nature de l'œuvre ? À quelle période l'objet a-t-il été réalisé ?
b. Qui sont les deux personnages représentés sur l'image ? À quels signes les reconnaissez-vous ?
c. Le monstre est-il identique à la description du texte ?
d. Pouvez-vous déchiffrer le nom grec écrit en majuscules au milieu de l'image ?

Vocabulaire en contexte

- Qu'est-ce qu'un ***typhon*** aujourd'hui ?
- L'adjectif ***indicibles*** (l. 8) signifie « qu'on ne peut pas dire ». Déduisez-en le sens du préfixe *in-*. Trouvez deux autres mots dans le texte construits avec le même préfixe et donnez leur définition.

LIRE DE MANIÈRE EXPRESSIVE

Lisez ce texte à voix haute.

Consignes

- Insistez sur les mots exprimant la laideur, la force ou la violence pour transmettre le sentiment d'horreur qu'inspire Typhon.
- Accompagnez votre lecture de gestes expressifs : montrez les parties du corps qui sont nommées, imitez le geste de Zeus lançant la foudre...

Deux monstres terrifiants

Texte 1

Le héros Bellérophon arrive devant la caverne de la Chimère.

À un jet de pierre était l'ouverture de la caverne. De là s'échappaient trois colonnes de vapeur noirâtre. Et vous devinez ce que vit ensuite Bellérophon…

On eût dit un assemblage étrange et terrible de bêtes hideuses repliées les unes sur les autres, dans l'intérieur de la caverne. Ces corps étaient enlacés au point qu'ils se confondaient aux yeux de Bellérophon ; à en juger par l'aspect des têtes, l'une devait appartenir à un immense serpent, la seconde à un lion féroce, et la troisième à un ignoble bouc. Le lion et le bouc sommeillaient ; le reptile seul était éveillé, et observait les alentours de ses grands yeux ardents. Il était évident que les trois spirales de fumée sortaient des narines de cette triple tête ! […] Notre héros ne pouvait pas se persuader qu'il eût devant lui la terrible Chimère. Il avait bien découvert la caverne, mais il y voyait un serpent, un lion et un bouc. Il se trompait : ces trois animaux séparés ne formaient qu'un seul monstre !

Nathaniel Hawthorne, *Le Livre des Merveilles* (1853), traduit de l'anglais par Léonce Rabillon.

Chimère d'Arezzo blessée par Bellérophon (400-350 av. J.-C.), sculpture de bronze (65 cm), art étrusque, musée archéologique de Florence (Italie).

Repères

XIXe siècle

Mythe

• **Nathaniel Hawthorne** (1804-1864), romancier américain, a adapté pour les enfants quelques récits issus de la mythologie grecque ; il les a rassemblés dans un recueil intitulé *Le Livre des Merveilles*.

Étudier deux portraits de monstres

Notions : champ lexical – description

Échanger

Comparez les images et les textes : lesquels produisent sur vous la plus forte impression ?

Comprendre

1. À quel héros la Chimère est-elle associée ? Et Méduse ?

2. Où la Chimère vit-elle ? D'où viennent probablement les Gorgones ? Que constatez-vous ?

3. Complétez ces schémas avec des mots qui décrivent le corps hybride des deux monstres.

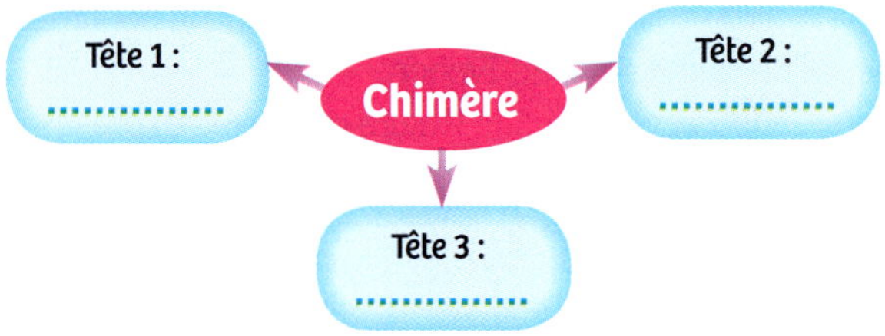

Approfondir

4. a. Qu'est-ce qui s'échappe des narines de la Chimère ? Qu'en déduisez-vous sur le pouvoir du monstre ?

b. Dans le texte 1, relevez deux phrases terminées par un point d'exclamation. Quel sentiment traduisent-elles ?

5. a. Quel est l'étrange pouvoir des trois Gorgones ?

b. Peut-on vaincre les Gorgones ? Relevez un mot du texte pour répondre.

6. a. Quel sentiment ressent-on face à ces monstres ?

Texte 2 **Le héros Persée a promis de rapporter la tête de Méduse, l'une des trois Gorgones.**

Il existait alors dans une autre île de la Grèce trois épouvantables monstres. C'étaient trois sœurs, sans doute échappées des enfers, car si elles avaient des visages de femmes, leurs corps étaient d'un dragon. Par-dessus le marché, au lieu de cheveux, elles avaient sur la tête des centaines de serpents qui se tordaient en tous sens. Couvertes d'écailles, armées d'immenses dents, de langues fourchues et de griffes d'airain, elles étaient d'autant plus redoutables que, lorsqu'elles déployaient leurs ailes d'or, on en restait ébloui.

Mais ce n'était pas là ce qui, jusqu'alors, les avait rendues invincibles. Elles avaient une arme plus terrible encore. Nul n'ignorait en effet qu'il suffisait de les regarder, fût-ce une seconde, pour être pétrifié ; oui, littéralement changé en une statue de pierre, par l'horreur et l'effroi sans doute.

Voilà donc les monstres que Persée s'était engagé à combattre.

Nathaniel Hawthorne, *Le Premier Livre des Merveilles* (1853), traduit de l'anglais par Pierre Leyris © Pocket Jeunesse (1996).

Le Caravage, *Tête de Méduse* (1596-1598), peinture sur le revers d'un bouclier recouvert de toile, galerie des Offices (Florence, Italie) (couleurs accentuées numériquement).

b. Dans le texte 2, relevez un adjectif de la famille de *terreur*, un autre de la famille d'*épouvante* et un autre de la famille de *redouter*. Relevez ensuite un nom de la famille d'*horrible* et un autre de la famille d'*effrayer*.

Faire le bilan

Qu'est-ce qu'un monstre ? Rédigez votre réponse en deux ou trois phrases.

Vous utiliserez les mots suivants : *créature hybride – mélanger – animaux – réalité – mythologie – héros – peur – surprise.*

Vocabulaire en contexte

• Le verbe ***pétrifier*** (texte 2, ligne 12) vient du latin *petra* (« la pierre ») et *-ificare* (« transformer en quelque chose »). Que signifie-t-il d'après son étymologie ?

DÉCRIRE UN MONSTRE

Inventez un nouveau monstre et décrivez-le en quelques phrases. Il doit surprendre et effrayer le lecteur.

Consignes

• Choisissez trois ou quatre animaux : votre monstre devra mélanger une partie du corps de chaque animal.
• Utilisez des adjectifs qui précisent les sentiments que le monstre inspire (*terrible, effroyable, prodigieux, surprenant*…).
• Employez des verbes conjugués à l'imparfait.

Texte lu

Cadmus et le dragon

Repères

ANTIQUITÉ

Mythe

• **Ovide** (43 av. J.-C. – 17 ap. J.-C.) est un poète latin qui vécut sous le règne du premier empereur romain, Auguste. Il est l'auteur des ***Métamorphoses***, dans lesquelles il réécrit en vers de nombreux mythes grecs et romains.

Les compagnons du prince Cadmus sont partis puiser de l'eau à une source. Dans la forêt où ils sont entrés, ils se font attaquer par un dragon. Cadmus vient à leur secours.

Il souleva un roc énorme et le lança. Ce choc aurait pu ébranler les remparts[1] les plus solides ; le serpent, lui, resta sans blessure, et sa peau dure et hideuse[2], protégée par ses écailles comme par une cuirasse, repoussa les coups les plus vigoureux. Mais malgré toute sa dureté, elle ne put résister au javelot, qui s'y planta et s'enfonça jusque dans ses entrailles. Le monstre, exaspéré par la douleur, replia sa tête sur son dos, regarda sa blessure et mordit le javelot qui s'y était enfoncé [...].

La douleur de la plaie redoublant alors sa fureur habituelle, les veines de son gosier, pleines de sang, gonflèrent ; une écume blanchâtre s'écoula de sa gueule pestilentielle. La terre résonne sous ses écailles, et le souffle qu'exhale sa bouche souille et infecte les airs. Tantôt il s'enroule en spirales immenses, tantôt il se dresse plus droit qu'un tronc d'arbre ; tantôt il s'élance d'un vaste bond, aussi impétueux qu'un torrent grossi par les pluies, et, de sa poitrine, il renverse les arbres placés sur son passage.

Cadmus recule de quelques pas ; avec une peau de lion qui lui sert de bouclier, il repousse les assauts[3] du serpent. Quand sa gueule le menace, il l'arrête en lui présentant la pointe de sa lance ; le reptile, furieux, attaque le fer par de vaines morsures, ses dents se brisent contre le tranchant du métal. Déjà le sang commençait à couler de son palais venimeux, et rougissait l'herbe. Mais la blessure était légère, parce que le monstre se retirait devant les coups : il reculait la tête, et par ce mouvement il empêchait l'arme de se fixer dans la plaie et d'y pénétrer plus avant.

Enfin, Cadmus enfonça le fer de sa lance dans le gosier du monstre, et le pressa sans relâche, et le poussa en arrière jusqu'à ce qu'il aille heurter un chêne, qui l'arrêta ; sa tête fut transpercée. Le reptile fit courber le chêne sous son poids, et le bois gémit, fouetté par l'extrémité de sa queue.

Ovide, *Métamorphoses*, livre III (2-8 ap. J.-C.), traduit du latin par Désiré Nisard.

1. **Remparts :** murailles, hauts murs.
2. **Hideuse :** très laide.
3. **Assauts :** attaques.

Francesco Zuccarelli (1702-1788), *Paysage avec Cadmus tuant le dragon*, huile sur toile (1,264 x 1,572 m), Tate Collection (Londres, Royaume-Uni).

Étudier le récit d'un combat

Notions : étapes du récit – comparaison

Échanger

Que ressentez-vous à la lecture de ce texte : de l'admiration, de la surprise, du dégoût... ? Expliquez votre réponse.

Comprendre

1. Quels objets Cadmus utilise-t-il pour se défendre et pour attaquer le dragon ?

2. Remettez dans l'ordre les différentes étapes du récit.

- Cadmus enfonce sa lance dans la gueule du monstre.
- Le dragon s'agite avec fureur.
- Les forces des deux adversaires s'équilibrent : aucun des deux ne parvient à tuer l'autre.
- Cadmus ne parvient pas à blesser le dragon avec le rocher.
- Cadmus blesse le dragon avec son javelot.

Approfondir

3. a. Relevez les trois comparaisons qui concernent le serpent (→ p. 76).

b. Quelle impression se dégage de ces comparaisons ?

4. a. Relevez, des lignes 10 à 14, les verbes qui décrivent les mouvements du serpent. À quel temps sont-ils conjugués ? Quel effet l'emploi de ce temps produit-il ?

b. L'issue du combat vous semble-t-elle certaine ?

5. a. Complétez les rectangles de couleur avec les verbes qui expriment les actions de Cadmus.

3e paragraphe

....	....	....

4e paragraphe

....	....	....

b. Le rôle de Cadmus évolue-t-il entre ces deux paragraphes ?

Faire le bilan

Complétez le bilan avec les mots qui conviennent.

Ovide utilise des .... pour montrer la force et la violence du dragon. Certains verbes sont conjugués au .... pour donner l'impression que le serpent se débat sous nos yeux.

Ovide maintient le .... concernant l'issue du combat, afin de tenir en haleine son lecteur. Mais, à la fin, Cadmus .... le dragon car le monstre avait pour seul rôle de mettre en valeur le .... du héros.

Vocabulaire en contexte

- Trouvez un synonyme du nom ***blessure*** dans le deuxième paragraphe.
- Cherchez le sens de ces adjectifs dans un dictionnaire et classez-les selon qu'ils qualifient une odeur agréable ou une odeur désagréable : *odoriférant – pestilentiel – nauséabond – suave – fétide.*

RACONTER À PLUSIEURS

Un héros attaque un lion gigantesque. Racontez à plusieurs comment le lion réagit. Chaque élève dit une phrase et un élève-secrétaire note le récit par écrit.

Consignes

- Employez le présent pour donner aux auditeurs l'impression que le monstre est sous leurs yeux.
- Utilisez des verbes de mouvement (*surgir, bondir, se dresser, s'immobiliser, rugir*...).
- Évoquez les différentes parties du corps de l'animal (la crinière, les moustaches, les babines, la queue, les poils...) en précisant la manière dont elles bougent (employez des verbes comme *secouer, frémir, retrousser, se balancer*...).

Texte écho

Gilliatt et la pieuvre

Repères

XIXe siècle

Roman

• Les combats de la mythologie qui opposent monstres et héros font partie de notre **patrimoine littéraire**.

Gilliatt est parti récupérer l'épave d'un bateau qui s'est échoué. En chemin, il explore les fissures des rochers. Soudain, une pieuvre géante s'agrippe à son bras.

Des huit bras de la pieuvre, trois adhéraient[1] à la roche, cinq adhéraient à Gilliatt. De cette façon, cramponnée d'un côté au granit, de l'autre à l'homme, elle enchaînait Gilliatt au rocher. Gilliatt avait sur lui deux cent cinquante suçoirs. Complication d'angoisse et de dégoût. Être serré dans un poing démesuré dont les doigts élastiques, longs de près d'un mètre, sont intérieurement pleins de pustules[2] vivantes qui vous fouillent la chair.

Nous l'avons dit, on ne s'arrache pas à la pieuvre. Si on l'essaie, on est plus sûrement lié. Elle ne fait que se resserrer davantage. Son effort croît en raison du vôtre. Plus de secousse produit plus de constriction[3].

Gilliatt n'avait qu'une ressource, son couteau. [...]

Il n'avait jamais vu de pieuvre de cette dimension. Du premier coup, il se trouvait pris par la grande espèce. Un autre se fût troublé.

Pour la pieuvre comme pour le taureau il y a un moment qu'il faut saisir ; c'est l'instant où le taureau baisse le cou, c'est l'instant où la pieuvre avance la tête ; instant rapide. Qui manque ce joint est perdu.

Tout ce que nous venons de dire n'avait duré que quelques minutes. Gilliatt pourtant sentait croître la succion[4] des deux cent cinquante ventouses. [...]

Gilliatt tenait son couteau. Les succions augmentaient.

Il regardait la pieuvre, qui le regardait.

Tout à coup la bête détacha du rocher sa sixième antenne, et, la lançant sur Gilliatt, tâcha de lui saisir le bras gauche. [...]

Mais Gilliatt veillait. Guetté, il guettait.

Il évita l'antenne, et, au moment où la bête allait mordre sa poitrine, son poing armé s'abattit sur la bête.

Il y eut deux convulsions en sens inverse, celle de la pieuvre et celle de Gilliatt.

Ce fut comme la lutte de deux éclairs.

1. **Adhéraient :** étaient attachés.
2. **Pustules :** gros boutons.
3. **Constriction :** action de serrer.
4. **Succion :** action de sucer.

Illustration d'**Achille Granchi-Taylor** pour *Les Travailleurs de la mer* de Victor Hugo.

Texte écho
J. Verne,
Vingt mille lieues sous les mers

Gilliatt plongea la pointe de son couteau dans la viscosité[5] plate, et, d'un mouvement giratoire[6] pareil à la torsion d'un coup de fouet, faisant un cercle autour des deux yeux, il arracha la tête comme on arrache une dent.

Ce fut fini.

Toute la bête tomba.

Victor Hugo, *Les Travailleurs de la mer* (1866).

5. **Viscosité :** ici, la tête visqueuse, gluante, de la pieuvre.
6. **Mouvement giratoire :** mouvement en arc de cercle.

Étudier un combat inspiré des récits mythologiques

Notions : pronoms – comparaison – rythme de la phrase

Échanger

Selon vous, la pieuvre est-elle un monstre ?

Comprendre

1. Relevez les mots du texte qui montrent que le corps de la pieuvre est monstrueux.

2. a. Quelle menace la pieuvre fait-elle peser sur Gilliatt ? Utilise-t-elle des pouvoirs surnaturels ?

b. Que faut-il éviter de faire lorsque l'on est attaqué par une pieuvre ?

3. Quel objet Gilliatt possède-t-il pour se défendre ? Le combat vous semble-t-il égal entre les deux adversaires ?

Approfondir

4. Lisez les lignes 7 à 9 et les lignes 13 à 19 :

a. Qui est désigné par le pronom *nous* ?

b. À qui ces explications semblent-elles s'adresser ?

c. À quel temps les verbes sont-ils conjugués ? Pourquoi ?

5. Lisez les lignes 20 à 37 :

a. Que remarquez-vous au sujet de la longueur des phrases et des paragraphes ?

b. Quel effet la répétition du verbe *guetter* (l. 26) produit-elle ?

6. À quoi les deux personnages sont-ils comparés à la fin du texte ? Relevez des passages du texte qui montrent que les gestes de Gilliatt sont rapides et violents.

7. Pourquoi peut-on dire que Gilliatt ressemble aux héros antiques ?

Faire le bilan

Complétez le bilan à l'aide des mots suivants :
inégal – dimensions – narrateur – monstre – explications – rapides – impliqué – courtes.

La pieuvre est comparable à un .... parce que ses .... sont extraordinaires. Le combat est .... : Gilliatt ne possède qu'un couteau pour se défendre. Pourtant, grâce à des gestes ...., il triomphe face à l'animal.

Les phrases .... et les nombreux retours à la ligne donnent du rythme à la scène. Le .... (celui qui raconte l'histoire) intervient au milieu du récit pour fournir des .... Ainsi, le lecteur se sent .... dans le récit.

Vocabulaire en contexte

- Qu'est qu'un ***tentacule*** ? Et des ***ventouses*** (l. 19) ?
- Dans le texte, cherchez trois mots employés à la place de *tentacule* et deux mots employés à la place de *ventouses*.

RACONTER UN COMBAT

Un pêcheur affronte une murène géante. Racontez le combat du héros contre le monstre au passé simple.

Consignes

- Vous rédigerez quatre ou cinq phrases courtes, en faisant des retours à la ligne.
- Chaque phrase exprimera un geste accompli par le pêcheur ou par la murène.

Les Douze Travaux d'Hercule de Christian Grenier

DÉCOUVRIR LE ROMAN

- Que fait Hercule ?
- Les créatures qu'il affronte semblent-elles monstrueuses ?
- Comment l'illustrateur de la couverture du livre imite-t-il les dessins des céramiques antiques ? → p. 72
- Quel récit imaginez-vous à partir du titre de l'œuvre et de l'illustration ?

À lire, à voir...

Françoise Rachmühl,
16 Métamorphoses d'Ovide
(Flammarion Jeunesse, 2010)
Les Métamorphoses *racontent des mythes antiques mettant en scène des transformations. Retrouvez les plus célèbres d'entre eux !*

Nathaniel Hawthorne,
La Toison d'or
(L'école des loisirs, collection « Médium poche », 1990)
Suivez Jason, héros de la Grèce antique, dans sa quête de la Toison d'or.

LIRE LE ROMAN

Vérifiez que vous avez bien compris le livre au fur et à mesure de votre lecture.

Chapitres 1 et 2

- Qui déteste Hercule dès sa naissance ? Pourquoi ? À l'aide du glossaire placé à la fin du livre, donnez son nom romain et son nom grec.
- Quel crime impardonnable Hercule a-t-il commis envers sa famille ? Est-il entièrement responsable de ce qui s'est passé ? Que devra-t-il faire pour réparer sa faute ?

Chapitres 3 à 14

Recopiez et complétez le tableau suivant.

Chapitres	Épreuves	Monstres, créatures ou objets merveilleux	Lieux	Actions d'Hercule et qualités dont il fait preuve
....	....	....	....	....

PARTAGER SA LECTURE

Sur les traces d'Hercule, faites voyager vos camarades !

- Formez plusieurs groupes et partagez-vous les chapitres du livre.
- Relevez tous les lieux (cités, régions, îles, montagnes) qu'Hercule traverse dans vos chapitres.
- Situez-les sur une carte du monde antique (vous pouvez vous aider des cartes au début de l'« Entracte », dans les pages grises du livre).
- Résumez en quelques phrases les épreuves que le héros affronte dans ces lieux.
- Vérifiez si ces lieux existent encore aujourd'hui et cherchez des photographies ou des œuvres qui les représentent.
- Décrivez devant la classe les lieux que vous avez relevés.

MÉTHODE

Pour **présenter les lieux** d'un récit, vous devez :

- évoquer les lieux en suivant l'**ordre du récit** ;
- dans le cas où les lieux sont réels, montrer **sur une carte** où ils se trouvent ;
- illustrer votre exposé à l'aide d'**images** ;
- endosser le **rôle d'un guide touristique** (mettez-vous en scène, attirez l'attention de votre auditoire…).

Prenez la plume pour ajouter un nouvel épisode aux exploits d'Hercule.

Hercule n'est **plus obligé d'obéir à Eurysthée**, en revanche ce dernier lui **demande un service** : Admète, sa fille, veut une plume de l'aigle de Jupiter ! Mais le roi des dieux n'a pas l'intention, cette fois, d'aider son fils...

Racontez comment le héros s'y prend pour mener à bien sa mission. Votre récit fera une quinzaine de lignes.

Christian Grenier, ***Contes et légendes : les héros de la mythologie***

(Nathan, 2010)

Ce recueil regroupe les légendes des plus grands héros de la mythologie grecque : Pandore, Cronos, Zeus, Cerbère et la Chimère, Hercule, Icare, Thésée...

Émilie Harel et Béatrice Bottet, ***La Mythologie en BD, tome 4 « Thésée et le Minotaure »***

(Casterman, 2015)

Découvrez un des monstres les plus célèbres de la mythologie grecque, le Minotaure, ainsi que l'histoire de Thésée qui le vainquit.

Histoire des arts

Les dragons à travers les arts

Les dragons dans l'Antiquité

*Dans l'**Antiquité grecque et romaine**, le dragon est un **gigantesque serpent**, parfois doté de plusieurs têtes.*

Doc. 1 **Cadmos combattant le dragon (IVe siècle av. J.-C.)**, grand cratère en calice à figures rouges attribué à Python, musée du Louvre (Paris).

Repères artistiques

Les Grecs représentaient des **épisodes de la mythologie** sur des objets en céramique, notamment sur des **cratères**, des vases de grande taille servant à mélanger le vin avec de l'eau. Les artistes grecs ont d'abord créé des personnages noirs sur un fond rouge puis, à partir de 530 avant J.-C., ils ont dessiné des personnages rouges sur un fond noir.

Décrire le cratère

1. Que tient Cadmus dans sa main gauche ? À votre avis, que venait-il faire avec ses compagnons près du repaire du dragon ?

2. De quelle couleur est dessiné Cadmus ? De quelle couleur est dessiné Zeus sur l'image page 62 ? Laquelle de ces deux œuvres est la plus ancienne ?

3. Écrivez deux phrases pour décrire précisément le dragon.

Les dragons à la Renaissance

*À partir du **Moyen Âge**, sous l'influence du christianisme, le dragon devient le **symbole du Mal**. Il est plus qu'un simple serpent : il est désormais doté d'ailes et de pattes, et crache du feu.*

Image animée

Doc. 2 Paolo di Dono, dit Uccello, *Saint Georges terrassant le dragon* (1430-1435), peinture sur panneau de bois (131 x 103 cm), musée Jacquemart-André (Paris).

Repères artistiques

La Légende dorée de Jacques de Voragine (1226-1298), qui raconte comment saint Georges combattit un dragon pour délivrer une princesse, connut un très grand succès au Moyen Âge et à la Renaissance.

Aide : À la Renaissance, apparaît le souci d'introduire la **perspective** en peinture. Les peintres cherchent à donner l'illusion de la profondeur dans leurs tableaux en ne donnant pas la même taille aux objets proches et aux objets éloignés.

Décrire le tableau

1. Où la scène a-t-elle lieu ? Que voit-on à l'arrière-plan ?
2. D'après la légende, saint Georges aurait vécu au IIIe siècle après Jésus-Christ, sous l'empire romain. Les personnages sont-ils vêtus comme dans l'Antiquité ?
3. Décrivez précisément le dragon.
4. Observez les lignes du paysage, au second plan et à l'arrière-plan. Comment le peintre crée-t-il une impression de profondeur ?

Les dragons aujourd'hui

Doc. 3 *Eragon*, film de Stephen Fangmeier (2006), avec Edward Speelers.

***Aujourd'hui** encore, les dragons inspirent de nombreux artistes. Ils sont très présents dans la **littérature de jeunesse**, dans les **romans de fantasy** et dans les **films** grâce au développement des **effets spéciaux**.*

Décrire le photogramme

1. De quel film cette image est-elle extraite ?
2. Le dragon est-il toujours l'ennemi du héros ?
3. Connaissez-vous d'autres œuvres (romans, films, bandes dessinées...) qui évoquent les dragons ?

La description du monstre mythologique

LECTURE

Pour permettre au lecteur d'imaginer le monstre, les récits donnent de nombreux détails sur son apparence et sur le lieu où il vit.

1 **Lisez cette description du monstre Échidna.**

Callirhoë, au fond d'une caverne, produisit un autre enfant monstrueux, invincible et semblable à aucune autre créature. Échidna était, pour moitié, une nymphe aux yeux noirs et aux belles joues ; l'autre moitié ressemblait à un serpent énorme et terrible, couvert de taches. Elle se nourrissait de chairs sanglantes dans les entrailles de la terre. Ce monstre habitait un antre profond dans le creux d'un rocher, loin des hommes et des dieux.

D'après Hésiode, *Théogonie* (VIIIe siècle av. J.-C.), traduit du grec ancien par Anne Bignan.

a. **Échidna correspond-elle à la définition d'un monstre dans la mythologie grecque ?**

b. **Quelles précisions les mots en bleu apportent-ils ? À quelle question permettent-ils de répondre ?**

c. **Repérez les adjectifs qui précisent les noms soulignés. Quelle image d'Échidna nous donnent-ils ?**

d. **À quel temps la plupart des verbes sont-ils conjugués ? Pourquoi ?**

VOCABULAIRE

Un mot peut avoir plusieurs nuances de sens.

2 **a.** **Expliquez le sens du mot *monstre* dans chacune des phrases.**
b. **Quelle phrase correspond à la définition d'un monstre dans la mythologie grecque ?**

1. Ce monstre sacré du cinéma a été récompensé par un oscar du meilleur acteur.
2. Un sanglier de plus de trois cents kilos, véritable monstre des forêts, a été capturé hier.
3. Le monstre Briarée possédait cent bras et cinquante têtes.
4. Comment pouvez-vous agir ainsi ? Vous êtes un monstre !

Des synonymes sont des mots de sens identique ou voisin qui appartiennent à la même classe grammaticale. → p. 336

3 **a.** **Répartissez les adjectifs suivants en trois colonnes, selon qu'ils sont synonymes de *grand*, de *dangereux* ou de *laid*.**
horrible – funeste – ignoble – redoutable – colossal – nuisible – difforme – immense – affreux – gigantesque – hideux
b. **Les mots inscrits dans la même colonne ont-ils tous exactement le même sens ?**

GRAMMAIRE

Pour préciser où se trouvent une chose, un personnage, un détail, on emploie des compléments de phrase qui indiquent le lieu. → p. 272-273

4 **Complétez ce texte sur Persée avec des compléments de phrase indiquant le lieu. Vous utiliserez des prépositions comme *sur*, *devant*, *derrière*, *à*, *de*, *dans*... (Vous pouvez vous aider du texte p. 65.)**
Persée arrive .... ; partout, ..., il aperçoit des hommes et des animaux changés en pierres. Méduse est là, allongée .... Des serpents se dressent .... ; on peut lire .... une joie mauvaise et une grande cruauté.

On peut rendre une phrase plus élégante en plaçant le complément de lieu en début de phrase.

5 **Déplacez le complément de phrase en début de phrase ; inversez le sujet et le verbe.**
Ex. : *Sur ses épaules se dressaient les cent têtes d'un horrible dragon.*
1. Une flamme étincelante jaillissait de ses yeux.
2. Trois têtes hideuses sortaient de son cou.
3. Le venin s'écoulait de sa gueule ouverte.
4. Deux cent cinquante ventouses s'étalaient sur les tentacules de la pieuvre.
5. Trois colonnes de vapeur noirâtre s'échappaient de la caverne.

Les qualités du héros mythologique

LECTURE

Le héros mythologique est un personnage qui est d'origine noble ou qui est le descendant d'un dieu. Il possède de nombreuses qualités. Il a pour mission de tuer ou de capturer un monstre.

6 **a.** Dans ce texte, quelles expressions montrent que Jason ne craint rien ?

b. Quels sont les deux noms qui désignent les qualités du héros ? Cherchez-en une définition dans le dictionnaire.

Jason doit attacher des taureaux monstrueux à une charrue et leur faire labourer un champ. Il est aidé par Médée, qui lui a fourni un baume magique.

L'aurore a déjà fait pâlir les étoiles, quand les taureaux aux pieds d'airain sortent en mugissant de l'étable. Leurs naseaux soufflent du feu. Jason, le corps enduit d'un baume de la magicienne, ne ressent aucune brûlure. Il s'empare des taureaux, les soumet au joug, les attelle. […] Rien n'arrête Jason ; rien ne l'effraie ; rien ne l'intimide.

Médée cependant, bien qu'elle connaisse le pouvoir de ses sortilèges, ne peut s'empêcher de trembler devant l'audace et l'impassibilité du héros.

Émile Genest, *Contes et légendes mythologiques* © Pocket Jeunesse (1994).

Jean-François de Troy, *Jason et les taureaux d'Æétès* (1742), huile sur toile (détail, 55,3 x 128,9 cm), The Barber Institute of Fine Arts (Birmingham, Royaume-Uni).

VOCABULAIRE

Un mot peut avoir plusieurs nuances de sens.

7 **a.** Expliquez le sens du mot *héros* dans chacune des phrases.

b. Quelle phrase correspond à la définition d'un héros dans la mythologie grecque ?

1. Ce sont des héros de la Résistance qui ont lutté pendant la Seconde Guerre mondiale.

2. Le héros Hercule est le fils de Jupiter, roi des dieux, et d'Alcmène, une mortelle ; il a accompli de nombreux exploits.

3. Le Petit Poucet est le héros d'un conte de Charles Perrault.

Des synonymes sont des mots de sens identique ou voisin. Des antonymes sont des mots de sens contraire. ➜ p. 336

8 **a.** Répartissez les adjectifs suivants en deux colonnes, selon qu'ils sont des synonymes ou des antonymes de *courageux*. Aidez-vous au besoin d'un dictionnaire.

intrépide – pleutre – vaillant – hardi – brave – lâche – poltron – valeureux – pusillanime – audacieux – craintif – couard

b. Rédigez trois phrases ; dans chacune, vous emploierez un adjectif synonyme de *courageux*.

GRAMMAIRE

Le pronom personnel est un mot que l'on emploie pour remplacer un nom. ➜ p. 254

9 Remplacez le nom ou le groupe nominal souligné par un pronom personnel de 3e personne (*il, elle, on, ils, elles, le, la, les, lui, leur*).

Ex. : *Ariane vient en aide à Thésée.* → *Ariane lui vient en aide.*

1. Les taureaux menacent le héros de la pointe de leurs cornes.

2. Un gigantesque serpent terrorise les habitants.

3. Le fils de Jupiter a entouré le chien Cerbère de ses bras puissants.

4. Les nobles enfants des dieux apportent aux simples mortels la paix et la tranquillité.

5. Persée promet à Céphée qu'il délivrera bientôt Andromède.

Le combat épique

LECTURE

Un récit de combat comprend de nombreux verbes de mouvement.

10 Lisez cette épreuve imposée à Hercule.

Hercule a reçu l'ordre de capturer le taureau de Neptune.

Ce fut comme un signal : dans un grondement de tonnerre, le taureau s'élança vers Hercule à toute vitesse ! Au moment où il le frôlait, le héros se cambra ; esquivant de justesse les cornes qui avaient failli l'empaler, il les saisit à pleines mains ! Rendu fou de rage par cette étreinte, l'animal secoua la tête et se débattit. Il se jeta à terre ; mais Hercule refusa de lâcher prise, si bien que les deux combattants roulèrent pêle-mêle dans la poussière, dans un corps à corps colossal !

Christian Grenier, *Les Douze Travaux d'Hercule* © Pocket Jeunesse (2001).

a. À quel temps la plupart des verbes sont-ils conjugués ?

b. Quels verbes et quels autres mots évoquent les mouvements des deux personnages ?

c. Comment la ponctuation exprime-t-elle la surprise et le sentiment du danger ?

VOCABULAIRE

La comparaison est une image qui associe un mot à un autre pour les comparer. Elle utilise pour cela un outil de comparaison : *(est) comme, (est) tel (que), ressemble à...*

Une comparaison épique amplifie une caractéristique d'un personnage pour le rendre plus impressionnant.

11 **a.** Repérez les comparaisons dans cet extrait.

b. Pour chaque comparaison, précisez le point commun qui a permis de rapprocher les deux éléments.

À peine avait-il lancé cet avertissement qu'un oiseau apparut. Un oiseau ? Non : un monstre au bec crochu comme un pic, aux ailes aussi brillantes et acérées qu'un glaive ! [...] Dans un vrombissement effrayant, d'autres oiseaux arrivèrent. Telle une nuée de mouches géantes, ils se jetèrent sur le cadavre qu'ils déchiquetèrent pour le dévorer.

Christian Grenier, *Les Douze Travaux d'Hercule* © Pocket Jeunesse (2001).

12 Complétez ces phrases par une comparaison épique, afin de rendre les monstres plus impressionnants.

1. Les cornes du Minotaure étaient pointues comme ....

2. Tel ...., le dragon détruisit le village.

3. Les ailes de Pégase étaient plus .... que ...., et plus .... que ....

4. Lorsqu'il se dressait, le serpent semblait aussi .... que ....

GRAMMAIRE

Une phrase commence par une majuscule et se termine par un signe de ponctuation forte. Pour souligner la peur, la surprise ou l'admiration, on peut employer des points d'exclamation.

13 Séparez les phrases en ajoutant des majuscules et des points. Placez des points d'exclamation à la fin des phrases qui expriment la surprise ou le danger.

monté sur le dos de Pégase, son cheval ailé, Bellérophon se précipita à la vitesse d'une flèche vers cette hideuse production de la nature le héros asséna un coup violent à la Chimère en même temps il se sentit entraîné à une grande distance par son cheval le héros n'eut pas le temps de voir s'il avait blessé le monstre Pégase décrivit des cercles à une grande hauteur puis s'approcha de nouveau de la Chimère

D'après Nathaniel Hawthorne, *Le Premier Livre des Merveilles* (1853), traduit de l'anglais par Pierre Leyris © Pocket Jeunesse (1996).

Atelier expression écrite

* 1 Décrire un monstre
Écrire à partir d'une image

Faites la description du monstre ci-dessous en une dizaine de lignes. Votre texte sera rédigé à l'imparfait.

L'araignée Aragog dans le film ***Harry Potter II et la chambre des secrets*** de Chris Colombus (2002).

JE PRÉPARE LE SUJET

- **Repérez** les caractéristiques du monstre (dimensions, couleur, nombre de pattes...).
- **Employez** des adjectifs exprimant la laideur.
- **Pensez** à solliciter d'autres sens que la vue (donnez des précisions sur les sons, les odeurs...).

** 2 Décrire le repaire d'un monstre
Écrire à partir d'un plan établi

En vous aidant de l'image ci-dessus, imaginez le repaire de ce monstre en dix à quinze lignes. Votre texte sera rédigé à l'imparfait.

JE PRÉPARE LE SUJET

- **Choisissez** un repaire pour le monstre : une toile géante, une caverne, une tanière souterraine...
- **Suivez** le plan indiqué dans le tableau. Vous développerez les idées proposées pour chaque paragraphe ou trouverez d'autres idées. Vous ajouterez des adjectifs pour préciser votre description.

	Premiers mots du paragraphe	Idées
1er paragraphe (3 à 5 lignes)	Le repaire du monstre était un(e) ...	toile / caverne / tanière souterraine… (+ adjectifs)
2e paragraphe (3 à 5 lignes)	À l'intérieur, on sentait / entendait...	une odeur / des substances / des bruits… (+ adjectifs)
3e paragraphe (3 à 5 lignes)	Le voyageur égaré qui pénétrait dans ce lieu ressentait... Le voyageur égaré qui pénétrait dans ce lieu était…	de la peur / du dégoût / de l'admiration... écœuré / impressionné...

Atelier expression orale

Présenter un exposé sur un monstre antique

Choisissez un de ces monstres et développez, dans un court exposé, les informations qui sont fournies à leur sujet.

Le Minotaure

Le Minotaure est un monstre mi-homme mi-taureau. Il a été enfermé par le roi Minos dans un labyrinthe. Chaque année, il dévore des jeunes femmes et des jeunes gens venus de la cité d'Athènes. Il est tué par Thésée.

Le Minotaure, sculpture en marbre, art classique, musée national archéologique d'Athènes (Grèce).

Le Sphinx

Le Sphinx est un mélange de plusieurs espèces. Il pose une énigme aux voyageurs qui croisent son chemin, et il dévore ceux qui ne trouvent pas la réponse. Seul Œdipe réussit l'épreuve !

Sphinx ailé (vers 900-600 av. J.-C.), plaque en ivoire (6,9 x 7,7 cm), British Museum (Londres, Royaume-Uni).

Cerbère

Cerbère est un chien à trois têtes. Il est le gardien des Enfers. Il est dompté par plusieurs héros : Hercule, Orphée, Énée…

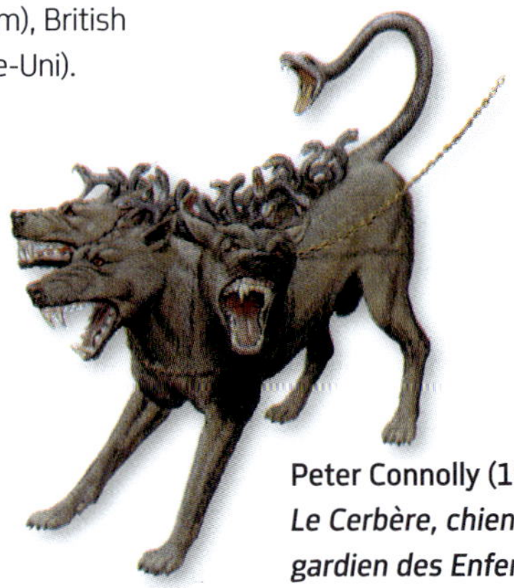

Peter Connolly (1935-2012), *Le Cerbère, chien à triple têtes, gardien des Enfers*, aquarelle.

Hermès tuant Argos aux cent yeux (Ve siècle av. J.-C.), vase attique à figures rouges (29,8 cm), Kunsthistorisches Museum (Vienne, Autriche).

Argus (ou « Argos Panoptès »)

Il possède cent yeux, ce qui est bien commode pour surveiller la belle Io, une nymphe aimée de Zeus. C'est le dieu Hermès qui le tue.

Python

Ce serpent monstrueux est tué par le dieu Apollon.

Apollon et le serpent Python (vers 550-540 av. J.-C.), coupe laconienne à figures noires, musée du Louvre (Paris).

Atelier expression orale

MÉTHODE

Pour préparer et présenter un exposé

Choisir ses ressources

- Pour vos recherches, utilisez un **dictionnaire** des noms propres ainsi que les **ressources du CDI**. Le site Mythologica (http://mythologica.fr/grec/monstre) contient aussi de nombreuses informations.
- Utilisez toujours **au moins deux ressources différentes**, pour vérifier que vos informations sont fiables !

Rechercher des informations

Lors de vos recherches, pensez à répondre précisément aux questions suivantes :

- qui sont les **parents** du monstre ?
- quelles sont les **caractéristiques physiques** du monstre ? A-t-il des **pouvoirs surnaturels** ?
- dans quelle région ou cité menace-t-il les habitants ? Sait-on pourquoi il se trouve à cet endroit en particulier ?
- d'où vient le **héros** (ou le **dieu**) qui a vaincu le monstre ? Qui sont ses parents ? Existe-t-il une anecdote particulière au sujet de sa naissance ?
- le héros utilise-t-il un **objet merveilleux** ou magique pour vaincre le monstre ? Quelqu'un lui vient-il en **aide** ? Si oui, comment ?
- après sa victoire, que devient le héros ? Le monstre disparaît-il totalement ou réapparaît-il au côté d'un autre héros dans un autre récit ?

Présenter son exposé

- Préparez une petite **fiche avec les mots-clés** que vous utiliserez.
- **Ne rédigez pas** tout votre exposé, car vous risqueriez de le lire de manière monotone.
- Préparez **un ou deux documents** (illustration, œuvre d'art, arbre généalogique...) qui rendront votre exposé plus clair. Vous pourrez les projeter, les afficher ou bien les faire circuler dans la classe.
- Préparez **deux questions** pour vérifier que vos camarades ont bien écouté et compris votre travail.
- Parlez devant la classe sans lire vos notes.

Je construis le bilan

Reconnaître un monstre mythologique

1 Complétez cette carte mentale à l'aide des textes du chapitre.

Monstres mythologiques

Nom : ....
Caractéristiques physiques :
....
Pouvoir(s) : ....

Nom : ....
Caractéristiques physiques :
....
Pouvoir(s) : ....

Nom : ....
Caractéristiques physiques :
....
Pouvoir(s) : ....

Nom : ....
Caractéristiques physiques :
....
Pouvoir(s) : ....

2 Recopiez les mots qui vous semblent correspondre à la définition du monstre mythologique.

harmonie EFFRAYANT mélange
imaginaire désordre
inoffensif mythe
ROMAN merveilleux réel violence

Comprendre le rôle du héros

3 Associez chaque héros au monstre qu'il combat.

Cadmus •	• Typhon
Persée •	• La pieuvre
Zeus •	• Chimère
Gilliatt •	• Méduse
Bellérophon •	• Le dragon

4 Lequel des héros cités ci-dessus n'appartient pas à la mythologie grecque ? Pourquoi peut-on tout de même dire qu'il s'agit d'un héros ?

Identifier les caractéristiques de l'épopée

5 Dans ce récit d'un combat épique, un poète peu inspiré a écrit deux comparaisons maladroites.
a. Quelles sont ces comparaisons ? Pourquoi ne conviennent-elles pas ?
b. Remplacez ces comparaisons par d'autres expressions plus appropriées.

> Comme un lapin, le héros se précipita sur le monstre. Il dégaina son épée aussi brillante qu'un caillou sous la pluie.

6 Dans chaque paire de mots, lequel vous semble convenir le mieux pour évoquer des adversaires qui s'affrontent dans un combat épique ? Pourquoi ?

grand / immense — bizarre / prodigieux — plainte / hurlement

Quiz
de révision

BILAN

Je retiens

Le monstre dans les mythes antiques

Le monstre mythologique

- Le monstre est une **créature légendaire**.
- Dans la **mythologie grecque**, il est **hybride**. Il est constitué d'un **mélange** de caractéristiques de plusieurs animaux réels, auxquelles se mêlent parfois des caractéristiques humaines. La Chimère, par exemple, est un mélange entre le lion, le bouc et le serpent.
- Certains monstres antiques ont été imaginés à partir d'une seule espèce, mais ils possèdent des **dimensions extraordinaires**, des **membres plus nombreux** qu'à l'ordinaire (cent têtes, trois queues...) et des **pouvoirs surnaturels**.
- Dans la **littérature moderne**, les monstres peuvent être des créatures qui appartiennent au monde réel mais qui ont une taille démesurée ou qui ont des intentions néfastes : ainsi, la pieuvre combattue par Gilliatt effraie par sa ténacité et ses dimensions hors du commun.

Le héros, dompteur de monstres

- Le monstre et le héros sont **indissociables**. Le monstre n'existe que pour être **tué ou dompté** par un héros.
- Le plus souvent, le héros est un **demi-dieu**, ou bien le **fils du roi** d'une cité grecque. Il se distingue des simples mortels par ses **qualités physiques et morales exceptionnelles**. Il est doté d'une grande force et il fait preuve de **courage**.
- Les dieux utilisent les héros pour installer l'**ordre** et l'**harmonie** dans le monde. En combattant les monstres, ils suppriment le désordre et domptent la nature.
- Dans le roman moderne, le héros peut représenter le **combat de l'homme contre la nature** ; il symbolise le courage humain et la lutte pour la survie.

Des combats épiques

- Le combat du héros contre le monstre est un **sujet central des épopées**.
- Les mots du **combat épique** sont choisis pour **susciter la peur**, **l'admiration ou la surprise**. L'épopée utilise des **adjectifs** et des **comparaisons** destinés à **amplifier** les caractéristiques des personnages et leurs actions, à les rendre plus impressionnants.

Mon carnet de mots

Retenez les mots importants du chapitre.

- **Héros antique** : personnage divin, à demi-divin ou noble, doté de qualités exceptionnelles.
- **Hybride** : composé d'éléments appartenant à plusieurs espèces.
- **Monstre mythologique** : créature hybride, souvent féroce et cruelle, combattue par le héros.
- **Surnaturel** : qui échappe aux lois de la nature.
- **Terrible** : qui provoque une peur intense.

La citation du monstrueux

On eût dit un assemblage étrange et terrible de bêtes hideuses repliées les unes sur les autres, dans l'intérieur de la caverne.
(À propos de Chimère dans *Le Livre des Merveilles*, p. 64)

Pour réussir l'évaluation, je dois connaître :

- les comparaisons ;
- les caractéristiques du monstre et du héros ;
- les verbes de mouvement ;
- les pronoms personnels.

Persée délivre Andromède

Un oracle a ordonné au roi Céphée d'attacher sa fille, Andromède, à un rocher, afin qu'elle soit livrée à un monstre marin. Persée, amoureux de la jeune fille, décide de la délivrer. Il est capable de voler, car le dieu Mercure lui a prêté son casque et ses sandales munis d'ailes.

Le monstre s'avançait, repoussant et divisant les flots avec sa poitrine ; soudain, le héros, frappant la terre de ses pieds, s'éleva en volant jusqu'au ciel ; son ombre se réfléchissait à la surface des eaux ; le monstre vit cette ombre et l'attaqua avec fureur. Lorsqu'un aigle aperçoit un serpent, il l'attaque en enfonçant ses serres[1] dans les écailles de son cou ; de même Persée, traversant l'espace de ses ailes rapides, fondit sur le dos du monstre frémissant, et lui plongea dans le côté droit son épée recourbée, qui pénétra jusqu'à la garde[2].

Le dragon, qu'irritait une large blessure, tantôt s'élevait en bondissant dans les airs, tantôt se cachait au sein des flots, tantôt se roulait comme un sanglier furieux au milieu d'une meute de chiens. Le héros évita habilement ses avides morsures, et partout où son épée pouvait l'atteindre, sur son dos hérissé d'écailles, sur ses flancs ou sur sa queue, il perça le dragon de mille coups. Le monstre vomit de sa gueule les flots de la mer mêlés avec son sang ; les ailes de Persée en furent toutes trempées, et ne lui permirent plus de voler. Le héros, apercevant un rocher au-dessus de la mer, s'y posa avec difficulté. Tout en se tenant de la main gauche à la pointe du rocher, de l'autre main il plongea et replongea le fer dans les entrailles du monstre. Le rivage retentit de cris et d'applaudissements qui montèrent jusqu'au ciel.

Ovide, *Métamorphoses*, livre IV (2-8 ap. J.-C.), traduit du latin par Désiré Nisard.

1. **Serres :** griffes de l'aigle.
2. **Garde :** poignée de l'épée.

Véronèse (1528-1588), *Persée délivrant Andromède*, peinture à l'huile (260 x 211 cm), musée des Beaux-Arts de Rennes.

Lire et analyser un texte

1. Relevez le champ lexical de la violence.
2. À quoi Persée est-il comparé dans le premier paragraphe ? À quoi le dragon est-il comparé dans le second paragraphe ? Que révèlent ces deux comparaisons sur les deux adversaires ?
3. Quel mot est répété au début du second paragraphe ? Quelle impression cette répétition produit-elle ?
4. Relevez dans le texte au moins cinq verbes de mouvement.
5. Relevez les mots du texte qui montrent que Persée agit en héros.
6. Qu'arrive-t-il à Persée dans les dernières lignes du texte ? Comment réagit-il face à cette difficulté ?

Lire et analyser une image

8. Quels personnages identifiez-vous dans le tableau ?
9. Trouvez un adjectif pour qualifier chacun des personnages. Justifiez votre choix en relevant un ou plusieurs éléments précis du tableau.

Maîtriser la langue

7. Remplacez les noms ou groupes nominaux soulignés par un pronom personnel (*le*, *la*, *l'*, *les*, *lui*, *leur*).

Persée infligea au monstre une profonde blessure.
Il délivra la jeune fille.
Les spectateurs acclamèrent le héros.
Ils accompagnèrent les deux jeunes gens jusqu'au palais.

Écrire

10. Sujet : Le monstre n'est pas encore mort mais Persée ne peut plus voler. Un personnage lui vient en aide. Imaginez la suite du combat, en une dizaine de lignes environ.

Consignes

- Vous resterez cohérent avec le texte d'origine (vous introduirez des personnages et des objets pouvant appartenir à la mythologie grecque).
- Vous inventerez des qualités (ou des pouvoirs) exceptionnel(le)s au nouveau héros.
- Vous emploierez des verbes de mouvement conjugués au passé simple, pour raconter les actions et les gestes accomplis par les personnages.

SOCLE	COMPÉTENCES ÉVALUÉES	Questions
Lire	**> Comprendre et interpréter un texte littéraire** • Mise en œuvre d'une démarche de compréhension à partir d'un texte lu • Identification du genre et de ses enjeux (récit / mythe)	Q. 1 à 6
Langue	**> Observer le fonctionnement du verbe et l'orthographier** • Pronoms	Q. 7
Culture littéraire et artistique	**> Comprendre et interpréter une image** • Mise en relation de textes et d'images	Q. 8, 9
Écrire	**> Produire des écrits variés** • Mise en œuvre d'une démarche de production de texte (suite de texte) • Mobilisation des connaissances : étude de la langue et lexique	Q. 10

5

Ulysse, l'homme aux mille ruses

En quoi l'*Odyssée* d'Homère est-elle un récit fondateur ?

Doc. 1 Arnold Böcklin, *Ulysse et Polyphème* (1896), huile sur bois (66 x 150 cm), collection privée.

Quel genre de récit allons-nous lire ?

- D'après les images (docs. 1 et 2), quel genre de récit allez-vous lire : un récit policier ? un récit réaliste ? un récit d'aventures ?
- Quels personnages sont mis en scène dans le tableau (doc. 1) ?

De quelle époque date l'Odyssée ?

- Observez les documents 2 et 3 : de quel type de documents s'agit-il ?
- Quelle civilisation les a produits ?

Doc. 2 **Vase grec à figures rouges représentant Ulysse et les Sirènes (vers 480-470 av. J.-C.)**, British Museum (Londres, Royaume-Uni).

Doc. 3 **Fragment du papyrus de l'*Odyssée* d'Homère (Ier siècle)**, British Library (Londres, Royaume-Uni).

Découvrez comment Ulysse affronte le Cyclope et bien d'autres dangers !

Repères culturels

L'épopée d'Ulysse

Ulysse, roi de la petite île d'Ithaque, est un héros de la mythologie grecque. Ses aventures sont racontées par le poète Homère dans l'*Iliade* et surtout dans l'*Odyssée*, deux longs poèmes narratifs appelés « épopées ».

Un auteur légendaire : Homère

Les Grecs attribuaient les aventures d'Ulysse et de ses compagnons à Homère, un poète qui aurait vécu au VIIIe siècle avant J.-C. Ils le représentaient comme un **aède** aveugle, c'est-à-dire un **artiste itinérant** qui récitait des poèmes en chantant et en jouant de la lyre.

Philippe-Laurent Roland (1746-1816), sculpture en marbre représentant Homère, musée du Louvre (Paris).

Aujourd'hui, nous savons que ces aventures ont d'abord été transmises **oralement**, avant d'être fixées par **écrit**. Mais nous ne savons pas avec certitude si c'est Homère qui a composé ces poèmes, ni même s'il a réellement existé. L'*Iliade* et l'*Odyssée* sont peut-être l'œuvre de plusieurs auteurs.

Ces deux œuvres ont inspiré de nombreux artistes : ce sont des **textes fondateurs**.

L'épopée (ou poème épique) est un **long récit en vers**, qui célèbre les **exploits** d'un ou de plusieurs héros soumis à de nombreuses épreuves. Elle fait intervenir des personnages puissants (dieux et déesses, monstres, magiciennes) issus de la **mythologie**.

Ὀδυσσεύς

En grec ancien, Ulysse s'appelle Odysseus.

Le long voyage d'Ulysse

La guerre de Troie est le sujet de l'***Iliade***. Elle a débuté lorsque Pâris, le fils du roi de Troie, a enlevé Hélène, l'épouse du roi de Sparte, Ménélas. L'*Iliade* raconte **dix années de combats** entre les Grecs et les Troyens. Mais pour savoir comment les Grecs ont finalement vaincu les Troyens, il faut lire l'*Odyssée*. Après la guerre de Troie, tous les guerriers grecs sont rentrés chez eux, sauf un : **Ulysse** (appelé *Odysseus* en grec).

Neptune (Poséïdon) sur son char, détail de la mosaïque *Neptune et les Saisons* (1re moitié du IIe siècle) provenant d'une villa près de La Chebba (Tunisie).

L'*Odyssée* raconte les **dix années de voyage** qu'il a fallu à Ulysse pour rentrer chez lui. L'épopée commence au moment où la **nymphe Calypso**, amoureuse d'Ulysse qu'elle retient prisonnier sur son île, reçoit un message de **Zeus**, le roi des dieux : il lui ordonne de laisser partir le héros. Après avoir survécu à une terrible tempête déclenchée par **Poséidon** (→ p. 88), Ulysse est accueilli chez Alcinoos, le roi des Phéaciens.

John William Waterhouse, *Circe invidiosa* (1892), huile sur toile (181 x 87 cm), musée national d'Australie-Méridionale (Adélaide).

Les aventures d'Ulysse : Ulysse raconte à Alcinoos tous les **dangers** qu'il a affrontés entre son départ de Troie et son arrivée chez Calypso : les Cicones, les Lotophages, le **Cyclope Polyphème** (→ p. 90-91), Éole, les Lestrygons, Circé, les **Sirènes** (→ p. 92), **Charybde et Scylla** (→ p. 94-95). Alcinoos aide Ulysse à regagner **Ithaque** en bateau. Conseillé et protégé par Athéna, la déesse de la Guerre, Ulysse retrouve son fils **Télémaque**. Ensemble, ils chassent les prétendants : pensant que **Pénélope**, l'épouse d'Ulysse, est veuve, ceux-ci souhaitent l'épouser pour s'emparer du trône. Mais le concours à l'arc permet à Ulysse de redevenir le maître d'Ithaque (→ p. 96-97).

La tapisserie de Pénélope (*Odysseus*, 2013)

Illustration de **Sir William Russell Flint** (1880-1969) pour l'*Odyssée*.

- Après la guerre de Troie, quel est le point de départ du voyage d'Ulysse ? Et le point d'arrivée ?
- Pendant combien de temps Ulysse est-il resté loin de chez lui ?
- Cherchez ce qu'est une *odyssée* dans la langue d'aujourd'hui.

Une terrible tempête

Repères

ANTIQUITÉ

Épopée

Texte lu

La nymphe Calypso a reçu l'ordre de libérer Ulysse. Ce dernier construit un radeau et se lance sur les flots. Mais Poséidon, le dieu de la Mer, cherche à se venger d'Ulysse, qui a aveuglé son fils, le Cyclope Polyphème (**→ p. 90-91****). Il déclenche une terrible tempête.**

Une grande vague, se ruant[1] sur lui, effrayante, renversa le radeau. Ulysse en fut enlevé, et le gouvernail fut arraché de ses mains ; la tempête horrible des vents confondus brisa le mât par le milieu ; et l'antenne et la voile furent emportées à la mer ; Ulysse resta longtemps sous l'eau, ne pouvant émerger de suite, à cause de l'impétuosité de la mer. Il reparut enfin ; les vêtements que la divine Calypso lui avait donnés étaient alourdis ; il vomit l'eau salée, et l'écume ruisselait de sa tête. Mais, bien qu'affligé, il n'oublia point le radeau, et, nageant avec vigueur à travers les flots, il le ressaisit, et, se sauvant de la mort, il s'assit.

La fille de Cadmus, Ino aux belles chevilles, qui autrefois était mortelle, le vit. Se posant sur le radeau, elle dit à Ulysse :

« Malheureux ! pourquoi Poséidon, l'Ébranleur de la Terre[2], est-il si cruellement irrité contre toi, qu'il t'accable de tant de maux ? Mais il ne te perdra pas, bien qu'il le veuille. Fais ce que je vais te dire, car tu ne me sembles pas manquer de sagesse. Ayant rejeté tes vêtements, abandonne le radeau aux vents et nage de tes bras jusqu'à la terre des Phéaciens, où tu dois être sauvé. Prends ce voile immortel, étends-le sur ta poitrine et ne crains plus ni la douleur, ni la mort. Dès que tu auras saisi le rivage de tes mains, tu le rejetteras au loin dans la sombre mer en te détournant. »

Et, pendant deux nuits et deux jours, Ulysse erra sur les flots sombres, et son cœur vit souvent la mort ; mais quand l'Aurore aux belles boucles amena le troisième jour, le vent s'apaisa, et la sérénité tranquille se fit ; se soulevant sur la mer, et regardant avec ardeur, il vit la terre toute proche.

Chant V.

(À suivre...)

1. **Se ruant :** se précipitant.
2. **L'Ébranleur de la Terre :** les Grecs croyaient que Poséidon, le dieu de la Mer, provoquait les séismes.

Friedrich Preller l'Ancien, *Leucothée et Ulysse* (1863), huile sur toile (158 x 96 cm), collection Schack (Munich, Allemagne).

Étudier le récit d'une épreuve

Notions : champ lexical – personnages du récit

Échanger

Quels personnages sont représentés sur l'image ? Décrivez le lieu qui les entoure.

Comprendre

1. Qu'est-ce qu'un *radeau* (l. 1) ? Qu'arrive-t-il à cette embarcation dès le début du récit ?

2. D'après Ino, Ulysse doit-il rester sur le radeau ? Quels conseils lui donne-t-elle ?

3. Jusqu'où Ulysse doit-il nager ?

Approfondir

4. a. Quels mots expriment le danger et la violence de la tempête ?

b. À la fin du texte, relevez trois mots qui signalent la fin de la tempête.

5. a. De quelles qualités Ulysse fait-il preuve ?

b. Combien de temps reste-t-il en mer ? Relevez un complément de phrase dans le dernier paragraphe pour justifier votre réponse.

6. Placez les noms suivants dans le schéma :
Ulysse – Poséidon – Ino – un voile – Ithaque

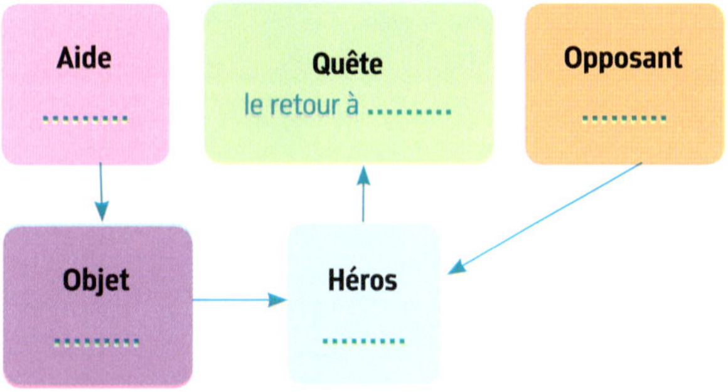

Faire le bilan

Complétez le bilan avec les mots qui conviennent.

Ulysse, le .... de l'histoire, doit surmonter une nouvelle .... que lui inflige Poséidon, son .... Pris dans une tempête, il survit grâce à l'......... d'Ino, qui lui donne un voile magique ; mais il doit aussi sa survie à ses propres .... : à demi noyé, il n'abandonne jamais son but et fait preuve de ....

Vocabulaire en contexte

- Cherchez dans le dictionnaire les noms ***impétuosité*** (l. 5) et ***sérénité*** (l. 27-28), puis donnez un synonyme pour chacun. Trouvez l'adjectif qui correspond à chacun de ces deux noms : *une mer impétu...... ; un paysage ser......*
- Quel est le sens du mot ***voile*** (l. 4) au féminin ? Et au masculin ?

LIRE À VOIX HAUTE

Dans la Grèce antique, les aventures d'Ulysse étaient transmises à l'oral par un aède. Entraînez-vous à lire le premier paragraphe du texte à voix haute, de manière expressive.

Consignes

- Repérez les mots qui expriment la peur, la souffrance, la volonté ou le soulagement.
- N'hésitez pas à exagérer le ton sur lequel vous lirez ces mots.
- Variez le rythme de votre lecture : accélérez ou ralentissez, selon que les actions sont rapides ou lentes.
- Accompagnez votre lecture de gestes expressifs (vous pouvez lever les bras, attraper un objet, vous asseoir…).

Dans l'antre du Cyclope

Ulysse nuit gravement à la santé (spectacle slam, M. Tillet, 2014)

Texte écho
Traduction du chant IX de l'*Odyssée* par Ph. Jaccottet.

Ulysse enivre le cyclope géant Polyphème avec du vin **(vers 1805)**, gravure d'après John Flaxman.

Naufragé après la tempête, Ulysse est accueilli chez Alcinoos, le roi des Phéaciens. Il lui raconte sa mésaventure chez le Cyclope Polyphème.

Repère culturel : **L'hospitalité** chez les Grecs est une règle sacrée : l'étranger qui arrive est un protégé de Zeus et reçoit un présent de bienvenue.

Là habitait un homme géant qui, seul et loin de tous, menait paître ses troupeaux, et ne se mêlait point aux autres, mais vivait à l'écart, faisant le mal. C'était un monstre prodigieux, non semblable à un homme mangeur de pain, mais à un pic qui se dresse, seul, au milieu des autres montagnes.

Ulysse et ses compagnons entrent dans la caverne du Cyclope et lui demandent l'hospitalité.

En se ruant, il étendit les mains sur mes compagnons, il en saisit deux et les écrasa contre terre comme des petits chiens. Leur cervelle jaillit et coula sur la terre. Et, les coupant membre à membre, il prépara son repas. Il les dévora comme un lion montagnard, et il ne laissa ni leurs entrailles, ni leurs chairs, ni leurs os pleins de moelle. Et nous, en gémissant, nous levions nos mains vers Zeus, en face de cette chose affreuse, et le désespoir envahit notre âme.

Quand le Cyclope eut empli son vaste ventre en mangeant les chairs humaines et en buvant du lait sans mesure, il s'endormit étendu au milieu de l'antre[1], parmi ses troupeaux.

Imaginant un stratagème, Ulysse a préparé un pieu[2].

« Cyclope, prends et bois ce vin après avoir mangé des chairs humaines. »

Il prit et but plein de joie ; puis, ayant bu le doux breuvage[3], il m'en demanda de nouveau :

« Donne-m'en encore, mon cher, et dis-moi promptement ton nom, afin que je te fasse un présent d'hospitalité dont tu te réjouisses. »

Il parla ainsi, et de nouveau je lui donnai ce vin ardent. Je lui en offris trois fois, et trois fois il le but, l'imprudent ! Mais dès que le vin eut troublé son esprit, alors je lui adressai ces paroles flatteuses :

1. **Antre :** grotte, caverne.
2. **Pieu :** tronc d'arbre taillé en pointe.
3. **Breuvage :** boisson.

« Cyclope, tu me demandes mon nom illustre. Je te le dirai, et tu me feras le présent d'hospitalité que tu m'as promis. Mon nom est Personne. Mes parents et tous mes compagnons me nomment Personne. »

Je parlai ainsi, et, dans son âme farouche[4], il me répondit :

« Je mangerai Personne après tous ses compagnons, tous les autres avant lui. Ceci sera le présent d'hospitalité que je te ferai. »

Il parla et tomba à la renverse ; il était étendu, courbant son cou monstrueux, et le sommeil qui dompte tout le saisit. Aussitôt je mis le pieu sous la cendre, pour l'échauffer ; et je rassurai mes compagnons, afin qu'épouvantés, ils ne m'abandonnassent pas. Puis, comme le pieu d'olivier, bien que vert, allait s'enflammer dans le feu, car il brûlait violemment, alors je le retirai du feu. Mes compagnons étaient autour de moi. Ayant saisi le pieu d'olivier aigu par le bout, ils l'enfoncèrent dans l'œil du Cyclope, et moi, appuyant dessus, je le tournais. Et il hurla horriblement, et les rochers en retentirent. Et nous nous enfuîmes épouvantés.

Chant IX.

(À suivre...)

4. **Farouche :** sauvage.

Étudier la ruse d'Ulysse face à un monstre

Notions : caractérisation du personnage – étapes du récit

Échanger

À quel personnage de conte le Cyclope vous fait-il penser ?

Comprendre

1. Décrivez le Cyclope. À quoi est-il comparé dans le premier paragraphe ?

> *Repère* : La **comparaison** est une image qui associe deux termes à l'aide d'un outil de comparaison (*comme, tel, semblable à*…).

2. En vous aidant de l'image, expliquez par quelle ruse Ulysse a vaincu le Cyclope.

3. Recopiez et complétez le tableau afin de repérer les trois étapes de la ruse d'Ulysse.

Une boisson	Un nom propre	Une arme
....	....	....
sert à	sert à	sert à ....

Approfondir

4. a. Que mange et que boit le Cyclope ?

b. Dans le deuxième paragraphe, quels détails horribles relevez-vous ? À quoi le Cyclope est-il comparé ?

c. Que pensez-vous de son *présent d'hospitalité* (l. 27) ?

5. Pourquoi le Cyclope apparaît-il comme un être sauvage ?

Faire le bilan

À l'aide de la liste de mots suivants, résumez l'affrontement entre Ulysse et le Cyclope :
monstre – sauvage – cannibale – hospitalité – civilisé – utiliser la ruse – vaincre.

Vocabulaire en contexte

• Le nom ***Cyclope*** est formé de deux racines grecques : κύκλ- (*cycl-*, « le cercle ») et ὤψ (*ops*, « l'œil »). À partir de ces racines, expliquez son nom.

INVENTER UNE SCÈNE COMIQUE

Polyphème raconte aux autres Cyclopes ce que « Personne » lui a fait ; ceux-ci le croient fou. Imaginez le dialogue comique qui s'ensuit et jouez-le.

Consignes

• Répartissez-vous les rôles de Polyphème et de deux Cyclopes.

• Variez les tons : Polyphème est-il désespéré ? combatif ? Les Cyclopes sont-ils compréhensifs ? moqueurs ?

Le chant des Sirènes

Ulysse continue le récit de ses aventures. Il a rencontré la magicienne Circé, qui lui a expliqué comment échapper aux dangers qui l'attendaient encore. Il transmet à ses compagnons les instructions de la magicienne au sujet des Sirènes, qui attirent les hommes pour les dévorer.

« Avant tout, Circé nous ordonne de fuir le chant et la prairie des divines Sirènes, et à moi seul elle permet de les écouter ; mais liez-moi fortement avec des cordes, debout contre le mât, afin que j'y reste immobile, et si je vous supplie et vous ordonne de me délier, alors, au contraire, chargez-moi de plus de liens. »

Je disais cela à mes compagnons, et, pendant ce temps, la nef[1] bien construite approcha rapidement de l'île des Sirènes, tant le vent favorable nous poussait ; mais il s'apaisa aussitôt, il fit silence, et une divinité assoupit les flots. Alors, mes compagnons, se levant, plièrent les voiles et les déposèrent dans la nef creuse ; et, s'étant assis, ils blanchirent l'eau avec leurs avirons polis[2]. Je coupai, à l'aide du bronze tranchant de mon épée, une grande masse ronde de cire, dont je pressai les morceaux dans mes fortes mains ; la cire s'amollit, car la chaleur du roi Hélios[3] était brûlante, et j'employais une grande force. Je fermai les oreilles de tous mes compagnons. Dans la nef, ils me lièrent avec des cordes, par les pieds et les mains, debout contre le mât. Puis, s'asseyant, ils frappèrent de leurs avirons la mer écumeuse.

Nous approchâmes à portée de la voix, et la nef rapide, étant proche, fut promptement aperçue par les Sirènes, et elles chantèrent leur chant harmonieux :

« Viens, ô illustre Ulysse, grande gloire des Achéens[4]. Arrête ta nef, afin d'écouter notre voix. Aucun homme n'a dépassé notre île sur sa nef noire sans écouter notre douce voix ; puis, il s'éloigne, plein de joie, et sachant de nombreuses choses. Nous savons, en effet, tout ce que les Achéens et les Troyens ont subi devant la grande Troie par la volonté des Dieux, et nous savons aussi tout ce qui arrive sur la terre nourricière. »

Elles chantaient ainsi, faisant résonner leur belle voix, et mon cœur voulait les entendre ; en remuant les sourcils, je fis signe à mes compagnons de me détacher ; mais ils agitaient plus ardemment les avirons ; et, aussitôt, Périmède et Eurylochos, se levant, me chargèrent de plus de liens.

Après que nous les eûmes dépassées et que nous n'entendîmes plus leur voix et leur chant, mes chers compagnons retirèrent la cire de leurs oreilles et me détachèrent.

Chant XII.

(À suivre...)

1. **Nef :** navire.
2. Les rames, en frappant la surface de l'eau, produisent de l'écume blanche.
3. **Hélios :** dieu du Soleil.
4. **Achéens :** autre nom des Grecs.

Valérie Mangin, Dean Yazghi, *La Guerre des dieux*, tome 1 © éditions Soleil (2010).

Étudier l'attitude du héros face à la tentation

Notions : caractérisation du personnage héroïque – rôle des personnages

Échanger

En vous aidant de l'image, expliquez le danger que court Ulysse.

Comprendre

1. Recopiez et complétez le tableau suivant.

	Sirènes	Compagnons	Ulysse
Objectif	....	résister et poursuivre le voyage	
Moyens utilisés pour atteindre cet objectif	....	....	....

2. Les Sirènes parviennent-elles à leur but ?

3. Ulysse a-t-il imaginé lui-même le moyen d'échapper aux Sirènes ? Justifiez votre réponse.

Approfondir

4. Relevez les groupes nominaux qui décrivent le chant et la voix des Sirènes : quelle image en donnent-ils ?

5. Selon vous, Ulysse se comporte-t-il ici en véritable héros ? Est-il fort ou faible ?

6. Quelle place particulière Ulysse occupe-t-il parmi ses compagnons ? Comment se comporte-t-il avec eux ?

Faire le bilan

Complétez le bilan à l'aide des mots suivants :
protège – sagesse – chef – héros – faiblesses – guide – combat – tentation.

Ulysse ne .... pas les Sirènes : il connaît ses .... et suit les conseils de Circé, en étant attaché au mât. Mais il reste un véritable ...., car il fait preuve de .... et il résiste à la .... Avec ses compagnons, qu'il .... et ...., il se comporte en .... attentif.

Vocabulaire en contexte

- Cherchez dans le texte un adverbe de manière (en *-ment*), synonyme de ***promptement*** (l. 19). Que signifie ***ardemment*** (l. 29) ?
- À l'aide d'un dictionnaire, remplissez le tableau suivant pour compléter les familles de mots.

	Famille de mots 1	Famille de mots 2	Famille de mots 3
Adjectif	rapide	p.........	a.........
Adverbe	r.........	promptement	ardemment
Nom	r.........	p.........	a.........

IMAGINER LA RÉPONSE D'ULYSSE AUX SIRÈNES

Imaginez en quelques lignes ce qu'Ulysse répond aux Sirènes quand elles cherchent à l'attirer.

Consignes

- Ulysse explique qu'il sait ce qui lui arrivera s'il s'approche.
- Il s'oppose clairement aux Sirènes, en dénonçant leur attitude.

Entre Charybde et Scylla

Ulysse poursuit son récit. Il rapporte les instructions qu'il a reçues de Circé au sujet d'un autre danger : les deux monstres postés de part et d'autre d'un passage étroit dans la mer.

« Au milieu de l'écueil[1] il y a une caverne noire dont l'entrée est tournée vers l'Érèbe[2]. C'est là qu'habite Scylla qui pousse des rugissements et dont la voix est aussi forte que celle d'un jeune lion. C'est un monstre prodigieux, et nul n'est joyeux de l'avoir vu, pas même un dieu. Elle a douze pieds difformes, six cous sortent longuement de son corps, et à chaque cou est attachée une tête horrible, et dans chaque gueule pleine de la noire mort il y a une triple rangée de dents épaisses et nombreuses. Elle est plongée dans la caverne creuse jusqu'aux reins ; mais elle étend au dehors ses têtes, et, regardant autour de l'écueil, elle saisit les dauphins, les chiens de mer et les autres monstres innombrables qu'elle veut prendre et que nourrit la mer gémissante. Jamais les marins ne pourront se glorifier d'être passés auprès d'elle sains et saufs sur leur nef[3], car chaque tête enlève un homme hors de la nef à proue bleue. L'autre écueil voisin que tu verras, Ulysse, est moins élevé, et tu en atteindrais le sommet d'un trait. Il y pousse un grand figuier sauvage chargé de feuilles, et, sous ce figuier, la divine Charybde engloutit l'eau noire. Elle la revomit trois fois par jour et elle l'engloutit trois fois horriblement. Si tu arrivais au moment où elle l'engloutit, alors l'Ébranleur de la Terre[4], lui-même, voudrait te sauver, qu'il ne le pourrait pas. Pousse donc rapidement ta nef le long de Scylla, car il vaut mieux perdre six hommes parmi tes compagnons, que de les perdre tous. »

1. **Écueil :** rocher à fleur d'eau.
2. **Érèbe :** région souterraine, plongée dans l'obscurité.
3. **Nef :** navire.
4. **L'Ébranleur de la Terre :** les Grecs croyaient que Poséidon, le dieu de la Mer, provoquait les séismes.

Béatrice Bottet et Émilie Harel, *La Mythologie en BD. Les aventures d'Ulysse.* « *1. Le Départ de Troie* », © Casterman (2014).

Ulysse suit les conseils de Circé. Il a ordonné au pilote du navire de se tenir éloigné du gouffre dans lequel Charybde engloutit ses victimes, et de se rapprocher de l'écueil situé en face. Mais il n'a dit à personne qu'un monstre guettait à cet endroit…

Et nous regardions Charybde, car c'était d'elle que nous attendions notre perte ; mais, pendant ce temps, Scylla enleva de la nef creuse six de mes plus braves compagnons. Et, comme je regardais sur la nef, je vis leurs pieds et leurs mains qui passaient dans l'air ; et ils m'appelaient dans leur désespoir. C'était la chose la plus lamentable de toutes celles que j'aie vues dans mes courses sur la mer.

Chant XII.

(À suivre…)

Étudier la description de deux monstres

Notions : description – actions du récit

Échanger

Quels sont les deux nouveaux dangers que rencontre Ulysse ?

Comprendre

1. Dans l'illustration, qui est Charybde ? Qui est Scylla ? Expliquez grâce aux mots du texte.

2. De quel monstre Ulysse doit-il se rapprocher ? Repérez la phrase qui contient le conseil de Circé.

3. Ulysse et ses compagnons s'en sortent-il tous vivants ? Citez le texte.

Approfondir

4. a. Retrouvez les adjectifs qui décrivent Scylla.

Un monstre ……………………………………………

Douze pieds ……………………………………………

Une tête ……………………………………………

Une gueule ……………………………………………

Des dents …………………… et ……………………

b. Quel sentiment cette description vous inspire-t-elle ?

5. a. Relevez les deux verbes d'action qui expliquent ce que fait Charybde.

b. Montrez comment Circé insiste sur la monstruosité de Charybde.

6. Dans les lignes 21-26, relevez les verbes conjugués à la première personne (du singulier et du pluriel). Que montrent-ils sur l'attitude d'Ulysse ?

Faire le bilan

Rédigez le bilan en répondant par une phrase à chaque question.

- Comment Homère inspire-t-il un sentiment d'horreur face à Scylla ?
- Pourquoi Ulysse apparaît-il si humain dans cet extrait ?

Vocabulaire en contexte

- De la *proue* et de la *poupe*, quelle partie se trouve à l'avant d'un navire ? Laquelle se trouve à l'arrière ?
- À votre avis, qu'est-ce qu'un ***chien de mer*** (l. 10) ?

RACONTER UN COMBAT

Ulysse décide de défendre ses compagnons et attaque Scylla. Racontez ce combat en quelques lignes.

Consignes

- Racontez au présent et à la première personne.
- Évoquez le combat et la réaction de Scylla (hurle-t-elle ? S'enfuit-elle ? Contre-attaque-t-elle ?).

Le retour à Ithaque

D'après **Le Primatice**, ***Ulysse à Ithaque, le jeu de l'arc*** (**XVIe siècle**), huile sur toile (148 x 205 cm), château de Fontainebleau.

Les Phéaciens ont ramené Ulysse à Ithaque. Athéna avertit celui-ci : son palais est occupé par des prétendants qui réclament la main de Pénélope, sa femme. Ils l'ont obligée à organiser un concours à l'arc : le vainqueur l'épousera et deviendra roi d'Ithaque. Ulysse, déguisé en mendiant, participe au concours. Les prétendants se moquent de lui…

« Comme ce vagabond plein de mauvaises intentions retourne l'arc entre ses mains ! »

Et l'un de ces jeunes hommes insolents dit aussi :

« Pourvu que cet arc lui porte malheur, aussi sûrement qu'il ne pourra pas le tendre ! »

Ainsi parlaient les prétendants ; mais le subtil[1] Ulysse, ayant examiné le grand arc, le tendit aussi aisément qu'un homme, habile à jouer de la cithare et à chanter, tend une nouvelle corde sur son instrument. Ce fut ainsi qu'Ulysse, tenant le grand arc, tendit facilement de la main droite la corde, qui résonna comme le cri de l'hirondelle. Une amère douleur saisit les prétendants, et ils changèrent tous de couleur. Zeus, manifestant un signe, fit retentir le tonnerre, et le patient et divin Ulysse se réjouit de ce signe envoyé par le fils du subtil Cronos. Puis, saisissant la poignée de l'arc, il tira la corde sans quitter son siège ; et visant le but, il lança la lourde flèche à pointe de bronze, qui ne s'écarta point et traversa tous les anneaux des haches.

Il fit un signe avec ses sourcils, et Télémaque, le cher fils du divin Ulysse, ceignit une épée tranchante, saisit une lance, et, armé du bronze splendide, se plaça près du siège d'Ulysse.

Alors, le subtil Ulysse, se dépouillant de ses haillons[2], et tenant dans ses mains l'arc et le carquois[3] plein de flèches, sauta du large seuil[4], répandit les flèches rapides à ses pieds et dit aux prétendants :

1. **Subtil :** intelligent, rusé.
2. **Haillons :** vêtements déchirés.
3. **Carquois :** étui qui contient les flèches.
4. **Seuil :** entrée de la pièce, près de la porte.

« Chiens ! Vous ne pensiez pas que je reviendrais un jour du pays des Troyens dans ma demeure. Vous pilliez ma maison, vous couchiez de force avec mes servantes, et, moi vivant, vous faisiez la cour à ma femme, ne redoutant ni les dieux qui habitent le large Ciel, ni la vengeance des hommes qui viendront ! Maintenant, sur vous tous la mort est suspendue ! »

Homère, *Odyssée* (VIIIe siècle av. J.-C.), chants XXI et XXII, d'après la traduction de Leconte de Lisle.

Étudier le triomphe final du héros

Notions : actions du récit – paroles dans le récit

Échanger

En quoi consiste l'épreuve à laquelle Ulysse participe ? Aidez-vous de l'image pour répondre.

Comprendre

1. Comment les prétendants se comportent-ils au début du texte ?

2. a. Comment réagissent-ils quand Ulysse tend la corde de l'arc ?

b. Qui envoie un signe de soutien à Ulysse ?

3. Qu'est-ce qu'Ulysse est sur le point de faire à la fin du texte ?

Approfondir

4. a. Remettez dans l'ordre les actions suivantes :

- Télémaque se place près d'Ulysse.
- Ulysse réussit l'épreuve des haches.
- Ulysse menace les prétendants.
- Un coup de tonnerre retentit.
- Ulysse tend la corde de l'arc.
- Ulysse enlève son déguisement.

b. Grâce à ces actions, que comprennent les prétendants peu à peu ?

c. Recopiez la phrase qui montre leur déception quand Ulysse réussit à tendre l'arc.

5. a. Dans le dernier paragraphe, qui prend la parole ? Quel ton emploie-t-il ?

b. Qu'est-ce qui a changé par rapport au début du texte ?

Faire le bilan

Complétez le bilan à l'aide des mots suivants :
faible – retournement – fort – humilié – revanche – indices – suspense – identité.

Au début du texte, Ulysse est .... par les prétendants. Peu à peu, différents .... révèlent sa véritable ...., ce qui permet de maintenir le .... À la fin du texte se produit un .... de situation : le .... est devenu .... ; Ulysse menace les prétendants et s'apprête à prendre sa ....

Vocabulaire en contexte

- Le verbe ***ceindre*** (passé simple : *ceignit*, l. 17) signifie « attacher autour de la taille ». Quel nom de la même famille désigne un accessoire vestimentaire ?
- Trouvez un adverbe de manière, synonyme de l'adverbe ***aisément*** (l. 7), dans le même paragraphe.

FAIRE LE PORTRAIT D'UN HÉROS

Décrivez Ulysse tel que les prétendants le voient à la fin de l'extrait. Vous commencerez par l'expression : « À présent, Ulysse leur paraissait... ».

Consignes

- Vous rédigerez un court portrait à l'imparfait.
- Votre portrait mettra en valeur la force et la beauté du héros. Vous pourrez décrire son visage, ses armes, ses vêtements.
- Vous utiliserez des adjectifs comme *puissant, terrible, splendide, grand...*

Histoire des arts

Les sirènes à travers les arts

Les sirènes dans l'Antiquité

Les sirènes de la Grèce antique sont des ***femmes-oiseaux****.*

« Les Sirènes charment les voyageurs par leur chant harmonieux, assises dans une prairie, autour d'un grand amas d'ossements d'hommes et de peaux en décomposition. »

Homère, *Odyssée*, chant XII, d'après la traduction de Leconte de Lisle.

Découvrir les Sirènes d'Homère

1. Le texte d'Homère décrit-il précisément les Sirènes ?

2. Qu'apprenez-vous à leur sujet ?

Doc. 1 **Ulysse résistant aux Sirènes (vers 260)**, mosaïque (3,80 x 1,30 m), musée du Bardo (Tunis).

Repères artistiques

Une **mosaïque** recouvre un mur ou un sol. Elle est constituée de petits morceaux de marbre ou de pierre appelés « **tesselles** ». Les morceaux sont choisis en fonction de la couleur pour former un motif décoratif et sont collés grâce à un enduit.

Décrire la mosaïque

1. Quelle scène de l'*Odyssée* la mosaïque représente-t-elle ?

2. Avez-vous repéré les Sirènes ? Écrivez deux phrases pour les décrire.

Les sirènes au Moyen Âge et à l'époque moderne

Les sirènes du folklore médiéval sont des ***femmes-poissons****.*
À partir du Moyen Âge, on trouvera les deux ***types de monstres*** *dans les œuvres : femmes-oiseaux et femmes-poissons.*

Décrire l'enluminure

1. Observez la source : quand l'image a-t-elle été réalisée ?

2. À quels éléments de l'enluminure reconnaissez-vous la scène ?

3. Observez attentivement les sirènes : qu'ont-elles de surprenant ?

4. Par quel moyen l'enlumineur évoque-t-il leur chant ?

Doc. 2 **Les sirènes endorment l'homme par leur chant puis le tuent (XIIIe siècle)**, BnF manuscrits (Paris).

Repères artistiques

Une **enluminure** est un dessin qui décore ou illustre un manuscrit médiéval.

Doc. 3 **John William Waterhouse, *Ulysse et les Sirènes* (1891),** huile sur toile (100,6 x 202 cm), musée national de Victoria (Melbourne, Australie).

Image animée

Décrire le tableau

1. À quelle époque la toile a-t-elle été peinte ?

2. Qu'ont de particulier les sirènes dans ce tableau ?

3. Pourquoi sont-elles effrayantes ? Observez notamment leur disposition par rapport au personnage d'Ulysse.

POUR ALLER PLUS LOIN

@ **Recherchez** sur Internet une autre œuvre d'art évoquant cette scène : comment les sirènes sont-elles représentées ?

Connaissez-vous un **conte célèbre** qui met en scène un personnage de sirène ? Faites quelques recherches sur ce conte et présentez-le dans un **court texte** ; puis choisissez deux illustrations différentes pour l'accompagner.

Atelier langue et lecture

Les personnages de l'épopée

LECTURE

Une épopée est un récit qui met en scène un héros, aidé ou maltraité par de puissants personnages (dieux, mortels, monstres). Il doit surmonter de nombreuses épreuves.

1 **Recopiez cette liste de personnages de l'*Odyssée*, puis entourez les dieux en rouge, les mortels en vert et les monstres en bleu.**

Poséidon – Scylla – Pénélope – Télémaque – les Sirènes – Polyphème – Alcinoos – Athéna

2 **Lisez cette prière d'Ulysse.**

« Entends-moi, fille indomptée de Zeus tempétueux ! Exauce-moi maintenant, puisque tu ne m'as point secouru, quand l'Ébranleur de la Terre m'accablait. Accorde-moi d'être le bienvenu chez les Phéaciens, et qu'ils aient pitié. »

Homère, *Odyssée*, chant VI, d'après la traduction de Leconte de Lisle.

a. À qui Ulysse parle-t-il ? Qui est l'Ébranleur de la Terre ?

b. Lequel des deux personnages aide Ulysse ? Lequel s'oppose à lui ?

VOCABULAIRE

L'*Odyssée* est un texte fondateur dont on perçoit, aujourd'hui encore, l'influence dans notre langue.

3 **Lisez les phrases suivantes. Expliquez les mots et expressions en gras qui font référence à des personnages ou à des épisodes de l'*Odyssée*.**

1. Pour éviter les embouteillages, nous avons suivi une route dangereuse et avons manqué un virage : nous sommes **tombés de Charybde en Scylla**.
2. Elle avait très envie de déménager à l'autre bout du monde, mais elle n'a pas **cédé au chant des Sirènes**.
3. Des **éoliennes** ont été installées en haut de la colline.
4. Tous les ordinateurs sont en panne : un **cheval de Troie** s'est introduit dans le système.

GRAMMAIRE

Chez Homère, le nom des personnages est souvent accompagné d'une « épithète homérique », traduite en français par un complément du nom introduit par la préposition *à*. → p. 274

4 **a.** **Associez chaque nom propre à l'épithète homérique qui lui correspond.**

Noms propres	Épithètes homériques
Ulysse •	• aux belles boucles
Poséidon •	• à la voix mélodieuse
Aurore •	• aux mille ruses
Ino •	• aux cheveux bleus
les Sirènes •	• aux belles chevilles

b. **À votre tour, inventez une épithète homérique pour les personnages ci-dessous. Vous utiliserez la préposition *à (au, aux)* et un groupe nominal (nom et adjectif).**

Scylla – Zeus – Télémaque – Circé

CONJUGAISON

Plusieurs personnages viennent en aide à Ulysse, en lui donnant des conseils ou des ordres. Pour donner un conseil ou un ordre, on emploie le présent de l'impératif. → p. 316

5 **a.** **À quel groupe chaque verbe appartient-il ?**
b. **Conjuguez les verbes au présent de l'impératif, à la deuxième personne du singulier.**

Calypso explique à Ulysse comment construire le radeau qui l'emportera loin de son île.

« Malheureux, ne te (*lamenter*) pas plus longtemps ici, et ne (*consumer*) point ta vie, car je vais te renvoyer promptement. (*Aller*) ! (*Prendre*) les outils de bronze, (*couper*) de longues poutres, (*unir*)-les et (*faire*)-en un large radeau. (*Poser*) par-dessus un banc très élevé, afin qu'il te porte sur la mer sombre. »

D'après Homère, *Odyssée*, chant V, d'après la traduction de Leconte de Lisle.

Atelier langue et lecture

L'expression des émotions

LECTURE

Dans l'épopée, les personnages expriment des émotions fortes à travers leurs paroles ou à travers des changements physiques.

6 Donnez le nom des émotions qu'Ulysse ressent en voyant Nausicaa.

Ulysse s'adresse à Nausicaa, la fille du roi des Phéaciens.

« Jamais, je n'ai vu de mes yeux une femme aussi belle, et je suis saisi d'admiration. Ainsi je t'admire, ô femme, et je suis stupéfait, et je tremble de saisir tes genoux, car je suis en proie à une grande douleur. »

Homère, *Odyssée*, chant VI, d'après la traduction de Leconte de Lisle.

7 Quelle émotion Laërte ressent-il au début du passage ? Et à la fin ?

Déguisé en mendiant, Ulysse fait croire à son père Laërte, qui ne l'a pas reconnu, qu'il a croisé Ulysse il y a quelques années et ne l'a jamais revu.

Avec de profonds gémissements, Laërte couvrit à deux mains sa tête blanche de poussière. L'âme d'Ulysse fut émue ; il le prit dans ses bras, l'embrassa et lui dit :

« Père ! Je suis celui que tu attends.

– Si tu es Ulysse mon fils, de retour ici, donne-moi un signe manifeste qui me persuade.

– Vois de tes yeux cette blessure qu'un sanglier me fit de ses blanches dents, quand j'étais enfant. »

Les genoux et le cœur de Laërte défaillirent tandis qu'il reconnaissait les signes manifestes que lui donnait Ulysse. Il jeta ses bras autour de son cher fils.

Homère, *Odyssée*, chant XXIV, d'après la traduction de Leconte de Lisle.

VOCABULAIRE

Les synonymes sont des mots de sens identique ou voisin qui appartiennent à la même classe grammaticale. → p. 336

8 Associez chaque mot à son synonyme de sens plus fort.

Sentiments et émotions : peur – agacé – surprise – dégoûtant – triste – crier – joie

Synonymes : effondré – écœurant – allégresse – hurler – épouvante – exaspéré – stupéfaction

GRAMMAIRE

Les compléments de phrase précisent l'action exprimée par le groupe verbal. → p. 272-273

9 Repérez les compléments de phrase qui expriment la manière.

1. D'une voix tremblante, Phémios supplie Ulysse de ne pas le tuer.
2. Pénélope a attendu Ulysse pendant vingt ans sans s'impatienter.
3. « Mon fils, je souhaitais désespérément ton retour ! »
4. Le héros s'accrocha aux rochers en gémissant.

10 Ajoutez des compléments de phrase exprimant la manière.

1. Télémaque cria : « Hors de chez moi, maudits prétendants ! »
2. Calypso caressa les cheveux d'Ulysse.
3. Le héros regarda le monstre.
4. Les fidèles serviteurs pleuraient.

CONJUGAISON

Les verbes exprimant une action soudaine sont conjugués au passé simple. → p. 321-322

11 Conjuguez les verbes au passé simple.

1. La voix de cet insolent (*s'étrangler*) sous l'effet de la peur.
2. Nausicaa (*rougir*) en apercevant le héros aux mille ruses, aussi beau que les dieux.
3. « Mes jambes (*se dérober*) lorsque j'aperçus la terrible Scylla. »
4. Des cris de colère (*éclater*) de l'autre côté de la salle.

La description des pays lointains

LECTURE

Un récit alterne narration des actions et description. L'*Odyssée* décrit en détail les pays visités par Ulysse, les paysages et les lieux qu'il traverse.

12 Lisez cette description de la grotte de Calypso.

a. Regroupez les mots du texte en deux catégories : ceux qui évoquent le règne animal et ceux qui évoquent le règne végétal.

b. Quel autre sens que la vue est sollicité au début de cette description ? Justifiez.

c. Repérez les adjectifs qui précisent les noms soulignés.

Hermès, le messager des dieux, donne l'ordre de libérer Ulysse.

Un grand feu brûlait sur le foyer, et l'odeur du cèdre et du thuya ardents parfumait toute l'île. Une forêt verdoyante environnait la grotte : l'aune, le peuplier et le cyprès odorant, où les oiseaux qui déploient leurs ailes faisaient leurs nids : les chouettes, les éperviers et les bavardes corneilles de mer qui s'inquiètent toujours des flots. Une jeune vigne, dont les grappes mûrissaient, entourait la grotte, et quatre cours d'eau limpide, tantôt voisins, tantôt allant çà et là, faisaient verdir de molles prairies de violettes.

Homère, *Odyssée*, chant V, d'après la traduction de Leconte de Lisle.

VOCABULAIRE

Un champ lexical est l'ensemble des mots évoquant un même thème. → p. 337

13 a. Complétez ces phrases à l'aide des mots suivants accordés ou conjugués.

b. À quel champ lexical appartiennent-ils ?

migrateur – parcourir – sillonner – nomade – errance – pérégrination

1. Il a longtemps voyagé sans but, mais il a fini par s'installer en Grèce : c'est la fin d'une longue ....

2. Des tribus .... se déplacent du Nord au Sud de ce pays.

3. Ulysse .... toute la Méditerranée, à la recherche de sa patrie.

4. Ce célèbre archéologue .... le monde entier ; son épouse l'accompagne dans toutes ses ....

5. Les scientifiques guettent l'arrivée des oiseaux ....

14 Les mots grecs ci-dessous ont servi à former des mots de la langue française : trouvez-les grâce à leur définition.

θάλασσα (*thalassa*) = la mer — Afin de se soigner ou de se détendre, on peut aller au bord de la mer pour suivre une ....

Οὐρανός (*ouranos*) = le ciel — Cette planète du système solaire se situe entre Saturne et Neptune : c'est ....

γῆ (*Gê*) = la Terre — L'étude des roches, des sols et des minéraux s'appelle la .... L'étude des cartes, des pays et de leurs populations s'appelle la ....

GRAMMAIRE

Pour préciser un nom, on peut employer un adjectif qualificatif épithète (placé avant ou après le nom).

15 Complétez cette description de la caverne du Cyclope en précisant les noms soulignés à l'aide d'un adjectif de la liste.

feuillus – verts – nombreux – taillées – haute – grands

« Nous vîmes, à l'extrémité de l'île, une caverne ombragée de lauriers, près de la mer. Là, reposaient des troupeaux de brebis et de chèvres. Tout près, il y avait un enclos pavé de pierres et entouré de pins et de chênes. Là habitait un homme géant qui, seul et loin de tous, menait paître ses troupeaux. »

Homère, *Odyssée*, chant IX, d'après la traduction de Leconte de Lisle.

Atelier expression écrite

* 1 Présenter un personnage rencontré par Ulysse

Produire un document numérique d'après des recherches

En vous aidant des ressources du CDI, faites une recherche sur un des personnages suivants. Dites qui il est et comment s'est passée sa rencontre avec Ulysse. Trouvez une illustration. Présentez votre texte et votre illustration dans un document numérique.
les Lotophages – Éole – les Lestrygons – Circé – Tirésias

JE PRÉPARE LE SUJET

- **Cherchez** des informations : où le personnage vit-il ? Est-il un mortel, un monstre, un dieu ? Est-il une aide ou un opposant ? Pour quelle raison ?
- **Cherchez** une illustration et relevez sa source.

MÉTHODE

Effectuer des recherches

1. Le travail se fait en deux temps :
> **Relevez** les informations dans les documents que vous avez trouvés ;
> **Reformulez** ces informations avec vos mots. **Ne vous contentez pas de copier-coller.**

2. Lorsque vous reproduisez une image, citez **précisément la source** (qui n'est pas l'adresse Internet où vous l'avez trouvée) : l'auteur, le titre, la date, le lieu où l'image est visible.

** 2 Raconter la transformation d'Ulysse

S'inspirer d'un texte modèle

Ulysse veut se rendre à son palais sans être reconnu. Athéna lui donne l'apparence d'un mendiant. En vous aidant de l'extrait qui décrit une transformation opposée, racontez sa métamorphose.

Texte modèle

Athéna donne à Ulysse une belle apparence afin que Nausicaa s'intéresse au sort du héros.

Athéna, fille de Zeus, le fit paraître plus grand et fit tomber de sa tête sa chevelure bouclée semblable aux fleurs d'hyacinthe. Comme un habile ouvrier répand de l'or sur de l'argent, elle répandit la grâce sur sa tête et sur ses épaules.

Homère, *Odyssée*, chant VI, d'après la traduction de Leconte de Lisle.

JE PRÉPARE LE SUJET

- **Repérez** les mots qui soulignent la beauté et trouvez des mots de sens opposé.
- **Ajoutez** des détails physiques ou vestimentaires qui enlaidissent le héros.
- **Utilisez** des verbes qui expriment la transformation : *donner, changer, répandre, transformer…*
- **Relevez** deux comparaisons dans le texte ; et rédigez-en deux.

*** 3 Imaginer une nouvelle aventure d'Ulysse

Raconter en utilisant des épithètes homériques

Ulysse et ses compagnons arrivent sur une île et rencontrent un nouveau personnage. Racontez cette rencontre. Vous utiliserez des épithètes homériques pour donner des précisions sur les personnages. Votre récit fera une vingtaine de lignes.

JE PRÉPARE LE SUJET

- **Imaginez** le nouveau personnage : s'agit-il d'un monstre, d'un mortel, d'un immortel ? d'une aide, d'un opposant ? Que fait-il (il donne un objet magique, transforme ou blesse les voyageurs…) ?
- **Préparez** votre récit par étapes : arrivée sur l'île, description rapide, rencontre avec le personnage, départ de l'île.
- **Cherchez** des épithètes homériques pour caractériser vos personnages.

BILAN

Je construis le bilan

Identifier les caractéristiques de l'épopée

1 **a.** Lisez ce résumé. Vous semble-t-il bien correspondre à l'épopée d'Homère ? Remplacez les mots en bleu par d'autres mots plus appropriés.

b. Qu'ont en commun les mots que vous avez trouvés ?

> Un homme **ordinaire** se lance dans un **court** voyage pour rentrer chez lui. Sur sa route, se produisent des événements assez **banals**. Il croise un **petit** nombre de personnages **faibles** ou **inoffensifs** ; il visite des pays **sans intérêt**.

2 Identifiez l'époque historique à laquelle appartiennent ces œuvres.

Vase grec à figures rouges représentant Ulysse et les Sirènes (vers 480-470 av. J.-C.).

Ulysse résistant aux Sirènes (vers 260), mosaïque.

Philippe-Laurent Roland (1746-1816), sculpture en marbre représentant Homère.

Caractériser Ulysse, le personnage central de l'*Odyssée*

3 Recopiez les mots qui vous semblent décrire Ulysse.

égoïsme déguisement
naïveté sage
héros invulnérable faible
renoncer imprudent fort

4 Calypso prie Ulysse de rester auprès d'elle. Il lui répond : « Je veux et je désire tous les jours revoir le moment du retour et regagner ma demeure. Si quelque dieu m'accable encore de maux sur la sombre mer, je les subirai avec un cœur patient. » (Chant V)

Qu'est-ce qui a le plus d'importance aux yeux d'Ulysse ? Quel risque est-il prêt à courir ?

Comprendre la richesse du récit d'Homère

5 Faites la liste des personnages rencontrés par Ulysse. Classez-les en trois catégories : les mortels, les immortels, les monstres.

6 Repérez sur la carte les étapes du voyage d'Ulysse que vous avez étudiées.

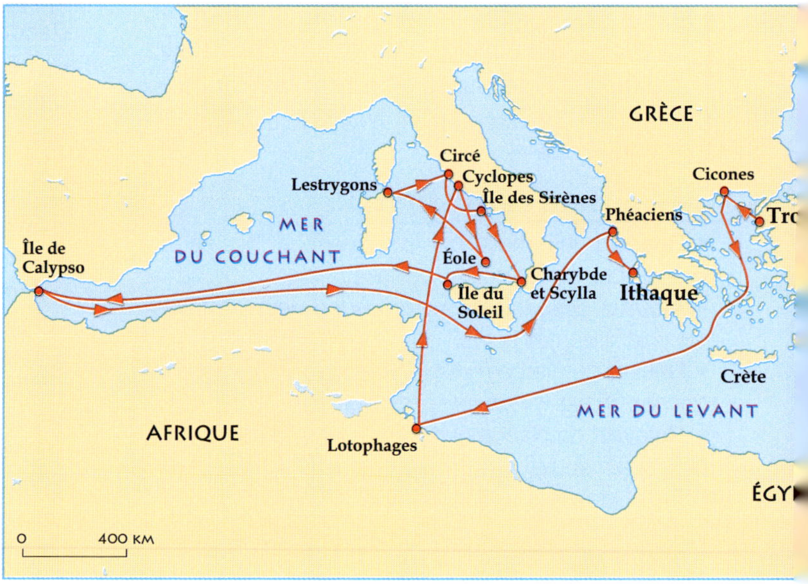

Quiz de révision

Je retiens

BILAN

L'*Odyssée*, une épopée fondatrice

Les caractéristiques de l'Odyssée

- Composée au VIIIe siècle avant J.-C. par Homère, l'*Odyssée* est **le plus ancien texte de la littérature occidentale**. Elle a inspiré de nombreuses œuvres, littéraires ou artistiques, à toutes les époques, ce qui en fait un **texte fondateur**.
- L'*Odyssée* est une **épopée**, c'est-à-dire un poème qui met en scène les **aventures d'un héros** au **destin extraordinaire**, confronté à des personnages **puissants**, qui l'aident ou s'opposent à lui.
- L'épopée se caractérise par l'emploi de mots qui **amplifient** les événements et les qualités (ou les défauts) des personnages : les tempêtes sont terribles, les personnages sont d'une beauté extraordinaire ou d'une laideur effroyable. De nombreuses **épithètes homériques** viennent enrichir ces portraits et ces descriptions.

Ulysse, le héros aux mille ruses

- Ulysse possède les **qualités d'un héros** : le courage, la persévérance, le souci de protéger les autres. Il possède aussi une qualité qui lui est propre : la **ruse**. C'est souvent grâce à son ingéniosité qu'Ulysse surmonte les épreuves : il **masque sa véritable identité**, en se déguisant ou en adoptant un autre nom ; il **exploite les faiblesses** de ses adversaires (le Cyclope).
- Ulysse est un **homme** et se distingue d'autres héros en ce qu'il ne recherche ni la gloire, ni l'immortalité : son seul but est de **retrouver Ithaque**, sa chère île, et sa famille. Il est **vulnérable** : il connaît parfois la peur, la douleur ou le désespoir. Il sait qu'il est **faible** et il ne combat pas directement un adversaire plus fort que lui : sa ruse est un moyen de **renverser la situation** en sa faveur.

Un voyage marqué par de nombreuses rencontres

- Ulysse croise des personnages très divers : des mortels, des dieux et déesses, une magicienne, des monstres. Il navigue ainsi entre le **monde des hommes** et le **monde surnaturel**, peuplé de créatures tirées de la mythologie grecque.
- L'*Odyssée* nous fait rêver parce que le récit nous fait **voyager** dans des contrées lointaines. Ulysse visite des pays inconnus qui sont soigneusement **décrits**. Ces pays sont en grande partie **imaginaires**, même si les historiens se sont appuyés sur divers indices pour retrouver les étapes du périple d'Ulysse.

Mon carnet de mots

Retenez les mots importants du chapitre.

- **Amplifier** : exagérer pour provoquer l'étonnement ou l'admiration.
- **Épopée** : poème racontant les exploits d'un héros.
- **Héros** : personnage central, qui poursuit un but.
- **Odyssée** : long voyage, périple.
- **Surnaturel** : extraordinaire, magique.

La citation d'Ulysse

« Cyclope, tu me demandes mon nom illustre. [...] Mon nom est Personne. »
(ULYSSE, p. 91)

Pour réussir l'évaluation, je dois connaître :

- les personnages principaux de l'*Odyssée* ;
- le rôle des personnages dans un récit (héros, opposant, aide) ;
- les épithètes homériques ;
- les temps de l'indicatif ;
- l'accord sujet-verbe.

John William Waterhouse, *Circé offrant la coupe à Ulysse* (1891), huile sur toile (148 x 92 cm), Galerie Oldham (Royaume-Uni).

Chez Circé, la magicienne

Arrivés sur l'île de Circé, Ulysse et ses compagnons se séparent en deux groupes : Ulysse et quelques hommes restent à l'arrière pendant qu'Euryloque dirige un groupe qui part explorer les environs. Ils parviennent à la demeure de la magicienne.

Circé sortit aussitôt ; et, ouvrant les belles portes, elle les invita, et tous la suivirent imprudemment. Euryloque resta seul dehors, ayant soupçonné une embûche[1]. Circé, ayant fait entrer mes compagnons, les fit asseoir sur des sièges et sur des trônes. Elle mêla, avec du vin, du fromage, de la farine et du miel doux ; mais elle mit dans le pain des poisons, afin de leur faire oublier la terre de la patrie. Elle leur offrit cela ; ils burent, et aussitôt, les frappant d'une baguette, elle les enferma dans les étables à porcs. Ils avaient la tête, la voix, le corps et les soies[2] du porc, mais leur esprit était le même qu'auparavant. Ils pleuraient, ainsi enfermés ; et Circé leur donna du gland de chêne et du fruit de cornouiller, ce que mangent toujours les porcs qui couchent sur la terre.

Euryloque prévient Ulysse, qui se prépare à délivrer ses compagnons.

Hermès à la baguette d'or vint à ma rencontre, comme j'approchais de la demeure ; il était semblable à un jeune homme dans toute la grâce de l'adolescence. Me prenant la main, il me dit :

« Ô malheureux ! Où vas-tu seul, entre ces collines, ignorant ces lieux ? Viens-tu pour délivrer tes hommes ? Crois-moi, tu n'en reviendras pas : tu resteras, toi aussi, là où ils sont déjà. Mais je te délivrerai de ce mal et je te sauverai. Prends ce remède avec toi, car il éloignera de ta tête le jour fatal. Circé te préparera un breuvage[3] et elle mettra les poisons dans le pain, mais elle ne pourra t'ensorceler, car l'excellent remède que je te donnerai ne le permettra pas. »

Homère, *Odyssée* (VIIIe siècle av. J.-C.), chant X, d'après la traduction de Leconte de Lisle.

1. **Embûche :** piège.
2. **Soies :** poils.
3. **Breuvage :** boisson.

Lire et analyser un texte

1. Repérez les deux étapes du texte et donnez-leur un titre.
2. Quel personnage s'oppose à Ulysse et ses compagnons ? Quel personnage les aide ? Citez le texte pour justifier votre réponse.
3. Quels sont les objets ou les substances magiques qui interviennent dans le récit ? Dans quel but ?
4. Par quel mot définiriez-vous le personnage de Circé ?
5. Retrouvez une épithète homérique. Qu'indique-t-elle sur le personnage ?

Lire et analyser une image

9. Identifiez les personnages de l'image.
10. Ce tableau illustre-t-il la scène que vous avez lue ? la précédente ? la suivante ? Citez le texte pour justifier votre réponse.
11. Décrivez ce que l'on voit aux pieds de Circé et dans le miroir.

Maîtriser la langue

6. Relevez un verbe au passé simple de l'indicatif, un verbe à l'imparfait de l'indicatif, un verbe au futur simple de l'indicatif, un verbe au présent de l'indicatif. Pour chacun d'entre eux indiquez son infinitif et son groupe.
7. Pourquoi trouve-t-on majoritairement le passé simple dans le premier paragraphe ?
8. Réécrivez les paroles d'Hermès (l. 18-24) en le faisant s'adresser à plusieurs hommes.

Écrire

12. Sujet : Racontez la scène illustrée par l'image en une vingtaine de lignes. Appuyez-vous sur les indices du texte et l'analyse de l'image pour construire votre récit.

Consignes
- Rédigez votre texte à la troisième personne du singulier.
- Employez le passé simple.

SOCLE	COMPÉTENCES ÉVALUÉES	Questions
Lire	**> Comprendre et interpréter un texte littéraire** • Identification des personnages, de leurs actions, de leurs relations • Identification du genre et de ses enjeux (l'épopée)	Q. 1 à 5 Q. 5
Langue	**> Observer le fonctionnement du verbe et l'orthographier**	Q. 6 à 8
Culture littéraire et artistique	**> Comprendre et interpréter une image** • Mise en relation de textes et d'images • Les différents plans	Q. 9, 10 Q. 11
Écrire	**> Produire des écrits variés** • Écrire un récit à partir d'une image • Mobilisation des connaissances : étude de la langue et lexique	Q. 12

6 Terres d'aventures

Pourquoi les romans d'aventures plongent-ils leurs héros au cœur de la nature ?

Doc. 1 **Louis Garneray, *Pêche à la morue* (1832)**, huile sur toile (177 x 128 cm), Musée des Beaux-Arts de Rouen.

Qu'est-ce qu'un aventurier ?

- Les personnages représentés sont-ils des aventuriers (docs. 1, 2 et 3) ? Pourquoi ?
- Citez des aventuriers que vous connaissez.

Doc. 2 Yann-Arthus Bertrand, *Caravane de dromadaires (vue aérienne), région de Nouakchott, Mauritanie.*

Pourquoi la nature est-elle le lieu privilégié de l'aventure ?

- La nature représentée est-elle accueillante pour l'homme (docs. 1 et 2) ? L'animal est-il bienveillant envers l'homme (doc. 3) ?
- Quelles émotions ressentez-vous face à ces images ?

Doc. 3 *L'Odyssée de Pi*, film d'Ang Lee (2012).

Découvrez, dans ce chapitre, comment la nature fait de l'homme un aventurier !

Le Vieil Homme et la mer, film d'animation d'Aleksandr Petrov (1999).

Aventure en mer

Repères

XXe siècle

Roman

• **Ernest Hemingway** est un auteur américain. Ses romans témoignent, comme sa vie, de son **goût pour l'aventure**. Il a reçu le Prix Nobel de littérature en 1954 après la parution du *Vieil Homme et la mer*.

Un vieux pêcheur a attrapé un très grand espadon. Il l'a accroché à l'arrière de sa barque, mais cette proie attire les requins…

Le requin talonnait l'arrière de la barque. Lorsqu'il attaqua l'espadon, le vieux vit sa gueule béante, et ses yeux étranges ; il entendit le claquement des dents qui s'enfonçaient dans la chair juste au-dessus de la queue. La tête du requin sortait de l'eau ; son dos affleurait[1] à la surface ; la peau et la chair de l'espadon se déchirèrent au moment où le vieux lança son harpon sur la tête du requin. Il visait l'endroit où la ligne qui va d'un œil à l'autre se croise avec celle qui prolonge directement le nez.

Ce n'étaient que des lignes idéales. Il n'y avait en réalité que la tête bleue, lourde et pointue, les gros yeux, les mâchoires claquantes, menaçantes, dévorantes. En tout cas c'était là l'emplacement du cerveau. Le vieux frappa juste à cet endroit. Il frappa de ses mains sanglantes et poisseuses, enfonçant son bon harpon dans un suprême effort. Il frappa sans se faire d'illusions, mais avec la volonté de tuer et toute la haine possible.

Le requin se retourna sur le côté et le vieux vit que son œil était sans vie. Il retomba de l'autre côté, s'enroulant deux fois dans la corde. Le vieux savait que le requin avait son compte, mais celui-ci ne l'entendait pas ainsi : couché sur le dos, sa queue fouillant l'air, ses mâchoires claquant dans le vide, il faisait tourbillonner l'eau comme un canot de course. À l'endroit où sa queue s'agitait, jaillissait l'écume ; il était aux trois quarts sorti de l'eau quand, tout à coup, la corde se tendit, frémit et cassa net. Sous les regards attentifs du vieux le requin resta immobile pendant une minute. Puis lentement, il coula.

Ernest Hemingway, *Le Vieil Homme et la mer* (1952), traduit de l'anglais par Jean Dutourd © Gallimard.

1. **Affleurait :** arrivait au niveau de.

Étudier un combat entre l'homme et l'animal

Notions : enchaînement des actions – caractérisation de l'animal

Échanger

Le requin est-il un animal qui vous fait peur ? Pourquoi ?

Comprendre

1. Pourquoi le requin attaque-t-il le pêcheur ?

2. Le vieux pêcheur est-il en danger ?

3. Comment le pêcheur tue-t-il le requin ?

Approfondir

4. a. Recopiez une phrase du texte qui décrit la tête du requin et soulignez les adjectifs.

b. Quelle impression cette phrase produit-elle sur le lecteur ?

c. Relevez les autres passages du texte qui évoquent les mâchoires de l'animal.

5. Remettez dans l'ordre les actions du pêcheur et du requin qui s'affrontent en complétant les rectangles de couleur.

se retourna – visait – talonnait – coula – retomba – frappa – attaqua

Le pêcheur

....	....

Le requin

....	....	....	....	....

6. a. Le pêcheur frappe-t-il au hasard ? Citez le texte.

b. Est-il certain de tuer le requin ? Citez une expression à l'appui de votre réponse.

7. Qu'est-ce qui relance le suspense dans le dernier paragraphe ? Justifiez en relevant des verbes du texte.

Faire le bilan

Pourquoi peut-on dire que le vieil homme est un aventurier ? Répondez en donnant plusieurs raisons.

Vocabulaire en contexte

• Trouvez le sens du verbe ***talonnait*** (l. 1) en vous aidant d'un mot de la même famille.

RACONTER UN COMBAT

De retour sur la terre ferme, le vieux pêcheur raconte son combat contre le requin à son petit-fils. Inspirez-vous du texte pour faire ce récit.

Consignes

• Vous emploierez la première personne du singulier.

• Vous conjuguerez les verbes au passé composé.

PARLER D'UNE SCÈNE D'ACTION

Relisez le texte et choisissez une phrase qui vous paraît caractéristique d'une scène d'action. Expliquez oralement votre choix à la classe.

Consigne

• Vous pourrez évoquer notamment le choix du vocabulaire, la construction de la phrase, le temps des verbes…

LECTURE ACCOMPAGNÉE

Le Royaume de Kensuké
de Michael Morpurgo

DÉCOUVRIR
LE ROMAN

Voici la critique du livre postée par Élodie en 6e B sur le blog du CDI.

3 mars 2016

Le Royaume de Kensuké **de Michael Morpurgo**

Résumé

L'histoire est simple : un jeune garçon, qui fait le tour du monde en voilier avec ses parents, tombe à la mer. Il se retrouve sur une île déserte et doit apprendre à survivre…

Mon avis

Ce roman est plein de suspense et très agréable à lire. Il nous raconte une aventure incroyable et émouvante. Il a d'ailleurs reçu de nombreux prix. Je le conseille à tous les lecteurs de mon âge.

Posté par Élodie, 12 ans, à 12:45 – Commentaires [10]
Tags : aventure, amitié

- Qu'allez-vous lire : un roman policier ? un roman d'aventures ? Quels mots de la critique vous l'indiquent ?
- Qu'apprend-on au sujet de l'histoire, de ses personnages, de son décor ?
- La critique d'Élodie est-elle positive ou négative ? Citez quatre mots à l'appui de votre réponse.
- Lequel de ces mots pourrait vous décider à lire le livre ?

À lire, à voir…

Jules Verne,
Voyage au centre de la Terre
(adaptation par Hélène Kérillis, Hatier, collection « Hatier poche », 2009)
Le professeur Lidenbrock et son neveu Axel partent pour un incroyable voyage au centre de la Terre.

Jean-Marie Gustave Le Clézio,
Mondo et autres histoires
(Gallimard Jeunesse, 2009)
Huit aventures poétiques à découvrir.

LIRE
LE ROMAN

Vérifiez que vous avez bien compris le livre au fur et à mesure de votre lecture.

Première partie, chapitres 1 à 3

- Dessinez le *Peggy Sue* et son équipage.
- Retracez sur une carte l'itinéraire de la famille jusqu'à l'accident de Michael.

Deuxième partie, chapitres 4 à 7

- Comment Michael organise-t-il sa survie sur l'île ?
- Quelle rencontre fait-il ?

Troisième partie, chapitre 8 au post-scriptum

- Quel événement historique tragique explique la présence de Kensuké sur l'île ?
- Où Michael finit-il sa vie ? Quelle leçon peut-on tirer de cette conclusion ?
- Comment le post-scriptum nous fait-il croire que Kensuké est une personne réelle ?

PARTAGER
SA LECTURE

En vous appuyant sur l'expérience de Michael, rédigez un manuel de survie sur une île presque déserte.

- **Présentez :**

– les actions à effectuer en priorité ;
– les dangers à repérer et à éviter ;
– les précautions essentielles à prendre ;
– ce qui peut redonner le moral...

- **Illustrez** votre manuel.

Prenez la plume pour ajouter une page au roman.

Pour faire suite au roman, imaginez **la lettre que Kensuké aurait pu envoyer à Michael** après l'aventure qu'ils ont vécue ensemble.

Kensuké pourra y évoquer ce que lui a apporté la vie avec Michael et aussi la manière dont il a organisé son existence ensuite.

MÉTHODE

Pour **écrire une lettre manuscrite**, vous devez :

- choisir un beau papier ;
- écrire droit. Pour cela, vous pouvez placer une feuille où sont inscrites des lignes noires et épaisses (un « guide-âne ») sous votre papier à lettres ;
- indiquer la **date** et le **lieu de l'écriture**, en haut à droite (ex. : *Paris, le 6 décembre 2016*) ;
- débuter la lettre par une **adresse au destinataire**, centrée (ex. : *Chère Madeleine*,) ;
- terminer la lettre par une **formule de congé** et une **signature** (ex. : *À très bientôt, amicalement, Jeanne*).

Jack London et Fred Simon, *L'Appel de la forêt*
(Delcourt, collection « Ex-Libris », 2010)

Retrouvez, en bande dessinée, le chien Buck et ses aventures pendant la Ruée vers l'or.

***L'Odyssée sauvage*, film de Nicolas Vanier**
(2014)

Le célèbre aventurier revient au lac Baïkal, où on lui a offert son premier chien de traîneau. Mais les obstacles sont nombreux. Arrivera-t-il au lac avant qu'il ne soit dégelé ?

Histoire des arts

L'aventure en bande dessinée

Pour donner vie au récit d'aventures, la bande dessinée utilise des moyens divers comme le dessin, la couleur, la taille et la forme des lettres…
Dans l'album *Esteban*, nous suivons un jeune Indien embarqué à douze ans sur le baleinier *Le Léviathan*. Il découvre la rude concurrence entre les navires de pêche. Le lecteur est ainsi transporté avec les personnages dans les périls des océans glacés.

Le décor de l'aventure en vignette

Image animée

Doc. 1 **Matthieu Bonhomme**, ***Esteban***, tome 2 « Traqués ! » © Dupuis (2016).

Repères artistiques

Dès la **Préhistoire**, l'homme dessine ce qui l'entoure. À partir du **Moyen Âge**, le texte est associé au dessin. La bande dessinée moderne apparaît au **XIXe siècle**, d'abord en noir et blanc, puis en couleur. Elle est publiée dans les journaux, avant de paraître en albums au **XXe siècle**.

Décrire une vignette de grand format

> La vignette de grand format joue le même rôle que la description dans un texte. Elle met en scène les personnages dans un décor.

1. Où les personnages se trouvent-ils dans l'image ?

2. Leur situation semble-t-elle dangereuse ? Appuyez-vous sur des éléments précis de l'image pour répondre.

3. Les couleurs de l'image sont-elles chaudes ou froides ? Comment pouvez-vous expliquer ce choix ?

Aide : Couleurs chaudes et couleurs froides → p. 182

La mise en images du récit

Doc. 2 Matthieu Bonhomme, *Esteban*, tome 2 « Traqués ! » © Dupuis (2016).

Décrire une bande

> Une bande est une suite d'images associées à du texte.

1. À quel danger le bateau est-il exposé ? Comment le savez-vous ?

2. Comment est signifiée la violence du choc dans la première vignette ? Observez notamment la typographie (taille et épaisseur des lettres).

3. Dans une vignette, comment sont reproduites les paroles des personnages ? Dans quel ordre faut-il lire ces paroles ? Pourquoi l'auteur utilise-t-il parfois des lettres plus épaisses ?

4. Que nous signale le geste du personnage dans la dernière vignette ?

Aide : La bande dessinée exploite de **nombreux moyens pour informer le lecteur** : ce qui est représenté, la manière dont les images sont construites, le texte dans les bulles, la taille et l'épaisseur des lettres, les onomatopées (*boum*, *toc*)…

L'enchaînement des plans

Doc. 3 Matthieu Bonhomme, *Esteban*, tome 2 « Traqués ! » © Dupuis (2016).

Décrire l'enchaînement des plans

1. Que regarde le personnage dans la première vignette ? Pouvez-vous dire avec précision de quoi il s'agit ?

2. Où le lecteur est-il situé quand il regarde la deuxième vignette ? Se trouve-t-il au même endroit quand il regarde la troisième vignette ?

3. Pourquoi un cercle est-il dessiné dans la troisième vignette ? À quel objet renvoie-t-il ?

4. La deuxième vignette s'appelle un « gros plan » : que signifie cette expression à votre avis ?

Aide : Comme un film, la bande dessinée alterne :
– les **plans** (plan d'ensemble, plan large, plan moyen, gros plan) → p. 140 ;
– les **points de vue** : celui qui regarde n'est pas toujours à la même place. Il peut être derrière un personnage, face au personnage ou à la place du personnage.

La description de la nature

LECTURE

Dans les récits d'aventures, les descriptions donnent des précisions sur le paysage grâce aux expansions du nom. Elles sont rédigées à l'imparfait et sont organisées par des connecteurs de lieu.

1 Repérez le passage de description puis complétez le tableau.

Je fis quelques pas le long de la mer. Sur la gauche s'élevait un entassement de rochers où couraient des ruisseaux parmi lesquels le Hansbach. Un peu plus loin se profilait une forêt touffue, dont les arbres avaient tous la même silhouette de parasols réguliers. Malgré le vent, les arbres ne bougeaient pas, comme s'ils étaient en pierre. Nous approchâmes.

Jules Verne, *Voyage au centre de la Terre* (1864), adapté par Hélène Kérillis © Hatier (2009).

	Temps des verbes	Présence d'expansions du nom	Présence de connecteurs de lieu
Récit	....	....	....
Description	....	....	....

GRAMMAIRE

Les expansions du nom permettent de rendre le décor précis. → p. 249

2 Recopiez cette description, puis :
– encadrez les noms des éléments décrits ;
– soulignez leurs expansions du nom.

Au-delà du mur végétal, il y avait un ample espace d'herbes rases. Sur le seuil de cette savane, un seul arbre s'élevait. Il n'était pas très haut. Mais de son tronc noueux et trapu partaient, comme les rayons d'une roue, de longues, fortes et denses branches qui formaient un parasol géant. Dans son ombre, la tête tournée de mon côté, un lion était couché sur le flanc.

Joseph Kessel, *Le Lion* © Gallimard (1958).

VOCABULAIRE

La description d'un paysage contient de nombreux mots appartenant au champ lexical de la nature.

3 **a.** Dans le texte de l'exercice 2, relevez le champ lexical de la nature.
b. Quel type de paysage est décrit ?

4 Sur le modèle du texte de l'exercice 2, rédigez cinq phrases pour présenter un ours blanc ou un perroquet dans leur environnement. Utilisez le champ lexical de la banquise ou de la forêt tropicale.

Les connecteurs de lieu organisent la description.

5 Écrivez une phrase avec chaque connecteur pour décrire l'image.
à gauche – à droite – au-dessus – en dessous – au premier plan – au fond – devant – à côté de

Le Douanier Rousseau, *Orage tropical avec un tigre* (1891).

CONJUGAISON

Dans un récit au passé, les passages descriptifs sont écrits à l'imparfait de l'indicatif. → p. 317

6 Complétez cette description en conjuguant les verbes entre parenthèses à l'imparfait de l'indicatif.
La montagne (*se dresser*) devant les aventuriers, blanche et sévère. Le chemin (*disparaître*) dans la neige. Plus aucune trace n'(*être*) visible. Désormais, l'inconnu (*commencer*) devant eux.

L'action dans le récit d'aventures

LECTURE

Le récit d'aventures met en scène un personnage principal confronté à des épreuves. Le récit alterne des descriptions de la nature et d'impressionnantes scènes d'action.

7 **a.** À quelle épreuve les personnages sont-ils confrontés ?
b. Relevez les mots et expressions qui expriment la violence de l'épreuve.

Avant le naufrage qui le laissera seul survivant, Robinson discute avec le capitaine du bateau.

« Voyez-vous, dit-il, l'avantage des tempêtes, c'est qu'elles vous libèrent de tout souci. Contre les éléments déchaînés, il n'y a rien à faire. Alors on ne fait rien. On s'en remet au destin. » À ce moment-là, le fanal suspendu à une chaîne qui éclairait la cabine accomplit un violent arc de cercle et éclata contre le plafond. Avant que l'obscurité totale se fasse, Robinson eut encore le temps de voir le capitaine plonger la tête la première par-dessus la table. Robinson se leva et se dirigea vers la porte. Un courant d'air lui apprit qu'il n'y avait plus de porte.

Michel Tournier, *Vendredi ou la Vie sauvage* © Gallimard (1971).

8 **a.** Dans les extraits suivants, quelles épreuves les aventuriers rencontrent-ils ?
b. Qu'attend le lecteur de la suite du récit ?

Le brouillard cloisonnait l'étroite plate-forme entre ciel et terre sur laquelle se trouvaient les trois hommes. Ils se sentaient prisonniers de la montagne.

Roger Frison-Roche, *Premier de cordée* © Arthaud (1946).

Le chien d'Uugan s'arrêta et regarda son maître en geignant. Il avait perdu la trace. Uugan regarda autour de lui. Il ne reconnaissait rien.

Xavier-Laurent Petit, *Le Col des Mille Larmes* © Flammarion, collection « Castor Poche » (2004).

9 Parmi ces titres, précisez lesquels conviendraient à des récits d'aventures. Justifiez votre réponse.
La Grande Course • *Demain les fleurs* • *Le Tueur à la cravate* • *Les Aventures de Huckleberry Finn* • *Le Château de ma mère* • *L'Île au trésor* • *Vingt mille lieues sous les mers*

VOCABULAIRE

Le personnage principal d'un récit d'aventures est un héros. Il possède des qualités morales et physiques hors du commun.

10 Classez les mots suivants selon qu'ils appartiennent au champ lexical du danger ou à celui du courage.
détresse – épreuve – audace – bravoure – adversité – cran – péril – risque – obstacle – hardiesse – intrépide

GRAMMAIRE

Les compléments de phrase permettent notamment de comprendre quand et où se déroule l'action.
→ p. 272-273

11 Relevez trois compléments de phrase exprimant le lieu et le temps.

Cependant, lorsque quatre jours plus tard, il fit du feu dans une petite vallée, au bord d'un cours d'eau gelé, sous le couvert des sapins, il savait bien que le lac Surprise était quelque part dans le chaos blanc qu'il avait laissé derrière lui.

Jack London, *Belliou la Fumée* (1912), traduit de l'anglais par Louis Postif.

12 Développez en trois phrases la suite d'actions proposée. Vous ajouterez, dans chaque phrase, des compléments de phrase exprimant le temps et le lieu de l'action.
Le héros, égaré dans la montagne, est face à une paroi verticale : il doit la franchir pour survivre.
Hans s'arrêta. → Il observa. → Il s'élança.

L'affrontement entre l'homme et la nature

LECTURE

Le récit d'un affrontement exprime la violence des forces qui s'opposent.

13 Relevez puis classez en deux colonnes :
– les mots qui montrent la force de la nature ;
– les mots qui montrent les actions de l'aventurier pour y résister.

Mais la progression vers le rivage était lente, et le courant vers l'aval incroyablement rapide. De plus bas parvenait le mugissement fatal, là où le torrent sauvage le devenait encore plus, et se déchirait en lambeaux d'écume à cause des rochers qui barraient le passage comme les dents d'un énorme peigne. La force d'aspiration de l'eau, au début de la dernière chute, était effroyable, et Thornton savait qu'ils n'arriveraient pas à rejoindre le rivage. Il s'agrippa comme un fou à un rocher, se meurtrit contre un deuxième, et vint s'écraser contre un troisième avec violence.

Jack London, *L'Appel sauvage* (1903), © Phébus, Paris, 2003 pour la traduction française.

VOCABULAIRE

Des mots dont le sens est opposé sont des antonymes.

14 Relevez trois couples d'antonymes dans ces phrases.
L'ours se dressa sur ses pattes arrière. Face à lui, le chasseur s'aplatit afin d'ajuster son tir. L'animal poussa un rugissement puissant. L'homme retint son souffle. Effrayé, il ne savait pas s'il parviendrait à survivre à cette épreuve. La bête avança encore, rassurée par l'absence de mouvement.

15 Proposez un antonyme pour chacun des mots suivants.

courageux – lutter – agité – le bruit

16 Indiquez si les couples de mots sont des couples d'antonymes ou pas.

la force / la faiblesse — battre / frapper
brutalement / doucement — rapide / soudain

CONJUGAISON

Les verbes qui racontent l'affrontement de l'homme et de la nature sont conjugués au passé simple de l'indicatif. → p. 321-322

17 Relevez les verbes conjugués au passé simple et précisez à quel groupe ils appartiennent.

Le tonnerre de l'explosion, je ne m'en souviens pas. Mais le cataclysme qui suivit reste gravé dans ma mémoire. Les rochers disparurent comme par enchantement. Un gouffre immense se creusa [...] et l'obscurité nous engloutit.

Jules Verne, *Voyage au centre de la Terre* (1864), adapté par Hélène Kérillis © Hatier (2009).

18 Écrivez trois phrases au passé simple pour raconter l'affrontement qui se déroule sur cette image.

***Le bateau à vapeur Chimborazo, de la ligne orientale, pris dans la tempête* (1880)**, gravure couleur.

Atelier expression écrite

* **1**
Décrire la nature
Écrire à partir d'une recherche de vocabulaire

Des pirates s'échouent sur une plage battue par les flots. Décrivez cette plage. Votre description sera rédigée à l'imparfait.

JE PRÉPARE LE SUJET

- **Complétez** le tableau suivant.

Éléments de décor	Adjectifs qualificatifs
la mer	*agitée*
....	....
....	....
....	....

** **2**
Raconter la course d'un animal
Écrire une suite de texte

Écrivez la suite de ce texte en une dizaine de lignes. Vous raconterez la course du chien Buck dans la nature.

Texte

Il levait la tête, dressait les oreilles, écoutait, plein d'attention. Obéissant à l'appel entendu de lui seul, il bondissait sur ses pieds et filait droit devant soi, pendant des heures, sous les voûtes fraîches de la forêt, au fond du lit desséché des torrents, dans les grands espaces découverts et fleuris. Mais, par-dessus tout, il se plaisait à...

Jack London, *L'Appel sauvage* (1903), © Phébus, Paris, 2003 pour la traduction française.

JE PRÉPARE LE SUJET

- **Repérez** les lieux déjà décrits afin de poursuivre la description de manière cohérente.
- **Repérez** le temps des verbes du texte.
- **Faites une liste** de verbes évoquant la course du chien.
- **Faites une liste** de termes évoquant des sensations (vue, ouïe, odorat, toucher) agréables.

*** **3**
Raconter un affrontement avec la nature
Organiser une suite d'actions

Seule dans le désert, une aventurière voit arriver une tempête de sable. Racontez son combat pour survivre à cette épreuve.

JE PRÉPARE LE SUJET

- **Cherchez** des informations sur le phénomène des tempêtes de sable (durée, violence, risques pour l'être humain).
- **Imaginez** les réactions de l'aventurière (peur, lutte, réflexion…).
- **Imaginez** la fin de l'affrontement (trouve-t-elle un abri ? est-elle blessée ?).
- **Organisez** le déroulement de la scène. Faites une liste des verbes qui décrivent le déroulement de la tempête et une liste des verbes qui décrivent les actions du personnage.

MÉTHODE

Maîtriser les temps du récit

1. Une fois votre brouillon rédigé, vérifiez que les verbes de la **narration** sont conjugués au **passé simple**, à l'**imparfait** ou au **plus-que parfait**.

2. Vérifiez la **conjugaison des verbes au passé simple** (premier groupe en *-a*, deuxième groupe en *-i*, troisième groupe et auxiliaires en *-i*, *-u* ou *-in*).

3. Pour finir, vérifiez que tous les **verbes sont bien accordés avec leur sujet**.

BILAN

Je construis le bilan

La description de la nature

1 Complétez ce tableau avec les textes du chapitre.

	Type de paysage	Nature hostile ou bienveillante ?
Texte 1 Titre :	....	....
Texte 2 Titre :	....	....
Texte 3 Titre :	....	....
Texte 4 Titre :	....	....

2 Cochez les bonnes propositions.

Dans le récit d'aventures, les descriptions :

- ❑ sont rédigées au passé simple ;
- ❑ sont rédigées à l'imparfait ;
- ❑ comportent de nombreux adjectifs ;
- ❑ comportent beaucoup de connecteurs ;
- ❑ permettent au lecteur de se reposer entre deux scènes d'action ;
- ❑ permettent au lecteur d'imaginer des lieux lointains et sauvages.

L'aventurier face à la nature

3 Choisissez trois mots dans le nuage de mots ci-dessous pour caractériser l'aventure. Justifiez vos choix.

risque danger nature
naufrage soif tempête
COMBAT animaux sauvages
explorer survivre

4 Associez chaque personnage au(x) danger(s) qu'il court lors de ses aventures.

Personnages
1. Buck et les chercheurs d'or
2. Le docteur Fergusson, Joe et Dick
3. Patricia
4. Le vieux pêcheur

Dangers
a. mourir de soif
b. se faire dévorer par un requin
c. mourir de faim
d. mourir de froid
e. être touchés par la foudre
f. se faire dévorer par un lion
g. se perdre dans l'immensité

5 Complétez cette carte mentale à l'aide des textes du chapitre. Certains textes peuvent apparaître dans plusieurs bulles.

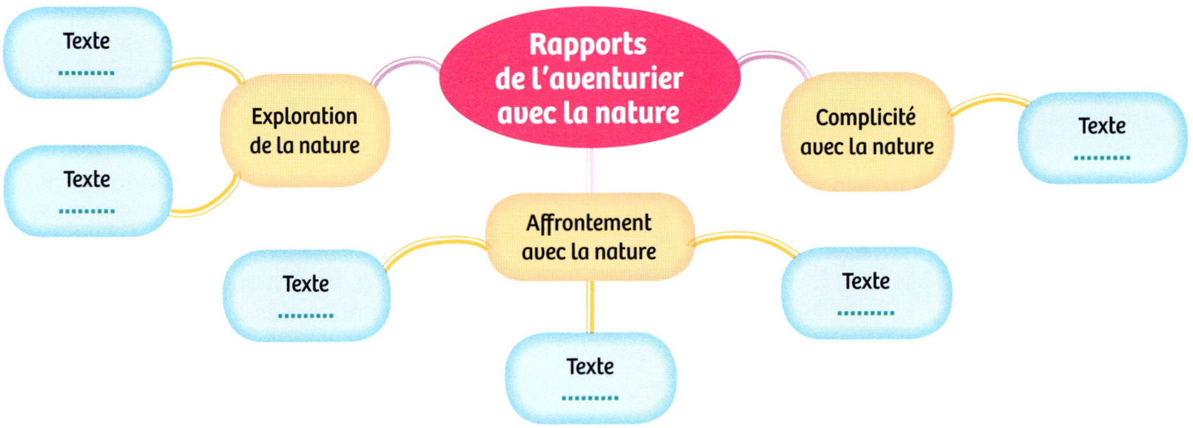

Quiz de révision

BILAN

Je retiens

La nature dans les récits d'aventures

La description de la nature

- Le récit d'aventures a très souvent pour décor des **paysages lointains et sauvages** : les étendues du Grand Nord, le désert, la savane africaine...
- On trouve donc dans ces récits de nombreuses **descriptions de la nature**. Ces descriptions sont rédigées à l'**imparfait de l'indicatif**. Afin que le lecteur se représente le cadre de l'aventure le plus précisément possible, elles comportent de **nombreuses expansions du nom** et sont organisées au moyen de **connecteurs de lieu**.

L'aventurier face à la nature

- Le récit d'aventures met en scène l'aventurier au cœur de la nature.
- Dans *L'Appel de la forêt* de Jack London, les chercheurs d'or et le chien Buck ressentent l'**appel des grands espaces** : quelles que soient les difficultés rencontrées, ils sont irrésistiblement attirés par les forêts du Grand Nord canadien. C'est le cas également des personnages de *Cinq Semaines en ballon* de Jules Verne qui mènent une expédition au-dessus du désert africain.
- Souvent cette nature sauvage s'oppose à l'aventurier et met sa **vie en danger**. Ainsi, dans le texte de Jules Verne, la **sécheresse** du désert menace les hommes qui pourraient mourir de soif. Dans le texte de Jack London, les hommes affrontent le **déchaînement des forces de la nature** : le gel, le vent glacial, la foudre, les tempêtes de neige… Dans le texte d'Ernest Hemingway, c'est un **combat sans merci** qui s'engage entre un pêcheur et un requin prêt à le dévorer.
- Les actions des aventuriers face aux dangers viennent prouver leur **courage**. Quant au lecteur, ces scènes de confrontation entre l'homme et la nature lui offrent du **suspense** et de l'**action**.
- Toutefois, la nature peut aussi être **bienveillante** et **complice**. Ainsi, dans *Le Lion* de Joseph Kessel, la jeune Patricia joue à malmener un lion et celui-ci ne répond qu'avec douceur et gentillesse.

Mon carnet de mots

Retenez les mots importants du chapitre.

- **Affrontement** : confrontation, opposition.
- **Aventure** : action comportant du danger et de l'inconnu.
- **Expédition** : voyage organisé en vue d'une exploration.
- **Explorer** : voyager pour découvrir des lieux inconnus.
- **Hostile** : qui se comporte comme un ennemi.
- **Nature sauvage** : nature restée intacte, qui n'a pas subi l'action des hommes.

La citation de l'aventurier

« Nous allons nous lancer dans l'inconnu désormais. »
(Le Docteur Fergusson dans *Cinq Semaines en ballon*, p. 112)

ÉVALUATION

Pour réussir l'évaluation, je dois connaître :

- la description de la nature ;
- les compléments de phrase (de temps et de lieu) ;
- la conjugaison du passé simple ;
- les champs lexicaux.

William Bradford, *Bateau pris dans la glace* (vers 1880), huile sur toile (121,92 x 76,20 cm), Peabody Essex Museum, Salem (Massachusetts, États-Unis).

La course contre le gel

Deux chercheurs d'or, Kit et le Courtaud, emmènent deux hommes de la ville, Stine et Sprague, à Dawson, une ville du Grand Nord canadien. S'ils ne traversent pas le lac assez rapidement, ils seront pris au piège par la glace jusqu'au printemps suivant.

Ils se frayèrent un chemin en brisant la glace mince du petit havre[1], puis débouchèrent dans le lac, où l'eau glauque gelait à chaque coup sur leurs avirons. Elle ne tarda pas à s'épaissir comme une purée, entravant le travail des rames et se figeant dans l'air à mesure qu'elle en dégouttait. Puis une pellicule commença à se former à la surface, et la barque avança de plus en plus lentement.

Souvent, par la suite, en essayant de se remémorer cette nuit qui restait pour lui un souvenir de cauchemar, Kit se demanda ce qu'avaient dû être les souffrances de Stine et de Sprague. Son unique impression personnelle était d'avoir lutté contre un froid mortel et une fatigue intolérable pendant un millier d'années.

Le matin les trouva stationnaires[2]. Stine et Sprague se plaignaient d'avoir, l'un les doigts gelés, l'autre le nez. Kit aussi, par les douleurs qu'il ressentait dans le nez et dans les joues, fut averti qu'il était atteint. Leur champ visuel s'élargissait à mesure que grandissait la lumière, et ils constatèrent que le lac était gelé à perte de vue.

1. **Havre :** petit port, refuge.
2. **Stationnaires :** immobiles.

À une centaine de mètres s'élevait la rive de l'extrémité nord. Le Courtaud affirma que là se trouvait l'ouverture du fleuve et qu'il voyait de l'eau libre. Kit et lui étaient les seuls à pouvoir encore fournir un effort. Ils brisèrent la glace à coups de rames et forcèrent un passage au canot. Ils étaient à bout de souffle quand ils sentirent l'aspiration du courant rapide. Un regard en arrière leur montra plusieurs embarcations, qui, après avoir lutté toute la nuit, se trouvaient irrémédiablement immobilisées. Puis ils tournèrent un coude, et le courant les emporta à une vitesse de dix kilomètres à l'heure.

Jack London, *Belliou la Fumée* (1912), traduit de l'anglais par Louis Postif.

Lire et analyser un texte

1. Où les personnages se trouvent-ils ? Citez le texte.
2. a. Relevez les expressions qui montrent que le gel s'oppose au mouvement de la barque.
b. Relevez les expressions qui montrent que le gel est une terrible épreuve pour les hommes.
3. Quelle expression montre que les hommes sont allés au-delà de leurs limites physiques ?
4. a. Tous les bateaux ont-ils réussi à échapper au gel ?
b. Quel mot du texte montre qu'il n'y a pas de solution pour les débloquer ?

Lire et analyser une image

9. a. Qu'est-ce qui caractérise l'environnement du bateau ?
b. Quelles couleurs dominent dans le décor ? Pourquoi ?
10. a. Qu'a-t-il pu se passer selon vous ?
b. Quel lien faites-vous avec le texte de Jack London ?
11. Le voyage se termine-t-il de la même manière dans le texte et le tableau ?

Maîtriser la langue

5. Relevez dans le texte un complément de phrase qui indique le lieu.
6. Combien de temps l'épreuve des navigateurs dure-t-elle ? Relevez un complément de temps pour justifier votre réponse.
7. Résumez les quatre étapes de cette épreuve en relevant quatre verbes conjugués au passé simple.
8. Relevez le champ lexical du gel dans le texte.

Écrire

12. Sujet : Après avoir été libérés des glaces, les aventuriers découvrent que la sortie du lac est en réalité une chute d'eau de plusieurs mètres de haut. Racontez comment ils affrontent cette nouvelle épreuve.

Consignes
- Employez des verbes d'action au passé simple.
- Montrez que les hommes luttent contre une force qui leur est bien supérieure.

SOCLE

	COMPÉTENCES ÉVALUÉES	Questions
Lire	> **Comprendre et interpréter un texte littéraire** • Identification du genre et de ses enjeux (récit d'aventures) > **Mobilisation des connaissances lexicales pour comprendre**	Q. 1 à 4
Langue	> **Identifier le complément de phrase** > **Observer le fonctionnement du verbe : les temps du récit** > **Étude du lexique**	Q. 5, 6 Q. 7 Q. 8
Culture littéraire et artistique	> **Comprendre et interpréter une image** • Mise en relation de textes et d'images	Q. 9 à 11
Écrire	> **Produire des écrits variés** • Production d'une suite de texte • Mobilisation des connaissances : étude de la langue et lexique	Q. 12

DOSSIER LECTURE SUIVIE

7 Les Clients du Bon Chien Jaune

de Pierre Mac Orlan

Comment les aventures d'un jeune pirate tiennent-elles le lecteur en haleine ?

Doc. 1 Frederick Judd Waugh (1861-1940), *Les Pirates*, collection privée.

Image animée

Connaissez-vous l'univers des pirates ?

- À quoi reconnaît-on un pirate ? Quels sont ses signes distinctifs (docs. 1 et 3) ?
- Que recherchent les pirates ? Quels moyens emploient-ils pour y parvenir ?
- D'après vous, les pirates sont-ils des personnages sympathiques ? Justifiez.

Doc. 2 Garçon lisant un livre, les nuages reflétant sa lecture.

Doc. 3 ***Long John Silver portant son perroquet sur l'épaule***, illustration de **Monro Scott Orr** pour *L'Île au trésor* de Robert Louis Stevenson.

Qu'est-ce que le suspense ?

- Décrivez le lecteur du document 2. Utilisez les verbes *captiver* et *tenir en haleine*.
- Faites la liste des ingrédients du « roman parfait », selon vous.
- Souvenez-vous des livres que vous avez lus et des films que vous avez vus. Citez-en un qui a réussi à capter votre attention et racontez le moment que vous avez trouvé le plus palpitant.

Repères historiques

La piraterie

- Le mot ***pirate*** vient du grec *peiratês* : « bandit qui court les mers pour attaquer les navires », lui-même dérivé du verbe *peiraô* : « tenter sa chance à l'aventure ».
- L'âge d'or de la piraterie est le **XVIIIe siècle** : les bateaux pirates attaquaient les navires marchands qui transportaient des marchandises précieuses entre les **îles des Caraïbes** ou les **côtes de l'océan Indien** et les **pays d'Europe**.

Si vous êtes prêts pour l'aventure, tournez la page et embarquez à bord d'un vaisseau pirate !

Les « morts » de l'oncle Benic

Repères

XXe siècle

Roman

• **Pierre Mac Orlan** (1882-1970) est un romancier français qui écrivit de nombreux romans d'aventures.

• *Les Clients du Bon Chien Jaune*, **roman d'aventures et de piraterie**, s'inspire du célèbre roman de Robert Louis Stevenson, *L'Île au trésor* (1883). L'action se situe en Bretagne, au XVIIIe siècle.

Devenu orphelin à quatorze ans, en 1756, Louis-Marie Benic est recueilli par son oncle à l'auberge du « Bon Chien Jaune ». Un jour, il surprend une conversation inquiétante.

Accroupi à côté de l'échelle, [...] j'écoutais tout en retenant mon souffle le bruit assez confus des voix dans la grande salle du « Bon Chien Jaune ».

Mon oncle gémissait : « Vous me mettez sur la paille, ta bande et toi. J'aimerais mieux reprendre du service... À cette heure je serais sous-comite à Toulon, et toi, tu écrirais sur l'eau avec une plume de vingt pieds.[1] »

J'entendis Pain Noir ricaner :

« Ah ! Benic, tu seras toujours le même ; propriétaire à ton âge, commerçant honorablement connu, tu mènes grâce à nous une vie de Cocagne[2]. Enfin... tu sais ce que je veux dire, il nous faut vingt morts pour le courant d'octobre, nous sommes en juillet, tu as le temps de prendre tes mesures... Il faut payer, vieux grippe-sou, payer, sans quoi tu n'auras rien. La vie n'est pas si drôle à bord.

– Je sais aussi bien que toi ce qui se passe à bord, fit l'oncle, mais je ne mettrai pas plus de cinq écus pour me procurer des morts. »

Les voix s'éloignèrent dans la direction de la porte de la rue et je n'entendis plus qu'un brouhaha confus.

J'étais resté en place, littéralement pétrifié par ce que je venais d'entendre. Mille images plus terrifiantes les unes que les autres tourbillonnaient dans ma tête.

Je résolus de fuir.

Je descendis l'échelle. Malheureusement il me fallait passer devant l'oncle, qui, les mains derrière le dos, se détachait en noir dans la lumière de la porte. Son mystérieux interlocuteur s'était éclipsé. Au bruit de mes pas, l'oncle pivota sur ses talons.

« Vous ai-je appelé ? » gronda-t-il.

1. **Je serais sous-comite à Toulon, et toi, tu écrirais sur l'eau avec une plume de vingt pieds :** je serais sous-officier et toi condamné à ramer sur une galère.
2. **Vie de Cocagne :** vie douce, où tout est facile.

Petit Morgat et Jean de la Sorgue dans la taverne de Thomas le Saoz, illustration de **Pierre Leconte** (1947) pour *L'Ancre de Miséricorde* de Pierre Mac Orlan.

Texte écho
R. L. Stevenson, *L'Île au trésor*

Tout aussitôt, il remarqua ma pâleur, car j'étais presque privé de sentiments. Ses petits yeux gris luisaient étrangement.

« Il faut te mettre au travail, dit-il en s'apprêtant à éternuer dans un superbe mouchoir rouge qu'il avait tiré des basques de son habit. Et, pour commencer, tu vas descendre à la cave. Dans le coin à gauche, tu trouveras une grosse bouteille de rhum, nous appelons ça un mort, entre nous, joyeux garçons du « Bon Chien Jaune ». Tu rapporteras ce « mort », cette dame-jeanne[3], si tu préfères, derrière le comptoir. [...] »

L'oncle habitait derrière la grande salle une petite chambre percée d'une meurtrière[4] qui donnait sur une venelle[5]. Je l'entendis s'enfermer dans cette cellule fortifiée. Il marchait ainsi qu'un homme préoccupé. Il gémissait assez haut pour que je l'entendisse : « Vingt morts ! vingt morts de rhum pour embarquer en octobre. Où veulent-ils que je me procure cette quantité de rhum ? »

L'explication de l'oncle Benic avait calmé mes craintes, mais il me sembla qu'il jouait pour moi derrière sa porte trop verrouillée une comédie dont je ne pouvais définir le but.

Chapitre 2.

(À suivre...)

3. **Dame-jeanne :** grosse bouteille qui peut contenir jusqu'à cinquante litres.
4. **Meurtrière :** ouverture étroite et haute dans un mur qui permettait d'observer et d'envoyer des projectiles.
5. **Venelle :** ruelle.

Découvrir un personnage intrigant

Notions : expression des émotions – narrateur

Échanger

Qui raconte l'histoire ? Vous sentez-vous proche de lui ?

Repère : Dans un récit, le **narrateur** est celui qui raconte l'histoire. Il peut être présent dans le récit et s'exprimer à la **première personne du singulier**, ce qui permet au lecteur de s'identifier à lui.

Analyser

1. Combien de personnages sont présents ? Sont-ils réunis ? Expliquez où se trouve chacun d'entre eux dans les lignes 1 à 20, puis dans les lignes 21 à 39 et dans les lignes 40 à 48.

2. Un personnage est désigné par un surnom. Lequel ? Qu'évoque ce surnom ?

3. Quelle émotion ressent le narrateur et pourquoi ?

4. Lorsque son oncle voit que Louis-Marie a peur, comment le rassure-t-il ?

5. Quels indices montrent que Benic ne dit pas la vérité à son neveu ? Citez un mot du texte.

Faire le bilan

Résumez cet extrait en employant les mots suivants, que vous soulignerez :
narrateur – aubergiste – marin – argent – morts – bouteilles – écouter – s'enfuir – mentir – effrayé.

Vocabulaire en contexte

• *Un superbe mouchoir rouge qu'il avait tiré des basques de son habit* (l. 34-35) : quel détail indique que l'histoire ne se déroule pas à notre époque ?

RÉDIGER UNE LETTRE

Le soir, Louis-Marie écrit à un ami pour lui demander son avis sur les explications avancées par son oncle. Rédigez cette lettre en une dizaine de lignes.

Consignes

• Employez la première personne du singulier.
• Respectez la présentation de la lettre : date et lieu en haut à droite, adresse au destinataire (« Mon cher ami »), formule finale et signature en bas.

TEXTES & IMAGES

Des déguisements terrifiants

Texte lu

Après deux ans passés à l'auberge du « Bon Chien Jaune », l'énigme des « morts » reste entière pour Louis-Marie. À force d'espionnage, il découvre que son oncle recrute des hommes pour l'équipage d'un navire nommé le *Hollandais-Volant*. En cachette, il se joint à eux et se trouve engagé sur un navire de pirates.

Il y avait déjà trois semaines que nous promenions notre navire, sans feux dans le brouillard, au milieu d'un véritable labyrinthe de récifs, quand la vigie, au guet dans la gabie[1], signala une voile par notre bâbord.

Mathieu Miles siffla l'équipage au poste de combat.

Virmoutiers, le cock[2], le bossman[3], se dirigèrent vers la Sainte-Barbe[4]. Ils portaient à pleins bras des maillots et des masques qu'ils jetèrent sur le pont.

« Les morts, à vos postes de manœuvre ! » commanda Virmoutiers en ricanant.

À ma profonde stupéfaction, je vis les hommes du *Hollandais-Volant* se dévêtir. Puis ils passèrent une sorte de maillot noir où des bandes d'étoffe blanche dessinaient les os des bras, du thorax, du bassin et des jambes. Ils mirent sur leur visage un masque de cuir qui simulait en noir et blanc la face d'une tête de mort. Ainsi déguisés ils ressemblaient à des squelettes harnachés en guerre, car ils avaient passé leurs baudriers[5] et leurs ceinturons et tenaient au poing leur mousquet[6]. Leur aspect était véritablement étrange et terrifiant.

Je fis comme eux. Et bientôt, je fus tel un mort effroyable accroché dans les haubans[7], le coutelas entre les dents et la grenade incendiaire à la main.

Quand tout le monde fut placé à son poste, les canonniers derrière leurs pièces, la mèche à la main, le navire était comme un arbre fantastique garni de squelettes accrochés dans ses vergues[8], dans ses haubans, et à l'avant, devant le détail de bout-dehors[9], qui représentait une tête de mort décharnée.

Virmoutiers, qui savait tout faire, monta un orgue sur le pont. Et il se mit à jouer la messe des trépassés[10]. Les sons de l'instrument portaient loin sur la mer, à cette heure calme. Le crépuscule de la nuit commençait à effacer tous les détails à bord.

Le navire chassé, qui était un brick[11] de commerce, nous aperçut et tenta de prendre de l'avance en virant de bord pour serrer le vent au plus près. [...]

Nous gagnâmes de vitesse l'infortuné marchand. En élongeant son bordage[12] par bâbord, nous vîmes l'équipage qui s'était jeté à genoux et levait les bras au ciel. La musique lugubre de Virmoutiers fit le reste. Avant que les mariniers blêmes de frayeur eussent esquissé un simulacre[13] de défense, nous bondîmes à l'abordage, comme des diables, ou plutôt comme des morts à l'assaut des vivants. On ne tira pas un coup de canon. La prise était bonne. L'équipage fut jeté à la mer et je restai secoué d'horreur devant ce forfait perpétré de sang-froid.

Chapitre 5.

(À suivre...)

1. **Gabie :** place en haut du mât où se tient la vigie (matelot qui surveille l'horizon).
2. **Cock :** cuisinier.
3. **Bossman :** pilote.
4. **Sainte-Barbe :** partie du navire utilisée pour entreposer la poudre à canon.
5. **Baudriers :** bandes de cuir portées en écharpe et destinées à porter une arme.
6. **Mousquet :** fusil.
7. **Haubans :** câbles qui maintiennent le mât.
8. **Vergues :** pièces de bois qui portent les voiles.
9. **Bout-dehors :** vergue placée à l'avant de la coque.
10. **Trépassés :** morts.
11. **Brick :** bateau.
12. **Bordage :** pièce de bois qui borde les côtés du bateau.
13. **Simulacre :** fausse apparence, le fait de faire semblant.

Pirates des Caraïbes : La Fontaine de jouvence, film de Rob Marshall (2011).

Comprendre la ruse employée par les pirates

Notions : comparaison – expression des émotions

Échanger

Que font les pirates avant de commencer le combat ? Que pensez-vous de cette ruse ?

Analyser

1. En plus de leur déguisement, que comporte l'équipement des pirates ?

2. *Le navire était comme un arbre fantastique* (l. 20).

a. Citez au moins deux points communs entre le navire et un arbre.

b. Comment la figure de style employée ici se nomme-t-elle ?

Repère : La **comparaison** est une image qui associe deux termes à l'aide d'un outil de comparaison (*comme, tel, semblable à*…).

3. Relevez trois expressions qui montrent la réaction des marins attaqués.

4. Que ressent le narrateur à la fin du texte ? Justifiez en relevant une expression.

5. En quoi cet extrait du roman permet-il de mieux comprendre l'extrait précédent (→ p. 132-133) ?

Faire le bilan

Vrai ou faux ? Justifiez, complétez ces affirmations ou rectifiez-les si nécessaire.

- Les pirates se préparent au combat en enfilant une armure.
- Avant d'attaquer, un pirate joue de la musique pour créer une ambiance de fête.
- Les pirates tirent des coups de canon pour couler le navire marchand.
- Le narrateur est fier d'être parmi les vainqueurs.

Vocabulaire en contexte

- Une *vigie* (l. 3), un *vigile*, la *vigilance* : quel est le radical de ces mots ? Expliquez la signification de chaque mot, en insistant sur ce qui les rapproche.

@ RECHERCHES

Cherchez sur Internet la légende du *Hollandais-Volant* et résumez-la. Accompagnez votre texte d'un des nombreux tableaux qui l'ont représentée.

IMAGINER LA SUITE DU TEXTE

Après ce premier combat, Louis-Marie regrette de s'être engagé comme pirate. Le soir venu, il se demande comment s'échapper. Rédigez les réflexions du narrateur en une dizaine de lignes.

Consignes

- Vous pouvez commencer votre texte par la formule : « Allongé dans mon hamac, je commençai à réfléchir au meilleur moyen de quitter le navire. »
- N'oubliez pas d'envisager les risques encourus par le personnage si son plan est découvert par l'équipage.

La morte ressuscitée

Pour éviter d'affronter un navire lourdement armé, les pirates ont déguisé leur bateau en vaisseau fantôme. Pour cela, ils ont ramassé les morts d'un navire vaincu. La ruse a fonctionné et le *Hollandais-Volant* est sauvé, mais Louis-Marie et deux compagnons sont troublés par l'aspect d'un des cadavres, qu'ils pensent avoir vu bouger.

Nous demeurâmes tous trois immobiles, regardant intensément la jeune fille qui n'avait pas changé de place. Nos nerfs étaient tendus et nos bouches sèches laissaient passer un souffle rauque. Et cette fois nous vîmes nettement le miracle s'accomplir. La bouche pâle de la morte s'entrouvrit, elle découvrit ses dents toutes petites, les paupières bleuies se levèrent lentement et un regard aigu, surnaturel, nous pénétra le cœur comme un fer rouge. Nous ne pûmes que tomber à genoux, le visage enfoui dans nos mains.

Alors la jeune fille se leva. Elle marchait comme un automate. Nous la vîmes gravir l'escalier du château de poupe[1]. Elle s'appuya comme si elle allait défaillir contre un balustre[2] et regarda lentement autour d'elle. Nous la vîmes prendre le porte-voix de Mathieu Miles, et d'une voix ferme, qui sonnait clair, elle commanda :

« Appelez l'équipage au poste de manœuvre ! »

Nous ne pouvions en croire nos oreilles. [...]

Tout d'abord, celle que nous pensions une morte ressuscitée fit jeter à la mer tous nos oripeaux[3] macabres : les masques à tête de mort et les maillots peints à la ressemblance d'un squelette.

« Piétinez vos infamies ! » disait-elle de sa voix douce, que nous pensions d'outre-tombe. Beaucoup d'entre nous n'avaient jamais, avant cette nuit, entendu la douceur d'une telle voix.

Ensuite elle commanda la manœuvre. Et nous grimpâmes dans les haubans[4] comme des anges, éperdus du désir de bien faire et de sauver notre âme. [...]

1. **Château de poupe, gaillard d'avant :** parties du navire construites au-dessus de la coque, à l'arrière et à l'avant.
2. **Balustre :** barrière qui borde le pont du bateau.
3. **Oripeaux :** déguisements.
4. **Haubans :** câbles qui maintiennent le mât.

Anne Bonny, femme pirate (née en 1697), gravure américaine colorée du XVIIIe siècle, collection particulière.

C'est alors que la plupart des morts que nous avions toujours abandonnés sur le gaillard d'avant[1] sans plus nous soucier de leur personne se levèrent et, le mousquet[5] à la main, nous tinrent à distance respectueuse.

Nous étions sans armes. Les morts, qui n'étaient que des soldats maquillés par ruse bien avant le combat, riaient entre eux du succès de leur entreprise. Un coup de canon tiré du château les avertit qu'ils étaient attendus.

Quant à nous, mornes et abattus, nous ressemblions à des renards capturés par une poule.

Les soldats qui s'étaient introduits à bord du *Hollandais-Volant*, grâce à leur propre ruse et à notre propre sottise, nous firent ranger, Mathieu Miles en tête, à l'avant du navire.

5. **Mousquet :** fusil.

Chapitre 8.

(À suivre...)

Étudier un renversement de situation

Notions : étapes du récit – réseaux lexicaux

Échanger

Peut-on parler d'événements surnaturels dans cet extrait ? Dites pourquoi.

Analyser

1. a. Quel événement surprend les pirates dans les lignes 1 à 15 ?

b. Relevez dans le texte les mots et les expressions appartenant au champ lexical de la mort.

2. Relevez trois comparaisons qui décrivent la jeune fille : quelles impressions donnent-elles ?

Repère : La **comparaison** est une image qui associe deux termes à l'aide d'un outil de comparaison (*comme, tel, semblable à*...).

3. a. Relevez tous les mots qui montrent l'émotion des marins face à ce spectacle.

b. Quelle émotion le lecteur ressent-il alors ?

4. Quelle deuxième surprise prend de court les pirates dans les lignes 30 à 36 ?

5. Repérez les deux parties du texte et donnez-leur un titre.

6. Expliquez la phrase du texte : *Nous ressemblions à des renards capturés par une poule* (l. 37-38).

Faire le bilan

En quelques lignes, expliquez pourquoi ce passage ressemble à une scène de trompeur trompé.

Vocabulaire en contexte

- Décomposez (préfixe et radical) le mot ***surnaturel*** (l. 6) pour comprendre sons sens. Proposez une définition.

@ RECHERCHES

- **Relisez le texte ainsi que le texte page 134 et relevez tous les termes de la marine.**
- **À l'aide des notes et d'un dictionnaire, définissez-les rapidement.**
- **Recherchez sur Internet une image d'un bateau du XVIIIe siècle. Identifiez les éléments qui correspondent aux termes que vous avez trouvés, en les indiquant d'une flèche.**

Une condamnation exemplaire

Les pirates sont conduits à Brest pour y être jugés.

Nous fûmes jugés devant une grande assemblée de peuple. Il était venu du monde de toute la Bretagne pour assister à notre châtiment, car la terreur et la haine que nous avions soulevées contre nous étaient très grandes.

Mes compagnons furent tous tourmentés[1] par le bourreau de Quimper qui nous fit avouer le nom de nos complices par le feu. C'est ainsi que mon oncle Benic fut arrêté et incarcéré à côté de nous dans la même geôle[2]. Mon jeune âge me sauva de la question par les brodequins[3].

Nous apprîmes de Benic que nous avions été trahis par Virmoutiers. C'est lui qui avait joué la comédie de la peur et avait permis à Mademoiselle de Kergoez, que l'on appelait la Chevalière à cause de son courage et de ses vertus, de réussir l'audacieux coup de main qui nous mettait à sa merci.

Mademoiselle Évangéline de Kergoez avait armé de ses propres écus un brigantin[4] dont elle avait pris elle-même le commandement, car elle était aussi bon capitaine de navire que cavalière accomplie. Elle s'était entièrement vouée à notre poursuite, sachant déjà par Virmoutiers qui, au prix de sa trahison, avait acheté sa liberté, quelle était la comédie macabre en usage à bord du navire de Mathieu Miles.

Elle avait elle-même grimé[5] en blessés et en mourants un peloton de soldats décidés qui, dès le début du combat, étaient tombés sur le pont et avaient tenu supérieurement leur rôle de cadavres. Dans notre précipitation et l'ivresse qui suivit l'action, nous avions embarqué l'ennemi sur notre propre bâtiment mêlé d'ailleurs à ses véritables morts.

Mathieu Miles n'était pas un freluquet[6]. Mais cette fois il reçut le choc en retour de son impiété et de ses superstitions.

Quand il connut, pendant les trois journées de chaleur étouffante que dura notre procès, le détail de l'opération où il avait succombé, il faillit devenir frénétique[7]. Il injuria le Christ, la Chevalière, les juges, et déclara tout net qu'il ne craignait pas la mort mais qu'il regrettait de n'avoir pas bu le sang de cette coquine.

La fin du pirate, illustration de **George Albert Williams** (1913), collection privée.

1. **Tourmentés :** torturés.
2. **Geôle :** prison.
3. **Question par les brodequins :** torture qui consistait à broyer les jambes.
4. **Brigantin :** petit navire.
5. **Grimé :** maquillé.
6. **Freluquet :** homme sans mérite.
7. **Frénétique :** violent et exalté.

La colère le rendait épouvantable à voir. Les yeux lui sortaient de la tête, son cou énorme se gonflait et nous crûmes tous que son sang allait rompre les veines de ses tempes et de son cou.

Virmoutiers, naturellement, ne se présenta pas. Il avait été confronté avec Mathieu Miles et le bossman[8] avant le jugement. Aussi l'affaire ne traîna-t-elle pas. Ces Messieurs les juges de Quimper qui, pour la circonstance, s'étaient transportés à Brest, nous condamnèrent tous à être pendus sur les rives de la Penfeld, devant les fenêtres du bagne.

En entendant l'énoncé de cet arrêt sans miséricorde, je ne pus retenir mes larmes et je me mis à sangloter en tenant ma tête dans mes deux mains. Ma douleur émut la Chevalière qui assistait à ce procès.

« Ce pauvre enfant, dit-elle, n'est pas le plus coupable. »

Elle décida les juges à intercéder[9] auprès du roi de France pour obtenir ma grâce.

8. **Bossman :** pilote.
9. **Intercéder :** intervenir en faveur de quelqu'un.

Pierre Mac Orlan, *Les Clients du Bon Chien Jaune* (1926), chapitre 9 © Gallimard.

Lire le récit d'un procès

Notions : champs lexicaux – étapes du récit

Échanger

Quelles méthodes sont employées par la justice pour interroger et punir les coupables ? Qu'en pensez-vous ?

Analyser

1. Comment la justice se rend-elle au XVIIIe siècle ? Pour répondre :

a. relevez le champ lexical de la justice ;

b. retrouvez les étapes du procès.

2. a. Comment Mlle de Kergoez a-t-elle eu connaissance de la ruse des pirates ?

b. Racontez son plan en distinguant nettement les différentes étapes.

3. Quelle est la réaction du capitaine, Mathieu Miles, lorsqu'il entend ce récit ? Citez le texte.

4. Qu'arrive-t-il au narrateur ? Pourquoi ?

5. Quel autre pirate est sauvé ? Pour quelle raison ?

Faire le bilan

En quelques lignes, faites le portrait de Mlle Évangéline de Kergoez : vous montrerez, en listant ses actions, qu'elle fait preuve de nombreuses qualités (courage, générosité, intelligence, clémence…).

Vocabulaire en contexte

• Le mot ***Chevalière*** (l. 10) est employé dans ce texte pour désigner le personnage féminin. Comment le comprenez-vous ?

JOUER UNE SCÈNE DE PROCÈS

« Ce pauvre enfant, dit-elle, n'est pas le plus coupable. » **Imaginez le discours de Mlle Évangéline de Kergoez pour défendre le narrateur et jouez la scène.**

Consignes

• Préparez vos arguments de défense à l'écrit.
• Dites-les en classe, devant trois camarades qui joueront le rôle des juges.

Histoire des arts

L'aventure au cinéma

L'affiche du film

Repères artistiques

Les **aventures de pirates** ont donné lieu à de nombreux films : voyages, îles exotiques, trésors, batailles, tous les ingrédients d'un **film d'action** y sont réunis.

Pirates est un film franco-américain du réalisateur **Roman Polanski**, tourné en 1986.

Doc. 1 *Pirates* (1986), affiche du film de Roman Polanski.

Décrire l'affiche

1. Décrivez les deux personnages :

a. Qu'est-ce qui permet de les associer à l'univers des pirates ?

b. Quels liens entretiennent-ils selon vous ?

2. Quel choix de couleur a été fait pour le reste de l'affiche ? Comment pouvez-vous l'expliquer ?

3. Par quel moyen donne-t-on l'impression que les personnages vont « sortir » de l'affiche ?

Aide : L'échelle des plans

1. Plan général (d'ensemble)

2. Plan moyen

3. Plan américain

4. Plan rapproché

5. Gros plan

6. Très gros plan

Pirates
(R. Polanski, 1986)

Différents plans du film

Décrire les premiers plans du film

Photogrammes du film ***Pirates*** de **Roman Polanski (1986)** avec Walter Matthau et Cris Campion.

PLAN 1

PLAN 2

Plan 1

a. Dans quelle situation les deux personnages sont-ils ? Citez les indices de l'image qui vous permettent de répondre.

b. Quel type de plan est utilisé ?

Plan 2

a. Comment faites-vous le lien entre les plans 1 et 2 ?

b. Quel type de plan est utilisé ? Pourquoi ?

Aide : Dans le montage des plans, on peut utiliser le **champ-contrechamp** : il s'agit de montrer un plan, puis celui de l'angle opposé.

PLAN 3

PLAN 4

Plan 3

Comparez le plan 3 et le plan 1 : qu'est-ce qui change (cadrage, attitude, direction des regards, angle de vue) ?

Plan 4

a. Que voyez-vous ?

b. Quel angle de vue est utilisé ? Quel est l'effet produit ?

Aide : L'**angle de prise de vue** de la caméra peut être **à hauteur** des personnages, les filmer du **dessus** (plongée) ou du **dessous** (contre-plongée). La contre-plongée donne l'impression que le décor nous domine.

POUR ALLER PLUS LOIN

Ces **quatre plans** appartiennent à la **situation initiale** du film.

- Racontez-la en deux phrases. Vous inventerez le nom des personnages.
- Poursuivez votre récit sur une dizaine de lignes : imaginez ce qui va se passer.

Portraits de pirates

LECTURE

Personnage célèbre du roman d'aventures, le pirate donne souvent lieu à un portrait précis.

1 a. Lisez le portrait.

C'est un homme grand, fort, puissant, dont les cheveux bruns retombent en un catogan poisseux sur les épaules d'un manteau bleu souillé de taches ; ses mains aux ongles noirs et cassés sont rongées et couvertes de cicatrices ; la balafre à travers sa joue est repoussante et d'un blanc livide.

Robert Louis Stevenson, *L'Île au trésor* (1883), traduit de l'anglais par André Bay © Librairie Générale Française – Le Livre de Poche.

b. Complétez le tableau.

Physique		Vêtements	
Noms	Expansions	Noms	Expansions
....	....	....	....

c. Quelle image du pirate ce portrait donne-t-il ?

2 @ Recherches
Certains véritables pirates sont célèbres.
Par groupes, faites des recherches et composez une affiche (→ p. 209) sur l'un de ces personnages :
Robert Surcouf – Jack Rackham – Barbe-Noire – Barberousse – La Buse – William Kidd – Henry Morgan

VOCABULAIRE

Le terme *pirate* est un mot générique. Il existe des synonymes plus précis. → p. 336

3 Associez chaque terme à sa définition. Aidez-vous d'un dictionnaire.
pirate – corsaire – boucanier – flibustier – forban

- pirate des Antilles ....
- bandit qui pille les navires ....
- bandit armé des mers ....
- marin autorisé par son gouvernement à attaquer les navires marchands ennemis ....
- aventurier qui chasse les bœufs sauvages aux Antilles, dont il fait sécher la viande sur un « boucan » ....

ORTHOGRAPHE

Pour qu'un portrait soit précis, on utilise de nombreux groupes nominaux enrichis. → p. 249

4 Recopiez le portrait en accordant les adjectifs et en soulignant le nom qu'ils précisent.

Kernok pouvait avoir trente ans : sa taille large... et carré..., qui promettait une vigueur athlétique..., ses traits basané..., sa chevelure noir..., ses large... favoris lui donnaient un air dur... et sauvage... . Pourtant sa figure eût passé pour assez belle, sans la mobilité extraordinaire... de ses épais... sourcils, qui se joignaient ou se séparaient suivant l'impression du moment.

D'après Eugène Sue, *Kernok le Pirate* (1830).

HISTOIRE DES ARTS

Les pirates ont inspiré de nombreuses œuvres de genres variés.

5 Associez chaque personnage à l'œuvre dont il est tiré, à son créateur et à son genre.

Long John Silver •	• *Les Aventures de Tintin* •	• Gore Verbinski •	• film
Jack Sparrow •	• *Peter Pan* •	• Hergé •	• roman
Rackham le Rouge •	• *Pirates des Caraïbes (1)* •	• James Matthew Barrie •	• roman
Capitaine Crochet •	• *L'Île au trésor* •	• Robert Louis Stevenson •	• bande dessinée

Atelier expression écrite

* 1 Faire le portrait d'un pirate

Écrire à partir d'une amorce

Complétez ce texte par le portrait d'un pirate, homme ou femme : « J'étais en train de débarrasser une table au fond de la salle lorsque je le / la vis entrer. Toute son apparence évoquait la vie en mer et la violence. Il / Elle était... »

JE PRÉPARE LE SUJET

- **Faites la liste** des éléments que vous utiliserez pour décrire le physique et les vêtements du pirate. Associez-leur des adjectifs. (Vous pouvez utiliser un tableau, comme dans l'exercice 1. b. → p. 142)
- **Insérez** au moins trois éléments comme un œil borgne, une cicatrice, un tatouage, une jambe de bois, un crochet à la place d'une main, un perroquet sur l'épaule...
- **Employez** la première personne du singulier (narrateur témoin).
- **Utilisez** l'imparfait pour rédiger le portrait.
- **Ajoutez** trois manifestations physiques de la peur ressentie par votre narrateur : *avoir le cœur qui bat, claquer des dents, avoir les jambes qui flageolent, être glacé de peur...* → p. 35

MÉTHODE

Se relire pour améliorer un devoir

Une bonne **relecture** se fait en plusieurs temps.

1. **Vérifiez la cohérence du texte**, la **correction des phrases** (construction, emploi des temps...).
2. **Enrichissez votre texte** : choisissez un mot plus précis, ajoutez des éléments qui permettent aux actions de mieux s'enchaîner, ajoutez des détails (adjectifs, compléments du nom) qui permettent de mieux décrire.
3. **Vérifiez les accords** (sujet-verbe, nom-adjectif...), les **homophones** (*a / à, et / est...*). Si vous avez accès à un dictionnaire, cherchez les mots dont vous n'êtes pas sûr(e)s.

** 2 Imaginer le journal d'un prisonnier

Rédiger un journal intime

Vous avez été pris en otage par des pirates. Dans un journal intime, racontez l'attaque des pirates, puis votre vie en captivité.

JE PRÉPARE LE SUJET

- **Commencez** chaque paragraphe par une date.
- **Employez** la première personne du singulier.
- **Rédigez** au présent et au passé composé.
- **Donnez** des détails sur les conditions de vie à bord.
- **Précisez** les émotions du narrateur et ses inquiétudes.

*** 3 Raconter une chasse au trésor

Écrire à partir d'une image

Imaginez le parcours d'un aventurier en quête d'un mystérieux coffre.

JE PRÉPARE LE SUJET

- **Choisissez** l'identité de votre héros ou héroïne, et écrivez à la troisième personne du singulier.
- **Repérez** sur la carte plusieurs éléments qui serviront d'inspiration aux étapes de votre récit.
- **Employez** le passé simple pour les actions du personnage et l'imparfait pour la description des lieux.

BILAN

Je construis le bilan

Connaître l'univers de la piraterie

1 Quelle époque a connu le plus de pirates ? Justifiez.

2 Faites le portrait d'un pirate en cinq lignes.

3 Citez trois œuvres artistiques (bandes dessinées, films, romans…) qui font référence à l'univers de la piraterie.

Définir l'aventure

4 Relevez l'intrus et expliquez votre choix.
événement – surprise – péripétie – ennui – hasard – danger – inattendu – extraordinaire

5 Donnez oralement votre définition du mot *aventure*.

6 Rappelez-vous de trois péripéties des *Clients du Bon Chien Jaune* qui sont caractéristiques du roman d'aventures. Donnez-leur un titre et reproduisez pour chacune d'elles le schéma suivant.

Péripétie 1 : titre	Péripétie 2 : titre	Péripétie 3 : titre
Lieu :	Lieu :	Lieu : ....
Personnages :	Personnages :	Personnages : ....
Action :	Action :	Action : ....

Identifier les caractéristiques d'un récit à suspense

7 Par quelle énigme débute le récit des *Clients du Bon Chien Jaune* ?

8 Quel sens donnez-vous au mot *suspense* ? Comment le romancier fait-il naître le suspense ?

9 Diriez-vous que Louis-Marie a changé entre le premier et le dernier extrait ? Justifiez.

10 Lequel des quatre extraits vous a laissé la plus forte impression ? Qu'avez-vous ressenti en le découvrant ?

SOCLE

	COMPÉTENCES TRAVAILLÉES	Pages
Lire	**> Comprendre et interpréter un texte littéraire** • Identification des personnages, de leurs actions • Identification du genre et de ses enjeux (roman d'aventures)	p. 132 à 139
Écrire	**> Produire des écrits variés** • Production d'une lettre • Production d'une suite de texte • Production d'un portrait • Production d'un journal intime • Production d'un texte à partir d'une image	 p. 133 p. 135 p. 143 p. 143 p. 143
Oral	**> Manifester sa compréhension d'un texte** • Mise en scène d'un procès	 p. 139
Langue	**> Maîtriser la forme des mots en lien avec la syntaxe** • GN enrichi	p. 142
Culture littéraire et artistique	**> Comprendre et interpréter une image** • Étude d'un film	p. 140-141

Quiz de révision

Je retiens

BILAN

La piraterie dans le roman d'aventures

Entre réalité et fiction

Pavillon noir, carte au trésor, tatouage, œil borgne, balafre et jambe de bois font partie de la **légende** des pirates. C'est surtout **à partir du XVIIIe siècle** que les écrivains s'inspirent de leurs aventures et font du pirate un **personnage populaire**.

Les années 1690-1730 sont en effet l'âge d'or de la piraterie. Les bandits des mers **prennent pour cibles les nombreux navires** qui circulent entre l'océan Atlantique, l'océan Indien et les pays d'Europe, vers lesquels ils transportent or, épices, soieries…

Les plus célèbres pirates, comme Barbe-Noire, Surcouf ou Jean Bart, ont inspiré aux XXe et XXIe siècles des **personnages marquants de la littérature et du cinéma** : Rackham le Rouge, Long John Silver, le capitaine Crochet ou encore Jack Sparrow.

Le roman d'aventures

De tels personnages sont **taillés pour le roman d'aventures**. À l'image de la **tête de mort** qui orne leur drapeau, les pirates côtoient la mort tous les jours. Ils combattent **armes à la main**, connaissent les **rudesses de la vie en mer**, et la justice les condamne souvent à la **peine de mort**.

Les **risques**, les **dangers** que vivent et surmontent les personnages du roman d'aventures provoquent chez le lecteur à la fois **peur** et **attirance**.

L'art de captiver le lecteur

Les auteurs de romans d'aventures savent tenir leurs lecteurs en haleine.

Le suspense. En introduisant un mystère, une énigme, en faisant courir des risques au personnage principal, **en retardant de page en page la résolution du mystère**, le romancier **crée l'attente**. Cette attente, à la fois angoissante et délicieuse, est l'un des charmes du roman d'aventures.

L'identification du lecteur. Le lecteur **s'attache au héros**, il est certain que rien de grave ne peut lui arriver. Il attend donc une **fin heureuse**. Au fil de l'histoire, le héros évolue et cette **évolution** lui permet de **surmonter les obstacles** : l'aventure est un **apprentissage**.

L'émotion. En évoquant la peur et les actes de courage du héros, en provoquant l'identification du lecteur, le romancier suscite des **émotions universelles**, qui font de la lecture d'un roman d'aventures une **expérience forte**.

La citation de Louis-Marie

« L'équipage fut jeté à la mer et je restai secoué d'horreur devant ce forfait perpétré de sang-froid. »
(Louis-Marie, p. 134)

8 Raconter les origines

À quelles grandes questions des hommes les récits de création répondent-ils ?

Doc. 1 Raphaël, *La Création des animaux* (vers 1515-1518), fresque, musée du Vatican (Rome, Italie).

Comment les œuvres d'art représentent-elles la création du monde ?

- Laquelle de ces deux images (docs. 1 et 2) appartient à la culture chrétienne ? Laquelle appartient à la mythologie grecque ?
- Quelle création est illustrée dans chacune des deux images ?
- Comment les personnages divins sont-ils représentés ?

Doc. 2 **La création de l'homme par Prométhée**, relief en marbre (0,55 x 0,57 m), musée du Louvre (Paris).

Doc. 3

La création des hommes

Voici la création des hommes telle qu'elle est racontée dans la mythologie mésopotamienne.

La déesse Mami prit quatorze poignées d'argile.
Elle plaça sept poignées à droite.
Elle plaça sept poignées à gauche.
Au milieu, elle posa une brique.
Ea, agenouillé sur une natte, ouvrit le nombril des figurines.
Des deux groupes, sept produisirent des hommes…
Sept produisirent des femmes.
La déesse qui crée les destins
Les compléta par paires. Mami
Dessina des formes humaines.

La Naissance du monde (collectif) © éditions du Seuil, collection « Sources orientales » (1959).

Qu'est-ce qu'un récit de création ?

- Qui crée les hommes et les femmes dans le poème (doc. 3) ?
- Quel rôle la *déesse qui crée les destins* joue-t-elle dans la création des êtres humains ?

Découvrez quelle vision de l'être humain et du monde nous livrent les récits de création !

La Genèse : la création du monde

Un dieu, trois religions

Repères

ANTIQUITÉ

Récit de création

- **La Genèse** est le premier livre de la Torah et de la Bible. Il raconte la **création du monde par Dieu** puis l'**histoire des premiers hommes**.
- **Adam et Ève** sont créés puis chassés du jardin d'Éden ; **Noé** sauve l'humanité et les espèces lors du Déluge ; **Abraham** conduit sa famille dans le pays de Canaan pour fonder le peuple juif. On retrouve également ces personnages et cette vision de la Création dans le Coran.
- Les **textes fondateurs**, comme La Genèse, sont des textes qui sont à l'origine de notre culture.

Au commencement, Dieu créa le ciel et la terre. Or la terre était vide et vague, les ténèbres couvraient l'abîme[1], et un souffle de Dieu agitait la surface des eaux.

Dieu dit : « Que la lumière soit » et la lumière fut. Dieu vit que la lumière était bonne, et Dieu sépara la lumière et les ténèbres. Dieu appela la lumière « jour » et les ténèbres « nuit ». Il y eut un soir et il y eut un matin : premier jour.

Dieu dit : « Qu'il y ait un firmament[2] au milieu des eaux et qu'il sépare les eaux d'avec les eaux » et il en fut ainsi. Dieu fit le firmament, qui sépara les eaux qui sont sous le firmament d'avec les eaux qui sont au-dessus du firmament, et Dieu appela le firmament « ciel ». Il y eut un soir et il y eut un matin : deuxième jour.

Dieu dit : « Que les eaux qui sont sous le ciel s'amassent en un seul endroit et qu'apparaisse le continent » et il en fut ainsi. Dieu appela le continent « terre » et la masse des eaux « mers », et Dieu vit que cela était bon.

Dieu dit : « Que la terre verdisse de verdure : des herbes portant semence[3] et des arbres fruitiers donnant sur la terre selon leur espèce des fruits contenant leur semence » et il en fut ainsi. La terre produisit de la verdure [...] et Dieu vit que cela était bon. Il y eut un soir et il y eut un matin : troisième jour.

Dieu dit : « Qu'il y ait des luminaires au firmament du ciel pour séparer le jour et la nuit ; qu'ils servent de signes, tant pour les fêtes que pour les jours et les années ; qu'ils soient des luminaires au firmament du ciel pour éclairer la terre » et il en fut ainsi. Dieu fit les deux luminaires majeurs : le grand luminaire comme puissance du jour et le petit luminaire comme puissance de la nuit, et les étoiles. [...] Il y eut un soir et il y eut un matin : quatrième jour.

Dieu dit : « Que les eaux grouillent d'un grouillement d'êtres vivants et que des oiseaux volent au-dessus de la terre contre le firmament du ciel » et il en fut ainsi. Dieu créa les grands monstres marins et tous les êtres vivants qui glissent : les eaux les firent grouiller selon leur espèce, et toute la gent ailée selon son espèce, et Dieu vit que cela était bon. Dieu les bénit et dit : « Soyez féconds, [...] emplissez l'eau des mers, et que les oiseaux multiplient sur la terre. » Il y eut un soir et il y eut un matin : cinquième jour.

1. **Abîme :** gouffre.
2. **Firmament :** voûte du ciel.
3. **Portant semence :** portant les graines pour se reproduire.

Dieu dit : « Que la terre produise des êtres vivants selon leur espèce : bestiaux, bestioles, bêtes sauvages selon leur espèce » et il en fut ainsi. Dieu fit les bêtes sauvages selon leur espèce, les bestiaux selon leur espèce et toutes les bestioles du sol selon leur espèce, et Dieu vit que cela était bon.

Dieu dit : « Faisons l'homme à notre image, comme notre ressemblance, et qu'ils dominent sur les poissons de la mer, les oiseaux du ciel, les bestiaux, toutes les bêtes sauvages et toutes les bestioles qui rampent sur la terre. »

Dieu créa l'homme à son image, à l'image de Dieu il le créa, homme et femme il les créa.

Dieu les bénit et leur dit : « Soyez féconds, multipliez, emplissez la terre et soumettez-la ; dominez sur les poissons de la mer, les oiseaux du ciel et tous les animaux qui rampent sur la terre. »

Dieu dit : « Je vous donne toutes les herbes portant semence [...] et tous les arbres qui ont des fruits portant semence : ce sera votre nourriture. À toutes les bêtes sauvages, à tous les oiseaux du ciel, à tout ce qui rampe sur la terre et qui est animé de vie, je donne pour nourriture toute la verdure des plantes » et il en fut ainsi. Dieu vit tout ce qu'il avait fait : cela était très bon. Il y eut un soir et il y eut un matin : sixième jour.

Ainsi furent achevés le ciel et la terre [...].

Au septième jour Dieu avait terminé l'ouvrage qu'il avait fait et, le septième jour, il chôma.

La Bible de Jérusalem, « La Genèse », I, 1-31 et II, 1-2 © éditions du Cerf (1973).

Fiat Lux, Dieu crée la lumière et la séparation des eaux, mosaïque byzantine du XIIe siècle, chapelle Palatine, palais des Normands de Palerme (Sicile, Italie).

Comprendre un texte fondateur

Notions : étapes du récit – répétitions

Échanger

Pourquoi, à votre avis, le texte débute-t-il par l'expression *Au commencement* ?

Comprendre

1. D'où ce texte est-il extrait ? Donnez ses références en vous aidant de la source.

Repère : Les textes religieux, notamment la Bible et le Coran, sont organisés en **versets**. Ce sont de courts paragraphes numérotés.

2. a. Relevez les deux adjectifs qui décrivent la terre au début du texte. Trouvez un synonyme pour chacun d'eux.

b. Parmi les mots suivants, lesquels traduisent le mieux le monde au commencement ?

chaos – harmonie – stérilité – ordre – désert

3. Complétez le tableau pour retrouver les étapes de la Création. Aidez-vous de l'exemple.

Jour	Éléments créés
Il y eut un soir et il y eut un matin : premier jour.	*La lumière, le jour et la nuit*
....	....

Approfondir

4. a. Qui est désigné au début de la plupart des paragraphes ?

b. Sur quoi le pouvoir de Dieu se fonde-t-il ? Relevez les expressions souvent répétées qui traduisent ce pouvoir.

5. a. Relevez les expressions qui soulignent la fertilité de la terre.

b. Relevez les expressions qui montrent que Dieu est satisfait de la Création.

6. Quand Dieu crée-t-il l'homme ? Quelle mission lui confie-t-il ?

7. Quels éléments donnent au texte une dimension poétique ? Observez notamment les nombreuses répétitions.

Faire le bilan

Rédigez le bilan en répondant par une phrase à chaque question.

- D'où est précisément tiré l'extrait et que raconte-t-il ?
- Comment Dieu crée-t-il le monde ?
- Quel ordre suit-il dans la Création ?
- Quelles missions confie-t-il à l'homme ?

Textes écho

Votre Seigneur est Dieu :
Il a créé les cieux et la terre en six jours,
Puis il s'est assis en majesté sur le Trône.

Le Coran, sourate VII, 54, traduit de l'arabe par Denise Masson © Gallimard (1963).

[...] le Seigneur dit aux anges :
« Je vais établir un lieutenant sur la terre » [...]
Il apprit à Adam le nom de tous les êtres

Le Coran, sourate II, 29-30-31, traduit de l'arabe par Denise Masson © Gallimard (1963).

1. D'où ces deux extraits sont-ils tirés ?

2. À quel passage du texte de La Genèse ces versets du Coran renvoient-ils ?

3. Quelle image de Dieu est donnée dans le premier extrait ?

4. Adam est un *lieutenant* et connaît *le nom de tous les êtres* : quelle relation Dieu établit-il avec Adam et quel rôle lui donne-t-il dans la Création ? Adam a-t-il le même rôle dans le texte de La Genèse ?

Vocabulaire en contexte

- Quel mot reconnaissez-vous dans le mot ***luminaires*** (l. 20) ? Que sont les *luminaires* dans le texte ?

Histoire des arts

Étudier une enluminure

a. Lisez la légende de l'image. Où cette image figure-t-elle ? À quelle époque a-t-elle été réalisée ?

b. À quel épisode de La Genèse chacune des sept premières vignettes correspond-elle ? Résumez chaque épisode en une phrase.

c. Que représente la dernière vignette ?

d. À quel art moderne cette enluminure vous fait-elle penser ?

Page de la Bible de Souvigny (fin du XIIe siècle), bibliothèque municipale de Moulins.

La Genèse : la tour de Babel

Repères

ANTIQUITÉ

Récit de création

- Les **mythes** sont des récits transmis oralement avant d'être parfois inscrits dans des livres. Ils permettent d'**expliquer des aspects du monde** que l'homme ne parvient pas à comprendre.
- Certains récits bibliques sont ainsi considérés comme des mythes : l'arche de Noé, la tour de Babel…

Babylone était la capitale de la Mésopotamie. À partir du IIe millénaire avant Jésus-Christ, elle devint très puissante et influente. Elle était entourée de magnifiques murailles et abritait une tour dont on dit qu'elle inspira le mythe de Babel. Pour les Hébreux, cette tour était un symbole négatif car le roi Nabuchodonosor II les y enferma au VIe siècle avant Jésus-Christ.

Tout le monde se servait d'une même langue et des mêmes mots. Comme les hommes se déplaçaient à l'orient, ils trouvèrent une vallée au pays de Shinéar[1] et ils s'y établirent. Ils se dirent l'un à l'autre : « Allons ! Faisons des briques et cuisons-les au feu ! » La brique leur servit de pierre et le bitume[2] leur servit de mortier. Ils dirent : « Allons ! Bâtissons-nous une ville et une tour dont le sommet pénètre les cieux ! Faisons-nous un nom et ne soyons pas dispersés sur toute la terre ! »

Or Yahvé[3] descendit pour voir la ville et la tour que les hommes avaient bâties. Et Yahvé dit : « Voici que tous font un seul peuple et parlent une seule langue, et tel est le début de leurs entreprises ! Maintenant, aucun dessein[4] ne sera irréalisable pour eux. Allons ! Descendons ! Et là, confondons leur langage pour qu'ils ne s'entendent plus les uns les autres. » Yahvé les dispersa de là sur toute la face de la terre et ils cessèrent de bâtir la ville. Aussi la nomma-t-on Babel, car c'est là que Yahvé confondit le langage de tous les habitants de la terre et c'est de là qu'il les dispersa sur toute la face de la terre.

La Bible de Jérusalem, « La Genèse », XI, 1-9 © éditions du Cerf (1973).

1. **Shinéar :** le nom signifie « le pays des deux fleuves ». C'est l'Irak actuel.
2. **Bitume :** matériau présent naturellement dans l'environnement. Il sert ici de ciment.
3. **Yahvé :** nom de Dieu chez les Juifs.
4. **Dessein :** projet.

DÉBATTRE

Quels seraient les avantages ou les inconvénients d'un monde qui parlerait une langue unique ?

Vocabulaire en contexte

- Donnez un synonyme du verbe ***s'entendre*** (l. 12). Est-il employé au sens moderne ?
- Quel est le sens du verbe ***confondre*** dans l'expression *confondons leur langage* (l. 11-12) ?

Histoire des arts

Étudier un tableau

a. Comment le peintre montre-t-il que la tour est gigantesque ?
b. Le chantier est-il achevé ?
c. La tour paraît-elle solide et stable ? Justifiez.

Interpréter un texte fondateur

Notion : étapes du récit

Échanger

Pourquoi Dieu punit-il les hommes selon vous ?

Comprendre

1. D'où ce texte est-il extrait ? Donnez ses références en vous aidant de la source.

2. a. Que veulent faire les hommes dans la première partie du texte ? Pourquoi ?

b. Que fait Yahvé dans la seconde partie ? Pourquoi ? Que reproche-t-il aux hommes ?

3. Que permet d'expliquer ce mythe ?

Approfondir

4. Dans la première phrase, sur quoi la répétition du mot *même(s)* insiste-t-elle ?

5. « *Faisons-nous un nom et ne soyons pas dispersés sur toute la terre !* » (l. 6-7)

a. Relisez l'extrait de La Genèse p. 148-149. Pourquoi peut-on dire que les hommes ne respectent pas ce que Dieu leur a demandé au moment de la Création ?

b. Pourquoi peut-on dire que les hommes font preuve d'orgueil en construisant cette tour ? Relevez les indices qui le prouvent.

6. En quoi la décision de Yahvé de *confond[re]* le langage des hommes et de les *dispers[er] sur toute la face de la terre* peut aussi être considérée comme positive pour les hommes ?

Faire le bilan

Complétez le bilan à l'aide des mots suivants :

orgueil – uniforme – différentes langues – châtiment – mythe.

Le .... de la tour de Babel explique un phénomène pour lequel on n'a pas d'explication : l'apparition des .... sur la terre. Ce phénomène peut apparaître comme un .... infligé aux hommes par Dieu pour punir leur .... Mais on perçoit aussi que Dieu a voulu un monde riche et fécond, divers et non pas ....

Image animée

Pieter Brueghel l'Ancien, *La Tour de Babel* (1563), huile sur panneau de bois de chêne (114 x 155 cm), musée Kunsthistorisches (Vienne, Autriche).

Un mythe indien : l'origine des êtres humains

Repères

XXe siècle

Récit de création

• **Christian Rudel**, né en 1928 et mort en 2012, est un journaliste français spécialiste de l'Amérique latine. Il admirait particulièrement les peuples indigènes comme les Yanomami.

Le peuple des Yanomami est un peuple indigène d'Amérique du Sud. Les Yanomami vivent dans la forêt amazonienne au Brésil et au Venezuela. Leur population est estimée à 30 000 personnes environ.

Au début, il y a très longtemps, commença le chaman[1], dans toute la forêt, dans tout le monde, il n'y avait qu'un homme, sa femme et son fils. Ils vivaient comme nous, mais ils étaient seuls. Ils avaient tout le monde pour eux, beaucoup de gibier, beaucoup de bananes et le père savait se servir des plantes pour guérir les maladies.

Mais un jour, il mourut ; sa femme et son fils rassemblèrent du bois, firent un bûcher comme on fait aujourd'hui, brûlèrent le corps. Le bûcher s'éteignit, les cendres devinrent froides, la nuit tomba. Tout à coup, le fils vit une ombre penchée sur le tas de cendres ; on entendait des craquements, ceux que font les os cassés, broyés. Le fils avait peur, il savait qu'il n'y avait que lui et sa mère sur la terre, mais il s'avança. Alors, l'ombre se retourna et il vit que c'était Lune qui croquait les os de son père. Il faut dire qu'alors, au commencement du monde, Lune n'était pas encore dans le ciel, c'était un esprit qui avait vécu dans la poitrine du père.

Le fils cria, mais Lune continuait son « repas ». La mère arriva, indignée ; elle dit à son fils : « Prends ton arc et tes flèches, et tire, tu es un chasseur adroit ! » Le fils obéit, alla chercher ses armes, mais déjà Lune s'éloignait, s'élevait dans le ciel. Le temps de mettre la flèche en position, Lune n'était plus qu'un gros point brillant parmi les étoiles. Le fils, cependant, visa et tira. La flèche longue, fine, bien empennée[2], fila, monta, vite, vite, parmi les étoiles, rattrapa Lune, mais ne fit que la blesser. Lune se mit à saigner. Alors, de chaque goutte de sang qui tomba sur la terre naquit un Yanomami. Il y en eut des centaines. Voilà comment la terre fut peuplée, voilà pourquoi nous sommes tous des fils de la Lune. Nés du sang, nous sommes des hommes forts, faits pour la lutte, des hommes qui n'avons peur de rien, ajouta Horonami, le vieux chaman.

Christian Rudel, *Les Enfants de la Lune, Les Indiens Yanomami (Amazonie)* © Gallimard, collection « Contes du Ciel et de la Terre » (1993).

1. **Chaman :** prêtre-sorcier qui a aussi des fonctions de guérisseur et de devin dans certaines sociétés ancestrales d'Asie et d'Amérique latine.
2. **Empennée :** bien garnie de plumes afin de suivre une bonne trajectoire.

Enfant Yanomami chassant des oiseaux avec un arc dans la forêt Sejal, au Venezuela.

Comprendre un mythe indien

Notion : étapes du récit

Échanger

Ce récit de la création des hommes vous surprend-il ? Pourquoi ?

Comprendre

1. a. Qui est le narrateur du texte ? Quelle fonction occupe-t-il dans la société des Yanomami ?

b. À quels indices comprend-on que le récit est oral ?

2. Quand l'histoire racontée par le chaman se déroule-t-elle ? Citez le texte.

3. Remettez dans le bon ordre les étapes du récit et donnez-leur un titre.

La mère en colère veut que son fils tue l'ombre. Mais Lune s'enfuit et monte dans le ciel.

Lune saigne et, pour chaque goutte de sang qui tombe sur la terre, un homme naît.

Au commencement, il y avait seulement un homme, une femme et un fils qui occupaient la terre.

L'esprit Lune mange les os du père.

Le fils ne réussit qu'à blesser Lune de sa flèche.

Mais un jour le père meurt. Sa famille brûle son corps.

Approfondir

4. Qu'était la lune au commencement du monde ? Relevez les passages où le narrateur la personnifie.
→ p. 212

5. Comment les hommes sont-ils créés ? Quelles qualités le sang a-t-il apportées aux hommes ?

6. Quels sont les deux phénomènes expliqués par ce texte ?

Faire le bilan

Parmi ces éléments de définition du mythe, recopiez ceux qui vous paraissent correspondre au mythe des enfants de la Lune. Écrivez une phrase pour justifier chacune de vos réponses.

- Récit ancien transmis oralement.
- Explication de phénomènes incompréhensibles pour les hommes.
- Histoire faisant apparaître des dieux.

Vocabulaire en contexte

- Remplacez le participe passé ***indignée*** (l. 15-16) par un synonyme.
- Relevez le champ lexical de la chasse dans le troisième paragraphe.

COMPARER DES RÉCITS DE CRÉATION

Comparez ce mythe des Yanomami avec La Genèse (p. 148-149) : par qui les hommes sont-ils créés dans chacun des textes ? Quelles différences observez-vous ?

Un mythe antique : Prométhée donne le feu aux hommes

Texte lu

Repères

ANTIQUITÉ

Récit de création

• **Platon** est un philosophe grec qui vécut à Athènes entre le Ve siècle et le IVe siècle avant Jésus-Christ. Dans ce passage, deux philosophes discutent de l'être humain : l'un raconte à l'autre le **mythe de Prométhée et Épiméthée**, deux êtres divins chargés par Zeus d'attribuer aux êtres vivants leurs caractéristiques.

« Il fut jadis un temps où les dieux existaient, mais non les espèces mortelles. Quand le temps que le destin avait assigné à leur création fut venu, les dieux les façonnèrent dans les entrailles de la terre d'un mélange de terre et de feu et des éléments qui s'allient au feu et à la terre. Quand le moment de les amener à la lumière approcha, ils chargèrent Prométhée et Épiméthée de les pourvoir[1] et d'attribuer à chacun des qualités appropriées. Mais Épiméthée demanda à Prométhée de lui laisser faire seul le partage. « Quand je l'aurai fini, dit-il, tu viendras l'examiner. »

Sa demande accordée, il fit le partage, et, en le faisant, il attribua aux uns la force sans la vitesse, aux autres la vitesse sans la force ; il donna des armes à ceux-ci, les refusa à ceux-là, mais il imagina pour eux d'autres moyens de conservation ; [...] et il appliqua ce procédé de compensation à tous les animaux. Ces mesures de précaution étaient destinées à prévenir la disparition des races. Mais quand il leur eut fourni les moyens d'échapper à une destruction mutuelle, il voulut les aider à supporter les saisons de Zeus ; il imagina pour cela de les revêtir de poils épais et de peaux serrées, suffisantes pour les garantir du froid, capables aussi de les protéger contre la chaleur, [...] ensuite il leur fournit des aliments variés suivant les espèces. [...]

Cependant Épiméthée, qui n'était pas très réfléchi, avait sans y prendre garde dépensé pour les animaux toutes les facultés dont il disposait et il lui restait la race humaine à pourvoir, et il ne savait que faire. Dans cet embarras, Prométhée vient pour examiner le partage ; il voit les animaux bien pourvus, mais l'homme nu, sans chaussures, ni couvertures, ni armes, et le jour fixé approchait où il fallait l'amener du sein de la terre à la lumière. Alors Prométhée, ne sachant qu'imaginer pour

1. **Pourvoir :** donner à quelqu'un ce qui lui sera utile dans la vie.

Friedrich Heinrich Fuger, ***Prométhée apportant le feu à l'humanité*** **(1817)**, huile sur toile (55 x 41,5 cm), Neue Galerie (Kassel, Allemagne).

donner à l'homme le moyen de se conserver, vole à Héphaïstos[2] et à Athéna[3] la connaissance des arts avec le feu ; car, sans le feu, la connaissance des arts était impossible et inutile ; et il en fait présent à l'homme. L'homme eut ainsi la science propre à conserver sa vie. [...] Il se glisse donc furtivement dans l'atelier commun où Athéna et Héphaïstos cultivaient leur amour des arts, il y dérobe au dieu son art de manier le feu et à la déesse l'art qui lui est propre, et il en fait présent à l'homme, et c'est ainsi que l'homme peut se procurer des ressources pour vivre. Dans la suite, Prométhée fut, dit-on, puni du larcin[4] qu'il avait commis par la faute d'Épiméthée.

Platon, *Protagoras*, traduit du grec ancien par Émile Chambry.

2. **Héphaïstos :** dieu du feu, de la forge, de la métallurgie et des volcans.
3. **Athéna :** déesse de la sagesse et de la guerre. Athéna est aussi associée à la connaissance des techniques de l'artisanat : poterie, céramique et tissage.
4. **Larcin :** vol.

Textes écho
La Bible, « La Genèse » (Le paradis terrestre) et Hésiode, *Les Travaux et les Jours* (Pandore)

Interpréter un mythe antique

Notion : interprétation d'un mythe

Échanger

Quels éléments vous semblent indispensables à l'homme pour survivre et évoluer ?

Comprendre

1. Relevez plusieurs indices qui montrent que ce texte appartient à la mythologie grecque.

2. a. À partir de quels éléments les dieux ont-ils façonné les espèces mortelles ?

b. Quelle mission les dieux confient-ils à Prométhée et Épiméthée ? Que veut faire Épiméthée ?

Approfondir

3. Quels sont les deux buts qui guident Épiméthée lorsqu'il attribue des qualités aux espèces ?

4. a. Quel est le défaut d'Épiméthée ? Quelle erreur commet-il ?

b. Relevez les expressions qui décrivent l'homme lorsque Prométhée le découvre après le partage d'Épiméthée. Peut-il survivre dans ces conditions ?

5. Que décide de faire Prométhée ?

6. Pourquoi la connaissance des arts et du feu va-t-elle distinguer l'homme des autres animaux et le rendre même supérieur ?

Faire le bilan

Rédigez le bilan en répondant à ces questions.

- Pourquoi l'histoire de Prométhée et d'Épiméthée est-elle un mythe des origines ?
- Comment Prométhée a-t-il permis aux hommes de survivre sur terre ?
- Que vont apporter le feu et la connaissance des arts aux hommes ?

Vocabulaire en contexte

- Dans le texte, le mot ***art*** renvoie-t-il à l'art de l'artiste ou à l'art de l'artisan ?
- Que signifient les expressions ***se conserver*** (l. 33) et ***moyens de conservation*** (l. 11-12) pour l'homme et les autres espèces ?

RECHERCHES

Cherchez dans un dictionnaire l'étymologie des noms propres Prométhée et Épiméthée. Que signifient ces deux noms ? En quoi l'étymologie éclaire-t-elle le comportement des personnages ?

Histoires comme ça
de Rudyard Kipling

(traduction de Laurence Kiefé © Le Livre de Poche Jeunesse, 2005)

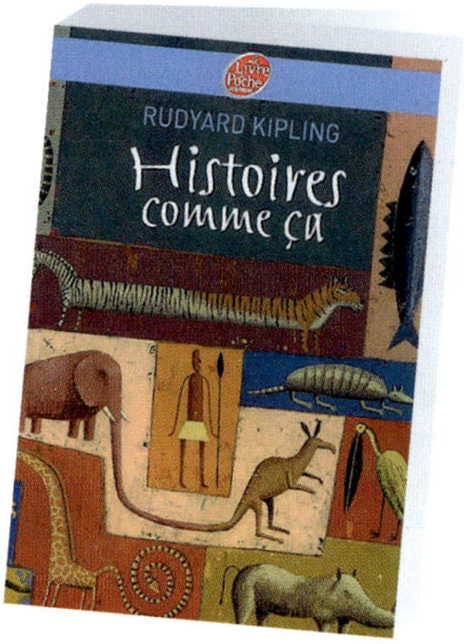

DÉCOUVRIR LE RECUEIL

Voici la première phrase de trois « histoires comme ça ».

Sur la mer, il était une fois, ô Mieux Aimée, une Baleine qui mangeait les poissons.

Voici maintenant l'histoire suivante qui raconte comment le Chameau s'est retrouvé avec une grosse bosse.

Écoute bien et tends l'oreille ; car ceci advint, arriva, se fit et fut, ô ma Mieux Aimée, alors que les animaux Domestiques étaient sauvages.

- À quels genres de récits ces phrases vous font-elles penser ? Choisissez une ou deux réponses et justifiez votre choix.
  un conte – un roman policier – un récit de création – une pièce de théâtre – un roman d'aventures
- Quel est le thème du livre selon vous ?

À lire, à voir…

Henri Gougaud, *L'Arbre à soleils : Légendes du monde entier*
(Le Seuil, collection « Points », 1996)
Un magnifique recueil de légendes et de mythes du monde entier que le conteur a réunis, pour ouvrir son esprit et écouter la grande sagesse du monde…

Collection « Histoires de la Bible »
(Nathan)
Ces histoires, inspirées de la Bible mais racontées comme dans un roman, vous permettront de mieux connaître les origines de notre civilisation et les nombreux points communs qu'elle tisse avec les autres cultures !

LIRE
LE RECUEIL

Vérifiez que vous avez bien compris le recueil au fur et à mesure de votre lecture.

- Par quelles expressions commencent généralement les histoires ?
- Choisissez deux histoires et complétez pour chacune d'elles le tableau suivant :

Animal transformé	....
Époque et lieu	....
Situation initiale	....
Situation finale	....
Adjuvants	....
Opposants	....
Cause(s) de la transformation	....
Formule de début Formule de fin	....

- Qu'est-ce qui rapproche ces récits des mythes et qu'est-ce qui les en différencie ?

PARTAGER
SA LECTURE

Prenez la parole pour lire à la classe l'histoire que vous avez préférée.

- **Répartissez-vous** en groupes. **Distribuez** les rôles et les tours de lecture.
- **Préparez** la lecture :
– vérifiez que vous avez bien compris l'histoire et que vous connaissez son **schéma narratif** → p. 57 ;
– repérez les **signes de ponctuation** et les différents **paragraphes** pour ménager des pauses.
- **Lisez** en essayant d'adopter un ton juste. Adoptez un **rythme** ni trop lent ni trop rapide et parlez distinctement.

À votre tour, imaginez une « histoire comme ça ».

Choisissez un **animal** et expliquez l'**origine de sa particularité physique**. Complétez le tableau de la rubrique « Lire le recueil » pour vous aider. N'oubliez pas de choisir une formule de début et de fin. Trouvez différentes façons de nommer votre animal et décrivez-le au moyen d'adjectifs.

Brigitte Évano,
Contes et légendes : L'Égypte ancienne
(Nathan, 2010)
Découvrez les récits des origines de l'Égypte ancienne.

Ponyo sur la falaise
film d'Hayao Miyazaki
(2008)
Ce film d'animation japonais est un récit des origines merveilleux dans lequel on suit un petit poisson qui devient, d'épreuves en épreuves, une petite fille généreuse et fidèle à la nature.

Histoire des arts

Le Déluge à travers les arts

La Prophétie des grenouilles (J.-R. Girerd, 2003)

Le Déluge est un mythe qui figure dans de nombreux textes fondateurs : on trouve ce récit dans la mythologie mésopotamienne, dans la mythologie grecque, dans la Bible et dans le Coran.

L'art religieux

Dans les églises, les ***vitraux*** *et les* ***sculptures*** *racontent aux croyants des passages de la Bible.*
Ils permettaient autrefois à ceux qui ne savaient pas lire de connaître les principaux épisodes du texte religieux.
Dans la Bible ou le Coran, des ***enluminures*** *et des* ***miniatures*** *décoraient souvent le texte religieux.*

Doc. 1 **Le Déluge**, vitrail néo-gothique de la cathédrale Saint-Étienne de Limoges (XIXe siècle).

Dieu dit à Noé : « La fin de toute chair est arrivée, je l'ai décidé, car la terre est pleine de violence à cause des hommes et je vais les faire disparaître de la terre. Fais-toi une arche en bois [...] tu entreras dans l'arche, toi et tes fils, ta femme et les femmes de tes fils avec toi. De tout ce qui vit, de tout ce qui est chair, tu feras entrer dans l'arche deux de chaque espèce pour les garder en vie avec toi ; qu'il y ait un mâle et une femelle. »

La Bible de Jérusalem, « La Genèse » © éditions du Cerf (1973).

Repères artistiques

Les **vitraux** sont des images fabriquées avec des **morceaux de verre colorés** (parfois peints) cerclés de plomb. Les rayons du soleil, qui les éclairent de l'extérieur, provoquent des **effets de lumière et de couleur** souvent spectaculaires.

Décrire un vitrail

1. Quelle scène du Déluge est représentée ?

2. Quelles lignes et quelles couleurs le maître vitrier a-t-il employées pour représenter la violence des eaux ?

3. Combien de personnages et d'animaux voyez-vous ? Quel sentiment le personnage en rouge semble-t-il éprouver ?

Décrire une miniature

1. De quel livre cette page est-elle extraite ? Quand ce livre a-t-il été écrit ?

2. a. Quel épisode du Déluge est représenté ?

b. Comment est représenté Noé ? Quel signe montre que, pour les musulmans, Noé fait partie des prophètes ?

3. L'artiste a-t-il réservé un cadre précis au dessin ? Quel effet cela produit-il ?

Doc. 2 **L'arche de Noé**, miniature extraite d'un manuscrit du Coran du XVIe siècle, palais de Topkapi, bibliothèque d'Ahmed III (Istanbul, Turquie).

Le Déluge en peinture

À partir de la Renaissance, les artistes ne se consacrent plus uniquement à l'art religieux. Cependant, ils ***s'inspirent souvent des textes fondateurs*** *pour peindre leurs tableaux : de nombreux épisodes de la Bible sont ainsi représentés.*

Doc. 3 **Joseph Mallord William Turner, *Le Déluge* (vers 1805),** huile sur toile (1,429 x 2,356 m), Tate Collection (Londres, Royaume-Uni).

Repères artistiques

L'expression « **huile sur toile** » désigne le type de peinture utilisé par le peintre sur sa toile. La peinture à l'huile est une peinture fabriquée à partir de **pigments** et d'**huile**. Elle permet d'obtenir une pâte plus ou moins épaisse ou grasse qui sèche lentement et donne ainsi beaucoup de **liberté** au peintre.

Décrire le tableau

1. Repérez le nom du peintre, le titre du tableau et sa date de composition.

2. Que ressentez-vous en regardant ce tableau ?

3. Quelles couleurs dominent ?

4. a. Où Turner concentre-t-il la lumière ? Sur quels éléments du tableau met-il l'accent ? Pourquoi ?

b. Comment traduit-il le chaos et l'horreur du Déluge ?

Atelier langue et lecture

Les textes fondateurs et l'étymologie

LECTURE

Les textes fondateurs sont des textes très anciens, datant parfois de plusieurs millénaires avant Jésus-Christ. D'abord transmis à l'oral, ils ont ensuite été rapportés par écrit.

1 Observez les documents puis répondez aux questions.

Bible latine, début du livre de L'Exode (2e moitié du XIIIe siècle), parchemin, abbaye d'Admont (Autriche).

Épopée de Gilgamesh, fragment d'une tablette en argile (Mésopotamie, IIe-IIIe millénaires av. J.-C.), British Museum (Londres, Royaume-Uni).

Fragments des manuscrits de la mer Morte, commentaire de Habacuc (Ier-IIe siècles av. J.-C.), parchemin.

a. Nommez les documents et la région ou la civilisation dont ils proviennent.

b. Quels supports les scribes ont-ils utilisés pour rapporter les textes fondateurs de leur civilisation ?

c. De quand date chacun de ces documents ?

VOCABULAIRE

Pour bien comprendre les mots utilisés dans les textes anciens, il faut souvent se référer à l'étymologie, c'est-à-dire l'origine des mots. Les mots viennent souvent du grec ou du latin mais ils peuvent aussi être issus d'autres langues modernes (anglais, espagnol, arabe…).

2 **a.** Cherchez, dans un dictionnaire, l'étymologie des noms propres suivants et donnez leur langue d'origine.

b. Quel lien pouvez-vous établir avec leur sens ?

Le Coran — La Bible — Babel — Adam — Prométhée

Grâce à l'étymologie, on peut aussi retrouver, sans dictionnaire, le sens d'un mot que l'on ne connaît pas.

3 **a.** Recopiez les mots français suivants, tous formés sur le même mot grec. Soulignez la partie qui correspond à la racine grecque et entourez leur préfixe. → p. 332

theos = dieu → polythéiste / athée / monothéiste

b. En groupes, trouvez des mots qui commencent par ces préfixes. Déduisez-en le sens de chaque préfixe.

c. Rédigez une définition des trois mots.

4 À partir de la racine grecque *myth-* et de votre connaissance des préfixes et des suffixes, retrouvez le mot français le plus long formé à partir de cette racine. → p. 331

Les récits des origines

LECTURE

Les textes fondateurs tentent de répondre à deux questions fondamentales que se pose l'être humain : qu'y avait-il avant le monde ? Qui a créé le monde ?

5 Comparez les deux extraits suivants qui sont issus de deux mythologies différentes. En quoi la représentation du monde avant la Création est-elle différente ?

1. Il n'y avait au commencement qu'une immense étendue d'eau. Ces eaux qui désiraient donner la vie devinrent de plus en plus chaudes. Elles donnèrent alors naissance à un œuf qui se mit à flotter à leur surface alors que le temps n'existait pas encore.

■ *Hymnes spéculatifs du Véda*, « Sathapata Brâhmana », traduit du sanskrit par Louis Renou, © Gallimard/Unesco, collection « Connaissance de l'Orient » (1956).

2. Les Indiens du Montana racontent ceci : avant ce monde, il y en avait un autre, beaucoup plus difficile à vivre que le nôtre.

■ Henri Gougaud, *L'Arbre à soleils : Légendes du monde entier* © éditions du Seuil, collection « Points » (1984).

Les textes fondateurs décrivent le monde des origines comme un monde paradisiaque que l'homme a fini par perdre ou oublier.

6 Relevez tous les éléments qui décrivent le monde des origines comme un monde idéal.

D'abord les célestes habitants de l'Olympe créèrent l'âge d'or pour les mortels doués de la parole. Sous le règne de Saturne qui commandait dans le ciel, les mortels vivaient comme les dieux ; ils étaient libres d'inquiétudes, de travaux et de souffrances ; la cruelle vieillesse ne les affligeait point ; leurs pieds et leurs mains conservaient sans cesse la même vigueur, et loin de tous les maux, ils se réjouissaient au milieu des festins, riches en fruits délicieux et chers aux bienheureux immortels.

■ Hésiode, *Les Travaux et les Jours* (VIIIe siècle av. J.-C.), traduit du grec ancien par Ernest Falconnet.

VOCABULAIRE

Pour rendre une narration ou une description vivante et dynamique, on emploie des verbes d'action.

7 **a.** Relevez les verbes d'action qui mettent en valeur la violence du déluge.
b. Comment sont décrites les créatures de bois à la fin ? Pourquoi cela confirme-t-il la violence du déluge ?

Du ciel tomba une pluie de feu. [...] À cause d'eux[1], la face de la Terre s'obscurcit et il s'abattit une pluie ténébreuse, de jour et de nuit. À cet instant, un déluge s'abattit sur leurs maisons. Ils voulurent monter sur leurs toits, mais leurs huttes s'effondrèrent, les précipitant à terre ; ils voulurent grimper aux arbres mais les arbres les repoussèrent de leurs branches ; ils voulurent se réfugier dans les grottes et les cavernes mais la boue les combla. Ainsi furent anéanties les créatures de bois. C'étaient des êtres mauvais.

■ Adrian Inès Chavez, *Pop Vuh : le livre des événements*, traduit de l'espagnol par Anny Amberni © Gallimard, collection « L'aube des peuples » (1990).

1. **Eux :** les premiers hommes, des créatures en bois pleines de défauts.

8 À votre tour, écrivez deux phrases qui racontent une catastrophe naturelle. Réutilisez au moins quatre verbes parmi ceux relevés dans l'activité 7.

GRAMMAIRE

L'infinitif est la forme de base du verbe, celle que l'on retrouve dans le dictionnaire. L'infinitif ne varie pas en personne. Il peut avoir une terminaison en *-er, -ir, -re, -oire, -oir*…

9 Recopiez les verbes conjugués, donnez leur infinitif et entourez leur terminaison.
1. J'aimerais comprendre l'origine des hommes.
2. Le ciel s'assombrissait de manière inquiétante.
3. Éden signifie « jardins des délices ». Ce nom représente bien ce que devait être la vie dans ce lieu paradisiaque où vécurent Adam et Ève.

L'héritage des textes fondateurs

LECTURE

Les textes fondateurs ont beaucoup inspiré les artistes, à toutes les époques. Les épisodes de la Bible sont ainsi souvent illustrés par les peintres ou repris dans les œuvres littéraires.

10 **a.** Lisez le poème suivant. De quel grand épisode de la Bible est-il la réécriture ?

b. Relevez les termes ou expressions empruntés à la Bible.

Et Dieu s' promena, et regarda bien attentivement]
Son Soleil, et sa Lune, et les p'tits astres de son firmament.]

Il regarda la terre qu'il avait modelée dans sa paume,]
Et les plantes et les bêtes qui remplissaient son beau royaume.]

Et Dieu s'assit, et se prit la tête dans les mains,
Et dit : « J'suis encore seul ; j 'vais m' fabriquer un homme demain. »]

Et Dieu ramassa un peu d'argile au bord d'la rivière,]
Et travailla, agenouillé dans la poussière.

Et Dieu, Dieu qui lança les étoiles au fond des cieux,]
Dieu façonna et refaçonna l'homme de son mieux.]

Comme une mère penchée sur son p'tit enfant bien-aimé,]
Dieu peina, et s' donna du mal, jusqu'à c' que l'homme fût formé.]

Marguerite Yourcenar, « La création », dans *Fleuve profond, sombre rivière* © Gallimard, collection « Blanche » (1964).

VOCABULAIRE

De nombreuses expressions issues de la Bible perdurent dans notre langue.

11 **a.** Expliquez ces expressions qui font référence à la Bible. Aidez-vous du dictionnaire.

b. Formez une phrase avec chacune d'elles.

- fruit défendu
- époque antédiluvienne
- cesser ses jérémiades
- pauvre comme Job
- attendre le déluge

GRAMMAIRE

Dans les textes fondateurs, les divinités donnent souvent des ordres aux hommes pour leur dire comment se comporter. Pour donner un ordre, on peut utiliser plusieurs procédés grammaticaux : l'impératif, l'infinitif ou encore le futur.

12 Dans les phrases suivantes, dites quel est le procédé utilisé pour donner un ordre.

1. « Allons ! Faisons des briques et cuisons-les au feu ! » (La Bible, « La Genèse »)
2. « Tu ne tueras point » (La Bible, « L'Exode »)
3. « Construis le vaisseau sous nos yeux » (Le Coran, sourate XI)
4. Ne pas honorer d'autre dieu que Yahvé. (d'après La Bible, « L'Exode »)

13 Inventez cinq commandements pour sauver la planète de la pollution. Vous utiliserez différents procédés pour exprimer l'ordre.

Atelier expression écrite

* 1 Écrire une description à partir d'une expression

Écrire à partir d'une recherche de vocabulaire

Inventez une description d'une dizaine de lignes autour de l'expression « rêver de la Terre promise ».

JE PRÉPARE LE SUJET

- **Cherchez**, dans un dictionnaire ou sur Internet, ce que l'on entend par l'expression « ce lieu est une Terre promise ».
- **Imaginez** la Terre promise que vous voulez décrire et notez les adjectifs qui la caractériseront.

** 2 Inventer un mythe de création

Écrire la suite d'un texte

Voici le début d'un mythe africain. Écrivez-en la suite en une quinzaine de lignes.

> Texte support
>
> Il y avait avant que toutes les choses soient, sur la Terre et dans le ciel, deux créatures très puissantes : le Guéla d'en haut et le Guéla d'en bas. Un jour, un jour de silence, un jour de longue paix dans l'univers, le Guéla d'en bas s'ennuya, et se mit à bailler.
>
> Henri Gougaud, « Le Guéla d'en haut et le Guéla d'en bas » dans *L'Arbre à soleils : Légendes du monde entier* © éditions du Seuil, collection « Points » (1984).

JE PRÉPARE LE SUJET

- **Repérez**, dans la situation initiale, les éléments qui préparent un changement et annoncent un conflit ou une grande modification.
- **Imaginez** ce que va faire le Guéla d'en bas : faites la liste chronologique de ses actions et de leurs conséquences. Elles formeront les étapes de votre récit et vos paragraphes.
- **Trouvez** les mots de liaison ou les expressions qui relieront chaque étape.

*** 3 Développer un mythe

Amplifier un texte modèle

Relisez le texte de Platon p. 156-157. Les animaux reçoivent d'Épiméthée leurs caractéristiques et leurs capacités. Racontez cette distribution en une vingtaine de lignes.

JE PRÉPARE LE SUJET

- **Choisissez** trois animaux aux caractéristiques variées.
- **Faites la liste** de leurs caractéristiques (aspect physique, capacités).
- **Imaginez** la réaction des animaux recevant leur don.
- **Rédigez** votre récit en quatre courts paragraphes : le premier décrit la situation (les animaux font la queue devant Épiméthée), les trois suivants évoquent chacun un animal.

MÉTHODE

Préparer l'organisation de son récit

1. **Au brouillon, définissez et numérotez les étapes de votre récit** : elles deviendront vos différents paragraphes. Résumez en une phrase l'idée ou les idées que vous voulez développer à chaque étape.
2. **Choisissez le narrateur** (1re ou 3e personne) en fonction des consignes données dans le sujet.
3. **Faites une liste des mots importants qu'il faudra utiliser**. Éventuellement, enrichissez-la en recherchant du vocabulaire dans le dictionnaire.
4. **Rédigez votre brouillon en respectant bien l'organisation que vous avez choisie**. Faites attention à votre style et au vocabulaire employé. ➜ p. 37
5. **Relisez à voix haute votre récit** et corrigez ce qui vous semble maladroit.

BILAN

Je construis le bilan

Identifier les récits de création

1 Retrouvez les textes fondateurs des trois religions monothéistes.

a. Recopiez et complétez les phrases.

Religion juive ………

Religion musulmane ………

Religion chrétienne ………

b. Que signifie le mot *genèse* ? Qu'est-ce que *La Genèse* ?

2 Cochez le nom des civilisations dont vous avez découvert les mythes fondateurs dans ce chapitre.

- ❑ les Hindous
- ❑ les Indiens Yanomami d'Amérique du Sud
- ❑ les Grecs anciens
- ❑ les Celtes

Comprendre la fonction des récits de création

3 Parmi les propositions suivantes, cochez celles qui vous semblent le mieux correspondre au rôle des récits de création.

- ❑ donner une explication à l'origine du monde, à la création des êtres humains…
- ❑ amuser le lecteur
- ❑ faire comprendre aux hommes des phénomènes inexpliqués
- ❑ critiquer la société

4 À quelle grande question chaque texte que vous avez étudié répond-il ? Complétez le tableau.

	Question
Texte 1 ……………	………………………………………………
Texte 2 ……………	………………………………………………
Texte 3 ……………	………………………………………………
Texte 4 ……………	………………………………………………

5 Connaître l'héritage des mythes de création

Observez ces deux images. Pour chacune d'elles, dites quel récit de création elle illustre, à quelle époque chacune a été réalisée et avec quelle technique artistique.

Monika Cronshagen, *L'Arche de Noé* (1972), acrylique sur toile, Altonaer Museum (Hambourg, Allemagne).

Éric de Ville, *Babel en novembre* (2014), photographie.

Quiz
de révision

BILAN

Je retiens

Les récits de création

Les récits de création

Ils appartiennent à des **civilisations très anciennes**, datant de l'Antiquité. Ils ont d'abord été **transmis oralement** avant d'être rapportés par écrit sur des tablettes d'argile, sur des rouleaux de papyrus ou de parchemin, puis sur des codex (forme du livre actuel).

Le livre de La **Genèse** est le premier livre de la **Torah** et de la **Bible**. Il regroupe les mythes fondateurs des **juifs** et des **chrétiens**. Il raconte la création du monde par Yahvé-Dieu puis l'histoire des premiers êtres humains : Adam et Ève, Noé, Abraham… On retrouve ces mythes dans le **Coran**, le livre fondateur de la religion musulmane.

Les mythes de création sont également présents dans la **mythologie gréco-romaine**.

La fonction des récits de création

Les **mythes** des récits de création délivrent un message qu'il faut **interpréter** car ils utilisent souvent des **symboles** et des **images**.

Ils expliquent aux hommes des phénomènes difficiles à comprendre ou leur proposent des **réponses à des questions essentielles** : par qui et comment le monde a-t-il été créé ? Pourquoi y a-t-il autant de langues parlées sur terre ? Quelle est la place de l'être humain dans la nature ?...

Ils donnent une certaine **vision du monde**. Dans La Genèse, c'est Dieu qui crée l'être humain et la nature. Chez les Yanomami d'Amérique du Sud, l'être humain vient de la Lune.

Ils font réfléchir l'être humain à sa **place dans l'univers et dans la nature**. Dans La Genèse, comme dans le Coran, **Dieu confie la Création à l'homme**, il en est le gardien. Les Grecs, en revanche, considéraient que l'homme n'avait pas, à l'origine, de place particulière dans la Création : il a fallu que **Prométhée commette un vol pour lui donner les moyens de sa survie** et de son évolution.

L'héritage

Les mythes de création constituent pour toutes les cultures un **héritage** précieux dont les artistes se sont souvent inspirés. Ils appartiennent au **patrimoine culturel** d'une société.

Mon carnet de mots

Retenez les mots importants du chapitre.

- **Genèse** : commencement.
- **Interpréter** : comprendre la signification profonde d'un mythe. Cette signification est souvent symbolique.
- **Mythe** : récit ancien et symbolique qui explique un phénomène pour lequel l'homme n'a pas d'explication.
- **Récit de création** : histoire qui raconte l'origine d'un phénomène.

La citation de « La Genèse »

Dieu dit : « Que la lumière soit » et la lumière fut.
(La Bible, « La Genèse », p. 148)

ÉVALUATION

Pour réussir l'évaluation, je dois connaître :

- les caractéristiques et la fonction des récits de création ;
- l'expression de l'ordre ;
- les terminaisons de l'impératif présent ;
- les racines grecques et latines.

Le Déluge

Edward Hicks, *L'Arche de Noé* (1846), huile sur toile (66,8 x 77,1 cm), Philadelphia Museum of Art (États-Unis).

Dieu dit à Noé : « La fin de toute chair[1] est arrivée, je l'ai décidé, car la terre est pleine de violence à cause des hommes et je vais les faire disparaître de la terre. Fais-toi une arche en bois résineux[2], tu la feras en roseaux et tu l'enduiras de bitume en dedans et en dehors. [...] « Pour moi, je vais amener le déluge, les eaux, sur la terre, pour exterminer de dessous le ciel toute chair ayant souffle de vie : tout ce qui est sur la terre doit périr. Mais j'établirai mon alliance avec toi et tu entreras dans l'arche, toi et tes fils, ta femme et les femmes de tes fils avec toi. De tout ce qui vit, de tout ce qui est chair, tu feras entrer dans l'arche deux de chaque espèce pour les garder en vie avec toi ; qu'il y ait un mâle et une femelle. De chaque espèce d'oiseaux, de chaque espèce de bestiaux, de chaque espèce de toutes les bestioles du sol, un couple viendra avec toi pour que tu les gardes en vie. [...] Noé agit ainsi ; tout ce que Dieu lui avait commandé, il le fit. [...]

Au bout de sept jours, les eaux du déluge vinrent sur la terre.

[...] La pluie tomba sur la terre pendant quarante jours et quarante nuits. [...] Les eaux montèrent et grossirent beaucoup sur la terre et l'arche s'en alla à la surface des eaux. [...] Alors périt toute chair qui se meut sur la terre. [...]

Au bout de quarante jours, Noé ouvrit la fenêtre qu'il avait fait à l'arche et il lâcha le corbeau, qui alla et vint en attendant que les eaux aient séché sur la terre. Alors il lâcha d'auprès de lui la colombe pour voir si les eaux avaient diminué à la surface du sol. La colombe, ne trouvant pas un endroit où poser ses pattes, revint vers lui dans l'arche, car il y avait de l'eau sur toute la surface de la terre ; il étendit la main, la prit et la fit rentrer auprès de lui dans l'arche. Il attendit encore sept autres jours et lâcha de nouveau la colombe hors de l'arche. La colombe revint vers lui sur le soir et voici qu'elle avait dans le bec un rameau tout frais d'olivier ! Ainsi Noé connut que les eaux avaient diminué à la surface de la terre. Il attendit encore sept autres jours et lâcha la colombe, qui ne revint plus vers lui.

La Bible de Jérusalem, « La Genèse », VI, 13 à VIII, 12 © éditions du Cerf (1973).

1. **Toute chair :** toute vie.
2. **Bois résineux :** bois qui fabrique de la résine, comme le pin.

Lire et analyser un texte

1. D'où ce texte est-il précisément extrait ?
2. Que souhaite faire Dieu au début du texte ? Pourquoi ?
3. Pourquoi Dieu demande-t-il à Noé de construire une arche ?
4. a. Relevez les indications temporelles.
b. Résumez en une phrase chaque étape marquée par une indication temporelle.
5. Comment Noé comprend-il que le Déluge est complètement terminé ?
6. En quoi ce mythe symbolise-t-il aussi une nouvelle création du monde ?

Lire et analyser une image

9. Quelle(s) étape(s) du Déluge ce tableau représente-t-il ? Citez les phrases du texte qui vous permettent de répondre.
10. Le peintre a-t-il voulu insister sur la punition divine ou sur la nouvelle création du monde ? Quels détails du tableau vous le prouvent ?

Maîtriser la langue

7. a. Comment l'ordre est-il exprimé dans la phrase suivante : « *Fais-toi une arche en bois résineux, tu la feras en roseaux et tu l'enduiras de bitume en dedans et en dehors.* » ?
b. Conjuguez les verbes entre parenthèses à la deuxième personne du singulier de l'impératif présent :

> « *(fabriquer)* une arche en bois ; *(utiliser)* des roseaux et *(enduire)* l'arche de bitume en dedans et en dehors ».

8. Donnez un mot français formé à partir de ces mots latins : *aqua* (« eau ») – *femina* (« femme ») – *manus* (« main »).

Écrire

11. Sujet : Décrivez le Déluge en insistant sur le déchaînement des éléments.

Consignes

- Vous commencerez votre description par la phrase *Au bout de sept jours, les eaux du Déluge vinrent sur la terre*.
- Vous conserverez les temps du passé (passé simple, imparfait).
- Vous intègrerez à votre description au moins huit verbes parmi les suivants : *noircir – se fracasser – gronder – rouler – déchiqueter – s'abattre – fondre – déferler – broyer – anéantir – s'obscurcir – mugir – trembler*.

SOCLE

	COMPÉTENCES ÉVALUÉES	Questions
Lire	> **Comprendre et interpréter un texte littéraire** • Mise en œuvre d'une démarche de compréhension à partir d'un texte lu • Identification du genre et de ses enjeux (récit de création)	Q. 1 à 6
Langue	> **Observer le fonctionnement du verbe et l'orthographier** • Morphologie verbale écrite • Approche de l'aspect verbal	Q. 7
	> **Acquérir la structure, le sens et l'orthographe des mots** • Découverte des bases latines et grecques	Q. 8
Culture littéraire et artistique	> **Comprendre et interpréter une image** • Mise en relation de textes et d'images	Q. 9, 10
Écrire	> **Produire des écrits variés** • Mise en œuvre d'une démarche de production de texte (description) • Mobilisation des connaissances : étude de la langue et lexique	Q. 11

9

La poésie au rythme de la nature

Comment la poésie célèbre-t-elle les beautés du monde ?

Doc. 1 **Vincent van Gogh**, ***Amandier en fleurs*** **(1890)**, huile sur toile (73,3 x 92,4 cm), musée van Gogh (Amsterdam, Pays-Bas).

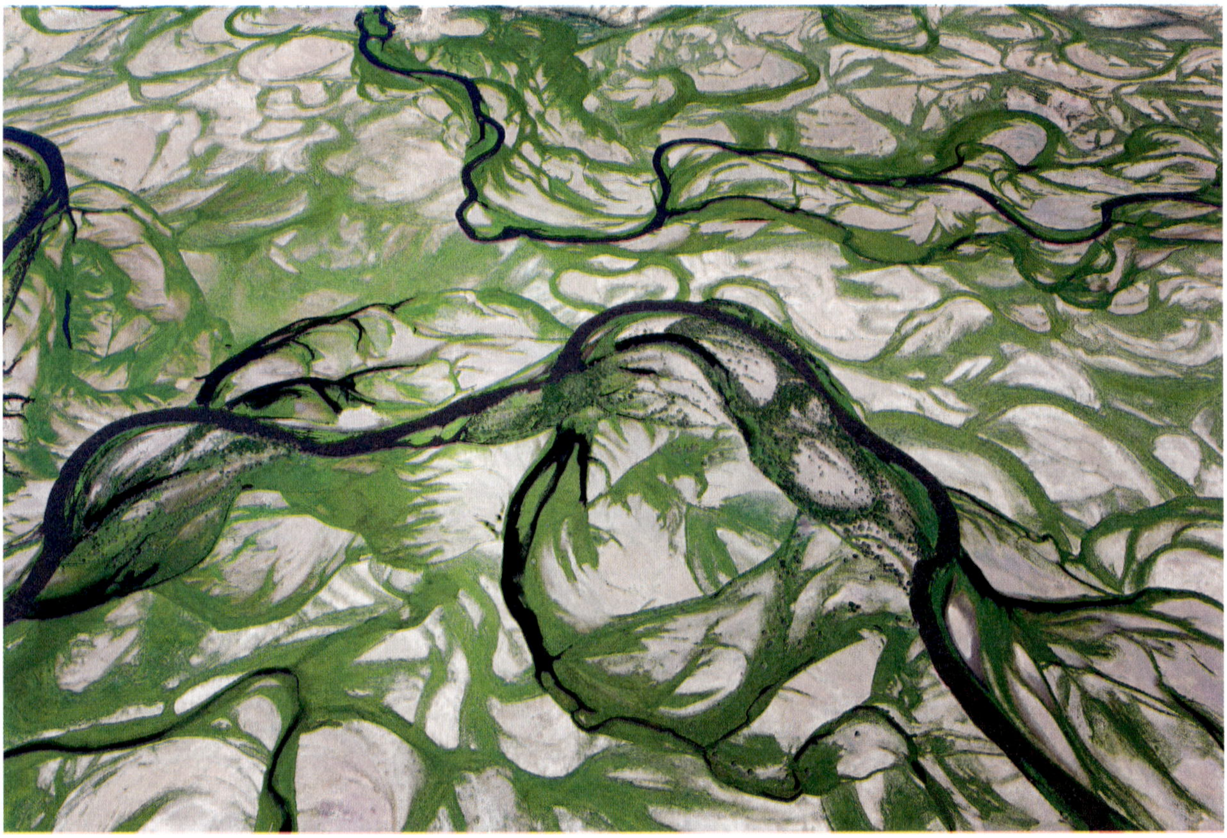

Doc. 2 Yann-Arthus Bertrand, *Méandres de la rivière Tuul en Mongolie* (2013), photographie.

Doc. 3

« Un Coucher de soleil »

Sur la côte d'un beau pays,
Par delà les flots Pacifiques,
Deux hauts palmiers épanouis
Bercent leurs palmes ....

Charles-Marie Leconte de Lisle, *Poèmes barbares* (1862).

Qu'est-ce qu'un poème ?

- Trouvez un mot pour compléter le quatrième vers du poème (doc. 3). Expliquez votre choix.
- Écrivez un court poème sur le thème de l'oiseau en complétant ces trois vers :

Mon oiseau a ....
Mon oiseau vole ....
Mon oiseau est ....

- Proposez une courte définition de ce qu'est un poème.

Qu'évoque la poésie ?

- Quel est le thème du poème (doc. 3) ? D'après les poèmes que vous connaissez, est-ce un thème fréquent ?
- Observez les images (docs. 1 et 2) : que représentent-elles ?
- Pourquoi, à votre avis, ce thème est-il souvent présent dans les poèmes et les œuvres d'art ?

Découvrez, dans ce chapitre, comment les poètes célèbrent la nature !

Les trésors de la nature

Poème 1

« Après l'Homme »

Repères

XXe siècle

Poésie

Texte lu

Après l'Homme, après l'Homme,
Qui dira aux fleurs comment elles se nomment ?
Après l'Homme, après l'Homme,
quand aura passé l'heure de vie du dernier Homme.

Qui dira aux fleurs
combien elles sont belles ?
N'y aura de cœur
à battre pour elles.

Après l'Homme, après l'Homme,
que sera encore le mot « merveilleux » ?
Après l'Homme, après l'Homme,
quand le dernier des hommes aura vidé les lieux.

Qui dira de la Terre
Qu'elle est sans pareille
et que dans l'Univers
elle est fleur de Soleil ?

Après l'Homme, après l'Homme...

Viens-t'en donc pour lors,
viens-t'en donc l'ami,
et chantons encore
le jour d'aujourd'hui.

Esther Granek, *De la pensée aux mots* (1997) D.R.

Découvrir les caractéristiques du genre poétique

Notions : strophes, vers, rimes – musicalité du poème (répétitions, refrain)

Échanger

Que demandent ces poèmes au lecteur ?

Poème 1

1. a. Observez les signes de ponctuation forte : que remarquez-vous ?

b. Quelle inquiétude la poétesse exprime-t-elle ?

2. Que propose la dernière strophe ? À qui s'adresse-t-elle ?

3. a. Quels mots sont répétés dans le poème ?

b. À quelle partie d'une chanson cela vous fait-il penser ?

Poème 2

4. Quels sont les trois adjectifs qualificatifs employés pour caractériser la nature dans la deuxième strophe ? Quelle image de la nature est donnée ?

5. À quoi la poétesse nous invite-t-elle ?

6. Combien de strophes le poème comporte-t-il ? Combien de vers chaque strophe compte-t-elle ?

Repère : une strophe
Regarde le ciel, il te voit, — un vers
Embrasse la terre, elle t'aime. — des rimes
La vérité c'est ce qu'on croit — (sons identiques
En la nature c'est toi-même. — qui se répondent)

Poème 2

« À Aurore »

Repères

XIXe siècle

Poésie

La nature est tout ce qu'on voit,
Tout ce qu'on veut, tout ce qu'on aime.
Tout ce qu'on sait, tout ce qu'on croit,
Tout ce que l'on sent en soi-même.

Elle est belle pour qui la voit,
Elle est bonne à celui qui l'aime,
Elle est juste quand on y croit
Et qu'on la respecte en soi-même.

Regarde le ciel, il te voit,
Embrasse la terre, elle t'aime.
La vérité c'est ce qu'on croit
En la nature c'est toi-même.

George Sand, *Contes d'une grand'mère* (1873).

Winslow Homer, *Sur la clôture I* (1878), aquarelle (16,5 x 21,5 cm), collection privée.

7. a. Quels mots sont répétés dans le poème ? Observez notamment les débuts et fins de vers.

b. Quel est l'effet de ces répétitions ?

Faire le bilan

Expliquez en quelques phrases pourquoi ces deux textes sont des poèmes et quel message ils transmettent au lecteur.

Vous emploierez les mots *strophes, vers, rimes, musical, respecter.*

LIRE UN POÈME À PLUSIEURS

Faites une lecture à plusieurs du poème « À Aurore » de George Sand.

Consignes

- Constituez des groupes de quatre et répartissez-vous les vers qui se répondent.
- Lisez de façon fluide et articulez.

Poème 1

« En forêt »

Repères

XXe siècle

Poésie

Texte lu

Dans la forêt étrange, c'est la nuit ;
C'est comme un noir silence qui bruit ;

Dans la forêt, ici blanche et là brune,
En pleurs de lait filtre le clair de lune.

Un vent d'été, qui souffle on ne sait d'où,
Erre en rêvant comme une âme de fou ;

Et, sous des yeux d'étoile épanouie,
La forêt chante avec un bruit de pluie.

Parfois il vient des gémissements doux
Des lointains bleus pleins d'oiseaux et de loups ;

Il vient aussi des senteurs de repaires[1] ;
C'est l'heure froide où dorment les vipères [...].

– Pourtant la lune est bonne dans le ciel,
Qui verse, avec un sourire de miel,

Son âme calme et ses pâleurs amies
Au troupeau roux des roches endormies.

Germain Nouveau, *Poésies d'Humilis et vers inédits* (1924).

1. **Repaires :** lieux de refuge des bêtes sauvages.

Découvrir les images poétiques

Notions : images poétiques – prononciation du *e* muet

Échanger

Choisissez deux adjectifs pour décrire la nature telle qu'elle est présentée dans les deux poèmes.

Poème 1

1. Où et quand la scène se déroule-t-elle ?

2. À quels sens (vue, ouïe, odorat, toucher, goût) le poème fait-il appel ? Citez des mots précis.

3. À votre avis, que signifie l'image poétique *En pleurs de lait filtre le clair de lune* (v. 4) ?

4. a. À quels éléments de la nature le poète prête-t-il des caractéristiques humaines ?

b. Quelle impression cela produit-il ?

5. a. Décrivez la forme du poème : nombre de vers par strophe, nombre de strophes.

b. Observez les mots qui riment ensemble. Quels rapprochements surprenants remarquez-vous ?

6. D'après vous, ce poème est-il plus proche de la réalité ou du rêve ? Pourquoi ?

Poème 2

7. *J'ai trouvé tout un trésor* (v. 2) : qu'a trouvé le poète ? Où l'a-t-il trouvé ?

8. a. Combien de syllabes les vers de la première strophe comportent-ils ?

b. Pourquoi, selon vous, le poète a-t-il employé une tournure de phrase incorrecte au vers 5 ?

Repère : Dans un poème, on prononce le *e* muet qui termine un mot seulement s'il est placé avant une consonne.

Un navire dans le ciel
Traîné par une sauterell(e)
Sur des vagues d'arc-en-ciel !

Poème 2

« Le secret »

Repères

XXe siècle

Poésie

Sur le chemin près du bois
J'ai trouvé tout un trésor :
Une coquille de noix
Une sauterelle en or
Un arc-en-ciel qu'était mort.

À personne je n'ai rien dit
Dans ma main je les ai pris
Et je l'ai tenue fermée
Fermée jusqu'à l'étrangler
Du lundi au samedi.

Le dimanche l'ai rouverte
Mais il n'y avait plus rien !
Et j'ai raconté au chien
Couché dans sa niche verte
Comme j'avais du chagrin.

Il m'a dit sans aboyer :
« Cette nuit, tu vas rêver. »
La nuit, il faisait si noir
Que j'ai cru à une histoire
Et que tout était perdu.

Mais d'un seul coup j'ai bien vu
Un navire dans le ciel
Traîné par une sauterelle
Sur des vagues d'arc-en-ciel !

René de Obaldia, *Innocentines* © Grasset & Fasquelle (1969).

Gustav Klimt, *Sous-bois* (1903), huile sur toile (110 x 110 cm), collection privée.

9. a. À partir de quel moment le poème bascule-t-il dans le rêve ? Citez le vers.

b. Dans les trois premières strophes, quels éléments montrent que le poème mêle déjà réalité et rêve ?

c. Comparez les trois derniers vers de la première et de la dernière strophe : que s'est-il passé selon vous ?

Faire le bilan

Complétez le bilan à l'aide des mots suivants :
rapprochant – images poétiques – imaginaire – rêve – mystère – rimes.

Grâce à l'emploi d'................. et de ...., le poète nous présente la nature comme un lieu plein de .... En .... des éléments différents, il transporte le lecteur dans le .... et dans l'................. .

ÉCRIRE UN POÈME SUR LA NUIT

À la manière de Germain Nouveau, composez un poème où vous évoquerez les mystères de la nuit dans un lieu de votre choix (votre salon, un magasin, la salle d'un vieux château…).

Consignes

- Vous commencerez votre poème par *Dans ......, c'est la nuit.*
- Vous rédigerez une dizaine de vers, disposés en distiques (strophes de deux vers) et rimant deux à deux.

Poème 1

Estampe et haïku

Repères

XVIIe siècle

Poésie

Sur la branche dépouillée
Un corbeau s'était posé
Soir d'automne

Matsuo Bashô

Haïku de **Matsuo Bashô** accompagné d'un haiga de **Morikawa Kyoriku** (1680-81), musée d'art Idemitsu (Tokyo, Japon).

Découvrir des formes poétiques originales

Notions : lien texte / image – poésie visuelle

Échanger

À première vue, diriez-vous que ces documents sont des poèmes ? Justifiez votre réponse.

L'estampe et le haïku

1. Observez l'estampe et lisez attentivement la traduction du haïku. Quels éléments du poème retrouve-t-on dans l'estampe ?

2. a. Parmi les adjectifs suivants, choisissez-en deux pour décrire le haïku : *simple – compliqué – court – long*. Justifiez votre réponse.

b. Lequel de ces adjectifs peut aussi servir à décrire le dessin de l'estampe ?

3. Rédigez une phrase pour expliquer le lien entre l'image et le texte.

Le calligramme

4. Quel est le lien entre l'image et le texte ?

5. Expliquez la manière dont le poète a disposé le vers qui décrit le fleuve, celui qui décrit la lune et celui qui décrit la montagne.

Faire le bilan

Cherchez le sens des mots *haïku*, *estampe*, *calligramme* et complétez les définitions suivantes.

Le haïku est ....
L'estampe est ....
Le calligramme est ....

Poème 2

Calligramme

Repères

- XXe siècle
- Poésie

PAYSAGE

LE SOIR ON SE PROMÈNERA SUR DES ROUTES PARALLÈLES

La lune
où
tu te regardes

L'ARBRE
ÉTAIT
PLUS
HAUT
QUE LA
MONTAGNE

MAIS LA
MONTAGNE
ÉTAIT SI LARGE
QU'ELLE DÉPASSAIT
LES EXTRÉMITÉS
DE LA TERRE

LE
FLEUVE
QUI
COULE
NE
PORTE
PAS
DE
POISSONS

ATTENTION A NE PAS
JOUER SUR L'HERBE
FRAICHEMENT PEINTE

UNE CHANSON CONDUIT LES BREBIS VERS L'ÉTABLE

Vicente Huidobro, « Paysage » (1922).

ÉCRIRE UN HAÏKU

Choisissez un moment agréable de la journée et rédigez un haïku pour décrire ce moment.

Consignes

- Vous ferez référence à une saison et à un élément de la nature.
- Votre poème devra comporter trois vers.

TRANSFORMER UN POÈME EN CALLIGRAMME

Transformez ce poème de Daniel Lacotte en calligramme.

Le soleil
se prend les rayons
dans les nuages
et
dégringole.
Rouge de honte
il se cache derrière
la terre.

Daniel Lacotte, *Poèmes inédits* dans *Les Plus Beaux Poèmes pour les enfants*, anthologie de Jean Orizet © Le Cherche Midi (1997).

L'oiseau, entre rêve et réalité

Textes écho
J. Prévert, « Page d'écriture » et C. Roy, « Ambitions excessives »

Repères

XIXe siècle

Poésie

• **Victor Hugo** (1802-1885) est un célèbre écrivain français. Il fut poète, romancier, auteur de pièces de théâtre, mais aussi homme politique.

« Mes vers fuiraient… »

Mes vers fuiraient, doux et frêles,
Vers votre jardin si beau,
Si mes vers avaient des ailes,
Des ailes comme l'oiseau.

Ils voleraient, étincelles,
Vers votre foyer qui rit,
Si mes vers avaient des ailes,
Des ailes comme l'esprit.

Près de vous, purs et fidèles,
Ils accourraient nuit et jour,
Si mes vers avaient des ailes,
Des ailes comme l'amour.

Victor Hugo, *Les Contemplations*, Livre deuxième « L'Âme en fleur » (1856).

Étudier un poème construit sur une image

Notions : image filée – schéma des rimes

Échanger

Quel est le sujet du poème : les oiseaux, la poésie, une déclaration d'amour ?

Comprendre

1. Dans la première strophe, à quoi le poète associe-t-il ses vers ? Relevez une comparaison.

Repère : La **comparaison** est une image poétique qui associe deux termes à l'aide d'un outil de comparaison (*comme, tel, ressembler à…*).
Ex. : *Les arbres sont penchés comme des vieillards.*

2. À qui le poète s'adresse-t-il ?

Approfondir

3. Quels verbes d'action sont appliqués aux vers du poète ? Quelle est l'idée commune à ces verbes ?

4. Observez les deux derniers vers de chaque strophe : que constatez-vous ?

5. Comment les rimes sont-elles disposées ?

Repère : Les **rimes** d'un poème peuvent être :
- suivies (AABB) ;
- croisées (ABAB) ;
- embrassées (ABBA).

6. Comptez le nombre de syllabes dans chaque vers. Est-ce toujours le même ?

Faire le bilan

Complétez le bilan à l'aide des mots suivants :
compare – strophes – image poétique – répétition.
Ce poème développe une ………………… . Victor Hugo ………………… ses vers à des oiseaux. L'image est filée sur les trois ………………… grâce à la ………………… des deux derniers vers.

Repères

XXe siècle

Poésie

« À vol d'oiseau »

Où va-t-il, l'oiseau sur la mer ?
Il vole, il vole…
A-t-il au moins une boussole ?

Si un coup de vent
Lui rabat les ailes,
Il tombera dans l'eau
Et ne sait pas nager.

Et que va-t-il manger ?
Et si ses forces l'abandonnent,
Qui le secourra ? Personne.

Pourvu qu'il aperçoive à temps
Une petite crique[1] !
C'est tellement loin, l'Amérique…

Michel Luneau, *La Maison du poète*, dans *Les Plus Beaux Poèmes pour les enfants*, anthologie de Jean Orizet © Le Cherche Midi (1997).

1. **Crique :** petite baie offrant un abri aux bateaux.

Fulmar boréal en vol au dessus de la mer Irlande.

Étudier l'expression des sentiments du poète

Notions : champs lexicaux – ponctuation – vers libres

Échanger

Que signifie pour vous le titre « À vol d'oiseau » ?

Comprendre

1. a. Complétez la carte mentale avec les mots du poème.

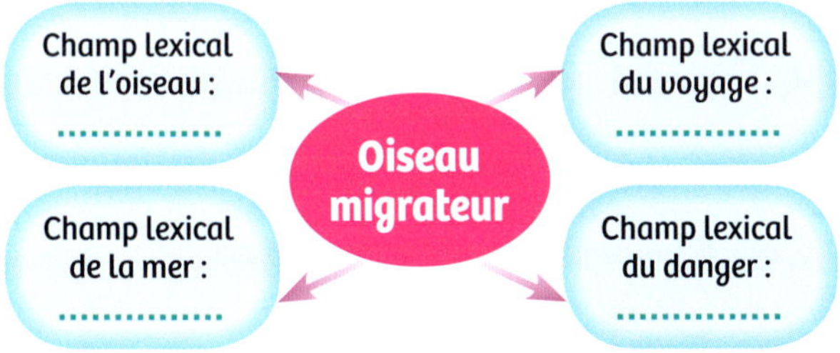

b. Rédigez une phrase contenant les mots *oiseau*, *mer*, *voyage*, *danger* pour résumer le poème.

Approfondir

2. Observez la ponctuation forte : comment montre-t-elle l'inquiétude du poète ?

3. Quel souhait le poète exprime-t-il dans la dernière strophe ?

4. a. Comptez les syllabes de chaque vers. Ce poème est-il régulier ?

b. Les rimes respectent-elles un schéma déterminé ?

c. Quelle impression cela provoque-t-il ?

Faire le bilan

Rédigez le bilan en répondant par une phrase à chaque question.

- Quel sentiment le poète exprime-t-il dans « À vol d'oiseau » ?
- Quels moyens emploie-t-il pour exprimer ce sentiment ?

CRÉER UNE BANDE DESSINÉE

Créez une bande dessinée à partir du poème de Michel Luneau.

Consignes

- Faites un dessin ou choisissez une image pour illustrer chaque strophe du poème.
- Inscrivez la strophe du poème dans votre image.

« Pour faire le portrait d'un oiseau »

Repères

XXe siècle

Poésie

• La poésie de **Jacques Prévert** est simple, musicale et souvent surprenante. Il aime particulièrement **jouer avec le langage**.

Peindre d'abord une cage
avec une porte ouverte
peindre ensuite
quelque chose de joli
quelque chose de simple
quelque chose de beau
quelque chose d'utile...
pour l'oiseau
placer ensuite la toile contre un arbre
dans un jardin
dans un bois
ou dans une forêt
se cacher derrière l'arbre
sans rien dire
sans bouger...
Parfois l'oiseau arrive vite
mais il peut aussi bien mettre de longues années
avant de se décider
Ne pas se décourager
attendre
attendre s'il le faut pendant des années
la vitesse ou la lenteur de l'arrivée
de l'oiseau n'ayant aucun rapport
avec la réussite du tableau

Repère artistique :
René Magritte est un peintre belge du XXe siècle. Ses tableaux surréalistes sont souvent troublants car ils présentent un **décalage avec la réalité**. Ils font à la fois réfléchir et rêver le spectateur.

René Magritte, *La clairvoyance* (1936), huile sur toile (54 x 65 cm), collection privée.

Quand l'oiseau arrive
s'il arrive
observer le plus profond silence
attendre que l'oiseau entre dans la cage
et quand il est entré
fermer doucement la porte avec le pinceau
puis
effacer un à un tous les barreaux
en ayant soin de ne toucher aucune des plumes de l'oiseau
Faire ensuite le portrait de l'arbre
en choisissant la plus belle de ses branches
pour l'oiseau
peindre aussi le vert feuillage et la fraîcheur du vent
la poussière du soleil
et le bruit des bêtes de l'herbe dans la chaleur de l'été
et puis attendre que l'oiseau se décide à chanter
Si l'oiseau ne chante pas
c'est mauvais signe
signe que le tableau est mauvais
mais s'il chante c'est bon signe
signe que vous pouvez signer
alors vous arrachez tout doucement
une des plumes de l'oiseau
et vous écrivez votre nom dans un coin du tableau.

Jacques Prévert, *Paroles* © Gallimard (1946), © Fatras / succession Jacques Prévert, droits numériques.

Comparer un poème et un tableau

Notions : vers libres – lien texte / image

Échanger

Pourquoi ces deux œuvres sont-elles étonnantes ?

Le poème de Jacques Prévert

1. a. D'après le titre, quel est le sujet de ce poème ?

b. Relevez deux champs lexicaux qui le montrent.

2. a. Quelles consignes le poète adresse-t-il au lecteur ? Recopiez les verbes qui indiquent les étapes à suivre.

b. Les verbes du texte sont-ils conjugués ? À quel type de texte cela vous fait-il penser ?

3. a. Le poète enseigne-t-il vraiment comment faire le portrait d'un oiseau ?

b. À partir de quel vers le poème bascule-t-il dans l'imaginaire ? Justifiez votre réponse.

4. a. Que remarquez-vous au sujet de la ponctuation ?

b. Ce poème est écrit en « vers libres ». À votre avis, que signifie *libres* ici ? Observez la forme du poème.

Le tableau de René Magritte

5. De quel type d'image s'agit-il ?

6. Décrivez ce qui est représenté.

7. a. Quel lien unit l'œuf à l'oiseau ?

b. Pourquoi peut-on dire que cette œuvre est étrange ?

8. a. Quel est le titre de l'œuvre ? Cherchez la signification du mot dans le dictionnaire.

b. Comment comprenez-vous ce titre ?

Comparer

Quel pouvoir de l'artiste est mis en valeur dans le poème et dans le tableau ?

Faire le bilan

Complétez le bilan avec les mots qui conviennent.

Ces deux œuvres ont pour thème commun l'……………… . Elles sont surprenantes et poétiques car elles mélangent la réalité et l'…………………… . Dans ces deux œuvres, le poète et le peintre ont le même pouvoir : …………………… des mondes.

Histoire des arts

L'oiseau dans l'art

La beauté de l'oiseau

L'oiseau est d'abord représenté pour ***sa beauté*** *: pour ses lignes courbes élégantes, sa légèreté et la couleur de son plumage.*

Doc. 1 **Fresque de l'oiseau bleu**, fragment de fresque provenant de la Maison des fresques de Cnossos (1500 av. J.-C.), musée archéologique d'Héraklion (Crète).

Image animée

> Cet oiseau bleu figure dans une fresque de l'Antiquité qui représentait des jardins et qui décorait les murs d'une riche demeure.

Décrire la fresque

1. Décrivez les éléments qui composent ce fragment de fresque.

2. Repérez les groupes de couleurs chaudes et les groupes de couleurs froides. Sont-elles réalistes ? Pourquoi ont-elles été choisies ?

Aide : On distingue les **couleurs froides** et les **couleurs chaudes**. Parmi ces deux groupes, on peut former des couples de **couleurs complémentaires** : le bleu et l'orange, le vert et le rouge…

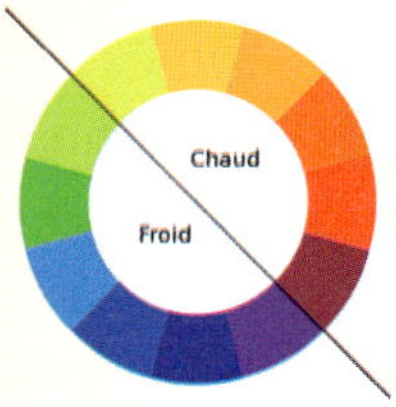

Repères artistiques

Une **fresque** est une peinture faite directement sur l'enduit d'un mur, dans une maison, un palais, un temple ou une église.
Dans l'Antiquité, les riches demeures étaient souvent décorées de fresques.

Doc. 2 Anonyme, d'après Frans Snyders, ***Concert d'oiseaux*** **(XVIIe siècle)**, huile sur toile, musée des Beaux-Arts de Dunkerque.

> Le tableau présente une collection d'oiseaux du monde entier.

Décrire le tableau

1. Quelle technique l'artiste a-t-il utilisée ?

2. Donnez le nom des oiseaux que vous reconnaissez. Pourraient-ils se retrouver tous, ainsi, sur le même arbre ?

3. a. Observez la position des oiseaux : vers quel point du tableau dirigent-ils notre regard ? Que semblent-ils faire ?

b. Relisez le titre de l'œuvre. Quelle particularité des oiseaux est ainsi évoquée ?

Repères artistiques

Au XVIIe siècle, les peintres représentent fréquemment des plantes ou des animaux et célèbrent ainsi la **richesse de la nature**.

La valeur symbolique de l'oiseau

L'oiseau a de nombreuses ***valeurs symboliques****.*
Les plus courantes sont la liberté et la paix.

Doc. 3 **Pablo Picasso,** ***La colombe de la Paix*** **(vers 1950)**, pastel (23 x 31 cm), musée d'Art moderne de la Ville de Paris.

Décrire le dessin

1. La représentation de l'oiseau est-elle réaliste ? Est-elle détaillée ?

2. @ **Recherches :** Picasso a dessiné une colombe tenant un rameau d'olivier. Cherchez ce que la colombe symbolise et d'où vient ce symbole.

POUR ALLER PLUS LOIN

@ **Recherches :** choisissez un thème dans les listes suivantes.

– Oiseaux mythologiques : le Phénix, la chouette de Minerve, la légende de Léda et du cygne.

– Oiseaux symboliques : l'aigle, le coq, le paon.

- Rédigez un texte d'une dizaine de lignes sur le thème choisi et illustrez-le avec des images sous lesquelles figureront des légendes précises.
- Présentez votre travail dans un document numérique.

La forme du poème

LECTURE

Un poème est composé de vers qui sont regroupés en strophes.
Chaque vers commence par une majuscule.
Au sein des strophes, les vers riment souvent entre eux, c'est-à-dire qu'ils se terminent par un même son.

une strophe	Regarde le ciel, il te voit,	un vers
	Embrasse la terre, elle t'aime.	des rimes
	La vérité c'est ce qu'on croit	(sons identiques
	En la nature c'est toi-même.	qui se répondent)

1 **Lisez le poème de Lamartine, puis complétez le texte qui le décrit.**

Pâle fleur, timide pervenche,
Je sais la place où tu fleuris,
Le gazon où ton front se penche
Pour humecter tes yeux flétris ! [...]

Une source tout près palpite,
Où s'abreuve le merle noir ;
Il y chante, et moi j'y médite
Souvent de l'aube jusqu'au soir.

Alphonse de Lamartine, « La Pervenche » (extrait), dans *Troisièmes méditations poétiques* (1849).

L'extrait du poème contient .... strophes composées chacune de quatre .... Au sein de chacune des strophes, on retrouve des ....

2 **Retrouvez la mise en page de ce poème. Repérez les mots qui riment, puis disposez les vers en strophes (il y a deux strophes de quatre vers).**

L'oiseau, sur le duvet humide et sur la mousse, ne chante plus parmi la rose et l'oranger ; l'eau vive des jardins n'a plus de chanson douce, l'aube ne dore plus le ciel pur et léger. Oh ! que ton jeune amour, ce papillon léger, revienne vers mon cœur d'une aile prompte et douce, et qu'il parfume encor les fleurs de l'oranger, les roses d'Ispahan dans leur gaine de mousse !

D'après Charles-Marie Leconte de Lisle, « Les Roses d'Ispahan » (extrait), dans *Poèmes tragiques* (1884).

VOCABULAIRE

Rechercher des mots de la même famille permet de comprendre le sens d'un mot, de l'orthographier correctement et de varier son vocabulaire. → p. 330

3 **On nomme les strophes d'un poème en fonction du nombre de vers qu'elles contiennent. En observant le nom des strophes, dites de combien de vers chacune est constituée.**
Ex. : *Un **siz**ain est une strophe de six vers.*

1. Un **quat**rain est une strophe de ...... vers.
2. Un **ter**cet est une strophe de ...... vers.
3. Un **di**stique est une strophe de ...... vers.
4. Un **quint**il est une strophe de ...... vers.

4 **a. Cherchez l'étymologie du mot *poète* et le maximum de mots de la même famille.**
b. Choisissez deux de ces mots et employez-les chacun dans une phrase.

5 **Voici des mots de la même famille : *vers, versifié, versification*. Replacez-les dans les phrases suivantes.**

1. Pour chaque poème, vous étudierez la ....
2. À ses heures perdues, il aime écrire des ....
3. L'*Odyssée* est le récit .... des aventures d'Ulysse.

On appelle « homonymes » des mots qui se prononcent de la même manière, mais qui n'ont pas nécessairement la même orthographe.

6 **Complétez le poème suivant avec les homonymes de *vers*.**

Il y a le .... du cerfeuil
Et il y a le .... de terre.
Il y a l'endroit et l'envers,
L'amoureux qui écrit en ....,
Le .... d'eau plein de lumière,
La fine pantoufle de ....
Et il y a moi, tête en l'air,
Qui dis toujours tout de travers.

D'après Maurice Carême, « Homonymes », dans *Le Mât de cocagne* (1963)

Les rythmes et les sons du poème

LECTURE

On compte le nombre de syllabes pour déterminer de quel type de vers il s'agit : il y a douze syllabes dans l'alexandrin, dix syllabes dans le décasyllabe, huit syllabes dans l'octosyllabe et sept syllabes dans l'heptasyllabe.
Pour compter le bon nombre de syllabes, il faut faire attention au *e* muet :
– en fin de vers, le *e* muet ne se prononce pas ;
– en milieu de vers, le *e* muet ne se prononce pas s'il est situé devant une voyelle ;
– en milieu de vers, le *e* muet se prononce s'il est situé devant une consonne.

7 Comptez le nombre de syllabes dans les vers suivants et indiquez le nom du vers. Attention aux *e* muets !

Les fleurs des eaux referment leurs corolles
(Paul Verlaine)
Une source tout près palpite
(Alphonse de Lamartine)
L'aube ne dore plus le ciel pur et léger
(Leconte de Lisle)

8 Cherchez dans les poèmes du chapitre un exemple correspondant à chacun des vers suivants et recopiez-le.
un heptasyllabe – un décasyllabe – un octosyllabe

9 Observez la légende puis exercez-vous à lire le quatrain de Paul Verlaine.

Légende
[e] : on ne prononce pas le *e*.
e : le *e* est accentué, on le prononce.
➜ : liaison entre deux mots.

La lun[e]➜est roug[e]➜au brumeux➜horizon ;
Dans➜un brouillard qui danse la prairi[e]
S'endort fumeus[e],➜et la grenouille cri[e]
Par les joncs verts où circul[e]➜un frisson

Paul Verlaine, « L'Heure du berger » (extrait), dans *Poèmes saturniens* (1866).

Les rimes rythment le poème et le rendent musical. Il existe plusieurs manières de les disposer dans la strophe.

................fleur (A) ....bonheur (A) ....étoile (B) ....voile (B)	rimes suivies	..............fleur (A) .... étoile (B) .... bonheur (A) ....voile (B)	rimes croisées
................fleur (A) ....étoile (B) ....voile (B) ....bonheur (A)	rimes embrassées		

10 **a.** Dans le quatrain suivant, dites comment les rimes sont disposées.
b. Repérez les *e* qui se prononcent, puis comptez les syllabes des vers.
c. Exercez-vous à lire le poème.

Par les soirs bleus d'été j'irai dans les sentiers,
Picoté par les blés, fouler l'herbe menue :
Rêveur, j'en sentirai la fraîcheur à mes pieds.
Je laisserai le vent baigner ma tête nue.

Arthur Rimbaud, « Sensation » (extrait), dans *Poèmes* (1870).

11 **a.** Formez des couples de mots qui riment.
colibri – rameau – chêne – abri – clairière – ancienne – bruyère – oiseau

b. Choisissez un couple de mots et écrivez deux vers.

Henri-Joseph Harpignies, *Lever de lune étang de Grand-Rue* (détail) (vers 1884), huile sur toile (70 x 100 cm), musée d'Orsay (Paris).

Les images poétiques

LECTURE

La poésie utilise des images : pour mieux décrire des éléments de la réalité, elle les associe à d'autres éléments originaux.

Ex. : *Dans le ciel noir,* ***les étoiles*** *sont* ***des étincelles****.* Cette image rapproche les étoiles des étincelles en raison de leur éclat. Elle permet de décrire poétiquement la manière dont brillent les étoiles.

12 **a.** Dites à quoi sont associés les mots soulignés.
b. Expliquez le point commun entre les éléments rapprochés.

1. Le papillon ! fleur sans tige,
Qui voltige (Gérard de Nerval)
2. [...] un nuage,
Dans les champs bleus du ciel, flocon de laine,
nage]

(Théophile Gautier)

13 **a.** Reconstituez des images poétiques en reliant les éléments des deux colonnes.
b. Choisissez une des images reconstituées et expliquez quel point commun vous a permis de rapprocher les deux éléments.

1. l'eau •	• **a.** perles du matin
2. les gouttes de rosée •	• **b.** miroir de l'âme
3. la foudre •	• **c.** astre du jour
4. les yeux •	• **d.** cristal des fontaines
5. le soleil •	• **e.** feu du ciel

La comparaison est une image qui associe un mot à un autre pour les comparer. Elle utilise pour cela un outil de comparaison : *(est) comme, (est) tel (que), ressemble à...*

Ex. : *Les fleurs sont* **comme** *mille étoiles de couleur.* Les fleurs sont comparées à des étoiles de couleur grâce à l'outil de comparaison *comme*. Elles ont comme point commun leur forme et leur situation dans un vaste espace (les fleurs dans la prairie sont comme les étoiles dans le ciel).

14 Recopiez les vers suivants. Soulignez les comparaisons et encadrez l'outil de comparaison.

La tristesse en moi monte comme la mer
(Charles Baudelaire)
Avec tes yeux de feu brillants comme des fêtes
(Charles Baudelaire)

15 Inventez des comparaisons en associant les éléments à des images de votre choix.

1. La pleine lune est comme ....
2. Le vieil arbre est comme ....
3. L'oiseau dans le ciel ressemble à ....
4. Le vent dans les arbres est comme ....
5. Le bruit des vagues est tel que ....

16 À quoi le poète compare-t-il les éléments soulignés ? Quel outil de comparaison utilise-t-il ? Quel point commun permet ces comparaisons ?

Le cygne chasse l'onde avec ses larges palmes
Et glisse. Le duvet de ses flancs est pareil
À des neiges d'avril qui croulent au soleil ;
Mais, ferme et d'un blanc mat, vibrant sous
le zéphire,]
Sa grande aile l'entraîne ainsi qu'un lent navire.

Sully Prudhomme, « Le Cygne » (extrait), dans *Les Solitudes* (1869).

La personnification est une image qui consiste à donner des caractéristiques humaines à des objets ou à des animaux.

Ex. : *Le Soleil regarde la Terre.*

17 Repérez les personnifications dans ces vers.

1. La terre souriait au ciel bleu. (Guy de Maupassant)
2. [...] les arbres verts
Sont joyeux d'être ensemble et se disent des
vers.]

(Victor Hugo)
3. La nuit brune
Revêt sa robe étoilée,
Et, calme, apparaît la lune. (Charles Cros)

Atelier expression écrite

* 1 Écrire un poème sur un oiseau

Écrire à partir d'une image

En vous appuyant sur l'image, écrivez un poème qui évoquera la beauté de l'oiseau. Votre poème comprendra une dizaine de vers et sera écrit en vers libres (les vers sont disposés en strophes mais ils ne riment pas et il n'y a pas nécessairement le même nombre de syllabes dans chaque vers).

Passerin nonpareil mâle se nourrissant de baies.

JE PRÉPARE LE SUJET

- **Observez** les différentes parties de l'oiseau (tête, yeux, bec, plumage, queue…) et leur couleur. Où l'oiseau se trouve-t-il ?
- **Imaginez** des comparaisons pour évoquer la couleur des plumes, leur texture, la position de l'oiseau…

** 2 Écrire un quatrain sur la nature

Écrire la suite d'un poème

Poursuivez ce poème en écrivant un quatrain. Vous devrez respecter les mêmes contraintes de versification (même nombre de syllabes dans chaque vers, même disposition des rimes).

Poème

Le temps a laissé son manteau
De vent, de froidure et de pluie,
Et s'est vêtu de broderies,
De soleil luisant, clair et beau.

Charles d'Orléans (XVe siècle).

JE PRÉPARE LE SUJET

- **Observez** bien le poème :
  – quelle saison est annoncée dans le quatrain ?
  – combien de syllabes comptez-vous dans chaque vers ? Comment les rimes sont-elles disposées ?
- **Notez** vos idées : quels éléments de la nature allez-vous décrire (arbres, animaux) ? Quelles caractéristiques de la saison allez-vous évoquer ?

*** 3 Développer une image poétique

S'inspirer d'un texte modèle

En vous inspirant du poème suivant, écrivez un poème qui commence par *Le vent ressemble à un enfant qui joue*. Vous développerez cette image poétique en une dizaine de vers. Vous êtes libres de choisir la forme de votre poème.

Texte modèle

La mer ressemble aux vieilles gens
Qui se répètent très souvent.

C'est surtout dans les mois d'été
Qu'elle se met à rabâcher.

Elle dit l'heure de la plage,
Elle dit l'heure du bronzage,

Elle dit : je monte, je baisse,
Elle parle, parle sans cesse

Et fait de l'écume en parlant,
Et malgré tout on s'émerveille

Qu'elle soit jeune étant si vieille :
Ses rides lui viennent du vent.

Pierre Menanteau, « L'Âge de la mer », *Chansons venues par la fenêtre*, dans *Les Plus Beaux Poèmes pour les enfants*, anthologie de Jean Orizet © Le Cherche Midi (1997).

JE PRÉPARE LE SUJET

- **Observez** bien le poème : quels éléments sont rapprochés dans le premier vers ? Quels sont les points communs entre les deux éléments comparés ?
- **Notez** toutes les ressemblances qui vous viennent à l'esprit concernant les deux éléments de votre comparaison.

Le vent	L'enfant qui joue
…………………………	…………………………

Atelier expression orale

Lire un poème à plusieurs

« Les Papillons »

De toutes les belles choses
Qui nous manquent en hiver,
Qu'aimez-vous mieux ? « Moi, les roses ;
– Moi, l'aspect d'un beau pré vert ;
– Moi, la moisson blondissante,
Chevelure des sillons ;
– Moi, le rossignol qui chante ;
– Et moi, les beaux papillons ! »

Le papillon ! fleur sans tige,
Qui voltige,
Que l'on cueille en un réseau ;
Dans la nature infinie,
Harmonie
Entre la plante et l'oiseau !

Quand revient l'été superbe,
Je m'en vais au bois tout seul :
Je m'étends dans la grande herbe,
Perdu dans ce vert linceul.

Sur ma tête renversée,
Là, chacun d'eux à son tour,
Passe comme une pensée
De poésie ou d'amour !

Voici le papillon *Faune*,
Noir et jaune ;
Voici le *Mars* azuré,
Agitant des étincelles
Sur ses ailes
D'un velours riche et moiré.

Voici le *Vulcain* rapide,
Qui vole comme un oiseau ;
Son aile noire et splendide
Porte un grand ruban ponceau.
Dieux ! le *Soufré*, dans l'espace,
Comme un éclair a relui...
Mais le joyeux *Nacré* passe,
Et je ne vois plus que lui ! [...]

Mais le soir brunit nos plaines ;
Les *Phalènes*
Prennent leur essor bruyant,
Et les *Sphinx* aux couleurs sombres,
Dans les ombres
Voltigent en tournoyant. [...]

Voici le *Sphinx* à la tête
De squelette,
Peinte en blanc sur un fond noir,
Que le villageois redoute,
Sur sa route,
De voir voltiger le soir.

Je hais aussi les *Phalènes*,
Sombres hôtes de la nuit,
Qui voltigent dans nos plaines
De sept heures à minuit ;
Mais vous, papillons que j'aime,
Légers papillons de jour,
Tout en vous est un emblème
De poésie et d'amour ! [...]

Gérard de Nerval, « Les Papillons » (extraits), dans *Odelettes* (1853).

Atelier expression orale

Travail en équipe

MÉTHODE

Pour bien lire un poème

Comprendre le poème

1. Que décrit le poème ?

2. a. Que sont, à votre avis, le *Faune*, le *Mars*, le *Vulcain*, le *Soufré*, le *Nacré*, le *Phalène* et le *Sphinx* ?

b. Faites des recherches et trouvez des images pour chaque espèce.

c. Quelles strophes évoquent les papillons **en général** et lesquelles décrivent des papillons **particuliers** ?

3. Combien de **voix** s'expriment dans le poème ?

4. Quels **sentiments** le poète éprouve-t-il à l'égard des différents papillons ?

5. À la lecture du poème, quels adjectifs de la liste associeriez-vous aux **papillons de jour** et aux **papillons de nuit** ?

beaux – inquiétants – légers – dangereux – sombres – vifs – lourds – colorés – tristes – gais

Préparer la lecture

Observer la forme du poème

1. Combien de **strophes** le poème possède-t-il ? Contiennent-elles toutes le même **nombre de vers** ?

2. Comment les rimes sont-elles disposées au sein des strophes ?

Étudier les vers

3. a. Combien de **syllabes** les vers du poème contiennent-ils en général ?

b. Y a-t-il des exceptions ? Quel est l'effet de ces variations ?

4. Repérez les **e prononcés** et les **liaisons**. → p. 185

5. Repérez la **ponctuation expressive** (? ! ...).

Lire le poème

- Par **groupes de cinq**, répartissez-vous les vers du poème. Pensez bien aux différentes voix que l'on entend et aux différents papillons que l'on croise pour choisir votre répartition.
- Vous pourrez imaginer des **mises en voix originales** : en canon, vers dits en chœur, mots repris par une autre voix… Veillez à bien marquer les **changements d'atmosphère** (jour / nuit) du poème pour rendre votre interprétation expressive.
- Exercez-vous à lire en respectant les règles de la poésie et en mettant le ton.
- Vous pourrez composer un **document numérique multimédia** en enregistrant votre lecture et en l'agrémentant d'images.

BILAN

Je construis le bilan

Reconnaître la forme d'un poème

1 **Recopiez et complétez la grille de mots croisés.**

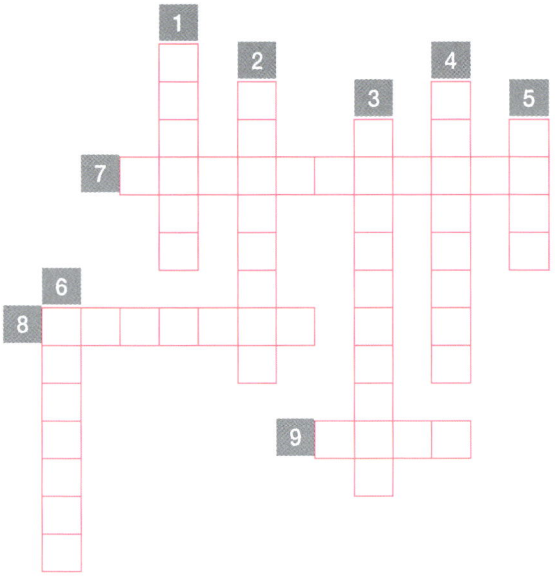

Verticalement

1. Strophe de trois vers.
2. Rimes disposées en ABAB.
3. Vers de douze syllabes.
4. Strophe de quatre vers.
5. Ligne de poésie.
6. Ensemble de vers.

Horizontalement

7. Vers de huit syllabes.
8. Rimes disposées en AABB.
9. Retour d'un son en fin de vers.

Reconnaître les images poétiques

2 **Repérez deux comparaisons et une personnification dans l'extrait. Justifiez.**

Sur le coteau, là-bas où sont les tombes,
Un beau palmier, comme un panache vert,
Dresse sa tête, où le soir les colombes
Viennent nicher et se mettre à couvert.

Mais le matin elles quittent les branches ;
Comme un collier qui s'égrène, on les voit
S'éparpiller dans l'air bleu, toutes blanches,
Et se poser plus loin sur quelque toit.

Théophile Gautier, « Les Colombes », dans *Poésies diverses* (1838).

Comprendre les fonctions du poème

3 **Devinez qui se cache derrière ces vers.**

a. Qui le poète évoque-t-il dans ce quintil ? Proposez votre réponse et expliquez-la.
b. Quelle image est donnée de l'animal ?

Des plus parfaits vivants qu'ait formés la nature,
Lequel plus aisément plane sur les forêts,
Voit mieux se dérouler leurs vagues de verdure,
Suit mieux des quatre vents la céleste aventure,
Et regarde sans peur le soleil d'aussi près ?

Sully Prudhomme, *Stances et poèmes* (1865).

4 **Associez chaque affirmation à un poème du chapitre (un poème peut correspondre à plusieurs affirmations).**

a. La poésie célèbre la beauté de la nature. •
b. La poésie évoque les liens de l'être humain et de la nature. •
c. La poésie permet de créer un autre monde où se mêlent imaginaire et réalité. •
d. La poésie permet au poète d'exprimer ses sentiments. •

• « Mes vers fuiraient… » de Victor Hugo
• « Après l'Homme » d'Esther Granek
• « À Aurore » de George Sand
• « En forêt » de Germain Nouveau
• « Le secret » de René de Obaldia

Quiz de révision

BILAN

Je retiens

La poésie

La forme du poème

- Un poème est un texte court, la plupart du temps constitué de **vers**.
- Ces vers peuvent être regroupés en **strophes** (tercets, quatrains…).
- On nomme le vers en fonction du nombre de syllabes qu'il comprend : un **alexandrin** (douze syllabes), un **décasyllabe** (dix syllabes), un **octosyllabe** (huit syllabes)…
- Le poème présente très souvent des **rimes** qui donnent au texte de la **musicalité**. Selon leur disposition, on dit que les rimes sont **suivies** (AABB), **croisées** (ABAB) ou **embrassées** (ABBA).
- La musicalité du poème repose également sur le **rythme du vers** et sur les **répétitions**. Ainsi, certains poèmes modernes comme « À vol d'oiseau » de Michel Luneau sont composés de **vers irréguliers** (le nombre de syllabes varie) et **sans rimes**. On les appelle des **vers libres**.
- Au côté de ces formes traditionnelles, il existe des formes poétiques plus originales : le **haïku** (poème très court suggérant un moment précis), ou le **calligramme** (poème dont la disposition des vers forme un dessin).

Les images poétiques

- Parmi les images poétiques, on retient :
– la **comparaison** qui associe deux éléments grâce à un outil de comparaison (*comme*, *tel*…) ;
– la **personnification**, qui attribue une caractéristique humaine à un objet ou à un animal.

Les fonctions du poème

- Les poètes **célèbrent** très souvent les **beautés de la nature**.
- La description des merveilles de la nature permet parfois au poète de rappeler le **lien étroit qui unit l'être humain et la nature**.
- Parfois l'évocation de la nature permet au poète d'emmener le lecteur dans un autre **monde mêlant la réalité et le rêve** ou **l'imaginaire**.

Mon carnet de mots

Retenez les mots importants du chapitre.

- **Célébrer** : dire son admiration.
- **Image** : procédé poétique qui associe un mot à un autre.
- **Rime** : retour d'un son en fin de vers.
- **Rythme** : phénomène de répétition qui rend un texte musical.
- **Strophe** : groupement de vers.
- **Vers** : ligne dans un poème.

La citation du poète

La nature est tout ce qu'on voit,
Tout ce qu'on veut, tout ce qu'on aime.
Tout ce qu'on sait, tout ce qu'on croit,
Tout ce que l'on sent en soi-même.
(George Sand dans « À Aurore », p. 173)

ÉVALUATION

Pour réussir l'évaluation, je dois connaître :

- la forme des poèmes ;
- les images poétiques ;
- les champs lexicaux ;
- le présent de l'impératif.

Georges Lacombe, ***Marine bleue. Effets de vague*** **(1893)**, huile sur toile (49 x 64 cm), musée des Beaux-Arts de Rennes.

« Le secret »

Écoute mon enfant
les verts secrets des branches
et ceux de la sève
qui irrigue[1] l'arbre

Regarde danser l'abeille
perce le secret de cet alchimiste[2]
qui transforme en miel
la poudre d'or des fleurs

Mets ton oreille
contre la mousse du rocher
pour capter le grand secret
des pierres

Cours vite à la mer
et laisse-toi bercer
par le secret du chant
des vagues

Joseph-Paul Schneider, *Poèmes inédits* dans *Les Plus Beaux Poèmes pour les enfants*, anthologie de Jean Orizet © Le Cherche Midi (1997).

1. **Irrigue :** circule dans le corps.
2. **Alchimiste :** au Moyen Âge, celui qui connaît les secrets de la nature et qui manipule la matière pour la purifier.

Lire et analyser un texte

1. À qui le poète s'adresse-t-il ?
2. Quels sont les sens sollicités dans ce poème (vue, toucher, ouïe…) ? Justifiez votre réponse par des exemples précis.
3. Quel est le champ lexical dominant dans ce poème ?
4. Quelle image est donnée de l'abeille ? Expliquez votre réponse.
5. Comment comprenez-vous le titre du poème ?
6. a. Quel est le type de strophe employé ?
b. Le nombre de syllabes dans les vers de la première strophe est-il toujours le même ?
c. Le poème comporte-t-il des rimes ?

Maîtriser la langue

7. a. Relevez les verbes employés au début de chaque strophe.
b. À quel mode sont-ils conjugués ?
8. Relevez les adjectifs qui qualifient le nom *secret* dans le poème.
9. Réécrivez le poème en rétablissant la ponctuation forte.

Lire et analyser une image

10. À quelle strophe du poème associeriez-vous le tableau ? Justifiez votre réponse.
11. Combien de plans composent le tableau ? Quel élément est représenté dans chaque plan ?
12. Quelles couleurs dominent ? Est-ce surprenant ?

Écrire

13. Sujet : Dans la dernière strophe, le poète demande à l'enfant de courir vers la mer. Écrivez un poème qui propose une découverte de la mer par l'enfant.

Consignes
- Votre poème comprendra quatre quatrains.
- Vous débuterez chaque quatrain par un verbe (par exemple, *écoute, touche, nage*…).
- Chaque quatrain décrira un aspect de la mer.
- Vous utiliserez au moins deux comparaisons.

SOCLE

	COMPÉTENCES ÉVALUÉES	Questions
Lire	**> Comprendre et interpréter un texte littéraire** • Mise en œuvre d'une démarche de compréhension à partir d'un texte lu • Identification du genre et de ses enjeux (la poésie)	Q. 1, 2, 3, 5 Q. 4, 6
Langue	**> Observer le fonctionnement du verbe et l'orthographier** • Approche de l'aspect verbal • Les adjectifs • La ponctuation forte	Q. 7 Q. 8 Q. 9
Culture littéraire et artistique	**> Comprendre et interpréter une image** • Mise en relation de textes et d'images	Q. 10 à 12
Écrire	**> Produire des écrits variés** • Mise en œuvre d'une démarche de production de texte • Mobilisation des connaissances : étude de la langue et lexique	Q. 13

10 Rusé renard

Quelles ruses le renard invente-t-il pour triompher dans les fables ?

Doc. 1 **Renart et les anguilles**, illustration de **Benjamin Rabier** (1909) pour le *Roman de Renart*.

Que représente le personnage du renard dans la littérature ?

- Dans quel type de récits avez-vous déjà rencontré le personnage du renard ?
- Trouvez au moins trois adjectifs que l'on emploie généralement pour décrire le renard. Les renards des documents 1, 2 et 4 correspondent-ils à l'image que vous vous faites du personnage ?
- Pourquoi, selon vous, Robin des Bois est-il représenté en renard dans le dessin animé de Walt Disney (doc. 2) ? Est-il un personnage positif ou négatif ?

Doc. 2 *Robin des Bois*, film d'animation de **Walt Disney** (1973).

Doc. 4 Imagerie d'Épinal pour la fable « Le Renard et le Bouc » de La Fontaine.

Doc. 3

« Le Renard et le Bouc »

Un Renard s'était, par mégarde, laissé choir dans un puits : la margelle était trop haute pour qu'il pût en sortir. Un Bouc vint dans le même endroit pour se désaltérer, et demanda au Renard si l'eau était douce, et s'il y en avait abondamment. Celui-ci, méditant un stratagème : « Descends, ami, lui dit-il ; elle est si bonne, et j'ai tant de plaisir à en boire, que je ne puis m'en rassasier. » Notre barbu s'y précipite : alors le rusé Renard, à l'aide des longues cornes du Bouc, s'élança hors du puits, et y laissa son compagnon prisonnier.

Phèdre, *Fables* (Ier siècle av. J.-C. – Ier siècle ap. J.-C.), traduit du latin par Ernest Panckoucke.

Connaissez-vous les fables ?

- Comment le renard apparaît-il dans le texte (doc. 3) ? Et le bouc ?
- Connaissez-vous d'autres fables qui mettent en scène un renard ?
- Quelle morale peut-on tirer de cette histoire ?

Découvrez, dans ce chapitre, les multiples stratagèmes du plus rusé des animaux !

La fable et ses origines

Texte 1

« Le Corbeau et le Renard » d'Ésope

Repères

ANTIQUITÉ

Fable

- **Ésope** est un écrivain de l'Antiquité grecque. On lui attribue plus de trois cents **fables**.
- La **fable** est un genre littéraire très ancien, issu de l'Antiquité grecque, latine et même indienne. À l'origine, les fables appartenaient à la **tradition orale**, comme les épopées et les contes.
- La fable raconte une **histoire qui illustre une morale**.

Un corbeau, ayant volé un morceau de viande, s'était perché sur un arbre. Un renard l'aperçut, et, voulant se rendre maître de la viande, se posta devant lui et loua ses proportions[1] élégantes et sa beauté, ajoutant que nul n'était mieux fait que lui pour être le roi des oiseaux, et qu'il le serait devenu sûrement, s'il avait de la voix. Le corbeau, voulant lui montrer que la voix non plus ne lui manquait pas, lâcha la viande et poussa de grands cris. Le renard se précipita et, saisissant le morceau, dit : « Ô corbeau, si tu avais aussi du jugement, il ne te manquerait rien pour devenir le roi des oiseaux. »

Cette fable est une leçon pour les sots.

Ésope (VIIe-VIe siècles av. J.-C.), *Fables*, traduit du grec ancien par Émile Chambry.

1. **Proportions :** silhouette bien proportionnée.

Chapiteau de l'église San Martín de Frómista (vers 1066), Palencia (Espagne).

Comparer deux fables

Notions : genre littéraire – morale

Échanger

À la première lecture, diriez-vous que ces deux fables se ressemblent ?

Comprendre

1. Quelle histoire racontent ces deux fables ?

2. Quelle stratégie le renard adopte-t-il pour obtenir ce qu'il veut ?

3. a. Trouvez un adjectif pour décrire l'attitude du renard.

b. Trouvez deux adjectifs pour décrire l'attitude du corbeau.

Approfondir

4. Relevez au moins deux indices qui montrent que la fable de La Fontaine est un poème.

5. a. Relevez dans chacune des fables les passages où un personnage prend la parole.

b. Quel fabuliste donne le plus la parole aux personnages ? Quel est l'intérêt de ce choix ?

6. a. Relevez la morale de chacune des fables. Qui l'exprime ? Reformulez chacune d'elles.

b. Quelle est celle que vous trouvez la plus claire pour le lecteur ? Pourquoi ?

Texte 2

« Le Corbeau et le Renard » de Jean de La Fontaine

Maître Corbeau, sur un arbre perché,
Tenait en son bec un fromage.
Maître Renard, par l'odeur alléché,
Lui tint à peu près ce langage :
« Et bonjour, Monsieur du Corbeau.
Que vous êtes joli ! Que vous me semblez beau !
Sans mentir, si votre ramage[1]
Se rapporte à votre plumage,
Vous êtes le Phénix[2] des hôtes de ces bois. »
À ces mots, le Corbeau ne se sent pas de joie ;
Et pour montrer sa belle voix,
Il ouvre un large bec, laisse tomber sa proie.
Le Renard s'en saisit, et dit : « Mon bon monsieur,
Apprenez que tout flatteur
Vit aux dépens[3] de celui qui l'écoute.
Cette leçon vaut bien un fromage sans doute. »
Le Corbeau honteux et confus
Jura, mais un peu tard, qu'on ne l'y prendrait plus.

Jean de La Fontaine, *Fables* (1668), I, 2.

1. **Ramage :** chant d'un oiseau.
2. **Phénix :** dans la mythologie, le Phénix est un oiseau capable de renaître de ses cendres. Désigne ici une personne extraordinaire.
3. **Vit aux dépens :** profite.

Repères

XVIIe siècle

Fable

• **La Fontaine** est un écrivain français, qui vécut sous le règne de Louis XIV. Il se rendit célèbre grâce à ses fables pour lesquelles il s'inspira des grands fabulistes antiques comme Ésope et Phèdre mais aussi Pilpay, un sage indien du IIIe siècle.

Illustration de **Félix Lorioux** (1961) pour la fable « Le Corbeau et le Renard » de La Fontaine.

Faire le bilan

Complétez le bilan à l'aide des mots suivants :
La Fontaine – récit – Ésope – vivante – poème – Antiquité – morale.
Une fable est un .... qui illustre une .... Elle a souvent la forme d'un .... C'est un genre connu depuis l'............ .
.... prend la fable d'............ pour modèle et la réécrit en la rendant ....

Vocabulaire en contexte

• Trouvez un mot de la même famille qu'***alléché*** (v. 3 dans le texte 2). Déduisez le sens du mot dans le texte.

EXPRIMER SON POINT DE VUE

Laquelle des deux fables préférez-vous ? Exprimez votre point de vue à la classe en donnant au moins deux raisons qui justifient votre choix.

Des animaux à l'image des hommes

Willy Aractingi, *Le Renard et le Bouc* (novembre 1994), huile sur toile (100 x 100 cm), collection Aractingi.

Repères

XVIIe siècle

Fable

« Le Renard et le Bouc »

Capitaine Renard allait de compagnie
Avec son ami Bouc des plus haut encornés[1].
Celui-ci ne voyait pas plus loin que son nez ;
L'autre était passé maître en fait de tromperie.
La soif les obligea de descendre en un puits.
Là chacun d'eux se désaltère.
Après qu'abondamment tous deux en eurent pris,
Le Renard dit au Bouc : « Que ferons-nous, Compère ?
Ce n'est pas tout de boire ; il faut sortir d'ici.
Lève tes pieds en haut, et tes cornes aussi :
Mets-les contre le mur : le long de ton échine[2]
Je grimperai premièrement ;
Puis sur tes cornes m'élevant,
À l'aide de cette machine
De ce lieu-ci je sortirai,
Après quoi je t'en tirerai.
– Par ma barbe, dit l'autre, il est bon ; et je loue
Les gens bien sensés comme toi.

1. **Des plus haut encornés :** qui a de grandes cornes.
2. **Échine :** partie du dos entre la nuque et le bassin. Le renard veut donc grimper le long du dos du bouc.

Je n'aurais jamais, quant à moi,
Trouvé ce secret, je l'avoue. »
Le Renard sort du puits, laisse son Compagnon,
Et vous lui fait un beau sermon
Pour l'exhorter à[3] patience.
« Si le ciel t'eût, dit-il, donné par excellence
Autant de jugement que de barbe au menton,
Tu n'aurais pas à la légère
Descendu dans ce puits. Or, adieu, j'en suis hors[4] ;
Tâche de t'en tirer, et fais tous tes efforts ;
Car, pour moi, j'ai certaine affaire
Qui ne me permet pas d'arrêter en chemin. »
En toute chose il faut considérer la fin.

Jean de La Fontaine, *Fables* (1668), III, 5.

3. **Exhorter à :** pousser à, inciter à.
4. **J'en suis hors :** j'en suis sorti.

Étudier les caractéristiques de la fable

Notions : allégories animalières – récit / morale

Échanger

Décrivez l'illustration. À quel moment de la fable l'image correspond-elle ?

Comprendre

1. Repérez le récit et la morale de cette fable.

2. a. Retrouvez le schéma narratif du récit et résumez chaque étape par une phrase.

b. L'histoire vous semble-t-elle simple ou compliquée ? Justifiez.

3. a. À quel temps la morale est-elle rédigée ?

b. Rédigez une phrase qui explique la morale. Trouvez-vous qu'elle est bien illustrée par le récit qui précède ?

Approfondir

4. Comment le Bouc est-il décrit au début de la fable ? Citez le texte. Quel autre passage de la fable nous montre sa naïveté ?

5. Comment le Renard se sert-il du Bouc ? En quoi se montre-t-il rusé ?

6. a. Complétez le tableau suivant :

	Renard	Bouc
Caractéristiques animales	....	....
Caractéristiques humaines	....	....

b. À votre avis, que représentent le Renard et le Bouc dans la fable ? Appuyez-vous sur le tableau que vous avez complété pour répondre.

7. À travers le discours du Renard, que reproche La Fontaine au Bouc ?

Faire le bilan

Rédigez le bilan en répondant à ces questions.

- Pourquoi, dans les fables, le récit est-il simple et facilement repérable ?
- À quoi les animaux servent-ils dans les fables ?

Vocabulaire en contexte

- Comment sont formés les mots ***compère*** (v. 8) et ***compagnon*** (v. 21) ? À l'aide du dictionnaire, donnez l'étymologie du mot ***compagnon***.
- Cherchez dans un dictionnaire les différents sens du mot ***fin***. Quel est son sens au vers 31 ? Remplacez le terme par un synonyme.

ÉCRIRE UNE AUTRE MORALE

Rédigez une autre morale à cette fable.
Vous mettrez en valeur la trahison du Renard envers « son ami Bouc ».

Consignes

- Votre morale ne devra pas dépasser une ligne.
- Elle sera rédigée au présent.

Le trompeur trompé

Texte écho
La Fontaine, « Le Coq et le Renard »

Repères

MOYEN ÂGE

Fable

- **Marie de France** est la première femme écrivain française. Elle vécut au XIIe siècle, principalement en Angleterre, à la cour d'Henri II et d'Aliénor d'Aquitaine.
- Elle s'inspira d'Ésope pour écrire ses fables en vers.

« Le Renard et le Coq »

Un coq chantait sur son fumier[1]. Près de là était un renard qui le guettait ; mais il n'était pas aisé au larron[2] d'approcher de lui sans l'effaroucher, et cependant c'est ce dont l'hypocrite vint à bout par une ruse.

« Sire, lui dit-il, je ne puis résister davantage à l'envie de vous témoigner combien vous m'avez donné ici de plaisir. Il y a longtemps que je vous regarde, et je vous trouve, il faut en convenir, le plus parfait des animaux que j'aie jamais connus. Mais ce qui me plaît en vous surtout, c'est votre voix. De ma vie je n'en ai encore entendu une pareille, excepté peut-être celle de votre père : il est vrai pourtant que lui il chantait les yeux fermés.

– Je suis capable de le faire comme mon père, » répondit le coq ; et à l'instant, fermant les yeux, il bat des ailes pour chanter, mais à l'instant aussi il est saisi et enlevé par le renard.

Heureusement pour lui, des bergers qui étaient là à peu de distance virent le voleur emporter sa proie : ils lâchèrent leurs chiens après lui. Le coq alors, usant d'adresse à son tour, dit au ravisseur : « Criez-leur que je suis de vos amis, ils vous laisseront aller. » Le renard le croit, il ouvre la bouche pour parler, mais il lâche ainsi l'oiseau, qui aussitôt vole sur un arbre et se moque de lui.

« Maudit soit celui qui parle, lorsqu'il devrait se taire, dit le renard.

– Maudit soit, ajouta le coq, celui qui ferme les yeux lorsqu'il devrait veiller. »

Marie de France, *Fables* (1167-1189), traduit de l'ancien français par Pierre Jean-Baptiste Legrand d'Aussy.

1. **Fumier :** mélange de paille et d'excréments.
2. **Larron :** voleur.

Vocabulaire en contexte

- Repérez le radical du mot ***effaroucher*** (l. 2-3), puis son préfixe et son suffixe. Proposez ensuite un synonyme du mot.
- Trouvez un mot de la famille de ***maudit***. Que signifie l'expression ***Maudit soit…*** (l. 19) ?

Étudier un retournement de situation

Notions : construction du récit – connotations

Échanger

À quelle fable de La Fontaine la stratégie du renard vous fait-elle penser ?

Comprendre

1. a. Repérez les deux grandes étapes de cette fable.

b. Complétez le tableau.

	Étape 1	Étape 2
Trompeur	....	....
Trompé	....	....
Paroles qui expriment la ruse	....	....
Conséquence de la ruse	....	....

c. Que constatez-vous ?

2. Comment le coq retourne-t-il la situation ? Pourquoi peut-on dire qu'il fait preuve d'intelligence ?

Approfondir

3. Relevez les termes qui désignent le renard dans les deux premières phrases. Donnent-ils une image positive ou négative de l'animal ?

4. Quel terme désigne le stratagème du renard dans la première partie ? Quel terme désigne cette fois le stratagème du coq dans la deuxième partie ? Quelle différence observez-vous ?

5. Qui prononce la morale dans la fable ? Pourquoi ce choix est-il intéressant ?

IMITER L'ORGANISATION D'UN RÉCIT

En suivant l'organisation du récit de Marie de France, inventez une fable où le trompeur est finalement trompé.

Consignes

- Choisissez votre couple d'animaux. Vous pourrez choisir parmi les couples suivants : le loup et le vieux mouton ; le renard et le merle moqueur ; le lion et la gazelle prudente.
- Écrivez deux courts paragraphes. Dans le deuxième, l'animal trompé devient le trompeur.
- Chaque animal parlera une fois au discours direct dans chaque paragraphe.
- Écrivez une morale dans laquelle les deux animaux tirent une leçon de leur aventure.

Faire le bilan

Rédigez un court bilan en employant les mots suivants :

vainqueur – deux personnages – comiques – symétrique – retournement de situation.

Illustration d'**Armand Rapeno** (1947) pour la fable « Le Coq et le Renard » de La Fontaine.

Une ruse cruelle

Repères

XVIIIe siècle

Fable

• Jean-Pierre Claris de **Florian** (1755-1794) est un auteur français du XVIIIe siècle. Il écrivit des comédies, un roman, des poèmes mais surtout des fables qui lui assurèrent le succès.

« La jeune Poule et le vieux Renard »

Illustration de **Félix Lorioux** pour la fable « La jeune Poule et le vieux Renard » de Florian.

Une Poulette jeune et sans expérience,
En trottant, cloquetant[1], grattant,
Se trouva, je ne sais comment,
Fort loin du poulailler, berceau de son enfance.
Elle s'en aperçut qu'il était déjà tard.
Comme elle y retournait, voici qu'un vieux Renard
À ses yeux troublés se présente.
La pauvre Poulette tremblante
Recommande son âme à Dieu.
Mais le Renard, s'approchant d'elle,
Lui dit : Hélas ! mademoiselle,
Votre frayeur m'étonne peu ;
C'est la faute de mes confrères,
Gens de sac et de corde[2], infâmes[3] ravisseurs,
Dont les appétits sanguinaires
Ont rempli la terre d'horreurs.
Je ne puis les changer, mais du moins je travaille
À préserver par mes conseils
L'innocente et faible volaille,
Des attentats de mes pareils.
Je ne me trouve heureux qu'en me rendant utile ;
Et j'allais de ce pas jusque dans votre asile
Pour avertir vos sœurs qu'il court un mauvais bruit :

1. **Cloquetant :** mot inventé par Florian à partir de la combinaison de *cloquer* et *caqueter*, synonymes de *glousser*.
2. **Gens de sac et de corde :** malfaiteurs, brigands.
3. **Infâmes :** ignobles, cruels.

C'est qu'un certain Renard, méchant autant qu'habile,
Doit vous attaquer cette nuit.
Je viens veiller pour vous. La crédule[4] innocente
Vers le poulailler le conduit ;
À peine est-il dans ce réduit[5],
Qu'il tue, étrangle, égorge, et sa griffe sanglante
Entasse les mourants sur la terre étendus,
Comme fit Diomède au quartier de Rhésus[6].
Il croqua tout, grandes, petites,
Coqs, poulets et chapons ; tout périt sous ses dents.

La pire espèce de méchants
Est celle des vieux hypocrites.

Jean-Pierre Claris de Florian, *Fables* (1792), II, 17.

4. **Crédule :** naïf, qui croit tout ce qu'on lui dit.
5. **Réduit :** refuge. Ici, renvoie au poulailler.
6. **Comme fit Diomède au quartier de Rhésus :** pendant la guerre de Troie, Diomède et Ulysse sèment la mort dans le camp du Troyen Rhésus et lui volent ses chevaux.

Étudier la leçon d'une fable

Notions : réseaux lexicaux – figures de style

Échanger

Que ressentez-vous à la lecture de cette fable ?

Comprendre

1. Qu'arrive-t-il à la jeune Poule au début de la fable ?

2. Relevez toutes les expressions qui soulignent le manque d'expérience de la Poule. En quoi est-ce un avantage pour le Renard ?

3. a. Que promet le Renard à la Poule ?

b. Relevez tous les mensonges du Renard dans son discours (v. 11-26).

Approfondir

4. a. Comment le Renard décrit-il les autres renards dans le discours qu'il tient à la jeune Poule (v. 11-26) ?

b. Comment se comporte-t-il ensuite ?

5. a. Recopiez les vers 28 à 33 et surlignez les mots appartenant au champ lexical de la violence.

b. Encadrez les énumérations de mots.

c. Soulignez une comparaison dans ces mêmes vers.

→ p. 186

6. a. Relevez la morale de la fable. À quel temps est-elle rédigée ? Quelle est la valeur de ce temps ici ?

b. Que cherche à nous apprendre Florian ? À qui cette morale s'adresse-t-elle d'après vous ?

Repère : Le **présent de vérité générale** permet d'exprimer un fait toujours vrai.
Ex. : *L'eau bout à cent degrés.*

Faire le bilan

Complétez le bilan à l'aide des mots suivants :
animaux – hypocrites – hommes – discours.

La fable est un genre qui met en scène des ………… pour nous donner des leçons sur le comportement des ………… . Florian dénonce ici les …………, qui profitent de la faiblesse des personnes sans expérience pour les dominer. Il nous met en garde contre les ………… qui ont parfois pour objectif de nous séduire et de nous manipuler.

Vocabulaire en contexte

- Quel est le sens habituel du mot ***volaille*** ? En vous aidant du contexte, trouvez à quoi le terme renvoie ici (v. 19).
- Quel mot simple reconnaissez-vous dans le mot ***sanguinaires*** (v. 15) ? Déduisez-en le sens du mot dans la fable.

FORMULER UN CONSEIL

Quel conseil pourriez-vous donner à une jeune poule pour qu'elle ne tombe pas dans le piège mortel d'un cruel renard ?

Consignes

- Rédigez votre conseil au brouillon (une seule phrase écrite au présent de vérité générale).
- Exprimez votre conseil devant la classe et expliquez-le.

Texte écho

Aux limites de la fable, le *Roman de Renart*

Texte lu

Partie 1

« Les trois jambons de Maître Ysengrin »

Repères

MOYEN ÂGE

Roman

- Le ***Roman de Renart*** est un ensemble de vingt-sept récits écrits **en ancien français** et **en vers**. Ces récits mettent en scène des animaux, notamment Renart, le héros, qui incarne la **ruse**. La Fontaine s'inspirera de ces histoires pour ses fables.
- Le *Roman de Renart* cherche à **amuser** le lecteur mais il **dénonce** aussi le comportement des puissants que Renart ne cesse de ridiculiser.

Un matin, Renart entra chez son compère loup, l'œil morne et la fourrure mal lissée. La disette[1] régnait au pays ; bien malgré lui, Renart faisait carême[2], et, ce matin-là, il se sentait, plus que de coutume, l'estomac creux et les dents longues.

Tout de suite, Ysengrin s'aperçut de l'état fâcheux de Renart, et, feignant une grande sollicitude[3] :

« Qu'est-ce donc, beau neveu ? Vous avez l'air bien mal en point.

– Je suis, en effet, très mal en point, répondit Renart d'un ton piteux, et ma faiblesse est grande. »

Ce disant, il tournait un œil d'envie vers trois beaux jambons qui pendaient aux solives[4], gras, roses et fumés à souhait.

Ysengrin surprit ce regard et demanda :

« N'avez-vous point déjeuné ?

– Hélas ! non. »

Le loup fit un geste désolé, et, s'adressant à son épouse :

« Giremonde, faites bien vite cuire une rate[5] à ce pauvre garçon... Ne vous défendez pas, beau neveu, elle est toute petite. »

C'est précisément ce qui chiffonnait[6] Renart que la rate fût si petite, et même que le mets offert ne fût qu'une rate. Le beau jambon des solives l'aurait beaucoup mieux accommodé.

« Vous avez là de superbes jambons, mon oncle, dit-il avec une convoitise[7] qu'il cherchait en vain à dissimuler.

– Ma foi oui, superbes, répondit Ysengrin d'un air avantageux.

– À les mettre si bien en vue, ne craignez-vous point de tenter les passants, surtout par ce temps de disette ? Il serait peut-être sage de les manger sans délai et d'en faire profiter vos parents et amis.

– Certes non ! fit délibérément le loup ; j'entends les manger à loisir et n'en faire profiter personne.

– À votre place, insista Renart confus de s'être laissé deviner, je les cacherais tout au moins soigneusement, et je crierais bien fort qu'on me les a volés.

– Nenny, je n'ai point peur des passants. Ils peuvent contempler mes jambons à leur aise, ils n'y goûteront point. »

Sans rien dire de plus, Renart consomma la maigre pitance qui lui était offerte ; puis, la tête basse et la queue entre les jambes, il regagna son château de Maupertuis.

1. **Disette :** famine.
2. **Faisait carême :** ne mangeait pas, jeûnait selon la tradition chrétienne du Carême.
3. **Sollicitude :** attention, souci.
4. **Solives :** poutres en bois qui soutiennent le plancher d'une maison.
5. **Rate :** organe comestible.
6. **Chiffonnait :** ennuyait.
7. **Convoitise :** désir.

Mais Renart ne demeure pas volontiers sous le coup d'une défaite ou d'un affront, et il a plus d'un tour dans son sac.

La nuit suivante, il revient de son pas velouté à la demeure d'Ysengrin. Il grimpe sur le toit et, sans faire de bruit, y creuse un grand trou à l'endroit où les jambons sont suspendus ; il les décroche l'un après l'autre et les emporte chez lui, où sa femme, Ermeline, et ses enfants, Malebranche et Percehaye, attendent impatiemment le résultat de son expédition.

En hâte, on débite[8] l'un des jambons, on le fait cuire, on le déguste, réparant ainsi d'un seul coup la diète[9] sévère des jours passés.

8. **Débite :** découpe.
9. **Diète :** régime.

Comprendre (partie 1)

- Qui sont les personnages de ce texte ? Quelles sont leurs relations ?
- Relevez le champ lexical de la faim. Qu'espère Renart en découvrant les jambons d'Ysengrin ?
- Que Renart conseille-t-il à Ysengrin ?
- Trouvez les étapes du schéma narratif de ce passage. Résumez chacune d'elles par une phrase simple.
Situation initiale : ....
Élément déclencheur : ....
Péripéties 1 et 2 : ....
- À quoi vous attendez-vous dans la suite du récit ?

Repère artistique : **Benjamin Rabier** (1864-1939) est un célèbre illustrateur des *Fables* de La Fontaine. Il publia en 1909 chez l'éditeur Tallandier une édition du *Roman de Renart*. Hergé l'admirait beaucoup et s'inspira de lui pour son personnage de *Tintin*.

Illustration de **Benjamin Rabier** (1909) pour le *Roman de Renart*.

Partie 2

Repères

MOYEN ÂGE

Roman

• Au Moyen Âge, ***goupil*** est le nom commun qui sert à désigner un renard. ***Renart*** est le nom propre du personnage de ce *Roman* (le loup s'appelle Ysengrin, le corbeau Tiécelin…). L'œuvre eut un tel succès que le nom propre *Renart* devint un nom commun, écrit *renard*, et remplaça *goupil*.

Puis, bien repu cette fois, l'œil vif, la fourrure lisse et brillante, Renart s'en retourne à la maison d'Ysengrin.

Celui-ci venait de s'éveiller, et, constatant le larcin dont il avait été victime, remplissait le voisinage de sa clameur[1].

« Çà, mon oncle, que vous est-il arrivé ? s'enquit Renart sur un ton de sollicitude inquiète.

– Mes jambons… mes superbes jambons… cria Ysengrin de plus belle.

– Eh bien, mon oncle, vos jambons… vos superbes jambons…

– On me les a volés ! »

Renart prit un air entendu.

« Là… là… fit-il, voilà qui est bien joué !

– Que voulez-vous dire ?

– Que les larrons[2] ne sont pas loin et que vous n'êtes sans doute point trop fâché après eux. Continuez, mon oncle, criez encore plus fort, les plus malins s'y laisseront prendre.

– Quand je vous dis qu'on me les a volés.

– Je vous entends[3].

– Quoi… vous m'entendez ?… vous expliquerez-vous, enfin ?

– Mon oncle, je suis très flatté que vous ayez trouvé bon le conseil que je vous ai donné hier : de cacher vos jambons et de crier ensuite qu'on vous les avait volés. »

Ysengrin semblait au comble de la fureur, et son épouse jugea bon d'intervenir.

« Ce n'est pas bien, Renart, de vous gausser de[4] nous quand nous sommes dans la peine ; si nous avions encore nos jambons, nous serions trop contents de vous en offrir votre part.

1. **Clameur :** cris de plainte et de colère.
2. **Larrons :** voleurs.
3. **Je vous entends :** je vous comprends.
4. **Se gausser de :** se moquer de.

Image animée

Renart vole un jambon à un vilain, enluminure extraite du manuscrit le *Roman de Renart* (début du XIVe siècle), parchemin, collection BnF.

Histoire des arts

Étudier un manuscrit

a. En quelle langue ce manuscrit est-il écrit ? De quelle époque date-t-il ?
b. Est-il écrit en vers ou en prose ?

– Il est fâcheux que vous ne vous en soyez pas aperçue plus tôt, tante Giremonde. Voici maintenant votre toit crevé, c'est un gros dégât, et vous n'avez pas vos jambons davantage. »

Ces propos et le ton goguenard[5] de son neveu éveillèrent les soupçons d'Ysengrin dont la colère redoubla.

« Si jamais je découvre le larron, gronda-t-il en s'adressant à son neveu, que celui-là prenne garde. »

Renart ne jugea pas nécessaire de poursuivre le colloque[6]. Riant sous cape, il regagna Maupertuis, où un bon somme vint réparer la fatigue de son expédition nocturne.

Roman de Renart (vers 1170-1250), traduit de l'ancien français par Jeanne Leroy-Allais.

Comprendre (partie 2)

- Pourquoi Renart retourne-t-il chez son oncle ?
- Que sous-entend Renart à propos du vol des jambons ?
- Son oncle découvre-t-il le véritable voleur ?

5. **Goguenard :** moqueur.
6. **Colloque :** discussion.

Étudier l'usage de la ruse face aux puissants

Notions : expression des sentiments – construction du récit

Échanger

Pourquoi cette histoire est-elle drôle ?

Approfondir

1. a. Relevez les expressions qui caractérisent Renart et Ysengrin (leur situation, leur attitude, le ton qu'ils emploient) dans chaque partie du texte. Reportez-les dans le tableau suivant et déduisez le sentiment dominant qui les habite.

	Partie 1	Partie 2	Sentiment dominant
Renart	....	....	....
Ysengrin	....	....	....

b. Pourquoi peut-on dire qu'il y a un retournement de situation entre les deux parties ?

2. Relisez le dialogue l. 50 à 66 : comment Renart ridiculise-t-il son oncle ?

3. Relevez une phrase qui présente Renart comme un personnage particulièrement rusé.

Faire le bilan

Rédigez le bilan en répondant à ces questions.
Comment Renart ridiculise-t-il son oncle ? Quelle leçon Renart nous apprend-il grâce à sa ruse ? Que critique l'auteur dans cet extrait ?

Vocabulaire en contexte

- L'adjectif ***piteux*** (l. 8) appartient à la même famille que *pitié* (« sentiment de peine face à la souffrance d'autrui »), *piété* (« sentiment du devoir religieux ») et *pitance* (à l'origine, « ration de nourriture donnée par charité par les religieux aux misérables »). Quel sens de l'adjectif pouvez-vous en déduire ?
- Remplacez le nom ***larcin*** (l. 48) par un synonyme.

ADOPTER LE POINT DE VUE D'UN PERSONNAGE

Quelques jours plus tard, Ysengrin rencontre le corbeau Tiécelin et lui raconte le tour que Renart vient de lui jouer.

Consignes

- Vous utiliserez le passé composé et l'imparfait.
- Ysengrin exprimera à Tiécelin ce qu'il a ressenti pendant cette mésaventure. Vous emploierez donc un vocabulaire précis des sentiments (indignation et colère notamment).

Les fabliaux du Moyen Âge

DÉCOUVRIR LE RECUEIL

- Dans cette quatrième de couverture, que nous apprend l'emploi du verbe *écouter* (*« Il fait bon écouter les fabliaux, Messires »*) sur le genre du fabliau ?
- Allez-vous lire des récits comiques ou sérieux ? Relevez les mots qui vous ont permis de répondre.
- Feuilletez le livre : quels sont les fabliaux dont on connaît les auteurs ? Quels fabliaux sont anonymes ?
- Faites de rapides recherches : à quels siècles correspond le Moyen Âge en France ? Donnez la définition du mot *fabliau*.

Collection Œuvres & thèmes

Les fabliaux du Moyen Âge

« Il fait bon écouter les fabliaux, Messires. » Écoutez donc ces douze petits récits vifs et plaisants où vous retrouverez toute la société médiévale : seigneurs et vilains, bourgeois et marchands, maris et femmes, prêtres… Vous verrez que le bon sens et la malice permettent souvent aux faibles de prendre leur revanche.

Avec de nombreuses ressources

- Des **repères** sur l'époque et le genre
- Des **notes** qui éclairent la lecture des textes
- Des **questionnaires** guidés avec les **définitions** des notions en jeu
- Une **anthologie** « Histoires à rire », qui regroupe des textes d'humoristes du XXe siècle

+ un dossier HISTOIRE DES ARTS

- Des **œuvres en couleurs**
- Des **repères**
- Des **questionnaires**

Documents photocopiables en accès gratuit

Et sur le site **www.oeuvres-et-themes.com**, retrouvez également

- le guide pédagogique
- des fiches de travaux dirigés
- des fiches d'Histoire des arts

Conception graphique : mecano, Laurent Batard. Illustration : Laurent Moreau

3,40 €

46 4679 0
ISBN : 978-2-218-97843-2
9 782218 978432

À lire, à voir…

Rudyard Kipling,
Le Livre de la jungle
(Gallimard, collection « Folio Junior », 2010)

Mowgli, un petit d'homme qui vit dans la jungle, apprend les leçons de la sage panthère Bagheera et de l'ours joyeux Baloo. Il devra dépasser ses peurs et affronter son pire ennemi, Shere-Khan. Des animaux pour mieux parler des hommes…

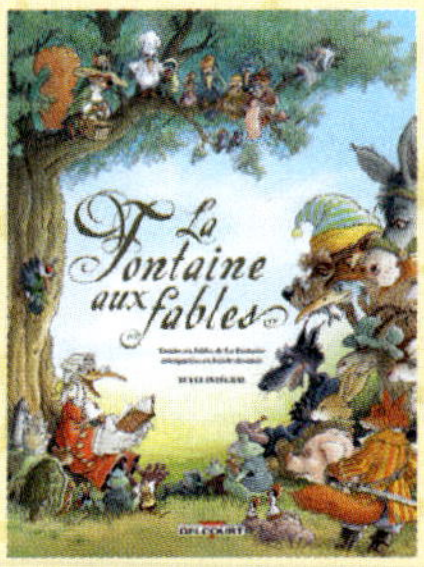

La Fontaine aux fables
(Delcourt, 2010)

Retrouvez les fables de La Fontaine en bande dessinée !

LIRE
LE RECUEIL

Vérifiez que vous avez bien compris les fabliaux.

Les narrateurs

- Dans quels fabliaux le narrateur apparaît-il explicitement ? À quelle personne s'exprime-t-il ?

Des histoires amusantes

- Qui sont les personnages que l'on retrouve dans les fabliaux ? Toutes les catégories de la société médiévale sont-elles représentées ?
- Trouvez des indices qui prouvent que la plupart des fabliaux s'inspirent de la vie quotidienne au Moyen Âge.
- Quels sont les deux fabliaux qui ne proposent pas une histoire réaliste ? Où ces histoires se passent-elles ? En quoi ce choix est-il amusant ?
- Pourquoi, d'après votre lecture, la ruse occupe-t-elle une place importante dans les histoires ?

Des morales parfois surprenantes

- Quel est le défaut de la femme du vilain dans « Les perdrix » ? Comment crée-t-elle la discorde entre son mari et le prêtre ? Quel autre personnage a le même défaut dans le recueil ?
- Comment comprenez-vous la morale du fabliau « Le curé qui mangea des mûres » ?
- L'attitude du clerc dans « Les trois aveugles de Compiègne » vous paraît-elle morale ?
- Quel fabliau avez-vous préféré ? Justifiez en donnant au moins deux arguments.

PARTAGER
SA LECTURE

En groupes, réalisez une affiche pour présenter les fabliaux.

- **Écrivez** des textes précis et brefs.

– Présentez le genre du fabliau, son époque ainsi que les principaux auteurs que l'on connaît.
– Résumez l'histoire d'un fabliau de votre choix.
– Montrez, par des exemples, que les fabliaux sont comiques.
– Expliquez que la morale peut parfois être surprenante.
– Dites quel a été votre fabliau préféré et pourquoi il vous a plu.

- **Illustrez** votre affiche.

Trouvez une ou deux illustrations appropriées et donnez leur titre et leur source.

- **Mettez en page** votre affiche.

MÉTHODE

Pour **réaliser une affiche**, vous devez :

- **soigner la typographie** (écrivez le titre de votre sujet en gros caractères, écrivez vos textes droit et de manière lisible, en traçant éventuellement un léger trait à la règle que vous effacerez ensuite…) ;
- **disposer harmonieusement textes et images** sur la page (faites un croquis des emplacements au brouillon et pensez bien à l'encombrement de chaque élément) ;
- **soigner la réalisation** (découpez les images selon un tracé précis et collez-les droites).

Le Roman de Renart
(Hatier, collection « Œuvres et thèmes », 2002)
Les aventures et espiègleries que Renart invente pour ridiculiser la bêtise…

Michael Morpurgo,
Robin des Bois
(Gallimard, collection « Folio Junior », 2010)
Découvrez les aventures de Robin des Bois et sa bande de hors-la-loi, réunis pour combattre la tyrannie du prince Jean, rétablir la justice et défendre les opprimés !

Histoire des arts

Faibles et forts dans les illustrations des fables

Le Loup et l'Agneau

Doc. 1 Willy Aractingi, *Le Loup et l'Agneau* **(mai 1994)**, huile sur toile (61 x 71 cm), collection Aractingi.

Repères artistiques

La **composition** d'une image désigne la manière dont sont placés les éléments dans le cadre.
Les **lignes de force** sont les grandes lignes qui structurent une image. Elles peuvent être verticales, horizontales, obliques ou courbes.

Décrire le tableau de Willy Aractingi

1. Dans la nature, quel rapport ces deux animaux entretiennent-ils ?

2. Réalisez un croquis avec les lignes de force de l'image. Comment l'opposition des deux animaux se traduit-elle dans cette composition ?

3. Observez les couleurs des deux animaux : que symbolise le blanc ? Que symbolise le rouge ?

4. Quels détails du loup sont blancs ? Quelle image de l'animal cela donne-t-il ?

5. Quel détail de l'agneau est rouge ? Quelle image de l'animal cela donne-t-il ?

Le Lion et le Rat

Repères artistiques

Avant de réaliser un tableau, les peintres font des **dessins préparatoires** aussi appelés « croquis ». Ils sont souvent réalisés à la mine de plomb (au crayon à papier).

Doc. 2 **Gustave Moreau** (1826-1898), ***Le Lion et le Rat***, dessin au crayon (32 x 21 cm), musée Gustave Moreau (Paris).

Décrire le dessin de Gustave Moreau

1. Lisez la fable page 215 : quel épisode est représenté dans ce dessin ?

2. Observez la taille des animaux et la direction des regards : comment l'artiste rend-il la tension dans la scène ?

3. Observez les pattes et la gueule du lion : comment constituent-elles une menace pour le rat ?

Doc. 3 **Marc Chagall** (1887-1985), ***La Grenouille qui veut se faire aussi grosse que le Bœuf***, gouache sur papier (475 x 367 mm), musées royaux des Beaux-Arts de Belgique (Bruxelles).

La Grenouille et le Bœuf

Décrire le tableau de Marc Chagall

1. Lisez la fable page 212. Le bœuf représente-t-il une menace pour la grenouille ?

2. Les couleurs du tableau sont-elles réalistes ? Comment mettent-elles en évidence la grosseur du bœuf ?

3. Représentez schématiquement les animaux sur le croquis ci-contre pour rendre compte de la composition du tableau.

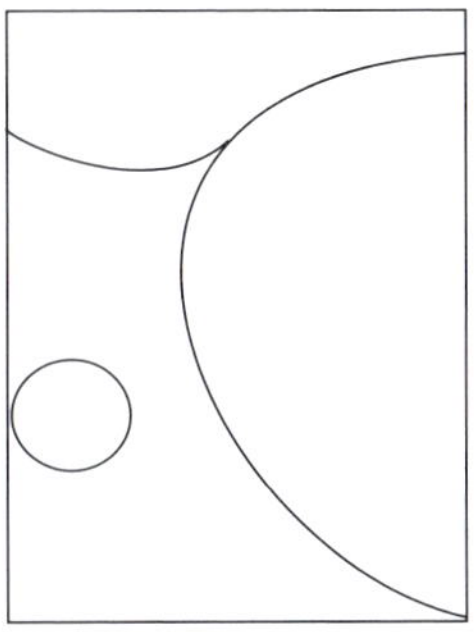

4. Quel élément fait le lien entre le bœuf et la grenouille ?

FAIRE LE POINT

@ Recherches

- Cherchez une nouvelle œuvre qui illustre ou qui s'inspire d'une de ces trois fables.
- Sur un logiciel, réalisez un document où figurent l'image (accompagnée de sa source précise) et la fable.
- Ajoutez un court texte pour expliquer comment le rapport de force entre les deux animaux est mis en scène dans l'image.

Les caractéristiques des fables

LECTURE

La personnification est une figure de style qui consiste à donner des caractéristiques humaines à des animaux ou à des objets. Quand une personnification concerne une idée abstraite, on l'appelle une « allégorie ».

1 Retrouvez les personnifications et les allégories dans les extraits suivants des *Fables* de Florian.

1. La vérité, toute nue, / Sortit un jour de son puits. (« La Fable et la Vérité »)
2. La brebis et le chien, de tous les temps amis, / Se racontaient un jour leur vie infortunée.
(« La Brebis et le Chien »)

Pour bien compter le nombre de syllabes, il faut faire attention à la règle du *e* muet. → p. 185

2 **a.** Dans cet extrait d'une fable de La Fontaine, repérez les *e* qui doivent être prononcés et les *e* muets.
b. Comment devez-vous lire l'adjectif *envieuse* (v. 4) ? Combien de syllabes comporte-t-il ?

« La Grenouille qui se veut faire aussi grosse que le Bœuf »

Une Grenouille vit un Bœuf
Qui lui sembla de belle taille.
Elle qui n'était pas grosse en tout comme un œuf,]
Envieuse s'étend, et s'enfle, et se travaille
Pour égaler l'animal en grosseur,
Disant : « Regardez bien, ma sœur,
Est-ce assez ? dites-moi ; n'y suis-je point encore ?]
– Nenni[1]. – M'y voici donc ? – Point du tout. – M'y voilà ?]
– Vous n'en approchez point. » La chétive pécore[2]]
S'enfla si bien qu'elle creva.

Jean de La Fontaine, *Fables* (1668), I, 3.

1. **Nenni :** non. 2. **Chétive pécore :** petite bête.

Contrairement à d'autres formes de poèmes, la fable utilise souvent des vers de longueur variée (hexasyllabes, octosyllabes...). Cette variété donne du rythme au texte. → p. 185

3 Relisez la fable de l'exercice 2. Nommez les différents vers utilisés.

VOCABULAIRE

Un champ lexical est un ensemble de mots qui se rapportent à un même thème. → p. 337

4 **a.** Lisez le début de la fable « Le Loup et le Chien » de La Fontaine et relevez le champ lexical de l'apparence physique.
b. Quelle opposition ce champ lexical révèle-t-il ?

Un Loup n'avait que les os et la peau ;
Tant les Chiens faisaient bonne garde.
Ce Loup rencontre un Dogue aussi puissant que beau,]
Gras, poli, qui s'était fourvoyé par mégarde[1].

Jean de La Fontaine, *Fables* (1668), I, 5.

1. **Fourvoyé par mégarde :** égaré par inattention.

GRAMMAIRE

Les principales valeurs du présent sont : le présent d'énonciation, le présent de vérité générale et le présent de narration. → p. 278

5 Identifiez, dans les extraits suivants des *Fables* de La Fontaine, la valeur des présents en caractère gras.

1. La soif les obligea de descendre en un puits : / Là chacun d'eux **se désaltère**.
(« Le Renard et le Bouc »)
2. Les loups **mangent** gloutonnement.
(« Le Loup et la Cigogne »)
3. Trompeurs, c'est pour vous que j'**écris** : / Attendez-vous à la pareille.
(« Le Renard et la Cigogne »)

Les fonctions de la ruse

LECTURE

Les grands héros de l'Antiquité comme les personnages des contes, des fables ou du théâtre emploient souvent la ruse pour vaincre les plus forts qu'eux. La ruse est tantôt synonyme d'intelligence, tantôt de malice.

6 **Parmi ces personnages de la littérature, lesquels font preuve de ruse ? Choisissez-en un et justifiez votre réponse.**

Ulysse – Le Cyclope – Le petit Poucet – Le Chat botté – L'ogre – Sganarelle – Géronte – Renart – Ysengrin

VOCABULAIRE

Les synonymes sont des mots de sens identique ou voisin qui appartiennent à la même classe grammaticale. → p. 336

7 **Le jeu des synonymes**

Trouvez le maximum de synonymes pour les mots *la ruse*, *ruser*, *rusé*.

a. Avec la classe, choisissez le temps maximum accordé par mot. Le professeur sera le « gardien du temps ».

b. Trouvez le maximum de synonymes des mots ci-dessus dans le temps imparti.

c. Le groupe qui a trouvé le plus grand nombre de mots obtient 3 points, le deuxième groupe 2 points et le troisième groupe 1 point.

d. Le jeu s'effectue en trois manches et le groupe qui, à la fin des trois manches, a le plus grand nombre de points gagne.

e. À la fin du jeu, utilisez le dictionnaire pour compléter chaque liste.

De nombreux adverbes sont formés à partir de l'adjectif féminin et du suffixe *-ment*.

8 **Formez les adverbes issus des adjectifs suivants.**

fin – malicieux – astucieux – trompeur – flatteur – moqueur

GRAMMAIRE

Une phrase verbale est composée de groupes de mots organisés autour d'un verbe conjugué. Le groupe sujet et le groupe verbal constituent les deux groupes principaux. Parfois, un complément de phrase vient enrichir l'information donnée dans la phrase.

9 **Dans les phrases suivantes, isolez chaque groupe de mots et indiquez s'il s'agit du groupe sujet, du groupe verbal ou d'un groupe complément de phrase.**

1. Le renard dupe les animaux naïfs.

2. Le lendemain matin, Ysengrin ne retrouva plus ses jambons.

3. Le corbeau ressentit une joie immense en entendant les paroles du renard. Pourtant, le renard agissait en méchant hypocrite.

4. À la place du bouc, je voudrais me venger du renard.

5. La petite grenouille est fort orgueilleuse.

Illustration de **Frédéric Pillot** pour la fable « La Grenouille qui se veut faire aussi grosse que le Bœuf », © Frédéric Pillot, éditions Milan poche cadet poésie, mars 2008.

10 **Écrivez des phrases complètes à l'aide des groupes suivants. Attention à bien conjuguer et accorder les verbes ! Attention également à la ponctuation !**

Groupes sujets : les fables – les animaux naïfs – le coq

Groupes verbaux : tromper le trompeur – croire les paroles hypocrites du renard – instruire les hommes

Compléments de phrase : à chaque fois – en amusant – pour notre plus grand plaisir

Les fonctions des animaux dans les fables

LECTURE

Dans les fables, les animaux sont généralement mis en scène pour dénoncer les défauts des humains. Chaque animal est ainsi associé à un caractère.

11 **Associez chaque animal de la colonne de gauche à un attribut de la colonne de droite.**

Animal	Attribut
Le renard •	• la naïveté
Le pigeon •	• le vice, le mal
Le lion •	• la fidélité
Le serpent •	• la ruse
Le chien •	• la puissance, le pouvoir

VOCABULAIRE

Beaucoup d'expressions toutes faites utilisent des animaux pour révéler un caractère.

12 **Dans la liste suivante, trouvez le nom de l'animal qui convient pour compléter les comparaisons.**

pie – pinson – singe – carpe – paon – taupe

Ex. : *Rusé comme un **renard***

1. Malin comme un ....
2. Muet comme une ....
3. Myope comme une ....
4. Fier comme un ....
5. Gai comme un ....
6. Bavard comme une ....

Les antonymes sont des mots de sens contraire.

13 **a. Trouvez les antonymes de ces adjectifs qui servent à décrire le caractère des animaux des fables.**

franc : ....
modeste : ....
intelligent : ....
généreux : ....
dupe : ....

b. **Pour chaque antonyme trouvé, inventez une phrase dans laquelle il caractérisera le comportement d'un animal rencontré dans les textes étudiés.**

GRAMMAIRE

On peut enrichir un nom grâce à un adjectif qualificatif ou à un autre groupe nominal précédé d'une préposition (*à*, *de*...). → p. 249, p. 274

14 **Dans les phrases suivantes, repérez la classe de l'expansion du nom en gras (adjectif qualificatif ou groupe nominal) ainsi que le nom qu'elle complète.**

1. Les fables utilisent souvent les ruses de l'**espiègle** renard pour montrer les défauts **des hommes**.
2. Ysengrin est entré dans une colère **noire** en s'apercevant qu'on lui avait volé ses **beaux** jambons.
3. La Fontaine s'est inspiré d'Ésope, un **célèbre** fabuliste **grec**, pour écrire certaines de ses fables.

15 **a. Enrichissez chaque nom en respectant la consigne entre parenthèses.**
b. Inventez une phrase qui intègre votre groupe nominal enrichi.

1. Le fabuliste (groupe nominal) ....
2. Les histoires (groupe nominal et adjectif) ....
3. Les ruses (groupe nominal et adjectif) ....
4. La morale (groupe nominal et adjectif) ....

16 **Le jeu du groupe nominal élastique**

En classe, un élève propose un nom précédé de son déterminant. Le suivant doit ajouter une expansion de son choix et ainsi de suite. L'objectif est de former le groupe nominal enrichi le plus long possible. Lorsqu'il n'est plus possible d'ajouter des expansions du nom, on recommence le jeu avec un autre nom. Attention, le groupe nominal créé doit toujours conserver un sens !

Ex. :
Élève 1 : la pie → Élève 2 : la pie **noire** → Élève 3 : la pie noire **du jardin** → Élève 4 : la pie noire du jardin **de ma grand-mère** → Élève 5 : la pie noire **et voleuse** du jardin de ma grand-mère, etc.

Atelier expression orale

* 1 Mémoriser une fable

Apprendre une fable et la réciter devant la classe

Apprenez cette fable de La Fontaine et récitez-la devant la classe.

Fable

« Le Lion et le Rat »

Il faut, autant qu'on peut, obliger tout le monde :
On a souvent besoin d'un plus petit que soi.
De cette vérité deux fables feront foi,
Tant la chose en preuves abonde.

Entre les pattes d'un Lion
Un Rat sortit de terre assez à l'étourdie.
Le roi des animaux, en cette occasion,
Montra ce qu'il était, et lui donna la vie.
Ce bienfait ne fut pas perdu.
Quelqu'un aurait-il jamais cru
Qu'un Lion d'un Rat eût affaire ?
Cependant il advint qu'au sortir des forêts
Ce Lion fut pris dans des rets[1],
Dont ses rugissements ne le purent défaire.
Sire Rat accourut, et fit tant par ses dents
Qu'une maille rongée emporta tout l'ouvrage.
Patience et longueur de temps
Font plus que force ni que rage.

Jean de La Fontaine, *Fables* (1668), II, 11.

1. **Rets :** filets.

JE PRÉPARE LA MÉMORISATION

- **Vérifiez** que vous avez bien compris la fable :
– **cherchez** dans un dictionnaire le sens des mots que vous ne connaissez pas (par exemple, *obliger tout le monde, à l'étourdie, avoir affaire*…) ;
– **mettez** les mots dans un ordre qui est plus habituel et reformulez si besoin ;
– **retrouvez** les étapes de la fable : schéma narratif du récit / morale.
- **Lisez** la fable plusieurs fois pour vous en imprégner.

JE MÉMORISE

- **Apprenez** la fable à voix haute en suivant les étapes de l'histoire. Dès que vous maîtrisez une étape, ajoutez la suivante. Si une étape est trop longue, apprenez-la par petits groupes de vers !
- **Aidez** votre mémoire : apprenez en marchant, en fermant les yeux…

** 2 Présenter une fable devant la classe

Préparer une présentation orale et la restituer devant la classe

Choisissez une fable et présentez-la devant la classe.

JE PRÉPARE MA PRÉSENTATION

- **Recueillez** les informations qui concernent la fable : le nom de l'auteur, le titre du recueil dont elle est extraite, sa date de publication…
- **Résumez** l'histoire de la fable, expliquez sa morale, montrez que l'histoire illustre bien la morale.
- **Expliquez** pourquoi vous avez choisi cette fable en donnant au minimum deux raisons.
- **Entraînez-vous** à lire la fable à voix haute.

JE RÉDIGE MA PRÉSENTATION

- **Rédigez** une **introduction** :
– présentez le fabuliste, le recueil ; donnez la date de publication et le titre de la fable ;
– lisez la fable à voix haute.
- **Rédigez** un **développement** :
– écrivez le résumé de l'histoire de la fable ;
– expliquez la morale.
- **Rédigez** une **conclusion** : écrivez une phrase pour expliquer votre choix de cette fable.

MÉTHODE

Bien dire une fable

1. **Prononcez correctement les vers** : faites attention à respecter le nombre de syllabes dans chaque vers (révisez la règle du e muet).

2. **Ménagez des pauses**, par exemple entre le récit et la morale.

3. **Respectez la ponctuation.**

4. **Variez le ton**, surtout s'il y a un dialogue.

5. **Variez le rythme** : n'allez pas trop vite ni trop lentement et veillez à ne pas être monotone !

BILAN

Je construis le bilan

Connaître les caractéristiques de la fable

1 **À partir des mots suivants, écrivez plusieurs phrases courtes pour définir la fable.**
vers – fable – Antiquité – court récit – morale – animaux – genre littéraire

2 **Identifiez les fabulistes et leur époque.**
Reliez chaque nom de fabuliste à une époque et à un pays.

La Fontaine •	• Antiquité grecque
Marie de France •	• XVIIe siècle en France
Ésope •	• XVIIIe siècle en France
Florian •	• XIIe siècle en France

Connaître les fonctions de la ruse

3 **Complétez le tableau en expliquant, pour chaque texte, quelle ruse le renard emploie et pourquoi.**

Textes étudiés	Ruse du renard
1. « Le Corbeau et le Renard », d'Ésope et de La Fontaine	Le renard flatte le corbeau pour qu'il chante et lâche son fromage.
2. « Le Renard et le Bouc », de La Fontaine	....
3. « Le Renard et le Coq », de Marie de France	....
4. « La jeune Poule et le vieux Renard », de Florian	....
5. « Les trois jambons de Maître Ysengrin », Le *Roman de Renart*	....

4 **À partir de l'activité 3, expliquez pourquoi Renard est souvent décrit comme un « beau parleur ».**

Connaître les fonctions de la fable

5 **Lisez cet extrait de la dédicace des *Fables* de La Fontaine, puis expliquez quel rôle La Fontaine attribue aux fables.**

À Monseigneur le Dauphin, [...]
Tout parle en mon ouvrage, et même les poissons :
Ce qu'ils disent s'adresse à tous tant que nous sommes.]
Je me sers d'animaux pour instruire les hommes.

Jean de La Fontaine, *Fables* (1668), extrait de la dédicace.

6 **Classez les éléments qui caractérisent les fables en deux colonnes, selon qu'ils permettent de plaire au lecteur ou de l'instruire.**

- Histoires courtes et simples
- Présence d'animaux personnifiés
- Emploi des formes de comique, notamment du comique de situation
- Écriture variée : vers de longueur différente, figures de style, images
- Emploi du présent de vérité générale pour donner des conseils ou une leçon
- Présence d'une morale à la fin de chaque récit
- Mise en scène de comportements amusants ou choquants pour faire réfléchir le lecteur

BILAN

Quiz
de révision

Je retiens

Les fables

Les caractéristiques de la fable

- La fable est un **genre littéraire très ancien** qui date de l'Antiquité. Les fabulistes du XVIIe ou du XVIIIe siècle **réécrivent** des fables plus anciennes (les fables d'Ésope, de Phèdre, de Marie de France…). Il s'agit pour eux de respecter la **tradition** tout en faisant preuve d'**originalité**.
- La fable est écrite **en vers** et composée de deux parties : le **récit** et la **morale**.
- Les fables mettent en scène des **animaux** que les fabulistes **personnifient** : ils parlent et ont des comportements et des caractères humains.

Les fonctions de la ruse

- La ruse est une caractéristique du renard dans les récits du Moyen Âge et dans les fables.
- Le comportement rusé de l'animal :
  – permet de **dénoncer les mauvais comportements humains** : l'homme est parfois à l'image du renard, hypocrite et sans pitié pour parvenir à ses fins ;
  – permet de **se moquer du trompeur comme du trompé** et d'imaginer des **situations comiques** ou des **retournements de situation**. Ainsi, dans « Le Renard et le Coq », le coq se montre plus malin que le renard et renverse la situation à son avantage ;
  – permet de **mettre en valeur le pouvoir du langage**. Celui qui s'en sert peut manipuler ou séduire son interlocuteur pour atteindre son but.

Les fonctions de la fable

- La fable a pour fonction de **plaire** et d'**instruire** le lecteur.
- Elle séduit le lecteur parce qu'elle utilise un **récit vivant et simple**. Elle est constituée de **dialogues**, de **vers variés**, de nombreuses **figures de style**.
- Elle instruit le lecteur parce qu'elle lui donne des **enseignements sur les comportements humains** et sur l'organisation de la société. La **morale** peut être explicite ou à déduire du récit. Le lecteur la retient facilement car elle est courte et écrite au présent de vérité générale.

Mon carnet de mots

Retenez les mots importants du chapitre.

- **Fabuliste** : auteur de fables.
- **Personnifier** : donner des caractéristiques humaines à des animaux ou des objets.
- **Réécriture** : version nouvelle et originale d'un texte littéraire déjà écrit.
- **Ruser** : tromper par des tours et des artifices.

La citation du renard

« Apprenez que tout flatteur
Vit aux dépens de celui qui l'écoute. »
(Renard dans « Le Corbeau et le Renard », p. 197)

Pour réussir l'évaluation, je dois connaître :

- les caractéristiques de la fable ;
- les champs lexicaux ;
- la personnification.

« Le Corbeau et le Renard »

Le corbeau, honteux et confus,
Jura, mais un peu tard, qu'on ne l'y prendrait plus !
Ayant un long moment médité l'aventure
Le Corbeau s'envola, avec l'espoir ténu[1]
De dénicher dans la nature
Quelque chiche[2] aliment à mettre à son menu.
Il scrutait la forêt, sous lui, lorsque soudain
Des coups de fusil retentissent.
Renard, surpris en plein festin,
Lâche son camembert et dans un trou se glisse.
« Oh oh ! dit Corbeau, l'occasion est trop belle ! »
Sur le fromage, il fond à tire-d'aile
Et dans les airs l'emporte sans tarder.
Juste à temps ! La main sur la gâchette
Cherchant à repérer de Goupil la cachette
Apparaît l'homme armé.
Mais du gibier qu'il traque il ne trouve point trace :
Bredouille, le chasseur abandonne la chasse.
Par son larcin[3], Corbeau, sans le savoir,
A sauvé la vie du fuyard.
Tout penaud, le Renard sort alors de son antre
Et devant le Corbeau qui se remplit le ventre
Constate en soupirant : « Je vais jeûner, ce soir ! »
Mais l'autre calmement descend de son perchoir
Et posant sur le sol ce qui reste du mets[4]
Invite son compère à se joindre au banquet.
« Tu es rusé, dit-il, et moi je fends l'espace,
Ensemble nous formons un duo efficace.
Plutôt que de chercher l'un l'autre à nous voler
Pourquoi ne pas nous entraider ? »
Honteux et confus, le Renard
De la proposition admit le bien-fondé,
Jurant, mais un peu tard,
D'exercer désormais la solidarité.

Gudule, *Après vous, M. de La Fontaine* © Le Livre de poche Jeunesse (2003).

1. **Ténu :** maigre.
2. **Chiche :** pauvre.
3. **Larcin :** vol.
4. **Mets :** plat.

Lire et analyser un texte

1. Comment le corbeau récupère-t-il son fromage ?
2. Pourquoi sauve-t-il la vie du renard en le récupérant ?
3. À quels indices voyez-vous que ce texte appartient au genre de la fable ?
4. a. De quelle qualité le corbeau fait-il preuve ?
b. Quelle est la morale de la fable ? Qui tire la leçon de l'aventure ?
5. Trouvez trois indices qui montrent que Gudule s'inspire de la fable de La Fontaine.
6. Quel personnage Gudule invente-t-elle ? Relevez le champ lexical de la chasse et montrez que ce personnage est dangereux pour les deux animaux.

Maîtriser la langue

7. *Il scrutait la forêt, sous lui, lorsque soudain / Des coups de fusil retentissent.*
a. À quel temps le verbe *retentir* est-il conjugué ?
b. Quel effet le choix de ce temps produit-il ?
8. Réécrivez la morale de cette fable en utilisant le présent de vérité générale et en employant le mot *solidarité*.

Lire et analyser une image

9. a. Décrivez le corbeau et le renard.
b. Comment sont personnifiés les différents personnages de l'illustration ?
10. Comment le fromage est-il mis en valeur ?
11. En quoi cette attitude reflète-t-elle la morale de la fable de Gudule ? Quel mot précis de la fable illustre-t-elle ?

Écrire

12. Sujet : Imaginez une fable à partir de la morale *Il se faut entr'aider, c'est la loi de la nature*. Comme dans la version de Gudule, deux animaux associeront leurs qualités pour triompher du danger. Vous écrirez quinze à vingt lignes en vers libres ou en prose.

Consignes

- Vous choisirez un couple d'animaux dont les qualités sont complémentaires (force et intelligence, courage et sagesse…).
- Votre histoire suivra des étapes claires et organisées.
- Vous insérerez un court dialogue.

SOCLE	COMPÉTENCES ÉVALUÉES	Questions
Lire	> **Comprendre et interpréter un texte littéraire** • Identification des personnages, de leurs actions, de leurs relations • Identification du genre et de ses enjeux (fable) • Mise en relation explicite du texte lu avec les textes lus antérieurement > **Mobilisation de connaissances lexicales**	 Q. 1, 2 Q. 3, 4 Q. 5, 6 Q. 6
Langue	> **Approche de l'aspect verbal (valeurs des temps)**	Q. 7, 8
Culture littéraire et artistique	> **Comprendre et interpréter une image** • Mise en relation de textes et d'images	Q. 9 à 11
Écrire	> **Produire des écrits variés** • Connaissance des caractéristiques principales des différents genres d'écrits à produire (la fable) • Mobilisation des connaissances : étude de la langue et lexique	Q. 12

11

DOSSIER LECTURE SUIVIE

Le Médecin malgré lui

de Molière

Quelles ruses les personnages de comédie emploient-ils pour s'opposer aux plus forts ?

Doc. 1 **Honoré Daumier, *Crispin et Scapin*, dit aussi *Scapin et Silvestre* (vers 1864),** huile sur toile (60,5 x 182 cm), musée d'Orsay (Paris).

Doc. 2 Jean de Coulom, *Scènes du* Roman Comique *de Paul Scarron* (1712-1716), huile sur toile, musée de Tessé (Le Mans).

Image animée

Qu'est-ce qu'une ruse ?

- Parmi les mots suivants, lequel n'appartient pas au champ lexical de la ruse ?
duperie – mensonge – subterfuge – déguisement – masque – vérité – stratagème – piège – tromperie – trahison
- Observez les personnages (doc. 1). Qu'est-ce qui évoque la ruse dans leur attitude ?
- Nommez trois personnages rusés que vous connaissez. Choisissez-en un, puis racontez quelle ruse il emploie et dans quel but.

Pourquoi va-t-on au théâtre ?

- Selon vous, que recherchent les spectateurs lorsqu'ils vont au théâtre ?
- Observez la salle de spectacle (doc. 2). Quels éléments la composent ?
- Êtes-vous déjà allé(e) au théâtre ? Qu'est-ce qui vous a plu ou déplu ?

Dans ce chapitre, rions avec des personnages qui ont plus d'un tour dans leur sac !

Repères culturels

Molière et la comédie

Dès l'**Antiquité**, on joue des pièces qui font rire. Au Moyen Âge, en France, ce sont les **farces** qui distraient les spectateurs par leur comique parfois grossier ; tandis qu'en Italie se développe la ***commedia dell'arte*** (spectacle en partie improvisé, joué par des comédiens qui portent des masques comiques). C'est au XVIIe siècle que naît en France la **comédie classique** dont le plus célèbre auteur est Molière.

Qui était Molière ?

Né en 1622, sous le nom de Jean-Baptiste Poquelin, le jeune Molière connaît des débuts difficiles au théâtre. Pendant douze ans, il parcourt les routes de France avec sa troupe. Quand il revient à Paris, il acquiert sa renommée grâce à des **comédies** qui sont encore **les plus célèbres du théâtre français**, comme *Le Médecin malgré lui* en 1666. En 1665, sa troupe devient **Troupe du Roi** Louis XIV et joue désormais devant la cour. En 1673, Molière s'écroule sur scène en pleine représentation du *Malade imaginaire* et meurt quelques heures plus tard.

D'après Nicolas Mignard, ***Molière dans le rôle de César dans* La mort de Pompée *de Pierre Corneille* (entre 1661 et 1665)**, châteaux de Versailles et de Trianon.

Comment se déroulait une représentation au temps de Molière ?

Au XVIIe siècle, les pièces de théâtre sont des **spectacles très appréciés**. Alors que les troupes jouaient auparavant dans la rue, elles bénéficient désormais de salles de représentation.

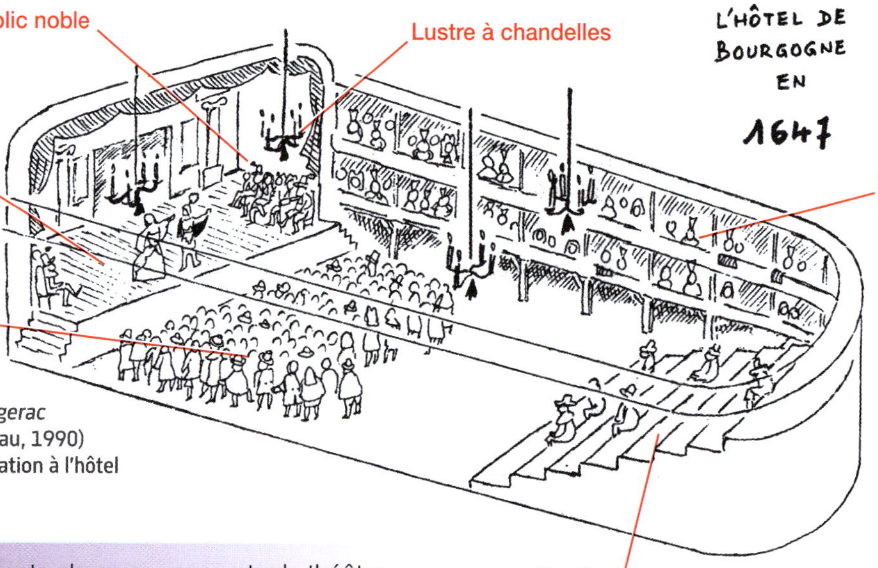

André Degaine, *Histoire du théâtre dessinée* © Nizet.

Cyrano de Bergerac (J.-P. Rappeneau, 1990) Une représentation à l'hôtel de Bourgogne

● Quels changements observez-vous entre le théâtre du XVIIe siècle et le théâtre d'aujourd'hui (situation du public, éclairage…) ?

Qu'est-ce qu'une comédie ?

Castigat ridendo mores, la comédie « châtie les mœurs en riant », c'est-à-dire qu'elle **dénonce** et **corrige** les défauts humains en s'en moquant.

Dans ses comédies, Molière aborde des thèmes importants de la société du XVIIe siècle : le **mariage forcé** des jeunes filles, l'**hypocrisie**, la **religion**, la maladie et l'**inefficacité de la médecine**, l'**argent**...

Les comédies de Molière sont souvent inspirées de comédies de l'Antiquité, de farces du Moyen Âge, ou de la *commedia dell'arte* italienne.

Qui sont les personnages comiques ?

Le vieillard : il commande toute la famille et souhaite marier sa fille selon son intérêt (souvent avec un homme riche).

Illustration de **Maurice Sand** (1875) pour *L'Avare* de Molière.

Illustration (1875) pour *Le Mariage forcé* de Molière.

Illustration d'**Edmond Geffroy** (1875) pour *L'Étourdi* de Molière.

La jeune fille et **son amoureux** : jeunes héros de la pièce, ils s'aiment, mais leurs pères s'opposent à leur mariage.

Illustration de **Maurice Sand** (1875) pour *Le Dépit amoureux* de Molière.

Les valets et **les servantes** : souvent rusés et insolents, ils n'hésitent pas à s'opposer au vieillard et à aider les amoureux à contrer les plans paternels.

- Imaginez l'intrigue d'une comédie avec ces personnages. Racontez-en les grandes lignes.

Une querelle entre époux

Illustration de **Bertall** (1820-1882), mise en couleur par Kharbine-Tapabor.

Repères

XVIIe siècle

Théâtre

- Cette scène est la **scène d'exposition** de la pièce : on y découvre les personnages et l'intrigue. Molière la rend comique en y intégrant une scène de bastonnade.
- La **scène de bastonnade** est un grand classique du théâtre de Molière. Inspirée de la **farce** du Moyen Âge, elle s'appuie sur le **comique de gestes** (coups, grimaces…) et sur le **comique de situation** (quiproquos, trompeur trompé…) pour faire rire les spectateurs.

Au lever du rideau, le spectateur découvre Sganarelle et sa femme Martine qui se disputent. Il en vient à lui dire qu'elle a été bien chanceuse de le trouver comme époux…

MARTINE. – Qu'appelles-tu bien heureuse de te trouver ? Un homme qui me réduit à l'hôpital[1], un débauché[2], un traître, qui me mange tout ce que j'ai ?

SGANARELLE. – Tu as menti : j'en bois une partie.

MARTINE. – Qui me vend, pièce à pièce, tout ce qui est dans le logis.

SGANARELLE. – C'est vivre de ménage[3].

MARTINE. – Qui m'a ôté jusqu'au lit que j'avais.

SGANARELLE. – Tu t'en lèveras plus matin[4].

MARTINE. – Enfin qui ne laisse aucun meuble dans toute la maison.

SGANARELLE. – On en déménage plus aisément[5].

MARTINE. – Et qui, du matin jusqu'au soir, ne fait que jouer et que boire.

SGANARELLE. – C'est pour ne me point ennuyer.

MARTINE. – Et que veux-tu, pendant ce temps, que je fasse avec ma famille ?

SGANARELLE. – Tout ce qu'il te plaira.

MARTINE. – J'ai quatre pauvres petits enfants sur les bras.

SGANARELLE. – Mets-les à terre.

MARTINE. – Qui me demandent à toute heure du pain.

SGANARELLE. – Donne-leur le fouet : quand j'ai bien bu et bien mangé, je veux que tout le monde soit saoul[6] dans ma maison.

MARTINE. – Et tu prétends, ivrogne, que les choses aillent toujours de même ?

SGANARELLE. – Ma femme, allons tout doucement, s'il vous plaît.

MARTINE. – Que j'endure éternellement tes insolences et tes débauches ?

SGANARELLE. – Ne nous emportons point, ma femme.

MARTINE. – Et que je ne sache pas trouver le moyen de te ranger à ton devoir ?

SGANARELLE. – Ma femme, vous savez que je n'ai pas l'âme endurante, et que j'ai le bras assez bon.

MARTINE. – Je me moque de tes menaces. […]

SGANARELLE. – Doux objet de mes vœux, je vous frotterai les oreilles.

MARTINE. – Ivrogne que tu es !

1. **Qui me réduit à l'hôpital :** qui me réduit à la misère. L'hôpital désignait, au XVIIe siècle, un lieu d'accueil pour les pauvres.
2. **Débauché :** personne qui mange et boit trop.
3. **Vivre de ménage :** Sganarelle joue sur le double sens de cette expression, elle peut signifier « vivre de manière économe » ou « vivre de la vente de ses meubles ».
4. **Plus matin :** plus tôt.
5. **Aisément :** facilement.
6. **Saoul :** ivre ou rassasié. Là encore, Sganarelle joue sur les mots.

Chaîne Youtube Théâtre Hatier
Mise en scène de Jean Liermier

SGANARELLE. – Je vous battrai.
MARTINE. – Sac à vin !
SGANARELLE. – Je vous rosserai[7].
MARTINE. – Infâme !
SGANARELLE. – Je vous étrillerai[8].
MARTINE. – Traître, insolent, trompeur, lâche, coquin, pendard[9], gueux, belître, fripon, maraud, voleur... !
SGANARELLE. *Il prend un bâton et lui en donne.* – Ah ! vous en voulez, donc ?
MARTINE. – Ah ! ah, ah, ah !
SGANARELLE. – Voilà le vrai moyen de vous apaiser.

Extrait de l'acte I, scène 1.

(À suivre...)

7. **Rosserai :** battrai.
8. **Étrillerai :** battrai.
9. **Pendard :** coquin qui mérite d'être pendu.

Étudier le comique d'une scène de farce

Notions : comique – scène, répliques, didascalies

Échanger

Proposez un adjectif pour qualifier Sganarelle et un autre pour qualifier Martine. Expliquez votre choix.

Analyser

1. a. Pourquoi Martine est-elle en colère contre Sganarelle ?

b. Et Sganarelle, pourquoi se fâche-t-il ?

2. Complétez les phrases :

- Quand Martine l'accable de reproches (l. 1 à 18), Sganarelle ....
- Quand Martine exige un changement (l. 19 à 27), Sganarelle ....
- Quand Martine l'injurie (l. 28 à 38), Sganarelle ....

3. À quel moment de la scène l'échange s'accélère-t-il ? Comment ? Observez la longueur des répliques.

4. Sganarelle fait de nombreux jeux de mots. Repérez-en au moins deux et expliquez-les.

5. Relevez une **didascalie**. Que nous apprend-elle ?

Repère : Dans le texte de théâtre, on distingue les **répliques** qui sont prononcées par les acteurs sur scène, et les **didascalies** qui sont des indications (de gestes, de ton...) pour mettre en scène la pièce.

6. À la fin de cet extrait, qui se montre le plus fort ? Pourquoi ?

Faire le bilan

Rédigez le bilan en répondant par une phrase à chaque question.

- Qu'apprend-on sur les personnages dans cette scène d'exposition ?
- Quels éléments font rire le spectateur ?

LIRE UNE SCÈNE DE MÉNAGE

À deux, lisez le texte de manière expressive.

Consignes

- Distinguez bien les répliques des didascalies.
- Ne lisez pas trop vite et pensez à articuler.
- Montrez, en modifiant progressivement le rythme et le volume de votre voix, que la dispute est de plus en plus violente.

@ RECHERCHES

Voici les insultes lancées par Martine à Sganarelle : *Traître, insolent, trompeur, lâche, coquin, pendard, gueux, belître, fripon, maraud, voleur... !*
Lesquelles connaissez-vous ? Cherchez le sens de celles que vous ne connaissez pas.
Le sens de *coquin* au XVIIe siècle est-il le même qu'aujourd'hui ?

La vengeance de Martine

Sganarelle est allé couper du bois. Martine cherche un moyen de se venger de la brutalité de son mari quand arrivent Valère et Lucas…

MARTINE. – Ah ! Messieurs, je vous demande pardon ; je ne vous voyais pas, et cherchais dans ma tête quelque chose qui m'embarrasse.

VALÈRE. – Chacun a ses soins[1] dans le monde : et nous cherchons aussi ce que nous voudrions bien trouver.

MARTINE. – Serait-ce quelque chose où je vous puisse aider ?

VALÈRE. – Cela se pourrait faire ; et nous tâchons de rencontrer quelque habile homme, quelque médecin particulier, qui pût donner quelque soulagement à la fille de notre maître, attaquée d'une maladie qui lui a ôté tout d'un coup l'usage de la langue. Plusieurs médecins ont déjà épuisé toute leur science après elle : mais on trouve parfois des gens avec des secrets admirables, de certains remèdes particuliers, qui font le plus souvent ce que les autres n'ont su faire ; et c'est là ce que nous cherchons.

MARTINE. *Elle dit ces premières lignes bas.* – Ah ! que le Ciel m'inspire une admirable invention pour me venger de mon pendard[2]. *(Haut.)* Vous ne pouviez jamais vous mieux adresser pour rencontrer ce que vous cherchez ; et nous avons ici un homme, le plus merveilleux homme du monde, pour les maladies désespérées.

VALÈRE. – Et de grâce, où pouvons-nous le rencontrer ?

MARTINE. – Vous le trouverez maintenant vers ce petit lieu que voilà, qui s'amuse à couper du bois.

LUCAS. – Un médecin qui coupe du bois !

VALÈRE. – Qui s'amuse à cueillir des simples[3], voulez-vous dire ?

1. **Soins :** soucis.
2. **Pendard :** coquin qui mérite d'être pendu.
3. **Simples :** plantes utilisées comme médicaments.

Le Médecin malgré lui, mise en scène de Pierre Gorses, théâtre du Casino (Aix-les-Bains, 2009).

Martine. – Non : c'est un homme extraordinaire qui se plaît à cela, fantasque, bizarre, quinteux[4], et que vous ne prendriez jamais pour ce qu'il est. Il va vêtu d'une façon extravagante, affecte quelquefois de paraître[5] ignorant, tient sa science renfermée, et ne fuit rien tant tous les jours que d'exercer les merveilleux talents qu'il a eus du Ciel pour la médecine.

Valère. – C'est une chose admirable, que tous les grands hommes ont toujours du caprice, quelque petit grain de folie mêlé à leur science.

Martine. – La folie de celui-ci est plus grande qu'on ne peut croire, car elle va parfois jusqu'à vouloir être battu pour demeurer d'accord de sa capacité[6] ; et je vous donne avis[7] que vous n'en viendrez point à bout, qu'il n'avouera jamais qu'il est médecin, s'il se le met en fantaisie[8], que[9] vous ne preniez chacun un bâton, et ne le réduisiez[10], à force de coups, à vous confesser à la fin ce qu'il vous cachera d'abord. C'est ainsi que nous en usons[11] quand nous avons besoin de lui.

Valère. – Voilà une étrange folie !

Martine. – Il est vrai ; mais après cela, vous verrez qu'il fait des merveilles.

Extrait de l'acte I, scène 4.

(À suivre...)

4. **Quinteux :** capricieux.
5. **Affecte de paraître :** fait semblant d'être.
6. **Demeurer d'accord de sa capacité :** reconnaître ses compétences (de médecin).
7. **Je vous donne avis :** je vous avertis.
8. **S'il se le met en fantaisie :** s'il en a envie.
9. **Que :** jusqu'à ce que.
10. **Le réduisiez :** l'obligiez.
11. **Nous en usons :** nous faisons.

Comprendre la mise en place d'un stratagème

Notions : didascalies – progression de la scène

Échanger

Expliquez le titre de l'extrait, « La vengeance de Martine ».

Analyser

1. a. Qui sont Valère et Lucas ?

b. Que cherchent-ils ? Pourquoi ?

2. Observez les didascalies lignes 13 et 14 : à qui Martine s'adresse-t-elle après la première didascalie ? Et après la seconde ?

3. a. Que propose Martine à Valère et Lucas ?

b. Pourquoi peut-on dire qu'elle prévoit minutieusement toutes les étapes de son plan ?

4. a. Qu'y a-t-il de surprenant dans le portrait que Martine fait de Sganarelle ?

b. Relevez le champ lexical de la bizarrerie dans le texte.

5. Quel rapport pouvez-vous établir entre cet extrait et le titre de la pièce ?

Faire le bilan

Rédigez le bilan en répondant à ces questions.

Dans ce passage, qui se montre rusé ? Qui se laisse prendre au piège ? Quel autre personnage sera bientôt la victime du stratagème ?

Vocabulaire en contexte

• Trouvez dans le texte un synonyme de *merveilleux* (l. 16). Trouvez dans la scène un mot de la même famille.

Écrire une scène de bastonnade

Valère et Lucas suivent les conseils de Martine et battent Sganarelle pour qu'il avoue être médecin. Rédigez cette scène en une dizaine de répliques.

Consignes

• Insérez au moins trois didascalies pour préciser les gestes ou le ton de voix des personnages.

• Faites précéder chaque réplique du nom du personnage qui la prononce.

Une fausse consultation

Texte lu

Texte écho
J. Romains,
Knock

Chaîne Youtube Théâtre Hatier
Mise en scène
de Jean Liermier

Valère et Lucas, suivant les conseils de Martine, ont frappé Sganarelle afin que celui-ci accepte d'ausculter Lucinde, la fille de Géronte…

SGANARELLE. – Eh bien ! de quoi est-il question ? qu'avez-vous ? quel est le mal que vous sentez ?

LUCINDE, *répond par signes, en portant sa main à sa bouche, à sa tête et sous son menton.* – Han, hi, hom, han.

SGANARELLE. – Eh ! que dites-vous ?

LUCINDE *continue les mêmes gestes.* – Han, hi, hom, han, han, hi, hom.

SGANARELLE. – Quoi ?

LUCINDE. – Han, hi, hom.

SGANARELLE, *la contrefaisant*[1]. – Han, hi, hom, han, ha : je ne vous entends point[2]. Quel diable de langage est-ce là ?

GÉRONTE. – Monsieur, c'est là sa maladie. Elle est devenue muette, sans que jusques ici on en ait pu savoir la cause ; et c'est un accident qui a fait reculer son mariage.

SGANARELLE. – Et pourquoi ?

GÉRONTE. – Celui qu'elle doit épouser veut attendre sa guérison pour conclure les choses.

SGANARELLE. – Et qui est ce sot-là qui ne veut pas que sa femme soit muette ? Plût à Dieu que la mienne eût cette maladie ! je me garderais bien de[3] la vouloir guérir.

GÉRONTE. – Enfin, Monsieur, nous vous prions d'employer tous vos soins pour la soulager de son mal.

SGANARELLE. – Ah ! ne vous mettez pas en peine[4]. Dites-moi un peu, ce mal l'oppresse-t-il beaucoup ?

GÉRONTE. – Oui, Monsieur.

SGANARELLE. – Tant mieux. Sent-elle de grandes douleurs ?

GÉRONTE. – Fort grandes.

SGANARELLE. – C'est fort bien fait. Va-t-elle où vous savez[5] ?

GÉRONTE. – Oui.

1. **La contrefaisant :** l'imitant.
2. **Je ne vous entends point :** je ne vous comprends pas.
3. **Je me garderais bien de :** j'éviterais de.
4. **Ne vous mettez pas en peine :** ne vous inquiétez pas.
5. **Où vous savez :** ici, aux toilettes.

***Le Médecin malgré lui*, mise en scène de Jean Liermier**, avec Marie Druc (Lucinde) et Éric Elmosnino (Sganarelle), théâtre de Nanterre-Amandiers (Paris, 2007).

SGANARELLE. – Copieusement[6] ?

GÉRONTE. – Je n'entends rien à cela[7].

SGANARELLE. – La matière est-elle louable[8] ?

GÉRONTE. – Je ne me connais pas à ces choses[9].

SGANARELLE, *se tournant vers la malade.* – Donnez-moi votre bras. Voilà un pouls qui marque que votre fille est muette.

GÉRONTE. – Eh oui, Monsieur, c'est là son mal ; vous l'avez trouvé tout du premier coup.

SGANARELLE. – Ah, ah !

JACQUELINE. – Voyez comme il a deviné sa maladie !

SGANARELLE. – Nous autres grands médecins, nous connaissons d'abord[10] les choses. Un ignorant aurait été embarrassé, et vous eût été dire : « C'est ceci, c'est cela » ; mais moi, je touche au but du premier coup, et je vous apprends que votre fille est muette.

Extrait de l'acte II, scène 4.

(À suivre...)

6. **Copieusement :** souvent.
7. **Je n'entends rien à cela :** je n'en sais rien.
8. **Louable :** de bonne qualité.
9. **Je ne me connais pas à ces choses :** je n'en sais rien.
10. **D'abord :** tout de suite.

Étudier une satire

Notions : comique – relations entre les personnages

Échanger

De quoi Lucinde souffre-t-elle ? Pensez-vous qu'elle soit véritablement malade ?

Analyser

1. Qui sait quoi ? Complétez ces phrases avec les verbes *savoir*, *ignorer* ou *se douter* conjugués correctement. Justifiez oralement.

Sganarelle ………… que Lucinde est une fausse malade.

Géronte, Valère et Lucas ………… que Lucinde est une fausse malade ; ils ………… que Sganarelle est un faux médecin.

Le spectateur ………… que Lucinde est une fausse malade ; il ………… que Sganarelle est un faux médecin.

2. Quel effet les symptômes de Lucinde produisent-ils sur le spectateur ?

3. Sganarelle pose-t-il les questions d'un bon médecin ? Examine-t-il bien la patiente ?

4. a. Quel symptôme Géronte décrit-il au début du texte ? Quel diagnostic Sganarelle fait-il à la fin du texte ?

b. Pourquoi ce diagnostic est-il comique ?

Faire le bilan

Expliquez tout ce qui fait de cette consultation une satire de la médecine.

Repère : La **satire** critique un trait de caractère, une profession… en les tournant en ridicule.

PRÉPARER UNE MISE EN SCÈNE

Vous organisez la représentation de cette scène pour la fête de fin d'année du collège. Rédigez un texte d'une dizaine de lignes pour expliquer votre projet de mise en scène.

Consignes

- Votre texte donnera des consignes au sujet du décor, des costumes et de plusieurs accessoires.
- Ajoutez des indications sur la position et le déplacement des comédiens, leur gestuelle, l'intonation de leur voix…

La révolte de Lucinde

Chaîne Youtube Théâtre Hatier
Mise en scène de Jean Liermier

Après la consultation, Sganarelle fait la rencontre de Léandre. Ce jeune homme lui apprend que Lucinde et lui s'aiment et veulent se marier. Malheureusement, Géronte a choisi pour sa fille Horace, un époux plus riche. Léandre avoue à Sganarelle que la maladie de Lucinde est une ruse et le faux médecin accepte d'aider les amoureux en conduisant le jeune homme, déguisé en pharmacien, chez Géronte et Lucinde.

JACQUELINE. – Monsieu, velà[1] votre fille qui veut un peu marcher.

SGANARELLE. – Cela lui fera du bien. Allez-vous-en, Monsieur l'Apothicaire[2], tâter un peu son pouls, afin que je raisonne[3] tantôt avec vous de sa maladie. *(En cet endroit, il tire Géronte à un bout du théâtre, et, lui passant un bras sur les épaules, lui rabat la main sous le menton, avec laquelle il le fait retourner vers lui, lorsqu'il veut regarder ce que sa fille et l'apothicaire font ensemble, lui tenant cependant le discours suivant pour l'amuser[4] :)* Monsieur, c'est une grande et subtile question entre les doctes[5], de savoir si les femmes sont plus faciles à guérir que les hommes. Je vous prie d'écouter ceci, s'il vous plaît. Les uns disent que non, les autres disent que oui ; et moi je dis que oui et non [...].

LUCINDE. – Non, je ne suis point du tout capable de changer de sentiments.

GÉRONTE. – Voilà ma fille qui parle ! Ô grande vertu du remède ! Ô admirable médecin ! Que je vous suis obligé[6], Monsieur, de cette guérison merveilleuse ! et que puis-je faire pour vous après un tel service ?

SGANARELLE, *se promenant sur le théâtre, et s'essuyant le front.* – Voilà une maladie qui m'a bien donné de la peine !

LUCINDE. – Oui, mon père, j'ai recouvré[7] la parole ; mais je l'ai recouvrée pour vous dire que je n'aurai jamais d'autre époux que Léandre, et que c'est inutilement que vous voulez me donner Horace.

GÉRONTE. – Mais...

LUCINDE. – Rien n'est capable d'ébranler la résolution[8] que j'ai prise.

GÉRONTE. – Quoi... ?

LUCINDE. – Vous m'opposerez en vain de belles raisons.

GÉRONTE. – Si...

LUCINDE. – Tous vos discours ne serviront de rien.

GÉRONTE. – Je...

LUCINDE. – C'est une chose où je suis déterminée.

GÉRONTE. – Mais...

LUCINDE. – Il n'est puissance paternelle qui me puisse obliger à me marier malgré moi.

GÉRONTE. – J'ai...

LUCINDE. – Vous avez beau faire tous vos efforts.

GÉRONTE. – Il...

LUCINDE. – Mon cœur ne saurait se soumettre à cette tyrannie.

GÉRONTE. – Là...

1. **Monsieu, velà :** Monsieur, voilà (Jacqueline parle avec un accent).
2. **Apothicaire :** pharmacien.
3. **Afin que je raisonne :** afin que je discute.
4. **L'amuser :** le distraire, détourner son attention.
5. **Les doctes :** les savants.
6. **Que je vous suis obligé :** que je vous suis reconnaissant (remerciements).
7. **Recouvré :** retrouvé.
8. **Ébranler la résolution :** modifier la décision.

Lucinde. – Et je me jetterai plutôt dans un couvent que d'épouser un homme que je n'aime point.

Géronte. – Mais...

Lucinde, *parlant d'un ton de voix à étourdir.* – Non. En aucune façon. Point d'affaire. Vous perdez le temps. Je n'en ferai rien. Cela est résolu.

Géronte. – Ah ! quelle impétuosité[9] de paroles ! Il n'y a pas moyen d'y résister. Monsieur, je vous prie de la faire redevenir muette.

9. **Impétuosité :** vivacité.

Extrait de l'acte III, scène 6.

(À suivre...)

Le Médecin malgré lui, **opéra comique mis en scène par Alain Terrat**, avec Philippe-Nicolas Martin (Sganarelle), Jennifer Courcier (Lucinde) et Virgile Ancely (Géronte), opéra de Saint-Étienne (2015).

Distinguer les formes de comique

Notions : formes de comique – répartition de la parole

Échanger

Cette scène vous fait-elle rire ? Pourquoi ?

Analyser

1. Quelle ruse Sganarelle et Léandre utilisent-ils dans cette scène ?

2. Pourquoi Lucinde recommence-t-elle à parler ? Que veut-elle dire à son père ?

3. Quels personnages parlent le plus ? Lequel est privé de parole ? Quels signes de ponctuation le montrent ?

4. Comment Sganarelle réagit-il à la guérison de Lucinde ? Et Géronte ?

5. a. Trouvez quatre éléments comiques dans cette scène.

b. À quel **type de comique** appartiennent-ils ?

Repère : On distingue :
- le **comique de situation** : malentendus, retournements de situation, personnages dissimulés, trompeur trompé…
- le **comique de mots** : jeux de mots, jurons, répétitions de mots ou de phrases…
- le **comique de gestes** : chutes, coups de bâton, mimiques…
- le **comique de caractère** : il repose sur le caractère d'un personnage, et surtout sur ses défauts.

Faire le bilan

Dans un court paragraphe, montrez que cette scène est comique.

Les stratagèmes dévoilés

Repères

XVIIe siècle

Théâtre

• Une pièce se découpe en **actes**. Chaque acte se divise en **scènes**, marquées par l'entrée ou la sortie d'un ou de plusieurs personnage(s).

• On appelle **dénouement** la fin d'une pièce de théâtre. En effet, c'est le moment où les « nœuds » de l'intrigue, c'est-à-dire les problèmes rencontrés par les personnages, sont résolus. Parfois, c'est un événement inattendu, appelé **« coup de théâtre »**, qui dénoue la situation. Dans les comédies, le dénouement est **heureux**.

Lucinde et Léandre se sont enfuis. Géronte découvre que Sganarelle est un faux médecin et Léandre un faux apothicaire. Sganarelle est sur le point d'être arrêté et pendu.

SCÈNE X
GÉRONTE, SGANARELLE, MARTINE, LUCAS.

GÉRONTE. – Le Commissaire viendra bientôt, et l'on s'en va vous mettre en lieu où l'on me répondra de vous[1].

SGANARELLE, *le chapeau à la main.* – Hélas ! cela ne se peut-il point changer en quelques coups de bâton ?

GÉRONTE. – Non, non : la justice en ordonnera... Mais que vois-je ?

SCÈNE XI et DERNIÈRE
LÉANDRE, LUCINDE, JACQUELINE, LUCAS,
GÉRONTE, SGANARELLE, MARTINE.

LÉANDRE. – Monsieur, je viens faire paraître Léandre à vos yeux, et remettre Lucinde en votre pouvoir. Nous avons eu dessein[2] de prendre la fuite nous deux, et de nous aller marier ensemble ; mais cette entreprise a fait place à un procédé plus honnête. Je ne prétends point vous voler votre fille, et ce n'est que de votre main que je veux la recevoir. Ce que je vous dirai, Monsieur, c'est que je viens tout à l'heure[3] de recevoir des lettres par où j'apprends que mon oncle est mort, et que je suis héritier de tous ses biens.

GÉRONTE. – Monsieur, votre vertu[4] m'est tout à fait considérable, et je vous donne ma fille avec la plus grande joie du monde.

SGANARELLE. – La médecine l'a échappé belle !

MARTINE. – Puisque tu ne seras point pendu, rends-moi grâce[5] d'être médecin ; car c'est moi qui t'ai procuré cet honneur.

SGANARELLE. – Oui, c'est toi qui m'as procuré je ne sais combien de coups de bâton.

LÉANDRE. – L'effet en est trop beau pour en garder du ressentiment[6].

SGANARELLE. – Soit : je te pardonne ces coups de bâton en faveur de la dignité où tu m'as élevé ; mais prépare-toi désormais à vivre dans un grand respect avec un homme de ma conséquence[7], et songe[8] que la colère d'un médecin est plus à craindre qu'on ne peut croire.

Molière, *Le Médecin malgré lui* (1666).

1. **En lieu où l'on me répondra de vous :** en prison.
2. **Dessein :** l'intention.
3. **Tout à l'heure :** à l'instant.
4. **Vertu :** valeur.
5. **Rends-moi grâce :** remercie-moi.
6. **Ressentiment :** rancune. (Le résultat est trop beau pour en garder de la rancune.)
7. **Conséquence :** importance.
8. **Songe :** pense.

***Le Médecin malgré lui*, mise en scène de Raphaël de Angelis**, avec Adriano Saleri (Géronte), Brice Cousin (Lucas), Raphaël Trano de Angelis (Sganarelle) et Cécile Messineo (Martine), Teatro Valle Occupato (Rome, 2013).

Découvrir le dénouement

Notion : dénouement

Échanger

Les relations entre Sganarelle et Martine vous paraissent-elles avoir changé par rapport à la scène 1 de l'acte I (p. 224-225) ?

Analyser

1. a. La didascalie de la ligne 3 indique que Sganarelle parle *le chapeau à la main*. Que signifie cette attitude ?

b. Que réclame Sganarelle aux lignes 3-4 ? En quoi est-ce comique ?

2. Qu'annonce Léandre dans la dernière scène ? Quelle est la réaction de Géronte ?

3. Tout le monde est-il content à la fin de la pièce ?

4. Relisez la dernière réplique : à quelle scène renvoie-t-elle ?

Faire le bilan

Indiquez tous les problèmes qui se trouvent résolus dans ce dénouement.

Géronte veut que Sganarelle soit pendu. ➜ ……………..

Léandre est pauvre. ➜ …………………..

Géronte est opposé au mariage entre Lucinde et Léandre. ➜ …………………..

Sganarelle en veut à Martine pour les coups de bâton reçus. ➜ …………………..

Histoire des arts

Étudier une mise en scène de théâtre

a. Quels sont les accessoires portés par tous les comédiens ? Quelle image cela donne-t-il des personnages ?

b. Qui sont les personnages à genoux ? Que signifie cette position ?

c. Qui sont les personnages debout ? Quels accessoires tiennent-ils ? Pourquoi ? Relisez la scène pour répondre.

RÉDIGER UNE LETTRE

Sganarelle écrit à son frère Scapin pour lui raconter comment il a été sauvé de la pendaison. Rédigez cette lettre en une dizaine de lignes.

Consignes

- Respectez la présentation de la lettre : date et lieu d'écriture en haut, adresse au destinataire (*Mon cher Scapin* par exemple), formule finale et signature en bas.
- Évoquez les émotions ressenties par Sganarelle.

Atelier langue, lecture et HdA

La comédie

Détail de l'affiche du spectacle du théâtre de l'Éventail (Orléans).

HISTOIRE DES ARTS

Une affiche a pour but de donner envie de voir un film ou une pièce de théâtre.

1 **Observez l'affiche.**

1. Identifiez les personnages principaux de la pièce : Sganarelle, Martine, Lucinde, Léandre et Géronte.

2. Comment l'image souligne-t-elle le caractère rusé de Martine, le ridicule de Sganarelle médecin, la naïveté de Géronte, l'amour entre Léandre et Lucinde ?

VOCABULAIRE

Molière aime se moquer du langage des médecins.

2 **a.** **Dans le texte suivant, relevez les mots qui appartiennent au champ lexical du corps humain.**

b. **À quelles langues anciennes Sganarelle fait-il des références fantaisistes ? Pourquoi ?**

SGANARELLE. – Or ces vapeurs dont je vous parle venant à passer du côté gauche, où est le foie, au côté droit, où est le cœur, il se trouve que le poumon que nous appelons en latin *armyan*[1], ayant communication avec le cerveau, que nous nommons en grec *nasmus*[1], par le moyen de la veine cave, que nous appelons en hébreu *cubile*[1], rencontre en son chemin lesdites vapeurs, qui remplissent les ventricules de l'omoplate.

Molière, *Le Médecin malgré lui* (1666), acte II, scène 4.

1. Mots inventés par Sganarelle.

L'étymologie est l'étude de l'origine des mots.

3 **Ces noms de spécialités médicales viennent du grec ancien. À quelle partie du corps correspondent-elles ?**

gastro-entérologie – cardiologie – hépatologie – pneumologie – dermatologie – oto-rhino-laryngologie – ophtalmologie – podologie

LECTURE

Les écrivains du XVIIe siècle (Molière ou La Fontaine, par exemple) trouvaient leur inspiration dans des œuvres anciennes qu'ils réécrivaient.

4 **Lisez le résumé du fabliau du Moyen Âge *Le Vilain mire* (*Le Paysan médecin*), dont Molière s'est inspiré. Trouvez les points communs et les différences avec l'intrigue du *Médecin malgré lui*.**

Un riche paysan épouse la fille d'un chevalier sans argent. Il la bat. Pour se venger, la jeune femme fait passer son mari pour un grand médecin auprès de deux messagers du roi et prétend qu'il faut le battre pour le faire obéir. Le paysan, battu à plusieurs reprises, sauve la fille du roi. Il est récompensé par le roi et vit heureux avec sa femme.

Atelier expression écrite

* 1 Résumer la pièce

Écrire à partir d'un texte

Pour un post du blog du CDI, rédigez un bref résumé de la pièce *Le Médecin malgré lui*.

JE PRÉPARE LE SUJET

- **Aidez-vous** des textes étudiés mais également des introductions en rose.
- **Rédigez** une phrase pour chaque étape de la pièce.
- **Relisez** l'ensemble pour vérifier que votre résumé est clair et complet.

** 2 Réaliser une affiche pour le spectacle

Réaliser un document pour rendre compte d'une lecture

Créez une affiche pour le spectacle *Le Médecin malgré lui*.

JE PRÉPARE LE SUJET

- **Constituez** des groupes de travail de deux à quatre élèves.
- **Faites la liste**, au brouillon, des informations qui figureront sur votre affiche : titre de la pièce, noms de l'auteur, du metteur en scène et des membres de la troupe, lieu, date et heure de la représentation…
- **Fabriquez** une image pour représenter la pièce. Vous pouvez y faire figurer un ou plusieurs personnages, un objet, un moment clé de la pièce… Il peut s'agir d'une photographie ou d'un montage réalisé à l'aide d'un logiciel. Si vous préférez préparer un collage ou un dessin, pensez ensuite à le scanner.
- **Créez** un nouveau document dans un logiciel de traitement de texte. Insérez votre image et réglez sa mise en page. Ajoutez le texte en soignant sa disposition et le choix des polices de caractères.

*** 3 Inventer une scène de théâtre

S'inspirer d'un texte modèle

Écrivez une courte scène de théâtre inspirée du *Médecin malgré lui*. Vous mettrez en scène un faux professionnel (un garagiste malgré lui, un coiffeur malgré lui…) qui essaie de se faire passer pour ce qu'il n'est pas. Votre scène sera comique.

JE PRÉPARE LE SUJET

- **Choisissez** vos personnages.
- **Réfléchissez** à la situation qui conduit votre personnage principal à mentir sur sa profession.
- **Faites une liste** des termes techniques fantaisistes que votre professionnel emploiera.
- **Rédigez** votre scène en respectant la présentation et les contraintes du texte de théâtre :
  – didascalies (indications de gestes, du ton employé…) ;
  – indication du personnage qui parle ;
  – dialogue des personnages sous forme de répliques.

MÉTHODE

Écrire une scène de théâtre

1. Rédigez votre scène en respectant la **présentation** et les **contraintes du texte de théâtre** :
   – présence de **didascalies** (indications de gestes, du ton employé…) ;
   – indication du **personnage qui parle** ;
   – dialogue des personnages sous forme de **répliques**.
2. Rendez les répliques vivantes en utilisant la **ponctuation expressive** (! ?…).
3. Veillez à ce que les répliques s'enchaînent bien.

Atelier expression orale

Jouer une scène de théâtre

Valère et Lucas, sur les conseils de Martine, viennent chercher Sganarelle qu'ils pensent être un véritable médecin. Martine leur a expliqué qu'il fallait le battre pour qu'il avoue sa profession.

Chaîne Youtube Théâtre Hatier
Mise en scène de Jean Liermier

Sganarelle. – Quoi donc ? que me voulez-vous dire ? Pour qui me prenez-vous ?

Valère. – Pour ce que vous êtes, pour un grand médecin.

Sganarelle. – Médecin vous-même : je ne le suis point, et ne l'ai jamais été.

Valère, *bas.* – Voilà sa folie qui le tient. (*Haut.*) Monsieur, ne veuillez point nier les choses davantage ; et n'en venons point, s'il vous plaît, à de fâcheuses extrémités.

Sganarelle. – À quoi donc ?

Valère. – À de certaines choses dont nous serions marris[1].

Sganarelle. – Parbleu ! venez-en à tout ce qu'il vous plaira : je ne suis point médecin, et ne sais ce que vous me voulez dire.

Valère, *bas.* – Je vois bien qu'il faut se servir du remède. (*Haut.*) Monsieur, encore un coup, je vous prie d'avouer ce que vous êtes.

Lucas. – Et testigué ! ne lantiponez point davantage[2], et confessez à la franquette que v'êtes médecin.

Sganarelle. – J'enrage.

Valère. – À quoi bon nier ce qu'on sait ?

Lucas. – Pourquoi toutes ces fraimes[3]-là ? et à quoi est-ce que ça vous sart ?

Sganarelle. – Messieurs, en un mot autant qu'en deux mille, je vous dis que je ne suis point médecin.

Valère. – Vous n'êtes point médecin ?

Sganarelle. – Non.

Lucas. – V'n'êtes pas médecin ?

Sganarelle. – Non, vous dis-je.

Valère. – Puisque vous le voulez, il faut s'y résoudre.

Ils prennent un bâton, et le frappent.

Sganarelle. – Ah ! ah ! ah ! Messieurs, je suis tout ce qu'il vous plaira.

Molière, *Le Médecin malgré lui* (1666), acte I, scène 5.

1. **Marris :** ennuyés.
2. **Ne lantiponez point davantage :** ne faites pas traîner les choses en longueur.
3. **Fraimes** : déformation de *frimes*, déguisements, feintes.

Le Médecin malgré lui, mise en scène de Dario Fo, avec Marcel Bozonnet (Valère), Gérard Giroudon (Sgagnarelle) et Philippe Torreton (Lucas), Comédie-Française (Paris, 1991).

Atelier expression orale

Travail en équipe

MÉTHODE

Pour jouer une scène de théâtre

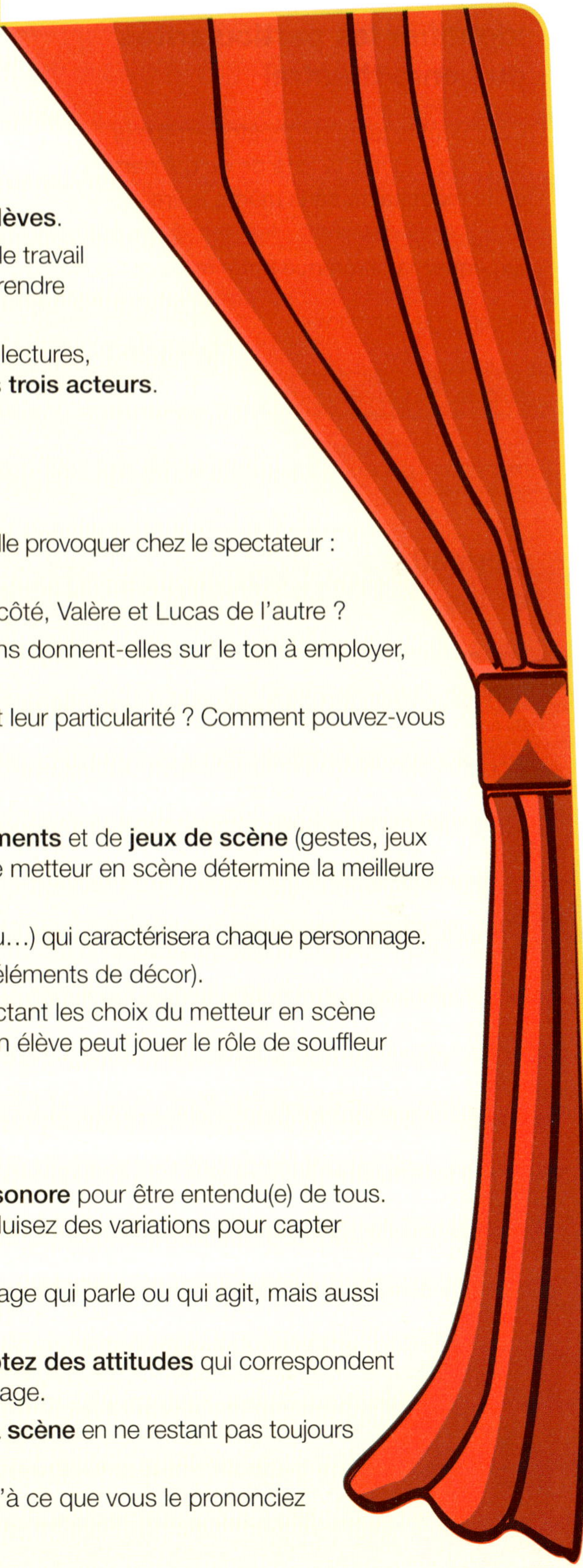

Constituer sa troupe

1. Constituez des groupes de travail de **cinq élèves**.
2. Désignez un **metteur en scène** qui dirigera le travail du groupe et un **secrétaire** pour l'assister et prendre en note les décisions.
3. Lisez plusieurs fois le texte. À l'issue de ces lectures, le metteur en scène distribue les rôles entre les **trois acteurs**.

Préparer la mise en scène

Comprendre le texte

1. Quelle est la **tonalité** de la scène ? Que doit-elle provoquer chez le spectateur : le rire, les larmes, la pitié, la terreur ?
2. Quels **sentiments** animent Sganarelle d'un côté, Valère et Lucas de l'autre ?
3. Observez les **didascalies** : quelles indications donnent-elles sur le ton à employer, sur les accessoires… ?
4. Observez les **répliques de Lucas** : quelle est leur particularité ? Comment pouvez-vous les prononcer ?

Imaginer une mise en scène

5. Proposez plusieurs possibilités de **déplacements** et de **jeux de scène** (gestes, jeux avec les accessoires) et essayez-les afin que le metteur en scène détermine la meilleure option. Notez l'option retenue.
6. Choisissez un **accessoire** (vêtement, chapeau…) qui caractérisera chaque personnage.
7. Préparez l'**espace scénique** (accessoires, éléments de décor).
8. **Répétez la scène plusieurs fois**, en respectant les choix du metteur en scène et en prononçant les répliques de mémoire. (Un élève peut jouer le rôle de souffleur pour aider les comédiens.)

Travailler le jeu de comédien

- **La voix :** articulez et adaptez votre **volume sonore** pour être entendu(e) de tous. Choisissez avec soin votre **intonation** et introduisez des variations pour capter l'attention des spectateurs.
- **Le regard :** tournez les yeux vers le personnage qui parle ou qui agit, mais aussi vers le public.
- **La gestuelle :** ne restez pas immobile, **adoptez des attitudes** qui correspondent à l'action et au tempérament de votre personnage.
- **Les déplacements :** occupez l'**espace de la scène** en ne restant pas toujours au même endroit.
- **La mémorisation :** répétez votre texte jusqu'à ce que vous le prononciez sans hésiter, en entier et sans le modifier.

BILAN

Je construis le bilan

Identifier les particularités du genre théâtral

1 **Comment le texte de théâtre est-il mis en page ? Faites la liste de ce qui permet de le reconnaître sans même le lire.**

2 **Expliquez la différence entre les mots suivants :**

- personnage / comédien
- coup de bâton / coup de théâtre
- réplique / didascalie
- scène / acte
- exposition / dénouement
- farce / satire

Connaître l'intrigue et les personnages

3 **Vrai ou faux ? Justifiez. (Attention, il faut parfois nuancer votre réponse !)**

a. Martine a menti à Valère et Lucas au sujet du célèbre médecin.
b. Lucinde souffre beaucoup.
c. Géronte pense que Léandre sera un bon mari pour sa fille.

4 **Pour chacun des personnages suivants, expliquez quelle ruse il emploie et dans quel but.**

a. Martine
b. Sganarelle
c. Lucinde
d. Léandre

Comprendre les formes de comique et la satire

5 **Associez chaque citation à la forme de comique qui correspond.**

Citations

1. *Han, hi, hom, han, ha. Je ne vous entends point.*
2. *Lucinde répond par signes, en portant sa main à sa bouche, à sa tête et sous son menton.*
3. *Ô grande vertu du remède !* (naïveté de Géronte)
4. *Je vous prie de la faire redevenir muette.* (retournement de situation)

Formes de comique

a. comique de situation
b. comique de mots
c. comique de gestes
d. comique de caractère

6 **Recopiez trois propositions qui vous paraissent justes parmi les suivantes :**

Dans *Le Médecin malgré lui*, Molière fait la satire :

a. des mariages arrangés
b. de la naïveté des malades
c. de l'hypocrisie
d. de la religion
e. des effets de mode
f. de l'inefficacité de la médecine

SOCLE

	COMPÉTENCES TRAVAILLÉES	Pages
Lire	**> Comprendre et interpréter un texte littéraire** • Identification du genre, de ses enjeux (théâtre) et de ses caractéristiques (comique, relations entre les personnages, actions)	p. 222-233
Écrire	**> Produire des écrits variés** • Production d'une scène, production d'une lettre **> Recourir à l'écriture pour réfléchir** • Production d'un projet de mise en scène	p. 227, 233, 235 p. 229
Oral	**> Manifester sa compréhension d'un texte** • Lecture expressive, mise en scène	p. 225, 237
Langue	**> Acquérir le sens et la structure des mots** • Champ lexical, étymologie	p. 234
Culture littéraire et artistique	**> Comprendre et interpréter une image** • Mise en relation de textes et d'images	p. 233, 234

Quiz
de révision

Je retiens

BILAN

Le Médecin malgré lui, une comédie

Le genre théâtral

Dans une pièce de théâtre, on distingue
– les **répliques** qui sont les propos tenus par les personnages ;
– les **didascalies**, qui ne sont pas prononcées et qui indiquent le nom des personnages, les intonations, les gestes…

Un **acte** correspond à une étape importante de la pièce. Une **scène** est une partie d'un acte ; elle est marquée par l'entrée ou la sortie d'un personnage.

L'intrigue et les personnages

Le **motif de la ruse** est central dans la pièce : Martine fait croire que son mari est médecin, Sganarelle joue le rôle du médecin auprès de Géronte pour ne pas se faire battre, Lucinde fait croire qu'elle est muette pour ne pas épouser Horace…

À plusieurs reprises, dans la pièce, la ruse permet aux personnages de **résister à plus fort qu'eux**. Dans la société du XVIIe siècle, les plus forts sont les **maris** et les **pères**.

Les formes de comique et la satire

Le Médecin malgré lui est une **comédie** car on y trouve :
– des **personnages typiques** (valets, servantes…) qui ne sont pas nobles ;
– un **niveau de langue le plus souvent courant**, parfois familier ;
– une **fin heureuse** qui se traduit par un mariage ;
– une volonté de **faire rire** les spectateurs.

On distingue **quatre formes de comique** :
– le **comique de situation** qui est lié à l'intrigue ;
– le **comique de mots** qui est provoqué par certaines répliques ;
– le **comique de gestes** qui naît de l'attitude des comédiens ;
– le **comique de caractère** qui est créé par l'exagération des défauts d'un personnage.

Le Médecin malgré lui ressemble par certains aspects à une **farce** (coups de bâtons, exagération des caractères…) mais s'en distingue par son objectif : **dénoncer et condamner** les défauts et les excès. Molière fait ainsi la **satire** de la lâcheté des maris, de la dureté des pères, de l'orgueil des médecins et de la crédulité des malades. Si la pièce fait rire, elle cherche donc aussi à faire réfléchir le spectateur.

La citation de Martine

« Traître, insolent, trompeur, lâche, coquin, pendard, gueux, belître, fripon, maraud, voleur… ! » (p. 225)

La citation de Géronte

« Ah ! quelle impétuosité de paroles ! Il n'y a pas moyen d'y résister. Monsieur, je vous prie de la faire redevenir muette. » (p. 231)

Étude de la langue

GRAMMAIRE

ORTHOGRAPHE

CONJUGAISON

VOCABULAIRE

OUTILS ET MÉTHODES

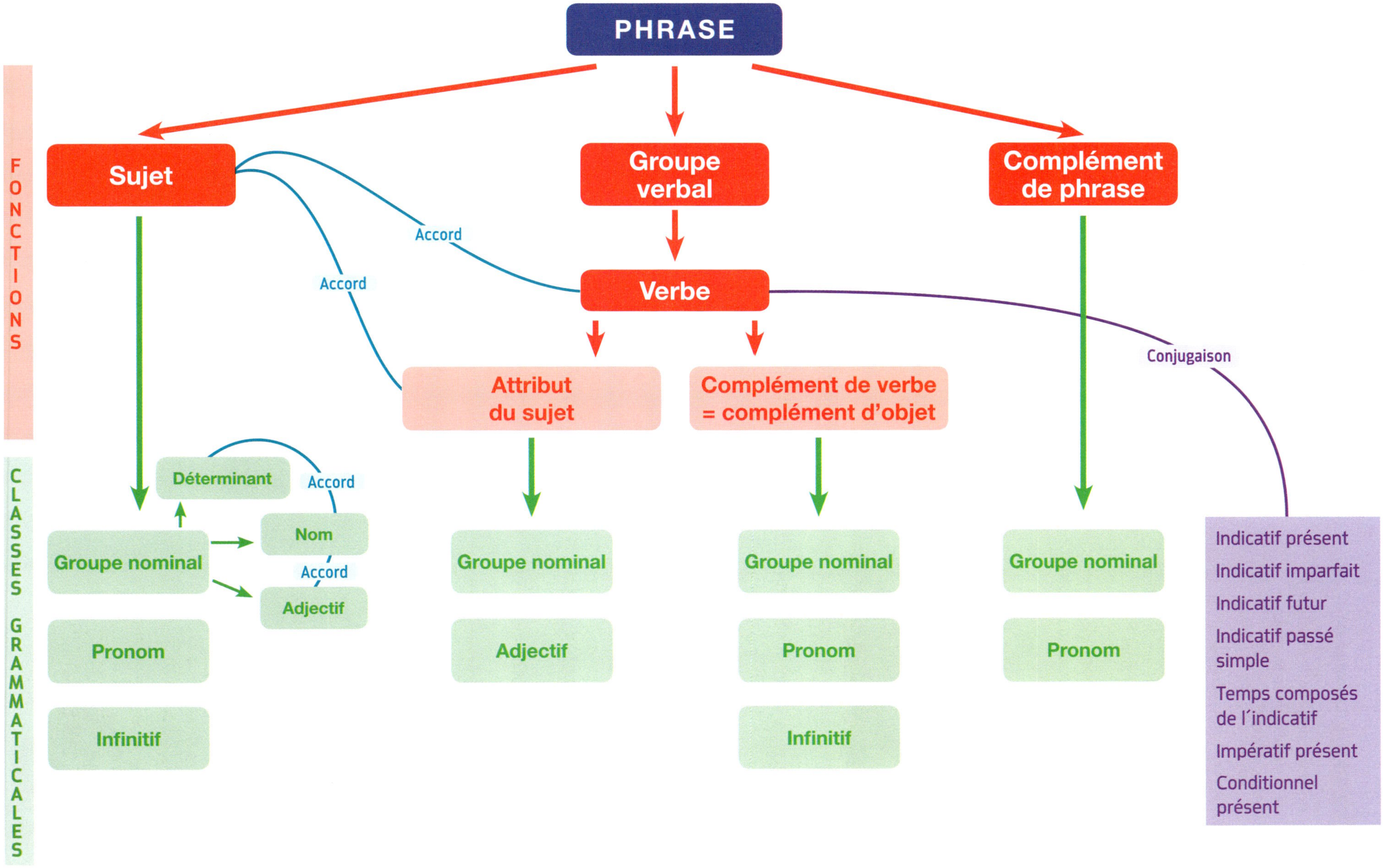
FONCTIONS
CLASSES GRAMMATICALES
PHRASE
Sujet
Groupe verbal
Complément de phrase
Verbe
Accord
Accord
Attribut du sujet
Complément de verbe = complément d'objet
Conjugaison
Déterminant
Accord
Nom
Accord
Adjectif
Groupe nominal
Pronom
Infinitif
Groupe nominal
Adjectif
Groupe nominal
Pronom
Infinitif
Groupe nominal
Pronom
Indicatif présent
Indicatif imparfait
Indicatif futur
Indicatif passé simple
Temps composés de l'indicatif
Impératif présent
Conditionnel présent

La phrase

1. Comment reconnaître une phrase ?

une phrase

- **un sens**
  ~~L'aventure part à moi.~~
  Je pars à l'aventure.
- **une organisation correcte**
  ~~Pars je l'aventure à.~~
  Je pars à l'aventure.
  À l'aventure !
- **une majuscule et un point (. ? ! ...)**
  ~~je pars à l'aventure~~
  Je pars à l'aventure.
  À l'aventure !

JE RETIENS

- Une phrase est une suite de mots qui a un **sens** et une organisation **grammaticale correcte** (qui respecte les règles).
- À l'écrit, la phrase débute par une **majuscule** et finit par un signe de **ponctuation forte** (. ? ! ...).

Je construis

1 **À partir de ces mots, formez quatre phrases différentes. Vous ne pouvez ajouter que des majuscules et des points.**

ferme – pierre – porte – manuel – une – un

2 **Remettez ces mots dans un ordre correct pour composer une phrase. N'oubliez pas la majuscule et le point.**

a. la dans allons salle de nous sciences
b. projecteur panne le est en
c. les expérience élèves aujourd'hui l'préparent
d. a mon qui pris microscope

3 **Identifiez la ou les phrase(s) correcte(s).**

a. Tous les élèves de la classe de 6e B.
b. Juliette et Karim vont à la bibliothèque.
c. le collège est entièrement rénové
d. La classe s'est retrouvée autour d'un.

4 **Rétablissez la ponctuation : . ? ! ...**

a. Serez-vous présents à notre réunion
b. Ne sortez pas
c. Dans ma trousse, j'ai un crayon et des stylos

Je consolide

* **5** **Rétablissez la ponctuation du texte.**

avant leur départ, les aventuriers vérifient tout leur matériel ils ne doivent manquer de rien les sacs sont remplis avec les couvertures de survie, les vêtements chauds et les cartes la boussole est essentielle pour se retrouver

** **6** **Ajoutez un signe de ponctuation forte.**

a. Que mets-tu dans ton moelleux au chocolat
b. Mon gâteau ne contient que des bonnes choses : du chocolat, du beurre, des œufs
c. Pourras-tu me donner la recette

*** **7** **Dans ce texte, combien y a-t-il de phrases ?**

M. Tomès. – Comment se porte son cocher ?
Lisette. – Fort bien, il est mort.
M. Tomès. – Mort !
Lisette. – Oui.
M. Tomès. – Cela ne se peut.
Lisette. – Je ne sais si cela se peut, mais je sais bien que cela est.

Molière, *L'Amour médecin* (1665), II, 2.

La phrase

2. Qu'est-ce qu'une phrase simple ?

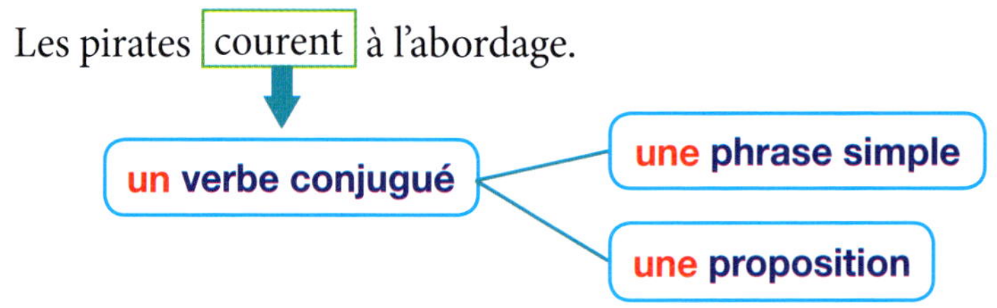

JE RETIENS

- Une phrase simple ne contient qu'**un seul verbe conjugué** et **une seule proposition**.
- Une **proposition** est un groupe de mots organisé autour d'un **verbe** (sujet et compléments).

Je construis

8 **Écrivez deux phrases simples à partir de chaque liste de mots.**

a. rencontre, auteur, élèves
b. danse, artiste, public
c. mousses, pont, navire
d. poète, plume, papier

9 **Dans les phrases simples suivantes, encadrez le verbe conjugué.**

Aux temps composés, le verbe se conjugue avec un auxiliaire et un participe passé.

Ex. : ***Laure finit son exercice. / Laure a fini son exercice.***

a. Pierre est impatient de voir le film.
b. Nous sommes allés au cinéma.
c. Le film était très réussi.
d. Pierre l'a beaucoup aimé.
e. Les critiques ont été élogieuses.

10 **Précisez quelles phrases sont simples. Encadrez le verbe qui vous a aidé à répondre.**

a. Lors de la sortie scolaire, la classe a assisté à une reconstitution historique.
b. Un repas du Moyen Âge !
c. Chaque acteur a un rôle bien défini.
d. Les élèves ont pris des notes dans un carnet.
e. Les convives ont goûté un ragoût de sanglier au miel.
f. Drôle d'expérience !

Je consolide

* **11** **Repérez les phrases simples. Recopiez-les et encadrez le verbe conjugué.**

Dans le récit, l'histoire est racontée par un narrateur. Le personnage principal de cette histoire est appelé le héros. Le récit alterne les scènes d'action et les descriptions de lieux. Il est souvent écrit au passé simple. Les péripéties s'enchaînent afin que le lecteur ne s'ennuie jamais.

** **12** **Relevez cinq phrases simples dans ce texte.**

Enfin le jeune guerrier fut en vue. Il arrivait tout noir sur la plaine grise et Faouhm hurlait :
« Le Feu !... Naoh apporte le Feu ! »
Ce fut un vaste saisissement. Plusieurs s'arrêtèrent, comme frappés d'un coup de hache. D'autres bondirent avec un rauquement frénétique et le Feu était là. Le fils du Léopard le tendait dans sa cage de pierre. C'était une petite lueur rouge, une vie humble et qu'un enfant aurait écrasée d'un coup de silex.

J. H. Rosny Aîné, *La Guerre du feu* (1909).

13 **ÉCRITURE** **Transformez ces phrases en phrases simples.**

a. À vos stylos !
b. Interdiction de copier !
c. Prêts à rédiger ?

3. Qu'est-ce qu'une phrase complexe ?

Combien y a-t-il de verbes conjugués ?

Le navire [quitta] le port et il [vogua] vers l'océan.
verbe 1 = proposition 1 — verbe 2 = proposition 2

Le navire [quitta] le port tandis que le vent [se levait].
verbe 1 = proposition 1 — verbe 2 = proposition 2

plusieurs verbes = une phrase complexe

JE RETIENS

- Une phrase complexe contient **plusieurs verbes conjugués**.
- Chaque verbe conjugué est le noyau d'une **proposition**.

Je construis

14 **Encadrez les verbes conjugués, puis dites si les phrases sont simples ou complexes.**

a. La petite troupe pénétra dans la forêt.
b. La petite troupe pénétra dans la forêt, alors que le jour se levait.
c. Ils suivaient le chemin.
d. Ils suivaient le chemin qui était tracé sur la carte.

15 **Complétez ces phrases pour en faire des phrases complexes.**

a. Nous finissons à 15 h 30 car…
b. Elle écrit une lettre à une amie qui…
c. Le professeur répond que…
d. Alors, je compris que…

16 **Combien de propositions contiennent ces phrases ?**

a. Depuis quelques heures, nous étions seuls sur la route.
b. Nous perçûmes un bruit : quelqu'un sortait des broussailles.
c. L'homme avança lentement, puis il nous regarda et enfin il prit la parole.
d. Il nous demanda d'une voix aimable comment on allait à la ville.

Je consolide

** **17** **Encadrez les verbes conjugués de ces phrases complexes, puis isolez les propositions par des crochets.**

a. Quand Jeanne était en CM2, elle a lu un roman policier.
b. Elle a trouvé que cette histoire de crimes était captivante.
c. Sa maîtresse a demandé que la classe rédige une fiche de lecture.
d. Maintenant qu'elle est au collège, elle lit encore avec grand plaisir des romans policiers.

*** **18** **Entourez les verbes conjugués dans le texte. Combien y a-t-il de propositions dans chaque phrase ?**

Le vilain petit canard est prisonnier d'un lac gelé.
Pour finir, il fut à bout de forces, resta tout à fait immobile et fut saisi par la glace.
Au petit matin, un paysan arriva, il le vit, s'avança jusqu'à lui, rompit la glace avec son sabot, et l'emporta chez lui pour le donner à sa femme. Là, il reprit vie.

Hans Christian Andersen, *Le Vilain Petit Canard*, traduit par Marc Auchet © LGF (2005).

Activités de découverte

Les classes grammaticales

Qu'est-ce qu'une classe grammaticale ?

1 Histoire de mots

Lisez le texte suivant et répondez aux questions.

Du haut de ma colline, je n'ai d'abord rien compris. Les mots étaient si nombreux. Je ne voyais qu'un grand désordre. J'étais perdue dans cette foule. J'ai mis du temps, je n'ai appris que peu à peu à reconnaître les principales tribus qui composent le peuple des mots. Car les mots s'organisent en tribus, comme les humains. Et chaque tribu a son métier.

Le premier métier, c'est de désigner les choses. Vous avez déjà visité un jardin botanique ? Devant toutes les plantes rares, on a piqué un petit carton, une étiquette.

Tel est le premier métier des mots : poser sur toutes les choses du monde une étiquette, pour s'y reconnaître. C'est le métier le plus difficile. Il y a tant de choses et des choses compliquées et des choses qui changent sans arrêt ! Et pourtant, pour chacune il faut trouver une étiquette. Les mots chargés de ce métier terrible s'appellent les *noms*.

La tribu des noms est la tribu principale, la plus nombreuse. […] Les autres tribus de mots devaient lutter pour se faire une place.

Par exemple, la toute petite tribu des *articles*. Son rôle est simple et assez inutile, avouons-le. Les articles marchent devant les noms, en agitant une clochette : attention, le nom qui me suit est un masculin, attention, c'est un féminin ! Le tigre, la vache.

Erik Orsenna, *La grammaire est une chanson douce* © Stock (2001).

a. Comment se classent les mots, d'après le texte ? Recopiez la phrase qui l'explique.

b. Repérez les phrases qui expliquent le métier de la tribu des noms et le métier de la tribu des articles.

c. En tenant compte de ces définitions, trouvez trois noms et trois articles dans le texte.

d. Quelles autres classes grammaticales connaissez-vous ? Donnez des exemples.

Quelles sont les principales classes grammaticales ?

2 Devinette

Quelles classes grammaticales se cachent derrière ces définitions ?

a. Je suis un mot qui désigne un être ou une chose. → Je suis un ……………………………………………

b. Je suis un mot qui exprime une action ou un état. → Je suis un ……………………………………………

c. Je suis un mot qui désigne une qualité attribuée à un nom. → Je suis un ……………………………………

d. Je suis un petit mot qui permet de déterminer le nom. → Je suis un ……………………………………………

3 Des phrases de toutes les couleurs

a. Créez des phrases en complétant le tableau.

Déterminant	Nom	Adjectif	Verbe	Préposition	Déterminant	Nom
Cet	*animal*	*sauvage*	*vit*	*dans*	*la*	*forêt*
	poissons					
				sur		

b. Recopiez ces deux phrases. En utilisant le même code couleur (noir, vert, bleu, rouge, violet), entourez chaque mot selon sa classe grammaticale.

La rivière argentée coule dans la vallée.

Le petit garçon court sur l'herbe verte.

4 Énigme

Lisez le texte.

a. Observez la dernière phrase : quelles classes de mots Paul a-t-il données à Filog ?

b. Vous pouvez maintenant compléter le texte.

Filog est un homme étrange qui propose un marché à Paul : il lui fera ses devoirs si Paul lui donne certains mots.

– Je me charge de tous tes devoirs de classe pendant une semaine si tu me donnes toutes tes .... et disons, par exemple, tes .... Ce n'est pas grand-chose.
Paul réfléchit et réplique :
– Mais comment est-ce que je te donnerais mes .... et quoi que ce soit de ce genre ? Je ne les ai pas dans mon placard.
– Tu dis que tu me les donnes, un point c'est tout. […]
Le soir, la maman de Paul demande si Paul a fait ses devoirs.
– Oui, répond Paul.
– Et qu'est-ce que tu as fait d'autre ? demande la maman de Paul.
– Oh, répond Paul, je suis allé entraînement foot. Ensuite nous sommes allés marchand glaces.

Hans Joachim Schädlich, *Le Coupeur de mots*, traduit de l'allemand par Jeanne Étoré et Bernard Lortholary © Castor poche Flammarion (1990).

Comment reconnaître les mots variables ?

5 Le testeur de classe grammaticale

Complétez le tableau avec les mots suivants : vous trouverez ainsi leur classe grammaticale.
marcher – petit – il – garçon

Variable en genre (féminin/masculin)	X	....	X	....
Variable en nombre (singulier/pluriel)	....	....	....	....
Variable en temps (présent/imparfait…)	X	X	....	X
Variable en personne (je/tu/il…)	X	X	....	....
Classe grammaticale du mot	Nom	Adjectif	Verbe	Pronom

6 Casse-tête

À quelle classe grammaticale appartiennent les mots en rose ?
Testez-les en les faisant varier en genre, en nombre, en temps et en personne.

Léa ferme la porte. • Léa porte son sac. Noé classe des mots. • Noé est dans la classe.

7 Décryptage

Entourez les mots variables : vous verrez ainsi apparaître une phrase.

devant les doucement par élèves car vite adorent oups la parmi ensuite grammaire très

BILAN

Créez votre propre mémo des classes grammaticales : au fur et à mesure de l'année, reproduisez et complétez cette carte mentale avec des exemples.

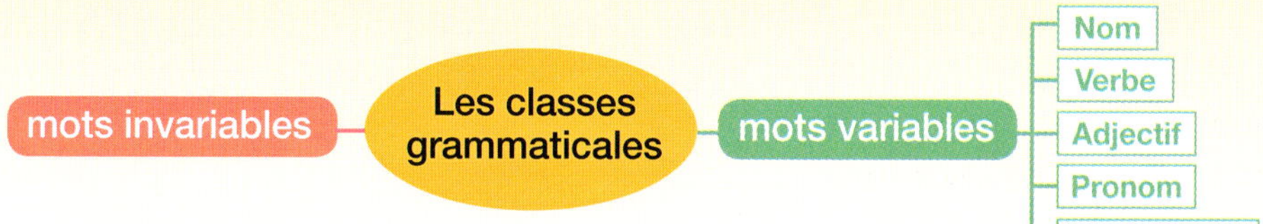

Le nom et le groupe nominal

1. Comment reconnaître un nom ?

un nom

désigne un être ou une chose
un garçon – une pierre

est souvent précédé d'un déterminant
une pierre – **un** garçon – **plusieurs** cailloux

le classement des noms

nom propre / nom commun
Pierre – une **p**ierre

nom singulier / nom pluriel
une pierre – **des** pierre**s**

nom masculin / nom féminin
un caillou – **une** pierre

JE RETIENS

- Un mot désignant un **être** ou une **chose** s'appelle un nom. Il est souvent précédé d'un **déterminant**.
- On distingue les **noms communs** des **noms propres** (attention à la majuscule !).
- On classe les noms selon leur **nombre** (singulier / pluriel) et leur **genre** (masculin / féminin).

Je construis

1 **Recopiez le tableau et complétez les cases pour chaque nom proposé.**

Nom	Propre ou commun	Masculin ou féminin	Singulier ou pluriel
fauteuils			
courage			
Rose			
rose			
fourmis			

2 **Relevez les noms communs dans chaque liste.**

a. joli – spectacle – impressionné – public.
b. vite – rapidité – vitesse – lent.
c. copie – chante – ferme – réserve.
d. secours – secourir – court – cours.

3 **Transformez ces verbes en noms.**

a. chanter. **b.** finir. **c.** raisonner. **d.** geler. **e.** conseiller.

Je consolide

* **4** **Repérez les noms dans les phrases suivantes.**

a. Le loup attend sa proie au coin du bois.
b. Quand Amandine se présente, il n'hésite pas et il la menace.
c. La fillette ne se méfie pas de l'animal.
d. Elle lui confie la destination de son voyage.

* **5** **Recopiez tous les noms que vous trouvez dans le texte suivant.**

Longtemps ce chêne avait eu une mauvaise réputation. Les plus vieilles gens du village voisin disaient encore que, dans leur jeunesse, ce chêne parlait et menaçait ceux qui voulaient se reposer sous son ombrage. Elles racontaient que deux voyageurs, y cherchant un abri, avaient été foudroyés.

George Sand, « Le Chêne parlant », dans *Contes d'une grand'mère* (1876).

Le nom et le groupe nominal

2. De quoi se compose un groupe nominal ?

groupe nominal	=	déterminant les	+	nom (= noyau) contes	+	expansion(s) merveilleux de mon enfance

JE RETIENS

- Un groupe de mots dont le **noyau** est un **nom** est appelé **groupe nominal**.
- Le groupe nominal est constitué du **nom noyau**, de son **déterminant** et des éventuelles **expansions** qui le précisent.

Je construis

6 **Composez tous les groupes nominaux possibles avec les éléments suivants.**

la	souris	du chevalier
le	armes	blanche(s)
les	page	grise(s)

7 **Parmi ces énoncés, lesquels sont des groupes nominaux et lesquels sont des phrases complètes ? Entourez le nom noyau.**

a. Ma petite sœur lit.
b. Le lit de ma petite sœur
c. Ma petite sœur Lili
d. Le lit de Lili
e. Lili livre un lit.
f. Lili lit un livre au lit.

8 **Complétez les phrases avec un groupe nominal de votre choix.**

a. En sortant du bois, les aventuriers rencontrent…
b. Ils font face…
c. Ils ressentent…
d. Ils ne sont pas préparés à affronter…
e. …est entre leurs mains.

9 ÉCRITURE **Enrichissez les groupes nominaux soulignés par une expansion du nom.**

a. Le personnage est une fille.
b. Elle connaît des aventures.
c. Mais elle est aidée par des personnages.
d. Elle est souvent confrontée à des situations.
e. Grâce à la magie, elle mène une existence.

Je consolide

* **10** **Repérez les groupes nominaux dans les phrases suivantes.**

Attention, un groupe nominal peut contenir un autre groupe nominal.

a. Apollon est un dieu grec.
b. Il a tué avec ses flèches le serpent Python.
c. La mort de Python a offensé la mère du serpent.
d. Le dieu a donc créé les jeux pythiques.
e. Ces jeux rendent un hommage au serpent mort.

** **11** **Relevez les groupes nominaux de ce texte. Précisez s'il s'agit de noms communs ou de noms propres.**

Il descendait au pied des brise-lames, et il guettait entre les touffes d'algues. Quand la vague se retirait, les petits crabes gris sortaient, et Mondo les attrapait à la main. Giordan le Pêcheur les brisait sur la dalle de ciment et les découpait avec un petit canif rouillé.

J.-M. G. Le Clézio, *Mondo et autres histoires*

*** **12** **Repérez les groupes nominaux dans les phrases, encadrez le nom noyau, soulignez le déterminant et surlignez l'expansion.**

a. Le regard de la petite fille se perdait dans la nuit étoilée.
b. La lune blanche et ronde semblait sourire aux enfants de la Terre.
c. Le vent d'été soufflait son haleine tiède.

Les déterminants

1. Qu'est-ce qu'un déterminant ?

déterminant
une / des
la / les
ma / mes
cette / ces

\+

nom
bicyclette(s)

=

groupe nominal minimal

JE RETIENS

- Un déterminant est un mot **variable** qui se place devant le nom et détermine son **nombre**, son **genre**, son **possesseur**…
- Le couple déterminant-nom constitue le **groupe nominal minimal**.

Je construis

1 Créez le plus grand nombre de groupes nominaux (selon le genre et le nombre).

une •
le •
ces •

• livre
• tapis
• scarabée
• table
• stylos

2 Dans chaque phrase, entourez les déterminants et soulignez le nom auquel ils se rapportent.

a. *Riquet à la houppe* est un conte de Perrault.
b. Il raconte l'histoire d'un garçon très laid.
c. Sa mère est désespérée par cette laideur.
d. Mais une fée promet un bel avenir à son enfant.
e. En effet, il séduit les femmes grâce à son esprit.

3 Entourez les déterminants dans les phrases suivantes. Réécrivez chaque phrase en la mettant au pluriel. Attention aux accords (déterminant et nom, sujet et verbe) !

a. Ce tableau est superbe.
b. Il représente le jardin de Monet.
c. La couleur change avec la lumière.
d. Ce tableau est exposé dans un musée.

4 Proposez un déterminant.

a. Je viens d'adopter ... chien.
b. ... chien est ... berger.
c. ... poils sont longs, d'... brun fauve.

Je consolide

* **5 Complétez chaque phrase avec les déterminants qui conviennent.**

a. … poètes sont inspirés par … saisons.
b. … couleur des feuilles change.
c. … jour, elles sont vertes ; … lendemain, elles jaunissent.

** **6 Relevez les déterminants dans le texte, puis donnez leur genre et leur nombre.**

J'avais été découragé par l'insuccès de mon dessin numéro 1 et de mon dessin numéro 2. Les grandes personnes ne comprennent jamais rien toutes seules, et c'est fatigant, pour les enfants, de toujours et toujours leur donner des explications… J'ai donc dû choisir un autre métier et j'ai appris à piloter des avions.

Antoine de Saint-Exupéry, *Le Petit Prince* (1943)

*** **7 Dites si les mots soulignés sont des déterminants.**

Un déterminant est associé à un nom. Ne pas le confondre avec un pronom personnel (ex. : *le, la, les*), associé à un verbe.

a. La forteresse se dresse au sommet de la colline. On la voit de très loin.
b. Ce n'est pas facile : nous avons passé une heure sur ce problème.

Les déterminants

2. À quoi servent les différents déterminants ?

les déterminants

Les déterminants démonstratifs désignent le nom dont on parle.
ce, cet, cette, ces
→ **cette** table

les articles

Les déterminants possessifs indiquent le possesseur.
mon, ma, mes, ton, ta, tes, son, sa, ses
→ **mon** sac

Les articles indéfinis introduisent un nom pas encore connu.
un, une, des
→ **un** élève

Les articles définis introduisent un nom connu.
le, la, les, l'
→ **le** tableau

Les articles partitifs désignent une portion d'un nom.
du, de la, des
→ **du** pain

JE RETIENS

Il existe plusieurs classes de déterminants. Les plus courants sont :

- l'article **défini** *(le, la, les, l')*, **indéfini** *(un, une, des)*, **partitif** *(de l', du, de la, des)* ;
- le déterminant **possessif** *(me, ta, son, notre, vos, leur...)* qui indique le possesseur ;
- le déterminant **démonstratif** *(ce, cet, cette, ces)* qui désigne un nom dont on a déjà parlé.

Je construis

8 Complétez les phrases à l'aide du déterminant demandé.

a. ... personnage principal du *Chat Botté* est ... animal. *(article défini et article indéfini)*
b. ... animal est très particulier. *(déterminant démonstratif)*
c. ... qualités sont nombreuses. *(déterminant possessif)*
d. Il a été donné à ... jeune homme. *(article indéfini)*
e. Grâce à lui, ... jeune homme devient riche. *(déterminant démonstratif)*

9 Réécrivez les phrases en mettant le groupe en vert au pluriel. Précisez si le déterminant est possessif ou démonstratif.

a. *Le Voyage d'Esteban* emmène son lecteur dans le monde des baleiniers.

b. Le lecteur suit le héros dans son aventure.

c. Esteban découvre ce navire.

d. La vie s'organise autour de la poursuite de cet animal.

Je consolide

* **10 Soulignez les articles définis et entourez les articles indéfinis.**

a. Une cigale et une fourmi sont voisines.
b. Quand vient l'hiver, la cigale n'a rien à manger.
c. Elle demande à la fourmi un morceau de mouche.

** **11 Complétez la phrase suivante. Entourez les articles partitifs.**

Pour faire ce gâteau, il me faut ... chocolat, ... œufs, ... farine, ... sucre et ... beurre.

*** **12 De quel type de déterminant s'agit-il ?**

Il était une fois une petite fille, la plus jolie qu'on eût su voir ; sa mère en était folle, et sa mère-grand plus folle encore. Cette bonne femme lui fit faire un petit chaperon rouge, qui lui seyait si bien, que partout on l'appelait le Petit chaperon rouge.

Charles Perrault, « Le Petit Chaperon rouge », dans *Histoires ou contes du temps passé* (1697).

L'adjectif qualificatif

1. Qu'est-ce qu'un adjectif ?

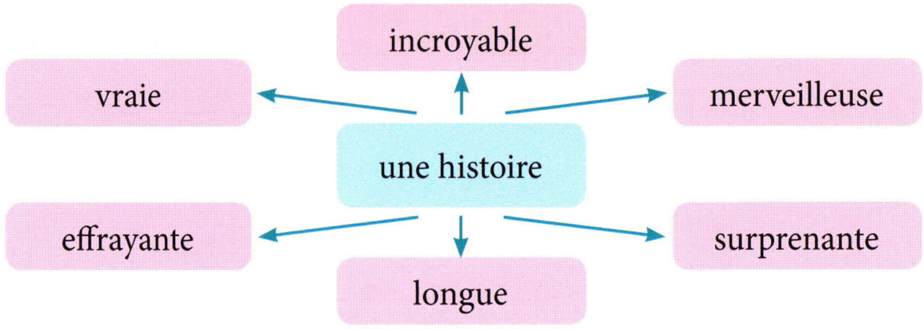

un nom et des adjectifs qualififatifs

JE RETIENS

- L'adjectif qualificatif apporte une **précision sur le nom** (ou le pronom) auquel il se rapporte.
- Il **s'accorde** avec le nom auquel il se rapporte.

Je construis

1 **Enrichissez les noms par le nombre d'adjectifs indiqué. Attention aux accords.**

le lion (1) – la plaine (2) – le ciel (3) – les oiseaux (2)

2 **Proposez un adjectif correspondant aux définitions suivantes.**

a. Je dégage de la lumière.
b. Je concerne tout l'univers.
c. Je peux être rechargé.

3 **Formez des adjectifs qualificatifs à partir des noms proposés.**

envie – Amérique – sel — orgueil – mer – ventre – courage – ennui – barbe – peur – fleur – Russie – joie – fin

4 **Retrouvez l'adjectif à l'origine de ces verbes.**

fragiliser – compléter – grandir – fréquenter – bavarder

5 **Accordez les adjectifs qualificatifs dans les groupes nominaux suivants.**

a. une nature (bienveillant).
b. des paysages (exotique).
c. de (grand) prairies en pente (doux).
d. des animaux (paisible).
e. de (charmant) bouquets de fleurs (frais).

Je consolide

* **6** **Enrichissez les noms avec des adjectifs qualificatifs variés.**

a. La caravane arriva dans le désert.
b. Le convoi s'engagea sur la piste.

** **7** **Relevez les adjectifs précisant les noms.**

C'était un beau jour de juin avec grand soleil, mais sur ces terres sans abri et hautes dans le ciel, le vent soufflait avec une brutalité insupportable. Ses grondements dans les carcasses des maisons étaient ceux d'un fauve dérangé dans son repas.

Jean Giono, *L'homme qui plantait des arbres*
© Gallimard (1954).

*** **8** **Observez : l'adjectif signifie-t-il la même chose selon qu'il est placé avant ou après le nom ?**

a. C'est un meuble ancien. – C'est mon ancien vélo.
b. Quel curieux garçon ! – Quel garçon curieux !
c. Ce pull est sale. – Quel sale temps !

9 ÉCRITURE **Sur le modèle de l'exercice 8, inventez des couples de phrases avec les adjectifs *petit*, *bon* et *seul*.**

L'adjectif qualificatif

2. Où trouve-t-on des adjectifs ?

Où trouve-t-on des adjectifs ?

Dans un groupe nominal (fonction épithète du nom) : il précise le nom et s'accorde avec lui. On peut le supprimer.

une histoire / une histoire drôle / une petite histoire

Dans un groupe verbal (fonction attribut du sujet) : complément essentiel, il précise le sujet du verbe et s'accorde avec lui. On ne peut pas le supprimer.

Cette histoire **est** vraie. / Ce diamant **est** vrai.

JE RETIENS

On peut trouver l'adjectif :

- dans le **groupe nominal** : supprimable, il **s'accorde** avec le nom ; c'est la fonction **épithète** ;
- dans le **groupe verbal** : non supprimable, il constitue un **complément** (attribut du sujet) et **s'accorde** avec le sujet.

Je construis

10 **Dans les phrases suivantes, précisez si on peut supprimer l'adjectif. Déduisez-en s'il appartient au groupe nominal (supprimable) ou au groupe verbal (non supprimable).**

a. Le héros de *Croc-Blanc* est un animal sauvage.
b. Son histoire est émouvante.
c. Le loup vit d'abord chez les Indiens du Grand Nord.
d. Il découvre ensuite la dure vie des chiens de combat.
e. Son expérience est douloureuse.

11 **Dans les phrases suivantes, accordez les adjectifs. Dites s'ils appartiennent au groupe nominal ou au groupe verbal.**

a. Les fables de La Fontaine mettent en scène des animaux (varié).
b. Elles sont une (nouveau) version des fables d'Ésope.
c. Les dialogues sont (vivant).
d. Les animaux représentent les défauts (humain).
e. Chaque fable illustre un message (moral).

Je consolide

* **12** **Relevez les adjectifs. Dites s'ils appartiennent au groupe nominal ou au groupe verbal.**

a. Dans ce conte, les sœurs sont très différentes.
b. L'une est très belle, l'autre est très laide.
c. La belle jeune fille rencontre une fée à la fontaine.
d. La gentille fée lui donne un pouvoir.
e. La sœur, qui est aussi envieuse, veut avoir le même pouvoir.

** **13** **Accordez les adjectifs du texte.**

À l'époque où ces événements se produisirent, je revenais d'une exploration (scientifique) entreprise dans les (mauvais) terres du Nebraska, aux États-Unis. En ma qualité de professeur (suppléant) au Muséum d'histoire (naturel) de Paris, le gouvernement (français) m'avait joint à cette expédition. Après six mois passés dans le Nebraska, chargé de (précieux) collections, j'arrivai à New York vers la fin de mars.

D'après Jules Verne, *Vingt mille lieues sous les mers* (1869).

Les pronoms

1. À quoi servent les pronoms personnels ?

Pronom personnel

- **Désigne qui parle et à qui l'on parle.**
  Je te parle.
- **Remplace un nom ou un GN.**
  Tom voit la fleur. → Il la cueille.
- **Varie en personne et en nombre.**
  je - nous
  Change de forme selon sa fonction.
  Il prend une pomme. - Je lui donne une pomme.
  - **Sujet :** je, tu, il, elle, on, nous, vous, ils, elles
  - **Complément :** me, moi / te, toi / le, la, l', lui, elle / nous / vous / les, leur / eux, elles

JE RETIENS

- Les pronoms personnels de **1re et 2e personne** désignent **celui qui parle** et **celui à qui l'on parle** : *je, me, moi, tu, te, toi, nous, vous.*
- Les pronoms personnels de **3e personne** remplacent **un nom ou un GN** : *il, elle, le, la, l', lui, on, ils, elles, les, leur.*

Je construis

1 Remplacez les noms ou les GN soulignés par un pronom personnel.

Les pronoms compléments se placent avant le verbe.

a. Paul chante.
b. Paul et Léa chantent une chanson.
c. Léa chante une chanson à Paul.

2 Repérez les pronoms personnels et dites à qui ou à quoi ils renvoient.

a. Fatou s'exclame : « J'ai fini ! » Elle soupire de soulagement.
b. Tom est certain qu'il va réussir, mais cet exercice lui a demandé beaucoup de concentration.

3 Dites si la forme soulignée est un pronom (devant un verbe) ou un déterminant (devant un nom).

a. La plante a poussé. La voisine la soigne bien.
b. Le car jaune est passé. Nous le prenons le matin.
c. Les oiseaux migrent. Les chercheurs les observent.

Je consolide

* **4** Relevez tous les pronoms personnels qui désignent la Belle.

La dixième nuit qu'elle passa chez son père, elle rêva qu'elle était dans le jardin du palais et qu'elle voyait la Bête couchée sur l'herbe, et prête à mourir. [...] « Ne suis-je pas bien méchante, dit-elle, de donner du chagrin à une bête qui a pour moi tant de complaisance ! »

Mme Leprince de Beaumont, *La Belle et la Bête* (1740).

*** **5** **RÉÉCRITURE** Réécrivez le texte en utilisant des pronoms personnels pour éviter les répétitions.

Le roi reçut le prince. Le roi promit au prince la main de sa fille. La princesse apparut alors. La princesse était belle comme le jour et le prince tomba amoureux de la princesse.

Les pronoms

2. À quoi servent les pronoms démonstratifs et possessifs ?

Pronom démonstratif

- **Désigne, montre une chose dont on parle.**
  Retenez bien cela.
  Je préfère celui-ci.
- **Varie en genre et en nombre.**
  ce, c', celui, celle, ceux, celles, ceci, cela, celui-là, celui-ci

Pronom possessif

- **Reprend un nom en signalant son possesseur.**
  Tu as un pull rouge.
  Le mien est jaune.
- **Varie en genre et en nombre.**
  le mien, la mienne, les miens, les miennes
  Varie en personne.
  le tien, le sien, le nôtre, le vôtre, le leur

JE RETIENS

- Les **pronoms démonstratifs** désignent une chose **dont on parle** : *ce (c'), ceci, cela, celui-ci, celui-là.*
- Les **pronoms possessifs** reprennent un nom en désignant son **possesseur**. Ils sont **variables** en **genre**, en **nombre** et en **personne** : *le mien, la mienne, les miens, les miennes.*

Je construis

6 **Complétez les phrases avec un pronom démonstratif et dites ce qu'il désigne.**

a. Quel est votre conte préféré ? …… ou …… ?
b. Nager ici est dangereux. …… est interdit.
c. Nos valises sont prêtes, mais …… de Bastien ne l'est pas.

7 **Remplacez les mots en vert par un pronom possessif.**

a. Le collège prête des raquettes, mais Julien préfère jouer avec ses raquettes.
b. Paul a une trottinette bleue. Ma trottinette est rouge.
c. Pendant que je range mes affaires, vous rangerez vos affaires.

8 **Réécrivez les phrases obtenues dans l'exercice 7 en respectant les consignes.**

a. Remplacez *des raquettes* par *des ballons*.
b. Remplacez *une trottinette* par *des rollers*.
c. Remplacez *mes affaires* par *ma chambre*.

Je consolide

* **9** **Complétez le texte avec les pronoms indiqués entre parenthèses.**

Nous établîmes le premier campement au pied de la montagne. Nous apercevions le sommet de …… *(pronom démonstratif)* au loin. Je montai ma tente tandis que Martin montait …… *(pronom possessif)*. …… *(pronom démonstratif)* étaient de petites tentes légères et solides. Nous nous installâmes autour du feu pour nous réchauffer : …… *(pronom démonstratif)* brûlait difficilement.

** **10** **Remplacez les pronoms possessifs par un groupe nominal de votre invention.**

a. Je préfère les vôtres.
b. Il a mangé toutes les miennes.
c. Voici les siennes. Prenez les vôtres.

*** **11** **Soulignez les pronoms possessifs.**

a. Le professeur leur demande de sortir leur manuel.
b. Le surveillant leur apporte leur carnet.
c. Je leur souhaite bonne route avant leur départ.

Le verbe

Comment identifier un verbe conjugué ?

Jean lit un poème.

Le mettre à la forme négative.
Jean lit un poème.
→ Jean ne lit pas un poème.

Trouver le mot qui exprime une action ou un état.
Jean lit un poème.
= action de lire
Jean paraît heureux.
= verbe d'état

Le conjuguer (varier le temps ou la personne).
Jean lit un poème.
→ Jean lisait un poème.
→ Nous lisons un poème.

Trouver son infinitif (= forme non conjuguée du verbe).
Jean lit un poème.
→ lire

JE RETIENS

• Le verbe conjugué est le **noyau** de la phrase simple. Pour analyser une phrase, il faut savoir identifier le verbe :
– en repérant le mot qui exprime une **action** ou un **état** ;
– en l'encadrant par la **négation** « ne… pas » ;
– en le faisant **varier** en **temps** ou en **personne** ;
– en retrouvant son **infinitif**, qui est sa forme non conjuguée.

Je construis

1 **Repérez les verbes en réécrivant les phrases à la forme négative.**

a. Renart joue de mauvais tours à Ysengrin.
b. Le rusé goupil se moque de ses compagnons.
c. *Le Roman de Renart* provoque rire et réflexion.
d. Nous lirons un extrait en classe.

2 **Identifiez les verbes en les transposant à l'imparfait. Donnez leur infinitif.**

a. Le dimanche, la famille se réunit.
b. Le salon résonne de rires et de bavardages.
c. Les enfants se barbouillent de chocolat.

3 **Les verbes expriment-ils une action ou un état ?**

a. Jules Verne est un romancier célèbre.
b. Il écrivit de nombreux romans d'aventures.
c. *Cinq semaines en ballon* demeure le plus connu.
d. Demain, je l'emprunterai au CDI.

Lettre ornée : Renart, enluminure (XIIIe siècle), extraite de *Renart le Nouvel* (BnF, Paris).

Je consolide

*** 4** **Réécrivez le texte au futur pour repérer les verbes conjugués.**

Glorieux, il se promène avec une allure de prince indien et porte sur lui les riches présents d'usage. L'amour avive l'éclat de ses couleurs et son aigrette tremble comme une lyre.
La fiancée n'arrive pas.
Il monte au haut du toit et regarde du côté du soleil. Il jette son cri diabolique :
Léon ! Léon !

Jules Renard, *Histoires naturelles* (1896).

*** 5** **Repérez les verbes conjugués. Vérifiez votre réponse en donnant leur infinitif.**

Une phrase peut compter plusieurs verbes conjugués.

a. Lucette est un chiot adorable.
b. Tout son charme tient dans la tache fauve qui entoure son œil.
c. Le reste de sa robe possède la blancheur de la neige.
d. Quand elle court dans le jardin, elle bondit comme un faon.

**** 6** **Repérez les verbes conjugués et donnez leur infinitif.**

a. Je suis des cours de dessin.
b. Je suis attentif.
c. Tu vis à la campagne.
d. Tu vis une éclipse de lune.
e. Elle peignait ses cheveux.
f. Elle peignait des tableaux très colorés.

***** 7** **Identifiez les verbes. Indiquez leur infinitif.**

Renart a faim.
L'autre jour, démuni de tout et tenaillé par la faim, il était en quête de nourriture. À travers prés, labours et taillis, il va, misérable et furieux de ne rien trouver à manger pour son souper : mais il ne voit rien à se mettre sous la dent. Reprenant alors le trot, il gagne l'orée du bois où il s'arrête, bâillant de faim, s'étirant de temps à autre, tout maigre, décharné, et ne sachant que faire : c'est que la famine règne dans tout le pays.

Le Roman de Renart, traduit par Micheline Combarieu de Grès et Jean Subrenat © Hatier (1996).

***** 8** **Encadrez les verbes conjugués à un temps composé. Donnez leur infinitif.**

Quand le verbe est conjugué à un temps composé, la forme verbale comporte plusieurs mots : l'auxiliaire (*être* ou *avoir*) et le participe passé. Ex. *J'ai appris* → verbe *apprendre*.

a. Seule à Ithaque, Pénélope a attendu dix ans.
b. Vaillamment, elle a résisté aux prétendants.
c. Tous les jours, elle a tissé sa tapisserie.
d. Toutes les nuits, elle l'a défaite.

**** 9** **Relevez les 12 verbes conjugués.**

« Ce mercredi 2 octobre 1872, vous êtes à mon service. »
Cela dit, Phileas Fogg se leva, prit son chapeau de la main gauche, le plaça sur sa tête avec un mouvement d'automate et disparut sans ajouter une parole.
Passepartout entendit la porte de la rue se fermer une première fois : c'était son nouveau maître qui sortait ; puis une seconde fois : c'était son prédécesseur, James Forster, qui s'en allait à son tour.
Passepartout demeura seul dans la maison de Saville-row.

Jules Verne, *Le Tour du monde en 80 jours* (1873).

10 ÉCRITURE **Réécrivez le texte à l'imparfait. Soulignez les verbes conjugués.**

C'est un matin d'octobre. Un ciel tourmenté de gros nuages gris limite l'horizon aux collines prochaines et rend la campagne mélancolique. Les pruniers sont nus, les pommiers sont jaunes, les feuilles de noyer tombent en une sorte de vol plané, large et lent d'abord, qui s'accentue d'un seul coup comme un plongeon d'épervier dès que l'angle de chute devient moins obtus. L'air est humide et tiède. Des ondes de vent courent par intervalles.

D'après Louis Pergaud, *La Guerre des boutons* (1912).

***** 11 RÉÉCRITURE** **Construisez des phrases en employant ces verbes conjugués.**

souhaitent – verrouilla – chevauchais – parsèmes – clignotèrent

Bilan

Les classes de mots variables

Je vérifie mes connaissances

1 **Retrouvez les classes de mots en complétant cette grille de mots croisés.**

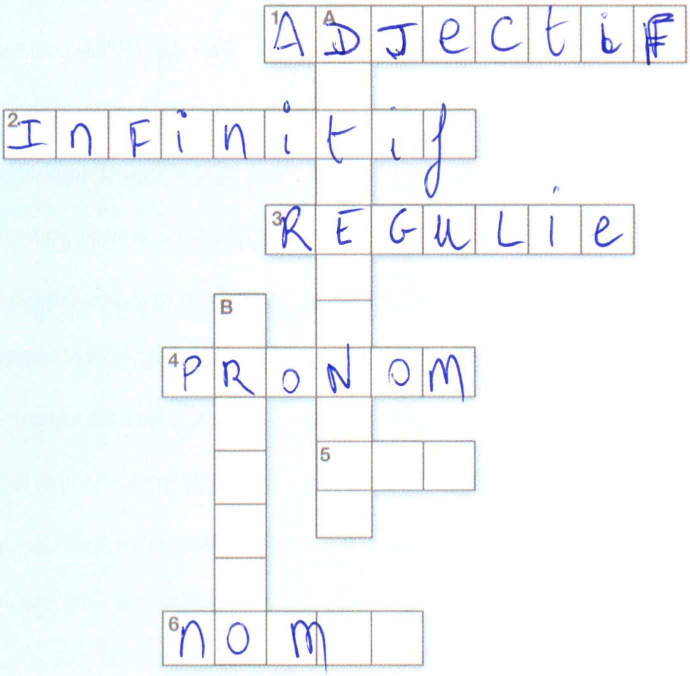

HORIZONTALEMENT

1. Mot variable en genre et en nombre, il précise un nom, lui attribue une qualité.
2. Forme non conjuguée du verbe.
3. On y classe les verbes pour les conjuguer : le premier regroupe les verbes en *-er*.
4. Mot variable en genre, en nombre et parfois en personne, il permet de remplacer un nom ou de désigner une personne.
5. Mot variable en nombre et désignant un être ou une chose.
6. Mot variable en temps et en personne et exprimant une action ou un état.

VERTICALEMENT

A. Mot variable en genre et en nombre, il se place devant un nom pour le déterminer.
B. Type de déterminants courant dont les formes sont *le, la, un, une*…

2 **Vrai ou Faux ? Quand vous jugez l'affirmation fausse, justifiez votre réponse.**

	V	F
• Un verbe est toujours conjugué.	☐	☐
• Il y a différentes classes de déterminants (article, déterminant possessif, déterminant démonstratif).	☐	☐
• Le nom est invariable.	☐	☐
• On ne peut trouver des adjectifs que dans des groupes nominaux.	☐	☐
• Le noyau d'un groupe nominal est un nom.	☐	☐

3 **a. Donnez la classe grammaticale de tous les mots des phrases suivantes.**

L'ogre féroce attrape le petit prince. Il le mange.

b. Réécrivez les phrases ci-dessus en suivant les consignes.

→ Mettre les verbes au passé simple.
→ Mettre les noms au féminin.
→ Mettre les noms au pluriel.

Je consolide mes connaissances

Le verbe

4 **a.** Relevez onze verbes conjugués et deux verbes à l'infinitif.
b. Dites à quel groupe chaque verbe appartient.

– Si tu en as la force, aide-moi à emporter cet arbre hors de la forêt.
– Volontiers, répondit le petit homme, prends d'abord le tronc sur ton épaule, je ramasserai et porterai les branches et le feuillage, c'est le plus lourd.
Le géant chargea le tronc sur son épaule, mais le petit tailleur s'assit sur une branche, de sorte que le géant qui ne pouvait regarder derrière lui portait l'arbre tout entier et le tailleur par-dessus le marché.

Jacob et Wilhelm Grimm, « Le vaillant petit tailleur » dans *Contes choisis*, traduction d'Henri Mansvic © Flammarion.

Le groupe nominal

5 Relevez pour chaque nom souligné son déterminant et éventuellement l'adjectif qui le précise.

Leur père, qui était roi de tout le pays, épousa une reine méchante qui n'aima pas du tout les pauvres enfants; ils purent s'en apercevoir dès le premier jour; comme il y avait une grande fête au château, les enfants jouaient à recevoir des visites; mais au lieu de leur donner, comme d'habitude, tous les gâteaux et pommes cuites que l'on pouvait trouver, elle ne leur donna que du sable dans une tasse de thé, et leur dit de faire comme si c'était bon.

Hans Christian Andersen, « Les cygnes sauvages » dans *Contes* © éditions du Panthéon.

6 Composez des groupes nominaux enrichis sur le modèle suivant:
un arbre → un immense arbre → un immense arbre majestueux → un immense arbre majestueux aux branches interminables
a. un oiseau b. le palais c. des monstres

7 **a.** Relevez tous les groupes nominaux.
b. Encadrez le nom, soulignez le déterminant et entourez l'adjectif lorsqu'il y en a un.

a. Les dieux grecs sont nombreux.
b. À leur tête, on trouve le terrible Zeus.
c. Ils interviennent dans la vie des mortels.
d. Leurs incroyables pouvoirs les rendent puissants.
e. Je connais certaines légendes effrayantes.

Le pronom

8 **a.** Parmi les mots surlignés, relevez les pronoms.
b. Dites qui désigne chaque pronom relevé.

Naoh, du clan des Oulhamr, vient voler le feu de la tribu des Dévoreurs d'hommes...
Les veilleurs n'avaient pas bougé. Et Naoh se remplit les yeux de tous les détails du campement. Il mesura d'abord le nombre et la structure des guerriers. Presque tous décelaient une musculature imposante: des bustes profonds, servis par des bras longs et des jambes courtes; l'Oulhamr songea qu'aucun ne le devancerait à la course. Naoh n'hésita pas longtemps. Comme les veilleurs lui tournaient le dos, il rampa vers le tertre. [...] Enfin il se trouva à l'abri et, se coulant derrière les arbustes, il parvint près du Feu. Les guerriers endormis le cernaient presque.

Joseph Henri Rosny Aîné, *La Guerre du feu* (1909).

RÉCAPITULONS !

9 Prêt(e) pour un baccalauréat? Complétez le tableau suivant!

	Nom propre	Nom commun	Adjectif	Déterminant	Pronom	Verbe
Q	Quentin	quête	quelconque	quelque	quelqu'un	questionner
L						
V						
N						
T						

Activités de découverte

Les fonctions grammaticales

Qu'est-ce qu'une fonction grammaticale ?

1 Histoire de phrases

Lisez le texte suivant et répondez aux questions.

Je regardai la phrase que j'avais formée, ma première depuis le naufrage, et j'éclatai de rire :
« La fleur grignoter le diplodocus. »
– Où as-tu vu ça ? Une plante fragile dévorer un monstre ! Généralement, le premier mot d'une phrase, c'est le sujet, celui ou celle qui fait l'action. Le dernier, c'est le complément, parce qu'il complète l'idée commencée par le verbe…
Pendant qu'il parlait, j'avais vite modifié l'ordre.
« Le diplodocus grignoter la fleur. »
– Je préfère ça.
Entre nous, je ne sais pas très bien si ces grosses bêtes-là adoraient les fleurs. Bien. Dernière étape, nous allons dater le verbe. « Grignoter », c'est trop vague. Et ça ne dit pas quand ça s'est passé ! Il faut donner un temps au verbe. Encore un effort, Jeanne, reste concentrée.

Erik Orsenna, *La grammaire est une chanson douce*, © Stock (2001).

a. Observez les deux phrases en rose :
- Sont-elles correctes ? Pourquoi ? Corrigez-les.
- Observez vos deux phrases corrigées : qu'est-ce qui change ?

b. Quelle définition est donnée de la fonction sujet ? Et de la fonction complément ?

2 Défi

Choisissez un groupe nominal, puis fabriquez deux phrases où il aura la fonction sujet du verbe puis complément de verbe : l'oiseau bleu – un terrible dragon – un cruel corsaire

Comment reconnaître les principales fonctions ?

3 Le testeur de fonctions

Timothée (sujet) croque (verbe) une pomme verte (complément de verbe) au goûter (complément de phrase).

a. Cochez les cases du tableau pour chaque groupe de mots souligné.

b. Observez vos résultats et rédigez une définition pour chacune des fonctions étudiée.

	Timothée = le sujet	une pomme verte = complément de verbe	au goûter = complément de phrase
Supprimable			
Déplaçable en tête de phrase			
Remplaçable par un pronom (il, elle, la, le)			
Exprime qui fait l'action			
Exprime qui subit l'action			
Exprime une circonstance de l'action (le lieu, le moment…)			

4 Cadavre exquis

Formez des groupes de quatre élèves.

a. Le premier joueur inscrit sur le haut de la feuille un groupe sujet et plie la feuille de manière à cacher ce qu'il a écrit.

b. Le second joueur inscrit un verbe conjugué et fait de même.

c. Le troisième joueur inscrit un complément de verbe et fait de même.

d. Le quatrième joueur inscrit un complément de phrase et fait de même.

Dépliez la feuille et découvrez votre phrase!

5 L'étourdie

a. Jeanne vient de finir son devoir au brouillon, mais elle ne sait plus quelle réponse correspond à quelle consigne. Aidez-la!

Les aventuriers traversent le lac gelé.

Réponses de Jeanne	Consignes
a) groupe nominal	**1)** Quel est le verbe conjugué de cette phrase?
b) *traversent*	**2)** Quelle est la fonction de *le lac gelé*?
c) sujet du verbe *traverser*	**3)** Quelle est la fonction de *Les aventuriers*?
d) complément du verbe *traverser*	**4)** Quelle est la classe grammaticale de ces deux groupes de mots?
e) Ils le traversent.	**5)** Remplacez ces deux groupes de mots par un pronom.

b. Rédigez correctement les réponses de Jeanne en faisant des phrases complètes.

6 Vrai ou faux?

Répondez par vrai ou faux. Si vous répondez «vrai», justifiez votre réponse en rédigeant un ou plusieurs exemples.

a. Un groupe nominal tel que *un lion féroce* peut être sujet ou complément de verbe.

b. Un groupe nominal tel que *pendant deux jours* peut être sujet d'un verbe.

c. Le pronom *il* peut être sujet ou complément de verbe.

d. Le pronom *le* peut être sujet ou complément de verbe.

BILAN

Créez votre propre mémo des fonctions grammaticales: au fur et à mesure de l'année, reproduisez et complétez cette carte mentale avec des exemples.

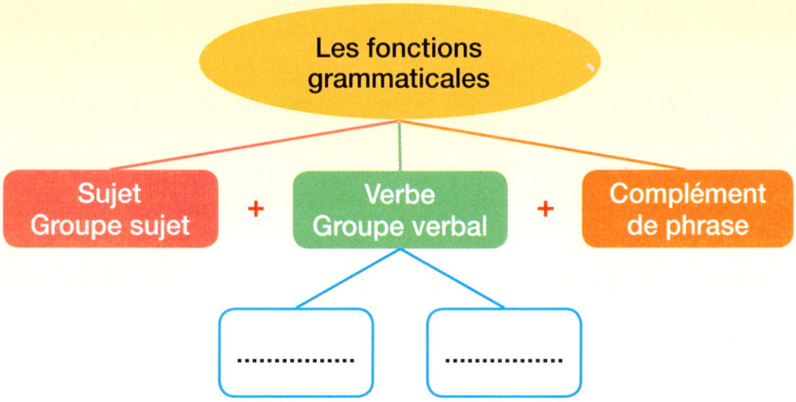

Le sujet du verbe

1. Comment repérer le sujet d'un verbe ?

Les élèves **lisent** un conte.
verbe

Quel est le sujet du verbe ?

Poser la question « Qui est-ce qui + V ? »	Observer l'accord sujet-verbe	Remplacer par un pronom personnel
Ce sont les élèves qui lisent.	Les élèves lisent.	Ils (= les élèves) lisent.

→ Les élèves (sujet) lisent (verbe) un conte.

JE RETIENS

- Dans la phrase, le sujet du verbe indique de quoi ou de qui il est question : c'est sa **fonction**.
- On le trouve en se posant la question « Qui est-ce qui / qu'est-ce qui (+ verbe) ? » et en répondant « C'est /ce sont … qui (+ verbe) ».
- Le lien sujet-verbe est aussi marqué par l'**accord** : le verbe s'accorde avec son sujet.

Je construis

1 **Trouvez le sujet de chaque phrase : repérez le verbe conjugué et posez la question « Qui est-ce qui ? » ou « Qu'est-ce qui ? ».**

a. Au printemps, les arbres se couvrent de feuilles.
b. Les fleurs du jardin attirent les insectes.
c. Les abeilles et les papillons volent de fleur en fleur.

2 **Trouvez le sujet de chaque phrase : réécrivez les phrases en utilisant la formule « c'est / ce sont … qui + verbe ».**

a. Les sorcières jettent des sorts.
b. Les lutins jouent des tours aux villageois.
c. De l'autre côté de la montagne s'élève le château du grand mage.
d. Le professeur nous raconte cette histoire.

3 **Repérez le sujet du verbe et vérifiez votre réponse en le remplaçant par un pronom.**

a. Les oiseaux de proie sont aussi appelés rapaces.
b. Le faucon et la buse ont un regard perçant.
c. La chouette loge parfois dans les greniers.
d. Aujourd'hui, l'aigle fait partie des espèces protégées.
e. Mes amis et moi travaillons pour une association de protection des oiseaux.

4 **Trouvez le sujet en vous aidant de l'accord du verbe.**

a. Le cirque et sa fanfare sont arrivés en ville.
b. Le chapiteau des artistes se dresse dans le parc.
c. Des affiches placardées sur le mur de l'école annoncent l'événement.
d. Mercredi, les enfants du village iront au cirque.

Je consolide

*** 5 Recopiez les phrases suivantes et soulignez le sujet du verbe.**

a. Les frères Grimm collectent de nombreux contes.
b. Dans les campagnes, on lisait des contes à la veillée.
c. Sorcières et lutins peuplent ces vieilles histoires.

**** 6 Recopiez les phrases suivantes, encadrez le verbe et soulignez le sujet.**

a. Ce matin-là était un matin particulier.
b. Pour les enfants, les vacances prenaient fin.
c. Le cartable neuf trônait sur la table du salon.
d. Les stylos, les crayons gonflaient la trousse.

**** 7 Recopiez les phrases suivantes, encadrez les verbes et soulignez leur sujet.**

Une phrase peut avoir plusieurs verbes avec plusieurs sujets (un pour chaque verbe).

a. Le petit garçon s'enfuit de la chaumière ; il court à travers les champs.
b. Sa mère l'appelle et son frère le cherche.
c. Quand il arrive à la lisière du bois, le garçon reprend son souffle.
d. Ses parents s'inquiètent, et ses sœurs pleurent.

**** 8 Recopiez les phrases suivantes, encadrez les verbes et soulignez leur sujet.**

Une phrase peut avoir un seul sujet pour plusieurs verbes.

a. Le navire craque et se cabre dans la tempête.
b. Le vent souffle et arrache les voiles.
c. Les vagues gonflent, déferlent sur le pont.
d. Le tonnerre gronde dans la nuit et fait trembler la coque du bateau.

**** 9 Recopiez le texte suivant : encadrez les verbes et soulignez leur sujet.**

Enzo adore la mythologie. Il connaît un nombre incroyable d'histoires. Ces histoires évoquent des dieux et des monstres extraordinaires. Nous adorons l'écouter ! Ce garçon est vraiment passionnant.

10 Repérez les sujets des verbes dans le texte.

Depuis que notre mère est morte, nous ne connaissons plus que le malheur. Notre belle-mère nous bat tous les jours et quand nous voulons nous approcher d'elle, elle nous chasse à coups de pied. Pour nourriture, nous n'avons que de vieilles croûtes de pain, et le petit chien, sous la table, est plus gâté que nous ; de temps à autre, elle lui jette quelques bons morceaux.

Les frères Grimm, « Frérot et sœurette », dans *Contes* (1812 et 1815).

11 ORTHOGRAPHE Accordez les verbes au présent avec leur sujet.

a. À l'aube, les oiseaux se mett...... à chanter.
b. Mésanges et merles peupl...... le jardin.
c. Ma sœur et moi les observ...... souvent.
d. Parfois, un nid appar...... dans le cerisier.

12 ÉCRITURE Choisissez des sujets variés pour compléter ce récit. Accordez le verbe.

.... galope...... dans la plaine. .... s'étende...... à l'infini. .... redoubl...... encore l'allure. .... soulève...... la poussière de la piste. Bientôt, ... abandonne...... la poursuite.

13 ÉCRITURE Écrivez quatre phrases ayant pour sujet le personnage de l'image.

Ivan Bilibine, *La Sorcière Baba-Yaga* (1902), lithographie en couleurs (collection privée).

Le sujet du verbe

2. À quelle classe grammaticale le sujet appartient-il ?

Quelle est la classe grammaticale du sujet ?

- **Groupe nominal** : Ce conte est passionnant.
- **Pronom** : Il est passionnant. Tous aiment lire.
- **Verbe à l'infinitif** : Lire est passionnant.

JE RETIENS

• Le **nom** ou le **groupe nominal**, le **pronom** ou le **verbe à l'infinitif** sont les classes grammaticales les plus fréquentes du sujet.

Je construis

14 **Remplacez les pronoms sujets par un groupe nominal de votre invention.**

Le sujet du verbe est souvent un groupe nominal (déterminant + nom + expansions).

a. Elles s'assoient en cercle sur la pelouse.
b. Ils promènent des enfants.
c. Nous faisons les cent pas dans l'allée.
d. Tous mangent à la cantine.

15 **Remplacez les groupes nominaux sujets par un pronom de la liste.**

Pronoms : celui-ci – elle – ils – c' – certains

a. Les élèves ont lu un roman d'aventures.
b. Ce roman se déroulait dans le Grand Nord.
c. Le Grand Nord est une contrée sauvage.
d. Cette contrée sauvage est peuplée d'animaux.
e. Certains élèves ont déjà fini le roman.

16 **Complétez les phrases suivantes par un sujet dont la classe sera un verbe à l'infinitif.**

a. …… est interdit dans le collège.
b. …… est autorisé dans la cour.
c. …… m'intéresse beaucoup.
d. …… permet de se défouler après le travail.
e. …… est la chose la plus agréable au monde !

Je consolide

* **17** **Recopiez le sujet des verbes et donnez sa classe grammaticale.**

a. Dans les fables, les animaux représentent les hommes.
b. Tous utilisent le langage humain.
c. Lire des fables permet de réfléchir en s'amusant.
d. Souvent, la morale se trouve à la fin de la fable.

** **18** **Recopiez les sujets du texte et donnez leur classe grammaticale.**

Lire un roman est une aventure silencieuse et immobile. Les pages jaunies du livre défilent. Dans l'imagination du lecteur, les personnages prennent vie. Ils courent d'aventure en aventure jusqu'à la dernière page. Le lecteur nostalgique ferme alors le livre.

19 **ÉCRITURE** **À partir de ces phrases, rédigez un petit texte. Vous utiliserez des pronoms pour éviter la répétition du nom *abeille*.**

a. Les abeilles sont des insectes. Les abeilles vivent en communauté dans un essaim.
b. L'abeille joue un rôle important dans la pollinisation des végétaux. L'abeille est en danger à cause des pesticides.
c. Quand l'abeille pique, l'abeille meurt.

Le sujet du verbe

3. Quelle est la place du sujet dans la phrase ?

Quelle est la place du sujet ?

- **Avant le verbe (place habituelle)**
  Les loups rôdent dans la forêt.
- **Après le verbe**
  - **Quand la phrase est interrogative ou exclamative :**
    Où rôdent -ils ?
    Quels magnifiques animaux sont les loups !
  - **Quand un complément est en tête de phrase :**
    Dans la forêt, rôdent les loups.
  - **Dans les dialogues**
    « Les loups rôdent », affirma le chasseur.

JE RETIENS

- Le plus souvent, le sujet est placé **avant le verbe**.
- Parfois, il peut se trouver **après le verbe**.

Je construis

20 **Composez des phrases correctes avec les éléments suivants.**

a. dominait – la vieille tour – la vallée
b. tournoyaient – des oiseaux de proie – autour du donjon
c. racontent – des légendes inquiétantes – les anciens
d. ce lieu obscur – habiterait – un sorcier – depuis des siècles

21 **Imaginez les questions correspondant à ces réponses. Inversez le sujet.**

Quand le pronom est sujet inversé, il s'attache au verbe grâce à un tiret : *puis-je entrer ? Thomas doit-il venir ? Fera-t-il beau ?*

a. Ce roman comporte cinq chapitres.
b. Il raconte une belle histoire d'amour.
c. Oui, il m'a plu.
d. J'ai aimé le style de l'auteur.
e. Oui, Fatou l'a lu.

22 **Complétez le dialogue avec des verbes de parole et leur sujet que vous soulignerez.**

« Quelle heure est-il ? ....
– Il est trois heures », ...

Je consolide

* **23** **Recopiez les phrases suivantes. Soulignez le ou les sujet(s).**

a. Pendant les vacances, nous partons en famille.
b. Où iront-ils cet été ?
c. « Que la route est longue », se plaignent les enfants.
d. Derrière les montagnes disparaît le soleil.

** **24** **Relevez le sujet des phrases suivantes.**

Le sujet est parfois séparé du verbe par un « écran » comme un pronom ou un complément.

a. La fillette, dans la foule, cherchait une figure connue.
b. Sa mère la cherchait de l'autre côté de la rue.
c. Le père, sans s'inquiéter, attendait devant la bouche de métro.
d. Enfin, ils s'y retrouvèrent.

*** **25** **RÉÉCRITURE** **Réécrivez les phrases suivantes en plaçant le complément en tête de phrase et en inversant le sujet.**

Placer le complément en tête de phrase et inverser le sujet permettent d'écrire des phrases plus littéraires.

a. Les nuages menaçants s'amoncellent au loin.
b. Les animaux se réfugient dans les bois.
c. Les étoiles filent dans l'obscurité.

Le groupe verbal

1. Qu'est-ce qu'un groupe verbal ?

PHRASE

Tom et Lola	font	des recherches	à la médiathèque.
sujet	verbe	complément essentiel non supprimable / non déplaçable	complément de phrase facultatif supprimable / déplaçable
Groupe sujet (GS)	Groupe verbal (GV)		Groupe facultatif (GF)

JE RETIENS

- Avec le groupe sujet, le groupe verbal est un **élément essentiel de la phrase**.
- Le groupe verbal est composé du **verbe conjugué** accompagné d'un ou de plusieurs **compléments essentiels** (non supprimables et non déplaçables en tête de phrase).
- Le groupe verbal **ne comprend pas les groupes facultatifs** constitués des compléments de phrase (supprimables et déplaçables en tête de phrase).

Je construis

1 **Parmi les compléments soulignés, repérez les compléments essentiels. Vérifiez qu'ils ne sont ni supprimables ni déplaçables en début de phrase.**

a. On entend les oiseaux dans le sous-bois.
b. L'écureuil croque des noisettes au pied du chêne.
c. Quand la nuit tombe, les chouettes hululent.
d. De grands hêtres déploient leurs branches.

2 **Réécrivez ces phrases en plaçant les compléments de phrase en tête de phrase.**

a. Je me suis levé à sept heures.
b. J'ai pris un café au petit-déjeuner.
c. J'ai chanté un air joyeux sous la douche.
d. J'ai failli oublier mon cartable au moment de partir.

3 **Encadrez les groupes verbaux.**

a. L'enfant a sommeil.
b. Son père lit une histoire, pendant que sa mère joue du piano.
c. Il dormira bientôt.
d. Il fera de beaux rêves.

4 **Dites à quel schéma correspond chaque phrase.**

a. Au petit matin, la brume couvrait la campagne.
b. Le coq chanta.
c. Les rayons du soleil percèrent les nuages.
d. Des tapis de fleurs ouvraient leurs corolles dans les prés verts.

1. GS GV
2. GS GV
3. GS GV GF
4. GF GS GV

5 **Complétez chaque groupe verbal par un complément essentiel afin d'obtenir une phrase correcte.**

a. Le matin, Maella chante .... dans sa douche.
b. Elle engloutit ensuite .... pour le petit-déjeuner.
c. À huit heures précises, elle prend ....
d. Quand elle arrive au collège, son humeur est ....
e. En attendant la sonnerie, ils parlent ....
f. Elle rejoint .... dans la cour.

Je consolide

6 **Réécrivez ces phrases en supprimant les groupes facultatifs quand elles en contiennent.**

a. Trois coups secs furent frappés à la porte de l'auberge.
b. Un homme étrange entra dans la salle.
c. Il portait un habit rouge, un sabre et un tricorne.
d. Son air féroce impressionna tous les clients.

7 **Dans les couples de phrases suivants, dites quel complément est essentiel et quel complément est facultatif.**

a. Les élèves mangent des haricots verts. / Les élèves mangent dans le réfectoire.
b. Tu lis dans le bus. / Tu lis un roman.
c. Juliette conduit un camion. / Juliette conduit tous les jours.

8 **Encadrez le groupe sujet en rouge et le groupe verbal en vert.**

a. Les skieurs dévalent les pentes blanches.
b. Du sommet, par beau temps, on aperçoit le village.
c. Nous faisons des promenades, l'après-midi, au travers des forêts de sapins.
d. Au goûter, nous buvons, avec délice, un chocolat chaud.

9 **Soulignez le groupe verbal des phrases suivantes.**

Un verbe peut avoir plusieurs compléments.

a. Tom parle du film à Lola.
b. Julien envoie des cartes postales à sa famille.
c. Théo promet à Ylane de lui rapporter son ballon.
d. Fatou raconte à Léa sa fête d'anniversaire.

10 **Faites correspondre les phrases du texte aux schémas.**

Au petit matin, le jeune Oum se réveilla. Il étira ses membres engourdis. Il avait froid, malgré le soleil timide. Il se rendit à la rivière pour faire sa toilette matinale. Une fois débarbouillé, il se mit à la recherche de nourriture. Toute la matinée, il cueillit des baies.

a. GS | GV

b. GS | GV | GF

c. GF | GS | GV

Arthur Oxenham (xxe siècle), détail de *Migrations d'hirondelles*, collection privée.

11 **Relevez les groupes verbaux dans ce poème.**

Les hirondelles sont parties.
Le brin d'herbe a froid sur les toits ;
Il pleut sur les touffes d'orties.
Bon bûcheron, coupe du bois.

Les hirondelles sont parties.
L'air est dur, le logis est bon.
Il pleut sur les touffes d'orties.
Bon charbonnier, fais du charbon.

Victor Hugo, *Alentours des chansons des rues et des bois* (1853).

12 **Encadrez le groupe sujet en rouge, le groupe verbal en vert et les groupes facultatifs en une troisième couleur.**

Entre deux collines, dans une vallée juste au pied d'un tertre, Renart aperçoit au bord d'un ruisseau, à droite, un coin agréable et peu fréquenté.

Roman de Renart (vers 1170-1250).

13 **ÉCRITURE** **Inventez des phrases correspondant aux modèles suivants.**

a. GS | GV

b. GS | GV | GF

c. GF | GS | GV

d. GF | GS | GV | GF

Le groupe verbal

2. Qu'est-ce qu'un complément de verbe ou complément d'objet ?

Verbe d'action + **Complément de verbe**

=

Complément d'objet (qui subit l'action du verbe)

- **Non supprimable et non déplaçable (en tête de phrase)**
- **Remplaçable par un pronom** (le, la, les, lui, leur, en…)

Complément d'objet direct
Léa mange une pomme.
COD

Complément d'objet indirect (construit avec *à* ou *de*)
Léa écrit à Franck.
COI

JE RETIENS

- Le complément d'objet exprime l'**objet qui subit l'action réalisée par le sujet**.
Il n'est **ni supprimable ni déplaçable** en tête de phrase.
On peut le remplacer par un pronom *(le, l', la, les, lui, leur, en, y)*.
- S'il est construit **directement** (sans préposition), on l'appelle **COD** (complément d'objet direct).
- S'il est construit **indirectement** (avec la préposition *à* ou *de*), on l'appelle **COI** (complément d'objet indirect).

Je construis

14 **Inventez un complément d'objet (direct ou indirect) pour compléter ces phrases.**

a. Manon rapporte ......
b. Ils promettent ......
c. Jihane réfléchit ......

15 **Repérez les COD. Réécrivez chaque phrase en remplaçant le complément par un pronom.**

a. Nous étudions cette pièce de théâtre.
b. J'aime beaucoup les comédies de Molière.
c. Nous jouons l'acte II.
d. Mes camarades apprécient le spectacle.

16 **Repérez les COI. Réécrivez chaque phrase en remplaçant le complément par un pronom.**

a. Le vieil homme parle à ses voisins.
b. Je pense à mon prochain voyage.
c. Tu te souviens des vacances à la mer.

Je consolide

* **17** **Encadrez les verbes et soulignez les compléments d'objet.** **Attention à bien repérer les pronoms COD (placés avant le verbe).**

Les aventuriers suivent la piste du Sud. D'après la carte, elle traverse la rivière. Bientôt, la trace du chemin disparaît dans les bois. Heureusement, les chiens se souviennent du chemin. Les hommes les suivent avec confiance.

** **18** **Soulignez de deux couleurs différentes les COD et les COI dans les phrases suivantes.**

Certains verbes ont deux compléments d'objet.
Ex. : *Je donne un cookie à mon camarade.*
COD COI

a. Ce dimanche, Jeanne offrit des fleurs à sa mère.
b. Élodie promet au professeur d'apporter son livre mardi prochain.
c. L'animateur initie le groupe à la plongée.

Le groupe verbal

3. Qu'est-ce qu'un attribut du sujet ?

Verbe d'état + **Attribut du sujet (qui apporte une information sur le sujet)**

Tom est joyeux.

attribut du sujet

Verbe d'état : être, paraître, sembler, devenir...

Attribut du sujet :
- **Non supprimable ni déplaçable**
- **Remplaçable par un pronom** (le, l')
- **S'accorde avec le sujet**

JE RETIENS

- L'attribut du sujet suit un **verbe d'état** *(être, paraître, sembler, devenir...)* : il **attribue une qualité au sujet**, avec lequel il s'accorde. À l'inverse des compléments d'objet, le sujet et l'attribut désignent le même être ou la même chose.
- Il n'est **ni supprimable ni déplaçable** en tête de phrase. On peut le remplacer par un pronom *(le, l')*.

Je construis

19 **Complétez ces phrases par un attribut du sujet de votre choix, puis réécrivez-les en remplaçant l'attribut par un pronom.**

a. Naïma paraît ......
b. La cour semble ......
c. Le collège est ......
d. Le bruit devient ......
e. Le niveau des collégiens demeure ......

20 **Reliez chaque début de phrase à son attribut du sujet. Attention aux accords !**

a. La journée semblait •	• nuageux.
b. Le ciel était •	• radieuse.
c. Les nuages devenaient •	• menaçants.

21 **Soulignez le sujet des phrases, puis accordez l'attribut avec le sujet.**

a. Au début de son exposé, sa voix était tremblant......
b. Ensuite, ses mots sont devenus plus assuré......
c. À la fin, l'étudiante paraissait parfaitement confiant......
d. L'auditoire paraissait intéressé......
e. Les amis demeurèrent impressionné...... par son travail.

Je consolide

22 * **Encadrez le verbe en vert, puis soulignez le sujet en rouge et son attribut en bleu.**

a. La princesse était capricieuse.
b. Elle semblait dégoûtée par le crapaud.
c. Mais le crapaud devint un beau prince.
d. La princesse fut ravie de l'épouser.

23 ** **Mettez ces phrases au pluriel et soulignez les attributs du sujet.**

a. Ce renard était rusé.
b. Cette fable est amusante.
c. La morale semble sensée.

24 *** **Dites si les groupes de mots soulignés sont attributs du sujet.**

Demandez-vous si les mots soulignés renvoient au sujet ou s'ils désignent autre chose.

a. Je demeure à Paris.
b. Il est à l'ouest de Dijon.
c. Le soleil paraît derrière la montagne.

25 ÉCRITURE **Décrivez votre lieu de vacances idéal. Écrivez quatre phrases contenant chacune un attribut du sujet.**

Bilan

Les fonctions essentielles

Je vérifie mes connaissances

1 Vrai ou faux ?

	V	F
a. Le sujet du verbe peut être supprimé.	☐	☐
b. Les compléments de verbe ne peuvent ni être déplacés en tête de phrase, ni supprimés.	☐	☐
c. Les attributs du sujet ne peuvent être ni déplacés en tête de phrase ni supprimés.	☐	☐
d. On peut remplacer le complément de verbe par un pronom.	☐	☐
e. On ne peut pas remplacer le sujet par un pronom.	☐	☐
f. Le verbe et ses compléments essentiels constituent le groupe verbal.	☐	☐
g. Le verbe peut être supprimé.	☐	☐

2 Complétez les phrases suivantes.

a. Le complément d'objet exprime .... de l'action.

b. L'attribut du sujet .... une qualité au sujet grâce à un verbe d'état.

Je consolide mes connaissances

Le sujet

3 Encadrez les verbes conjugués et soulignez leur sujet.

La Belle part pour le palais de la Bête.

Ces méchantes filles se frottèrent les yeux avec un oignon pour pleurer lorsque la Belle partit avec son père; mais ses frères pleuraient tout de bon aussi bien que le marchand. [...] Le cheval prit la route du palais et, sur le soir, ils l'aperçurent illuminé comme la première fois.

Mme Leprince de Beaumont, « La Belle et la Bête », dans *Le Magasin des enfants* (1757).

4 Complétez chaque phrase avec un sujet de votre choix.

a. Dans les arbres, chantent ....

b. Comment fait .... pour se diriger dans l'océan ?

c. ...., dans la plaine, chassent leurs proies.

d. .... irai visiter les réserves sauvages.

e. Voudras- ..... m'accompagner ?

5 a. Repérez le sujet des verbes soulignés.
b. Dites si les sujets sont des noms propres, des groupes nominaux ou des pronoms.

Renart est dans un puits.

Or, cette nuit-là, juste au bon moment, Ysengrin, poussé par la faim, <u>sortait</u> d'un champ pour chercher à manger. De fort méchante humeur, il <u>se dirige</u> au grand galop vers le logis des moines, mais sans rencontrer aucune occasion favorable. « Diable de pays !, <u>se dit</u>-il, où on ne <u>trouve</u> rien de bon à se mettre sous la dent et même... rien du tout. » [...] Sur son chemin, <u>se trouve</u> le puits au fond duquel Renart le rouquin <u>se débat</u>.

Roman de Renart, traduit par Micheline Combarieu de Grès et Jean Subrenat, © Hatier (1996).

6 Proposez un sujet de la classe grammaticale demandée.

a. .... révisent leur contrôle. (*groupe nominal*)

b. .... demande de la méthode et de la rigueur. (*verbe à l'infinitif*)

c. .... réussiront l'évaluation. (*pronom personnel*)

d. .... sera satisfait. (*groupe nominal*)

Le groupe verbal

7 Soulignez en rouge le groupe sujet et en vert le groupe verbal.

a. Depuis l'aube jusqu'au soir, nous entendons les oiseaux.

b. La nuit, seule la chouette pousse son cri doux dans le jardin.

c. Nous donnons des graines aux oiseaux durant tout l'hiver.

d. Les mésanges adorent les graines de la mangeoire.

e. Tout le jour, elles picorent.

8 Relevez le groupe verbal que gouverne chaque verbe souligné.

Kernok alors monta sur le banc de quart, déposa son porte-voix près de lui et parla en ces termes :

« Enfants, nous allons reprendre la mer. Il y a deux mois que nous moisissons ici, comme un ponton pourri ; nos ceintures sont vides ; mais la soute à poudre est pleine, nos canons ont la bouche ouverte, et ne demandent qu'à parler. »

Eugène Sue, *Kernok le pirate* (1830).

Les compléments essentiels

9 a. Complétez chaque phrase par un complément essentiel.
b. Dites s'il s'agit d'un complément d'objet ou d'un attribut du sujet.

a. Ce matin, nous étudions ..... .

b. Au début, le texte paraît ..... .

c. Mais en fait, il est vraiment ..... .

d. Toute la classe s'intéresse ..... .

10 Relevez les compléments d'objet des verbes soulignés.

Lorsque Odette s'éveilla, un rayon de soleil éclairait sa chambre, un chant d'oiseau montait du dehors, et le vent du matin caressait ses tresses blondes, parfumé du premier baiser qu'il venait de donner aux fleurs. Elle se leva, joyeuse, et passa la journée à chanter.

Émile Zola, « La Fée amoureuse », dans *Contes à Ninon* (1864).

11 Repérez les verbes d'état et relevez les attributs du sujet.

La princesse était très belle, mais elle paraissait triste. Tout le jour, elle demeurait silencieuse. Ses yeux semblaient remplis de larmes et son teint devenait d'une pâleur mortelle.

RÉCAPITULONS !

12 Réécrivez les phrases suivantes pour obtenir des phrases minimales : groupe sujet + groupe verbal.

a. Autrefois, au fond de la forêt profonde, des créatures étranges, la nuit venue, terrifiaient les voyageurs égarés.

b. Selon la légende, ces lutins faisaient, avec l'innocence d'enfants turbulents, des farces aux passants.

13 Recopiez dans le tableau les éléments essentiels de chaque phrase du texte.

Selon les récits mythologiques, les Enfers grecs possèdent un gardien redoutable. Son nom est Cerbère. Cerbère est, selon la légende, un chien à trois têtes. Ce monstre obéit à Hadès. Il défend son antre avec la férocité d'un dragon.

GROUPE SUJET	GROUPE VERBAL		
	Verbe	Complément essentiel	
		COD et COI	Attribut du sujet

Les compléments de phrase

1. Comment repérer les compléments de phrase ?

Autrefois, une tour **dressait** fièrement ses créneaux, en haut de la colline.

S — V — C. du verbe

Compléments de phrase
– déplaçables
– supprimables

JE RETIENS

- Les compléments de phrase sont **supprimables et déplaçables** dans la phrase.
- Ils n'appartiennent pas au groupe verbal et forment un **groupe facultatif**.

Je construis

1 **Réécrivez les phrases en supprimant les compléments de phrase.**

La phrase ainsi réduite est une phrase minimale car elle ne possède que les éléments essentiels (GS + GV).

a. Les feuilles tombent à l'automne.
b. Dès que le vent se lève, les cigales se taisent.
c. Il a plu toute l'après-midi.
d. On allume un grand feu dans la cheminée.
e. L'automne arrive lentement.

2 **Réécrivez les phrases de l'exercice 1 en déplaçant le complément de phrase.**

Quand le complément de phrase est en début de phrase ou au milieu, il faut le détacher par des virgules. Ex. : *Dans les bois, hurlent les loups. Les loup, dans les bois, hurlent.*

3 **Complétez ces phrases minimales avec un complément de phrase de votre choix.**

a. Les pirates lancent l'abordage.
b. Le vaisseau espagnol riposte.
c. Tout l'équipage est réuni.
d. Les pirates cherchent de l'or.
e. Ils trouvent un coffre.

Je consolide

* **4** **Dites si les compléments soulignés sont des compléments de verbe (essentiels) ou de phrase (facultatifs).**

a. Après les vacances, nous lirons l'*Odyssée*.
b. Homère a composé cette épopée dans l'Antiquité.
c. Au fil du récit, nous découvrirons, avec plaisir, les aventures du roi d'Ithaque.
d. Ulysse affronte bravement des monstres redoutables.

** **5** **Soulignez les compléments de phrase, puis déplacez-les.**

a. Tous les soirs, la Bête lui rendait visite.
b. Elle parlait à la Belle pendant le souper.
c. Chaque jour, la Belle découvrait la bonté de la Bête.
d. La Bête lui parlait avec bonté et ne lui faisait plus peur.

6 **ÉCRITURE** **Réécrivez ces phrases en leur ajoutant au moins deux compléments de phrase.**

a. Les nuages couvrent l'horizon.
b. La princesse fondit en larmes.
c. Le tigre bondit.

Les compléments de phrase

2. À quoi servent les compléments de phrase ?

Autrefois, une tour dressait fièrement ses créneaux, en haut de la colline.

Quand ? — Comment ? — Où ?

JE RETIENS

- Les compléments de phrase **précisent les circonstances de l'action** exprimée dans la phrase : le lieu (où ?), le temps (quand ?), la manière ou le moyen (comment ?).

Je construis

7 **Relevez les compléments de phrase qui indiquent le lieu et le temps.**

a. Théo part de chez lui à 8h05. Il arrive au collège à 8h25. Calculez le temps de son trajet.
b. Martin joue aux billes. Il en possède 12. À la récréation du matin, il gagne sept billes. À la récréation de l'après-midi, il en perd 4. Combien de billes possède-t-il à la fin de la journée ?
c. Martin doit prendre deux comprimés le matin et deux comprimés le soir, pendant une semaine. Il y a 15 comprimés dans chaque boîte de médicaments. Combien Martin doit-il acheter de boîtes ?

8 **Complétez ces phrases avec un complément de phrase répondant à la question « comment ? ».**

a. Elle grimpa la colline …
b. Il refusa son offre …
c. L'enfant ouvrit le livre ...
d. Les oiseaux volent …
e. Autrefois, on écrivait …

9 **Soulignez les compléments de phrase indiquant le temps et conjuguez le verbe au temps qui convient.**

a. Autrefois, nous (*passer*) l'été à la montagne.
b. Quand le temps sera doux, ils (*se mettre*) en route.
c. Aujourd'hui, les élèves de 6e (*présenter*) un spectacle.
d. Dès qu'il fut prêt, il (*partir*).
e. Soudain, un cavalier (*surgir*) de la forêt.

Je consolide

* **10** **À quelle question les compléments de phrase soulignés répondent-ils (où ? quand ? comment ?) ?**

On causait <u>peu</u> <u>dans le wagon</u>. D'ailleurs, le sommeil allait <u>bientôt</u> gagner les voyageurs. [...] <u>Une heure après le départ du train</u>, la neige tomba, — neige fine, qui ne pouvait, <u>fort heureusement</u>, retarder la marche du convoi. On n'apercevait plus <u>à travers les fenêtres</u> qu'une immense nappe blanche, sur laquelle, <u>en déroulant ses volutes</u>, la vapeur de la locomotive paraissait grisâtre.

Jules Verne, *Le Tour du monde en quatre-vingts jours* (1873).

** **11** **Relevez deux compléments de phrase précisant le lieu, deux compléments de phrase précisant le temps et deux compléments de phrase précisant la manière ou le moyen.**

Sœur-des-Pauvres couchait au grenier, dans une sorte de soupente [...]. Les jours de lune, grâce à une étroite lucarne, elle voyait clair pour se mettre au lit. Les autres jours, elle gagnait sa couche à tâtons, pauvre couche faite de quatre planches mal jointes et d'une paillasse dont les toiles se touchaient par endroits.

Émile Zola, « Soeur-des-Pauvres » dans *Contes à Ninon* (1864).

Le complément du nom

Qu'est-ce qu'un complément du nom ?

Son histoire = nom noyau + un complément du nom = fonction

- un groupe nominal : **de** pirates
- un groupe infinitif : **à** dormir debout
- un pronom : **à** lui

= classe grammaticale

} introduit par une **préposition** *(à, de, par, pour, sans…)*

JE RETIENS

- Le complément du nom est une **expansion** du nom : il **complète le nom noyau** du groupe nominal.
- Il peut être un **groupe nominal**, un **pronom**, un **groupe infinitif**.
- Il est introduit par une **préposition** : *à, de, par, pour, sans…*

Je construis

1 **À l'aide des éléments proposés, fabriquez quatre groupes nominaux. Encadrez le nom noyau, entourez le déterminant et surlignez le complément du nom.**

de lapin – à frire – du poil – des poêles – à gratter – à bois

2 **Complétez les groupes nominaux par un complément du nom.**

a. Molière est un auteur…
b. Il a écrit des pièces…
c. La bêtise… fait rire les spectateurs.
d. L'observation… a inspiré Molière.

3 **Complétez les phrases avec une préposition pour former un complément du nom que vous soulignerez.**

a. Pour dégager la porte … la maison, Ralph utilise une pelle … neige.
b. Il enfile son bonnet … laine.
c. En partant, il admire sa sculpture … glace.
d. Sans tarder, il prend le bus … l'école.
e. Dans la précipitation, il a oublié son carnet … spirales.

Je consolide

* **4** **Parmi les groupes en vert, identifiez les compléments du nom.**

a. Le groupe d'aventuriers revient du Grand Nord.
b. Ils se sont trouvés parmi de nombreux chercheurs d'or.
c. Leur logement était une simple maison en pierre.
d. Les Indiens les ont aidés en portant le matériel.
e. L'exploration de ces terres hostiles a été décevante.

** **5** **Entourez les noms. Soulignez les compléments du nom et donnez leur classe grammaticale.**

a. Les animaux sont souvent les personnages des fables.
b. Les fables de La Fontaine illustrent une morale à retenir.
c. Elles sont destinées au fils du roi.
d. C'est une lecture pour tous.

*** **6** **Dites si le complément en vert est complément du nom ou du verbe.**

a. Les épopées parlent d'exploits extraordinaires.
b. Les héros des épopées sont souvent des demi-dieux.
c. Les Fables d'Ésope sont des textes de l'Antiquité.
d. Les fables servent à illustrer une leçon morale.

Je consolide

7 Relevez les compléments du nom.

Robinson le vit revenir en traînant derrière lui sans douceur une sorte de mannequin. La tête était faite dans une noix de coco, les jambes et les bras dans des tiges de bambou. Surtout, il était habillé avec des vieux vêtements de Robinson, comme un épouvantail à oiseaux.

Michel Tournier, *Vendredi ou la Vie sauvage*

8 Relevez les compléments du nom dans ce texte.

Le Gun-Club est un club américain de fabricants d'armes de guerre.
Beaucoup restèrent sur le champ de bataille dont les noms figuraient au livre d'honneur du Gun-Club, et de ceux qui revinrent la plupart portaient les marques de leur indiscutable intrépidité. Béquilles, jambes de bois, bras articulés, mains à crochets, mâchoires en caoutchouc, crânes en argent, nez en platine, rien ne manquait à la collection.

Jules Verne, *De la Terre à la Lune* (1865).

9 Retrouvez ces titres en complétant le nom par un complément de nom.

a. La Princesse …
b. L'Intrépide Soldat …
c. Le Livre …
d. L'Île …
e. La Guerre …
f. Les Aventures de …

10 Relevez les compléments du nom des noms proposés.

Personne ne lit la feuille du Journal officiel affichée au mur de la mairie.
Si, la chèvre.
Elle se dresse sur ses pattes de derrière, appuie celles de devant au bas de l'affiche, remue ses cornes et sa barbe, et agite la tête de droite et de gauche, comme une vieille dame qui lit.
Sa lecture finie, ce papier sentant bon la colle fraîche, la chèvre le mange.

Jules Renard, *Histoires naturelles* (1894).

11 Complétez le texte suivant avec des compléments du nom de votre invention.

Il se réveilla sur une plage …… . Il ouvrit les yeux et découvrit un décor …… . Au-delà de la plage, s'étendait une forêt …… . Des oiseaux …… nichaient au creux …… et emplissaient le silence de leurs chants. Le sommet …… découpait l'horizon. Le ciel était d'un bleu …… et un soleil …… chauffait déjà le sable …… .

12 Complétez les noms avec le maximum de compléments du nom introduits par des prépositions variées : *à, de, pour, sans, avec…*

a. un livre
b. un chien
c. un homme
d. un sac

13 Quels sont les sens possibles de ces phrases selon que le groupe en vert est complément du nom ou complément de phrase ?

a. Le détective suit l'homme en voiture.
b. Nous avons inscrit les élèves en retard.
c. J'ai pu voir un randonneur avec des jumelles.
d. Nous apercevons le château de la colline.

14 ÉCRITURE Composez les groupes nominaux attendus à partir des deux listes. Puis amusez-vous à les mélanger pour obtenir des résultats inattendus, drôles ou poétiques.

Liste 1 : un serpent – des rayons – des contes – un œuf – une planche – un oiseau
Liste 2 : à découper – des îles – de soleil – à lunettes – pour enfant sage – à la coque

15 ÉCRITURE Décrivez la Bête de cette image du film en employant les noms suivants que vous compléterez par un complément du nom.

gueule – fourrure – crocs – costume

La Belle et La Bête, film de **J. Cocteau** (1946) avec Josette Day et Jean Marais.

Bilan

Les fonctions grammaticales

I. Les fonctions dans la phrase

Je vérifie mes connaissances

1 **Reliez chaque définition à l'exemple qui lui correspond.**

DÉFINITIONS

a. Le sujet exprime qui fait l'action du verbe.
b. Le verbe est le noyau de la phrase simple.
c. Les compléments de verbe sont essentiels (ni supprimables ni déplaçables).
d. Les compléments de phrase sont facultatifs et complètent la phrase.

EXEMPLES

1. Le poulain broute l'herbe tendre.
2. Le poulain cabriole dans le pré.
3. Le poulain broute l'herbe tendre.
4. Le poulain cabriole dans le pré.

2 **Complétez chaque phrase avec un complément de verbe.**

Verbe d'action

Léa range .... → Le complément essentiel est un complément d'objet.

Léa est .... → Le complément essentiel est un attribut du sujet.

Verbe d'état

Je consolide mes connaissances

3 **Analysez les phrases en utilisant une couleur pour chaque élément, comme dans l'exemple.**

Exemple :

Sous le soleil d'été, le sable de la plage paraît nacré.

compl. de phrase — sujet du verbe *paraître* — V — attribut du sujet *le sable de la plage*

a. Les vacanciers étalent leurs serviettes colorées sur le sable.
b. Les enfants construisent des châteaux de sable.
c. Sous bonne surveillance, les plus petits trempent leurs pieds dans l'eau.
d. Les vagues lèchent les doigts de pieds des enfants.
e. Tout paraît gai sous le soleil d'été.

4 **Complétez chaque phrase par un complément de verbe.**

a. L'automne apporte
b. La forêt se pare
c. Les arbres, enfin, perdent
d. Un vent froid annonce

5 Rédigez des phrases en respectant chacun des schémas suivants.

a. Sujet | Verbe | Complément de verbe | Complément de phrase

Complément de phrase | Sujet | Verbe | Complément de verbe

Complément de phrase | Verbe | Sujet

b. Complément de phrase | Sujet | Verbe | Complément de verbe

Sujet | Verbe | Attribut du sujet | Complément de phrase

II. Les fonctions dans le groupe nominal

Je vérifie mes connaissances

6 Reliez chaque définition à l'exemple qui lui correspond.

DÉFINITIONS

a. Le nom est le noyau du groupe nominal.

b. Le déterminant précise le genre et le nombre du nom.

c. L'adjectif qualificatif épithète précise le nom.

d. Les compléments du nom complètent le nom.

e. Les compléments du nom et les épithètes sont des expansions du nom.

EXEMPLES

1. Des fleurs sauvages

2. De charmantes fleurs des champs

3. Des fleurs colorées

4. Des fleurs en bouquet

5. Des fleurs de montagne

Je consolide mes connaissances

7 Analysez les groupes nominaux en utilisant une couleur pour chaque élément, comme dans l'exemple.

Exemple :

Un	grand	lion	des savanes
Dét.	Épithète	N.	C. du nom *lion*

a. Une gracieuse libellule bleue

b. Une minuscule grenouille verte

c. Un joli papillon de jour multicolore

d. Un amusant petit chien de cirque aux poils jaunes

8 Inventez le plus de groupes nominaux possible à partir des noms et des prépositions proposés. Soyez fantaisistes !

a. Des chaussures de / à / sans / pour

b. Une brosse à / en / pour / sans

9 **a.** Repérez les expansions des noms en vert.
b. Complétez les noms en bleu avec une expansion de votre choix.

Tu sauras, Ninon, qu'il y avait autrefois, sur le haut d'une montagne, un vieux château sombre et lugubre. Ce n'étaient que tourelles, que remparts, que ponts-levis chargés de chaînes ; des hommes couverts de fer veillaient nuit et jour sur les créneaux.

Émile Zola, « La Fée amoureuse », dans *Contes à Ninon* (1864).

L'emploi des temps

1. Quand utiliser le présent ?

Présent	**d'énonciation**	→ **L'action se déroule ici, maintenant.** Nous **étudions** les valeurs du présent.
	de vérité générale	→ **Désigne un fait toujours vrai.** L'eau **bout** à cent degrés. Qui **vole** un œuf **vole** un bœuf.
	de narration	→ **Utilisé à la place du passé simple, il rend le récit au passé vivant.** Le dragon était menaçant, le chevalier **se rue** sur lui et l'**embroche**.

JE RETIENS

- Le présent peut :

– exprimer le moment présent : c'est le **présent d'énonciation** (attention : dans le récit au passé, il apparaît dans les dialogues) ;

– signaler un fait vrai de tous temps : c'est le **présent de vérité générale** ;

– remplacer le passé simple dans le récit pour le rendre vivant : c'est le **présent de narration**.

Je construis

1 **Dites si le présent est un présent d'énonciation ou de vérité générale.**

a. Le triangle possède trois côtés.
b. Nous buvons un chocolat pour nous réchauffer.
c. Je fais mon exercice de grammaire.
d. L'école permet aux élèves de s'instruire.

2 **Repérez le passage au présent de narration.**

Renart, le maître ès ruses, s'était mis en route, bâillant de faim, et allait à l'aventure le long d'un sentier. Tibert le chat ne prit garde à lui qu'au moment de se voir déjà dans ses filets. Sa vue fait frémir Renart de convoitise tant est grande son envie de le dévorer et de se venger, par la même occasion, d'avoir été poussé par lui dans un piège. Pourtant, c'est en lui faisant bon visage qu'il le salue : « Quel bon vent vous amène, Tibert ? » Et le chat de prendre la fuite.

Roman de Renart, traduit de l'ancien français par Micheline Combarieu de Grès et Jean Subrenat © Hatier (1996).

3 **Repérez le verbe au présent et donnez sa valeur.**

a. Aujourd'hui, nous allons au théâtre avec le collège.
b. Le théâtre est un genre littéraire.
c. J'espère que la pièce sera réussie.
d. L'avare s'exclama : « Où est mon argent ? »
e. Je t'écris pour te raconter une aventure qui m'est arrivée.

4 **RÉÉCRITURE** **Voici un récit au passé. Réécrivez-le au présent de narration.**

Naoh vole le feu d'une tribu.
Naoh apparut dans la pleine lumière, fit un bond de léopard, tendit la main et saisit un tison. Déjà il retournait vers la bande d'herbe, lorsqu'un hurlement retentit, tandis qu'un des veilleurs accourait et que l'autre lançait sa sagaie. Presque simultanément dix silhouettes se dressèrent.

J.-H. Rosny Aîné, *La Guerre du feu* (1909).

Je consolide

*** 5 Complétez ce texte par les verbes au présent qui conviennent.**

La salamandre …… à la famille des amphibiens. Elle …… la capacité de régénérer une partie de son corps s'il lui …… d'en être amputée. Pour survivre, elle …… garder son corps humide. C'est pourquoi elle …… souvent près de l'eau. Elle …… de petits animaux comme les vers et les escargots.

**** 6 Replacez les verbes au présent dans cette morale de conte. Quelle valeur du présent est ici utilisée ?**

Verbes : est – est – sait – voit – sont – font

On …... ici que de jeunes enfants,
Surtout de jeunes filles,
Belles, bien faites et gentilles,
…... très mal d'écouter toute sorte de gens,
Et que ce n'…... pas chose étrange
S'il en …... tant que le loup mange. [...]
Mais, hélas ! qui ne …... que ces loups doucereux
De tous les loups …... les plus dangereux !

D'après Charles Perrault, « Le Petit Chaperon rouge », dans *Histoires ou Contes du temps passé* (1697).

**** 7 Conjuguez au présent les verbes.**

Dans un récit au passé, on trouve le présent d'énonciation dans les dialogues.

Un chat s'est sauvé de chez lui et discute avec un chat de gouttière.

Maudite rue, maudite liberté, et comme je regrettai ma prison !
Au jour, le matou, voyant que je chancelais :
– Vous en (avoir) assez ? me demanda-t-il d'un air étrange.
– Oh ! oui, répondis-je.
– Vous (vouloir) rentrer chez vous ?
– Certes, mais comment retrouver la maison ?
– Venez. Ce matin, en vous voyant sortir, j'ai compris qu'un chat gras comme vous n'était pas fait pour les joies âpres de la liberté. Je (connaître) votre demeure, je (aller) vous mettre à votre porte.
Il disait cela simplement, ce digne matou. Lorsque nous fûmes arrivés :
– Adieu, me dit-il, sans témoigner la moindre émotion.
– Non, m'écriai-je, nous ne nous quitterons pas ainsi. Vous (aller) venir avec moi. Nous partagerons le même lit et la même viande. Ma maîtresse (être) une brave femme…

Émile Zola, « Le paradis des chats », dans *Nouveaux contes à Ninon* (1893).

***** 8 Relevez un présent de vérité générale et deux présents d'énonciation. Justifiez vos réponses.**

L'avarice perd tout en voulant tout gagner.
Je ne veux, pour le témoigner,
Que celui dont la poule, à ce que dit la fable,
Pondait tous les jours un œuf d'or.

Jean de La Fontaine, « La Poule aux œufs d'or », dans *Fables* (1668).

9 ÉCRITURE Rédigez une description précise des salamandres ci-contre. Vous utiliserez le présent. Votre description comptera au moins cinq phrases.

L'emploi des temps

2. Quand utiliser le passé simple et l'imparfait ?

Récit au passé

- **Passé simple** → **actions de premier plan**
  - **Actions principales**
    Le prince **entendit** soudain un grognement.
- **Imparfait** → **arrière-plan du récit**
  - **Description**
    Le prince **était** vaillant.
  - **Actions secondaires / qui durent**
    Ce jour-là, le gibier **se cachait**.
  - **Habitudes**
    Tous les matins, il **partait** à la chasse.

JE RETIENS

- Le récit au passé fait souvent alterner les verbes conjugués au **passé simple** et les verbes conjugués à l'**imparfait**.
- Le **passé simple** traduit des **actions de premier plan**.
- L'**imparfait** traduit l'**arrière-plan du récit** (la description, l'expression des habitudes, les actions secondaires, les actions qui durent.)

Je construis

10 **a.** Relevez tous les verbes à l'imparfait. Lequel exprime l'habitude ?
b. Relevez un indicateur de temps qui le montre.
c. Relevez les verbes au passé simple.

L'avarice perd tout en voulant tout gagner.
Je ne veux, pour le témoigner,
Que celui dont la poule, à ce que dit la fable,
Pondait tous les jours un œuf d'or.
Il crut que dans son corps elle avait un trésor :
Il la tua, l'ouvrit, et la trouva semblable
À celles dont les œufs ne lui rapportaient rien,
S'étant lui-même ôté le plus beau de son bien.
Belle leçon pour les gens chiches !
Pendant ces derniers temps, combien en a-t-on vus
Qui du soir au matin sont pauvres devenus
Pour vouloir trop tôt être riches ?

Jean de La Fontaine, « La Poule aux œufs d'or », dans *Fables* (1668).

11 **Dans les phrases suivantes, expliquez l'emploi de l'imparfait : description, action qui dure, action secondaire, ou habitude ?**

a. Il pleuvait depuis plusieurs heures, quand ils arrivèrent, trempés, à la maison.
b. Tous les jours, elle ramassait les œufs dans le poulailler, balayait la cour et nettoyait les carreaux de la cuisine.
c. La ferme était triste, écrasée par son toit bas. Un maigre filet de fumée s'échappait de la cheminée.

12 **Passé simple ou imparfait ? Faites le bon choix !**

a. Comme ils sort...... de la forêt, un orage éclat...... .
b. Soudain, un éclair zebr...... le ciel noir et le tonnerre retent...... .
c. Ils cour...... se mettre à l'abri au village, alors que la tempête se déchaîn...... autour d'eux.
d. À mi-chemin, Ludovic gliss...... et tomb...... dans la boue.

13 ÉCRITURE **Écrivez deux phrases pour terminer l'histoire de l'exercice 12.**

Je consolide

*14 Réécrivez ce texte à l'imparfait. Dites ensuite pourquoi l'imparfait convient dans ce texte. Avez-vous reconnu l'insecte décrit ?

Tout le jour, elle saute et s'acharne aux trousses d'invisibles braconniers qu'elle n'attrape jamais. Les plus hautes herbes ne l'arrêtent pas.
Rien ne lui fait peur, car elle a des bottes de sept lieues, un cou de taureau, le front génial, le ventre d'une carène, des ailes en celluloïd, des cornes diaboliques et un grand sabre au derrière.

Jules Renard, *Histoires naturelles* (1894).

*15 Réécrivez ce texte au passé simple. Dites ensuite pourquoi le passé simple convient dans ce texte. Avez-vous reconnu l'insecte décrit ?

Elle sort d'une touffe d'herbe qui l'avait cachée pendant la chaleur. Elle traverse l'allée de sable à grandes ondulations. Elle se garde d'y faire halte et un moment elle se croit perdue dans une trace de sabot du jardinier.
Arrivée aux fraises, elle se repose, lève le nez de droite et de gauche pour flairer ; puis elle repart...

Jules Renard, *Histoires naturelles* (1894).

*16 Replacez les verbes proposés dans le texte suivant.

Verbes : avais – demandai – pensai – aperçus – embarrassa – préparait – s'étalait – sentis – répondit – trouvais

Au bout d'une heure de promenade, je me ...... un appétit féroce.
– Qu'est-ce qu'on mange sur les toits ? ......-je à mon ami le matou.
– Ce qu'on trouve, me ......-il doctement.
Cette réponse m'......, car j'...... beau chercher, je ne ...... rien. J'...... enfin, dans une mansarde, une jeune ouvrière qui ...... son déjeuner. Sur la table, au-dessous de la fenêtre, ... une belle côtelette, d'un rouge appétissant.
– Voilà mon affaire, ...-je en toute naïveté.

D'après Émile Zola, « Le paradis des chats », dans *Nouveaux contes à Ninon* (1893).

**17 Repérez récit et dialogue. Dans le récit, identifiez et justifiez le temps des verbes.

Un lion voyageait un jour avec un homme. Ils se vantaient à qui mieux mieux, lorsque sur le chemin ils rencontrèrent une stèle de pierre qui représentait un homme étranglant un lion. Et l'homme la montrant au lion dit : « Tu vois comme nous sommes plus forts que vous. » Le lion répondit en souriant : « Si les lions savaient sculpter, tu verrais beaucoup d'hommes sous la patte du lion. »

Ésope (VIIe-VIe siècles av. J.-C.), *Fables*, traduit du grec ancien par Émile Chambry.

**18 Conjuguez les verbes au passé simple ou à l'imparfait.

Hermès rend visite à Calypso.
Et, quand il fut arrivé sur l'île lointaine, il (passer) de la mer bleue sur la terre, jusqu'à la vaste grotte que la Nymphe aux beaux cheveux (habiter), et où il la (trouver). Et un grand feu (brûler) au foyer, et l'odeur du cèdre et du thuya ardents (parfumer) toute l'île. Et la Nymphe (chanter) d'une belle voix, tissant une toile avec une navette d'or. [...] Le puissant Messager tueur d'Argos (s'arrêter) et, ayant tout admiré dans son esprit, (entrer) aussitôt dans la vaste grotte.

D'après Homère, *Odyssée* (VIIIe siècle av. J.-C.), chant V, d'après la traduction de Leconte de Lisle.

***19 RÉÉCRITURE Conjuguez les verbes de ce texte au passé : vous choisirez l'imparfait ou le passé simple pour réécrire le récit. Attention, les dialogues restent au présent.

Le chat s'arrête et tourne la tête en direction de Renart ; il aiguise ses griffes, montrant sans équivoque qu'il est prêt à se défendre si l'autre fait mine de bouger un doigt. Mais le goupil toujours bâillant de faim, n'a guère la tête à se battre : il a déjà assez d'autres soucis. Aussi rassure-t-il Tibert : « C'est fou le nombre de méchantes gens qu'il y a en ce monde. On ne veut plus s'entraider. »

Roman de Renart, traduit de l'ancien français par Micheline Combarieu de Grès et Jean Subrenat © Hatier (1996).

Activités de découverte

Les accords

Qu'est-ce qu'un accord ?

1 Histoire d'adjectifs

Lisez le texte suivant et répondez aux questions.

La maison se tâte. Le choix est si vaste.
Maison « bleue », maison « familiale », maison « fleurie » ? Les adjectifs tournent autour de la maison cliente avec des mines de séducteurs, pour se faire adopter. Après deux heures de cette drôle de danse, la maison ressort avec le qualificatif qui lui plaisait le mieux : « hanté ».
Ravie de son achat, elle répétait à son article :
– « Hanté », tu imagines, moi qui aime tant les fantômes, je ne serai plus jamais seule. « Maison », c'est banal. « Maison » et « hanté », tu te rends compte ? Je suis désormais le bâtiment le plus intéressant de la ville, je vais faire peur aux enfants, oh comme je suis heureuse !
– Attends, l'interrompit l'adjectif, tu vas trop vite en besogne. Nous ne sommes pas encore accordés.
– Accordés ? Que veux-tu dire ?
– Allons à la mairie. Tu verras bien.
– À la mairie ! Tu ne veux pas te marier avec moi, quand même ?
– Il faut bien, puisque tu m'as choisi.
– Je me demande si j'ai eu raison. Tu ne serais pas un adjectif un peu collant ?
– Tous les adjectifs sont collants. Ça fait partie de leur nature.
À vrai dire c'étaient de drôles de mariages.
L'article entrait par une porte, l'adjectif par une autre. Le nom arrivait le dernier. Ils disparaissaient tous les trois. Le toit de la mairie me les cachait. J'aurais tout donné pour assister à la cérémonie. J'imagine que le maire devait leur rappeler leurs droits et leurs devoirs, qu'ils étaient désormais unis pour le meilleur et pour le pire.
Ils ressortaient ensemble se tenant par la main, accordés, tout masculin ou tout féminin : le château enchanté, la maison hantée… Peut-être qu'à l'intérieur le maire avait installé un distributeur automatique, les adjectifs s'y ravitaillaient en « e » final pour se marier avec un nom féminin.

Erik Orsenna, *La grammaire est une chanson douce* © Stock (2001).

a. Quels mots s'accordent dans le texte ?
b. À quoi l'auteur compare-t-il l'accord ?
c. Connaissez-vous d'autres mots qui s'accordent ?

2 Marions-les !

a. Reliez les mots qui s'accordent.

nom •	
verbe •	• sujet
déterminant •	• adjectif
attribut du sujet •	• nom

b. En suivant l'exemple, repérez les accords dans les phrases.

***Exemple** : Les enfants mangent des pommes rouges.*

a. Les petits chats jouent dans la grande salle.
b. Les collines vertes sont couvertes de fleurs jaunes.
c. Ses chaussures préférées sont noires.

Qu'est-ce qu'accorder ?

3 Le bon chemin

En choisissant un mot par colonne, créez six phrases bien accordées.
Certaines étiquettes ne peuvent pas être utilisées, d'autres peuvent être utilisées plusieurs fois.

La	bicyclette	bleu	roule	le	route	escarpé.
Les	bicyclettes	bleue	roules	la	routes	escarpée.
Son	vélo	bleues	roulent	cette	chemin	escarpés.
Vos	vélos	bleus	dévale	ces	chemins	tortueuse.
Cette	camion	rouge	dévalent	des	piste	tortueux.
Un	camions	rouges	dévales	une	pistes	tortueuses.

4 Le testeur d'accords

Cochez les cases du tableau.

		Accord en personne (je, tu, il, nous, vous, ils)	Accord en genre (masculin, féminin)	Accord en nombre (singulier, pluriel)
sujet - verbe	Je joue			
	Tu joues			
nom - adjectif	Des poissons colorés			
	Sa robe bleue			

5 Assortissez-les !

Encadrez les mots qui s'accordent. Pour chaque accord, utilisez une couleur différente.

a. Les jolis papillons volettent sur la prairie fleurie.
b. Les sauterelles vertes bondissent sur les pierres sèches.
c. Les lézards couverts d'écailles vernies somnolent dans les creux sombres des murets.
d. Les fourmis sérieuses, dans leur armure luisante de métal noir, marchent, marchent, marchent, à la queue leu leu.

BILAN

D'après vos observations, complétez les règles de base des accords.

L'accord sujet - verbe
Le verbe s'accorde en .... avec son ....

L'accord nom - adjectif
L'adjectif s'accorde en .... et en .... avec le ....

Les accords dans le groupe nominal

1. Comment former le pluriel d'un nom ?

NOMS

Cas général
+ S
un âne → des ânes

Sauf : bijoux, choux, cailloux, genoux, hiboux, houx, joujoux, poux

Mots en -ou
+ S
un clou → des clous

Sauf : travaux, vitraux, coraux, soupiraux, vantaux, baux

Mots en -ail
+ S
un rail → des rails

Mots en -au, -eu, -eau
+ X
un cheveu → des cheveux

Sauf : pneus, bleus, émeus, landaus

Mots en -al
→ -AUX
un cheval → des chevaux

Sauf : bals, chacals, récitals, carnavals, festivals, régals

Pluriels différents des singuliers
un œil → des yeux

Mots en -z, -x, -s invariables
un prix → des prix

JE RETIENS

- La plupart des mots forment leur pluriel en **-s** ou en **-x** (mots en *-au*, *-eu*, *-eau*).
- Les mots en *-al* font généralement leur pluriel en ***-aux***.
- Les mots déjà terminés par *-s, -x, -z* demeurent **invariables**.
- Les mots *ciel* et *œil* changent de forme et deviennent *cieux* et *yeux*.

Je construis

1 **Écrivez au pluriel ces groupes nominaux.**

un gardien – l'immeuble – ce rail – un aveu – une médaille – le bal – une souris – une fourmi – cet oiseau

2 **Écrivez au singulier ces groupes nominaux.**

vos nez – deux pieds – deux yeux – des cheveux – deux genoux – des cous – des cils – deux bras – dix doigts – des dos – des joues – des biceps

3 **Écrivez au singulier ces groupes nominaux.**

des champs labourés – ces puits profonds – des minerais précieux – des temps anciens – des voix graves – des petits pois – des gros poids – des vers de terre – des vers de Victor Hugo – des engrais chimiques – des cieux orageux – des coraux colorés – des gaz toxiques

Je consolide

4 **DICTÉE PRÉPARÉE** **Mettez les noms au singulier ou au pluriel. Observez les mots difficiles et les accords.**

Il se leva de bon (matin), et alla au bord d'un (ruisseau), où il emplit ses (poche) de petits (caillou) blancs, et ensuite revint à la (maison). On partit, et le Petit Poucet ne découvrit rien de tout ce qu'il savait à ses (frère). Ils allèrent dans une (forêt) fort épaisse, où à dix (pas) de (distance) on ne se voyait pas l'un l'autre.
Le (bûcheron) se mit à couper du (bois), et ses (enfant) à ramasser les (broutille) pour faire des (fagot).

Charles Perrault, « Le Petit Poucet », dans *Les Contes de ma mère l'Oye* (1697).

2. Comment former le féminin et le pluriel d'un adjectif ?

	cas général + e	-eux, -eur → -euse	-f, -c → -ve, -che	-er → -ère	-eau, -ou → -elle, -olle	-e → invariable
FÉMININ	vert → verte ⚠ bon → bonne gros → grosse	heureux → heureuse menteur → menteuse **sauf :** vieux → vieille meilleur → meilleure	vif → vive blanc → blanche	léger → légère	beau → belle fou → folle	sage → sage

	cas général + s	-eau + x	-al → -aux	-s, -x → invariables
PLURIEL	vert → verts	beau → beaux	loyal → loyaux **sauf :** banals, fatals, navals, natals, bancals	gris → gris vieux → vieux

JE RETIENS

- Les adjectifs féminins se forment **en ajoutant un -e** au masculin.
- Cet ajout peut entraîner des **modifications**, comme le doublement de la consonne finale, ou sa modification.
- La plupart des adjectifs pluriels se forment **en ajoutant un -s ou un -x**.

Je construis

5 **Écrivez au pluriel les groupes nominaux suivants.**

un ours brun – un spectacle original – un gros nez – un mariage heureux – un serviteur loyal – un canapé mou – une glace ovale – une installation pratique

6 **Écrivez au féminin, puis au masculin pluriel, les groupes nominaux suivants.**

a. un petit garçon vilain, cruel, polisson et coquet
b. un élève roux, fanfaron, boudeur et indécis
c. un enfant rieur, doux, plaisant, vif d'esprit et gentil
d. un tigre sanguinaire, cruel, royal, féroce

7 **Écrivez ces participes passés (souvent employés comme adjectifs) au féminin, puis au masculin pluriel.**

énervé – désespéré – tordu – flétri – surpris – promis – dit

Je consolide

** **8** **Écrivez au masculin, puis au pluriel, ces groupes nominaux.**

a. une comtesse prétentieuse, hautaine et malveillante.
b. une jeune fille tranquille, pudique, sage et aimable.
c. une déesse immortelle, capricieuse et violente.

9 **DICTÉE PRÉPARÉE** **Accordez les adjectifs, observez les mots difficiles et les autres accords.**

Le roi change de figure ; ses bras se couvrent de plumes et forment des ailes ; ses jambes et ses pieds deviennent (noir) et (menu) ; il lui croît des ongles (crochu) ; son corps s'apetisse, il est tout garni de (long) plumes (fin) et (mêlé) de bleu (céleste) ; ses yeux s'arrondissent et brillent comme des soleils.

Madame d'Aulnoy, *L'Oiseau bleu* (1697).

Les accords dans le groupe nominal

3. Quels accords faire dans le groupe nominal ?

Le déterminant indique le genre et le nombre du nom.

La petite maison bleue / Les petites maisons bleues

L'adjectif s'accorde avec le nom (en genre et en nombre).

JE RETIENS

- Le déterminant indique le **genre** et le **nombre** du nom.
- L'adjectif qualificatif (ou le participe passé pris comme adjectif) **s'accorde avec le nom**.

Je construis

10 **En prenant modèle sur le schéma de la leçon, recopiez les groupes nominaux suivants et mettez en évidence les accords.**

a. De grandes terrasses ensoleillées
b. De hautes herbes sauvages
c. Une eau pure et fraîche
d. Des chemins raides et caillouteux

11 **Entourez les déterminants, encadrez les noms et soulignez les adjectifs qui les précisent.**

Dans ma trousse, on trouve une gomme violette, quatre crayons multicolores, deux stylos bleus, des ciseaux métalliques et un taille-crayon rouge. Au fond, on déniche des trombones tordus, une cartouche vide et un petit morceau de papier plié.

12 **Accordez les adjectifs.**

des monstres (terrifiant) – des gorgones (effroyable) – une ogresse (affamé) – des dragons (terrible) – des sirènes (envoûtant) – des cyclopes (monstrueux) – une sorcière (cruel)

13 **Accordez les adjectifs.**

a. Tracez deux droites (parallèle).
b. Rédigez deux (court) paragraphes.
c. Écrivez trois phrases (simple) .
d. Justifiez vos (dernier) observations par une explication (concis) et (clair).

Je consolide

* **14** **Construisez un maximum de groupes nominaux correctement accordés à partir des listes suivantes.**

Déterminants : trois – cette – une – des – certains – tous les
Noms : buffets – chaise – meubles – tables
Adjectifs : sculptés – bancale – anciens – cirées – rafistolée

** **15** **Accordez les adjectifs.**

Sœur-des-Pauvres reprit sa marche, heureuse de son nouveau pouvoir. Elle ne se contentait plus de distribuer de (gros) sous ; elle donnait, selon la rencontre, de (bon) blouses bien (chaud), de (lourd) jupons de laine, ou encore des souliers si (léger) et si (fort), qu'ils pesaient à peine une once et usaient les cailloux. Tout cela sortait d'une fabrique (inconnu) ; les étoffes étaient merveilleuses de solidité et de souplesse ; [...] et, ce qui n'était pas le (moindre) prodige, chaque vêtement prenait la taille du pauvre qui s'en couvrait. Sans doute un atelier de (bon) fées venait de s'établir au fond du sac, apportant les (fin) ciseaux d'or qui coupent dix robes de chérubin dans la feuille d'une rose.

Émile Zola, « Sœur-des-Pauvres », dans *Contes à Ninon* (1864).

16 Accordez les adjectifs.

Quand l'adjectif précise deux noms de genres différents, l'accord se fait au masculin pluriel.

a. des voitures et des camions (polluant)
b. des garçons et des filles (turbulent)
c. des fleurs et des fruits (délicieux)
d. des robes et des jupes (coloré)
e. des chaussettes et des chaussures (dépareillé)
f. un crayon et une gomme (abandonné)
g. des vêtements et une coupe de cheveux (banal)

17 **Dans le poème « Automne » de René-Guy Cadou, relevez les groupes nominaux contenant des adjectifs, puis complétez le tableau en suivant l'exemple.**

Déterminant	Nom	Adjectif(s)	Genre et nombre
–	soleils	derniers	masculin pluriel
d'	vacances	ennuyeuses	féminin pluriel

Odeur des pluies de mon enfance
Derniers soleils de la saison !
À sept ans comme il faisait bon,
Après d'ennuyeuses vacances,
Se retrouver dans sa maison !

La vieille classe de mon père,
Pleine de guêpes écrasées,
Sentait l'encre, le bois, la craie
Et ces merveilleuses poussières
Amassées par tout un été.

Ô temps charmant des brumes douces,
Des gibiers, des longs vols d'oiseaux,
Le vent souffle sous le préau,
Mais je tiens entre paume et pouce
Une rouge pomme à couteau.

René-Guy Cadou, *Poésie la vie entière, Œuvres poétiques complètes* © Seghers (1978).

18 RÉÉCRITURE **Réécrivez le texte en mettant les noms au pluriel.**

Notre promenade nous permit de découvrir un singe malicieux, un perroquet coloré, un guépard tacheté, un énorme rhinocéros et une lionne majestueuse.

19 ÉCRITURE **Complétez les noms du texte par des adjectifs de votre choix, correctement accordés.**

C'était une journée .... Le vent ...... balayait les rues .... Des bourrasques ...... faisaient tournoyer les feuilles ...... de l'automne. Bientôt une pluie ...... et ...... se mit à tomber, transperçant les vêtements ...... des ...... passants.

20 DICTÉE PRÉPARÉE **Repérez les adjectifs précisant les noms signalés. Observez les mots difficiles et les autres accords.**

Autrefois, il y a bien longtemps, mes chers enfants, j'étais jeune et j'entendais souvent les gens se plaindre d'une importune petite vieille qui entrait par les fenêtres [...]. Elle portait toujours une vilaine robe grise traînante et une sorte de voile pâle que le moindre vent faisait voltiger autour de sa tête ébouriffée en mèches jaunâtres.

George Sand, *Contes d'une grand'mère* (1906).

Les accords sujet-verbe

1. Comment accorder le verbe avec le sujet ?

Comment accorder le verbe avec le sujet ?

Les guerriers déval… la colline.

Trouver le verbe		Trouver son sujet (Qui est-ce qui + V ?)		Trouver la personne qui correspond		Accorder le verbe
dévale… ?	→	« Les guerriers »	→	Ils	→	dévalent

JE RETIENS

- Le verbe conjugué s'accorde en **personne** et en **nombre** avec son sujet.
- Pour trouver le sujet, on pose la question « Qui est-ce qui + verbe ?» et on réfléchit à la personne qui correspond *(je, tu, il, nous, vous, ils)*.
- Le plus souvent, le sujet est placé **avant le verbe**. Mais parfois, il se situe **après**.
- **À l'oral**, cet accord ne s'entend pas toujours.

Je construis

1 Soulignez les verbes conjugués et entourez ceux qui ne le sont pas.

a. Le Petit Poucet, malin, sème des cailloux pour retrouver le chemin de sa maison.
b. Grâce à Ariane, Thésée a pu sortir du Labyrinthe après avoir vaincu le Minotaure.
c. Le Petit Prince demande à l'aviateur de lui dessiner un mouton.
d. Les jardins du Château de Versailles, créés par Le Nôtre, suscitent l'admiration de toute l'Europe.

2 Retrouvez le sujet de chacun des verbes.

a. Dans les contes, l'ogre effraie les enfants.

b. Dans les récits d'aventures, l'auteur utilise ses talents d'écrivain pour tenir le lecteur en haleine.

c. Ulysse a prétendu s'appeler « Personne » pour tromper habilement le Cyclope.

d. Les Sirènes séduisent les marins par leurs chants merveilleux.

e. Nous aimerions que tu découvres le plaisir de la lecture.

3 Remplacez les sujets soulignés par le pronom qui convient.

Le jour où <u>le miroir</u> dit à la méchante reine que <u>Blanche-Neige</u> était plus jolie qu'elle, <u>cette dernière</u> entre dans une violente colère et envoie son garde-chasse tuer sa belle-fille. <u>Le garde-chasse</u>, juste et bon, ne le fait pas et <u>Blanche-Neige</u> se réfugie chez les sept Nains. <u>Les sept compères</u> protègent alors la jeune femme de sa cruelle marâtre. Déguisée en sorcière, <u>la reine</u> retrouve Blanche-Neige et lui offre une pomme empoisonnée. <u>La princesse</u> sombre dans un profond sommeil. <u>Ses amis</u> l'installent dans un cercueil de verre.

4 Reliez chaque sujet au verbe qui convient. Que constatez-vous lorsque vous prononcez ces phrases ?

Tu •	• chantent pour envoûter les marins.
Les sirènes •	• chante l'histoire d'Énée.
Virgile •	• chantes devant ton miroir.

Énée et son compagnon troyen arrivent en Italie (vers 140-150), relief en marbre, 37 x 61 cm (Londres, British Museum).

Je consolide

*** 5 a. Soulignez les verbes et entourez leur terminaison.**
b. Encadrez ensuite leur sujet et précisez le nombre et la personne.

a. Les épopées racontent l'histoire des grands héros.
b. « Je chante les combats et ce guerrier pieux ». Ces mots débutent l'*Énéide*, l'épopée du poète latin Virgile.
c. Le guerrier que décrit Virgile s'appelle Énée.
d. Après la guerre de Troie, Énée et ses compagnons quittent les rivages de la Grèce et gagnent l'Italie.

*** 6 Ces affirmations sont-elles vraies ou fausses ? Inventez une phrase qui illustre chaque affirmation vraie.**

a. Le sujet est toujours situé avant le verbe.
b. On accorde le verbe en nombre et en personne avec le sujet.
c. Le sujet peut être éloigné du verbe. Il n'est pas forcément juste à côté de lui.
d. Quand le sujet est au pluriel, on met un « s » à la terminaison du verbe.

**** 7 Choisissez la bonne réponse parmi celles proposées.**

a. Le cerf (détale / détalent) quand il (entend / entends) les chasseurs.
b. Elle (rêvait / rêvais) d'aller au grand bal organisé par le prince du royaume.
c. Certaines filles (adorent / adore) les histoires de princes charmants mais d'autres (trouvent / trouves) vraiment qu'elles ne décrivent que des clichés.
d. Tu (finis / finit) ta série puis tu (vas / va) te coucher.
e. Les Anciens nous (enseigne / enseignes / enseignent) souvent la patience comme s'ils (savaient / savais) déjà ce qui (allait / allaient) arriver.

**** 8 Complétez les phrases avec les groupes sujets proposés.**

Groupes sujets : Charybde et Scylla – Tu – Homère – Six compagnons d'Ulysse

... liras l'*Odyssée*, une épopée dans laquelle ... raconte les aventures d'Ulysse. L'une d'entre elles met en scène deux monstres. ... représentent deux dangers pour les marins : les récifs et les courants violents. ... mourront lors de cette épreuve mais notre héros, rescapé, pourra continuer sa route vers Ithaque où l'attend sa femme fidèle, Pénélope.

***** 9 Remplacez les pronoms sujets par des groupes nominaux de votre invention. Attention, l'accord du verbe ne doit pas changer !**

a. Ils espèrent remporter le championnat haut la main.
b. Nous aimons partir en vacances à la mer.
c. Elle se moque des personnages ridicules.
d. Vous voudriez rencontrer votre artiste préféré.

10 DICTÉE PRÉPARÉE Conjuguez les verbes au présent. Observez les accords et les mots difficiles.

Renart est poursuivi par un chasseur et ses chiens.
« Qu'est-ce que j'(entendre), Tibert ? (faire) Renart en dressant la tête.
– Attendez un peu, (répondre) le chat, ne bougez pas. Voilà une douce musique ; ce sont des gens qui (passer) par là à travers la campagne. Ils (venir) par ici, en longeant ces fourrés.... »
Renart qui (reconnaître), à l'odeur, que ce sont des chiens, (se rendre) bien compte qu'il (être) en mauvaise posture et (vouloir) prendre la fuite.

Le Roman de Renart, traduction Micheline Combarieu et Jean Subrenat, © Hatier (1996).

Les accords sujet-verbe

2. Quelles sont les difficultés de l'accord sujet-verbe ?

Sujet éloigné — Les enfants, de bon matin, chantent. (Les enfants = S)

Sujet inversé — Que chantent les enfants ? (les enfants = S)

Plusieurs sujets — → **Accord au pluriel :** Tom et Léa chantent. (Tom et Léa = S)

Sujet collectif —
Beaucoup, la plupart, certains, tous, plusieurs…
→ **Accord au pluriel :** Plusieurs chantent. (Plusieurs = S)

Nom collectif : *un groupe de…, une foule de…*
→ **Accord au singulier OU au pluriel :**
Un groupe d'enfants joue/jouent. (Un groupe d'enfants = S)

JE RETIENS

- Faites attention à la place du sujet qui peut être **inversé** ou **éloigné** du verbe.
- **Plusieurs sujets** donnent lieu à un accord au **pluriel**.
- Les **noms collectifs** s'accordent au **singulier OU** au **pluriel**.
- Certains mots comme ***beaucoup, plusieurs...*** entraînent l'accord au **pluriel**.

Je construis

11 **Repérez le sujet du verbe en vous posant la question « Qui est-ce qui + verbe ? ».**

a. Dans la caverne, se cachent les dragons.
b. Que font les héros ?
c. « Gare à vous ! », menacent les parents.
d. Sur le haut de la colline, se dressait la haute tour.

12 **Soulignez le sujet et encadrez le verbe : attention aux mots ou aux groupes de mots qui s'intercalent entre le sujet et le verbe.**

a. Les gardes, accourus à cause du bruit, encerclèrent les intrus.
b. Nous les vîmes jeter leurs armes.
c. La princesse, enfermée dans le donjon, appela à l'aide.

13 **Accordez les verbes.**

a. Les élèves de 6e 2 et ceux de 6e 7 particip.... à la sortie.
b. Selin et Garance arrive.... en retard.
c. La carotte, le navet et le radis pouss... dans le potager.
d. Dans le jardin, chant.... le merle et le rossignol.
e. La cigale et la fourmi se réconcili…

14 **Composez des phrases correctement accordées avec les éléments suivants.**

a. Un groupe d'alpinistes •	• s'arrêtent à mi-course.
b. Certains d'entre eux •	• atteint le sommet.
c. Une dizaine de sportifs •	• continuent malgré le froid et la fatigue.
d. Plusieurs •	• se lance à l'assaut du sommet.

Je consolide

15 **Choisissez la forme correcte dans les phrases suivantes. Attention, les deux formes sont parfois acceptables. Justifiez votre réponse en relevant le sujet.**

a. Les animaux, effrayés par l'incendie, *(fuyait / fuyaient)* la forêt.
b. Les flammes, attisées par le vent, *(dévoraient / dévorait)* les grands arbres dans lesquels *(nichait / nichaient)* les oiseaux.
c. Un groupe de chevreuils *(se dirigeait / se dirigeaient)* vers le lac.
d. Beaucoup *(se réfugiait / se réfugiaient)* dans les champs qui *(bordait / bordaient)* les bois.

16 **Accordez les verbes.**

La Belle et ses sœurs ont quitté la ville suite à la ruine de leur père. La Belle s'occupe de la maison. Ses deux sœurs, au contraire, s'ennuyai... à mort ; elles se levai.... à dix heures du matin, se promenai... toute la journée, et regrettai... leurs beaux habits et leurs amis. « Voyez notre cadette, disai...-elles entre elles, elle est si stupide qu'elle se contente de sa malheureuse situation. » [...] Ses sœurs, non contentes de lui laisser faire tout l'ouvrage, l'insultai... à tout moment.

Mme Leprince de Beaumont, « La Belle et la Bête », dans *Le Magasin des enfants* (1757).

17 **Justifiez l'accord des verbes en relevant leur sujet.**

J'ouvris les yeux. J'apercevais les maisons aplaties et comme écrasées par une chute, au milieu du brouillard des fumées. Au-dessus de ma tête passaient des nuages échevelés, et, par un renversement d'optique, ils me paraissaient immobiles, tandis que le clocher, la boule, moi, nous étions entraînés avec une fantastique vitesse. Au loin, d'un côté s'étendait la campagne verdoyante, de l'autre étincelait la mer sous un faisceau de rayons.

Jules Verne, *Voyage au centre de la Terre* (1867).

18 **Conjuguez au présent les verbes entre parenthèses.**

a. L'hiver s'annonce quand (passer) les cigognes.
b. Je me demande ce que (penser) ses camarades.
c. C'est dans ces pierres que (se cacher) la vipère.

19 **Accordez le verbe avec le sujet.**

a. Beaucoup d'animaux disparai…
b. Certaines espèces doi… être protégées.
c. Un groupe d'élèves visit… un refuge pour oiseaux.
d. Plusieurs appartien… à la Ligue de Protection des Oiseaux.

20 **Choisissez le bon accord.**

Il n'y a qu'un chêne au milieu du pré, et les bœufs (occupe / occupent) toute l'ombre de ses feuilles. [...] Ils (serait / seraient) bien, sans les mouches. Mais aujourd'hui, vraiment, elles (dévore / dévorent). [...] Quand un bœuf (remue / remuent) son tablier de cuir, ou (frappe / frappent) du sabot la terre sèche, le nuage de mouches (se déplace / se déplacent) avec murmure. [...]
Il fait si chaud que les vieilles femmes, sur leur porte, (flaire / flairent) l'orage, et déjà elles (plaisante / plaisantent) un peu : « Gare au bourdoudou ! » (dit / disent)-elles.

Jules Renard, *Histoires naturelles* (1894).

21 **Accordez les verbes.**

Attention à la personne : *[il, ils, toi, vous] + moi = nous / [il, ils, toi, vous] + toi = vous*

a. Mathilde et moi all... à la patinoire.
b. Lucas et toi all... au cinéma.
c. Vos camarades et vous devr... vous tenir à carreau.
d. Mes amies et moi organis... un anniversaire.

22 **DICTÉE PRÉPARÉE** **Repérez les sujets des verbes. Observez les mots difficiles et les autres accords.**

Le roi Noble regagne donc sa tente tandis que les barons reprennent dans la joie le chemin de leurs demeures. Ils laissent Renart gisant la gueule ouverte au fond du fossé, comme si la vie l'avait abandonné : spectacle réjouissant pour ses ennemis. C'est alors que le corbeau et dame Brune la corneille quittent la cour à l'insu de tous et se hâtent en direction du fossé où Renart, un œil et une oreille en moins, se mourait de faim.

Le Roman de Renart, traduction Micheline Combarieu et Jean Subrenat, © Hatier (1996).

L'accord du participe passé

1. Comment accorder le participe passé ?

PARTICIPE PASSÉ

- **employé seul comme un adjectif** → **accord avec le nom ou le GN**
  Il adore les pommes cuites.
  (les pommes cuites = **GN**)
- **conjugué avec l'auxiliaire *être* dans une forme verbale composée** → **accord avec le sujet**
  Elle est partie.
  (Elle = **S** ; est partie = **V**)

JE RETIENS

- Le participe passé est la **forme du verbe** que l'on utilise pour former les **temps composés**.
- Le participe passé employé avec l'**auxiliaire *être*** s'accorde en **genre** et en **nombre** avec le **sujet**.
- Le participe passé employé **sans auxiliaire** s'accorde en **genre** et en **nombre** avec le **nom** ou le **pronom** qu'il accompagne, comme un adjectif qualificatif.

Je construis

1 **Entourez les participes passés puis donnez leur infinitif.**

mangeaient – soumis – tenir – battu – finissons – vu – contrôleras – admirées – entendit – espérées – pris

2 **Donnez le participe passé de ces verbes.**

Pour trouver la terminaison des participes passés, aidez-vous du féminin.
Ex. : *cuire* → *cuit (cuite)*

aimer – courir – vouloir – finir – mettre – surprendre – pouvoir – comprendre – asseoir – faire – avoir

3 **Soulignez les participes passés et dites s'ils sont employés avec ou sans l'auxiliaire *être*.**

a. Calypso est tombée amoureuse d'Ulysse.
b. L'aviateur a salué avec étonnement le Petit Prince arrivé on ne sait comment en plein milieu du désert.
c. Les compagnons d'Ulysse, drogués par la sorcière Circé, sont transformés en cochons.

Je consolide

* **4** **Mettez les phrases au pluriel. Attention aux accords !**

a. Tu es venu à la remise de diplôme de ton frère. Ça lui fera plaisir.
b. Il est parti en vacances au ski.
c. Il est assis sur le muret.
d. Elle est née en décembre.

* **5** **Replacez les sujets dans les phrases, grâce au sens et aux accords.**

Sujets : les vents – le soleil – le marin – les voiles du navire

a. ………………… est caché derrière un voile de nuage ce matin.
b. ………………… se sont déchirées à la suite d'un coup de vent.
c. ………………… s'est donc précipité pour allumer son moteur.
d. Heureusement, ………………… se sont calmés.

6 Conjuguez les verbes du texte au passé composé.

On forme le passé composé avec l'auxiliaire *être* ou *avoir* conjugué au présent et le participe passé du verbe.

Les gelées (revenir) avec l'hiver. Les prairies (apparaître) blanches de givre. Un beau matin, la neige (arriver). Ses flocons (descendre) doucement du ciel pour couvrir le monde d'un manteau blanc.

7 **Inventez un sujet pour chaque phrase en respectant l'accord des participes passés.**

a. .... a été heureuse de retrouver sa famille.
b. .... êtes allés beaucoup trop loin dans votre colère. .... n'était pas justifiée.
c. .... a été partagée avec succès.
d. .... sont arrivées à leur voisin pendant leurs vacances en Irlande.

8 **Complétez les groupes sujets par le pronom *toi* ou *moi* ou par un GN en respectant l'accord du participe passé.**

a. Ton amie et ..... êtes souvent fâchés.
b. ..... et moi sommes rentrées du cinéma à pied.
c. Léa et ..... étiez convaincus d'avoir raison.
d. Fatou et ..... sommes parvenues au même niveau.

9 Accordez les participes passés employés comme adjectifs.

On la nommait la Belle aux Cheveux d'Or car ses cheveux étaient plus fins que de l'or, et blonds par merveille, tout frisé....., qui lui tombaient jusque sur les pieds. Elle allait toujours couvert..... de ses cheveux bouclé....., avec une couronne de fleurs sur la tête et des habits broché..... de diamants et de perles, si bien qu'on ne pouvait la voir sans l'aimer.
Il y avait un jeune roi de ses voisins qui n'était point marié....., et qui était bien fait..... et bien riche.

Mme d'Aulnoy, *La Belle aux Cheveux d'Or* (1698).

10 **RÉÉCRITURE** Réécrivez la phrase en remplaçant *un cœur* par *des cœurs*.

C'était un cœur d'or émaillé de couleur de feu, entouré de plusieurs flèches, et percé d'une avec ces mots : *Une seule me blesse.*

Mme d'Aulnoy, *L'Oiseau bleu* (1698).

11 **DICTÉE PRÉPARÉE** Accordez les participes passés. Observez les autres accords et les mots difficiles.

Que de larmes, que de sanglots suivaient ces tendres plaintes ! Que les heures étaient devenu..... longues par l'absence d'un amant si aimable et si cher ! La princesse, abattu....., malade, maigre et changé....., pouvait à peine se soutenir ; elle était persuadé..... que tout ce qu'il y a de plus funeste était arrivé..... au roi.

Mme d'Aulnoy, *L'Oiseau bleu* (1698).

J.-M. Breton, illustration (1931).

L'accord du participe passé

2. Comment différencier l'infinitif et le participe passé des verbes en *-er* ?

infinitif (*-er*) ou participe passé (*-é*) ?

Tom a **jou**... ?	Tom va **jou**... ?
Remplacer par un verbe d'un autre groupe. → Tom a **fini**. (**et non** *finir*) → **C'est le participe passé :** Tom a **joué**.	**Remplacer par un verbe d'un autre groupe.** → Tom va **finir**. (**et non** *fini*) → **C'est l'infinitif :** Tom va **jouer**.

JE RETIENS

- L'infinitif et le participe passé des verbes en ***-er*** ont le **même son final**.
- Pour les différencier, remplacez le verbe par un verbe d'un **autre groupe** (*finir, vendre...*) qui n'a **pas la même sonorité**. Ce remplacement sert de test pour savoir si l'on a affaire à un **infinitif** (*-er*) ou à un **participe passé** (*-é*).

Je construis

12 **Soulignez de deux couleurs différentes les verbes à l'infinitif et les participes passés.**

a. Je vais monter chercher mon livre préféré dans ma chambre à coucher.
b. Je l'ai emprunté à la médiathèque jeudi dernier.
c. Je l'ai dévoré et je vais le recommander.
d. On m'a demandé de le présenter à la classe.
e. J'ai préparé mon exposé de manière à intéresser mes camarades. J'espère que je vais y arriver !

13 **Complétez les phrases suivantes avec un verbe à l'infinitif en *-er*.**

On trouve l'infinitif après une préposition *(à, de, pour, sans)* et après un verbe conjugué (différent des auxiliaires *être* et *avoir*).

a. Mon frère ne va pas tarder à ....
b. Mon père aime .... de bons petits plats.
c. Ma voisine passe son temps à ....
d. J'ai besoin d'un fer à ....
e. Je vais .... le dîner.
f. Quand penses-tu avoir fini de .... ?
g. Je vais .... un dictionnaire pour .... la définition de ce mot.
h. Pourriez-vous vous .... sans............ ?

14 **Entourez les participes passés en *-é*.**

On trouve le participe passé devant un auxiliaire (*être* ou *avoir*) ou employé seul, comme un adjectif qualificatif.

a. Vexé, il a commencé à bouder.
b. Il a continué pendant toute la récré.
c. Le professeur est arrivé et le cours a commencé.
d. Passionnés par l'*Odyssée*, nous avons écouté et participé.

15 **Choisissez la forme correcte en remplaçant le verbe par *vendre* : vous saurez s'il s'agit de l'infinitif *(vendre)* ou du participe passé *(vendu)*.**

a. Je peux chanter / chanté toute la journée.
b. As-tu trouver / trouvé mon stylo préférer / préféré ?
c. Voudrais-tu me prêter / prêté ta voiture ? La mienne a été endommager / endommagée hier.
d. Les gendarmes ont fouiller / fouillé tout le quartier sans retrouver / retrouvé la voiture voler / volée.

16 **Complétez les formes verbales par *-é* ou *-er*. Expliquez votre choix.**

a. Que t'est-il arriv... ?
b. Laisse-moi t'aid... !
c. Elles parviennent à s'échapp... .
d. J'ai prépar... du café.

Je consolide

17 * **Choisissez la forme juste du verbe et justifiez votre choix.**

a. Pénélope a attendu vingt ans le retour d'Ulysse. Elle s'est occupée / occuper de leur fils Télémaque et a pris soin du Royaume d'Ithaque.

b. Les grands hommes veulent changer / changés le monde.

c. Tu verras, la vie va bien nous étonner / étonnés !

d. Les constellations sont observées / observer par les scientifiques. Elles ont livrer / livré peu à peu leurs secrets.

18 ** **Replacez les formes verbales de la liste dans le texte.**

joué – rêver – fermée – jouer

Le chat

Le mien ne mange pas les souris ; il n'aime pas ça. Il n'en attrape que pour ...... avec. Quand il a bien ......, il lui fait grâce de la vie, et il va ...... ailleurs, l'innocent, assis dans la boucle de sa queue, la tête bien ...... comme un poing.

Mais à cause des griffes, la souris est morte.

Jules Renard, *Histoires Naturelles* (1894).

19 ** **Repérez et corrigez les erreurs dans cette dictée. Expliquez comment ne pas reproduire ces erreurs.**

Un jour, Dieu a demander à Noé de construire une arche. Il y a fait entré un couple de chaque espèce d'animaux ainsi que sa famille. Dieu a alors déclencher un immense Déluge pour inondé toute la terre et punir les hommes. Cette tempête colossale a durer 40 jours et 40 nuits. Mais Noé, sa famille et les espèces ont été épargner. Dieu n'a donc pas anéanti toute sa création mais a choisi Noé pour lui redonnée une nouvelle vie et instauré une nouvelle alliance avec les hommes.

20 *** **Choisissez la forme correcte.**

Attention à la 2e personne du pluriel et sa terminaison en *-ez* ! Pour l'identifier, il suffit de faire le même test : remplacez le verbe du 1er groupe par *vendre* et observez si vous obtenez *vendre, vendu* ou *vendez*.

a. J'aimerais vous montrer / montré / montrez ma collection de minéraux.

b. Vous avancer / avancé / avancez vite dans vos recherches.

c. Il vous faudra rencontrer / rencontré / rencontrez ce chercheur expérimenter / expérimenté / expérimentez.

d. Je voudrais vous raconter / raconté / racontez une histoire.

e. Les chercheurs que vous rencontré / rencontrez / rencontrer vont vous présenter / présentez / présenté leurs travaux.

21 ÉCRITURE **Inventez un petit texte entièrement à l'infinitif, où vous décrivez un itinéraire court de votre choix.**

Vous pouvez utiliser par exemple les verbes : *continuer – tourner – se diriger – aller – arriver*.

22 DICTÉE PRÉPARÉE **Justifiez l'orthographe de ces mots. Observez les accords et les mots difficiles.**

Axel et son oncle préparent une expédition.

Il n'y avait plus à en douter. Mon oncle venait d'employer son après-midi à se procurer une partie des objets et ustensiles nécessaires à son voyage ; l'allée était encombrée d'échelles de cordes à nœuds, de torches, de gourdes, de crampons de fer, de pics, de bâtons ferrés, de pioches, de quoi charger dix hommes au moins.

Jules Verne, *Voyage au centre de la Terre* (1867).

L'Arche de Noé, miniature tirée d'un manuscrit en hébreu de la France du Nord (XIIe siècle), The British Library (Londres, Grande-Bretagne).

L'accord de l'attribut du sujet

Comment accorder l'attribut du sujet ?

Accord en genre et en nombre

Les cyclopes **sont** sauvages.

sujet — V — attribut du sujet

Verbes d'état : être, paraître, sembler, devenir...

JE RETIENS

- L'attribut du sujet est un **complément du verbe d'état** qui attribue une qualité au sujet.
- Quand il est adjectif, l'attribut du sujet s'accorde en **genre** et en **nombre** avec le sujet.

Je construis

1 Encadrez le verbe d'état, soulignez le sujet et encadrez l'attribut du sujet.

a. Les cyclopes sont monstrueux.
b. Les monstres mythologiques paraissent effrayants.
c. Charybde et Scylla semblent invincibles.
d. La chimère était particulièrement affreuse.
e. Les trois gorgones paraissaient difficiles à vaincre.
f. L'Hydre de Lerne est demeurée célèbre.
g. Sont-ils monstrueux ?
h. Quel monstre est le plus terrible ?

2 Terminez les phrases par un adjectif attribut de votre choix, bien accordé.

a. La pratique d'un sport est ....
b. Ces exercices paraissent ....
c. Ces pâtisseries semblent ....
d. Ces élèves deviennent ....

3 Choisissez un adjectif attribut dans la liste pour terminer les phrases.

Liste : attentif – attentifs – attentives – attentive – cruel – cruelles – cruels – cruelle

a. Chloé est ....
b. Fabio et Emma paraissent ....
c. Chloé et Emma semblent ....
d. Fabio demeure ....
e. L'ogresse et ses filles sont ....
f. Le fils de l'ogre semble aussi .... que son père.
g. L'ogre et l'ogresse paraissent ....
h. L'ogresse serait-elle moins .... ?

4 Accordez les attributs du sujet.

On emploie souvent le participe passé d'un verbe comme adjectif.

Ex. : ***Elle est fatiguée.***

a. Pénélope est affligé... de l'absence d'Ulysse.
b. Ulysse et ses compagnons semblent pressé... de retrouver Ithaque.
c. Calypso paraît décidé... à laisser Ulysse partir.

5 Trouvez des sujets pour ces phrases.

a. .... paraissaient tranquilles.
b. .... semblait calme.
c. .... était bleu.
d. .... demeuraient sauvages.

6 Reliez les groupes nominaux sujets et les attributs par un verbe d'état, afin de construire des phrases correctes et bien orthographiées.

Groupe nominaux sujets : les séquoias – le chêne – les sapins – le cerisier
Attributs du sujet : feuillu – résineux – rose de fleurs – immenses et majestueux

Je consolide

*7 **Soulignez l'attribut du sujet.**

a. Des affiches colorées sont plus agréables à lire.
b. Les élèves récompensés sont fiers de leur travail.
c. Le préau décoré paraît plus gai.

*8 **Réécrivez les phrases suivantes au féminin, puis au masculin pluriel et enfin au féminin pluriel.**

a. Le candidat était brillant.
b. Le joueur progresse : il devient meilleur.
c. Le spectateur paraît captivé.
d. Le directeur semble furieux.

9 **Accordez les attributs du sujet dans les textes suivants.

a. Toute sa figure était (affreux). Son front était (bas) et (percé) d'un œil unique. Sa bouche paraissait (fendu) à coup de hache. Des dents en sortaient qui semblaient (tranchant) comme des couteaux. Ses membres étaient (couvert) de poils drus.

b. Les montagnes semblaient (infranchissable). À leur sommet, la neige était (éternel). Sur leurs pentes les sapins paraissaient (aligné) par la main d'un géant. En hiver, elles devenaient entièrement (blanc).

10 **Complétez la description par des attributs de votre choix et correctement accordés.

Il parut au bal une princesse d'une beauté extraordinaire. Ses cheveux étaient .... et .... Son visage était .... et .... Toute sa personne paraissait ....

11 **Construisez des phrases avec un attribut du sujet en respectant le modèle. Pensez à l'accord.

Ex. : *Céline a faim.* → *Céline est affamée.*

a. Johan et Houssem ont une grande déception.
b. Léa et Hugo ont de la peine.
c. Chloé et Naïma ont la capacité de bien faire.
d. Pauline a peur.

***12 **Repérez les attributs du sujet.**

« Au fond de ce trou il y a une petite cave où coule la fontaine de beauté et de santé : c'est de cette eau que je veux absolument. Tout ce qu'on en lave devient merveilleux ; si l'on est belle, on demeure toujours belle ; si on est laide, on devient belle ; si l'on est jeune, on reste jeune ; si l'on est vieille, on devient jeune. Vous jugez bien, Avenant, que je ne quitterai pas mon royaume sans en emporter. »

Madame d'Aulnoy, *La Belle aux Cheveux d'Or* (1698).

***13 RÉÉCRITURE **Réécrivez le texte de l'exercice 12 en remplaçant *la fontaine de beauté et de santé* par *la fontaine de laideur*.**

14 ÉCRITURE **Sur le modèle de l'exercice 9 a., écrivez le portrait d'une ogresse. Utilisez des attributs du sujet correctement accordés.**

15 DICTÉE PRÉPARÉE **Accordez les adjectifs attributs, observez les mots difficiles et les autres accords.**

Les fleurs sauvages se plaignent de la fierté des roses.

Une d'elles, qui était plus (grand) que les autres et fort (beau), demanda la parole et dit :
« Je n'ai jamais compris les grands airs que prend la famille des roses. En quoi, je vous le demande, une rose est-elle plus (joli) et mieux (fait) que moi ? La nature et l'art se sont entendus pour multiplier le nombre de nos pétales et l'éclat de nos couleurs. Nous sommes même beaucoup plus (riche), car la plus belle rose n'a guère plus de deux cents pétales et nous en avons jusqu'à cinq cents. »

George Sand, *Contes d'une grand'mère*, « Ce que disent les fleurs » (1906).

Parc national, province d'Alberta, Canada.

Bilan

Les accords

Je vérifie mes connaissances

1 Retrouvez l'exemple qui correspond à la règle.

1. Le verbe s'accorde en personne avec le sujet.
2. Dans le groupe nominal, l'adjectif s'accorde en genre et en nombre avec le nom qu'il précise.
3. L'adjectif attribut du sujet s'accorde en genre et en nombre avec le sujet.
4. Le participe passé employé avec l'auxiliaire être s'accorde en genre et en nombre avec le sujet.

a. Le printemps est arrivé en avance.
b. Ces fleurs sont blanches.
c. Ces fleurs blanches possèdent un parfum délicat.
d. Ces fleurs blanches.

2 a. En prenant exemple sur l'exercice 1, utilisez la couleur pour repérer tous les accords.
b. Expliquez-les.

a. Les monstres de la mythologie grecque sont terrifiants.
b. Dans certains dessins animés modernes, les ogres sont devenus gentils.

3 Fabriquez quatre phrases correctement orthographiées en reliant entre eux les éléments ci-dessous.

Les sirènes	sont	les compagnons d'Ulysse	et des cochons.
Ulysse	transforme	monstrueuses	les compagnons d'Ulysse.
Circé	dévorent	un héros admiré	et dangereuses.
Les cyclopes	est devenu	en cochons	et un personnage célèbre.

Je consolide mes connaissances

4 Replacez les verbes dans l'extrait suivant. Observez bien les accords !

Verbes : se bourrent – charge – fait – menace – perdrait – ramènent – est – dure – roulent – se dépêchent – tombait

C'... la rentrée générale des foins ; les granges ... jusqu'aux tuiles faîtières. Les hommes et les femmes ..., parce que le temps ... et que, si la pluie ... sur le foin coupé, il ... de sa valeur. Tous les chariots ... ; on ... l'un, tandis que les chevaux ... l'autre à la ferme. Il ... déjà nuit que le va-et-vient ... encore.

Jules Renard, *Histoires naturelles* (1907).

5 Replacez les adjectifs dans l'extrait. Observez bien les accords !

Adjectifs : longs – petits – grognon – sale – cassis – claire – ventru – bouclée – familier

Le cochon

..., mais ... comme si nous t'avions gardé ensemble, tu fourres le nez partout et tu marches autant avec lui qu'avec les pattes. Tu caches sous des oreilles en feuilles de betterave tes ... yeux ... . Tu es ... comme une groseille à maquereau. Tu as de ... poils comme elle, comme elle la peau ... et une courte queue ... . Et les méchants t'appellent : « ... cochon ! »

Jules Renard, *Histoires naturelles* (1907).

6 Dites avec quoi s'accordent les verbes et les adjectifs ou participes passés employés comme adjectifs.

Emmi était un pauvre petit gardeur de cochons, orphelin et très malheureux, non seulement parce qu'il était mal logé, mal nourri et mal vêtu, mais encore parce qu'il détestait les bêtes que la misère le forçait à soigner. Il en avait peur, et ces animaux, qui sont plus fins qu'ils n'en ont l'air, sentaient bien qu'il n'était pas le maître avec eux. Il s'en allait dès le matin, les conduisant à la glandée, dans la forêt. Le soir, il les ramenait à la ferme, et c'était pitié de le voir, couvert de méchants haillons, la tête nue, ses cheveux hérissés par le vent, sa pauvre petite figure pâle, maigre, terreuse, l'air triste, effrayé, souffrant, chassant devant lui ce troupeau de bêtes criardes, au regard oblique, à la tête baissée, toujours menaçante.

George Sand, « Le Chêne parlant » dans *Contes d'une grand'mère* (1906).

7 RÉÉCRITURE Réécrivez la première phrase du texte de l'exercice 6 en remplaçant *Emmi* par *Aurore*.

8 RÉÉCRITURE Réécrivez ce texte en mettant les mots *loquet*, *figure* et *personnage* au pluriel. Faites toutes les modifications nécessaires.

Au même instant, le loquet, qui ne tenait à rien, sauta, la porte s'ouvrit toute grande, et Jean-Pierre vit entrer une figure extraordinaire. C'était un personnage qui ressemblait plus à un génie qu'à un homme. Son corps pouvait se ployer dans tous les sens, tant il avait de souplesse et d'élasticité.

Paul de Musset, *Monsieur le Vent et Madame la Pluie* (1880).

9 Accordez les verbes et les adjectifs.

Ses yeux brillai… comme du phosphore. Tantôt ses joues paraissai… maigre… et plissé…, tantôt elles s'enflai… comme des ballons. Sa large… poitrine faisai… le bruit d'un soufflet de forge. Les deux grande… ailes qu'il avai… aux épaules n'aurai… pas pu se déployer dans la chambre. Un manteau rouge… d'une étoffe légèr… flottait autour de lui en faisant tant de plis qu'on ne distinguai… pas précisément les formes de son corps.

Paul de Musset, *Monsieur le Vent et Madame la Pluie* (1880).

RÉCAPITULONS !

10 DICTÉE PRÉPARÉE Observez l'accord des verbes et des adjectifs ou participes passés employés comme adjectifs ainsi que les mots difficiles.

Deux grenouilles voisinaient. Elles habitaient, l'une un étang profond, éloigné de la route, l'autre une petite mare sur la route. Celle de l'étang conseillait à l'autre de venir habiter près d'elle : elle y jouirait d'une vie meilleure et plus sûre. Mais celle-ci ne se laissa point persuader ; il lui serait pénible, disait-elle, de s'arracher à un séjour où elle avait ses habitudes ; si bien qu'un jour un chariot qui passait par là l'écrasa.

Ésope, *Fables*, traduction d'Émile Chambry.

11 Recopiez et complétez cette carte mentale sur les accords à connaître en 6e.

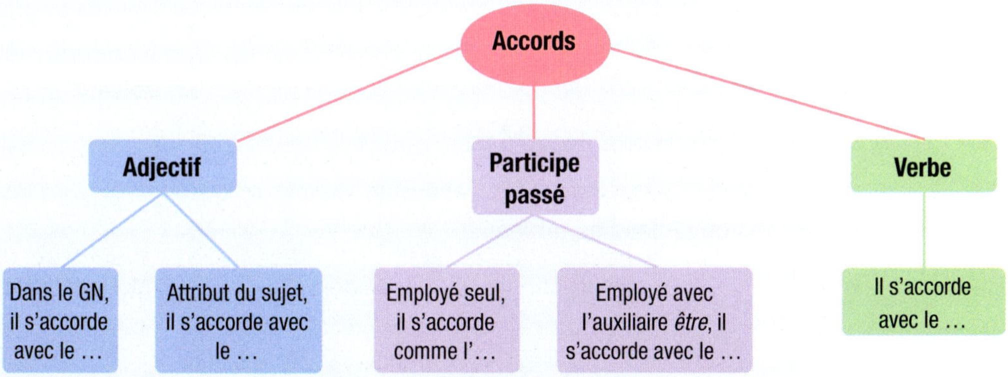

Activités de découverte

Les homophones grammaticaux

Qu'est-ce que les homophones grammaticaux ?

1 Histoire de mots

Lisez le texte suivant et répondez aux questions.

Phileas Fogg accepta la gibelotte et la goûta consciencieusement ; mais, en dépit de sa sauce épicée, il la trouva détestable.
Il sonna le maître d'hôtel.
« Monsieur, lui dit-il en le regardant fixement, c'est du lapin, cela ?
– Oui, mylord, répondit effrontément le drôle, du lapin des jungles.
– Et ce lapin-là n'a pas miaulé quand on l'a tué ?
– Miaulé ! Oh ! mylord ! un lapin ! Je vous jure…
– Monsieur le maître d'hôtel, reprit froidement Mr. Fogg, ne jurez pas et rappelez-vous ceci : autrefois, dans l'Inde, les chats étaient considérés comme des animaux sacrés. C'était le bon temps.
– Pour les chats, mylord ?
– Et peut-être aussi pour les voyageurs ! »

Jules Verne, *Le Tour du monde en quatre-vingts jours* (1873).

a. Recopiez tous les mots qui font le son [la].
- S'écrivent-ils de la même façon ?
- Lequel est constitué de deux mots ?
- Lequel est invariable ?

b. Classez les [la] du texte dans le tableau suivant :

Article défini → devant un nom	Pronom personnel → complément, devant un verbe	Mot invariable → synonyme de *–ci / ici*	Pronom + auxiliaire *avoir*

c. Complétez la définition des homophones grammaticaux.

Les homophones grammaticaux sont des mots qui s'entendent .... mais s'écrivent ....
Ils appartiennent à .... classes grammaticales.

2 Chasse aux homophones

Lisez le texte suivant et répondez aux questions.

Et l'oiseau dit sa peine à la fleur qui sourit,
Et la fleur est de pourpre, et l'oiseau lui ressemble,
Et l'on ne sait pas trop, quand on les voit ensemble,
Si c'est la fleur qui chante, ou l'oiseau qui fleurit.

Louis Bouilhet, « Le Tung-Whang-Fung » (extrait), *Dernières chansons* (1872).

a. Trouvez un ou plusieurs homophones pour chaque mot en couleur.

b. Classez chaque homophone trouvé dans ce tableau.

Déterminant	Pronom	Verbe	Nom	Mot invariable

Comment reconnaître les verbes *être* et *avoir* ?

3 Virelangues

Lisez les phrases suivantes et répondez aux questions.

Ton tonton et ta tata t'ont attendu.

Six saucissons et six scies sont dans son seau.

Ton thé t'a-t-il ôté ta toux ?

a. Repérez les homophones. Parmi eux, encadrez le verbe ***être*** et le verbe ***avoir***.

b. Trouvez un test pour prouver vos réponses.

4 Le testeur d'homophones

Testez ces couples d'homophones en vous aidant du testeur d'homophones.

– a / à
– est / ai
– on / ont
– son / sont

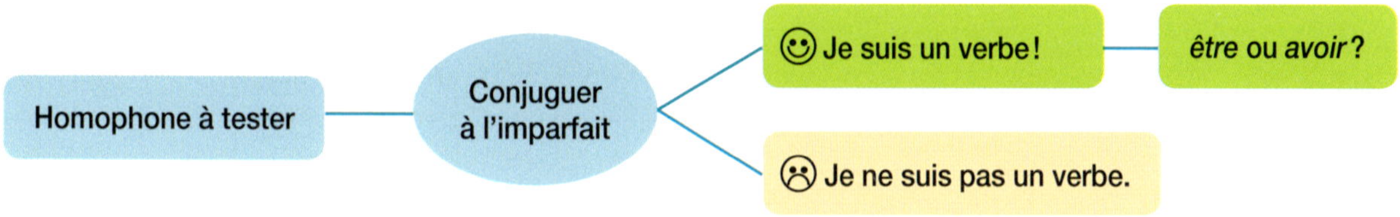

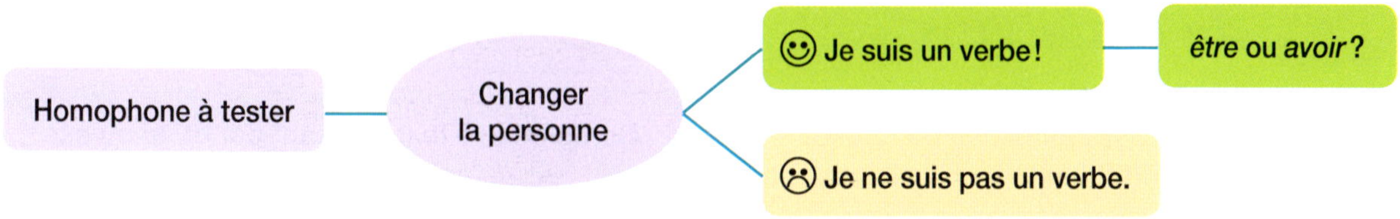

5 Défi

Inventez une phrase pour chaque série d'homophones : chaque phrase doit contenir tous les homophones de la série !

– ai – est – et – haie – Eh ! – hais
– laid – lait – l'est – les
– son – sont – sons

6 Jeu de rôle

Constituez des petits groupes. L'un d'entre vous est le professeur, les autres sont les élèves.

a. Le professeur prépare la dictée en expliquant les difficultés liées aux homophones et en donnant les mots difficiles. Les élèves lui posent toutes les questions nécessaires.

b. Le professeur dicte le texte de la dictée aux élèves, livre fermé !

c. Le professeur corrige la dictée et explique les fautes.

DICTÉE PRÉPARÉE

Le petit Viltare m'avait jeté de l'encre sur mon pantalon et mis du bitume dans le cou : je ne l'ai pas assassiné, mais je lui ai donné un coup de poing et un croc-en-jambe… il est tombé et s'est fait une bosse.

Jules Vallès, *L'Enfant* (1878).

Les homophones

1. Comment différencier *est*, *ai* et *et* ?

= conjonction *et*

Léa **et** moi sommes amies.
→ et puis

= verbe ou auxiliaire *être*

Léa **est** brune.
→ était

= verbe ou auxiliaire *avoir*

J'**ai** les cheveux roux.
→ avais

JE RETIENS

- *et* : c'est une conjonction (qui lie deux mots ou deux groupes de mots).
- *ai* : c'est le présent du verbe ou de l'auxiliaire *avoir* à la 1re personne du singulier.
- *est* : c'est le présent du verbe ou de l'auxiliaire *être* à la 3e personne du singulier.

Astuce pour les différencier
On peut remplacer *ai* par *avais*, *est* par *était*, *et* par *et puis*, sans que la phrase ne perde son sens.

Je construis

1 **Réécrivez les phrases au passé composé. Entourez de couleur différente l'auxiliaire *être* et l'auxiliaire *avoir*.**

a. Je joue aux dames et aux échecs.
b. Elle part au Japon.
c. Il revient au printemps.
d. Je vends des livres et des vêtements à la brocante.

2 **Complétez les phrases. Soulignez les deux mots ou groupes de mots reliés par *et*.**

a. Il porte une veste noire et …….. .
b. Nous avons commandé un album et …….. .
c. Elle arrive le matin et …….. .

3 **Transposez les verbes au présent.**

a. J'avais la ferme intention de tout lui avouer.
b. « L'Enfant » de Victor Hugo était mon poème préféré.
c. Vénus était la déesse l'amour.

4 **Réécrivez chaque phrase en remplaçant *ai*, *est*, *et* par *avais*, *était*, *et puis*.**

a. Le livre que je t'ai prêté est passionnant et instructif.
b. J'ai lu et étudié un mythe qui est très ancien.

Je consolide

** **5** **Complétez le texte suivant par *et*, *ai* ou *est*.**

J'…….. lu dernièrement un livre intitulé *Contes initiatiques peuls* de Amadou Hampâté Bâ. Cet homme ………. un écrivain ………. un ethnologue malien très réputé. Il ……….. un spécialiste de la culture peule …….. grâce à lui, nous connaissons les mythes …….. légendes de cette culture. Il les a en effet regroupés ……. réécrits pour que tout le monde puisse les lire.

6 DICTÉE PRÉPARÉE **Choisissez la forme correcte. Observez les accords et les mots difficiles.**

Je suis donc libre !
Ce n'(ai-est-et) pas pour faire une commission, avec l'ordre de revenir tout de suite (ai-est-et) de ne rien casser ; ce n'(ai-est-et) pas accompagné, surveillé, pressé, que je descends la rue en me laissant glisser sur la rampe de fer. Non. J'(ai-est-et) mon temps, une après-midi, toute une après-midi !

Jules Vallès, *L'Enfant* (1889).

Les homophones

2. Comment différencier *à* et *a* ?

= préposition *à*	= verbe ou auxiliaire *avoir*
Elisa va **à** la plage. → ~~avait~~ ☹	Elle **a** mis son maillot de bain. → avait ☺

JE RETIENS

- ***a*** : c'est le présent de la 3e personne du singulier du verbe ou de l'auxiliaire ***avoir***.
- ***à*** : c'est une **préposition**. Elle est toujours suivie d'un complément qui peut être : un **groupe nominal**, un **pronom**, un **verbe à l'infinitif**.

Astuce pour les différencier
Remplacer [a] par *avait* :
- si la phrase a un sens, on écrit « a » (verbe) ;
- si la phrase n'a plus de sens, on écrit « à » (préposition).

Je construis

7 **Relevez les verbes conjugués. À quel temps sont-ils ? Encadrez l'auxiliaire.**

a. Il a lu les aventures de Tom Sawyer.
b. L'alpiniste a décidé de tenter l'ascension du Mont Everest.
c. Antoine a perdu ses clés pour la quatrième fois.

8 **Réécrivez les phrases de l'exercice 7 en mettant l'auxiliaire *avoir* à l'imparfait.**

9 **a. Complétez les phrases suivantes.**
b. Identifiez les classes des mots qui suivent la préposition *à*.

a. Alexis réussit toujours à ….. .
b. Il donne rendez-vous à ….. .
c. Roméo pensait souvent à …... .

10 **Complétez les phrases suivantes par *à* ou *a*. Observez bien le mot qui suit le mot [a] pour ne pas vous tromper.**

a. Pense ….. rapporter le livre que ta sœur ….. emprunté à la bibliothèque.
b. Le loup ….. réussi ….. dévorer le petit Chaperon rouge.
c. Pierre ….. chassé le loup grâce ….. la ruse.
d. Léa ….. fait des progrès grâce ….. son travail sérieux.

Je consolide

* **11** **Complétez le texte par *à* ou *a*.**

Pour savoir si la jeune fille est vraiment une princesse, la gouvernante …….. ôté toute la literie et ……… mis un petit pois au fond du lit. Ensuite, elle …….. pris vingt matelas qu'elle ……… entassés sur le lit destiné …….. la princesse. ……… la fin de la nuit, quand on ……. demandé ……… la jeune fille si elle avait bien dormi, elle accusa le petit pois de l'avoir bien gênée. Une jeune fille …… la peau si délicate ne pouvait être qu'une vraie princesse !

12 **DICTÉE PRÉPARÉE** **Choisissez la bonne orthographe pour le son [a]. Observez les accords et les mots difficiles.**

Un jour, un homme qui voyageait m'[a] pris pour une curiosité du pays, et m'ayant vu de loin, est accouru au galop de son cheval. Son étonnement [a] été extrême, quand il [a] reconnu que j'étais vivant. Il [a] mis pied [a] terre, et s'adressant [a] ma mère, lui [a] demandé respectueusement si elle voulait bien lui indiquer l'adresse du tailleur qui avait fait mon vêtement.
« C'est moi », [a]-t-elle répondu, rougissant d'orgueil.

Jules Vallès, *L'Enfant* (1889).

Les homophones

3. Comment différencier *on* et *ont* ?

= pronom personnel sujet

On est satisfait.
→ il

= verbe ou auxiliaire *avoir*

Elles **ont** dansé.
→ avaient

JE RETIENS

- ***on*** : c'est un pronom personnel sujet de la 3e personne du singulier.
- ***ont*** : c'est le verbe ou l'auxiliaire *avoir* au présent à la 3e personne du pluriel.

Astuce pour les différencier
On peut remplacer *on* par *il*, et *ont* par *avaient* sans que la phrase ne perde son sens.

Je construis

13 **Réécrivez les phrases en mettant le sujet au pluriel.**

a. Il a dormi chez un camarade.
b. Elle a perdu sa carte de cantine et en a demandé une nouvelle.
c. Il a retrouvé la carte qu'elle a perdue.

14 **Réécrivez l'auxiliaire avoir à l'imparfait. Que remarquez-vous ?**

a. Les alpinistes ont atteint le sommet.
b. « On a l'impression d'être dans les nuages ! » ont-ils déclaré.
c. On les a chaudement félicités pour l'exploit qu'ils ont accompli.

15 **Remplacez le pronom *on* par un groupe nominal sujet plus précis.**

a. On a élu le délégué de classe.
b. On nous a dit que le CDI était fermé.
c. On nous a appris que le carré possède quatre côtés égaux.

16 **Choisissez entre *on* et *ont*. Remplacez *on* par *il* et *ont* par *avaient* pour vérifier vos réponses.**

a. C'est le livre qu'on / ont a commandé.
b. C'est le livre qu'on /ont commandé les élèves.
c. On / Ont a échangé nos blousons.
d. Ils on / ont échangé leur blouson.

Je consolide

17 **Choisissez la forme correcte.**

a. Ils on / ont fait ce qu'on / ont a décidé.
b. On / Ont range les chaises qu'ils on / ont déplacées.
c. Ils on / ont triché, dit-on / ont.
d. Ils on / ont perdu les feuilles qu'on / ont leur a données.

** **18** **Complétez par *on* ou *ont*.**

a. ….. a toujours besoin d'un plus petit que soi.
b. Toutes les bonnes choses ….. une fin.
c. Les absents ….. toujours tort.
d. ….. ne peut faire qu'en faisant.
e. Plus ….. se hâte, moins ….. avance.

19 **DICTÉE PRÉPARÉE** **Choisissez la bonne orthographe. Observez les accords et les mots difficiles.**

Il y a proche d'ici une grotte profonde qui a bien six lieues de tour ; (on / ont) trouve à l'entrée deux dragons qui empêchent qu'(on / ont) y entre : ils (on / ont) du feu dans la gueule et dans les yeux ; puis, lorsqu'(on / ont) est dans la grotte, (on / ont) trouve un grand trou dans lequel il faut descendre : il est plein de crapauds, de couleuvres et de serpents.

Madame d'Aulnoy, *La Belle aux cheveux d'or* (1698).

Les homophones

4. Comment différencier *son* et *sont* ?

= déterminant possessif *son*

Paul a oublié **son** livre.
→ ~~étaient~~ ☹

= verbe ou auxiliaire *être*

Les livres **sont** dans le bureau.
→ étaient ☺

- ***sont*** : c'est le présent de la 3e personne du pluriel du verbe ou de l'auxiliaire *être*.
- ***son*** : c'est un déterminant possessif. Il est toujours suivi d'un nom ou d'un groupe nominal.

Astuce pour les différencier
- On peut remplacer *sont* par *étaient*.
- Si l'on met *son* au pluriel, on obtient *ses*.

Je construis

20 **Soulignez le mot [sɔ̃], puis encadrez le verbe et soulignez son sujet.**

a. Les élèves sont arrivés à Barcelone.
b. Les correspondants sont allés les chercher à la gare.
c. Tous les enfants sont partis dans leurs maisons.
d. Sont-ils heureux de leur séjour ?

21 **Réécrivez les phrases de l'exercice 20 en mettant l'auxiliaire *être* à l'imparfait.**

22 **Complétez ces phrases, puis réécrivez chaque phrase en mettant le groupe en vert au pluriel.**

a. Youssef a réussi son ..... .
b. Son ..... lui a beaucoup plu.
c. Caroline mange son ..... .
d. Elle a rencontré son ..... .

23 **Réécrivez l'auxiliaire au présent et les noms au singulier.**

a. Ils étaient perdus malgré son sens de l'orientation.
b. Il arriva et posa ses paquets.
c. Elles y étaient arrivées sans son aide.
d. Il écrit tout dans ses cahiers.
e. Elles étaient plusieurs à réclamer son attention.

Je consolide

* **24** **Complétez par *son* ou *sont*.**

a. Arthur Conan Doyle crée ...... héros Sherlock Holmes au XIXe siècle.
b. ...... ami, le docteur Watson, l'aide à trouver les indices qui ...... parfois très importants.
c. Les amateurs de ...... œuvre ...... très nombreux.

** **25** **Complétez le texte par *son* ou *sont*.**

Sophie est une petite fille désobéissante. Mme de Ségur raconte ses aventures dans ..... livre. Les bêtises de Sophie ..... très nombreuses. Un jour, elle pique ..... âne pour qu'il galope. Ses jouets ..... souvent détruits à cause de ..... imprudence. La mère de Sophie gronde rarement ..... enfant et ..... indulgence ne l'encourage pas à améliorer ..... comportement.

26 **DICTÉE PRÉPARÉE** **Préparez la dictée en observant attentivement : les homophones, les accords et les mots difficiles.**

La neige recouvre tout le paysage de son épais duvet blanc. Son épaisseur étouffe les bruits de la nature. Les deux aventuriers sont maintenant en danger. Le premier prend son briquet pour allumer un feu. Mais le froid et le vent sont deux obstacles insurmontables. Les branches sont trop humides pour s'enflammer. Les hommes sont sous la menace de l'hiver du Nord.

Bilan

Les homophones

Je vérifie mes connaissances

1 **Classez les formes homophones suivantes dans le tableau :**

a. a – à
b. ai – est – et
c. son – sont
d. on – ont

Verbe ou auxiliaire *avoir*	Verbe ou auxiliaire *être*	Déterminant	Pronom	Mot invariable : préposition	Mot invariable : conjonction

2 **Vrai ou faux ? Vrai : donnez un exemple. Faux : corrigez et donnez un exemple.**

	V	F
a. *et* est invariable. On peut le remplacer par *et puis*.	☐	☐
b. *son* est un déterminant. On peut le remplacer par *était*.	☐	☐
c. *sont* est un verbe. On ne peut pas le remplacer par *était*.	☐	☐
d. *a* est un verbe. On peut le remplacer par *avait*.	☐	☐
e. *est* est un verbe. On ne peut pas le remplacer par *était*.	☐	☐
f. *ont* est un verbe. On peut le remplacer par *avaient*.	☐	☐
g. *on* est un pronom personnel sujet, remplaçable par *il*.	☐	☐

Je consolide mes connaissances

3 **Dites quelles formes vous reconnaissez (nom, verbe, interjection…). Dans quelle série d'homophones faudrait-il les classer ?**

a. Ah ! Tu as bien fait.
b. Eh bien ! Tu es beau !
c. Il paraît que tu hais tailler les haies !
d. Sa flûte fait un joli son.
e. Va m'acheter du pain au son.

4 **Complétez les phrases suivantes avec les homophones proposés.**

a. *on* ou *ont* ?
Ses parents lui ….. dit de mettre un chaperon rouge puis lui ….. demandé de porter des provisions à sa grand-mère. ….. lui a dit de se méfier du loup.

b. *a* ou *à* ?
Un garçon rusé ….. semé des cailloux pour retrouver son chemin ….. travers la forêt. Il ….. eu moins de chance avec les miettes de pain !

c. *et*, *est* ou *ai* ?
J'….. entendu l'histoire d'Ulysse ….. de ses compagnons, qui ….. racontée par Homère. J'….. tremblé avec eux dans la grotte du cyclope qui ….. un ogre affreux.

d. *son* ou *sont* ?
La princesse a perdu ….. soulier en s'enfuyant. ….. carrosse est redevenu citrouille et ses valets ….. de nouveau des rats. Les gardes du prince ….. partis à la recherche de la belle.

5 Choisissez la forme correcte.

Qui vient là ? demanda M. le Vent.
– C'(est / ai / et) moi, répondit le meunier ; je suis Jean-Pierre. Votre Excellence (à / a) daigné se reposer chez moi il y (à / a) un mois.
– (est / ai / et / eh) bien ! que me veux-tu ?
– Je ne sais, monseigneur, répondit le meunier en balbutiant.
– Imbécile ! s'écria M. le Vent, tu viens me déranger quand je suis (à / a) table, (est / ai / et) tu ne sais pas seulement ce que tu (à / a / as) (à / a) me demander ! Je vois bien que j'(est / ai / et) accordé ma protection (à / a) un nigaud.

■ Paul de Musset, *Monsieur le Vent et Madame la Pluie* (1880).

6 Replacez les homophones suivants dans le texte.

ai – à – à – et – est – on – ai – et – à – et

... me charge des soins du ménage. « Un homme doit savoir tout faire. »
Ce n'... pas grand embarras : quelques assiettes ... laver, un coup de balai ... donner, du plumeau ... du torchon : mais j'... la main malheureuse, je casse de temps en temps une écuelle, un verre. Ma mère crie que je l'... fait exprès, ... que nous serons bientôt sur la paille, si ce brise-tout ne se corrige pas.
Une fois, je me suis coupé le doigt – jusqu'... l'os.
« ... encore il se coupe ! » fait-elle avec fureur.

■ Jules Vallès, *L'Enfant* (1878).

7 Écrivez une phrase pour justifier l'orthographe de chaque homophone.

Les chauve-souris
Mon amie cache son visage, et moi je détourne la tête par peur du choc impur.
On dit qu'avec plus d'ardeur que notre amour même, elles nous suceraient le sang jusqu'à la mort.
Comme on exagère !
Elles ne sont pas méchantes. Elles ne nous touchent jamais.
Filles de la nuit, elles ne détestent que les lumières, et, du frôlement de leurs petits châles funèbres, elles cherchent des bougies à souffler.

■ Jules Renard, *Histoires naturelles* (1907).

8 ÉCRITURE À la manière de l'exercice 4, évoquez en une ou deux phrases des histoires lues cette année en utilisant le maximum d'homophones.

9 DICTÉE PRÉPARÉE Préparez la dictée en surlignant de couleurs différentes : les homophones, les accords et les mots difficiles.

C'est un taureau fameux et sa taille étonne les passants sur la route. On l'admire à distance et, s'il ne l'a fait déjà, il pourrait lancer son homme au ciel, ainsi qu'une flèche, avec l'arc de ses cornes. Plus doux qu'un agneau tant qu'il veut, il se met tout à coup en fureur, quand ça le prend, et près de lui, on ne sait jamais ce qui arrivera.

■ Jules Renard, *Histoires naturelles* (1907).

RÉCAPITULONS !

10 Pour rassembler vos connaissances, recopiez et complétez cette carte mentale.

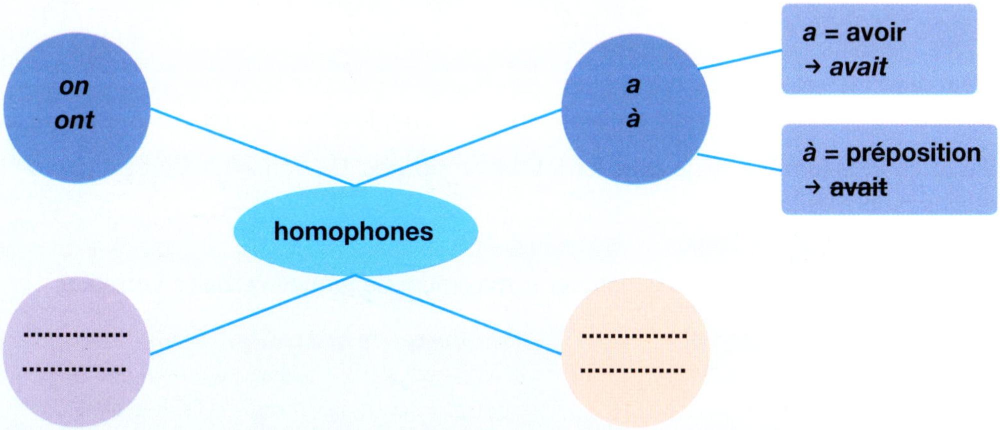

Activités de découverte

La conjugaison

Qu'est-ce que conjuguer un verbe ?

1 Histoire de verbes

Lisez le texte suivant et répondez aux questions.

– Pour jouer au tennis ou pour te promener au pôle Nord, tu ne choisis pas les mêmes vêtements, n'est-ce pas ? Les verbes, c'est pareil. Si on doit les utiliser pour voyager dans le futur, on prend un verbe nu…
– Attendez que je traduise. Le verbe nu, ça signifie… le verbe à l'infinitif.
– … Correct. On le met au présent, troisième personne du singulier : chante. Et on lui ajoute les vêtements du futur : *rai, ras, ra. Je chanterai, tu chanteras, il chantera*. De même, si le verbe doit remonter dans le passé, il faut le vêtir en conséquence. *Chanter* devient *chantais*, on lui a mis des moufles sur les doigts. Ou *chantai*, on lui a enfilé des gants…

Erik Orsenna, *Les Chevaliers du subjonctif* © Stock (2004).

a. D'après le texte, qu'est-ce qu'un « verbe nu » ?

b. Que désignent les « vêtements » d'un verbe ? Pourquoi doit-on « le vêtir » ?

c. Reconnaissez-vous les deux temps du passé dont il est question : *je chantais* / *je chantai* ?

2 Casse-tête

Voici des mots curieux : ils peuvent être soit un nom, soit un verbe conjugué.

Nous avions une passion pour les avions.

Tu me montres tes deux montres ?

Théo lit dans son lit.

a. Remplacez tous les sujets par « vous » : que remarquez-vous ?

b. Réécrivez les phrases au futur : que remarquez-vous ?

c. Entourez les noms en rouge et les verbes en vert. Puis donnez l'infinitif des verbes en vous disant « c'est l'action de ... ».

d. Donnez l'infinitif des verbes suivants : *poivrons*, *souris*, *mentons*, *pinces*.

e. Sur le modèle des phrases ci-dessus, fabriquez à votre tour des phrases fantaisistes où les mots *poivrons*, *souris*, *mentons*, *pinces* seront une fois verbe, une fois nom.

Comment repérer le radical et la terminaison d'un verbe ?

3 Puzzle

a. Reconstituez chaque forme verbale avec les lettres proposées. Un conseil : repérez d'abord les terminaisons du présent.

nous onslal – vous ezissurgs – ils entsid – je ojue – tu gnaes

b. Relier radical et terminaison afin de constituer le maximum de formes verbales correctes.

li •	• s
ri •	• ons
vi •	• es
di •	• t

Comment reconnaître le groupe d'un verbe ?

4 Baccalauréat

Prêt(e) pour un baccalauréat ? Complétez le tableau suivant !

	Verbes du 1er groupe : infinitif en -ER (*sauf aller*)	**Verbes du 2e groupe : infinitif en -IR + *nous …ssons***	**Verbe du 3e groupe : les autres verbes**
A			
J			
R			
F			
G			
B			
P			

Comment conjuguer un verbe ?

5 Fantaisie

Le grand combat
Il l'emparouille et l'endosque contre terre ;
Il le rague et le roupète jusqu'à son drâle ;
Il le pratèle et le libucque et lui barufle les ouillais ;
Il le tocarde et le marmine,
Le manage rape à ri et ripe à ra.
Enfin il l'écorcobalisse. […]

Henri Michaux, « Le grand combat », dans *L'Espace du dedans*
© Gallimard (1998).

Ce poème est constitué de verbes inventés sur le modèle du 1er groupe.

Observez les terminaisons des verbes du 1er groupe dans le tableau p. 350 et réécrivez le poème :

– au futur, à la 1re personne du singulier,

– au passé simple, à la 2e personne du singulier.

BILAN

Reproduisez et complétez cette carte mentale.

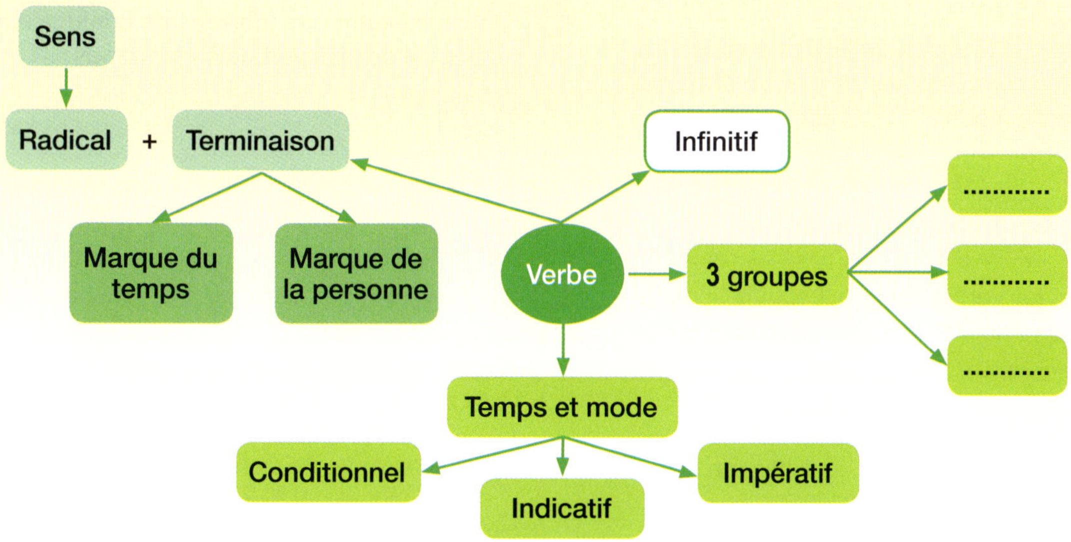

Les temps simples de l'indicatif

Comment identifier un verbe conjugué à un temps simple ?

Chanter

personne	radical	terminaison
je	chant	e
tu	chant	es
il / elle / on	chant	e
nous	chant	ons
vous	chant	ez
ils / elles	chant	ent

Personne

Radical du verbe : il porte le sens du verbe.

Terminaison : elle porte la marque du temps et de la personne.

Présent
Aujourd'hui, je chante, nous chantons.

Futur
Demain, je chanterai, nous chanterons.

Passé
Imparfait : Autrefois, je chantais, nous chantions.
Passé simple : Ce jour-là, je chantai, nous chantâmes.

JE RETIENS

- Un verbe conjugué possède un **radical** qui porte son sens et une **terminaison** qui porte la marque de la **personne** et du **temps**.
- Un **temps verbal** renvoie à un moment :
  - le **passé simple** et l'**imparfait** sont les temps du passé ;
  - le **présent** exprime l'action qui a lieu maintenant ;
  - le **futur** exprime une action à venir.

Je construis

1 **Réécrivez la phrase « Je lis des contes » en rajoutant les compléments de phrase proposés. Qu'avez-vous modifié ? Quel est le radical du verbe ?**

a. Quand j'étais petit, je …
b. Demain, à la médiathèque, je …

2 **Relevez les verbes conjugués, puis séparez d'un trait le radical et la terminaison de chaque verbe relevé.**

a. Un crime se déroula dans le château.
b. Joseph Rouletabille menait l'enquête.
c. La victime se trouvait dans une chambre fermée.
d. Elle se nomme Mathilde Stangerson.
e. L'enquêteur découvrira l'identité du criminel.

3 **En vous aidant des tableaux de conjugaison** → p. 350-353**, reliez les verbes à leur temps.**

a. je marchais •
b. j'étais •
c. je marchai •
d. je finissais •
e. je fus •

• passé simple
• imparfait

4 **Relevez l'indice de temps. Puis soulignez la terminaison du verbe et précisez son temps.**

a. Hier, le cours de français commençait à 8 h 30.
b. Aujourd'hui, tous les cours sont annulés.
c. Demain, la classe ira en sortie scolaire.
d. L'année dernière, il n'y eut aucune sortie.
e. L'année prochaine, le collège fera un échange scolaire avec un établissement chinois.

5 Complétez le tableau avec les verbes.

Certains verbes ont des formes identiques au passé simple et au présent. Ex. : *je rougis.*

je fus – je fais – je dirai – je grandirai – je nageai – je ferai – je pris – je grandis – je dis – je prie

Verbes au passé simple	Verbes au présent	Verbes au futur

6 Complétez les phrases avec les formes verbales proposées.

Verbes : étais – étions – ferons – sommes – sortira

a. La semaine dernière, nous ...... encore en vacances.
b. Aujourd'hui, nous ...... au collège.
c. Au prochain trimestre, nous ...... du rugby.
d. Il y a deux ans, j'...... encore à l'école primaire.
e. Le prochain *Star Wars* ...... dans plusieurs mois.

7 Imaginez la suite de ces phrases en utilisant le temps qui convient.

a. L'an dernier, ...
b. Demain, ...
c. Bientôt, ...
d. En ce moment, ...
e. Il y a un siècle, ...

Je consolide

* **8** Les verbes sont-ils conjugués au passé simple ou au futur ?

a. À douze ans, je redigeai des textes poétiques.
b. Adulte, je deviendrai un grand poète français.
c. Adolescent révolté, je continuai ma route.
d. Je serai surnommé « l'homme aux semelles de vent » par mon ami Verlaine.
e. J'échappai à un monde qui ne me convenait pas.

Leonardo DiCaprio (Rimbaud) dans le film *Éclipse Totale* (Rimbaud Verlaine), film d'**Agnieszka Holland** (1995).

** **9** Les verbes sont-ils conjugués au passé simple ou à l'imparfait ?

a. Je régnai de 1515 à 1547.
b. Je fréquentais de nombreux artistes, dont Léonard de Vinci.
c. Je rivalisai avec Charles Quint.
d. Je m'intéressais au Nouveau Monde.
e. Qui étais-je ?

*** **10** Les verbes sont-ils conjugués au présent ou au passé simple ?

a. Aujourd'hui, je lis les *Fables* de La Fontaine.
b. La Fontaine finit de les publier en 1694.
c. Au XVIIe siècle, La Fontaine choisit de s'inspirer des fables d'Ésope.
d. Cette œuvre s'inscrit maintenant dans la littérature classique.

*** **11** Dans ce texte, relevez un verbe au présent, un verbe au futur, un verbe à l'imparfait et un verbe au passé simple.

Angélique demande à la servante Toinette si elle doit croire à la déclaration d'amour de Cléante.

TOINETTE. – En tout cas vous en serez bientôt éclaircie ; et la résolution où il vous écrivit hier, qu'il était de vous faire demander en mariage, est une prompte voie[1] à vous faire connaître s'il vous dit vrai, ou non : c'en sera là la bonne preuve.

ANGÉLIQUE. – Ah ! Toinette, si celui-là me trompe, je ne croirai de ma vie aucun homme.

TOINETTE. – Voilà votre père qui revient.

Molière, *Le Malade imaginaire*, acte I, scène 4 (1673).

1. **Prompte voie :** moyen rapide.

12 **DICTÉE PRÉPARÉE** Identifiez les temps des verbes. Repérez bien les accords et les mots difficiles.

Dans une petite ville d'Écosse, Mme Mac'Miche attend Charles.

Elle jetait de temps en temps un coup d'œil à la fenêtre et paraissait attendre quelqu'un ; après avoir donné divers signes d'impatience, elle s'écria :

« Ce misérable enfant ! Toujours en retard ! Détestable sujet ! Il finira par la prison et la corde, si je ne parviens à le corriger ! »

La comtesse de Ségur, *Un bon petit diable* (1865).

Le présent de l'indicatif

1. Comment conjuguer le présent de l'indicatif des verbes du 1er groupe (verbes en *-er*) ?

personne	radical	terminaison
je	chant	e
tu	chant	es
il / elle / on	chant	e
nous	chant	ons
vous	chant	ez
ils / elles	chant	ent

Aujourd'hui, je chante.

JE RETIENS

- Les **terminaisons** au présent de l'indicatif sont **les mêmes** pour tous les verbes du 1er groupe.
- Le **radical** change pour certains verbes (en *-ger*, en *-cer*, en *-eler*, en *-eter* et en *-yer*).

Je construis

1 **Reliez les pronoms aux formes verbales qui conviennent.**

je •	• joue
	• écartent
tu •	• répares
	• crie
elle •	• réveilles
	• volent
ils •	• voyage

2 **Complétez les phrases en conjuguant le verbe au présent.**

a. Je (conjuguer) les verbes demandés.
b. Il (vérifier) mon exercice.
c. Nous (réviser) notre leçon.
d. Vous (réaliser) la difficulté du cours.
e. Ils (exécuter) leur travail brillamment.
f. Tu (corriger) ton brouillon.
g. Elles (exagérer) un peu.
h. Vous (persuader) vos amis.

3 **Donnez l'infinitif de ces formes verbales.**

nous crions – tu crées – vous jouez – nous lançons – nous voyageons – j'étudie – ils renvoient

4 **Repérez les verbes du 1er groupe conjugués au présent.**

Pattes jointes, elle saute du poulailler, dès qu'on lui ouvre la porte. [...]
Elle voit d'abord le tas de cendres où, chaque matin, elle a coutume de s'ébattre.
Elle s'y roule, s'y trempe, et, d'une vive agitation d'ailes, les plumes gonflées, elle secoue ses puces de la nuit. [...]
Ensuite elle cherche sa nourriture éparse.
Les fines herbes sont à elle, et les insectes et les graines perdues.
Elle pique, elle pique, infatigable.
De temps en temps, elle s'arrête.

Jules Renard, *Histoires naturelles*, « La poule » (1894).

Je consolide

*** 5 Conjuguez les verbes au présent, à la 2e personne du singulier, puis du pluriel.**

Les verbes en *-yer* changent le *y* en *i* devant un *e*. Ex. : *j'envoie*.

Les verbes en *-ayer* peuvent conserver le *y*. Ex. : *je balaie* ou *je balaye*.

effrayer – essuyer – payer – essayer – employer

*** 6 Conjuguez ces groupes verbaux au trois premières personnes du singulier (*je, tu, il / elle*).**

a. crier sa colère
b. jouer aux dames
c. étudier l'*Odyssée*
d. oublier son livre
e. trier des papiers

*** 7 Réécrivez les phrases en remplaçant *je* par *nous*.**

Devant la terminaison *-ons*, le *c* devient *ç* (ex. : *nous lançons*) et le *g* devient *ge* (ex. : *nous partageons*).

a. Je commence à lire l'*Odyssée*.
b. Je prolonge cette lecture par un exposé.
c. J'avance bien dans le livre.
d. Je trace le chemin d'Ulysse sur une carte.
e. Je rédige un résumé de ce texte.

*** 8 Réécrivez les phrases en remplaçant *tu* par *vous*.**

Certains verbes en *-eter* ou *-eler* doublent le *t* ou le *l* devant un *e* muet. Ex. : *jeter* → *je jette*.

a. Tu projettes de fabriquer un nouveau costume.
b. Tu renouvelles ta garde-robe.
c. Tu rejettes les anciens vêtements.
d. Tu appelles une association pour les donner.
e. Tu étincelles dans ta nouvelle tenue.

*** 9 Conjuguez les verbes au présent, à la 1re personne du singulier, puis du pluriel.**

Les verbes de cette liste ne doublent pas le *t* ou le *l*, mais prennent un accent grave sur le *e*. Ex. : *ciseler* → *je cisèle*.

acheter – peser – relever – geler – peler

**** 10 Replacez les verbes au présent dans le texte.**

Verbes : apprécient – charme – crée – déguise – vole

Maurice Leblanc ...... le personnage d'Arsène Lupin au début du XXe siècle. Cet homme ...... des objets précieux. Il se ...... souvent. Il ...... les femmes. Les lecteurs l'....... .

**** 11 Conjuguez les verbes au présent de l'indicatif.**

Ils allaient même être tous anéantis quand (arriver), à bonne allure, monseigneur Épineux ainsi que Baucent et Roonel qui (se jeter) dans la bataille. [...]
Monseigneur Épineux (se précipiter) au cœur de la mêlée. Il y (tomber) sur le dromadaire que le hasard avait séparé des siens. D'un seul coup, il lui (trancher) la tête, l'abattant mort sur place. Aussitôt, il (embrasser) hardiment son bouclier et, montrant bien qu'il n'est pas novice en la matière, (blesser) ou (tuer) nombre de ceux qui se (trouver) sur son chemin.

D'après *Roman de Renart*, traduit par Micheline Combarieu de Grès et Jean Subrenat © Hatier (1996).

**** 12 Complétez les phrases avec un verbe du 1er groupe conjugué au présent.**

a. Le castor ...... les troncs d'arbres.
b. Il ...... pour se déplacer dans la rivière.
c. Les flots ...... les animaux qui se reposent.
d. Le barrage ...... le cours de la rivière.
e. Cette construction ...... le milieu naturel.

**** 13 Relevez les verbes conjugués au présent.**

L'Épopée de Gilgamesh raconte l'histoire du roi d'Uruk. Ce récit constitue une des plus anciennes œuvres littéraires. Il date du XVIIe siècle avant Jésus-Christ. Nous le feuilletons aujourd'hui dans une version traduite. Les personnages nous enseignent une leçon universelle : l'Homme n'échappe pas à la mort.

14 DICTÉE PRÉPARÉE Conjuguez les verbes au présent. Repérez bien les accords et les mots difficiles.

Comme, à la clarté d'une lampe, je fais ma quotidienne page d'écriture, j'entends un léger bruit. Si je (s'arrêter), il (cesser). Il (recommencer), dès que je (gratter) le papier.
C'est une souris qui (s'éveiller).
Je (deviner) ses va-et-vient au bord du trou obscur où notre servante met ses torchons et ses brosses. Elle (sauter) par terre et (trotter) sur les carreaux de la cuisine. Elle (passer) près de la cheminée, sous l'évier, se perd dans la vaisselle, et par une série de reconnaissances qu'elle (pousser) de plus en plus loin, elle (se rapprocher) de moi.

D'après Jules Renard, *Histoires naturelles* (1894).

2. Comment conjuguer le présent de l'indicatif des verbes des 2e et 3e groupes ?

Les verbes du 2e groupe

personne	radical	terminaison
je	fini	s
tu	fini	s
il / elle / on	fini	t
nous	finiss	ons
vous	finiss	ez
ils / elles	finiss	ent

Les verbes du 3e groupe

personne	terminaison (cas général)	voir	prendre	faire	pouvoir
je	-s	vois	prends	fais	peux
tu	-s	vois	prends	fais	peux
il / elle / on	-t	voit	prend	fait	peut
nous	-ons	voyons	prenons	faisons	pouvons
vous	-ez	voyez	prenez	faites	pouvez
ils / elles	-ent	voient	prennent	font	peuvent

JE RETIENS

- Les **terminaisons** au présent de l'indicatif sont **les mêmes** pour tous les verbes du 2e groupe.
- Les verbes du **3e groupe** sont très irréguliers : le **radical** et les **terminaisons changent**. Consultez les tableaux de conjugaison pour les apprendre. → p. 350-353

Je construis

15 Après avoir observé la conjugaison des verbes dans le tableau, conjuguez *apprendre*, *dire* et *vouloir* au présent de l'indicatif.

16 Classez ces formes verbales en deux ensembles, en observant leur radical.

je vais – nous allons – ils vont – vous allez – tu vas – il va

17 **Conjuguez les verbes au présent à la personne demandée.**

jaunir *(2e pers. du sing.)* – être *(1re pers. du plur.)*
choisir *(3e pers. du plur.)* – avoir *(2e pers. du plur.)*
faiblir *(3e pers. du sing.)* – vouloir *(1re pers. du plur.)*
obéir *(3e pers. du sing.)* – voir *(2e pers. du plur.)*
unir *(3e pers. du plur.)* – faire *(1re pers. du sing.)*

18 **Reliez les formes verbales à la terminaison qui convient.**

je di •	
il grandi •	• **-s**
il doi •	• **-t**
tu doi •	
tu bondi •	

19 **Donnez l'infinitif des verbes conjugués.**

ils veulent – tu faiblis – il fait – ils peuvent – ils vont

Je consolide

* **20** **Complétez les phrases en conjuguant les verbes au présent.**

a. C'est vous qui le (dire) !
b. Vous me (faire) bien rire.
c. Que (vouloir)-vous ?
d. Qui (être)-vous ?
e. Vous (avoir) bien raison.

** **21** **Réécrivez les phrases en remplaçant *je* par *nous*.**

a. Je pâlis car je suis malade.
b. Maintenant, je blanchis.
c. Après, je jaunis.
d. Aujourd'hui, je faiblis.
e. Puis, je finis par guérir.

*** **22** **Relevez les verbes conjugués au présent et donnez leur infinitif.**

De loin, ils semblent impénétrables. Dès que j'approche, leurs troncs se desserrent. Ils m'accueillent avec prudence. Je peux me reposer, me rafraîchir, mais je devine qu'ils m'observent et se défient.
Ils vivent en famille, les plus âgés au milieu et les petits, ceux dont les premières feuilles viennent de naître, un peu partout, sans jamais s'écarter.
Ils mettent longtemps à mourir, et ils gardent les morts debout jusqu'à la chute en poussière.

Jules Renard, *Histoires naturelles* (1894).

23 **DICTÉE PRÉPARÉE** **Conjuguez les verbes au présent. Repérez bien les accords et les mots difficiles.**

Cette tournée finie, Jacquot et l'âne (travailler) pour leur compte. La voiture (servir) de charrette. Ils (aller) ensemble à la vigne, au bois, aux pommes de terre. Ils (ramener) tantôt des légumes, tantôt des balais verts, ça ou autre chose, selon le jour. Jacquot ne (cesser) de dire : « Hue ! hue ! » sans motif, comme il ronflerait. Parfois l'âne, à cause d'un chardon qu'il (flairer), ou d'une idée qui le (prendre), ne (marcher) plus.

D'après Jules Renard, *Histoires naturelles* (1894).

24 **ÉCRITURE** **Écrivez quatre phrases au présent pour décrire l'image ci-dessous. Vous utiliserez les verbes suivants.**

rugir – vouloir – sentir – fuir

René Cloke, *L'Ogre métamorphosé en féroce et épouvantable lion* (1954), lithographie en couleurs, collection privée.

Le présent de l'impératif

Comment conjuguer le présent de l'impératif ?

Verbes du 1er groupe
Chanter

radical	terminaison
chant	e
chant	ons
chant	ez

Verbes du 2e groupe
Finir

radical	terminaison
fini	s
fini<u>ss</u>	ons
fini<u>ss</u>	ez

Verbes du 3e groupe
Faire

radical	terminaison
fai	s
fai<u>s</u>	ons
fai	tes

JE RETIENS

- L'**impératif présent** se conjugue sans pronoms personnels et **n'existe qu'à trois personnes**.
- Les formes ressemblent à celles du présent de l'**indicatif**. Attention cependant :

– à la **deuxième personne du singulier** des verbes du **1er groupe** qui ne prend **pas de -s** ;

– aux verbes ***être*** et ***avoir*** (→ p. 350).

Je construis

1 **Conjuguez les verbes à l'impératif. Aidez-vous des tableaux de conjugaison (→ p. 350).**

aller – manger – choisir – être – avoir

2 **Conjuguez les verbes à l'impératif, à la 2e personne du singulier.**

a. (Prendre) ton stylo.
b. (Faire) ton exercice.
c. (Définir) les mots difficiles.
d. (Rédiger) une réponse claire.
e. (Dire) quand tu as fini.
f. (Aller) corriger au tableau.

3 **Relevez les verbes à l'impératif dans les consignes des exercices 1 à 4 (→ p. 312). Donnez l'infinitif de chaque verbe.**

4 **Conjuguez les verbes à la 2e personne du pluriel du présent de l'impératif.**

a. Ne (faire) pas de bêtises !
b. (Dire)-moi ce que vous souhaitez.
c. (Savoir) vos leçons !
d. (Être) généreux.

Je consolide

** **5** **Complétez les verbes avec les terminaisons qui conviennent.**

a. Réfléchi...... bien avant de vous engager.
b. Veuill...... attacher vos ceintures.
c. En mai, fai...... ce qui te plaît.
d. Chass...... le naturel, il revient au galop.
e. Méfi......-toi de l'eau qui dort.

6 **DICTÉE PRÉPARÉE** **Conjuguez les verbes à l'impératif présent. Repérez les accords et les mots difficiles.**

Cabriole s'adresse à Avenant.

« Mon cher maître, je vous prie, ne (désespérer, *2e pers. du plur.*) pas de votre bonne fortune ; vous êtes trop aimable pour n'être pas heureux. (Aller, *1re pers. du plur.*), dès qu'il fera jour, au bord de la rivière. » Avenant lui donna deux petits coups de la main et ne répondit rien ; mais, tout accablé de tristesse, il s'endormit.
Cabriole, voyant le jour, cabriola tant qu'il l'éveilla, et lui dit : « Mon maître, (s'habiller, *2e pers. du plur.*) et (sortir, *1re pers. du plur.*). »

D'après Mme d'Aulnoy, *La Belle aux cheveux d'or* (1815).

L'imparfait de l'indicatif

Comment conjuguer l'imparfait de l'indicatif ?

verbe	personne	radical	terminaison
chanter	je	chant	ais
finir	tu	finiss	ais
vouloir	il / elle / on	voul	ait
voir	nous	voy	ions
prendre	vous	pren	iez
aller	ils / elles	all	aient

Autrefois, elle chantait.

JE RETIENS

- Le **radical** reste le **même** à toutes les **personnes**.
- Les **terminaisons** sont les **mêmes** pour tous les **verbes**.

Je construis

1 Repérez les verbes conjugués à l'imparfait.

je mangeais – ils allaient – il ferait – ils iraient – nous changeons – tu essaies – vous finissiez – tu lisais – vous finissez – j'hésitai – tu paraissais – elles choisiraient – nous regretterions – vous conjuguiez

2 Conjuguez les verbes à l'imparfait.

je (vouloir) – tu (pouvoir) – ils (avouer) – elle (fleurir) – vous (devoir) – je (être) – tu (demander) – vous (faiblir) – nous (voir) – elles (avoir)

3 Réécrivez le texte en conjuguant les verbes à l'imparfait.

Les deux aînées (avoir) beaucoup d'orgueil, parce qu'elles (être) riches ; elles (faire) les dames, et ne (vouloir) pas recevoir les visites des autres filles de marchands ; il leur (falloir) des gens de qualité pour leur compagnie. Elles (aller) tous les jours au bal, à la comédie, à la promenade, et (se moquer) de leur cadette, qui (employer) la plus grande partie de son temps à lire de bons livres.

D'après Mme Leprince de Beaumont, *La Belle et la Bête* (1757).

Je consolide

*** 4 Conjuguez les verbes à l'imparfait.**

a. L'été, vous (envoyer) des cartes postales.
b. Nous (trouver) des mûres qui nous (régaler).
c. Vous (se déguiser) et vous (lancer) des défis.

**** 5 Relevez les verbes à l'imparfait.**

Il faisait ainsi un trou dans lequel il mettait un gland, puis il rebouchait le trou. Il plantait des chênes. Je lui demandai si la terre lui appartenait.

J. Giono, *L'homme qui plantait des arbres* © Gallimard (1954).

6 DICTÉE PRÉPARÉE Conjuguez les verbes à l'imparfait. Repérez les accords et les mots difficiles.

À mesure qu'il (grandir), il (devenir) plus beau ; ses longs poils blancs (être) doux et soyeux ; ses grands yeux noirs (être) brillants comme des soleils ; son nez rose lui (donner) un petit air gentil et enfantin. C'(être) un vrai chat angora de la plus belle espèce.

D'après la comtesse de Ségur, *Les Malheurs de Sophie* (1864).

Le futur simple de l'indicatif

1. Comment conjuguer le futur simple de l'indicatif des verbes des 1er et 2e groupes ?

verbe	personne	radical	terminaison
chanter	je	chante	rai
	tu	chante	ras
	il / elle / on	chante	ra
finir	nous	fini	rons
	vous	fini	rez
	ils / elles	fini	ront

Demain, tu chanteras…
tu finiras…

JE RETIENS

- Au futur, le **radical** des verbes en *-er* (1er groupe) et en *-ir* (2e groupe) reste **le même** à toutes les personnes.
- Les **terminaisons** du futur simple de l'indicatif sont **les mêmes** pour tous les verbes des 1er et 2e groupes.

Je construis

1 Relevez les verbes conjugués au futur.

nous aimerons – elle grandira – tu obligeras – nous remplaçons – ils crieront – je tracerai – j'écoutai – tu vengeas – vous rougiriez – ils lanceront – tu projeta – ils choisiront – nous retournerions – elles progresseront

2 Donnez l'infinitif de ces verbes conjugués au futur.

je mènerai – il conjuguera – vous polirez – tu lieras – ils choisiront – je dessinerai – tu rédigeras – vous grandirez – nous dînerons – elle imprimera

3 Conjuguez chaque verbe au futur à la personne demandée.

étudier *(1re pers. du plur.)* – fêter *(2e pers. du sing.)*
obéir *(3e pers. du sing.)* – éclaircir *(1re pers. du plur.)*
lancer *(2e pers. du plur.)* – danser *(3e pers. du plur.)*
réfléchir *(3e pers. du plur.)* – oublier *(2e pers. du plur.)*
relier *(1re pers. du sing.)* – essayer *(3e pers. du sing.)*
choisir *(2e pers. du sing)* – trier *(2e pers. du plur.)*
étudier *(3e pers. du plur.)* – employer *(3e pers. du sing.)*

Je consolide

*** 4 Complétez les verbes au futur.**

a. Molière (écrire) et (jouer) ses pièces.
b. Il les (représenter) devant le Roi.
c. Le Roi lui (accorder) son soutien.
d. Ses pièces (rester) très célèbres.

5 ÉCRITURE Décrivez la voiture du futur en cinq phrases. Vous utiliserez les verbes proposés conjugués au futur.

rouler – indiquer – consommer – accomplir – se garer

6 DICTÉE PRÉPARÉE Conjuguez les verbes au futur. Repérez les accords et les mots difficiles.

La chèvre de M. Seguin veut aller dans la montagne. Elle y (trouver) de l'herbe verte. Mais elle (rencontrer) aussi le loup cruel. M. Seguin ne (sauver) pas sa chèvre, car elle n'(obéir) pas. Les coups qu'elle (donner) au loup ne le (blesser) pas. Il la (manger).

Le futur simple de l'indicatif

2. Comment conjuguer le futur simple de l'indicatif des verbes du 3e groupe ?

verbe	personne	radical	terminaison
être	je	se	rai
avoir	tu	au	ras
aller	il / elle / on	i	ra
faire	nous	fe	rons
devoir	vous	dev	rez
pouvoir	ils / elles	pour	ront

Demain, il fera beau !

JE RETIENS

- Les verbes du **3e groupe** ont souvent des **radicaux irréguliers**.
- Les **terminaisons** du futur simple de l'indicatif sont **les mêmes** pour tous les verbes du 3e groupe.

Je construis

7 **Donnez l'infinitif de ces formes verbales.**

nous dirons – il verra – ils pourront – nous voudrons – je mettrai – il ira – tu auras – vous prendrez – vous devrez – je serai

8 **Conjuguez chaque verbe au futur à la personne demandée.**

vouloir *(2e pers. du sing.)* – pouvoir *(1re pers. du plur.)*
être *(1re pers. du plur.)* – voir *(2e pers. du plur.)*
avoir *(2e pers. du plur.)* – faire *(1re pers. du sing.)*

9 **Complétez chaque forme verbale avec la terminaison du futur qui convient.**

a. tu i……
b. nous prend……
c. je dev……
d. elle di……
e. vous voud……
f. on pour……
g. il mour……
h. nous cour……

Je consolide

10 ** **Relevez les verbes au futur. Puis donnez l'infinitif de chaque verbe relevé.**

Phileas Fogg parie avec ses amis qu'il fera le tour du monde en quatre-vingts jours. Il partira avec son fidèle domestique Passepartout. Ils iront dans de nombreux pays. Mais parviendront-ils à remporter ce pari ?

11 **DICTÉE PRÉPARÉE** **Conjuguez les verbes au futur. Repérez les accords et les mots difficiles.**

« Oh ! la bonne idée ! Je vais saler les petits poissons de maman ; j'en (couper) quelques-uns en tranches avec mon couteau, je (saler) les autres tout entiers ; que ce (être) amusant ! Quel joli plat cela (faire) ! »
Et voilà Sophie qui ne réfléchit pas que sa maman n'(avoir) plus les jolis petits poissons qu'elle aime tant, que ces pauvres petits (souffrir) beaucoup d'être salés vivants ou d'être coupés en tranches.

D'après la comtesse de Ségur, *Les Malheurs de Sophie* (1864).

Le présent du conditionnel

Comment conjuguer le présent du conditionnel ?

personne	radical	terminaison
je	chante	rais
tu	chante	rais
il / elle / on	chante	rait
nous	chante	rions
vous	chante	riez
ils / elles	chante	raient

Si je pouvais, je voyagerais.

JE RETIENS

- Au conditionnel présent, le **radical** est le même qu'au **futur** pour tous les verbes.
- Les **terminaisons** sont celles de l'**imparfait** précédées de la lettre ***r***.

Je construis

1 **Classez les formes verbales dans le tableau.**

il disait – nous prendrions – tu seras – je chanterai – je chanterais – nous prendrons – il dirait – tu serais – nous prenions – il dira

Formes au futur	Formes à l'imparfait	Formes au conditionnel

2 **Conjuguez les verbes au présent du conditionnel à la personne demandée.**

nous (aller) – elle (tiédir) – je (trier) – il (pouvoir) – nous (nager) – tu (vieillir) – vous (avoir) – tu (réparer) – ils (devoir) – je (rajeunir) – on (jouer) – elles (rire) – vous (être) – nous (crier) – j'(aimer) – tu (souhaiter) – il (préférer) – nous (recevoir) – il (rejoindre)

3 **Reliez chaque forme verbale à son infinitif.**

a. je voudrais •
b. il verrait •
c. nous voudrions •
d. elles tourneraient •
e. vous verriez •
f. tu tournerais •

• vouloir
• tourner
• voir

Je consolide

* **4** **Complétez ce poème en conjuguant les verbes au présent du conditionnel. Puis inventez une strophe sur le même modèle.**

Si j'étais jardinier d'amour
Je te (cueillir) des caresses,
Je te (fêter) tout le jour
Si j'étais jardinier d'amour !

D'après Léon Roger-Milès, extrait de « Si j'étais jardinier » (1893).

5 **DICTÉE PRÉPARÉE** **Conjuguez les verbes au présent du conditionnel. Repérez les accords et les mots difficiles.**

Les fées commencèrent à faire leurs dons à la princesse. La plus jeune lui donna pour don qu'elle (être) la plus belle personne du monde, celle d'après qu'elle (avoir) de l'esprit comme un ange, la troisième qu'elle (avoir) une grâce admirable à tout ce qu'elle (faire), la quatrième qu'elle (danser) parfaitement bien.

D'après Charles Perrault, « La Belle au bois dormant », dans *Histoires ou contes du temps passé* (1697).

Le passé simple de l'indicatif

1. Comment conjuguer le passé simple de l'indicatif des verbes en *-er* (1er groupe + *aller*) ?

personne	radical	terminaison (*-a* et *-è*)
je	chant	ai
tu	chant	as
il / elle / on	chant	a
nous	chant	âmes
vous	chant	âtes
ils / elles	chant	èrent

Ce jour-là, il chanta.

JE RETIENS

- Au passé simple, le **radical** des verbes en *-er* (1er groupe + *aller*) est **le même** à toutes les personnes.
- La voyelle qui se retrouve dans les terminaisons est **-a**.
- À la 3e personne du pluriel, le **-a devient -è**.

Je construis

1 Dans chaque liste, indiquez quel verbe n'est pas conjugué au passé simple.

a. marchais – marchai – marchas
b. comptâmes – comptions – comptèrent
c. appelai – appelleras – appelas

2 Conjuguez les verbes au passé simple à la personne demandée.

il (régner) – tu (rêver) – nous (bouger) – je (soulever) – ils (employer) – nous (nager) – ils (geler) – vous (percer) – on (essayer) – elle (appeler) – ils (retrouver) – elles (commencer) – je (se précipiter) – nous (acheter)

3 Conjuguez les verbes au passé simple.

Linnet Ridgeway (épouser) Simon Doyle. Ils (décider) de faire leur voyage de noces en Égypte. Ils (rencontrer) le détective Hercule Poirot. Lors d'une croisière sur le Nil, on (retrouver) Linnet assassinée. Poirot (mener) l'enquête pour élucider le complot.

Je consolide

*** 4 Conjuguez les verbes au passé simple.**

Le loup tire la chevillette, et la porte s'ouvrit. Il se jette sur la bonne femme, et la dévore en moins de rien ; car il y avait plus de trois jours qu'il n'avait mangé. Ensuite il ferme la porte, et va se coucher.

D'après Charles Perrault, « Le Petit Chaperon rouge ».

5 DICTÉE PRÉPARÉE Conjuguez les verbes au passé simple. Repérez les accords et les mots difficiles.

Il était une fois une reine qui (accoucher) d'un fils, si laid et si mal fait, qu'on (douter) longtemps s'il avait forme humaine. Une fée qui (se trouver) à sa naissance (assurer) qu'il ne laisserait pas d'être aimable, parce qu'il aurait beaucoup d'esprit ; elle (ajouter) même qu'il pourrait, en vertu du don qu'elle venait de lui faire, donner autant d'esprit qu'il en aurait à celle qu'il aimerait le mieux.

D'après Charles Perrault, « Riquet à la houppe ».

Le passé simple de l'indicatif

2. Comment conjuguer le passé simple de l'indicatif des verbes des 2e et 3e groupes ?

Verbes conjugués avec la voyelle *-u*
vouloir, être, avoir, pouvoir, devoir

personne	radical	terminaison (*-u*)
je	voul	us
tu	voul	us
il / elle / on	voul	ut
nous	voul	ûmes
vous	voul	ûtes
ils / elles	voul	urent

Verbes conjugués avec la voyelle *-i*
finir, prendre, faire, dire, voir

personne	radical	terminaison (*-i*)
je	pr	is
tu	pr	is
il / elle / on	pr	it
nous	pr	îmes
vous	pr	îtes
ils / elles	pr	irent

JE RETIENS

- Au passé simple, les verbes des **2e et 3e groupes** se conjuguent avec une voyelle caractéristique : ***-i*** ou ***-u***.
- Le **radical** est **le même** à toutes les personnes.
- Les **terminaisons** sont **les mêmes** pour tous les verbes.

Je construis

6 **Classez les verbes selon la voyelle avec laquelle ils se conjuguent au passé simple.**

avoir – devoir – dire – être – faire – pouvoir – prendre – voir – vouloir

Verbes qui se conjuguent avec *-i*	Verbes qui se conjuguent avec *-u*

7 **Reliez chaque forme verbale à son infinitif.**

il dit •	• avoir
il dut •	• être
il eut •	• faire
il fit •	• devoir
il fut •	• dire

8 **Conjuguez les verbes au passé simple, à la 3e personne du pluriel.**

avoir – dire – être – voir – devoir – faire – pouvoir – prendre – vouloir

9 **Réécrivez les phrases en remplaçant *je* par *il*.**

a. Au musée du Louvre, je vis la célèbre statue du scribe accroupi.
b. Je fus très impressionné.
c. Je fis de nombreuses photos.
d. Je voulus voir d'autres œuvres.
e. Je dus revenir un autre jour.

10 **Réécrivez les phrases en remplaçant *nous* par *elles*.**

a. Nous eûmes un livre à lire.
b. Nous pûmes choisir entre différents titres.
c. Nous prîmes les livres selon nos préférences.
d. Nous dîmes à notre professeur le titre choisi.
e. Nous fîmes un exposé à toute la classe.

11 **Réécrivez les phrases en remplaçant *elle* par *elles*.**

a. Elle prit un article dans un journal.
b. Avec des ciseaux, elle dut découper les mots.
c. Elle mit les mots dans un sac.
d. Elle les prit au hasard pour composer un poème.
e. Après avoir collé les mots sur une feuille, elle eut un poème original !

Je consolide

*** 12 Complétez les phrases en conjuguant le verbe au passé simple.**

a. Néfertiti (être) l'épouse d'Akhénaton.

b. Il y (avoir) plus de représentations d'elle que de son mari.

c. Elle (vouloir) jouer un rôle politique important.

d. On (faire) des recherches sur plusieurs sites égyptiens.

e. Mais on ne (pouvoir) identifier nettement aucune tombe pour cette grande reine.

*** 13 Replacez les verbes proposés dans le texte.**

Verbes : eut – firent – fit – fut – mirent

Le meunier et sa femme ont reçu beaucoup d'argent du baron.

Ils achetèrent des prés et des champs ; ils ...... abattre leur mauvaise cabane et bâtir à la place une belle ferme, avec des granges, des étables, des écuries et une bergerie où ils ...... un troupeau de moutons. Jean-Pierre ...... des valets de charrue, des travailleurs à ses gages, un garçon pour veiller au moulin. Au lieu de moudre du blé pour les autres, il ...... de la farine avec le grain qu'il récoltait. Claudine acheta une robe de soie pour aller à la messe le dimanche. Aussitôt que Pierrot ...... assez grand pour apprendre à lire, on l'envoya à l'école et, dès l'âge de six ans, il était déjà plus savant que son père et sa mère.

D'après Paul de Musset, *Monsieur le Vent et Madame la Pluie* (1846).

**** 14 Relevez les verbes au passé simple.**

Heidi fut une grande héroïne de la littérature de jeunesse. Ses parents moururent. Sa tante la prit avec elle, mais elle dut ensuite partir chez son grand-père, dans la montagne suisse. Plus tard, sa tante lui dit de venir vivre en ville, pour tenir compagnie à la jeune Clara, qui était paralysée. C'est ainsi qu'Heidi vécut aux côtés de Clara.

**** 15 Repérez les verbes au passé simple et donnez leur infinitif.**

a. Il était une fois un roi et une reine qui n'avaient pas d'enfant. Un jour, une fée fit boire un philtre à la reine et, bientôt, une petite princesse naquit.

b. Le dragon tué, le prince s'empressa de délivrer la princesse. Ils se marièrent, vécurent heureux et eurent beaucoup d'enfants.

16 ÉCRITURE Imaginez les exploits de cet explorateur. Écrivez cinq phrases en utilisant les verbes proposés, conjugués au passé simple.

avoir – devoir – dire – être – faire – pouvoir – prendre – voir – vouloir

Portrait de Julius von Payer (1841-1915), explorateur autrichien de l'Arctique, vers 1880.

17 DICTÉE PRÉPARÉE Conjuguez les verbes au passé simple. Repérez bien les accords et les mots difficiles.

Le roi revient de la guerre. Il retrouve ses filles, dont Merveilleuse, sa préférée.

Lorsqu'il les (voir) si belles et si gaies, il les embrassa tendrement, et (faire) à Merveilleuse plus de caresses qu'aux autres. On servit un magnifique repas ; le roi et ses trois filles se (mettre) à table ; et comme il tirait des conséquences de tout, il (dire) à l'aînée : « ça, dites-moi, pourquoi avez-vous pris une robe verte ? »

D'après Mme d'Aulnoy, *Le Mouton* (1697).

Les temps composés de l'indicatif

1. Comment identifier un verbe conjugué à un temps composé ?

Temps composé	=	Auxiliaire *être* ou *avoir* à un temps simple	+	Participe passé du verbe
		je suis j'ai		venu chanté

JE RETIENS

- À chaque **temps simple** correspond un **temps composé**.
- Une forme verbale conjuguée à un **temps composé** est composée de **deux mots**.

Je construis

1 **Observez les tableaux de conjugaison** → p. 350 **et associez chaque temps simple au temps composé correspondant.**

Présent •	• Plus-que-parfait
Passé simple •	• Passé composé
Futur •	• Passé antérieur
Imparfait •	• Futur antérieur

2 **Classez les formes verbales dans le tableau en fonction de leur temps.**

Passé antérieur	Plus-que parfait	Passé composé	Futur antérieur

a. j'ai chanté
b. nous avions fini
c. il eut été
d. elle avait pu
e. tu as eu
f. il aura mangé
g. vous aurez grandi
h. il fut arrivé

3 **a. Soulignez l'auxiliaire de chaque forme verbale.**
b. Précisez à quel temps simple l'auxiliaire est conjugué.
c. Déduisez-en à quel temps composé chaque verbe est conjugué.

a. tu as pâli
b. ils seront arrivés
c. nous avions vu
d. j'eus chanté
e. vous êtes montés

Je consolide

* **4** **Recopiez les phrases qui comportent un verbe conjugué à un temps composé.**

a. Je suis allée au théâtre hier soir.
b. La pièce s'intitule *George Dandin*.
c. Les acteurs ont bien joué.
d. Nous avons pu les rencontrer à la fin de la représentation.

** **5** **Relevez le verbe conjugué à un temps composé et donnez son infinitif et son temps.**

a. Les voisins sont partis en vacances.
b. Ils avaient fermé les volets.
c. Quand nous eûmes mangé, nous allâmes nous coucher.
d. Nous irons quand ils seront rentrés.

6 **DICTÉE PRÉPARÉE** **Soulignez les verbes conjugués à un temps composé. Observez les accords et les mots difficiles.**

La pauvre Belle avait été bien affligée d'abord, de perdre sa fortune, mais elle s'était dit à elle-même, quand je pleurerais bien fort, cela ne me rendra pas mon bien, il faut tâcher d'être heureuse sans fortune. Quand ils furent arrivés à leur maison de campagne, le marchand et ses trois fils s'occupèrent à labourer la terre.

Mme Leprince de Beaumont, *La Belle et la Bête* (1757).

Les temps composés de l'indicatif

2. Comment conjuguer les temps composés ?

Il a (présent)	chanté	→	**Passé composé**
Il avait (imparfait)	chanté	→	**Plus-que-parfait**
Il eut (passé simple)	chanté	→	**Passé antérieur**
Il aura (futur)	chanté	→	**Futur antérieur**

JE RETIENS

- Les **temps composés** se conjuguent avec l'**auxiliaire *être*** ou ***avoir*** au temps simple correspondant et le participe passé du verbe à conjuguer.
- Avec l'auxiliaire *être*, le participe passé s'accorde en **genre** et en **nombre** avec le sujet.

Je construis

7 **À quel temps composé ces verbes sont-ils conjugués ?**

a. j'eus choisi
b. tu auras vu
c. il avait remarqué
d. nous sommes arrivés
e. vous aurez pris

8 **Conjuguez les verbes suivants au temps et à la personne demandés.**

a. parler : *futur antérieur, 1re personne du singulier*
b. avoir : *passé composé, 3e personne du pluriel*
c. réfléchir : *plus-que-parfait, 2e personne du pluriel*
d. confier : *passé antérieur, 1re personne du pluriel*
e. faire : *plus-que-parfait, 3e personne du singulier*

9 **a. Indiquez à quel temps simple chaque verbe est conjugué.**
b. Conjuguez ces verbes au temps composé qui correspond.

a. je goûte
b. elles iront
c. nous obéîmes
d. tu aimais
e. vous direz

Je consolide

* **10** **Donnez l'infinitif et le temps des verbes conjugués à un temps composé.**

a. Jules Verne a écrit de nombreux romans.
b. Quand *Cinq semaines en ballon* eut rencontré le succès, Jules Verne composa d'autres romans.
d. Il aura vendu des millions d'exemplaires.
e. Grâce à *Vingt mille lieues sous les mers*, j'ai découvert le monde sous-marin.

11 **DICTÉE PRÉPARÉE** **Conjuguez les verbes. Repérez les accords et les mots difficiles.**

Logé chez Gertrude, André raconte à Julien ce qu'il a découvert dans la journée.

- Racontez-nous ce que vous (voir, *passé composé*), reprit la mère Gertrude, ce sera comme si nous (aller, *plus-que-parfait*) avec vous ; pendant ce temps je tremperai la soupe.
- Eh bien, reprit André, nous (aller, *passé composé*) à une grande papeterie ; [...] j' (voir, *passé composé*) aujourd'hui des chiffons devenir du papier, et cela se faisait tout seul : les ouvriers n'avaient qu'à regarder et à surveiller la machine.

G. Bruno, *Le Tour de la France par deux enfants* (1904).

Bilan

La conjugaison

Je vérifie mes connaissances

1 Qui suis-je ?

a. Je suis un temps verbal qui exprime une action qui se déroule maintenant.

b. J'ai le radical du futur et les terminaisons de l'imparfait.

c. Je suis conjugué à l'aide d'un auxiliaire au présent et d'un participe passé.

d. Je suis un temps simple qui exprime une action qui a déjà eu lieu. Je suis très facile à conjuguer car mes terminaisons sont les mêmes pour les verbes de tous les groupes.

e. Je suis un temps verbal qui exprime une action qui va avoir lieu.

2 Placez les temps verbaux sur la frise.

Temps verbaux : futur – imparfait – passé composé – présent – passé simple – futur antérieur – plus-que-parfait – passé antérieur

3 a. Réécrivez cette phrase en respectant les consignes. Les verbes seront conjugués à un temps simple.

Aujourd'hui, je révise mes leçons.

→ Remplacez « aujourd'hui » par « hier ».

→ Remplacez « aujourd'hui » par « demain ».

→ Mettez le sujet au pluriel.

b. Donnez le temps des verbes conjugués.

Je consolide mes connaissances

4 Conjuguez les verbes aux temps demandés.

a. **Nager** : présent de l'indicatif et de l'impératif ; 1re personne du pluriel.

b. **Finir** : présent et passé simple de l'indicatif ; 3e personne du singulier.

c. **Pouvoir** : présent et imparfait de l'indicatif ; 2e personne du pluriel.

d. **Commencer** : passé simple et imparfait de l'indicatif ; 1re personne du singulier.

e. **Lier** : présent et imparfait de l'indicatif ; 1re personne du pluriel.

5 Réécrivez la phrase suivante :

a. aux deux temps du passé ;

b. au futur.

Quand j'ai fini de lire mon livre, je le pose sur ma table de nuit.

6 Conjuguez chaque verbe au temps composé qui correspond au temps simple utilisé.

a. je suis

b. elle avait

c. ils grandiront

d. nous fîmes

e. vous arrivez

f. je monte

RÉCAPITULONS !

7 **Dans le texte suivant, relevez au moins un verbe conjugué :**

– au passé simple
– au futur
– au futur antérieur
– au passé composé
– à l'imparfait
– au présent
– à l'impératif présent

Le pêcheur ayant écouté cette histoire, ne put s'empêcher d'admirer la folie de cet ambitieux, qui faisait dépendre son bonheur des regards et des paroles du prince.
« Je serai charmé de vous revoir, et d'apprendre votre guérison, dit-il au voyageur : achevez votre voyage, et dans deux jours revenez dans ma cabane ; je vais voyager aussi ; je n'ai jamais été à la ville, et je m'imagine que je me divertirai beaucoup de tout le tracas qu'il doit y avoir.
– Vous avez là une mauvaise pensée, dit le voyageur : puisque vous êtes heureux à présent, pourquoi cherchez-vous à vous rendre misérable ? Votre cabane vous paraît suffisante aujourd'hui mais quand vous aurez vu les palais des grands, elle vous paraîtra bien petite et bien chétive. »

Jeanne-Marie Leprince de Beaumont, « Conte du pêcheur et du voyageur » dans *Le Magasin des enfants* (1757).

8 DICTÉE PRÉPARÉE **Donnez le temps de chaque verbe souligné.**
Observez les mots difficiles.

GORGIBUS. – Je vous cherchais partout pour vous dire que j'ai parlé à votre frère : il m'a assuré qu'il vous pardonnait ; mais, pour en être plus assuré, je veux qu'il vous embrasse en ma présence ; entrez dans mon logis, et je l'irai chercher.

Molière, *Le Médecin volant* (1658).

9 DICTÉE PRÉPARÉE **Conjuguez les verbes en vert à l'imparfait et les verbes surlignés au passé simple. À quel temps est conjugué le verbe souligné ?**
Observez les accords et les mots difficiles.

Les personnages sont surpris par l'orage dans la forêt.

Ils en (être) effrayés, et leurs chevaux aussi, au point qu'ils (avoir) beaucoup de peine à les maintenir. Mais, le bruit et les éclairs (cesser) bientôt, et ils (continuer) leur route. La nuit (approcher), et ils (être) inquiets, car la forêt (abonder) en bêtes fauves de toute sorte. Un d'eux (monter) sur un arbre, pour voir s'il n'apercevrait pas le Château de Cristal, ou quelque autre habitation.

François-Marie Luzel, « Le Château de cristal », dans *Contes de Basse-Bretagne* (1881).

10 **Lisez le texte et répondez aux questions.**

C'(être) au coin d'un feu de fagots, sous le manteau d'une vieille cheminée ; ma mère (tricoter) dans un coin ; une cousine à moi, qui (servir) de bonne dans la maison pauvre, (ranger) sur des planches rongées, quelques assiettes de faïence bleue avec des coqs à crête rouge, et à queue bleue.
Mon père (avoir) un couteau à la main et (tailler) un morceau de sapin ; les copeaux (tomber) jaunes et soyeux comme des brins de rubans. Il me (faire) un chariot avec des languettes de bois frais.

Jules Vallès, *L'Enfant* (1878).

a. Conjuguez les verbes au présent.
b. Conjuguez les verbes à l'imparfait.
c. Comparez vos deux textes : quelle version préférez-vous ? Pourquoi ?
d. ÉCRITURE Imaginez la suite du texte en conjuguant les verbes au passé simple. Vous pourrez utiliser les verbes : *se couper, hurler, gronder, soigner, pleurer, consoler*.
Écrivez quatre phrases.

Activités de découverte

Le sens et la formation des mots

Jouer avec les définitions

1 Charade

a. **Trouvez le mot correspondant à chacune des définitions pour trouver la solution de la charade.**

Mon premier commence quand on naît et se termine quand on meurt : ....

Mon second est un liquide nécessaire à mon premier : ....

Mon troisième est l'adjectif antonyme de *court* : ....

Je m'assois sur mon quatrième quand je vais à cheval : ....

Mon tout est un instrument à cordes : ....

b. **Inventez à votre tour une charade pour faire deviner :**

corridor — Pyrénées
Lituanie — éternité

Jouer avec la formation des mots

2 Inventions

a. **-*logie* signifie *science*. Ainsi la *biologie* (*bio* = vie) est-elle la science de la vie.**
Inventez deux nouvelles sciences.

b. **Continuez à inventer des mots : à partir de -*thèque* (qui permet de ranger, conserver), -*mètre* (qui permet de mesurer), *télé*- (à distance).**

3 Mots valises

a. ***Éléfanfare* ou *lapinceau* sont des mots-valises. Comment sont-ils construits ?**

b. ***L'éléfanfare est un éléphant qui joue de la trompette.***
Créez sur le même modèle la définition du *lapinceau*.

c. **À votre tour, créez des mots-valises à partir des noms d'animaux suivants.**
Inventez-leur ensuite une définition.

léopard – tortue – chameau – brebis – fourmi – boa – souris – mouton – serpent – homard

Jouer avec le sens des mots

4 Quiproquo

Imaginez une petite histoire comique : un de vos personnages a pris au sens propre une expression figurée de cette liste.

a. avoir un chat dans la gorge
b. donner sa langue au chat
c. donner des coups d'épée dans l'eau
d. avoir le cœur sur la main
e. avoir la chair de poule

5 « Demandez nos exquis mots ! »

Découvrez le vocabulaire du vocabulaire en répondant aux devinettes.

a. Je suis un mot de sens proche.
b. Je suis un mot de sens opposé.
c. Je suis un mot identique par la forme mais différent par le sens.
d. Je suis un ensemble de mots qui se rapportent à un même thème.

1. champ lexical
2. homonyme
3. synonyme
4. antonyme

6 Un sens peut en cacher un autre

a. Complétez les phrases en utilisant le même mot.

a. Les enfants ….. au ballon. / La clé ….. dans la serrure.
b. Ce livre contient 200 ….. . / Le ….. est au service du seigneur.
c. Cette femme est devenue ….. en développant une brillante idée. / Ce repas n'est pas équilibré, il est trop …...
d. Au petit déjeuner, nous avons eu des ….. . / Classez ces nombres dans l'ordre …... .
e. Si tu pars avant moi, laisse un ….. dans la cuisine. / Léa est embarrassée, elle ne trouve plus ses ….. .

b. Inventez un exercice semblable à proposer à vos camarades : créez des couples de phrases où un même mot aura deux sens différents. Faites-leur deviner ce mot !

7 Tri selectif

Dans ce nuage de mots, repérez trois groupes et expliquez votre tri.

fraise sentiment kiwi
hivernal amour tendre
abricot neiger affection pente
montagne ski ananas chérir
clémentine

Jouer avec l'homonymie

8 Mots croisés

Complétez cette grille de mots croisés.

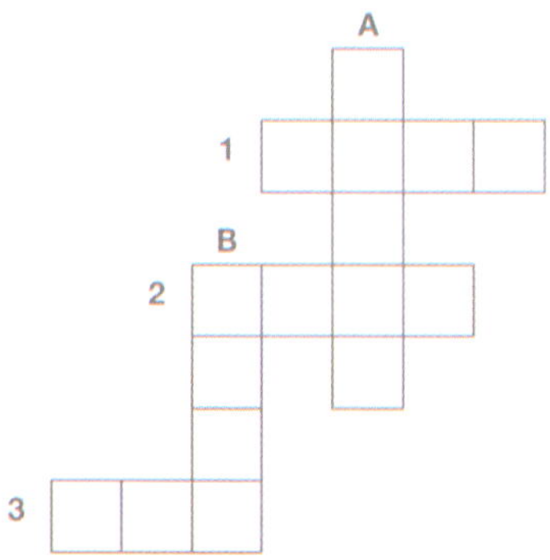

HORIZONTALEMENT

1. Couleur de l'espoir
2. En direction de
3. Petit animal rampant

VERTICALEMENT

A. Gobelet transparent
B. Fourrure précieuse des pantoufles de Cendrillon

À vous d'inventer des définitions pour compléter une grille de mots croisés pour les séries d'homonymes suivantes :

a. mur – mûr – mûre
b. haie – hais – est – ai
c. mer – mère – maire

La formation des mots

1. Qu'est-ce qu'une famille de mots ?

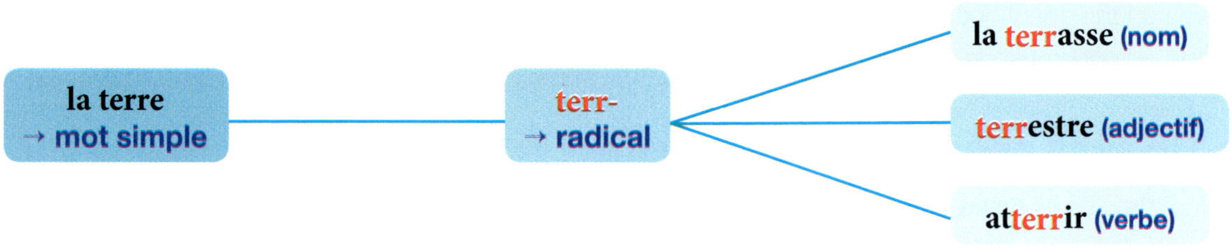

JE RETIENS

- Les mots d'une même **famille** sont formés à partir d'un **mot simple** et ont, en général, le même **radical**.
- Les mots d'une même famille ont un **rapport de sens**.

Je construis

1 **Trouvez l'intrus.**

Les mots de la même famille présentent les mêmes particularités orthographiques.
Ex. : *goût* → *goûter, dégoûtant, ragoût…* ≠ *goutte* → *goutter, égouttoir…*

a. pâte, pâté, patte, pâtisser
b. compter, conter, comptable, compte
c. pot, potier, rempoter, apporter
d. armer, armure, charmer, armature
e. signal, signifier, cygne, signe

2 **Reliez chaque mot à sa famille.**

Certaines familles de mots présentent plusieurs radicaux.
Ex. : mer → *mer-* (immerger) ou *mar-* (maritime)

saler •	
simplicité •	
salière •	• simple
simplement •	• sel
simplifier •	
salinité •	

3 **Justifiez la présence de la consonne finale en donnant un mot de la même famille.**

a. plant
b. riz
c. lourd
d. enfant
e. aliment
f. instinct
g. dent
h. accord

Je consolide

* **4** **Complétez le tableau en reconstituant les familles de mots.**

admirable – grandeur – admirateur – lourdaud – grandir – lourdeur – admirablement – agrandissement – lourdement – admiration – grandement – alourdir

	Famille de *grand*	Famille de *lourd*	Famille d'*admirer*
Adjectif			
Nom			
Verbe			
Adverbe			

** **5** **Complétez chaque phrase avec un mot de la famille de *pied*. Utilisez un dictionnaire au besoin.**

a. En randonnée, nous utilisons les sentiers …… .
b. À la piscine, nous passons dans le …… avant d'accéder aux bassins.
c. Pour soigner mes pieds, je les confie au …… .
d. Dans la rue, le trottoir est réservé aux …… .
e. Il y avait du monde, nous avons …… .

6 ÉCRITURE **a. Donnez le maximum de mots de la même famille pour chaque mot simple.**

soleil – nuage – vent – mont

b. Utilisez-en le plus possible dans un petit texte de votre invention.

La formation des mots

2. Comment fabriquer un mot par dérivation ?

Préfixe	Radical	Suffixe
en	chant	er
Change le sens		Change la classe grammaticale

JE RETIENS

- La **dérivation** permet de former des mots à partir d'un **radical**.
- On ajoute au radical un **préfixe** qui modifie le **sens** et/ou un **suffixe** qui modifie la **classe grammaticale**.

Je construis

7 **Dans chacun des mots suivants, isolez le préfixe, le radical et le suffixe.**

a. embellir
b. accroissement
c. démarcher
d. impossibilité
e. hypersensible

8 **Proposez un mot de la même famille en ajoutant un des préfixes proposés aux mots suivants.**

Préfixes : trans-, a-, re-

a. porter
b. normal
c. mission
d. faire
e. coin
f. pesanteur
g. atlantique
h. voir
i. symétrique
j. tirer

9 **Proposez un mot de la même famille en ajoutant un des suffixes proposés aux mots suivants.**

Suffixes : -ment, -ation, -ir

a. douce
b. ferment
c. grand
d. plant
e. garant
f. règlement
g. lente
h. bleu
i. fin
j. ferme

Je consolide

* **10** **Formez des antonymes en utilisant un des préfixes proposés.**

Préfixes : mal-, in-, dé-

a. coudre
b. poli
c. connu
d. certain
e. adroit
f. visible
g. attendu
h. achevé
i. faire
j. aisé

** **11** **Formez des mots dérivés en utilisant différentes formes du préfixe *in-* (*il-*, *im-* ou *ir-*).**

a. réparable
b. logique
c. possible
d. lettré
e. réel
f. légal
g. responsable
h. patient
i. lisible
j. prévu

*** **12** **Donnez le diminutif de chaque mot en utilisant le suffixe qui convient.**

Ex. : ***un jardin*** → ***un jardinet***

a. une maison
b. une figure
c. un garçon
d. une île
e. une botte
f. un arbre

La formation des mots

3. Comment fabriquer un mot par composition ?

- **Composition**
  - **de 2 mots existants** — un chou-fleur, une pomme de terre, un portefeuille, une chaise longue
  - **de 2 éléments savants venant du latin ou du grec** — la biologie (bio = vie + logie = science)

JE RETIENS

- Un mot composé est constitué de **deux mots existants**.
- Un mot peut aussi être composé de **deux éléments savants**.
- Le **sens** du mot composé est donné par les éléments qui le composent.

Je construis

13 **Formez des mots composés en reliant ensemble les mots proposés.**

porte •
contre •

• avion
• cœur
• poids
• bagages
• dire
• clés

14 **Proposez un mot composé pour chaque verbe.**

a. cache
b. coupe
c. garde
d. faire
e. grille

15 **Composez des mots en reliant les éléments proposés.**

a. aqua-
b. omni-
c. agri-
d. herbi-
e. mono-
f. carni-

- culture
- vore

16 **Démélez ces mots composés en retrouvant les bons partenaires.**

un poisson-lit – un chasse-nigaud – un cerf-feuilles – un abat-chat – un oiseau-poste – un mille-jour – un wagon-volant – un timbre-mouche – un attrape-neige

Je consolide

* **17** **Composez des mots à partir des éléments proposés, puis donnez la signification des mots ainsi composés.**

a. poly-
b. -thèque
c. -phile
d. -phobe
e. télé-

** **18** **Complétez les phrases en utilisant un mot composé de l'élément *chron-* (le temps).**

a. En histoire, nous avons dessiné une frise ….. .
b. Dans ma rédaction, les chevaliers ont des téléphones portables, c'est un ….. .
c. Il faut apprendre la ….. des événements.
d. Pour commencer en même temps, vous devez ….. vos montres.
e. Le professeur de sport nous ….. quand nous courons.

*** **19** **Donnez le mot qui correspond à la définition (mot composé avec l'élément *graphe* ou *graphie*).**

a. Je suis le récit de la vie d'une personne célèbre.
b. Je suis la manière correcte d'écrire les mots.
c. Je suis l'art de bien écrire.
d. Je suis la science qui décrit et explique l'aspect actuel, naturel et humain, de la surface de la Terre.
e. Je suis l'appareil qui met par écrit les mouvements liés aux séismes.

Initiation à l'étymologie

1. D'où vient le français ?

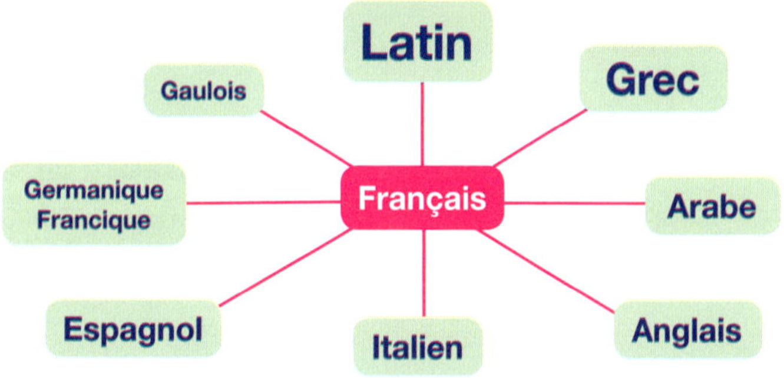

JE RETIENS

- Les mots français viennent pour une grande partie du **latin** et du **grec**.
- De nombreuses **autres langues** ont enrichi le français au cours de son histoire.

Je construis

1 **Complétez le tableau en fonction de la langue d'origine des mots proposés.**

Liste de mots : javelot – estrade – actrice – algèbre – ardoise – tricoter – navire – plage – boue – hublot – bémol – flan – pain – zéro

gaulois	latin	germanique, francique	italien	arabe

2 **Indiquez de quelle langue proviennent les mots en vert.**

a. À l'opéra, un poltron m'a volé mon sac ; j'ai donné l'alarme et la police est intervenue.

b. Cendrillon passe le balai, puis elle nettoie les chemises au savon.

c. Chloé a soigné la patte d'une mésange tombée sous un saule ; elle en avait bien besoin.

d. Evan et sa partenaire ont dansé une gigue endiablée qui a séduit le jury.

e. Mon camarade était embarrassé de monter sur l'estrade pour son exposé sur la savane.

Exercices à faire avec un dictionnaire

3 **Ces mots sont-ils d'origine anglaise ?**

a. un paquebot
b. un passeport
c. un cutter
d. l'ouest
e. un bison
f. permissif
g. un blouson
h. un autocar
i. une raquette

Je consolide

* **4** **Reliez chaque mot français à son origine.**

a. un avion •	• *cagio* (gaul., « haie, clôture »)
b. un casque •	• *kuche* (franc., « gâteau, tarte »)
c. un caméléon •	• *casco* (esp., « crâne »)
d. un quai •	• *khamaileon* (gr., « lion qui se traîne par terre »)
e. une quiche •	• *avis* (lat., « oiseau »)

** **5** **De quelle langue provient chaque mot ?**

a. une caravane
b. un yaourt
c. un kaki
d. un anorak
e. un mammouth
f. une jupe
g. une truite
h. une valse
i. un typhon
j. un amiral
k. un casino
l. le hasard

*** **6** **De quel nom propre provient chaque nom ?**

a. clémentine
b. poubelle
c. céréale
d. écho

2. Quels éléments latins retrouve-t-on dans les mots français ?

Un mot latin donne un mot français :
tempus → le temps

OU

Des éléments latins permettent de construire un mot français :
auto (seul) + *mobile* (qui se déplace) → une automobile

JE RETIENS

- La grande majorité des mots français viennent du **latin**.
- Le latin offre des **radicaux**, des **préfixes** et des **suffixes** qui permettent de former des **familles de mots** en français.

Exercices à faire avec un dictionnaire

Je construis

7 Reliez chaque mot français au mot latin.

a. une rose •	• *bellus*
b. un chat •	• *portare*
c. beau •	• *currere*
d. porter •	• *rosa*
e. courir •	• *cattus*

8 Formez des mots français en associant ces préfixes latins aux mots proposés.

Préfixes latins : dé- *(séparé de)* – re- *(à nouveau)* – pré- *(avant)*

a. faire
b. dire
c. mettre
d. prendre
e. coudre
f. venir

9 Complétez le tableau avec ces mots français de formation savante et populaire.

La racine latine est parfois modifiée dans le mot français, quand la formation du mot est populaire.

Liste de mots : ausculter – cavalier – fragile – écouter – frêle – chevalier

Mot latin	Mot français de formation savante	Mot français de formation -populaire
fragilis		
caballarius		
auscultare		

Je consolide

* **10** Formez des mots français en associant ces éléments latins et donnez leur sens.

a. somn- *(le sommeil)* •	
b. mort- *(la mort)* •	• -ambule *(qui marche)*
c. noct- *(la nuit)* •	• -ifère *(qui apporte)*
d. pré- *(avant)* •	

** **11** À partir de la racine latine, donnez le sens du mot souligné.

a. Cet État est belliqueux, il tient son armée prête au combat. (*bellum*, « la guerre »)
b. Aujourd'hui, nous repensons l'espace urbain. (*urbs*, « la ville »)
c. Pendant longtemps, la population rurale est venue travailler en ville. (*rus*, « la campagne »)
d. Désormais, les villageois vivent dans une totale félicité. (*felicitas*, « bonheur »)
e. Il faut tout faire à sa place, quel impotent ! (*potens*, « qui peut faire une chose »)

*** **12** **a.** Reliez chaque mot latin au mot français qui en est issu.
b. Dans le mot français, soulignez les lettres muettes issues de la racine latine.

a. *lupus* •	• nid
b. *nidus* •	• corps
c. *corpus* •	• compter
d. *computare* •	• doigt
e. *digitus* •	• loup

Initiation à l'étymologie

3. Quels éléments grecs retrouve-t-on dans les mots français ?

Un mot grec donne un mot français :
θέατρον (*théatron*) → théâtre

OU

Des éléments grecs permettent de construire un mot français :
bio (vie) + *logos* (discours) → biologie

JE RETIENS

- Le grec donne la **racine** de certaines familles de mots.
- La formation de mots à partir d'éléments directement empruntés au grec est une **formation savante**.

Exercices à faire avec un dictionnaire

Je construis

13 **a. Reliez les éléments grecs pour former le plus grand nombre de mots français possible.**
b. Donnez le sens des mots français.

a. déca- (« dix »)	-gone (« qui a des angles »)
b. penta- (« cinq »)	-athlon (« prix d'un combat, combat, lutte »)
c. poly- (« plusieurs »)	-chrome (« couleur »)
d. mono- (« un seul »)	- morphe (« forme »)

14 **Précisez où voyagent ces personnes.**

a. aquanaute
b. astronaute
c. internaute
d. chrononaute

15 **Reliez le nom de chaque scientifique à ce qu'il étudie.**

a. anthropologue	les civilisations passées
b. archéologue	les océans
c. paléonthologue	les crimes
d. cardiologue	les fossiles
e. océanologue	le fonctionnement du cœur
f. criminologue	l'homme

Je consolide

* **16** **Donnez le sens des mots soulignés en vous aidant des éléments grecs.**

a. Cet artiste a créé un monde onirique. (*oneiros*, « le rêve »)
b. Le chat est un animal nyctalope. (*nuktos,* « nuit », *ôps,* « vue »)
c. Après sa fracture de la jambe, Bertrand est allé chez un kinésithérapeute. (*kines(i),* « le mouvement », *therapeute,* « qui prend soin »)
d. Pour préparer notre exposé sur François Truffaut, nous sommes allés à la cinémathèque. (*cinéma*, « le mouvement », *thèque*, « lieu où l'on conserve »)
e. Avant de sortir en bateau, le capitaine consulte l'anémomètre. (*anémo*, « le vent », *mètre*, « mesure »).

*** **17** **a. Recherchez la signification de ces prénoms d'origine grecque.**
b. Pour chaque prénom, créez une phrase qui rappelle cette signification.

a. Timothée
b. Mélanie
c. Théophile
d. Sophie
e. Lucas
f. Philippe

Les relations entre les mots

1. Qu'est-ce qu'un synonyme ?

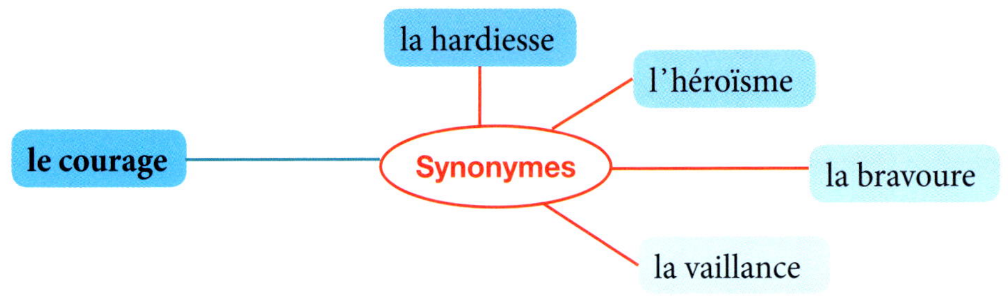

JE RETIENS

- Les synonymes sont des mots qui ont des **sens très proches** et ont, en général, le même radical.
- Les synonymes appartiennent à la **même classe grammaticale**.

Je construis

1 Reliez chaque mot à son synonyme.

dérober •	
splendide •	
subtiliser •	• voler
grandiose •	• beau
chaparder •	
sublime •	

2 Réécrivez chaque phrase en remplaçant les mots en vert par un synonyme moins familier.

a. Dans les contes, l'ogre est toujours moche.
b. Le personnage n'arrive pas à vaincre son ennemi, je le trouve nul.
c. Les parents du Petit Poucet laissent tomber leurs enfants dans la forêt.
d. La fée aide Cendrillon grâce à ses super pouvoirs.

3 Trouvez l'intrus.

a. conte, récit, histoire, narration, aventure
b. poésie, rimer, sonnet, poème, haïku
c. manger, déguster, aliment, savourer, se nourrir
d. joyeux, content, bonheur, heureux, ravi

4 RÉÉCRITURE Pour éviter les répétitions, réécrivez ce texte en utilisant des synonymes.

Dans *Les Fées*, la cadette est la plus gentille. Quand la cadette rencontre la fée, elle est gentille avec elle. La fée la récompense pour avoir été si gentille.

Je consolide

* **5 Complétez chaque phrase avec un terme spécifique, synonyme d'*auteur*.**

Certains synonymes sont plus précis (spécifiques), d'autres plus généraux (génériques).
Ex. : *le félin* (générique), *le chat* (spécifique)

a. L'auteur qui écrit des romans est un …. .
b. L'auteur qui écrit des poèmes est un …. .
c. L'auteur qui écrit des pièces de théâtre, aussi appelées textes dramatiques, est un …. .

*** **6 a. Relevez deux synonymes de *chien* et d'*attaquer*.**

b. Proposez un synonyme pour *mégarde* et *hardiment*.

Un Loup n'avait que les os et la peau ;
Tant les Chiens faisaient bonne garde.
Ce Loup rencontre un Dogue aussi puissant que beau,]
Gras, poli, qui s'était fourvoyé[1] par mégarde.
L'attaquer, le mettre en quartiers,
Sire Loup l'eût fait volontiers.
Mais il fallait livrer bataille
Et le Mâtin était de taille
À se défendre hardiment.

Jean de La Fontaine, « Le Loup et le Chien » (extrait), *Fables* (1668).

1. **fourvoyé :** perdu.

Les relations entre les mots

2. Qu'est-ce qu'un champ lexical ?

Champ lexical du *bateau*

Voile naviguer
MARIN *capitaine* **barque**
maritime BABORD

JE RETIENS

- Un champ lexical regroupe des mots qui ont le **même thème**.
- Un même mot peut appartenir à **plusieurs champs lexicaux**.

Je construis

7 **Formez des champs lexicaux en complétant le tableau.**

réjouissances – dessert – bourrasque – dévorer – rires – fête – chavirer – bonheur – tornade – repas – mets – vagues – sorbet – naufrage – se divertir

Tempête	Nourriture	Joie

8 **Trouvez l'intrus.**

a. combat : adversaire, armes, frapper, long, lutte
b. temps : averse, nuage, s'habiller, pleuvoir, soleil
c. voyage : maison, périple, étape, arrivée, marcher
d. gentillesse : bonté, bienveillant, offrir, critiquer, chérir
e. bruit : vacarme, assourdissant, fracas, blanc, entendre

9 **Nommez le champ lexical auquel appartiennent les mots de chaque liste.**

a. vague, sable, mer, bronzer, galets
b. réfléchir, cerveau, raisonnement, complexe, comprendre
c. pompier, allumer, éteindre, brûler, pyromane
d. couler, mouillé, flot, source, pluie
e. fleurs – abeilles – arbres – prairie – verdoyant
f. trousse – recopier – cahier – cantine – surveillant
g. monstrueux – terrifiant – dragon – menaçant

Je consolide

* **10** **Précisez quel est le champ lexical dominant dans chacune des phrases.**

a. Le coureur agrippa le guidon de son vélo. Il pédalait de son mieux.
b. L'écran est devenu tout noir. J'ai tapé mon mot de passe sur le clavier, j'ai cliqué avec la souris, mais il ne s'est rien passé.
c. La sorcière se prépara à jeter un sort. Elle brandit sa baguette et prononça la formule magique.

** **11** **Relevez le champ lexical de l'eau.**

Il fallait entre autres choses que cette pauvre enfant allât deux fois le jour puiser de l'eau à une grande demi-lieue du logis, et qu'elle en rapportât plein une grande cruche. Un jour qu'elle était à cette fontaine, il vint à elle une pauvre femme qui la pria de lui donner à boire. Oui-dà, ma bonne mère, dit cette belle fille ; et rinçant aussitôt sa cruche, elle puisa de l'eau au plus bel endroit de la fontaine, et la lui présenta.

Charles Perrault, « Les Fées », *Contes de ma mère l'oye* (1697).

12 ÉCRITURE **Choisissez une phrase de l'exercice 10, puis continuez-la en utilisant deux autres mots du même champ lexical.**

Le sens des mots

1. Qu'est-ce qu'un homonyme ?

Homonymes
- une ferme **(nom)**
- il ferme **(verbe)**
- une voix ferme **(adjectif)**

JE RETIENS

- Des **mots identiques** ayant un **sens différent** sont appelés homonymes.
- Ils appartiennent souvent à **plusieurs classes grammaticales**.

Je construis

1 **Classez les mots dans le tableau en fonction des classes grammaticales auxquelles ils peuvent appartenir.**

Mots à classer : bien – mets – date – son – mûre – mineur

Nom commun	Verbe	Adjectif	Adverbe

2 **Donnez le sens des noms suivants selon qu'ils sont masculins ou féminins.**

a. mousse
b. vase
c. livre
d. tour

3 **Inventez une phrase en utilisant chaque homonyme, et en respectant les consignes entre parenthèses.**

a. vague *(nom)* – vague *(adjectif)*
b. porte *(nom)* – porte *(verbe)*
c. lit *(nom)* – lit *(verbe)*

4 **Les homophones sont des mots qui se prononcent de la même façon mais qui s'écrivent différemment et ont des sens différents. Trouvez des homophones des mots suivants.**

a. un chêne
b. une pousse
c. un sot

Je consolide

* **5** **Complétez chacune des phrases par deux homonymes.**

a. Le matériau qui compose la ….. de mon crayon a été extrait d'une ….. .
b. Je ….. ma voiture sur le parking de la ….. avant de prendre mon train.
c. Je ….. mon café sur une table en ….. .
d. Pierre ne sait ….. qui a fait des traces de ….. dans son jardin.
e. Ma plante ….. enfin : on aperçoit une petite ….. au bout de la tige.

** **6** **a. Donnez un homonyme pour chaque mot en vert.**
b. Inventez une phrase en utilisant chaque homonyme trouvé.

a. Les courtisans louent le Roi.
b. Les vers de ce poète sont imagés.
c. Mon voyage est annulé car le vol n'a pas été autorisé.
d. Je suis tombé en glissant sur une marche.

7 ÉCRITURE **a. Utilisez chaque mot dans deux phrases où son sens sera différent.**
b. Expliquez comment on peut différencier ces homonymes.

a. couvent
b. avions
c. as
d. est

Le sens des mots

2. Qu'est-ce que le sens propre et le sens figuré d'un mot ?

BLEU

Sens propre : sens premier, habituel
un blouson **bleu**

Sens figuré : sens second, imagé
une peur **bleue**

JE RETIENS

- Un **même mot** peut être employé **au sens propre** (son sens habituel) ou **au sens figuré** (un sens imagé).
- Dans le **dictionnaire**, c'est le sens propre du mot qui apparaît en premier.

Je construis

8 **Pour chaque définition proposée, précisez s'il s'agit du sens propre ou du sens figuré.**

a. ***cerveau :*** organe situé dans le crâne – personne très intelligente
b. ***pied :*** partie d'un objet qui repose sur le sol – membre relié à la jambe par la cheville
c. ***frais :*** pas chaud – nouveau, récent
d. ***dur :*** difficile – solide, compact

9 **Pour chaque phrase, dites si le mot en vert est utilisé au sens propre ou au sens figuré.**

a. La plaine est recouverte d'un manteau de neige.
b. L'avenir est le cœur de nos préoccupations.
c. Que cette salle est sombre ! Allumez la lumière !
d. Voici mon ami Jean, nous sommes très liés.

10 **a. Retrouvez des expressions imagées en reliant entre eux les éléments ci-dessous.**
b. Expliquez ce que signifie chaque expression.

a. avoir un chat dans •	• le cœur
b. avoir un cheveu sur •	• le nez
c. avoir mal au •	• la gorge
d. mener par le bout du •	• la langue

Je consolide

* **11** **Complétez chaque phrase avec le nom d'une couleur, utilisé dans un sens figuré.**

a. Ce jardinier fait pousser tout ce qu'il plante : il a la main ..... .
b. Quand il a découvert que nous avions mangé tout le gâteau, il a vu ..... .
c. En ce moment, tout lui réussit : il voit la vie en ..... .

** **12** **Pour chaque définition, proposez un nom d'animal pris dans la liste ci-dessous.**

Noms d'animaux : chien – chat – anguille – puces
a. Je me doute qu'il y a là un mystère. → Il y a ..... sous roche.
b. Nous allons nous faire sérieusement gronder. → On va nous secouer ..... .
c. Je ne connais pas la réponse, je veux qu'on me la révèle. → Je donne ..... .
d. Le temps est détestable. → Il fait un temps ..... .

13 ÉCRITURE **Pour chaque mot, proposez une phrase où il sera utilisé au sens propre et une phrase où il sera utilisé au sens figuré.**

a. fleur
b. pomme
c. poire
d. sel

Accompagnement personnalisé

Développer son autonomie

Fiche 1
Lire et comprendre une consigne

DÉCOUVERTE

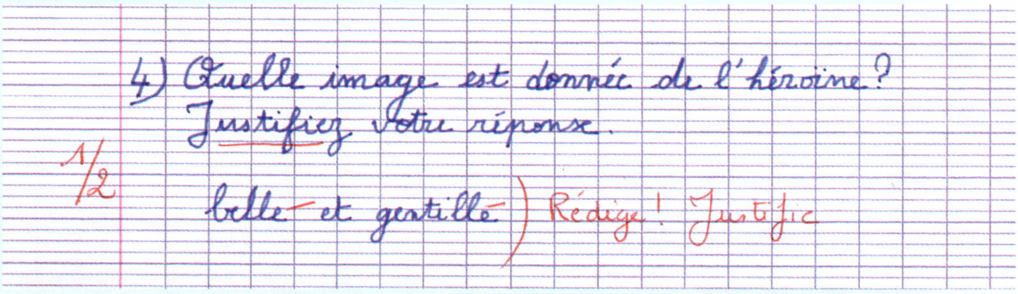

Observez la copie de Sarah.

a. La réponse de Sarah était-elle juste ? Pourquoi n'obtient-elle pas tous les points ? Quels conseils lui donneriez-vous ?

b. Pourquoi faut-il, généralement, répondre à une question par une phrase complète ?

Activité 1

Bien lire la consigne

Lisez attentivement la consigne et répondez aux questions.

Consigne : Dans les deux premières strophes du poème, relevez les mots appartenant au champ lexical de la nature.

a. La question porte-t-elle sur tout le texte ou sur une partie du texte ?

b. Quelle tâche devez-vous accomplir ?

c. Quelle notion de cours devez-vous avoir compris pour réussir ?

Activité 2

Bien comprendre la consigne

Donnez des synonymes aux verbes de consigne.

- Relevez deux verbes d'action.
- Indiquez leur temps.
- Justifiez votre réponse.
- Composez une description.
- Distinguez les verbes au passé simple et à l'imparfait.
- Imaginez deux phrases.
- Repérez les adjectifs.

Activité 3

Appliquer la consigne

a. Vérifiez que Johan a réalisé toutes les tâches et proposez une correction.

Consignes

1) Surlignez en jaune les verbes conjugués.
2) Entourez en rouge les pronoms de la première personne du singulier (*je, me, moi*).
3) Soulignez en noir les noms.
4) Surlignez en bleu les adjectifs qualificatifs et entourez la marque de leur accord en bleu.

Mais je n'allai pas loin. Un invincible besoin de dormir s'empara de moi, et je dus m'étendre sur le sable en un coin abrité. Quand j'ouvris les yeux, la nuit était venue et la mer montait. Il n'était que temps d'aller dîner et je marchai avec peine sur les mille débris que rapporte sur la grève la marée qui lèche les rivages, vieux souliers, vieux chapeaux, varechs gluants, débris d'embarcation [...], chapelets de petites moules, cadavres de méduses sur lesquels le pied glisse à chaque pas.

George Sand, « Le gnome de l'huître » (1873).

b. Proposez un exercice semblable à la classe.

- Recopiez un court extrait tiré du manuel.
- Imaginez cinq consignes précises.
- Proposez une correction.

Développer son autonomie

Fiche 2

Utiliser les ressources du manuel : sommaire, index, tableaux

DÉCOUVERTE

a. Consultez le sommaire du manuel. Combien y a-t-il de chapitres de lecture ?
b. Repérez le sommaire « Étude de la langue » : à quelle page se trouve la leçon sur « Le groupe verbal » ?
c. Où trouver le lexique ? Observez-le et complétez la définition.
Le lexique d'un manuel est une liste des .... organisée selon .... et qui permet d'en connaître rapidement la ....

Activité 1

Utiliser le sommaire du manuel

Le professeur d'Histoire a demandé de chercher un mythe de la Grèce antique dans vos manuels de français. Comment s'y prendre ?

→ Consultez le sommaire pour le trouver. Indiquez la page.
→ Cherchez dans cette page les informations qui confirment qu'il s'agit bien d'un mythe antique.

Activité 2

Se servir du manuel pour son travail personnel

a. Aidez les élèves à faire leur travail personnel en se servant du manuel.

En même temps, le roi change de figure : ses bras se couvrent de plumes et forment des ailes ; ses jambes et ses pieds deviennent noirs et menus ; il lui croît des ongles crochus, son corps s'apetisse, il est tout garni de longues plumes fines.

Madame d'Aulnoy, *L'Oiseau bleu* (1697).

Cas 1 Léa doit relever les **adjectifs** du texte, mais elle n'est plus très sûre de savoir ce qu'est un adjectif. Aidez-la à vérifier ses connaissances grâce au manuel.

Cas 2 Ylane doit relever les **champs lexicaux** du corps humain, de l'oiseau et de la transformation. Il ne comprend pas la consigne car il a oublié la définition du champ lexical. Comment la retrouver dans le manuel ?

b. Le contrôle de fin de séquence sur l'*Odyssée* est prévu la semaine prochaine. Quelles pages du manuel vont vous aider à préparer le contrôle ?

Activité 3

Utiliser les annexes du manuel

Thomas doit réécrire ce passage de conte au passé simple. Il n'est vraiment pas sûr de lui. Trouvez les pages du manuel qui peuvent l'aider.

Elle laiss... ses belles poupées à ses amies, et le royaume de son frère entre les mains des plus sages vieillards de la ville. Elle leur recommand... de bien prendre soin de tout, de ne guère dépenser, d'amasser de l'argent pour le retour du roi ; elle les pri... de conserver son paon, et ne voul... emmener avec elle que sa nourrice et sa sœur de lait, avec le petit chien vert Frétillon.

Madame d'Aulnoy, *La Princesse Rosette* (1697).

Jeu d'équipe

À vos marques !

Qui sera le plus rapide à trouver, dans le manuel de français :

Première manche

1. une image du déluge
2. la liste des pronoms personnels
3. la définition de la comparaison
4. le verbe *voir* au conditionnel présent
5. le schéma narratif du conte

Seconde manche

1. un exercice sur les synonymes
2. la date de naissance de Molière
3. la définition du sommaire du manuel
4. la date de composition de l'*Odyssée*
5. une image de dragon

Observez vos manuels des autres matières. Trouvez-vous les mêmes rubriques ?

Accompagnement personnalisé

Développer son autonomie

Fiche 3
Utiliser le dictionnaire

DÉCOUVERTE

a. Associez lettres et chiffres pour commenter cet article de dictionnaire.

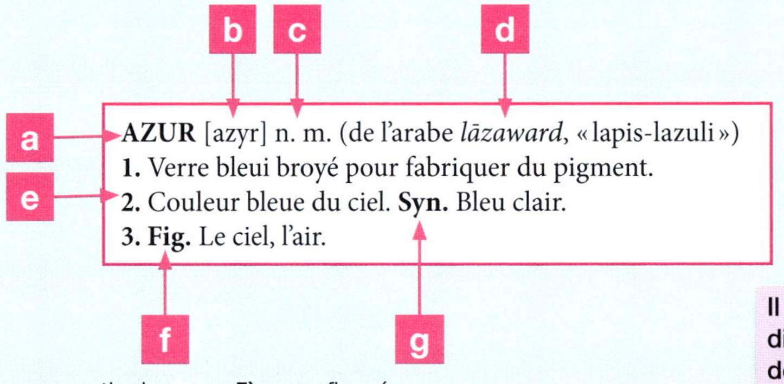

1) classe grammaticale
2) prononciation
3) entrée
4) définitions
5) sens figuré
6) étymologie (= origine du mot)
7) synonyme (mot de sens proche)

b. Comment les mots sont-ils classés dans le dictionnaire ?

Il y a plusieurs sortes de dictionnaires : de langue, des noms propres, des synonymes, des rimes… Vous en trouverez au CDI. Certains dictionnaires sont en ligne sur Internet. Vous en trouverez sur le site lexilogos.com.

Activité 1

Maîtriser l'ordre alphabétique

a. Cherchez le mot *alphabet* : quelle est son origine ?

b. Décryptez ce message basé sur l'ordre alphabétique.

12-5 4-9-3-20-9-15-14-14-1-9-18-5 5-19-20 21-14 16-18-5-3-9-5-21-24 1-13-9

c. Parmi les mots suivants, lesquels appartiennent à la page de dictionnaire dont les mots repères (premier et dernier mots de la page) sont *coléreux* et *collier* ?

coléoptère – colibri – colère – collage – coller – colline – collège

Jeu de mots

Inventer un article de dictionnaire

Inventez un article complet de dictionnaire pour un des mots fantaisistes suivants.

rapioter – gabiloche – gravieux

Activité 2

Pratiquer le dictionnaire

Lisez le texte suivant puis aidez-vous du dictionnaire pour répondre aux questions.

La reine essaie de découvrir le secret de Florine qui reçoit de merveilleux bijoux dans sa prison.

Elle chercha elle-même partout ; et venant à la paillasse, qu'elle fit vider, elle y trouva une si grande quantité de diamants, de perles, de rubis, d'émeraudes et de topazes, qu'elle ne savait d'où cela venait.

Madame d'Aulnoy, *L'Oiseau bleu* (1697).

a. Cherchez dans le dictionnaire la couleur de chacune des pierres précieuses.

b. Quelle est l'étymologie du mot *émeraude* ?

c. Quelle est la définition de *paillasse* ? Cherchez un mot de la même famille.

d. Quelle est la classe grammaticale de *cela* ?

e. Trouvez un synonyme et un antonyme de *savoir*.

Accompagnement personnalisé

Développer son autonomie

Fiche 4
Utiliser les ressources d'Internet

DÉCOUVERTE

Vrai ou faux ?

a. Sur Internet, les informations sont sûres car elles sont vérifiées par le ministère des Informations.

b. Pour faire des recherches sur Internet, il faut passer par Google.

c. Les moteurs de recherche classent les résultats pour nous donner les plus utiles à notre travail.

d. Les textes et les images sont libres de droits : tout le monde peut les utiliser comme il le veut en faisant des copier-coller.

Activité 1

Choisir le bon mot-clé

a. Le professeur de Français vous demande de rédiger une courte biographie de Molière. Qu'allez-vous saisir dans le moteur de recherche ?
- Y a-t-il une courte biographie de Molière ?
- Molière
- La biographie de Molière
- Molière biographie

b. Vous devez maintenant répondre à la question : « À quelle date *Le Médecin malgré lui* a été représenté pour la première fois ? ». Quels mots-clés proposez-vous ?

c. Exercez-vous en cherchant les réponses aux questions suivantes :
- Quelles autres pièces de Molière ont pour thème la médecine ?
- Quel rôle jouait Molière dans *Le Médecin malgré lui* ?

Activité 2

Évaluer les informations

Que signifient les adresses (URL) sur Internet ?

http://	culture	.gouv	.fr
Nom du protocole Internet	Nom du site	Extensions	

Indique le type de domaine :
.com = site commercial
.gouv = site du gouvernement
.org = site d'une organisation

Indique le pays :
.fr = site français
.uk = site anglais
.de = site allemand

a. Saisissez « Molière » dans le moteur de recherche. Observez les résultats obtenus.

b. Choisissez trois résultats qui vous paraissent intéressants et étudiez leur adresse URL. Quel site vous paraît le plus fiable ?

Activité 3

Collecter les informations

Présentez l'un de ces célèbres auteurs :
Homère – Ovide – Ésope – Charles Perrault – Jean de La Fontaine – Molière – Les frères Grimm – H. C. Andersen – Mme Leprince de Beaumont

a. Faites des recherches. Vous devrez fournir les informations suivantes :
- À quelle époque l'auteur a-t-il vécu ? Où ?
- Quelle a été sa vie ?
- Dans quel(s) genre(s) littéraire(s) s'est-il distingué ?
- Quelles sont les œuvres principales qu'il a écrites ?

À l'aide de mots-clés bien choisis, sélectionnez un ou deux sites complets et fiables.

b. Créez un document de collecte à l'aide d'un traitement de texte. Notez-y les informations dont vous avez besoin. À chaque fois, précisez bien où vous les avez trouvées.

c. Vous devrez aussi trouver une image. Utilisez la fonction « image » du moteur de recherche. Précisez bien la source de l'image (auteur, titre, date, lieu où l'on peut la trouver).

LE SAVIEZ-VOUS ?
On appelle plagiat le fait d'emprunter une œuvre à un auteur et de faire passer cet emprunt pour son propre travail. Le plagiat est puni par la loi.

Fiche 5
Lire un texte documentaire

TEXTE DOCUMENTAIRE

Écrire au Moyen Âge

Les supports de l'écriture

Au milieu du Moyen Âge, on écrit sur des peaux d'agneaux ou de jeunes veaux, tannées, raclées et polies : c'est le ***parchemin***, qu'on utilise surtout pour les actes officiels et les livres. Pour écrire des lettres ou tenir ses comptes, on se sert encore, comme dans l'Antiquité, de tablettes enduites d'une mince couche de cire noire. On y trace des caractères à l'aide de stylets (petites pointes d'os ou d'ivoire). Sur le parchemin, on écrit à l'aide d'une ***plume d'oie*** ; l'encre dont on se sert est un mélange de noix de galle et de sulfate de fer.

Les miniatures du Moyen Âge représentent les copistes ou les écrivains assis devant des ***pupitres*** inclinés, sorte de petits bureaux. D'une main, ils tiennent la plume qu'ils trempent dans un encrier en corne ; dans l'autre main, ils ont le ***grattoir*** qui leur permet de corriger leurs erreurs en grattant le parchemin.

Les écritures du Moyen Âge

L'écriture habituelle est d'abord la ***minuscule caroline***. Cette écriture, aussi lisible que nos caractères d'imprimerie, ne commence à se déformer qu'au début du XIIIe siècle ; les caractères deviennent alors plus pointus et compliqués ; c'est la ***gothique***.

Les livres au Moyen Âge

Les livres sont écrits à la main, d'où leur nom de ***manuscrits***. Ils sont formés de cahiers de parchemin cousus les uns aux autres et protégés par une couverture.

Beaucoup sont protégés simplement d'une feuille de cuir ; mais il y en a d'autres dont les ***reliures*** sont faites de légères planchettes de bois recouvertes de plaques d'ivoire ou de métal sculpté, décorées d'émaux, de pierres précieuses, etc.

Les pages des manuscrits de luxe sont aussi décorées. Les titres de chapitre sont tracés avec une encre de couleur. Les initiales, en début de chapitre, qu'on appelle ***lettrines***, sont peintes avec beaucoup de finesse et de fantaisie et souvent rehaussées d'or ou agrémentées de petites images.

Jusqu'au XIIe siècle, la rédaction des manuscrits se fait principalement dans les monastères, et constitue une des principales occupations des moines. Dans les abbayes, une salle, le ***scriptorium***, est dédiée à ce travail.

Activité 1

Se repérer dans un texte documentaire

a. **Observez la manière dont le texte documentaire est mis en page.**
- Combien de parties possède-t-il ? Comment sont-elles délimitées ?
- Dans chacune de ces parties, combien comptez-vous de paragraphes ? Comment sont-ils indiqués ?

b. **Lisez les titres : pouvez-vous en déduire le thème de l'article ?**

c. **Dans quelle partie de l'article allez-vous chercher les informations pour répondre aux questions suivantes ?**
- Qui écrivait les livres au Moyen Âge ?
- Sur quel support écrivait-on au Moyen Âge ?
- Avec quels outils écrivait-on au Moyen Âge ?
- Quelles écritures utilisait-on au Moyen Âge ?

Activité 2

Trouver la bonne information

a. **Vérifiez que vous avez bien lu le texte en répondant par vrai ou faux. Corrigez les propositions fausses.**
- Le parchemin est fait à partir de peaux de buffles tannées.
- Au Moyen Âge, les copistes sont principalement des religieux.
- Le livre est un objet courant et de peu de valeur.
- Les livres sont constitués de cahiers cousus ensemble.
- Les textes moins importants sont écrits sur des tablettes de terre cuite.

b. **Observez la typographie : certains mots sont-ils mis en valeur ? Comment ? Pourquoi ?**

c. **Fabriquez un lexique des mots importants de l'article (ceux qui sont mis en valeur).**
Recopiez ces mots importants et rédigez une courte définition en vous appuyant sur les informations données dans l'article. Au besoin, aidez-vous d'un dictionnaire.

Lettre I, manuscrit du XIIe s.

Enluminure extraite du manuscrit du *Roman de Renart* (fin du XIIIe siècle), parchemin, collection BnF.

d. Jeu **Choisissez un camarade et demandez-lui la définition d'un des mots-clés. S'il la donne, c'est à lui de poser une question sur un nouveau mot-clé. Sinon, recommencez !**

e. **Imaginez que vous êtes un moine copiste du Moyen Âge. En vous appuyant sur l'article, faites la liste du matériel dont vous avez besoin pour copier votre manuscrit.**

Activité 3

Associez l'image au texte

a. **Cet article n'est pas illustré. Faites la liste des illustrations qui rendraient l'article plus clair.**

b. **À partir de votre liste, cherchez sur Internet des images qui illustreront l'article.**
Notez soigneusement la source de chaque image (titre, auteur éventuel, date, nature de l'image, lieu où l'on peut la trouver).

c. **Cherchez sur Internet un alphabet en minuscule caroline et un alphabet en gothique.**
Tel un copiste, essayez d'écrire votre prénom dans ces deux écritures.

Présenter son travail

Fiche 6
Réussir un travail écrit

SUJET D'ÉCRITURE

Décrivez un ogre terrifiant et son repaire. Vous rédigerez deux paragraphes de cinq lignes chacun environ. Vous utiliserez l'imparfait dans votre description.

a. Soulignez les mots qui indiquent le sujet de la rédaction. Les comprenez-vous bien ?

b. Encadrez les mots qui indiquent la forme de la rédaction.

Étape 1

Utiliser le brouillon pour chercher des idées

Avant de rédiger, cherchez des idées !

• Trouvez des idées dans les **textes** que vous avez lus (→ pages 22 et 23).

• Vous pouvez réaliser une **carte mentale**, c'est un moyen très efficace pour trouver des idées. Testez cette méthode en recopiant et complétant cette carte. Notez toutes les idées qui vous viennent, sans rédiger.

OGRE

- **Description physique**
  - **Caractéristiques physiques :**
    - géant
    - corps recouvert de poils
    - …
  - **Mots qui évoquent la peur :**
    - effrayant
    - horrible
    - …
    - …
- **Description de son repaire**
  - **Environnement :**
    - forêt sombre
    - …
    - …
    - …
  - **Caractéristiques du repaire :**
    - caverne
    - …
    - …

Étape 2

Utiliser le brouillon pour bien rédiger

Mêmes les grands écrivains font des brouillons, souvent plein de ratures. Suivons leur exemple !

> **Astuce**
> Écrivez une ligne sur deux, cela vous laissera de la place pour corriger.

a. Rédigez les cinq lignes de la description physique de l'ogre en utilisant votre carte mentale.

Choisissez une **amorce** pour bien démarrer votre description :

→ À croire les rares personnes qui l'avaient rencontré, l'ogre de la forêt était…

→ Peut-on imaginer créature plus horrible que l'ogre de la forêt ? Figurez-vous un…

b. Relisez-vous phrase par phrase : vous devez les « entendre » dans votre tête pour vérifier qu'elles sont **correctes**, qu'elles sonnent bien, qu'elles sont bien **ponctuées**. C'est ce que faisait le grand écrivain Gustave Flaubert : il « gueulait » (c'est lui qui le dit !) ses textes, la nuit, dans son bureau.
Faites les **corrections** nécessaires.

c. Enrichissez vos phrases pour que le lecteur « voie » votre monstre : ajoutez des adjectifs, des compléments du nom, des compléments de phrase.

Complétez ces deux phrases pour vous exercer.

Exemple: Son corps était couvert de poils.
→ Du sommet du crâne aux orteils, son corps était couvertde poils drus comme ceux du sanglier.

- Il avait de petits yeux.
- Sa bouche était remplie de dents.

d. Relisez, une fois encore, votre texte en entier. Y a-t-il des répétitions ? Des phrases qui s'enchaînent mal ? Attention aux verbes passe-partout : *être, faire…* Préférez-leur un verbe plus précis.

e. Une dernière vérification s'impose : avez-vous bien respecté les consignes ?
Pour ce paragraphe, vous deviez :
– décrire l'ogre ;
– faire un portrait qui provoque l'effroi du lecteur ;
– écrire à l'imparfait ;
– écrire cinq lignes.

Consignes	Pas fait	À améliorer	Fait
Description de l'ogre			
Description qui provoque l'effroi			
Utilisation de l'imparfait			
5 lignes			

Étape 3

Se relire efficacement

Avant de recopier votre texte au propre, corrigez vos fautes d'orthographe.
Utilisez la grille suivante pour vérifier phrase par phrase.

Que dois-je vérifier pour me relire efficacement ?	
Les accords	– du sujet et du verbe – du participe passé – du nom et de l'adjectif
Les homophones	a-à est-et sont-son ont-on *être* et *avoir* peuvent être mis à l'imparfait : avait – avaient – était – étaient
L'orthographe lexicale	Connaissez-vous un mot de la même famille qui puisse vous aider ? → Utilisez le dictionnaire si c'est autorisé.
La conjugaison	→ Utilisez les tableaux de conjugaison si c'est autorisé.

Étape 4

Écrire lisiblement

Pensez qu'une copie bien écrite, bien présentée, est plus agréable à lire. C'est une manière de respecter votre travail et celui de votre lecteur.

- Respectez la **présentation** demandée par le professeur.
- Tracez vos **lettres** de manière lisible.
- Pensez aux **majuscules**, mais n'en abusez pas !
- Faites un **alinéa** (retrait de deux ou trois carreaux) pour marquer le début de chaque paragraphe.

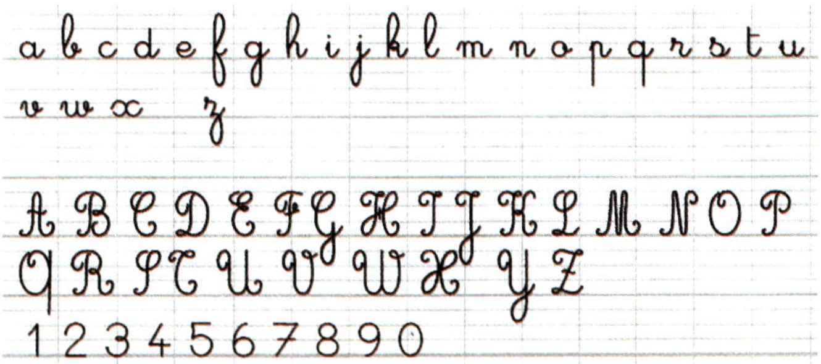

Fiche 7
Présenter un document sur support numérique

SUJET

Recherchez, sur Internet ou dans une anthologie, un poème qui vous plaît sur le thème de l'oiseau. Présentez-le dans un document numérique accompagné d'une courte biographie de l'auteur et d'une illustration.
Commencez par chercher votre poème, et suivez le guide !

Étape 1

Présenter votre document

a. Ouvrez un document sur un traitement de texte. Pensez à y inscrire votre nom, votre classe et la date (dans le pied de page du document, par exemple).

b. Veillez à enregistrer votre document, soit sur une clé USB, soit dans l'espace de la classe sur le réseau du collège.
- Attention aux fausses manipulations : vous risquez de perdre votre travail.
- Lors de l'enregistrement, **nommez le document** de manière à pouvoir l'identifier facilement (évitez les noms trop vagues comme *travail*, *français*, *document*…).
- Enregistrez **régulièrement** votre document au cours de votre travail.

Étape 2

Mettre en forme votre texte

Mettez en forme le poème.
- Vous pouvez le **copier-coller** si vous le trouvez sur Internet. Vérifiez bien qu'il est complet, sans faute et bien disposé (strophes, vers, majuscules). Pour cela, recherchez le poème sur un ou deux autres sites et **comparez** les résultats.
- Indiquez le **titre** au début du poème. À la fin, mentionnez l'auteur, le recueil (en italique) d'où le poème est tiré, l'**année de parution** du recueil et éventuellement l'**éditeur**. (Prenez exemple sur le manuel, p. 175.)
- Choisissez la **police**, sa **taille**, sa **couleur** de manière à ce qu'elle soit lisible et adaptée. Les choix les plus classiques sont souvent les meilleurs ! Le texte ne doit être ni trop petit ni trop gros pour que la page soit harmonieuse.

Pensez à laisser de la place pour l'image !

Étape 3

Intégrer une image

a. Recherchez une image qui illustre bien votre poème.
- Utilisez la fonction « image » du moteur de recherche. Essayez plusieurs mots-clés.
- Elle doit être de **bonne qualité** et vous devez pouvoir la **légender** (auteur, titre, technique, date, lieu de conservation).
- Enregistrez-la.

b. Intégrez l'image dans votre document.
Utilisez la fonction « insertion » du traitement de texte (Insertion → Image → puis sélectionner le fichier enregistré de votre image).

c. Placez l'image dans la page et copiez sa légende.

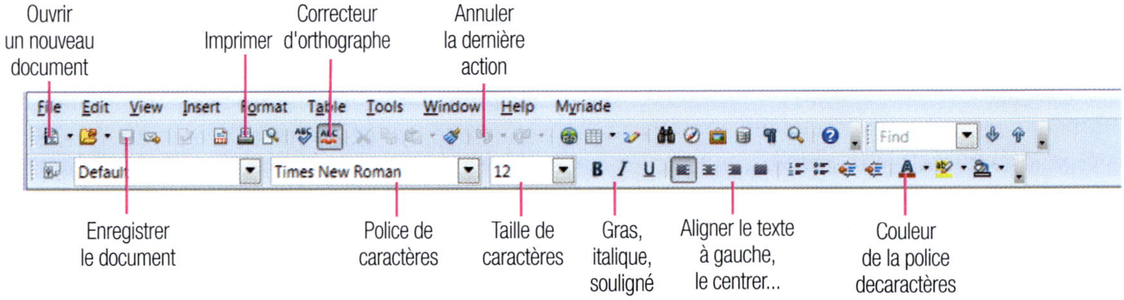

Présenter son travail

Fiche 8

Réussir un exposé oral

SUJET

Dans le cadre de l'étude de l'*Odyssée*, préparez un exposé pour votre classe, en groupe. Vous prendrez la parole 10 minutes maximum par groupe et proposerez au moins trois images que vous projetterez au tableau.

Thèmes possibles

- Les dieux de la Grèce antique
- La guerre de Troie
- Homère
- Les arts dans la Grèce antique : les céramiques
- Les Enfers dans la mythologie grecque
- Un héros de la guerre de Troie : Achille
- Un héros de la guerre de Troie : Énée
- Les femmes dans l'*Odyssée*

Étape 1

Préparer l'exposé

a. Définissez les questions auxquelles votre exposé répondra.

Où ? Quand ? Qui ? Pourquoi ? Comment ?

À partir de ces questions générales, faites la liste des questions précises auxquelles vous devrez répondre. Ces questions vous permettront de construire votre exposé en deux ou trois grandes parties.

Exemple : Pourquoi ? → Qu'est-ce qui a déclenché la guerre de Troie ?

b. Faites des recherches.

- Répartissez-vous le travail de recherche. Si vous travaillez au **CDI**, ne cherchez pas uniquement sur Internet. Les **ouvrages documentaires** vous aideront beaucoup : ils sont **fiables** et **adaptés**.
- Notez bien la **source** des documents consultés.
- Recueillez les résultats de vos recherches dans un document.

c. Réunissez-vous pour construire ensemble votre exposé.

- Répartissez vos informations en deux ou trois grandes parties. Vous pouvez conserver les questions pour **structurer** vos parties.
- Préparez une petite **introduction** dans laquelle vous présenterez le thème de votre exposé et annoncerez les grandes parties.

Étape 2

Chercher des images

a. Collectez des images pour illustrer votre exposé.

- Vous devez pouvoir donner leur source précise (titre, auteur, technique, date, lieu où on les trouve).
- Choisissez ensemble les plus intéressantes.

b. Créez un document pour projeter vos images.

- Vous pouvez utiliser un **logiciel de présentation**. Ces logiciels permettent de **créer des diapositives** où vous mêlerez texte et image.
- Ne mettez pas tout le texte dans vos diapositives, mais seulement les **mots-clés**, sinon votre auditoire lira au lieu de vous écouter !

Étape 3

Exposer oralement vos recherches

a. Avant l'exposé

- Répartissez-vous la parole **équitablement**. Lorsque l'un parle, un autre doit gérer le diaporama.
- Relisez vos notes de recherches, apprenez les **informations importantes** : vous ne devez pas lire un texte, mais « exposer » le résultat de vos recherches de manière vivante.

b. Pendant l'exposé

- **Ne lisez pas**, parlez le plus naturellement possible, **en regardant votre auditoire**.
- Prenez le temps de **commenter** vos images.

Tableaux de conjugaison

ÊTRE (auxiliaire)		AVOIR (auxiliaire)		CHANTER (1er groupe)	
INDICATIF					
présent je suis tu es il est nous sommes vous êtes ils sont	**passé composé** j'ai été tu as été il a été nous avons été vous avez été ils ont été	**présent** j'ai tu as il a nous avons vous avez ils ont	**passé composé** j'ai eu tu as eu il a eu nous avons eu vous avez eu ils ont eu	**présent** je chante tu chantes il chante nous chantons vous chantez ils chantent	**passé composé** j'ai chanté tu as chanté il a chanté nous avons chanté vous avez chanté ils ont chanté
imparfait j'étais tu étais il était nous étions vous étiez ils étaient	**plus-que-parfait** j'avais été tu avais été il avait été nous avions été vous aviez été ils avaient été	**imparfait** j'avais tu avais il avait nous avions vous aviez ils avaient	**plus-que-parfait** j'avais eu tu avais eu il avait eu nous avions eu vous aviez eu ils avaient eu	**imparfait** je chantais tu chantais il chantait nous chantions vous chantiez ils chantaient	**plus-que-parfait** j'avais chanté tu avais chanté il avait chanté nous avions chanté vous aviez chanté ils avaient chanté
passé simple je fus tu fus il fut nous fûmes vous fûtes ils furent	**passé antérieur** j'eus été tu eus été il eut été nous eûmes été vous eûtes été ils eurent été	**passé simple** j'eus tu eus il eut nous eûmes vous eûtes ils eurent	**passé antérieur** j'eus eu tu eus eu il eut eu nous eûmes eu vous eûtes eu ils eurent eu	**passé simple** je chantai tu chantas il chanta nous chantâmes vous chantâtes ils chantèrent	**passé antérieur** j'eus chanté tu eus chanté il eut chanté nous eûmes chanté vous eûtes chanté ils eurent chanté
futur simple je serai tu seras il sera nous serons vous serez ils seront	**futur antérieur** j'aurai été tu auras été il aura été nous aurons été vous aurez été ils auront été	**futur simple** j'aurai tu auras il aura nous aurons vous aurez ils auront	**futur antérieur** j'aurai eu tu auras eu il aura eu nous aurons eu vous aurez eu ils auront eu	**futur simple** je chanterai tu chanteras il chantera nous chanterons vous chanterez ils chanteront	**futur antérieur** j'aurai chanté tu auras chanté il aura chanté nous aurons chanté vous aurez chanté ils auront chanté
CONDITIONNEL					
présent je serais tu serais il serait nous serions vous seriez ils seraient	**passé** j'aurais été tu aurais été il aurait été nous aurions été vous auriez été ils auraient été	**présent** j'aurais tu aurais il aurait nous aurions vous auriez ils auraient	**passé** j'aurais eu tu aurais eu il aurait eu nous aurions eu vous auriez eu ils auraient eu	**présent** je chanterais tu chanterais il chanterait nous chanterions vous chanteriez ils chanteraient	**passé** j'aurais chanté tu aurais chanté il aurait chanté nous aurions chanté vous auriez chanté ils auraient chanté
IMPÉRATIF					
présent sois soyons soyez		**présent** aie ayons ayez		**présent** chante chantons chantez	
INFINITIF					
présent être	**passé** avoir été	**présent** avoir	**passé** avoir eu	**présent** chanter	**passé** avoir chanté
PARTICIPE					
présent étant	**passé** été	**présent** ayant	**passé** eu(es)	**présent** chantant	**passé** chanté(es)

FINIR (2e groupe)		ALLER (3e groupe)		FAIRE (3e groupe)	
INDICATIF					
présent	**passé composé**	**présent**	**passé composé**	**présent**	**passé composé**
je finis	j'ai fini	je vais	je suis allé(e)	je fais	j'ai fait
tu finis	tu as fini	tu vas	tu es allé(e)	tu fais	tu as fait
il finit	il a fini	il va	il (elle) est allé(e)	il fait	il a fait
nous finissons	nous avons fini	nous allons	nous sommes allé(e)s	nous faisons	nous avons fait
vous finissez	vous avez fini	vous allez	vous êtes allé(e)s	vous faites	vous avez fait
ils finissent	ils ont fini	ils vont	ils (elles) sont allé(e)s	ils font	ils ont fait
imparfait	**plus-que-parfait**	**imparfait**	**plus-que-parfait**	**imparfait**	**plus-que-parfait**
je finissais	j'avais fini	j'allais	j'étais allé(e)	je faisais	j'avais fait
tu finissais	tu avais fini	tu allais	tu étais allé(e)	tu faisais	tu avais fait
il finissait	il avait fini	il allait	il (elle) était allé(e)	il faisait	il avait fait
nous finissions	nous avions fini	nous allions	nous étions allé(e)s	nous faisions	nous avions fait
vous finissiez	vous aviez fini	vous alliez	vous étiez allé(e)s	vous faisiez	vous aviez fait
ils finissaient	ils avaient fini	ils allaient	ils (elles) étaient allé(e)s	ils faisaient	ils avaient fait
passé simple	**passé antérieur**	**passé simple**	**passé antérieur**	**passé simple**	**passé antérieur**
je finis	j'eus fini	j'allai	je fus allé(e)	je fis	j'eus fait
tu finis	tu eus fini	tu allas	tu fus allé(e)	tu fis	tu eus fait
il finit	il eut fini	il alla	il (elle) fut allé(e)	il fit	il eut fait
nous finîmes	nous eûmes fini	nous allâmes	nous fûmes allé(e)s	nous fîmes	nous eûmes fait
vous finîtes	vous eûtes fini	vous allâtes	vous fûtes allé(e)s	vous fîtes	vous eûtes fait
ils finirent	ils eurent fini	ils allèrent	ils (elles) furent allé(e)s	ils firent	ils eurent fait
futur simple	**futur antérieur**	**futur simple**	**futur antérieur**	**futur simple**	**futur antérieur**
je finirai	j'aurai fini	j'irai	je serai allé(e)	je ferai	j'aurai fait
tu finiras	tu auras fini	tu iras	tu seras allé(e)	tu feras	tu auras fait
il finira	il aura fini	il ira	il (elle) sera allé(e)	il fera	il aura fait
nous finirons	nous aurons fini	nous irons	nous serons allé(e)s	nous ferons	nous aurons fait
vous finirez	vous aurez fini	vous irez	vous serez allé(e)s	vous ferez	vous aurez fait
ils finiront	ils auront fini	ils iront	ils (elles) seront allé(e)s	ils feront	ils auront fait
CONDITIONNEL					
présent	**passé**	**présent**	**passé**	**présent**	**passé**
je finirais	j'aurais fini	j'irais	je serais allé(e)	je ferais	j'aurais fait
tu finirais	tu aurais fini	tu irais	tu serais allé(e)	tu ferais	tu aurais fait
il finirait	il aurait fini	il irait	il (elle) serait allé(e)	il ferait	il aurait fait
nous finirions	nous aurions fini	nous irions	nous serions allé(e)s	nous ferions	nous aurions fait
vous finiriez	vous auriez fini	vous iriez	vous seriez allé(e)s	vous feriez	vous auriez fait
ils finiraient	ils auraient fini	ils iraient	ils (elles) seraient allé(e)s	ils feraient	ils auraient fait
IMPÉRATIF					
présent		**présent**		**présent**	
finis		va		fais	
finissons		allons		faisons	
finissez		allez		faites	
INFINITIF					
présent	**passé**	**présent**	**passé**	**présent**	**passé**
finir	avoir fini	aller	être allé(es)	faire	avoir fait
PARTICIPE					
présent	**passé**	**présent**	**passé**	**présent**	**passé**
finissant	fini(es)	allant	allé(es)	faisant	fait(es)

DIRE (3e groupe)		PRENDRE (3e groupe)		POUVOIR (3e groupe)	
INDICATIF					
présent	**passé composé**	**présent**	**passé composé**	**présent**	**passé composé**
je dis tu dis il dit nous disons vous dites ils disent	j'ai dit tu as dit il a dit nous avons dit vous avez dit ils ont dit	je prends tu prends il prend nous prenons vous prenez ils prennent	j'ai pris tu as pris il a pris nous avons pris vous avez pris ils ont pris	je peux tu peux il peut nous pouvons vous pouvez ils peuvent	j'ai pu tu as pu il a pu nous avons pu vous avez pu ils ont pu
imparfait	**plus-que-parfait**	**imparfait**	**plus-que-parfait**	**imparfait**	**plus-que-parfait**
je disais tu disais il disait nous disions vous disiez ils disaient	j'avais dit tu avais dit il avait dit nous avions dit vous aviez dit ils avaient dit	je prenais tu prenais il prenait nous prenions vous preniez ils prenaient	j'avais pris tu avais pris il avait pris nous avions pris vous aviez pris ils avaient pris	je pouvais tu pouvais il pouvait nous pouvions vous pouviez ils pouvaient	j'avais pu tu avais pu il avait pu nous avions pu vous aviez pu ils avaient pu
passé simple	**passé antérieur**	**passé simple**	**passé antérieur**	**passé simple**	**passé antérieur**
je dis tu dis il dit nous dîmes vous dîtes ils dirent	j'eus dit tu eus dit il eut dit nous eûmes dit vous eûtes dit ils eurent dit	je pris tu pris il prit nous prîmes vous prîtes ils prirent	j'eus pris tu eus pris il eut pris nous eûmes pris vous eûtes pris ils eurent pris	je pus tu pus il put nous pûmes vous pûtes ils purent	j'eus pu tu eus pu il eut pu nous eûmes pu vous eûtes pu ils eurent pu
futur simple	**futur antérieur**	**futur simple**	**futur antérieur**	**futur simple**	**futur antérieur**
je dirai tu diras il dira nous dirons vous direz ils diront	j'aurai dit tu auras dit il aura dit nous aurons dit vous aurez dit ils auront dit	je prendrai tu prendras il prendra nous prendrons vous prendrez ils prendront	j'aurai pris tu auras pris il aura pris nous aurons pris vous aurez pris ils auront pris	je pourrai tu pourras il pourra nous pourrons vous pourrez ils pourront	j'aurai pu tu auras pu il aura pu nous aurons pu vous aurez pu ils auront pu
CONDITIONNEL					
présent	**passé**	**présent**	**passé**	**présent**	**passé**
je dirais tu dirais il dirait nous dirions vous diriez ils diraient	j'aurais dit tu aurais dit il aurait dit nous aurions dit vous auriez dit ils auraient dit	je prendrais tu prendrais il prendrait nous prendrions vous prendriez ils prendraient	j'aurais pris tu aurais pris il aurait pris nous aurions pris vous auriez pris ils auraient pris	je pourrais tu pourrais il pourrait nous pourrions vous pourriez ils pourraient	j'aurais pu tu aurais pu il aurait pu nous aurions pu vous auriez pu ils auraient pu
IMPÉRATIF					
présent		**présent**		------	
dis disons dites		prends prenons prenez			
INFINITIF					
présent	**passé**	**présent**	**passé**	**présent**	**passé**
dire	avoir dit	prendre	avoir pris	pouvoir	avoir pu
PARTICIPE					
présent	**passé**	**présent**	**passé**	**présent**	**passé**
disant	dit(es)	prenant	pris(es)	pouvant	pu

VOIR (3e groupe)		DEVOIR (3e groupe)		VOULOIR (3e groupe)	
INDICATIF					
présent	**passé composé**	**présent**	**passé composé**	**présent**	**passé composé**
je vois	j'ai vu	je dois	j'ai dû	je veux	j'ai voulu
tu vois	tu as vu	tu dois	tu as dû	tu veux	tu as voulu
il voit	il a vu	il doit	il a dû	il veut	il a voulu
nous voyons	nous avons vu	nous devons	nous avons dû	nous voulons	nous avons voulu
vous voyez	vous avez vu	vous devez	vous avez dû	vous voulez	vous avez voulu
ils voient	ils ont vu	ils doivent	ils ont dû	ils veulent	ils ont voulu
imparfait	**plus-que-parfait**	**imparfait**	**plus-que-parfait**	**imparfait**	**plus-que-parfait**
je voyais	j'avais vu	je devais	j'avais dû	je voulais	j'avais voulu
tu voyais	tu avais vu	tu devais	tu avais dû	tu voulais	tu avais voulu
il voyait	il avait vu	il devait	il avait dû	il voulait	il avait voulu
nous voyions	nous avions vu	nous devions	nous avions dû	nous voulions	nous avions voulu
vous voyiez	vous aviez vu	vous deviez	vous aviez dû	vous vouliez	vous aviez voulu
ils voyaient	ils avaient vu	ils devaient	ils avaient dû	ils voulaient	ils avaient voulu
passé simple	**passé antérieur**	**passé simple**	**passé antérieur**	**passé simple**	**passé antérieur**
je vis	j'eus vu	je dus	j'eus dû	je voulus	j'eus voulu
tu vis	tu eus vu	tu dus	tu eus dû	tu voulus	tu eus voulu
il vit	il eut vu	il dut	il eut dû	il voulut	il eut voulu
nous vîmes	nous eûmes vu	nous dûmes	nous eûmes dû	nous voulûmes	nous eûmes voulu
vous vîtes	vous eûtes vu	vous dûtes	vous eûtes dû	vous voulûtes	vous eûtes voulu
ils virent	ils eurent vu	ils durent	ils eurent dû	ils voulurent	ils eurent voulu
futur simple	**futur antérieur**	**futur simple**	**futur antérieur**	**futur simple**	**futur antérieur**
je verrai	j'aurai vu	je devrai	j'aurai dû	je voudrai	j'aurai voulu
tu verras	tu auras vu	tu devras	tu auras dû	tu voudras	tu auras voulu
il verra	il aura vu	il devra	il aura dû	il voudra	il aura voulu
nous verrons	nous aurons vu	nous devrons	nous aurons dû	nous voudrons	nous aurons voulu
vous verrez	vous aurez vu	vous devrez	vous aurez dû	vous voudrez	vous aurez voulu
ils verront	ils auront vu	ils devront	ils auront dû	ils voudront	ils auront voulu
CONDITIONNEL					
présent	**passé**	**présent**	**passé**	**présent**	**passé**
je verrais	j'aurais vu	je devrais	j'aurais dû	je voudrais	j'aurais voulu
tu verrais	tu aurais vu	tu devrais	tu aurais dû	tu voudrais	tu aurais voulu
il verrait	il aurait vu	il devrait	il aurait dû	il voudrait	il aurait voulu
nous verrions	nous aurions vu	nous devrions	nous aurions dû	nous voudrions	nous aurions voulu
vous verriez	vous auriez vu	vous devriez	vous auriez dû	vous voudriez	vous auriez voulu
ils verraient	ils auraient vu	ils devraient	ils auraient dû	ils voudraient	ils auraient voulu
IMPÉRATIF					
présent		**présent**		**présent**	
vois		dois		veux / veuille	
voyons		devons		voulons	
voyez		devez		voulez / veuillez	
INFINITIF					
présent	**passé**	**présent**	**passé**	**présent**	**passé**
voir	avoir vu	devoir	avoir dû	vouloir	ayant voulu
PARTICIPE					
présent	**passé**	**présent**	**passé**	**présent**	**passé**
voyant	vu(es)	devant	dû, due(s)	voulant	voulu(es)

Lexique : les mots à connaître

A

Action : fait entrepris par un personnage (quête, épreuve à surmonter…).

Aide (adjuvant) : personnage qui apporte une aide au héros.

Alexandrin : vers de douze syllabes.

Antonymes : mots de sens contraire (*beau* / *laid*).

Aventure : action comportant du danger et de l'inconnu.

C

Calligramme : poème dont les vers sont disposés de manière à représenter un dessin en rapport avec le thème évoqué.

Champ lexical : ensemble de mots qui, dans un texte, se rapportent à un même thème.

Comédie : pièce de théâtre qui provoque le rire.

Comique de caractère : comique qui repose sur le caractère d'un personnage, et surtout sur ses défauts.

Comique de gestes : chute, coup de bâton, grimace…

Comique de mots : jeu de mots, juron, répétition de mots ou de phrases…

Comique de situation : malentendu, retournement de situation, personnage caché, trompeur trompé…

Comparaison : image qui consiste à associer deux termes pour les comparer, à l'aide d'un outil de comparaison (*comme*, *tel*, *ressembler à*…).

Conte : court récit qui met en scène un héros et des personnages souvent merveilleux (des fées, des sorcières, des ogres…).

D

Dénouement : fin d'une pièce de théâtre.

Didascalie : indication de mise en scène d'une pièce de théâtre (geste, ton, décor, costume…).

E

Élément déclencheur : événement (rencontre, départ, action interdite…) qui déclenche l'action.

Élément de résolution : événement qui apporte une solution au problème.

Épithète homérique : expression poétique qui qualifie un personnage dans une épopée antique (*Ulysse aux mille ruses* ; *l'Aurore aux belles boucles*).

Épopée : long récit en vers, qui célèbre les exploits d'un héros soumis à des épreuves, aidé ou maltraité par des personnages puissants (dieux et déesses, monstres, magiciennes).

Épreuve : obstacle auquel le héros est confronté lorsqu'il poursuit sa quête.

Étymologie : étude de l'origine des mots.

Exposition (scène d') : début d'une pièce de théâtre qui donne les éléments nécessaires à la compréhension de l'histoire.

F

Fable : court récit, souvent en vers, qui illustre une morale.

Famille de mots : ensemble des mots construits sur un même mot de base (*forestier*, *déforestation* sont des mots de la famille de *forêt*).

H

Haïku : court poème japonais.

Héros : personnage central qui poursuit une quête, un but.

Héros antique ou mythologique : personnage divin, à demi-divin ou noble, doté de qualités exceptionnelles.

Homonymes : mots identiques dans leur forme, mais qui n'ont pas le même sens (la *mûre* est un fruit ; quand elle est *mûre*, on peut la cueillir).

I

Image : procédé poétique qui associe à un terme un autre terme (l'image), permettant d'enrichir son sens. La comparaison et la métaphore sont des images.

M

Merveilleux (récit) : récit qui présente des éléments surnaturels (personnages, lieux, objets…).

Morale : leçon que l'on tire d'une histoire, d'une fable, d'un conte.

Mythe : récit légendaire qui évoque les premiers temps du monde et qui permet d'expliquer des aspects du monde que l'homme ne parvient pas à comprendre.

N

Narrateur : celui qui raconte l'histoire.

O

Odyssée : long voyage, périple.

Opposant : personnage qui s'oppose au héros.

P

Personnage secondaire : personnage qui a un rôle bien défini par rapport au héros : il peut lui venir en aide ou bien s'opposer à lui.

Personnification : image qui associe des caractéristiques humaines à un animal ou à un objet.

Poème : texte généralement court, souvent composé en vers, qui présente un travail particulier sur le langage (musicalité, images…).

Polysémie : propriété d'un mot qui a plusieurs sens (la *conduite* signifie « la façon de se conduire », « la façon de conduire un véhicule, des travaux... », ou « une canalisation »).

Q

Quête : but poursuivi par le héros.

R

Récit de création : histoire qui raconte l'origine d'un être, d'un phénomène…

Réplique : parole prononcée par un personnage dans un texte de théâtre.

Rime : retour d'un son en fin de vers. Les rimes peuvent être suivies (AABB), croisées (ABAB) ou embrassées (ABBA).

Rythme : phénomène de répétition qui rend un texte musical.

S

Satire : critique d'un trait de caractère, d'une profession… en les tournant en ridicule.

Situation initiale : situation (heureuse ou malheureuse) des personnages au début d'un récit.

Situation finale : situation (heureuse ou malheureuse) des personnages à la fin d'un récit.

Sommaire : liste des chapitres d'un livre, résumant le contenu (dans un manuel : textes accompagnés du nom de l'auteur, activités…).

Strophe : groupement de vers.

Synonymes : mots de sens identique ou voisin, qui appartiennent à la même classe grammaticale (*automobile* / *voiture*).

T

Texte fondateur : texte très ancien, datant parfois de plusieurs millénaires avant Jésus-Christ, d'abord transmis à l'oral, puis rapporté par écrit. Il constitue une base de notre culture.

V

Vers : ligne dans un poème.

Index des auteurs

Index des artistes et des œuvres

Table des illustrations

Pages de garde AV :

hg ph© Erich Lessing / Akg-Images
hd ph© Collection Dagli Orti / Bibliothèque Municipale Dijon/ Aurimages
mg ph© Josse / Leemage
mm ph© Bridgeman Images
md ph© Hervé Levandowski & Thierry Le Mage / RMN-Grand Palais
bg ph© Heritage Images / Leemage
bd ph© Photothèque R. Magritte / Banque d'Images, Adagp © Adagp Paris, 2016

10 ph© Collection Dagli Orti / Bibliothèque Municipale Dijon/ Aurimages
11 © Association Justin GREGOIRE
12 © Guillaume Hess / www.lepitre.ch
14 ph© Pascal Victor / ArtComArt
16-g ph© Animation Ressources © Random House, David Mc Kay Company, Philadelphia, 1923/D.R.
16-d © 1998 Editions Delcourt
17 ph© Prisma / Album / Akg-Images
18-g ph© Werner Forman / Akg-Images
18-d ph© Erich Lessing / Akg-Images
19-g ph© PVDE / Bridgeman Images
19-d ph© Collection Dagli Orti / CCI / Aurimages
20 ph© Bridgeman Images © Droits réservés
23 © James Schulz http:// jamesvonschultz.com
25 ph© Archives Hachette Livres © Adagp, Paris 2016
31 ph© SuperStock / Leemage
32-h L'enfant Océan, de Jean-Claude Mourlevat © Pocket Jeunesse, un département d'Univers poche, 1999. / Illustration de couverture © Gianluca Garufalo
32-bg Trois histoires du Petit Poucet racontées dans le monde, Fabienne Morel et Gilles Bizouerne, illustration de couverture d'Aurore Petit, collection « Tour du monde d'un conte » © Editions Syros, 2009
32-bd Le Père Tire-Bras, de Jean-François Chabas © Éditions Thierry Magnier, 2002, 2015.
33-g Taxi et le bunyip de Christian Lehman, Coll. Mouche, © Éditions L'École des Loisirs
33-d Garulfo volume 4, d'Alain Ayroles et Bruno Maïorana © Editions Delcourt - 1998
34 © James Schulz http://jamesvonschultz.com
38 Mange ta main de Jean-Claude Grumberg © Actes Sud/Théâtre de Sartrouville-CDN, 2006
40-hg Animation Ressources © Random House, David Mc Kay Company, Philadelphia, 1923/D.R.
40-hd © 1998 Editions Delcourt
40-b ph© Bridgeman Images © Droits réservés
42 ph© Collection Kharbine Tapabor
44 © Reproduced by permission of Walker Books Ltd, London, SE11 5HJ www.walker.co.uk
45-h ph© The Kobal Collection / Aurimages © Films Andre Paulve
45-b ph© BNF Estampes et Photographies. © Lucienne Doyeux/ D.R.
46 © Reproduced by permission of Walker Books Ltd, London, SE11 5HJ www.walker.co.uk
48 ph© Collection Kharbine-Tapabor
50 ph© Archives Charmet / Bridgeman Images
51 Photo Fondation Jérôme Seydoux-Pathé. © Eskwad/Pathé/ Studio Babel/Droits réservés
52 © David Sala et Éditions Casterman
53 Collection Christophel © DisCir
54 Collection Christophel © DisCina
55-g © Philip Pullman, J'étais un rat !, couverture illustrée par Peter Bailey et Henri Galeron, Collection Folio Junior, Gallimard Jeunesse
55-d Collection Christophel © Eskwad/ Pathé/Studio Babel/Droits réservés
56 ph© Collection Kharbine Tapabor
58 ph© Bridgeman Images
59-h ph© The Metropolitan Museum of Art, Dist. RMN-Grand Palais / image of the MMA
59-b ph© Gilles Mermet / La Collection
60-h ph© Luisa Ricciarini / Leemage
60-b Collection Christophel © Twentieth Century Fox Film Corporation / Droits réservés
61-h ph© Bernard Bonnefon / Akg-Images
61-b ph© Hervé Lewandowski / RMN-Grand Palais (musée du Louvre)
62, 63 ph© History / Akg-Images
64 ph© Luisa Ricciarini / Leemage
65 ph© Electa / Leemage
66, 67 ph© Tate, Londres, Dist. RMN-Grand Palais / Tate Photography
68 ph© Collection Agence Martienne
70-h Les douze travaux d'Hercule de Christian Grenier ©2003, Pocket Jeunesse, un département d'Univers Poche pour la présente édition. Couverture : Illustration © Héraklès et les oiseaux de Stymphale, Bibliothèque des Arts Décoratifs. © Collection Dagli Orti, Paris
70-bg 16 métamorphoses d'Ovide, adapté par Françoise Rachmuhl, couverture illustrée par Frédéric Sochard, © Flammarion, 2010
70-bd La Toison d'or de Nathaniel Hawthorne, coll. Médium poche © Editions L'Ecole des loisirs
71-g Contes et légendes : les héros de la mythologie de Christian Grenier © Editions Nathan
71-d La Mythologie en BD, Thésée et le Minotaure « d'Emilie Harel et Béatrice Bottet © Casterman
72 ph© Hervé Lewandowski /RMN-Grand Palais (musée du Louvre)
73-h ph© Bridgeman Images
73-b Collection Christophel © Twentieth Century Fox Film Corporation / Droits réservés
75 ph© Bridgeman Images
77 Collection Christophel © Warner Bros / Droits réservés
78-h ph© Gianni Dagli Orti / Aurimages
78-mh ph© The British Museum, Londres, Dist. RMN-Grand Palais / The Trustees of the British Museum
78-mm ph© Peter Connolly / Akg-Images
78-mb ph© Erich Lessing / Akg-Images
78-b ph© Hervé Lewandowski / RMN-Grand Palais (musée du Louvre)
80 ph© Gilles Mermet / La Collection
81 ph© Luisa Ricciarini / Leemage
82, 83 ph© Jean Manuel Salingue / RMN-Grand Palais
84 ph© Artothek / La Collection
85-h ph© Erich Lessing / Akg-Images
85-b ph© The British Library Board / Leemage
86 ph© Youngtae / Leemage
87-h ph© Gilles Mermet / La Collection
87-bg ph© Bridgeman Images
87-bd ph© Bridgeman Images
88, 89 ph© Artothek / La Collection
90 ph© Granger NYC / Rue des Archives / Bridgeman Images
93 © Editions Soleil-2010
94 © Casterman (2014)
96 ph© Gérard Blot / RMN-Grand Palais (Château de Fontainebleau)
98 ph© Gilles Mermet / La Collection
99-h ph© Bnf, Paris - FRANCAIS 1951 - fol 8v
99-b ph© Google Art Project via Wikimedia Commons
100 ph© Granger NYC / Rue des Archives / Bridgeman Images
103 ph© Bridgeman Images
104-h ph© Erich Lessing / Akg-Images
104-m ph© Gilles Mermet / La Collection
104-bg ph© Youngtae / Leemage
106 ph© Gallery Oldham, UK / Bridgeman Images
108 ph© De Agostini Picture Library / G. Dagli Orti / Bridgeman Images
109-h ph© Yann Arthus-Bertrand/ hemis.fr
109-b ph© Collection Christophel © Twentieth Century Fox Film Corporation
110 ph© Raga Jose Fuste / Collection Christophel
113 ph© Steve Allen / Getty images
115 ph© ImageBROKER/ hemis.fr
116 Collection Christophel © Dentsu Tec
118-hd Michael Morpurgo, Le royaume de Kensuké, illustrations de François Place, Collection Folio Junior, © Éditions Gallimard Jeunesse
118-bg Voyage au centre de la Terre adapté par Hélène Kérillis, collection « Hatier poche » © Editions Hatier, 2009
118-bd J.M.G. Le Clézio, Mondo et autres histoires, couverture illustrée par Georges Lemoine, Collection Grand format littérature © Gallimard Jeunesse
119-g L'appel de la forêt de Fred Simon, d'après Jack London, Coll. Ex-Libris © Editions Delcourt - 2010
119-d Collection Christophel © Copyright Fox Pathé Europa / Droits réservés
120-121 © DUPUIS, 2016
122 Collection Dagli Orti / Eileen Tweedy / Aurimages
124 ph© North Wind Pictures / Leemage
125 ph© Totajla/Fotolia
127 ph© Raga Jose Fuste / Collection Christophel
128 ph© Peabody Essex Museum, Salem, Massachusetts, USA / Bridgeman Images
130 ph© Bridgeman Images
131-h ph© Colin Anderson / Getty Images
131-b ph© Mary Evans / Rue des Archives / Bridgeman Images / Droits réservés
132 ph© Collection Jonas / Kharbine-Tapabor. © Droits réservés

135 ph© Album / Akg-Images © Walt Disney Pictures / Droits réservés
136, 137 ph© Peter Newark American Pictures / Bridgeman Images
138 ph© Costa/leemage
140-141 © Carthago Films 1986
145 ph© Mary Evans / Rue des Archives / Bridgeman Images / Droits réservés
146 ph© Akg-Images
147 © Courtesy shiningstuff.com
149, 150 ph© Alfredo Dagli Orti / Photo12
151 ph© Collection Dagli Orti / Aurimages
153 ph© Collection Dagli Orti/Aurimages
155 ph© Peter Menzel / Cosmos
156 ph© Museumslandschaft Hessen Kassel / Ute Brunzel / Bridgeman Images
158-hd Histoires comme ça de Rudyaerd Kipling © Le Livre de Poche 2007
158-bg L'Arbre à soleils. Légendes du monde entier, Henri Gougaud, © Editions du Seuil, 1979, Points, 1994
158-bd La Tour de Babel de Marie-Thérèse Davidson, coll. « Histoires de la Bible © Editions Nathan
159-g Collection Christophel
159-d Contes et légendes de l'Egypte ancienne de Brigitte Evano © Editions Nathan
160 ph© Jean-Paul Dumontier / La Collection
161-h ph© Aisa/Leemage
161-b ph© Tate, Londres, Dist. RMN-Grand Palais / Tate Photography
162-h ph© Gerhard Trumler / Imagno/ La Collection
162-m ph© The British Museum, Londres, Dist. RMN Hervé Lewandowski / RMN-GP/ The Trustees of the British Museum
162-b ph© Granger NYC / Rue des Archives / Bridgeman Images
165 ph© Museumslandschaft Hessen Kassel / Ute Brunzel / Bridgeman Images
166-g ph© Akg-Images
166-d ph© Eric de Ville/ Galerie Photo 12
167 ph© Akg-Images
168 ph© Bridgeman Images
170 ph© Bridgeman Images
171-h ph© Arthus-Bertand Yann / hemis.fr
171-b ph© BIA / Glenn Bartley / Minden Pictures / Biosphoto
173 ph© Superstock / Collection Dagli Orti / Aurimages
175 ph© Bridgeman Images
176 ph© Wikimedia Commons
177 © Fundación Vicente Huidobro
179 ph© David Allemand / Biosphoto
180 ph© Photothèque R. Magritte / Banque d'Images, Adagp © Adagp Paris, 2016
182 ph© Luisa Ricciarini/leemage
183-h ph© Bridgeman Images
183-b ph© Agence Bulloz / RMN-Grand Palais © Succession Picasso, 2016
185 ph© Hervé Lewandowski / RMN-Grand-Palais
186 ph© Colin Varndell / SPL / Biosphoto
187 ph© : BIA / Alan Murphy / Minden Pictures /Biosphoto
188-h ph© Colin Varndell / SPL / Biosphoto
188-b ph© Rod Planck / Photoshot / Biosphoto
191 ph© Luisa Ricciarini / Leemage
192 ph© Josse/leemage
194 ph© Rue des Archives / Bridgeman Images
195-h ph© Courtesy Walt Disney Productions / BCA / Rue des Archives / Bridgeman Images
195-b ph© Coll. Jonas / Kharbine-Tapabor
196 ph© Erich Lessing / Akg-Images
197 ph© Collection Jonas / Kharbine-Tapabor. © Adagp, Paris 2016
198 © Famille Aractingi
201 ph© Collection Kharbine-Tapabor / Droits réservés.
202 ph© Collection Kharbine-Tapabor © Adagp, Paris 2016
205 ph© Collection Grob/Kharbine-Tapabor
206 ph© Tallandier / Bridgeman Images
208-h Les fabliaux du Moyen Age, adapté par F. Rachmul et P. Gaillard, Coll. Œuvres & Thèmes © Editions Hatier, 2014
208-bg Rudyard Kipling, Le Livre de la jungle, illustration de couverture Henri Galeron, Collection Folio Junior © Éditions Gallimard Jeunesse
208-bd La Fontaine aux fables, intégrale, Collectif © Editions Delcourt - 2010
209-g Le Roman de Renart, Coll. Œuvres et Thèmes, illustration de Stefany Devaux © Hatier, 2002
209-d Michael Morpurgo, Robin des Bois, illustration de couverture Olivier Balez, Collection Folio Junior, Éditions Gallimard Jeunesse
210 © Famille Aractingi
211-h ph© René-Gabriel Ojéda / RMN-Grand Palais
211-b ph© Guy Cussac, Bruxelles © Adagp, Paris 2016
213 © Frédéric Pillot / Editions Milan 2008
214 ph© Collection Kharbine-Tapabor © Adagp, Paris 2016
216 ph© Collection Grob / Kharbine-Tapabor
218 ph© Rue des Archives/Bridgeman Images
219 Après vous, M. de La Fontaine, Gudule, illustration de Bruno Liance © Le livre de poche jeunesse, 2003
220 ph© Collection Dagli Orti / Alfredo Dagli Orti / Aurimages
221 ph© Bridgeman Images
222-h ph© Daniel Arnaudet / Gérard Blot / RMN-Grand Palais (Château de Versailles)
222-b © Librairie A.-G. Nizet 1992/Klincksieck
223 ph© Collection Jonas/Kharbine-Tapabor
224 ph© Collection Jonas/Kharbine-Tapabor
226 ph© Emile Zeizig / Agence Mascarille
228 ph© Pascal Victor / ArtComArt
230, 231 ph© Cyrille Cauvet / Opéra de Saint-Étienne
233 ph© Valeria Tomasulo
234 © Anne-Élise Redeuil / Théâtre de l'Eventail, Orléans
235 ph© Collection Jonas/Kharbine-Tapabor
236 ph© Brigitte Enguerand / Divergence-images
239 ph© Emile Zeizig / Agence Mascarille
256 ph© BnF, Paris
263 ph© Archives Charmet / Bridgeman-Giraudon / D.R.
267 ph© Look and Learn / Bridgeman Images
275 Collection Christophel © DisCina
279 ph© David Greyo / Naturimages
287 ph© Frans Lanting / Mint Images / Corbis
289 ph© The British Museum, Londres, Dist. RMN-Grand Palais / The Trustees of the British Museum
293 ph© Leemage
295 ph© Aisa / Leemage
297 ph© Raga Jose Fuste / Collection Christophel
311 ph© Mary Evans Picture Library / Sipa Press
315 ph© René Cloke / Bridgeman Images
323 ph© Imagno / La Collection
345-h ph© Tallandier / Bridgeman Images
345-b ph© Collection Dagli Orti / Bibliothèque Municipale Dijon / Aurimages

Livret :

2 ph© Akg-Images
12 ph© Josse / Leemage

Achevé d'imprimer en Italie par L.E.G.O. S.p.A. - Lavis (TN)
Dépôt légal : 98929-2/14 - Septembre 2021

La fable

- **Court récit** plaisant, généralemen écrit en **vers**.
- Comporte une **morale**.
- Met souvent en scène des **animau** pour représenter les hommes.

Le Corbeau et le Renard > p. 197

Le calligramme

- Poème dont le texte forme un **dessin** en rapport avec le thème du texte.

Poème graphique de V. Huidobro > p. 177

Le poème

- Texte **court**.
- Travail sur le langage : **images poétiques, jeux sur les sons** et **les rythmes**.
- **Thèmes** très variés : la nature, les sentiments, le voyage…
- Présence de **vers** et de **rimes**, parfois écrit en **prose**.

Le haïku

- Très court poème de **trois vers**.
- Issu de la tradition poétique **japonaise**.
- Évoque un **instant de vie** ; a souvent pour thème la **nature**.

Haiku de Basho > p. 176

LES LITT

La pièce de théâtre

- Écrite pour être jouée **devant un public**.
- **Intrigue** racontée à travers les **paroles** des personnages.
- Progresse par étapes : **exposition**, déroulement de l'intrigue, **dénouement**.
- Découpée en **actes**, eux-mêmes découpés en **scènes**.
- Constituée de **répliques** (paroles des personnages), et de **didascalies** (indications de jeu et de mise en scène).

La comédie

- Pièce de théâtre **comique**.
- Utilisation de **différentes formes de comique** (de geste, de mots, de situation, de caractère).
- **Fin heureuse**.
- **Satire** d'un aspect de la société.

Le Médecin malgré lui > p. 224